D1880465

मनोहर श्याम जोशी

मनोहर श्याम जोशी का जन्म 9 अगस्त, 1933 को अजमेर, राजस्थान में हुआ। उन्होंने लखनऊ विश्वविद्यालय से विज्ञान की पढ़ाई की। लम्बे समय तक पत्रकारिता की। 'ऑल इंडिया रेडियो', 'फिल्म डिविजन ऑफ इंडिया' से जुड़े रहे। वे *साप्ताहिक हिन्दुस्तान, वीकेंड रीव्यू* के सम्पादक रहे। सन् '84 में सम्पादक की कुर्सी छोड़ी और फिर आजीवन स्वतंत्र लेखन किया।

उनकी प्रकाशित कृतियाँ हैं—*कुरु-कुरु स्वाहा..., कसप, हरिया हरक्यूलीज़ की हैरानी, हमज़ाद, क्याप, ट-टा प्रोफेसर* (उपन्यास); *नेताजी कहिन* (व्यंग्य); *बातों-बातों में* (साक्षात्कार); *एक दुर्लभ व्यक्तित्व, कैसे किस्सागो, मन्दिर घाट की पैड़ियाँ* (कहानी-संग्रह); *आज का समाज* (निबन्ध); *पटकथा लेखन : एक परिचय* (सिनेमा)।

'हम लोग', 'बुनियाद', 'मुंगेरीलाल के हसीन सपने', 'कक्काजी कहिन', 'हमराही', 'जमीन-आसमान' (टेलीविजन धारावाहिक); 'भ्रष्टाचार', 'अप्पू राजा', 'हे राम' और 'पापा कहते हैं' (फिल्म)।

उन्हें 'साहित्य अकादेमी पुरस्कार' (2005), 'शलाका सम्मान' (1986-87); 'शिखर सम्मान' (अट्टहास, 1990); 'चकल्लस पुरस्कार' (1992); 'व्यंग्यश्री सम्मान' (2000) आदि सम्मानों से सम्मानित किया गया।

निधन : 30 मार्च, 2006

कसप

मनोहर श्याम जोशी

राजकमल पेपरबैक्स

पहला पुस्तकालय संस्करण
राजकमल प्रकाशन प्राइवेट लिमिटेड द्वारा
1982 में प्रकाशित

राजकमल पेपरबैक्स में
पहला संस्करण : 1985
अठारहवाँ संस्करण : 2025

© भगवती जोशी

राजकमल पेपरबैक्स : उत्कृष्ट साहित्य के जनसुलभ संस्करण

राजकमल प्रकाशन प्रा.लि.
1-बी, नेताजी सुभाष मार्ग, दरियागंज
नई दिल्ली-110 002
द्वारा प्रकाशित

शाखाएँ : अशोक राजपथ, साइंस कॉलेज के सामने, पटना-800 006
पहली मंज़िल, दरबारी बिल्डिंग, महात्मा गांधी मार्ग, प्रयागराज-211 001
1, अनमोल सोराबजी सन्तुक लेन, धोबी तलाव, मरीन लाइंस, मुम्बई-400 002
वेबसाइट : www.rajkamalprakashan.com
ई-मेल : info@rajkamalprakashan.com

विकास कम्प्यूटर एंड प्रिंटर्स
ट्रॉनिका सिटी-201 102
द्वारा मुद्रित

मूल्य : ₹399

KASAP
Novel by Manohar Shyam Joshi

ISBN : 978-81-267-1116-1

प्रेम-कहानियों की घनघोर पाठिका
अपनी पत्नी भगवती के लिए
जिसकी इच्छा पर मैं एक अन्य उपन्यास अधूरा
छोड़कर यह प्रेम-कहानी लिखने बैठ गया

स वै नैव रेमे। तस्मादेकाकी न रमते। स द्वितीयमैच्छत्

निश्चय वही रमा नहीं। इसीलिए एकाकी
रमता नहीं। उसने दूसरे की इच्छा की।

—बृहदारण्यकोपनिषद्

कुमाऊँनी हिन्दी

उपन्यास में जहाँ भी कुमाऊँनी शब्दों का प्रयोग हुआ है उनका अर्थ वहीं दे दिया गया है। इसके कुछ संवादों में जो कुमाऊँनी हिन्दी प्रयुक्त हुई है वह पाठक को थोड़े अभ्यास से स्वयं समझ आ जाएगी। यह हिन्दी, कुमाऊँनी का ज्यों-का-त्यों अनुवाद करते चलने से बनती है और कुमाऊँ में इसी का आम तौर से व्यवहार होता है। इस कुमाऊँनी हिन्दी के कुछ विशिष्ट प्रयोग समझ लेना आवश्यक है।

'कहा', 'बल' : वाक्य के अन्त में आया 'कहा' अतिरिक्त आग्रह का सूचक है—'बहुत सुन्दर दिखती है, कहा' का मतलब है, 'मैं कह रही हूँ वह बहुत सुन्दर दिखती है।' वाक्य के अन्त में आया 'बल' (बोला) इंगित करता है कि ऐसा किसी और ने कहा, ऐसा हमने किसी और से सुना। 'बड़ी सुन्दर दिखती है, बल।' का मतलब है 'सना, बहुत सुन्दर दिखती है।' 'मैं नहीं खाता, बल।' का मतलब है 'उसने कहा है कि मैं नहीं खाऊँगा।'

ठहरा : हिन्दी में 'आप तो अमीर ठहरे' जैसे प्रयोग हो सकते हैं। कुमाऊँनी हिन्दी में होते ही नहीं, धड़ल्ले से होते हैं। कुमाऊँनी में 'भया' और 'छ' दोनों से क्रिया-पद बनते हैं लेकिन 'भया' को अधिक पसन्द किया जाता है और कुमाऊँनी हिन्दी में उसे 'ठहरा' अथवा 'हुआ' का रूप दिया जाता है। 'तू तो दीदी पढ़ी-लिखी हुई', 'आप तो महात्मा ठहरे।' जैसे प्रयोग कुमाऊँनी हिन्दी को विशिष्ट रंग देते हैं।

वाला ठहरा : कुमाऊँनी और कुमाऊँनी हिन्दी में 'करता था' कहा जा सकता है किन्तु इस तरह का 'अतीत' भयंकर रूप से अतीत सुनाई पड़ता है। अतएव 'छी' की जगह 'भयो' का सहारा लिया जाता है और 'भयो' का 'वाला ठहरा' अथवा 'वाला हुआ' के रूप में अनुवाद किया जाता है। यथा कुमाऊँनी हिन्दी में 'वह हमसे मिलने आता था' या 'मिलने आया करता था' को 'वह हमसे मिलने

आनेवाला ठहरा' 'वह हमसे मिलने आनेवाला हुआ' कहा जाएगा। स्वाभाविक ही है कि इस आग्रह के चलते कुमाऊँनी हिन्दी में 'वाला' और 'ठहरा' की भरमार है। मूल कुमाऊँनी में क्रिया के साथ 'एर' जोड़ देने से 'वाला' का भाव पैदा करने की प्रीतिकर परम्परा है यथा 'करणेर' माने 'करनेवाला', 'जाणेर' माने 'जानेवाला'।

'जो' : इस हिन्दी शब्द का कुमाऊँनी हिन्दी में कई तरह से उपयोग किया जाता है : 'अगर' के अर्थ—'जो तो तुझे जल्दी हो, चला जा।' 'मैं तो नहीं' के अर्थ में—'जो करेगा तेरी खुशामद!' 'पता नहीं कौन' के अर्थ में 'जो कर जाता होगा यह तोड़-फोड़।' 'थोड़े ही' और उसके कुमाऊँनी समानार्थी 'क्या' को अतिरिक्त बल देने के लिए 'मैं जो थोड़ी हूँ तेरा यार।' 'ऐसा जो क्या।' 'तो' के अर्थ में—'क्या जो कह रहा था वह?'

हैं, है, हूँ आदि का लोप : 'रुक, मैं भी आ रही।' अर्थात्, 'रुक, मैं भी आ रही हूँ।'

प्रश्नवाचक में क्रियापद 'रहा है' का 'हुआ है' की तरह उपयोग : 'सच्ची, तुम्हारे वहाँ वह मूँछवाला कौन आ रहा है?' अर्थात्, 'सच, तुम्हारे वहाँ मूँछवाला कौन आया हुआ है?'

प्रश्नवाचक में वर्तमान के क्रियापद से तुरन्त भविष्य का बोध : 'यह लड्डू खाता है?' अर्थात् 'यह लड्डू खाएगा?' 'कैसा करता है?' अर्थात् 'क्या करने का इरादा है?'

प्रश्नवाचक में भविष्य के क्रियापद से वर्तमान के विस्मय का बोध : 'इतनी रात गए कौन आ रहा होगा?' अर्थात् 'इतनी रात गए कौन आया है?'

'फिर' : 'तब', 'क्या' और 'तो' के अर्थ में भी 'फिर' का उपयोग किया जाता है। यथा 'फिर क्या करती मैं!' 'मैंने दिए उसे पैसे, फिर!' 'क्या खाता है फिर?'

'देना' : कर देना, बता देना जैसे प्रयोग हिन्दी में भी होते हैं किन्तु कुमाऊँनी हिन्दी में यह 'देना' कभी पूरी गम्भीरता से, कभी परिहास में हर क्रिया के साथ भिड़ाया जा सकता है—'मेरे साथ आ देता है?' अर्थात् 'मेरे साथ चले चलोगे?' 'मेरा सिर खा देता है?' अर्थात् 'मेरा सिर खाने की कृपा तो करोगे?'

भाववाचक संज्ञाएँ : कुमाऊँनी में 'ओल', 'एट', 'एन' प्रत्यय लगाकर संज्ञाओं और क्रियाओं में भाववाचक संज्ञाएँ धड़ल्ले से बनाई जाती हैं। 'कुकुर' में 'ओल' मिलाकर 'कुकर्योल' बनेगा

जिसका अर्थ होगा 'कुत्तागर्दी'। 'पगल' में 'एट' मिलाकर 'पगलेट' बनेगा जिसका अर्थ होगा 'पागलपन'। जलने और भुनने में 'एन' मिलाने से 'जलैन' और 'भुनैन' बनेंगे जिनका अर्थ होगा जलने की गन्ध, भुनने की गन्ध।

'और ही' : इसका प्रयोग 'बहुत ज्यादा', 'विशिष्ट प्रकार की' का बोध कराने के लिए होता है—'और ही बास आ रही थी, कहा!' अर्थात् 'भयंकर बदबू आ रही थी।'

आप ही : जब कुमाऊँनी हिन्दी में कहा जाता है 'आप ही रहा' तो उसके मतलब होते हैं इसे 'अपने आप रहने दो' यानी 'रहने दो'। यथा 'आप ही जाता है।' का अर्थ है 'जाने दो उसे!'

घरेलू नाम : स्त्रियों के नाम के संक्षिप्त रूप में 'उली' और पुरुषों के संक्षिप्त नाम में 'इया' या 'उवा' लगाकर लाड़-भरे घरेलू नाम बनते हैं। 'सुबली' माने सावित्री, 'सरुली' माने सरोज, 'परुली' माने पार्वती, 'रधुली' माने राधा आदि। देवीदत्त से 'देबिया', हरिश्चन्द्र से 'हरिया', प्रेमवल्लभ से 'पिरिया', रघुवर से 'रघुवा' आदि। नामों के आगे 'औ' लगा देने से भी प्यार-भरे सम्बोधन का आभास मिलता है—'पुरनौ' माने 'रे पूरन!'

कसप

'इस कथा के जो भी सूझे मुझे' शीर्षक विचित्र सूझे। कदाचित इसलिए कि इस सीधी-सादी कहानी के पात्र सीधा-सपाट सोचने में असमर्थ रहे। या इसलिए कि यहाँ अपने एकाकीपन में न रम पाता हुआ मैं, द्वितीय की इच्छा करते हुए, किसी अन्य की कभी पहले की गई ऐसी ही इच्छा का अनुसरण करते हुए, स्वयं सीधा-सपाट सोचने में असमर्थ हो चला हूँ। तो विचित्र ही सूझे हैं शीर्षक, विचित्र ही रख भी दिया है शीर्षक। किन्तु मात्र आपको चौंकाने के लिए नहीं। आपकी तरह मैं भी मात्र चौंकानेवाले साहित्य का विरोधी हूँ। बल्कि मुझे तो समस्त ऐसे साहित्य से आपत्ति है जो मात्र यही या वही करने की कसम खाए हुए हो।

किसी के रचे पर मैं जो रच रहा हूँ, यहाँ एडवर्डयुगीन बँगलों के इस शान्त, सुन्दर पहाड़ी कस्बे बिनसर में, वह एक प्रेम-कहानी है। इस विचित्र शीर्षक की विशिष्ट अर्थवत्ता है उसमें। विचित्र ही है यहाँ सब क्योंकि मूल कथा संस्कृत में लिखी बेढब-सी कादम्बरी है।

यों अगर आप इस शीर्षक से चौंके हों तो भी कोई हर्ज नहीं। चौंका होना प्रेम की लाक्षणिक स्थिति जो है। जिन्दगी की घास खोदने में जुटे हुए हम जब कभी चौंककर घास, घाम और खुरपा तीनों भुला देते हैं, तभी प्यार का जन्म होता है। या शायद इसे यों कहना चाहिए कि वह प्यार ही है जिसका पीछे से आकर हमारी आँखें गदोलियों से ढक देना हमें चौंकाकर बाध्य करता है कि घड़ी-दो घड़ी घास, घाम और खुरपा भूल जाएँ। चौंककर जो होता है उस प्यार को समझने में आपका स्वयं थोड़ा चौंका हुआ होना कदाचित सहायक ही हो। अस्तु!

प्रेम का पदार्पण किसी सुरम्य स्थल में होता दिखाया जाए—ऐसा शास्त्रीय विधान है। आज के लेखक भी बहुधा किसी हिल-स्टेशन के सुन्दर-शान्त-एकान्त डाक-बँगले में ही प्रेम का प्रस्फुटन होता दिखाते हैं। वहीं पिछले किसी प्रेम से आहत व्यक्ति, नूतन प्रेम, नवीन आशा से आँख मिलाता है उनकी कहानियों में।

यह कहानी भी हिल-स्टेशन नैनीताल में शुरू हो रही है। नायक-नायिका, डाक-बँगले में तो नहीं, बँगले में जरूर हैं। बँगला न नायिका का है, न नायक का। वह एक खाली बिकाऊ बँगला है, जो इन दिनों नायिका के मौसा ने, जो नायक के

बहुत दूर-दराज के चाचा भी हैं, अपनी बेटी के विवाह के निमित्त चार दिन के लिए ले रखा है। नगरवासी इसे वर्तमान मालकिन के रूप-स्वभाव को लक्ष्य कर भिसूँणी (फूहड़) रानी की कोठी कहते हैं, लेकिन अगर आप, नायक की तरह, कभी बँगले की ओर फूटनेवाली पगडंडी की शुरुआत पर पाँगर[1] के पेड़-तले स्थापित पत्थर की काई हटाएँ, तो इस बँगले का वह नाम पढ़ सकेंगे जो इस कथा के अधिक अनुकूल है—'राँदे वू'—संकेत-स्थल।

नायक-नायिका में से कोई भी किसी पिछले प्रेम से आहत नहीं है। लेकिन आहत होंगे अब, ऐसी आशा की जा सकती है क्योंकि एक उम्र होती है आहत होने की और वे उस उम्र में पहुँच चुके हैं। उस उम्र के बाद और उस चोट के बावजूद तमाम और जिन्दगी होती है, इसीलिए लेखक होते हैं, कहानियाँ होती हैं।

नायक का नाम देवीदत्त तिवारी है। बहुत गैर-रूमानी मालूम होता है उसे अपना यह नाम। यों साहित्यिक प्राणी होने के नाते वह जानता है कि देवदास, ऐसे ही निकम्मे नाम के बावजूद, अमर प्रेमी का पद प्राप्त कर सका। इससे आशा बँधती है। फिर भी निरापद यही है कि वह अपने को डी.डी. कहना-कहलाना पसन्द करे—इस पसन्द को कुछ मसखरे मित्रों ने उसे डी.डी. टी. कहकर पुकारने की हद तक खींच डाला है। कुछ लोग उसे 'डी.डी. द मूडी' भी कहते हैं पर इससे उसे कोई आपत्ति नहीं क्योंकि मूड का इस छोर से उस छोर पर झटके से पहुँचते रहना उसे अपनी संवेदनशीलता का लक्षण मालूम होता है। घरवाले उसे इसी मूड के मारे 'सुरिया' (जब जो स्वर साधा तब उसी में अटका रह जानेवाला धती) कहते हैं। घरवालों के नाम पर दूर के चचिया-ममिया-फुफिया-मौसिया रिश्तेदार ही बचे हैं। माँ-बाप दोनों अपने इस इकलौते को दुधमुँहा ही छोड़ गए थे। नायक बाईस साल का है। ढाई वर्ष पहले उसने इलाहाबाद से बी.ए. पास किया। एक चाचाजी ने कह-कहलाकर उसे वहीं ए.जी. दफ्तर में क्लर्की दिलवा दी और आई.ए.एस.-पी.सी.एस. के लिए तैयारी करने को कहा मेधावी बालक से। लेकिन साहित्यिक डी.डी. को यह सब रास नहीं आया। वह दो ही महीने में बम्बई भाग गया। किसी व्यावसायिक दिग्दर्शक का सहायक है। कलात्मक फिल्में बनाने का इरादा रखता है। इस बीच उसके एकांकियों, कविताओं और कहानियों के संग्रह प्रकाशित हो चुके हैं। विवाह को छोड़ अन्य सभी क्षेत्रों में उदीयमान श्रेणी का सितारा माना जा सकता है। विवाह के लिए, मध्यवर्गीय मानकों के अनुसार, वह सर्वथा अयोग्य वर है।

प्रेम के बारे में हमारे नायक ने पढ़ा-सुना बहुत कुछ है, सोचा भी बहुत विस्तार से है, लेकिन प्रेम कभी किया नहीं है। हलफिया बयान देते हुए अलबत्ता उसे तीन प्रसंगों का उल्लेख करना होगा कि इन्हें प्रेम ठहराने की जिद न की जाए। पहला यह कि कक्का के बीचवाले लड़के मझिल'दा की पत्नी के लिए, जिन्हें अपनी

---

1. चेस्टनट।

सास के शब्दों में चिथड़े (किताबें) पढ़ने का शौक था, वह उपन्यास-कहानी-संग्रह लाया करता। बोज्यू (भाभी) इन उपन्यास-कहानियों के बारे में विस्तार से उससे चर्चा किया करतीं। कभी-कभी बोज्यू उसे वे सपाट-से पत्र पढ़वा देतीं जो दिल्ली से यू. डी. सी. मझिल'दा उन्हें भेजते। और अक्सर वह मझिल'दा के नाम पत्र लिखते हुए उससे साहित्यिक परामर्श कर लिया करतीं—'डी.डी. लल्ला, वह क्या है दो नैना मत खाइयो?' बोज्यू के समक्ष लल्ला अक्सर अपना दुखड़ा रोता और बोज्यू कहतीं, "शिबौ-शिब" (शिव-शिव, बेचारा)! एक शाम बोज्यू ने अपना दुखड़ा भी रोया और दुखिया सब संसारवाली मन:स्थिति में लल्ला के कन्धे पर सिर रख दिया। रख दिया और हटाया नहीं। इसके कुछ दिन बाद ही बोज्यू के आग्रह पर मझिल'दा ने दिल्ली में कमरा-रसोई की व्यवस्था करके पत्नी को सास-ससुर की यौवन-हन्ता सेवा से मुक्ति दिला दी। इति प्रथम प्रसंग।

दूसरा यह कि डी.डी. के एकांकी 'साँझ' के मंचन में सुषमा नामक जिस दुबली-पतली उदास-सी छात्रा ने छोटी-सी भूमिका की, वह उसके लिए रिहर्सल में रोजाना कुछ टिफिन बनाकर लाती। स्वेटर बुन देने का प्रस्ताव किया उसने, पर डी.डी. ऊन के लिए पैसे नहीं जुटा पाया। एक खूबसूरत नोट-बुक उसने डी.डी. को प्रेजेंट की—नया नाटक लिखने के लिए। लेकिन दुर्भाग्य कि रक्षा-बन्धन के दिन उसने डी.डी. को राखी बाँध दी। डी.डी. ने अपना इकलौता टूटा-सा पैन इस राखी के एवज में दे डाला कि देने को कुछ और नहीं था और उसकी आँखें छलक आईं—कुछ अपनी निर्धनता पर और कुछ सुषमा से यह न कह सकने की कायरता पर कि मैं तुमसे राखी सम्प्रति नहीं बँधवाना चाहता। इति द्वितीय प्रसंग।

तीसरा यह कि मौसेरी दीदी की एक सहेली की बहन कमलिनी पिछले साल किसी इंटरव्यू के सिलसिले में बम्बई आईं और डी.डी. पर उन्हें शहर दिखाने की जिम्मेदारी पड़ी। कमलिनी जी हर जगह को देखकर 'हाउ स्वीट, हाउ नाइस' कहती थीं। जब बम्बई से विदा होते हुए उन्होंने प्लेटफार्म पर फरमाइश की कि 'हमें कोई मैगजीन ला दीजिए ना प्लीज' तब वह 'फिल्म फेयर' खरीद लाया और उसने उस रूपसी से पैसे लेने से इनकार कर दिया। इस पर रूपसी ने कहा, "हाउ स्वीट यू आर डी.डी., प्लीज राइट टू मी, कभी लखनऊ आओ ना।" डी.डी. ने उसे पत्र भेजा लेकिन उत्तर नहीं आया। इति तृतीय प्रसंग।

नायक ने न केवल प्रेम नहीं किया है बल्कि अक्सर अश्रु-प्रवाह करते हुए यह तय पाया है कि मैं उन अभागों में से हूँ जिन्हें कभी प्यार नहीं मिलेगा। विधाता ने मुझे इस योग्य बनाया ही नहीं है कि कोई मुझसे प्यार करे। छह फुट पौने तीन इंच और एक सौ पैंतीस पौंड की इस सींकिया काया से कौन आकर्षित हो सकता है भला? तिस पर निर्धन। विफल। अव्यवहारकुशल। सर्वथा-सर्वथा उपेक्षणीय!

यों कुछ क्षण ऐसे भी आते रहे हैं जब नायक को नायक कुल मिलाकर ऐसा खास बुरा नहीं मालूम हुआ है। इन एकान्त क्षणों में वह विलायती फिल्म तारिका जीन सिम्मंस की अपनी प्रेमिका के रूप में गरम-गीली कल्पनाएँ करता आया है।

नायिका ने न प्रेम किया है, न प्रेम के बारे में फुर्सत से कुछ सोचा ही है। इधर वह अलबत्ता कभी-कभी सोचती रही है कि अब प्रेम के बारे में भी कुछ सोचना चाहिए। उसे सत्रहवाँ लगा है पिछले महीने। इंटर के प्रथम वर्ष में है। पढ़ने में उसका जरा भी मन नहीं लगता और आगे पढ़ने की उसे कतई इच्छा नहीं है। अल्मोड़ा में रहती है वह, जहाँ उसके पिता बनारस विश्वविद्यालय से जल्दी सेवानिवृत्त होकर आ बसे चौदह वर्ष पहले। पाँच बच्चों में सबसे छोटी है, चार भाइयों की इकलौती बैणा (बहनिया)। संस्कृतज्ञ पिता ने इसका नाम मैत्रेयी रखा था। हाईस्कूल सर्टिफिकेट और जन्म-कुंडली में वही नाम सुशोभित है—मैत्रेयी शास्त्री। जिस समय पैदा हुई थी, पिताश्री एक म्लेच्छ कन्या को देवभाषा ही नहीं वेद भी पढ़ा देने का दुस्साहस कर रहे थे, मालवीय जी के 'नरो-वा-कुंजरों-वा' आदेश पर, और वह म्लेच्छ कन्या इस बच्ची को बेबी कहती थी। यह नाम उनके बड़े बेटे को, जो सेना में भरती होना चाह रहा था, पूरा अंग्रेज था, पसन्द आया था। उसके आग्रह से यही नाम चल भी गया।

बेबी अपना नाम सार्थक करने में यकीन रखती है। खिलन्दड़ है। लडकैंधी है। पेड़ पर चढ़ना हो, गुल्ली-डंडा खेलना हो, कुश्ती लड़ना हो, कबड्डी खेलनी हो, बेबी हमेशा हाजिर है। उसके बाएँ हाथ की छोटी अँगुली क्रिकेट खेलने में टूटी है और अब थोड़ी-सी मुड़ी हुई रहती है। बेबी बैडमिंटन में जिला-स्तर की चैम्पियन है, यह बात अलग है कि इस जिले में बैडमिंटन स्तरीय नहीं!

बेबी को इधर बार-बार समझाया जा रहा है कि वह अब बच्ची नहीं रह गई है। उसे सिलाई-कढ़ाई सीखने और चूल्हे-चौके में दिलचस्पी रखने की सलाह दी जा रही है। इस तरह की हर सलाह बेबी पूरी गम्भीरता से सुनती है और फिर बहुत उत्साह से घरेलू कामों में अपने सर्वथा अकुशल होने का इतना भीषण प्रदर्शन करती है कि इजा (माताजी) माथा पीट लेती हैं, नौकर-चाकर मुस्कराते हैं और बेबी पहले थोड़ा खीज लेने के बाद स्वयं जी खोलकर हँसती है। बेबी का घरेलू काम करने का एक और भी तेवर है जो कम हैरान-परेशान करनेवाला नहीं। बेबी कोई काम अपने जिम्मे लेती है और चूँकि उस काम का कोई भी हिस्सा उससे ठीक से नहीं हो पाता है लिहाजा हर कदम पर वह नौकरों की या इजा की सहायता माँगती है। 'सब्जी छौंकनी हो तो घी कितना डालूँ—इतना? यह घी गर्म हो गया देख दो। छौंकूँ किससे—हींग से या जीरे से? हींग का यह अन्दाजा ठीक है? हल्दी कितनी? इतना नमक ठीक है?' इजा कहती हैं, "छी हो, इससे तो तू हमें ही बनाने दिया कर।" बेबी कहती है, "चौबीस घंटे कहते हैं घर का काम नहीं करती, करने बैठो तो कहते हैं, मत किया कर। हुँह!"

इधर बेबी से यह भी कहा जा रहा है कि यह अल्मोड़ा है अल्मोड़ा। यहाँ बदनाम कर देते हैं लोग। सलवार-कमीज, फ्रॉक या हाफ-पैंट मत पहना कर। ऊधम मत मचाया कर। लोगों के सामने फीं-फीं मत हँसा कर। साड़ी का पल्लू गिरने मत दिया कर। 'चौड़-चापड़' रहा कर, सौम्य-सुशील। बेबी कुमाऊँनी शब्द 'चौड़-चापड़' की हिन्दी में व्याख्या करके अपने शरीर को फैलाती है और पूछती है— इस तरह? और फिर फीं-फीं हँस देती है।

बेबी पर अच्छा असर पड़े इस इरादे से शास्त्री जी ने अपनी एक गरीब सीधी-सादी मेधावी भांजी दया को घर में रख लिया है। वह उसे बी.ए. करा रहे हैं। लेकिन बेबी दया के नहीं, दया बेबी के प्रभाव में हो तो हो।

इधर कभी-कभी बेबी के विवाह की भी चर्चा की जा रही है। पिताजी चारों बेटों का विवाह कर चुके हैं और अब कन्यादान की ही जिम्मेदारी उन पर बची है। बेबी के लिए कुछ योग्य वर प्रस्तावित किए जा चुके हैं, किन्तु उसे शादी का नाम सुनकर ही हँसी आती है। हर प्रस्तावित वर का वह ऐसा खाका खींचती है, इतनी नकलें उतारती है कि इजा आँखें भी तरेरती हैं और मुस्कराती भी हैं। "हाँ, अब तेरे लिए तो किशन भगवान ढूँढ़ने पड़ेंगे," वह कहती हैं। बेबी टिप्पणी करती है, "किशन भगवान रिजेक्ट! काले हैं। और सोल[1] सौ पहले से ही रख रखी उन्होंने।"

बेबी को दर्पण के लिए कम ही फुर्सत मिलती है। सजती-सँवरती नहीं। कपड़े ठीक से पहनती नहीं। लेकिन जमाने-भर में उड़ती यह खबर उसके कानों तक पहुँच चुकी है कि बेबी बेहद सुन्दर है। जब वह अल्मोड़ा में स्थानिक रिवाज के वशीभूत सड़क के एक कोने में पर्वत-पार्श्व में लगभग धँसती-सी चलती है, तब स्थानिक छैला लक्षणा का सहारा लेकर उससे बहुत कुछ कहते हैं और पुलियाओं पर बैठे अवकाश-प्राप्त वृद्ध जिज्ञासा करते हैं कि यह किसकी चेली (बेटी) है और प्राप्त सूचना अपने परिवार के किसी सुयोग्य चिरंजीव के सन्दर्भ में नोट कर लेते हैं।

तो ऐसे हैं हमारे नायक-नायिका सन् 1954 में जब यह कहानी शुरू होती है। मुझे यह स्वीकार करने में कोई संकोच नहीं कि वे ऐसे नहीं जिन्हें आज की विज्ञापन शब्दावली में 'मेड फॉर ईच अदर' कहा जा सके, किन्तु आवश्यक नहीं कि परस्पर पात्रता के इस अभाव से हम निराश हो उठें। प्रेम किन्हीं सयानों द्वारा बहुत समझदारी से ठहराई जानेवाली चीज नहीं। वह तो विवाह है जो इस तरह ठहराया जाता है। आधुनिक मनोविज्ञान मौन ही रहा है प्रेम के विषय में, किन्तु कभी कुछ उससे कहलवा लिया गया है तो वह भी इस लोक-विश्वास से सहमत होता प्रतीत हुआ है कि 'असम्भव' के आयाम में ही होता है प्रेम-रूपी व्यायाम। जो एक-दूसरे से प्यार करते हैं वे लौकिक अर्थ में एक-दूजे के लिए बने हुए होते नहीं।

---

1. सोलह।

यदि आप प्रेम को काल-सापेक्ष नहीं मानते तो मैं सन् 1954 का उल्लेख करने के लिए क्षमा याचना करना चाहूँगा। यदि कहीं आप उसे काल-सापेक्ष मानते हैं तो मुझे इतना और जोड़ने की अनुमति दें कि यह वह वर्ष था जब स्वाधीन, प्रभुता-सम्पन्न भारत ने अपने विकास का प्रथम पंचवर्षीय आयोजन आरम्भ किया था। जो काम राष्ट्र कर रहा था वही तब राष्ट्र के विकास-सजग नागरिक भी व्यक्तिगत स्तर पर करते रहे हों तो कोई आश्चर्य नहीं।

जिन कक्का की सुधा नाम्नी आयुष्मती सौभाग्यकांक्षिणी का विवाह हो रहा है भिसूँण रानी की कोठी में उनसे डी.डी. का रिश्ता स्थानिक शब्दावली में 'लगड़ता पगड़ता' है अर्थात् खींचतान कर जोड़ा जा सकता है। किन्तु एक रिश्ता स्नेह का भी तो होता है ना। यह परिवार भी डी.डी. से बहुत सहानुभूति करता है। सहानुभूति के अतिरिक्त उसे इस अनाथ को कुछ देना नहीं पड़ा है कभी क्योंकि रिश्तेदारी ऐसी नहीं थी कि इस सम्बन्धी से उस सम्बन्धी के घर फुटबाल की तरह लतियाकर पहुँचाए जाते बालक को उन्हें कभी अपने घर में शरण देने के लिए बाध्य होना पड़ता। अतएव बालक को लतियानेवालों को लानत भेजने का और उसके प्रति सहानुभूति व्यक्त करने का सुख इस परिवार ने निर्बाध लूटा है। 'मानने-बरतने' के अन्तर्गत इस परिवार की लड़कियाँ—बबली'दी, सुधा और गुड़िया—तीज-त्योहार पर प्रत्यक्ष अथवा डाक से उसका स्मरण करती आई हैं। इस परिवार ने यदा-कदा एक अनाथ बालक को कोई उपहार देकर भी धन्य किया है। कक्का का छोटा लड़का है बब्बन, हॉकी खेलने और चलानेवाला छैला, जिसे गाने-बजाने और अभिनय करने का शौक है और जिसकी कृपा से डी.डी. मौजमस्ती की आकर्षक किन्तु आतंकप्रद दुनिया का दर्शन कर सका कभी-कभी अपने छात्र-जीवन में। बब्बन ने ही उसे आग्रहपूर्वक आमंत्रित किया है इस विवाह पर, और सोद्देश्य। बब्बन फिल्मों में नायक-गायक बनने के सपने देखता था। एक तरह से बब्बन की 'बम्बई जाहुँजु' ही डी.डी. को साहित्य से सिनेमा में ले गई है। बब्बन को मलाल है कि वह लड़कियों-जैसा डी.डी. तो बम्बई भाग गया और मैं नैनीताल का दादा और हीरो पारिवारिक आर्थिक संकट के कारण यहाँ क्लर्की में अपनी ऐसी-तैसी करा रहा हूँ। जंग लगा रही है यह क्लर्की मेरी धींगामस्ती पर।

तो रात जब डी.डी. भिसूँण रानी की कोठी में पहुँचा, बब्बन उस पर एकाधिकार बनाए रहा। डी.डी. को यह अवसर नहीं मिला कि वह उस कमरे में जा सके जिसमें लड़कियाँ ढोलक-मजीरा-तबला-हारमोनियम लेकर धमाचौकड़ी मचा रही थीं। 'शकूना दे, काजे ए' शकुनाखर और 'साँझ पड़ी संझा देवी पाया चढ़ी एनो'

सँझवाती गाने के बाद अब सिनेमा के गीत चल रहे थे। कोई लड़की 'सुनो गजर क्या गाए, समय गुजरता जाए' पर शायद धृष्ट-सा कैबरे कर रही थी क्योंकि गाती हुई लड़कियों के हँसने की आवाज आ रही थी। वे चिल्ला रहीं थी—'बेबी, बेसरम!' अच्छा होता कि डी.डी. तब उस कमरे में चला जाता। नायक-नायिका का प्रथम साक्षात् सामान्य और सुखद परिस्थितियों में हो सकता था तब। किन्तु डी.डी. तब बब्बन के इस प्रश्न से उलझा था : 'अबे डी. डीयन वाँ, बम्बई में बब्बन के लिए चानस भिड़ा रिया है कि नहीं?'

डी.डी. और बब्बन में अक्सर तराईवालों की हिन्दी में नोक-झोंक और बातचीत चलती है।

डी.डी. इसी भाषा में बब्बन को यह समझाता रहा कि 'अभी तो खुद मैं पाव-उस्सल खा के इमली के पत्ते पर दंड पेल रिया हूँ लल्लू।' तराईवाली बोली में भी उसे बम्बई में अपनी नगण्यता का वर्णन उदास करनेवाला मालूम हुआ।

रात देर तक बब्बन और डी.डी. बतियाते रहे कोनेवाले कमरे में। वे सोये तभी जब कर्नल भुवनचन्द्र शास्त्री, जो नायिका के ठुल'दा यानी सबसे बड़े भाई हैं, उन्हें फटकार सुनाने और 'अर्ली टू बेड' की फौजी सलाह देने आए।

डी.डी. सुबह देर से उठा। बँगले के सभी 'बाथरूम' उसने घिरे पाए। पिछवारे चाचाजी ने ऐसे ही अवसर के लिए टाट और बाँस से एक अस्थायी टट्टी बनवा दी थी। डी.डी. ने वहीं शरण ली।

अब नायक-नायिका के प्रथम साक्षात्कार का वर्णन करना है मुझे और किंचित् संकोच में पड़ गया हूँ मैं। भदेस से सुधी समीक्षकों को बहुत विरक्ति है। मुझे भी है थोड़ी-बहुत। यद्यपि मैं ऐसा भी देखता हूँ कि भदेस से परहेज हमें भीरु बनाता है और अन्ततः हम जीवन के सर्वाधिक भदेस तथ्य मृत्यु से आँखें चुराना चाहते हैं। जो हो, यहाँ सत्य का आग्रह दुर्निवार है। यदि प्रथम साक्षात् की बेला में कथानायक अस्थायी टट्टी में बैठा है तो मैं किसी भी साहित्यिक चमत्कार से उसे ताल पर तैरती किसी नाव में बैठा नहीं सकता। अस्तु।

दाएँ से, जहाँ बँगले से अलग बनी हुई किन्तु ढके हुए गलियारे से जुड़ी हुई रसोई है, नायक को चाय के लिए अपनी बुलाहट सुनाई दे रही है। बब्बन चीखकर कह रहा है, "अबे ओय डी.डी.टी. के! क्या कर रिया है वाँ बिलायत में मल्का बिट्टोरिया के धोरे?"

नायक को अपनी हाजिरजवाबी पर नाज है। वह शौच करके उठता है यह जवाब देते हुए कि 'तेरी तरियों के मच्छड़ मार रिया हूँ।' बहुत विलम्ब से वह यह खोज करता है कि टट्टी बनवानेवाले के लिए यह कल्पना असम्भव थी कि इसे छह फुट या उससे ज्यादा कदवाला कोई इस्तेमाल करेगा। तो नायक अब कुर्ता ठोड़ी के नीचे दबाए, इजारबन्द के छोर सँभाले उठंग है, रसोई के बाहर रिश्तेदारों

का मजमा है और बब्बन चिल्ला रहा है, 'ओय उजबक, सुबु-सुबु दरसन क्यों करा रिया है?' और हाँ, कोई हँस रही है, सोच-सोचकर, क्रमशः बढ़ते हुए आवेग से। यह हँसी रसोई और बँगले को जोड़नेवाले गलियारे से फूट रही है। टट्टी के ऐन पास से। तो नायक, जो इजारबन्द बाँध चुका है, दृष्टि घुमाता है और नायिका से उसकी दृष्टि पहली बार मिलती है।

उसका मुँह खुला रह जाता है। जीन सिम्मंसनुमा एक अपरिचित लड़की। गोरी-चिट्टी। गालों में ललाई। नाक थोड़ी-सी घूमी हुई। बाल सुनहरे। आँखें बड़ी-बड़ी और चपल। लड़की के हाथ में ट्रे है। ट्रे में चाय का कुल जमा एक गिलास, जो शायद डी.डी. के लिए है। गिलास हिल रहा है इस हास्यकम्प में। कोई फौजी इस जीन सिम्मंस को झिड़क रहा है और नायक धप-से फिर बैठ गया है। और जब बैठ ही गया है तब बाकायदा इजारबन्द खोलकर ही क्यों न बैठे? वह इजारबन्द का एक सिरा खींचता है, लेकिन अफसोस यह गलत सिरा है। गाँठ खुलने की बजाय दोहरी हो जाती है।

इस तरह गाँठ पर लगी गाँठ के लिए हिन्दी में कोई शब्द नहीं। कुमाऊँनी में है—मालगाँठ किंवा मारगाँठ। नायक सुपरिचित है इस शब्द से क्योंकि फीता हो या नाड़ा खोलते हुए उससे अक्सर मारगाँठ पड़ती आई है। इस मामले में उसका बचपन, जवानी में भी बरकरार है। बस इतना ही कि अब बुआ को आवाज नहीं दे सकता कि मारगाँठ पड़ गई, खोल दो। गाँठ नहीं खुलती तो जूता या पायजामा खींचतानकर उतारता है।

नायक कुछ इस भाव से टट्टी में बैठा हुआ है मानो अपनी जीन सिम्मंस का गलत परिस्थितियों में दर्शन करने के अभियोग में उसे यहीं आजीवन कारावास काटना हो। वह इस सारे प्रसंग से जितना लज्जित है उतना ही उत्तेजित इस खोज से है कि जीन सिम्मंस ने खास उसके लिए अपना एक कुमाऊँनी संस्करण प्रस्तुत किया है।

अब बाहर चाय पीकर क्यू में लगे लोगों की चिल्लाहट प्रबल हो गई है। नायक सिर झुकाए बाहर आ गया है। हाथ धोकर वह चाय लेने रसोईघर नहीं जा रहा है। पिछवारे-पिछवारे वह बँगले का चक्कर काटकर दूसरी ओर कोई शरणस्थली ढूँढ़ने निकला है। इस यात्रा में उसे सिसूँण (बिच्छूघास) चुभ रही है।

वह एक ऐसे स्थान पर जा पहुँचा है जहाँ से नीचे मुफलिस हो चुके टेनिस कोर्ट की ओर सीढ़ियाँ उतरी हैं। इसी मैदान में बब्बन शामियाना लगाए जाने की देखरेख कर रहा है। कुछ बच्चे रिसेप्शन के लिए आई कुर्सियों-सोफों पर कूद रहे हैं।

नायक एक सीढ़ी पर बैठ गया है। उसके मन में दो परस्पर-विरुद्ध प्रार्थनाएँ झकझोरी कर रही हैं। पहली यह कि जो लड़की मैंने अभी-अभी देखी, इस जनम में फिर कभी उससे सामना न हो। दूसरी यह कि जब तक साँस चल रही है मेरी तब तक यही लड़की प्रतिपल मेरी आँखों के सामने रहे। प्रेम होता ही अतिवादी है।

यह बात प्रौढ़ होकर ही समझ में आती है उसके कि विधाता अमूमन इतना अतिवाद पसन्द करता नहीं। खैर, सयाना-समझदार होकर प्यार, प्यार कहाँ रह पाता है!

तो नायक का एक मन हो रहा है कि अभी यहीं से सीधा भाग जाऊँ बम्बई और एक मन यह हो रहा है कि सारे बँगले में यह कहता डोलूँ, वह कौन थी? वह कहाँ है? अरे कोई उसे बुलाओ!

हमारा नायक इसी ऊहापोह में डूबा है कि दूसरा सीन शुरू होता है। इतने दबे-पाँव आई है कोई कि आहट तभी हुई जब वह एक सीढ़ी ही ऊपर थी। नायक ने पलटकर एक झलक देखी है और फिर झटपट क्षितिज निहारने में जुट गया है मानो यही उसका पुश्तैनी पेशा हो।

"चहा[1]।"

"रख दीजिए।"

"रख दी। पी लो।"

"पी लूँगा।"

"कब?"

"थोड़ी देर में।"

"ठंडी हो जाएगी।"

"मैं गरमागरम पीता भी नहीं।"

"फूँक मारकर ठंडी कर दूँ भाऊ[2]?"

अब क्रुद्ध डी.डी. देखता है 'जीन सिम्मंस' को, जो आराम से उसके पास बैठ गई है और उसे इस तरह देख रही है मानो वह कोई अजूबा हो! जीन सिम्मंस को उसका क्रुद्ध चेहरा देखकर हँसी आने को हो रही है क्योंकि इस चेहरे को वह उसी अस्थायी टट्टी से उभरा देख रही है मन में! कहती है, "अब मुझे हँसाना मत। तब हँसाया तो सुबह-सुबह डाँट पड़वा दी गन्दे।"

चाय पीते हुए नायक मुँहतोड़ जवाब की तलाश में एक बेतुके जवाब तक पहुँचता है, "आपकी वजह से मेरे मारगाँठ पड़ी गन्दी!"

"मारगाँठ?"

"हाँ मारगाँठ! मारगाँठ नहीं जानती?" नायक कहता है और, हद हो गई, कुर्ता उठाकर उस दोहरी गाँठ का नायिका को कुछ ऐसे दर्शन कराता है मानो वह इजारबन्द नहीं, उसकी आत्मा हो।

नायिका को हँसी का दौरा पड़ता है। नायक को अपनी बेतकल्लुफी और बेपर्दगी का अहसास होता है। कुर्ता गिराते हुए वह सीन पर पर्दा गिरानेवाले अन्दाज में कहता है, "चलिए हम आपके लिए कुछ हैं तो, हास्यास्पद ही सही।"

---

1. चाय, 2. बच्चे।

वह चाय पीते हुए सीढ़ियाँ उतरने लगता है। वह दूसरी भी सीढ़ियाँ उतर रही है लेकिन वह पलटकर देखता नहीं।

"हास्या क्या?" वह पूछती है।

"हास्यास्पद, जिस पर लोग हँसे," नायक मास्टराना अन्दाज में जवाब देता है।

"ओ!" वह कहती है, "अच्छा, क्या बच्चे भी हास्यास्पद होनेवाले हुए? उन पर भी तो हम हँसते हैं।"

"नहीं, बच्चे हास्यास्पद नहीं होते," नायक अब भी मास्टराना है।

"लेखक होकर फिर कैसे कह दिया हास्यास्पद? बच्चा कहना था न!"

नायक रुक जाता है। नायिका से मुखातिब होता है। अपने कद को वृक्षासन में तान लेता है और कहता है, "मैं और बच्चा! चाहे जैसे देख लीजिए मैं आपसे बहुत बड़ा हूँ। यह तो गनीमत समझिए कि आप-जैसी मूरख कस्बा-कन्या को इतनी लिफ्ट दे रहा हूँ।"

"लिफ्ट?" प्रश्न में जिज्ञासा नहीं, शुद्ध चुनौती है।

"एल आई एफ टी—लिफ्ट।" नायक प्रश्न को कूढ़मगज की जिज्ञासा ही मानकर अपनी उद्दंडता का परिचय दे रहा है।

नायिका अब उसकी राह छेंककर खड़ी हो गई है। कह रही है, "दो!"

"क्या?"

"एल आई एफ टी लिफ्ट!" नायिका का हँसी-यंत्र शुरू होने को है, "उठाकर दिखाओ न!"

वह कद्दावर है लेकिन कसरती नहीं। इस बलिष्ठ बालिका को उठा सकेगा, इसमें थोड़ा संशय है उसे। और किसी भी बालिका को सरेआम उठाना उसे नैतिक दृष्टि से भी निरापद नहीं मालूम होता।

वह खिसियाकर मुस्कराता है और कहता है, "जाइए छोड़ दिया बच्ची समझ के, वरना आप जैसों को तो हम छोटी उँगली पर ऐसे उठा दें, ऐसे।"

टेनिस कोर्ट से बब्बन इधर सीढ़ियों की ओर आ रहा है। उसे देखकर नायिका जाने को मुड़ती है। जाते-जाते पूछती है दबी जबान में, "मानामूनी में भी यही कहोगे गोबरधन गिरधारी?"

मानामूनी फेरों के समय की रस्म है जिसमें वर के सामने वधू की ओर से वैदिक चुनौतियों की एक फेहरिस्त पेश की जाती है, उनमें से एक यह भी है कि वधू को अपनी दाईं ओर से उठाकर बाईं ओर बैठाकर दिखाओ। इस तरह की चुनौतियाँ महज रस्मी मानी जाती हैं लिहाजा भली वधुएँ खुद ही उठकर इधर से उधर चली आती रही हैं।

नायक जानना चाहता है कि नायिका ने यह अन्तिम टिप्पणी क्यों की? इसलिए कि वह अपमानजनक शरारत और शरारती अपमान को यह कहकर पराकाष्ठा पर

पहुँचाना चाहती थी कि तुम अपनी वधू को मानामूनी में उठा नहीं पाओगे? या कि यह एक प्रच्छन्न संकेत था कि वहाँ उस मानामूनी में वधू मैं ही होऊँ ऐसा कुछ-कुछ इरादा हो चला है मेरा।

लेकिन नायक के पास विवेचना के लिए समय नहीं है। बब्बन आ गया है। चलो इससे नायिका के बारे में कुछ पूछूँ, शायद उससे स्थिति स्पष्ट हो, ऐसा सोचता है नायक।

"बब्बन डियर! ये जो लड़की चाय लेकर आई थी, ये किसकी लड़की है? कहाँ की है?" नायक का अन्दाज बुजुर्गाना है मानो उसका कोई विवाह-योग्य बेटा हो और वह उसके सन्दर्भ में यह जानकारी चाह रहा हो।

"किसकी आँगनी दाख?" बब्बन काज-गीत[1] की एक पंक्ति हँसकर दुहराता है। किसके आँगन की द्राक्षा? और कहता है, "भूल जाओ बिरादर। ये अंगूर खट्टे मान लो, समझे!"

बब्बन, डी.डी. को बेबी का परिचय देता है और विस्तार से समझाता है कि क्यों बेबी डी.डी. को मिल नहीं सकती।

"ना मिले!" डी.डी. सिर झटककर कहता है, "तू तो ऐसे कह रहा है मानो मैंने उससे शादी की बात कही हो। परिचय नहीं था इसलिए पूछ लिया कौन है।"

"ना मिले!" बब्बन ने कहा, "बिरादर, इसी बात पर सुन यह ट्यून। रेडी वन टू थ्री। नाऽ मि लेऽऽऽ! नाऽ मि लेऽऽऽ! नाऽ मिले ऽऽऽ! नाऽ मिले ऽऽऽ! प्रिय तुम ऽऽ ना मिले! हर ना मिले के साथ पियानो पर बैंग। फिर ड-ड-डा-डा-ड-ड-डा-डा-डा! मैं आऽ न सका उस ओर प्रबल अ-अ-अ-अ प्रतिकूल प्रगति थी धाऽराऽ की ई-ई-ई। हर अ-अ और ई-ई के साथ बाँसुरी और वायलिन पर मुरकीदार अवरोह...।"

बब्बन ट्यून की बारीकियाँ समझा रहा है। माचिस की डिबिया उसका तबला है, जीभ और होंठ जमाने-भर के साज। वह गा रहा है। अपनी मुकेशनुमा आवाज में जिसमें मिठास के साथ चुटकी-भर बेसुरापन-नकसुरापन भी मिला हुआ है।

डी.डी. गाना ध्यान से सुन नहीं रहा है। वह 'ना मिले' उसके दिल के पियानो पर 'बैंग' जरूर हर बार कर रहा है। इस विस्फोट के मध्य उसके मन का एक कोना कतई शान्त है और वहाँ बैठकर वह बराबर यही सोच रहा है कि नायिका ने वह टिप्पणी इसलिए की थी कि वह उसका मखौल उड़ाना चाहती थी या कि इसलिए कि वह सद्य:मुकुलित प्रीत का एक प्रच्छन्न संकेत देना चाहती थी। दुहराव से प्रश्न इतना स्पष्ट हो चुका है कि अब पूरा-का-पूरा नहीं कहना पड़ता। केवल 'या कि' से काम चल जाता है। पर्याप्त है संशय का यह दो आखर। इसी को भेजता है वह, जैसे रिकार्ड पर सूई अटक गई हो, या जैसे अनवरत मौन जाप का व्रत ले लिया हो।

---

1. कार्य गीत, रस्मों के साथ गाए जानेवाले गीत।

भजता है और विह्वल हुआ जाता है अबोध कि फैसला कर क्यों नहीं पाता। जानता नहीं कि यही दो आखर, उस ढाई आखर का नींव पत्थर है। और जब पोढ़ा हो जाएगा इसे जपते-जपते तब पहुँच जाएगा परम संशय पर—यह मैं हूँ या कि तू है?

विवाह और विदा की गहमागहमी में अटक गई है प्रेम-कथा। प्रेम-कथा है न, इसीलिए अटकाव है। कौतुक-प्रीत की बात होती तो यही गहमागहमी दो जनों की छेड़छाड़, छुआ-छुऔवल के लिए आदर्श आड़ बन सकती थी। यों ऐसा भी नहीं कि छेड़छाड़ हो ही न रही हो। लेकिन एकतरफा है वह। नायिका की तरफ से है ऐसा अनुमान मात्र ही कर सकता है नायक।

वह शायद नायिका ही थी जो उसके कोट की पीठ पर पर्ची पिन कर गई थी 'लम्बू लाटा'। लाटा यानी गूँगा, मूरख। इस पर्ची की वजह से द्वाराचार के समय उसकी हँसी हुई। कन्यादान के समय बीच-बीच में उसके टीप मार जानेवाला हाथ शायद नायिका का ही था। फेरों से कुछ पहले रात जब वह गुस्लखाने में गया था तब शायद नायिका ने ही बाहर से साँकल लगा दी थी। और सद्य:विवाहितों की आरती हो जाने के बाद जब डी.डी. युव-मंडली में अपने बम्बइया संस्मरणों से रंग जमा रहा था तब शायद नायिका ने ही उस बच्चे को सिखाकर भेजा था कि "जा पूछ–दाज्यू, तुम्हारी बम्बई में मारगाँठ खोलने की मजूरी क्या मिल जाती होगी?"

डी.डी. अनाथ होने के कारण कभी भी मध्यवर्गीय घरेलू जीवन के केन्द्र में नहीं पहुँच सका है। बुद्धिजीवी होने के अहसास ने उसे इस दूरी को बढ़ाने के लिए ही प्रेरित किया है और बम्बई जाकर तो वह सचमुच इस जीवन से कट ही गया है। विवाह-विदा की तमाम रस्मों से उसकी यों भी दिलचस्पी नहीं और दालभात में मूसरचन्द बनने में उसे संकोच भी होता है। उसका बस चलता तो वह कोई उपन्यास पढ़ता रहता या सुख की नींद सोता। लेकिन उसका बस चला नहीं है। वह हर रस्म में मौजूद रहा है ताकि उसे देख सके। कोई ऐसा स्पष्ट संकेत पा सके उन आँखों से जो 'या कि-या कि' करते आरे से उसकी आत्मा को मुक्ति दिला सके। वह हर रस्म में इसलिए भी मौजूद रहा है कि आप अपने विचार पर शरमाते हुए यह सोच सकें कि अगर यही बेबी वधू हुई तो उसे इन तमाम बेमतलब रस्मों से गुजरने में कोई ऊब न होगी।

बेबी है कि जब भी नजर आ रही है इस भीड़-भाड़ में तो गुमसुम निगाहों से ही उसे देख रही है, हाँ गुड़िया और अन्य हमउम्र बहनों के साथ खूब बोल-चहक रही है। क्या वह उसके प्रति इसलिए गुमसुम है कि अपनी 'या कि' में उलझी हुई है? या कि वह उसकी उपेक्षा कर रही है? 'या कि' से कोई मुक्ति नहीं।

कुछ गड़बड़ इस वजह से भी हुई है कि बेबी के सबसे बड़े भाई कर्नल शास्त्री, जो फोटोग्राफ उतार रहे हैं विवाह के, गैर-कसरती, गैर-फौजी डी.डी. से बहुत चिढ़े हुए हैं। उन्हें इस बेरोजगार युवक का अपनी छोटी बहन को यों घूरना पसन्द नहीं आ रहा है। वह फोटोग्राफी के बारे में उसकी बिनमाँगी सलाह से भी दुखी हैं। उन्हें इस फटेहाल का अच्छी अंग्रेजी बोलना भी आपत्तिजनक-सा मालूम हो रहा है। और विचित्र किन्तु सत्य कि पाँच फुट साढ़े ग्यारह इंच के कर्नल शास्त्री को किसी अन्य का सिक्स थ्री होना भी कष्टदायक प्रतीत हो रहा है।

सुबह दस बजे विदा हुई। उसके बाद शेष दिन में ऐसा कुछ नहीं हुआ जो किसी गिनती में हो। लेकिन प्रेम जब गिनने बैठता है तो बहुत उदारता से। डी.डी. ने विदा के बाद के उन घंटों में इतनी अधिक बातें स्मृतिलेखा में दर्ज कीं कि उन्हें गिनवाने में ही घंटों लग जाएँ। बतौर बानगी यहाँ दो-चार बातें बता देना काफी होगा।

बारात को विदा करने के बाद जब घराती लोग 'कुँवर-कलेवा[1]' के लिए बनाए गए पूरी सिंगल[2]-गुटके[3]-रायता-चटनी को लंच का दर्जा दे रहे थे तब बेबी ने डी.डी. को एक पूरी दी और धीमे-से कुमाऊँनी में कहा, "ये किसी की बनाई हुई और जूठी की हुई है, जरूर खा लेना हाँ।" और जब उसने चटनी लगाकर खा ली तब बेबी ने मानो हवा से कहा, "गुड बॉय! गुड बॉय।" गुड़िया ने पूछा, "कौन हो रहा गुडबॉय?" बेबी ने आँखें नचाकर कहा, "जो है वही हो रहा, और कौन होगा!"

इसी लंच के दौरान जब डी.डी. बब्बन से गीता बाली के रूप और अभिनय की प्रशंसा कर रहा था तब खाना परोसने में व्यस्त बेबी पहले तो 'ए बैरी बलम सच बोल रे, इब क्या होगा?' गीता बाली की ताजा फिल्म का यही गीत गुनगुनाती रही। फिर उसने कहा, "गीता बाली कितनी मोहीली है ना! मैं जो बम्बई में होती तो उससे अब तक शादी कर रखती। पता नहीं क्या शुकदेव मुनि हैं वहाँ के लड़के क्याप!"[4]

भोजन के बाद बेबी ने डी.डी. को पान का बीड़ा अपने हाथों से लगाकर दिया। बीड़ा देते हुए उसकी अँगुलियाँ डी.डी. की अँगुलियों से छू गईं। छुअन के क्षण नायिका और नायक की निगाहें मिलीं। नायिका मुस्कराई और उसने दबे स्वर में पूछा, "करेंट तो नहीं लगा?"

पान में चूना बहुत तेज था, तम्बाकू बहुत ज्यादा। डी.डी. का मुँह कट गया। उसे हिचकियाँ आती रहीं। बेबी ने उसे पानी का गिलास लाकर दिया और हिचकियाँ आने के सन्दर्भ में कहा, "गीता बाली याद कर रही होगी।"

---

1. शादी की अगली सुबह बरात को दिया जानेवाला भोज, 2. सूजी का जलेबीनुमा पकवान, 3. आलू की सूखी सब्जी, 4. अजीब से।

"जीन सिम्मंस!" डी.डी. ने पानी पीकर उद्घोष किया, "गीता बाली नहीं, जीन सिम्मंस।"

"जो होगी तुम्हारी यह घोड़े की जीन!" बेबी ने मुँह बिचकाया।

दोपहर जब सब लोग खा-पीकर अलसा रहे थे। बेबी और उसकी हमउम्र लड़कियाँ एक कमरा बन्द करके दबी जबान में बातें कर रही थीं और खिखिया रही थीं। बगल के कमरे में बब्बन और बेबी के ठुल'दा कर्नल भुवनचन्द्र शास्त्री के साथ लेटा हुआ डी.डी. यह जानने को मरा जा रहा था कि बातचीत का विषय क्या है? सहसा बेबी ने आवाज उठाकर (नायक को सुनाने के लिए?) कहा, "सबसे भला यह कि कोई लाटा मिल जाए!" लाटा यानी गूँगा यानी बुद्धू यानी डी.डी.? बेबी की टिप्पणी पर भीतर ठहाका बुलन्द हुआ और कर्नल साहब ने उठकर अपनी बहन को फटकार सुनाई।

तीसरे पहर चाय पीने के बाद संगीत मंडली जमी। बब्बन और उसकी छोटी बहन गुड़िया तो खैर अच्छा गाते ही हैं, बेबी की आवाज भी सुरीली है। उसने एक फिल्मी गीत सुनाया। 'महफिल में जल उठी शमा।' डी.डी. से गुड़िया ने अनुरोध किया कि कुछ गाए। और बब्बन ने सख्त ताकीद की कि बहुत-से गानों की एक-एक पंक्ति गाकर बाकी याद नहीं है कहनेवाला अपना नखरा मत दिखाना। डी.डी. ने बहुत सोचा और फिर एक कुमाऊँनी गीत गाया। यह भी उसे पूरा याद नहीं था। लेकिन इसकी एक पंक्ति ही काफी थी—'तेरो जूठो मैं नी खाँछ्यूँ, माया ले खवायौ सुआ।' तेरा जूठा मैं नहीं खाता, प्रीत ने खिलवा दिया, सुग्गी!

नायक की आवाज थोड़ी महीन है, ऐसी चीखने-चिल्लानेवाली मुरकीदार बन्दिश में चल जाती है। नायिका सुनकर मुस्कराई और फिर उसने एक विचित्र-सी टिप्पणी की, "वह पूरी तो दया'दी की जूठी की हुई थी।"

इस टिप्पणी पर गुड़िया हँसी, बाकी लोग विस्मित हुए। नायक ने गाना बन्द कर दिया। आगे की पंक्तियाँ उसे याद नहीं थीं। गुड़िया और बेबी दोनों से पूछा गया कि उस टिप्पणी का क्या मतलब था लेकिन उन्होंने सिवाय खिलखिलाने के और कोई उत्तर नहीं दिया। कर्नल साहब नाराज हुए।

मंडली बर्खास्त हो गई। नायक अहाते की रेलिंग पर झुककर खड़ा हो गया। थोड़ी देर में बेबी और गुड़िया आईं। उनके साथ दुबली-पतली, तीखे नाक-नक्श और उदास आँखोंवाली जनम-जनम की साइड हीरोइननुमा एक लड़की थी। परिचय दिया गया कि यह दया है, बेबी की ढोलीगाँव[1] ब्याही बुबू (बुआ) की बेटी। दया पैलागा करने को झुकी। डी.डी. ने रोका।

---

1. ब्राह्मण बिरादरियाँ अपने गाँवों से पहचानी जाती हैं। अक्सर गाँवों के नाम के पुरानी राजधानियों (चम्पावत और अल्मोड़ा) में मोहल्ले भी हैं।

गुड़िया ने दया का गुणगान किया। कितनी सुघड़ और हुसियार है। बेबी ने गुणगान किया। साहित्यानुरागी है। डी.डी. का समस्त साहित्य पढ़ चुकी है। हिमानी नाम से कविताएँ लिखती है। इसकी एक कविता सुमित्रा मम्मा ने[1] पसन्द की। 'संगम' में छपने भेजी है।

दया से अनुरोध किया गया कि कविता सुनाए। दया ने कहा कि "मैं कभी कविताओं वाली कॉपी ही दे दूँगी। याद मुझे रहती नहीं, सुनाना मुझे आता नहीं।" अब गुड़िया ने डी.डी. का गुणगान शुरू किया। दया ने कहा कि रसोई में मेरी राह देख रहे होंगे।

दया के जाने के बाद गुड़िया और बेबी एक-दूसरे की ओर देखकर हँसती रहीं। फिर बेबी ने नए सिरे से दया का गुणगान शुरू किया।

इस बातचीत का उद्‌देश्य समझकर, अपने 'या कि' का सर्वथा अप्रत्याशित उत्तर पाकर, नायक विह्वल हुआ और विह्वलता ने उसे धृष्टता प्रदान की। वह सीधा और साफ बोला, "मुझे होशियार लड़कियाँ पसन्द नहीं। कभी मेरे लिए लड़की ढूँढ़ने ही बैठो गुड़िया तो बुद्धू-सी ढूँढ़ना कोई।"

"बुद्धू-सी कैसी?" गुड़िया ने हँसते हुए पूछा, "ये हमारी बेबी जैसी?" और नायक ने बहुत मासूमियत से सिर हिलाकर स्वीकृति दे दी। नायिका ने नायक के सिर हिलाने की नकल उतारी और फिर उसे हँसी का दौरा पड़ गया। गुड़िया के गले में हाथ डालकर वह हँसती-हँसती टेनिस कोर्ट की ओर भाग गई। नायक ने पीछा नहीं किया। करना चाहिए था।

गोधूलि। डी.डी. बँगले के सामने जंगली गुलाब के झाड़ के पास खड़ा हुआ था। सूने बरामदे में बेबी आई और हुँ-हुँ-हुँ करके एक धुन गुनगुनाने लगी—'छुप-छुप खड़े हो जरूर कोई बात है।'

डी.डी. को जवाब में कुछ गुनगुनाने की जरूरत महसूस हुई। इसी फिल्म का 'कभी आर, कभी पार लागा तीरे नजर' गुनगुनाए? नहीं, यह उसकी, उसके प्यार की गरिमा के अनुरूप नहीं होगा।

तो यद्यपि रात अभी हुई नहीं थी, नायक गुनगुनाया, पंकज की एक धुन, 'ये रातें, ये मौसम, यह हँसना-हँसाना।'

नायिका ने स्वयं चुप होकर नायक का गुनगुनाना सुना और फिर उसके साथ-साथ अन्तरा स्वयं भी उठाया, उससे कहीं बेहतर स्वर में। अब नायक चुप हो गया और नायिका को अपलक आँखों से सुनते हुए नायिका की ओर बढ़ता गया। जब वह बिलकुल करीब आ गया तब उसने गुनगुनाहट को शब्द भी दे दिए, 'तुम्हारा, मेरे साथ यों गुनगुनाना। हमें भूल जाना, इन्हें ना भुलाना, भुलाना, भुलाना।' नायिका हँसने लगी।

---

1. मामा।

और तभी बब्बन ने आकर टिप्पणी की कुमाऊँनी में, "ठहरो, ठहरो, बच्चो! अभी भुलवाते हैं बेबी के ठुल'दा।"

नायिका ने हथेली उलटी करके अपना मुँह-नाक ढाँप लिया कि यही अदा है उसके झूठमूठ लजाने की।

रात। खाना खाने के बाद डी.डी. और बब्बन बँगले के बाजू अँधेरे में बुजुर्गों से छिपकर धूम्रपान का सुख लूट रहे हैं।

तभी पास एक कमरे की बिजली जलती है। दोनों सिगरेट हथेली में छिपा लेते हैं। कमरे की खिड़की पर बेबी प्रकट होती है। उसकी गोद में एक बच्चा है। बब्बन उससे बिजली बुझाने को कहता है।

अब नायक सुनता रहा कि उस अँधेरे कमरे में नायिका बच्चे को चूम रही है बार-बार और एक अंट-शंट लोरी बनाकर उसे सुलाने की कोशिश कर रही है। इस लोरी में एक शब्द का बारम्बार उपयोग किया जा रहा है—'लाटा'।

उस रात सब जल्दी सो गए, थके जो थे। लेकिन नायक को नींद नहीं आई। वह देर तक साथ लेटे बब्बन को बातों में उलझाए रहा लेकिन आखिर वह भी दो-चार लम्बी उबासियाँ लेकर सो गया। रसोईघर से जूठे बर्तन माँजे जाने की आवाज आनी भी बन्द हो गई।

नायक उठा और बँगले के अहाते की रेलिंग पर जा खड़ा हुआ। नीचे, बहुत नीचे, ताल की रोशनियाँ नजर आ रही हैं। नायक ने चाहा कि कोई और भी उठकर आए और इसी तरह चुपचाप इन सुदूर रोशनियों को देखता रहे। दो लोग, दो घड़ी, साथ-साथ इतना-इतना अकेलापन अनुभव करें कि फिर अकेले न रह पाएँ।

लेकिन कोई नहीं आया।

और नायक ने तब अनुभव किया कि अकेलेपन में भी कुछ है जो नितान्त आकर्षक है, सर्वथा सुखकर है लेकिन अफसोस कि उसे पा सकना अकेले के बस का नहीं।

उसने सिगरेट रेलिंग पर मसलकर बुझा दी। एक गहरा निःश्वास छोड़ा और फिर ठंड में सिहरते हुए गुनगुनाया, "हमें भूल जाना, इन्हें ना भुलाना।"

और उसे लगा कि प्यार एक उदास-सी चीज है, और बहुत प्यारी-सी चीज है उदासी।

कमरे की ओर लौटते हुए उसका पाँव एक गमले से टकराकर छिल गया। उसके हाथ-पाँव अक्सर इसी तरह चीजों से टकराते रहते हैं। शायद इतनी ऊँचाई से उसकी आँखें नीचे आई रुकावटों को देख नहीं पातीं!

अब वह उदास ही नहीं, आहत भी था। उदास और आहत, दोनों होना, उसे कुल मिलाकर प्रेम को परिभाषित करता जान पड़ा।

नायक ने विदा के बाद उन घंटों में कम-से-कम पचास बातें याद रखने लायक मानकर मन में अंकित कीं, उनमें से कुल पाँच और सो भी संक्षेप में प्रस्तुत करने के बाद मुझे ऐसा लगता है कि अनावश्यक विस्तार में चला गया हूँ। नायक के लिए रही हों, लेकिन हमारे-आपके लिए क्या सचमुच ऐसी बातें उल्लेखनीय या स्मरणीय हैं? यह भी सोचना पड़ता है कि जब यही, अथवा इनसे मिलती-जुलती बातें, पहले के साहित्यकार लिख गए हैं, आज के मनोवैज्ञानिक विश्लेषित कर चुके हैं, तो मैं इन्हें दोहरा-समझाकर आपका-अपना अमूल्य समय क्यों नष्ट करूँ?

अगर भावनाओं के वैज्ञानिक सूत्र बन गए होते, अगर भावनाओं का जैव-रसायन स्पष्ट हो चुका होता, या अगर आप और मैं मान चुके होते मन से कि प्रेम को वही जानता है जो समझ गया है कि प्रेम को समझा ही नहीं जा सकता, तो मुझे यह सब झंझट नहीं करना होता। सचमुच ढाई आखर से काम चल जाता। सम्प्रति मैं ब्योरे में जाने को बाध्य हूँ, ब्योरे को ही भावना मानने के लिए अभिशप्त हूँ। यही कहकर आपसे अनुग्रह की याचना कर सकता हूँ कि नायक अपने अनुभव को इसलिए अद्वितीय मानता है क्योंकि वह एक मानवीय इकाई है और हर मानवीय इकाई अद्वितीय है। चाहे अनगिनत प्रेम-कहानियाँ लिखी जा चुकी हों, इस नायक विशेष की प्रेम-कहानी नहीं लिखी गई है। अस्तु!

तो अगले दिन सुबह उठने से लेकर रात सोने तक डी.डी. ने सवा सौ बातें और पच्चीस दृश्य अपने मन में अंकित किए। बातों को छोड़ ही दें। प्रेमी जिन्हें दर्ज करते हैं उन बातों के सन्दर्भ में यही प्रतिक्रिया होती है कि यह भला कोई बात है! अब देखिए न, नायक ने एक बात यह नोट की कि नायिका ने उस दिन जो दो पोशाकें पहनीं, दोनों का रंग गुलाबी था और गुलाबी, नायक का चहीता रंग है। यह एक संयोग भी तो हो सकता था। या-कि-वाद के दुराग्रह में यह सोचने की क्या जरूरत है कि यह महज संयोग है या कि गुड़िया से बेबी ने यह जाना है कि गुलाबी, डी.डी. दाज्यू[1] का प्रिय रंग है और इसीलिए वह गुलाबी पोशाकें पहने है। और एक बार सोच भी लें तो इस ओर ध्यान क्यों न दें कि इससे पहले दिन, अगले दिन नायिका ने गुलाबी पोशाक क्यों नहीं पहनी?

पच्चीस दृश्यों के प्रसंग में यह निवेदन करने की अनुमति चाहूँगा कि डी.डी. को अब यह भ्रम हो चला है कि वह डी.डी. नहीं, परमात्मा द्वारा लिखित और

1. भाई साहब, ज्यू का अर्थ 'जी' है।

दिग्दर्शित एक प्रेम-प्रधान फिल्म का नायक है। अनाड़ी और अनिच्छुक-सा है नायक, यह समझते हुए परमात्मा ने नायिका की भूमिका में जीन सिम्मंस को उतारा है कि शायद इसी से प्रेरित होकर नायक बढ़िया अभिनय कर सके।

परमात्मा की इस फिल्म की शूटिंग में री-टेक नहीं होता। नायक ने अपने सभी स्नायु-तार कस डाले हैं कि परमात्मा को निराश न करे।

पच्चीस-के-पच्चीस दृश्य यहाँ दिखाना ज्यादती होगी। परमात्मा की फिल्म पर कैंची चलाने की धृष्टता पर केवल चार दृश्य दिखाने की अनुमति चाहता हूँ।

सुबह। बँगले का कोनेवाला छोटा कमरा। कमरे में कोई नहीं है। लेकिन कमरे से लगे बाथरूम से नल चलने की और नायक के गुनगुनाने की आवाज आ रही है। वही सिगनेचर-ट्यून—'हमें भूल जाना'। नायिका कमरे में आती है। मेज पर खुली पड़ी किताब उठाती है। अटक-अटककर उसका शीर्षक पढ़ती है 'हाऊ ग्रीन वॉज माई वैली।' अपने पल्ले नहीं पड़तीं ये बातें—कुछ ऐसा भाव जताते हुए वह पुस्तक फिर मेज पर रख देती है और कहती है, "पंकज मलिक, चहा पेला?"

नायक तौलिए से मुँह पोंछते हुए कमरे में आता है और कहता है, "जरूर पीएँगे कानन बालाजी! आज हमें आपने बेड-टी उर्फ मगन चहा देकर ही टरका दिया। बेमांटी हुई सरासर। दूसरी बार वाला मगन चहा हमें मिला ही नहीं।"

"मगन चहा की अंग्रेजी क्या ठहरी?" नायिका मुस्कराते हुए पूछती है।

"ए कप दैट चीयर्स!" नायक जवाब देता है।

"कुछ खाने को?" नायिका जाते हुए पूछती है।

"खास इच्छा नहीं है। कोई बढ़िया-सी चीज हो तो नीयत बिगाड़ी जा सकती है।"

"अपना खोपड़ा ले आऊँ, वह तो थोड़ा-सा खा लोगे?" नायिका दरवाजे पर रुककर, घूमकर पूछती है।

"शौक से ला सकती हैं अपना खोपड़ा, उसे खाने में बदहजमी का कोई खतरा नहीं।"

नायिका चली जाती है। नायक एक क्षण मुस्कराता रहता है, फिर 'हाऊ ग्रीन वॉज माई वैली' उठाकर पढ़ने लगता है। वह इस उपन्यास में पूरी तरह डूब गया है। कथानक के अनुसार उसके चेहरे पर भाव आ-जा रहे हैं। कभी-कभी तो वह उसकी कोई पंक्ति उचार भी देता है। हँसी का प्रसंग आता है तो हँसता है। रुलाई का प्रसंग आता है तो रुआँसा हो जाता है। यही ढंग है उसका कहानी-उपन्यास पढ़ने का। ऐसे में उसे कोई देख ले तो यही कहेगा—पगला कहीं का।

उसे अब कोई देख रही है लेकिन कथानक में उलझा हुआ वह दीन-दुनिया से इतना बेखबर है कि देखनेवाली को देख नहीं पा रहा है। वह यह भी नहीं सुन पा रहा है कि वह जो आई है, कह रही है, "चहा!"

नायिका आवाज उठाकर दुहराती है, "चहा।"

स्वर नायक के कानों में पहुँचता अब जरूर है लेकिन मस्तिष्क उसे विश्लेषित करने से इनकार कर देता है। लिहाजा किताब पर से आँख हटाए बगैर वह पूछता है, "हूँह?"

"चहा!" नायिका चीखती है।

चाय और नायिका दोनों की सुखद उपस्थिति अब उसका मस्तिष्क अंकित करता है। वह सक्रिय होता है, चहककर कहता है, "चहा, अहा!"

कुछ ज्यादा ही सक्रिय होता है। उसकी उत्साही हथेली गिलास को थामती नहीं, थप्पड़-सा मारकर गिरा जाती है। चाय गिर जाती है, नायक की अँगुलियों पर, नायिका के पाँव पर, फर्श पर।

नायिका पाँव झटकते हुए सिसकारी भरती है।

नायक अँगुलियाँ झटकता हुआ, "सॉ-ऑ-ऑ-री" कहकर क्षमा माँगने की औपचारिकता और चीख मारने की विवशता दोनों का निर्वाह करता है।

"गन्दा कर दिया न फर्श!" नायिका कहती है, "अब बब्बन'दा रिसाएगा,[1] सब्बेरे उठकर उसने झाड़ू-पोंछा कर रखा।"

नायक, बब्बन के सफाई-खब्त से सुपरिचित है। तो वह इधर-उधर देखता है और फिर मेज पर से एक कागज का टुकड़ा उठाता है और फर्श से चाय पोंछने की कोशिश करता है।

"इसे कहते होंगे तुम्हारी बम्बई में पोंछा लगाना!" नायिका प्यार-भरी व्यंग्य-फटकार सुनाती है। वह भीतर जाकर पोंछा लाती है और फर्श पोंछ देती है।

और तब फर्श पर बैठी हुई नायिका अपने अँगूठे से जरा ऊपर उभर आया एक नन्हा-सा फफोला लख करके कहती है, "जलाना ही आनेवाला ठहरा, गन्दे!"

नायक थोड़ा पसोपेश में है। उसे यह कहना है कि मैं भी तो जला हूँ या कि क्षमायाचना करनी है?

"आप," वह कहता है, "इस पर जल्दी कुछ लगा लीजिए न, हल्दी और गोले का तेल या जम्बक या..."

नायिका अपनी बडरी आँखियाँ अपने अँगूठे से उठाकर उसके चश्मे पर जमाती है और पूछती है, "यह आप-आप क्या लगा रखी? मैं देसवाली[2] हूँ कोई!"

कुमाऊँनी आत्मीयता को तू-तड़ाक में विश्वास है और 'आप' सम्बोधन वह देसवाली यानी मैदानी लोगों को मुबारक करती है, ऐसा स्मरण कराए जाने पर अब नायक कहता है, "आप, आई मीन तुम..." नायिका उसकी बात काटकर संशोधन करती है, "तू। आई मीन तू ऽऽ।"

नायक कहता है, खासे संकोच से, "तू।"

नायिका आँखें बन्द करके, सिर हिलाकर, नायक का अनुमोदन करती है। फिर कहती है, "मेरा नाम आई मीन तू, तेरा नाम आई मीन मैं। मैं पगली कि तू पगला?"

1. गुस्सा करना, 2. गैर-पहाड़ी।

नायक कहता है, "मैं और तू होश में, बाकी सारी दुनिया पगली" कहता है और वहीं फर्श पर उकड़ूँ उसके पास बैठ जाता है।

नायिका अपना चेहरा अँगूठे की ओर झुकाती है और जीभ लपलपाती है। कहती है, "जानवरों का भला हिसाब, चोट लगी, चाट लो। मेरे कहने का मतलब मुझसे तो चाटा ही नहीं जा रहा।"

फिर वह नायक की ओर नजर उठाती है और पूछती है, "चाट देगा तू?"

नायक तय नहीं कर पाता कि बात शुद्ध मजाक में कही गई है कि थोड़ी गम्भीरता भी है उसमें?

प्यार सतत परीक्षा का एक क्रम है, ऐसा मानते हुए नायक नजदीक आकर अपना सिर उसके पाँव पर झुकाता है और दृष्टि फफोले पर जमा देता है। वह मानो उस पर ही नहीं, अपने पर भी यह प्रकट नहीं होने देना चाहता कि फफोला देखने झुका है या चाटने?

"खूँक्कुक खिक्क।" नायिका की हँसी में भी अनिश्चय है। उसने अपने बदन का भार दोनों हथेलियों पर डालकर सिर पीछे की ओर कर लिया है मानो फफोलेवाला क्षेत्र, नायक के लिए निर्बाध छोड़ देना चाहती हो।

नायक का चेहरा झुका हुआ है, बगैर उसे पूरी तरह उठाए अब वह नायिका को देखने की कोशिश करता है। दुस्साध्य है दृष्टिकोण, लेकिन सर्वथा दर्शनीय और स्मरणीय है वह सब जो दीख रहा है। होनी की प्रतीक्षा में प्रफुल्ल चेहरा, हँसने में खुला मुँह, चकित किन्तु उपकृत चितवन, ऊष्मा की धौंकनी बने उरोज, साड़ी उठने से उघरी टाँगें और एक नन्हा-मुन्ना-सा फफोला।

'यह फफोला, मेरा दिया हुआ है, मेरा है, मेरा है,' ऐसा कहता है नायक मन-ही-मन अपने से। झुकता चला जाता है वह और उसके होंठ छू जाते हैं उस फफोले से।

तब खिलखिलाती है नायिका! लाड़-भरे लेकिन मजबूत हाथों से धकियाती है नायिका! और इस क्रम में बहुत पास आ जाते हैं उसके होंठ, नायक की नाक के।

अपनी जीभ निकालती है वह। नायक की लम्बी-तीखी नाक के कोने से जीभ छुला जाती है। 'बछड़ा' कहती है और उठकर भाग जाती है वह।

उसे रोकने की कोशिश में नायक फर्श पर लम्बा हो जाता है। उसकी दीठ देखती है एक ओझल होती जाती पीठ। लेकिन ओझल होकर भी वह ओझल नहीं होती।

दोपहर। बँगले का धूप-खिला बरामदा। कैरम जमा हुआ है। एक मेज पर बोर्ड। उसके चारों ओर कुर्सियों पर चार खिलाड़ी—बब्बन, बेबी, गुड़िया, और बेबी के फौजी अफसर भाई। गुड़िया कुछ अनाड़ी है, बाकी सब खिलाड़ी हैं। ये लोग जितना खेल रहे हैं, उससे कहीं ज्यादा शोर कर रहे हैं। बब्बन और बेबी बेहतर खिलाड़ी हैं, इसलिए उनमें जबरदस्त प्रतिद्वंद्विता है।

नायक थोड़ा अलग हटकर एक मूढ़े पर बैठा पत्रिका पढ़ रहा है। उसे खेल से कोई दिलचस्पी नहीं। खेलों के मामले में वह कतई अनाड़ी है। उसे नायिका से दिलचस्पी जरूर है और अक्सर वह अपनी निगाहें पत्रिका से उठाकर नायिका पर जमा देता है।

कभी-कभी नायिका भी देखती है उसकी ओर। और जब भी वह देखती है, भाई साहब उसे झिड़क देते हैं—खेल पर ध्यान दे।

भाई साहब को किसी से मिलना है नैनीताल क्लब में। उनके चले जाने पर चौकड़ी पूरी करने की समस्या है। नायिका, नायक से अनुरोध करती है। बब्बन हँसता है—यह क्या खेलेगा!

नायक पत्रिका बन्द करके खेलने बैठ जाता है। नायिका नहीं जानती कि नायक कितना अनाड़ी है। इसीलिए बब्बन से पिक्चर दिखाने की बाजी बद लेती है।

नायक वैसे ही अनाड़ी है। बदाबदी से उत्पन्न घबराहट उसका खेल और भी बिगाड़ दे रही है। और सवा सत्यानाश यह कि उसके पाँव पर एक पाँव पूरी ताकत से जमा हुआ है। यह पाँव, वह झुककर देख चुका है, नायिका का है जो उसने अनजाने में रख दिया है या कि...?

बब्बन बराबर तराईवाली बोली में नायक के खेल पर टीका-टिप्पणी करके काम और बिगाड़ रहा है।

अब बाजी चरमोत्कर्ष पर पहुँचा चाहती है। बब्बन वगैरह की दो और नायिका वगैरह की एक गोट बची है। क्वीन भी ली जानी है। नायिका क्वीन ले लेती है पर कवर नहीं कर पाती। इसके बाद गुड़िया की बारी आती है। वह बब्बन के निर्देशन में क्वीन ले लेती है, कवर भी कर लेती है। अन्तिम गोट नहीं डाल पाती, लेकिन वह अब ऐसी जगह है कि बारी आने पर बब्बन आसानी से डाल लेगा। नायक के लिए अन्तिम गोट ऐसी फँसी है कि रिबाउंड से भी डल सकनी मुश्किल है।

नायिका, नायक के लिए स्ट्राइकर जमा रही है, उसे बता रही है कि रिबाउंड लेने के लिए कहाँ का निशाना साधे।

और बब्बन कहता है, "अरी किस मरे कू समझा रई है इंगल। लिबाउंड की तो भूल ही जाना बहिना। दूसरे जो अनाड़ी होवे हैं ना उनका स्ट्रैकर लिबाउंड लेने में अपनी तरफ की पाकिट में जावे है। डी.डी. मेरा यार, वो अनाड़ी है कि लिबाउंड लेने में सामने की पाकिट में डाल देवेगा स्ट्रैकर!"

नायक अब इस बाजी से संन्यास लेना चाहता है। वह स्ट्राइकर को बेबी के बताए स्थान से हटा देता है और लगभग निरुद्देश्य उसे अपनी गोटी की तरफ दाग देता है।

और गोटी यहाँ-वहाँ टकराकर बाईं ओर की पाकिट में चली जाती है।

बब्बन माथा पीटता है।

बेबी ताली बजाती है।

बब्बन् कहता है, "वाह भैया फ्लूकमास्टर!"

बेबी कहती है, "मिलाओ हाथ पार्टनर!"

बेबी अपना हाथ नटखट अन्दाज से आगे बढ़ाती है। नायक जानता है कि इसमें या तो पहले एक-एक अँगुली छूकर झटके से हथेली में हथेली ली जाती है या दूसरे की हथेली को अधर में छोड़ दिया जाता है। उसे डर है कि यहाँ दूसरी बात होने जा रही है। इसलिए वह अँगुलियाँ छूने का खेल शुरू होते ही नायिका का अँगूठा पकड़ लेता है।

नायिका इस बीच बब्बन से मुखातिब हो जाती है और कहती है कि अब सबको फिल्म दिखाओ।

बब्बन मुकरने की कोशिश करता है।

नायक इसी इन्तजार में अँगूठा पकड़े है कि हैंडशेक पूरा हो।

सहसा गुड़िया कहती है, "गडुए की धार दो रे!"

वह गाती है, काज-गीत की एक पंक्ति, "हम नहीं कम्पैं बिटिया हमारी, ये तो कम्पै है कूस की डारी रे।"

नायक ने नायिका का अँगूठा उसी तरह पकड़ रखा है जिस तरह कन्यादान के समय पाणिग्रहण किया जाता है। पिता कूस (कुशा) लेकर संकल्प उठाता है और घर की औरतें गडुए से पानी डालती हैं।

गुड़िया हँसती है। बब्बन हँसता है। नायक झेंपता है लेकिन अँगूठा नहीं छोड़ता। नायिका मुस्कराती है और अँगूठा छुड़ाने की कोई कोशिश नहीं करती।

क्षण ठिठका रह जाता है।

फिर नायिका एक बार नीचे बोर्ड की ओर देखती है। एक बार नायक की ओर। मुस्कराती हुई गुड़िया की ओर दृष्टि घुमाती है। उसे जबान दिखाती है। उठती है। अँगूठा छूट जाता है उसव..। उलटी हथेली से मुँह ढाँप लेती है, दूसरी हथेली पीछे की ओर पसार देती है, भाग जाती है।

नायक देखता है वह पीछे की ओर पसरी गदोली। न्यौतती या क्या जाने न-ना-ना-मत-आना करती गदोली। हवा में लहराते खुले बाल। अलस दोलते नितम्ब। झीने गुलाबी ब्लाउज से झाँकता कन्धे की हड्डी का तिकोना और ब्रा का स्ट्रेप।

नायक जानता है कि यह सब धीमी गति में अंकित किए जाने के लिए है ताकि मन के पर्दे पर इस दृश्य में नायिका जमीन से कूदती-सी हवा में तैरती-सी नजर आए।

नायक यह भी जानता है कि दृश्य तभी पूरा होगा जब उस पसरी हुई गदोली की ओर एक विह्वल गदोली बढ़ाए वह स्वयं भी हवा में तिर रहा होगा।

'तिरूँगा,' वह अपने से कहता है। 'तिर चुका हूँ,' वह अपने को विश्वास दिलाता है। कभी। कहीं।

'या कि' की शराब पीकर लड़खड़ाता प्यार ऐसे ही परम निराधार आत्मविश्वास के सहारे सँभलता है।

तीसरा पहर। नायक अपनी इकलौती काली गरम पतलून, ढीले-ढाले लाल पुलोवर के साथ पहने, नए हीरो देव आनन्द के अनुकरण में बालों की एक ओर आगे से कलगी निकाले, तैयार बैठा हुआ है बरामदे में।

उसे बब्बन की प्रतीक्षा है। बब्बन ने उसे फौरन तैयार होने को कहा था और अब बब्बन ही नदारद है। बँगले में भीतर लड़कियाँ तैयार हो रही हैं। नायक उनकी आवाजें सुन रहा है और उदास हो रहा है।

उसे लगता है कि ब्रा-पेटीकोट पहनी किलिप-काँटे-रिबन-रूमाल ढूँढ़ती, हुक-बटन लगाती-लगवाती, टलकम-सेंट छिड़कती एक पूरी रहस्यमय दुनिया है जिससे वह बाहर है।

लड़कियों के ही नहीं, लड़कों के भी ऐसे तमाम रहस्यमय संसारों से उसने अपने को अलग पाया है। खेलकूद, धौल-धप्पा करनेवाली दुनिया। मौज-मजा लूटनेवाली दुनिया। नशा करनेवाली दुनिया। जुआ खेलनेवाली दुनिया। गन्दी गालियाँ देने और बातें करनेवाली दुनिया।

बदतर यह है कि उसने अपने को इन खास तरह के संसारों से ही नहीं, दबे-ढके मध्यवर्गीय जीवन-संसार से भी अलग पाया है।

और कभी-कभी तो उसे ऐसा भी प्रतीत होता है, इस क्षण भी हो रहा है, कि स्वयं उसके भीतर एक पूरी दुनिया है और इन तमाम और दुनियाओं के सन्धान में वह उससे भी अलग हो गया है।

पाँच जनी अब सजधज के बँगले से जा रही हैं। गुड़िया, उसकी बड़ी दीदी बबली, बबली'दी की बड़ी बेटी मुनिया, दया और बेबी। स्कर्ट, कार्डिगन, ऊँची एड़ी के सैंडल और पोनी-टेल ने बेबी के जीन सिम्मंस पक्ष को कुछ और भी उभार दिया है। विचित्र किन्तु सत्य कि उसका इस तरह कुछ और जीन सिम्मंसनुमा हो जाना, जीन सिम्मंस पर अनुरक्त नायक को सुखी करने की बजाय दुखी कर गया है। मानो उसकी यह नायिका भी सिनेमा के पर्दे से चिपककर अब अलभ्य हुआ चाहती हो! नायक उठता है और रेलिंग के साथ-साथ चहलकदमी करने लगता है। उसकी नजर है मोड़ ले-लेकर नीचे उतरती अपर चीना माल पर जिस पर पाँच जनी चल रही हैं। वह चाहता है कि उनमें से एक कन्या विशेष ऊपर बँगले की तरफ देखे। लेकिन वह देखती नहीं।

अब नायक इधर-उधर दृष्टि घुमाता है। चीना पीक से लौटता एक घुड़सवार जोड़ा, कदाचित् नव-विवाहित। फ्लैट्स में मैच खेलने जाते पब्लिक स्कूली लड़के। ऊपरवाले बँगले में रिकॉर्ड-प्लेयर पर अंग्रेजी गाना सुनाती किशोरियाँ—'टू लव।'

और यहाँ से वहाँ तक बिखरी यह हरीतिमा और उसके मध्य रंग-बिरंगी टीन की छतें।

नायक को प्रतीति होती है कि इतना कुछ है सृष्टि में, लेकिन मेरे लिए नहीं।

पीछे से आकर बब्बन उसके धौल जमाता है, "किसके इन्तजार में आहें भर रिया है लल्लू?"

नायक कहता है, "तेरे, और किसके!"

बब्बन कहता है, "अबे मैं टिकस निकलवाने चला गया था, बढ़िया खेल है 'काली घटा'। दो टिकस हैं, अपन-तुपन देख आते हैं।"

जब वे पहुँचे फिल्म शुरू हो चुकी थी। लिखने-पढ़नेवाले नायक को लिखे-पढ़े किशोर साहू की यह फिल्म निराशाजनक लगी। बब्बन ने अपनी आदत से लाचार फिल्म पर रनिंग कमेंट्री शुरू की तब नायक को ठीक ही लगा और वह भी टीका-टिप्पणी में जुट गया।

"इस किसोर साहू कू समझा ले वस्ताद, जब देखो यार मेरा फंटीबाजी में मसगूल रहे हैं।" बब्बन कहता है।

"अबे हीरो है हमारा किसोर," नायक कहता, "हीरोनियों की सौबत नहीं करेगा तो क्या तेरी तरियों अंडे की टोकनी सिर पर धरे साहब लोगन की कोठियों के चक्कर काटेगा?"

"वस्ताद बिसकू दो हीरोनी, हमकू एक भी नहीं।"

"अबे टेसुए क्यूँ बहा रिया है, इन दो में से एक जो जरा मरघिल्ली-सी है, तुझे दिलवा देंगे किसोर से।"

तब सामने की सीटों पर बैठी लड़कियों में से एक 'श-शश' करके चुप रहने का आदेश देती है।

बब्बन, नायक के कान में मन्तर फूँकता है, "अक्सकूज मी टराई कर प्यारे!"

फितना बब्बन का आजमूदा शरारती नुस्खा है, 'एक्सक्यूज मी।' किसी भीड़-भाड़वाली जगह में रेजगारी गिरा दो और फिर 'एक्सक्यूज मी' कहकर उसे ढूँढ़ने-उठाने में लोगों को छू दो, परेशान कर दो।

नायक को संकोच होता है।

बब्बन उसे सूली पर चढ़ने को प्रेरित करता है स्वयं रेजगारी गिराकर।

और वह सूली पर चढ़ ही जाता है, जब सामनेवाली मिस साहिबा कहती हैं, "गँवार!"

बम्बइया बुद्धिजीवी को गँवार कहा जा रहा है!

"एक्सक्यूज मी!" कहकर नायक सामनेवाली सीटों के नीचे रेजगारी ढूँढ़ने लगता है। एक टखना उसके टटोलते हुए हाथों की पकड़ में आ जाता है। टखना अपने को झटककर अलग करता है। एक गरदन घूमती है और एक फुफकार सुनाई पड़ती है, "बदतमीज!"

नायक का फर्श पर झुका चेहरा, जिसकी पोर-पोर से अब सचमुच 'एक्सक्यूज मी' फूट रहा है, सीधा होता है और पर्दे से टकराकर आते प्रकाश में वह देखता है नायिका को, जो कह रही है, "मार-मार सैंडल..." और फिर मुस्कराते हुए वह धमकी अधूरी छोड़ दे रही है।

बब्बन कहता है, "डी.डी. तेरे पाँव छूने झुका था।"

बेबी नायक से कहती है, "आयुष्मान!"

बब्बन ने ही लड़कियों को टिकट लाकर दिए थे, बब्बन ने ही रेजगारी गिराई थी, यह सब जानते हुए भी गुड़िया ने अपने संयुक्त परिवार की परम्परा के अनुसार शो खत्म होने पर 'अदालत' बैठाई जिसने डी.डी. को कसूरवार पाया। अभियोग पक्ष यानी बेबी को अधिकार दिया गया कि अभियुक्त के लिए दंड प्रस्तावित करे।

"स्विस रेस्टोरेंट में सबको डिनर।" बेबी सजा सुनाती है।

नायक के पास इतने पैसे नहीं हैं कि इतने जनों को डिनर करा सके। उसका मुँह उतर जाता है लेकिन अपनी लाचारी को हँसी में उड़ाने के लिए वह कहता है, "डिनर खिलाने में तो अपनी यह पतलून बिक जाएगी। दिक्कत यह है खरीदेगा कौन?"

"मैं जो बैठी हूँ खरीदने को," नायिका चहकती है, "वह अपनी याद दिलाने को पतलून पुरानी बेच गए। नो बहानाबाजी।"

बब्बन नायक को बचाता है, "हुँह, डी-नर खाओगे। और वहाँ घर में जो तुम्हारे लिए दे-आलू-में-पानी उर्फ ढट्वाणी और टिक्कड़ बना रखे होंगे, उन्हें कौन खाएगा, तुम्हारे ससुरे?"

"हमारे ससुरे क्यों खाएँगे, देखो!" बेबी ने कहा, "हमारे ससुरों का तो स्विस रेस्टोरेंट अपना ठहरा बल!"

"अरे जल्दी करो हो, जो भी जुर्माना-हुर्माना करना है तुमको!" बबली'दी झिड़कती हैं।

"तुम निमुजी[1] क्यों जा रहीं दीदी?" गुड़िया पूछती है।

"जिसे हो रही होगी उज,[2] यहाँ खड़े होकर बकबक करने की!" बबली'दी हैरानी व्यक्त करती हैं, "अरे जैसा भी डिसाइड करते हो, जल्दी करो।"

बब्बन सुझाव करता है, "चाट या कॉफी और सैंडविच?"

बेबी को दूसरा सुझाव पसन्द है। बब्बन, नायक से दबी आवाज में पूछता है, "छन?" इतने पैसे तो हैं ना? नायक सिर हिलाता है। कैपिटाल के रेस्तोराँ में नायिका के पास बैठकर नायक को बहुत अच्छा लगता है। वह चाहता है कि किसी चमत्कार से बहुत पैसेवाला हो जाए और नायिका को रोजाना महँगे-से-महँगे होटल-रेस्तोराँ में ले जाया करे।

---

1. निम्न ऊर्जा, थकने-चिढ़ने का भाव, 2. ऊर्जा, ताकत।

रेस्तोराँ में नायक ज्यादा बातचीत दया से करता है। अपराध-भाव-सा है उसके मन में दया के प्रति। उनकी बातचीत का विषय है 'तार सप्तक'। इसमें किसी को कोई दिलचस्पी नहीं।

बिल चुकाने में नायक की जेब खाली हो गई है, टिप की अठन्नी उसे बब्बन से लेनी पड़ी है।

बारह वर्षीया मुनिया, जिसका बोलने का अन्दाज कतई अपनी माँ बबली'दी जैसा है, रेस्तोराँ से बाहर आकर पहले नायक से सहानुभूति व्यक्त करती है, "शिबौ! डी.डी. माम[1] तो खंक[2] हो गया!" फिर आइन्दा जानकारी के लिए पूछती है, "अच्छा गुड़िया कैंजा,[3] जुर्माना नहीं देने पर क्या होनेवाला ठहरा?"

गुड़िया मौसी बताती है, "घर जाकर सब बता दिया जानेवाला ठहरा।"

नायक देखता नायिका की ओर है पर कहता गुड़िया से है, "मुझे तो खुशी तब हो गुड़िया, जब तू बेमांटी करे। जुर्माना भर दिए जाने के बावजूद घर पर जाकर सब बता दे।"

नायिका मुस्कराती है और बेबी के कान में कुछ कहती है। गुड़िया हँसती है और बताती है, "बेबी पूछ रही डी.डी. दाज्यू, तू क्या सचमुच लाटा है जो घर जाकर खुद नहीं बता सकता?"

नायक कहता है शायराना अन्दाज में, "दो में से एक बात तो होगी—या हम गूँगे हैं, या वह बहरे हैं।"

बब्बन कहता है रामलीलावाली शैली में, "इस डायलाग पर बब्बन तम्बाकूवाले आठ आना इनाम देते हैं, हम उनके बहुत-बहुत आभारी हैं।"

बबली'दी टोकती हैं, "छि: हो, सिनेमा के बाद भी तुम लोगों ने यह सिनेमा-जैसा जो शुरू कर रखा है!"

"क्यों?" गुड़िया कहती है, "हमारा डी.डी. दाज्यू तो ठहरा ही सिनेमावाला।"

"तो अपनी बम्बई में ही जाकर हीरो बन, बल! यहाँ हमको क्यों दिखा रहा कौतिक[4]!"

बेबी गुड़िया से कहती है, इस तरह कहती है कि नायक सुन सके, बबली'दी नहीं, "इनको जो दिखा रहा होगा कौतिक!"

हँसती हैं वे दोनों, और नायक भी हँसता है।

फिल्म के एक गीत में फ्रांसीसी और हिन्दी दोनों के शब्द थे। मिडिल चीना माल से शॉर्ट कट लेकर ऊपर की ओर चढ़ते हुए उसकी चर्चा छिड़ी है।

गुड़िया गीत की एक पंक्ति गुनगुनाने लगती है, "जिलेम्बू, जिलेम्बू, जिलेम्बू, जिलेम्बू।"

बेबी पूछती है, "इस जिलेम्बू का मतलब क्या हुआ?"

नायक बताता है, "मैं तुमसे प्यार करता हूँ।"

---

1. मामा, कुमाऊँनी में मात्राएँ खा जाने का रिवाज है, 2. खाली, कंगाल, 3. कनिष्ठ, ईजा, छोटी माँ, मौसी, 4. मेला, तमाशा।

नायिका चौंकने का अभिनय करती है और कहती है, "मुझसे।"

वह हँसती-हँसती गुड़िया पर गिर जाती है, उसे सँभालते हुए गुड़िया, नायक पर गिरने लगती है। चट्टानें हैं, उन पर पिरुल[1] हैं, पाँव यों ही फिसलता है। गुड़िया के धक्के से नायक लगभग गिर जाता है और अपने को बचाने के लिए नायिका का हाथ पकड़ लेता है।

अब स्थिति यों है। बचते-बचाते भी नायक का घुटना चट्टान से छिल गया है, वह नायिका के हाथ का सहारा लेकर उठ रहा है, नायिका उस पर झुकी हुई है।

कराहते हुए नायक सफाई देता है, "मैं फ्रांसीसी का मतलब समझा रहा था। वैसे यह गलत फ्रांसीसी है।"

अब वह नायिका के पास खड़ा हुआ है। नायिका मुस्कराकर पूछती है, "सही फ्रांसीसी क्या ठहरी?"

"पता नहीं," नायक लँगड़ाते हुए आगे बढ़ता है, "शायद जामेवू।"

"जामेवू का मतलब क्या ठहरा?" नायिका पूछती है।

"मैं, तुमसे...," नायक वाक्य अधूरा छोड़ देता है।

"मैं, तुमसेऽऽ...," नायिका कुछ इस तरह दुहराती है जैसे वह अध्यापिका हो और नायक छात्र कि शाबाश, यहाँ तक ठीक बताया, अब आगे बताओ।

नायक चुप लगा जाता है।

नायिका कहती है, "बताओ, बताओ, मैं, तुमसेऽऽऽ..."

गुड़िया हँसने लगती है। मुनिया भी। और तो और, गम्भीर दया के होंठों पर भी मुस्कान खेल जाती है।

"मैं, तुमसेऽ, क्या?" नायिका पूछती है, "क्या करता हूँ?"

"भाँग की जड़ी[2] करता हूँ।" नायक खीजकर कहता है।

"भाँग की जड़ी होनेवाली ठहरी फ्रांस में?" नायिका पूछती है, "उत्तर तुम्हारा गलत जैसा हो रहा भाई। फिर सोचो, मैं तुमसेऽऽ...?"

नायक एक गहरी साँस लेकर अपने को संयत करता है और कहता है, "मैं तुमसे प्यार करता हूँ।"

"यह तो बहुत बुरी बात ठहरी। फिकर की बात ठहरी।" नायिका बुजुर्गाना लहजे में कहती है।

"बुरी बात ठहरी तुम्हारी यह बकबक।" बबली'दी गुस्सा होती हैं, "शरम-न-लाज नकटक राज[3], जो मुख में आया कहना-न-कहना कह दिया। अरे तुम कोई बच्चे जो क्या हो अब।"

बेबी बबली'दी का हाथ पकड़कर कहती है, "मैं तो अभी बच्ची ही हुई ना दीदी। बेबी हुई मैं। उसे डाँटो बम्बइया बाबू साब को।"

---

1. चीड़ की सूखी 'सूइयाँ', 2. भाँग की जड़ यानी व्यर्थ की चीज, 3. नकटे का राज।

"नाम बेबी होने से अब जनम-भर बेबी ही रहेगी तू?" बबली'दी कहती हैं, "अरे तेरी उमर में तो मेरी यह मुनिया होनेवाली थी।"

बेबी पूरी मासूमियत से कहती है, "तेरी तो शादी हो गई थी बबली'दी।"

सब लोग हँसते हैं।

बबली'दी पहले मुस्कराती हैं और फिर डाँटती हैं, "ठहर, आज जाकर मैं कहती हूँ गोदी कैंजा से कि अब अपनी बेबी का ब्याह करा दो। तुम कोई नहीं बताओगे, मैं बताऊँगी आज सब बात।"

चुपचाप ये लोग अपर चीना माल पर ऊपर, और ऊपर चढ़ रहे हैं।

बाँज[1] के जंगल के बीच से गुजरता रास्ता। बबली'दी के टॉर्च की मरी-मरी-सी रोशनी। पेड़ों पर लगी काई और पथ पर बिछे गीले पत्तों की बोझिल गन्ध। अँधेरे पर बँगलों की रोशनियों के छींटे। झींगुरों की निरन्तर झिंग-झिंग और कभी-कभी किसी बँगले से, नीचे या ऊपर की किसी सड़क से आते किसी सुदूर वार्तालाप के टुकड़े।

बबली'दी अब भी बीच-बीच में लानत भेज रही हैं। मूड बदलने के लिए बब्बन गाने लगता है, "ये रात, ये चाँदनी फिर कहाँ, सुन जा दिल की दास्ताँ।"

नायिका केवल गुनगुनाती है।

नायक साहस करता है और मुक्त कंठ से गाता है।

"रात ये बहार की, फिर कभी न आएगी।" नायक और बब्बन का सामूहिक स्वर।

"पल दो पल और भी यह समाँ।" नायिका की आवाज भी आ मिली है।

आवाज की त्रिवेणी पर स्वर टकराते हैं। कम्पन पैदा होती है अँधेरे की सतह पर, अनुभूति की गहराइयों में।

'सुन जा दिल की दास्ताँ' गाते हुए नायक का गला भर्रा जाता है। कितना सुन्दर है यह क्षण! कितना भंगुर है यह क्षण!

पानी की टंकी से बँगले की पगडंडी पकड़ते हुए नायक सोचता है, कल सत्यनारायण कथा है और परसों सुबह यह बँगला खाली कर दिया जाना है। सब अपने-अपने घर चले जाएँगे। सिर्फ मेरा ही घर नहीं है। परसों के बाद अल्मोड़ा में कोई बेबी होगी, बम्बई में कोई डी.डी. होगा। नायक-नायिका नहीं होंगे।

पाँगर के पेड़-तले बब्बन के साथ एक सिगरेट जल्दी-जल्दी फूँकते हुए, वह अपने से पूछता है, 'नायक-नायिका नहीं होंगे या कि जमाने की तमाम कोशिशों के बावजूद होकर रहेंगे?'

संशय के रूप में हो, चुनौती के रूप में हो, प्रेम में 'या कि' से मुक्ति नहीं।

खाना खाने के बाद तरुण मंडली बँगले के हॉल में जा बैठी है। बब्बन ने प्रस्ताव किया है कि चाय पी जाए, 'घर की चाय पीये बगैर पी-जैसी नहीं लगती।'

---

1. ओक।

लड़कियों ने यह प्रस्ताव हूट कर दिया है, "इतनी रात जो बनाता होगा तुम्हारे लिए चहा। दूध भी है जने नहीं।"

दया उठती है, "मैं बना लाती।"

बब्बन कहता है, "जीती रह बेटी।"

गुड़िया झिड़कती है, "इस तरह बिचारी से चौबीस घंटे काम कराते रहोगे, मर नहीं जाएगी! दया, बैठी रौ, कोई बाँजी[1] नहीं पड़ रही चाय बनाने की इस समय।"

दया जबरदस्ती बैठा दी जाती है। तब बेबी उठती है, "मैं बना लाऊँ?"

इस पर सब बेबी की खिल्ली उड़ाते हैं और कहते हैं, तुम्हारी बनाई चाय हम तो नहीं पीएँगे और रसोई से तुमने मदद के लिए बुलाया तो हम नहीं आएँगे।

नायिका तुनककर कहती है, "मत पीना, मैं तो पीऊँगी।"

नायक कहता है, "मैं भी।"

बबली'दी की मुनिया ताश की गड्डी ले आती है और एक डबल (पैसा) चालवाला फल्लास खेलने की जिद करती है। उसे पता है कि खेलने के लिए पैसे बड़े लोग देंगे और जीत जाएगी तो सारा पैसा उसका होगा। हार जाएगी तो जीतनेवाले बड़ों से 'जितौणी' लेगी।

बब्बन कहता है, "छोटा खेल, खोटा खेल! चवन्नी चाल तो रखो।"

बबली'दी कहती हैं, "हमें कोई जआ थोड़ी खेलना हुआ, देखो! समय काटना ठहरा। और बब्बनौ, ब्लाइंड भी ज्यादा झन करना।"

छोटा खेल है, इसलिए बब्बन बोल मोटा रहा है। ब्लाइंड जरूर करता है। पत्ता पकाने का लम्बा-चौड़ा नाटक करता है। मंत्रोच्चार के साथ उन अनदेखे तीन पत्तों को बार-बार फेंटता है। "सर्वमंगल मांगल्ये, शिवे सर्वार्थ साधिके, शरण्ये त्र्यम्बके गौरी, नारायणी नमोस्तुते।" फिर मात्र पहला पत्ता देखकर उसे बार-बार उँगली से ठीक कर शोर मचाता है, "अरे टूमैन जैसा यह क्या होगा!" (टूमैन यानी जोकर) या "बड़बाज्यू नमस्कार!" (बड़बाज्यू यानी बादशाह) या "दुग्गी के नीचे दौलत!" या "मल्का बिट्टोरिया की हम पर हमेशा मेहरबानी रही है!" या "इक्का हो तो चाल करनी ही पड़ती है वरना बेअदबी मानी जाती है।"

एक पत्ते के बूते के पर इतना कुछ बोल लेने के बाद वह चाल बढ़ाकर चलता है। फिर दो पत्ते देखकर शोर करता है और चाल और बढ़ाकर चलता है। और तीसरा पत्ता वह देखता नहीं। जब ब्लाइंड खुद किया हो तब तीसरा पत्ता आखिर तक देखने की नहीं होती।

और आश्चर्य है कि वह खूब जीतता है। या तो दूसरे उससे भिड़ते ही नहीं, और भिड़ते हैं तो अक्सर हार जाते हैं।

डी.डी. यह सब जानता है लेकिन इस बाँट में वह भिड़ जाता है। उसके पास

1. आवश्यकता।

हुकुम का इक्का-दुग्गा-तिग्गा जो है। और मन में सहेजकर रखी यह इच्छा भी कि जुआ-नशा-खिलन्दड़ी की दुनिया के इस बेताज बादशाह बब्बन को उसी की दुनिया में नीचा दिखा दे।

बब्बन ने कुल एक पत्ता देखा है--बड़बाज्यू उर्फ बादशाह, और वह चाल-पर-चाल दिए ही नहीं जा रहा है, बढ़ाता भी जा रहा है।

डी.डी. उससे कहता है, "देख ले, अपने पास बहुत बड़ा है।"

बब्बन मुस्कराता है, "जब तक अपने दस के इस नोट में कुछ भी बचा है, दूसरा पत्ता देखने का सवाल ही नहीं उठता।"

बेबी दो कप चाय बनाकर लाई है। वह डी.डी. के पत्ते देखती है और कहती है, "हाई गजब!" नायक के गल्ले में कुल चवन्नी है। नायिका बबली'दी से पाँच रुपये उधार लेती है और फड़ में डाल देती है, "चाल!"

"पाँच की?" बब्बन पूछता है।

"हाँ!" नायिका कहती है।

"तब देखना पड़ गया दूसरा पत्ता," बब्बन कहता है, "डबल बड़बाज्यू। जब दो आए हैं तो तीसरा साथ लाए ही होंगे।"

"तीसरी आमा होगी," बेबी कहती है, "बब्बन'दा, हप हो जा! चला जा गड्डी में। यहाँ बहुत बड़ा है।"

"बड़बाज्यू लोग एक ही आमा को क्यों लाने लगे? और दो इसमें आ नहीं सकती।" बब्बन कहता है, "इसलिए चाल!"

वह जेब से निकालकर पाँच का एक नोट फड़ पर गिरा देता है।

बेबी कहती है, "इसने तीनों पत्ते देख रखे शायद या लगा रखे। शो करा लो।" लेकिन नायक एक पत्ता खींचकर चाल कर देता है।

बब्बन भी फिर चाल करता है।

नायक भी। बब्बन भी।

नायक भी। बब्बन भी। नायक भी। बब्बन भी।

तनाव खत्म करते हुए नायिका कहती है, "पाँच की चाल मैंने शुरू कराई थी, मैं कहती हूँ शो।"

बब्बन मंत्र-पाठ के साथ तीसरा पत्ता सरकाकर देखता है और तीनों पत्ते फड़ पर फेंकते हुए कहता है, "हम कहते थे न कि बड़बाज्यू जब आते हैं तीनों साथ आते हैं। सलामी निकालो, चरणन्तल नमस्कार करो।" बेबी ट्रेल देखकर कहती है, "ओ इजा[1]। इसने लगा रखी होगी पहले से।" बब्बन अपने पिता की कसम खाकर कह रहा है कि मैंने पत्ते नहीं लगाए। बब्बन इस बात के लिए तैयार है, बल्कि उसका आग्रह है कि डी.डी. पाँच की चाल के शुरू होने से बाद के पैसे न

1. अम्मा।

दे। किन्तु डी.डी. कमरे में जाकर रुपये लाता है और उधार चुकाता है। वह खेल से अलग होकर चाय पीने लगता है। चाय कोई इतनी खराब बना सकता है इसकी कभी उसने कल्पना नहीं की थी। लेकिन वह उसे सुड़कता जाता है।

बेबी अपने कप में से एक घूँट लेती है और बहुत ही गन्दा मुँह बनाती है। वह उस घूँट को थूक देती है और कहती है, "छि:, मैंने शायद किसी जूठे बर्तन में पानी उबाल दिया। इसमें तो घी, हल्दी-मिरच सभी का स्वाद आ रहा।"

फिर नायिका, नायक की ओर देखकर कहती है, "ये जाने कैसे पी ले रहा होगा।"

नायक कहता है, "हमें इन मामलों में नखरे सीखने का कभी मौका जो नहीं मिला। जो मिले सो खा लो, यही सुना है बचपन से।"

बबली'दी कहती हैं, "शिबौ, ऐसा तो हुआ खैर! कम जो दुख थोड़ी उठा रखे डी.डी. ने।"

एक ही हाथ में लगभग तीस रुपये हारा नायक यों ही शहीदाना मूड में था, इस सहानुभूति से और भी शहीदाना हुआ जाता है।

फल्लास उस लम्बी हार-जीत के बाद जम नहीं पा रहा है इसलिए लोगबाग 'शिबौ-शिबौ' खेल खेलना चाहते हैं। डी.डी. आदर्श पात्र है। इसमें साधारण हैसियत के मध्यवर्गीय लोग अपने से भी अधिक खस्ताहाल किसी उपस्थित अथवा अनुपस्थित रिश्तेदार को चुन लेते हैं और उसकी दुख-गाथा का विशद निरूपण स्वयं करते हैं अथवा उससे करवाते हैं। बीच-बीच में सभी कहते हैं, "शिबौ, शिबौ!" (बेचारा, बेचारा!)

अनाथ डी.डी. की दुख-गाथा इतनी बार सुनी-सुनाई जा चुकी है कि अब रिश्तेदार अपनी-अपनी पसन्द के मुताबिक फरमाइश कर पाते हैं कि अमुक प्रसंग सुनाया जाए।

डी.डी. जानता है कि यह सहानुभूति झूठी है और अगर खरी भी है तो इससे कुछ बननेवाला नहीं है उसका। किन्तु उसकी आत्मा इसी करुणा पर वर्षों तक पली है और अब भी इस खुराक के लिए ललक जाती है।

तो नायक घाव-प्रदर्शन की फरमाइशें पूरी करने में जुट जाता है और बीच-बीच में नायिका की ओर देख लेता है। दुखों का वर्णन करने की उसकी एक खास शैली है जिसमें 'पर-मुझे-किसी-से-कोई-शिकायत-नहीं' और 'किस्मत-में-यही-था-बाबुल-मेरे-ना-रो' वाले भाव निहित हैं। नितान्त प्रभावप्रद सिद्ध होती आई है डी.डी. की यह शैली। खासकर स्त्रियों पर। दुर्भाग्य कि वे सुनकर इतनी विह्वल हुई हैं कि उनके मुँह से यही निकला है, "संसार तेरे लिए/आपके लिए कितना निर्दय रहा है बेटा/ भाई साहब।"

गुड़िया पूछती है, "वह क्या हुआ था डी.डी. दाज्यू, तू कहीं खेत चरने गया था?"

मुनिया कहती है, "ऐसा जो थोड़ी, मामा दो दिन का भूखा था।"

"अरे क्या। छोड़ो!" नायक कहता है पर छोड़ता नहीं, "मैं तब बारह साल का रहा होऊँगा। मुरली मम्मा के यहाँ रहकर पढ़ता था, रामपुर में। मम्मा रात चले गए अपने गाँव पिल्खा। मम्मा ने कहा था मामी से, इसे दे जाना कुछ पैसे। नहीं दे गई। भूल गई शायद। रसोई और गोदाम दोनों में ताला लगा गई। तीन दिन लगातार भूखे रहकर मेरा बुरा हाल हो गया। मैं पैदल चार मील चलकर बिन्देश्वरीप्रसाद जी की कोठी में पहुँचा सुबह-सुबह। मेरी किस्मत, उन लोगों का उपवास था। और तो और, बच्चों ने भी बड़ों की देखा-देखी व्रत कर रखा था। चाय मिली। एक टुकड़ा बर्फी का मिला। भूख और भी भड़क गई इस छींटे से। बिन्देश्वरीप्रसाद जी ने कोठी के पीछे की जमीन में खेती कर रखी थी। मैं खेतों में चला गया। लोभिया लगी हुई थी। मैं खेत के बीच में छिपकर खाने लगा फलियाँ। पास ही एक मरियल गाय भी यही काम कर रही थी। मैं मजे से खा रहा था...।"

नायिका ने हँसना शुरू कर दिया है। अन्य श्रोता करुण प्रसंग का अन्त जानते हैं इसलिए गम्भीर होकर सुन रहे हैं। दया नहीं जानती, फिर भी लगभग रुआँसी होकर सुन रही है।

"मैं मजे से खा रहा था," नायक बात पूरी करता है, "तभी खेत में जानवर की खड़पड़ सुनकर पट्टीदार आया डंडा घुमाते हुए। उसकी नजर से बचने के लिए मैं और भी दुबक गया। नतीजा यह कि वह मुझे ठीक से देख नहीं पाया और गाय के साथ-साथ मुझे भी एक डंडा पड़ गया।"

नायिका जोर-जोर से हँस रही है। दया की आँखें छलक आई हैं।

नायक, नायिका की अप्रत्याशित प्रतिक्रिया से हैरान है, दुखी है।

"मजनूँ अपना पिटा खूब है जिन्दगी में।" बब्बन कहता है लेकिन उसके स्वर की खिलन्दड़ी में थोडी हमदर्दी भी मिली है, "परार के साल दिल्ली में भी तो पिट गया था। क्या झमेला था वह डी.डी.?"

लेकिन डी.डी. सुनाने के मूड में नहीं है। वह खिलखिलाती बेबी को देख रहा है।

"ऐसे क्या देख रहे?" नायिका कहती है, "हँसूँ नहीं तो और क्या करूँ? मैं होती मामी की चुटिया घंघोड़[1] रखती। बिन्देश्वरीप्रसाद जी से कहती, आप लोगों ने व्रत रखा है तो क्या, पकाओ मेरे लिए कुछ। और जिसने वह डंडा मारा, मैं उसका डंडा छीनकर दो उसके मार रखती। अब सुनाते क्यों नहीं, जो बब्बन दाज्यू सुनाने को कह रहा।"

नायक नहीं सुनाता।

गुड़िया चुप्पी तोड़ने के लिए कहती है, "वह ऐसा हुआ शायद, डी.डी. दा बम्बई जाने से पहले दिल्ली गया एक बार। इसे, क्या जो नाम कहते हैं, कौन जो है वह...अज्ञा, आज्ञा..."

---

1. खींच।

"अज्ञेय!" नायक निरपेक्ष स्वर में कहता है।

"हाँ, अज्ञेय ने बुला रखा था।"

"बुला नहीं रखा था। मैंने ही लिखा था, मैं आना चाहता हूँ नौकरी की तलाश में।"

गुड़िया चुप हो जाती है, इस उम्मीद में कि शायद डी.डी. अब सारा किस्सा खुद सुना देगा। लेकिन नायक चुप रहता है।

"सुनाओ भाई।" बबली'दी कहती हैं, "तू सुनाता है, भले गुड़िया, इतने लोग सुनने को बैठ रहे यहाँ। फैन ठहरे तेरे सब।"

"सुनाना क्या है!" डी.डी. जल्दी-जल्दी गोली दागती चली जानेवाली मशीनगन की तरह जुमले दागता है, "मैं फौच स्क्वायर मालूँजवाले हेम'दा के पास रुका। वह खुद किसी के साथ रहते थे। गर्मी के दिन थे। मैं बाहर लॉन पर सो रहता था एक खाट डालकर। एक रात मैं पेशाब करने उठा। आकर लेट गया। कुछ आवाजें सुनाई दीं। फिर दो क्वार्टर छोड़कर रहनेवाला मुस्टंडा लड़का अपनी छोटी बहन के साथ मेरी खाट के पास आया। उसने बहन से पूछा—यही है न? बहन ने निगाह फेरकर कहा—'हाँ।' मुस्टंडे ने मेरी पिटाई शुरू कर दी।"

"अरे क्यों?" नायिका पूछती है।

नायक चुप रहता है।

"वह ऐसा था शायद," गुड़िया कहती है, "मुस्टंडे की बहन का पड़ोसवाले लड़के से कुछ चला हुआ था।"

नायिका, नायक की ओर संकेत करके निगाहें सवालिया बनाती है।

"मुझसे नहीं," नायक कहता है, "वह एक लोफर टाइप लड़का था जो रोज रात को मुस्टंडे की बहन के पास आकर सो जाता था।"

"ऐसा जो था तो वह जरूर कोई और रहा होगा।" नायिका सहमत होती है। गुड़िया को यह चुहलबाजी पसन्द नहीं। वह किस्सा स्वयं पूरा करती है, "उस रात लड़की की माँ की नींद खुल गई कहा। उसने कोई आता देखा तो पूछा कौन? लड़का पीछे छुप गया और लड़की ने कह दिया कि डी.डी. दा आया था। मेरे कंगन उतारने की कोशिश कर रहा था। उसका देखा जो ठहरा कि डी.डी. दा उठकर गया था अभी-अभी!"

"वे लोग तो डी.डी. को जेल भिजवाने के चक्कर में थे," बबन ने कहा, "लेखक-वेखक है, यह सब तो उनकी समझ में आता नहीं था। यही जानते थे कि बेरोज़गार है। बेरोजगार आदमी चोरी की कोशिश कर ही सकता है।"

"शिबौ!" बबली'दी ने कहा, "हेम'दा नाइट-शिफ्ट में गया हुआ था बल। जब लौटा तब भी कुछ खास कह नहीं पाया। क्या कहता, वह खुद नया-नया आया ठहरा वहाँ।"

"वह तो कहो डी.डी. दा की किस्मत से तभी...," गुड़िया बोली।

"तू चुप रौ!" बबली'दी ने कहा, "मुरादाबाद से मुनिया के डैडी पहुँच गए वहाँ। अपना-पराया समझनेवाले ठहरे और इतने को पुलिसवाले ठहरे तुम्हारे भिंजू[1]"

"डैडी ने बहुत डाँटा मुस्टंडे को," मुनिया ने कहा, "है ना मम्मी?"

"अरे उनका गुस्सा कौन नहीं जाननेवाला ठहरा," बबली'दी बोलीं।

"और बाद में ना, हेम'दा बता रहा था, वह लड़की उस लोफर के साथ भाग गई बल," मुनिया ने कहा।

नायक-नायिका इस बीच एक-दूसरे को अपलक देखते रहे हैं। "मार दो जोक," नायक चुनौती देता है, "कह दो—क्या करती बेचारी, डी.डी. भगाकर ले ही नहीं जा रहा था।"

नायिका हँसती है। कहती है, "ऐसा जो क्या! मैं कहूँगी क्या करती बेचारी, घोड़े की जीन जो नहीं ठहरी।"

"पता नहीं यह क्या कहती है पगली!" बबली'दी बोलीं, "इसमें घोड़े की जीन कहाँ से आ गई, देखो!"

"जीन सिम्मंस!" नायक झिड़ककर कहता है।

नायिका अपने मुँह-नाक को, उन मुँह-नाक को जिनसे नायक को जीन सिम्मंस की याद हो आती है, खरगोश की तरह हिलाती है और फिर कहती है, "जीन" और नाक सुड़ककर नाम पूरा करती है, "सिम्मंस।" यह अदा उसने फिल्म 'बरसात' से सीखी है।

स्थिति के तनाव से बेखबर मुनिया कहती है, "डी.डी. मामा को बचपन में बन्द भी तो कर देते थे ना? वह भी तो जेल ही हुई।"

"शिबौ!" बबली'दी कहती हैं और फिर आवाज को थोड़ा नीचा करके 'किसी-से-न-कहना' वाले अन्दाज में तर्जनी उठाकर बताती हैं, "दुर्गुली बुबू[2]! उनको होनेवाला ठहरा भाग जाएगा करके। बदनामी तो होगी ही, मुफ्त का नौकर भी हाथ से निकल जाएगा। इसीलिए जब कहीं जानेवाली ठहरीं, इसे बन्द कर जानेवाली ठहरीं। यह खिड़की में खड़ा हुआ, देखतेऽ रहनेवाला ठहरा। बब्बन जाकर इससे बात करनेवाला हुआ। फिर हमीं ने कहा बुबू से। हमीं ने तो भिजवाया इसे इलाहाबाद।"

"बड़ा मजा आता होगा इतनी बड़ी कोठी में अकेले बन्द होकर।" नायिका कहती है। बबली'दी मुँह मटकाती हैं, "कोठी! दुल बुर्गुबू के पास तो कोठरी-जैसी थी।"

"तो भी मजा आता होगा। मुझे बन्द कर जाती दुर्गुल-फुर्गुल, मैं उसकी एक-एक चीज फाड़-तोड़ रखती मजे से।"

नायक चीखकर कहता है, "हाँ, मजा आता था। और इलाहाबाद में जब पियक्कड़ पूरन'दा बिना किसी बात मुझे बेंत से मारते थे और हाथों में नील उभर आती थी, तब भी मजा आता था। अभी यह बताएँगे कि कैसे मेरी बहुत इच्छा थी

---

1. जीजा, 2. बुआ।

कि कार्डराय की पतलून पहनूँ और जब बबली'दी वाले भिंज्यू ने मुझे कार्डराय का पीस लाकर दिया जनेऊ पर, तब उससे पतलून मेरे लिए नहीं, पूरन'दा के बेटे के लिए बनी। और, और, मुझे बहुत मजा आया!"

नायक का कंठ भर्रा उठा है, अपने को संयत करते हुए वह कहता है सीधा नायिका से, "सुन लो अच्छी तरह, ऐसे ही मजे लेते कटी है मेरी जिन्दगी और जो इस बात से जल रहे हैं उन्हें मैं मजा चखाकर रहूँगा।"

नायक अपनी जेबें टटोलता है। सिगरेट नहीं है। बब्बन उसे पैकेट थमा देता है। नायक बुदबुदाता है, "गुड नाइट स्वीट प्रिंसेज!" कुछ इस तरह मानो यह भी गाली हो एक, और कदम पटकता-सा तेजी से बाहर निकल जाता है।

कमरे के बाहर निकलते ही उसकी चाल मन्दी पड़ जाती है। वह चाहता है कि बब्बन उसे मनाने-समझाने बाहर आए।

बबली'दी की आवाज सुनाई देती है, "शिब्बौ, डी.डी. मूडी ठहरा, उसे चिढ़ाया क्यों?"

फिर बब्बन की आवाज : "जाऊँ देखू कहाँ जा रहा है? सुरिया ठहरा, कहीं इसी समय तल्लीताल न चल दे।"

और अन्त में बेबी की आवाज : "तू यहीं रह। मुझसे नाराज हुआ, मैं जाऊँगी मनाने।"

नायक रेलिंग की जगह अब चीना माल से मिलनेवाली पगडंडी का रुख करता है मानो सचमुच ही तल्लीताल जा रहा हो।

नायिका दौड़ पड़ती है। नायक कदम तेज करता है, लेकिन दौड़ना उसे अशोभन मालूम होता है।

पाँगर के पेड़-तले नायिका नायक को पकड़ लेती है।

"कहाँ जा रहा डी.डी.?"

नायक धुएँ का एक छल्ला बनाता है।

"खूब रिसा रहा ना मुझसे?"

नायक धुएँ का एक और छल्ला बनाता है। वह नायिका की ओर नहीं देख रहा है। उसकी दृष्टि पाँगर के पत्तों के पार आसमान में कुछ खोज रही है।

"मुझे मार।"

"क्यों?"

"रीस निकल जाएगी।"

"मुझे गुस्सा नहीं है।"

"झूठ।"

"हो भी तो मार-पीट थोड़ी की जाती है।"

"की जाती है। मैं तो इसीलिए हँस रही थी कि तू नहीं करता। डाँटो, झगड़ो, मारो, खाली रोना क्या हुआ?"

"मैं कौन होता हूँ किसी से झगड़ सकनेवाला?"

"क्यों नहीं होता? इतना बड़ा आदमी ठहरा। इतना दिमागवाला। हम क्या ठहरे तेरे सामने? भुस्स[1] पहाड़ी। हमने कहाँ देखी ठहरी दुनिया?"

"मजाक उड़ाने की जरूरत नहीं है।"

"मजाक मैं उड़ा रही या तू उड़वा रहा? क्यों रोता है उन सब लोगों के सामने? ऐसा क्या धरा है उनके पास जो तू उसे पाने के लिए ड्याँ-ड्याँ[2] करता है? क्यों रे, शिबौ-शिबौ खाकर पेट भर जाएगा तेरा? शिबौ-शिबौ ही तेरी जगह जाकर इम्तहान दे आती होगी न जो फस्ट पास होता रहा? शिबौ-शिबौ ही तेरी कहानियाँ, तेरे नाटक लिख जाती होगी ना? और शिबौ-शिबौ ने ही दो फिल्मों में तेरा नाम भी पर्दे पर चमका दिया होगा ना?"

नायक पाँगर के तने से टिककर खड़ा हो जाता है। उसकी अँगुलियों के बीच दबी सिगरेट उपेक्षित जलती रहती है। वह आँखें बन्द कर लेता है।

"सुन!" वह अँगुलियों से उसकी पलकों के पर्दे उठाते हुए कहती है, "मैं ना, तेरे बारे में सबकुछ जानती हूँ। दया'दी और गुड़िया तो तेरी ही बातें करनेवाली ठहरीं। तुझे नहीं पता तू कितना अलग तरह का हुआ! हीरो ठहरा इन लोगों का, हीरो! रोएगा तो इनका जैसा ही हो जाएगा।"

"मैं तो," नायक समाप्तप्राय सिगरेट को एक कश लेकर फेंक देता है, "मैं तो इनसे भी गया-गुजरा हूँ।"

"कैसे?" नायिका पूछती है, "जब मैं तक अपने को इनसे गया-गुजरा नहीं मानती, तू कैसे मानता है? वह कोई और था क्या जिसने मुझसे कहा—मैं तुझसे हर तरह से बड़ा हूँ बल।"

नायक खामोश रहता है। एक टहनी लेकर पेड़-तले लगे पत्थर से काई हटाने लगता है। चाँदनी में पढ़ता है एक नाम : रान्दे-वू। संकेत-स्थल।

"अभी भी रिसाया हुआ है देखो! 'माफ करो महाराज' तो मैं इस जनम में कभी कहनेवाली नहीं ठहरी। रीस आ रही, मार एक थप्पड़, रीस खतम।" नायिका नायक का हाथ पकड़ती है, उसकी हथेली को अपने गाल के पास झटके से लाती है, "ऐसे।"

लेकिन नायक उस झटके को रोक देता है। नायिका के गाल पर चाँटा नहीं लगता। हथेली केवल आकर टिक जाती है। नायिका उसे वहीं टिके रहने देती है।

"तू बुद्धू है बेबी!" नायक कहता है और अँगुलियों से नायिका के चेहरे का भूगोल टटोलता है।

---

1. जाहिल, 2. रोने की आवाज।

"हाँ, अब हुआ तू ठीक!" नायिका कहती है, "सुन दया'दी बहुत होशियार है। तू उससे शादी कर...।"

नायक की अँगुली नायिका के होंठों पर रोक लगा देती है। नायक कहता है, "मैं किसी बुद्धू से ही शादी करूँगा।"

नायिका नायक की अँगुली काट लेती है और आँखें नचाकर पूछती है, "घोड़े की जीन से?"

नायिका अब दौड़ने को होती है। नायक लपककर उसे पीछे से पकड़ता है और तभी टॉर्च की रोशनी उन दोनों पर पड़ती है।

"वॉट इज ऑल दिस?" नैनीताल क्लब से लौटे फौजी अफसर ढुल'दा कड़कती हुई आवाज में पूछते हैं।

बँगले से भी बब्बन, बबली'दी, गुड़िया इन्हें ढूँढ़ते इस ओर ही आ रहे हैं।

"बेबी, भीतर जाओ!" ढुल'दा आज्ञा देते हैं। वह चल पड़ती है।

"यह सब क्या तमाशा है? तुम सयानों के रहते यहाँ ये क्या बचपना हो रहा है?" ढुल'दा पूछते हैं बबली'दी से।

"अब क्या कहा जाए आजकल के बच्चों से। मैंने तो पहले भी टोका। मैं तो तेरी ही बाट देख रही ठहरी कि सारी बात बताऊँ। वैसे हुआ क्या? कोई खास बात? घरे के बच्चे हुए, कुट्टी-सल्ला, मान-मनौवल होने ही वाला हुआ सब। हमारा जो नहीं होता था। तू भी कार्तिकऽ," बबली'दी ने कहा, "अब चलो रे, सोते नहीं हो आज?"

लेकिन ढुल'दा गरजते हैं, "पूछ रही है क्या हुआ। क्या नहीं हुआ—यह पूछो। इस लोफर लड़के ने..."

बेबी रुक जाती है, पलटकर कहती है, "कुछ नहीं हुआ ढुल'दा! तेरे जो मन में आएगा कह देगा क्या? तेरे लिए यह लड़का लोफर ठहरा तो मैं क्या ठहरी?"

"भीतर जाती है कि नहीं?" ढुल'दा सुर्खियों में चीखते हैं।

"जा रही हूँ। सब लोग चलो। सारी दुनिया को यह बता देना जरूरी जो क्या है कि हमारा ढुल'दा आज पीकर घर लौटा है।" बेबी कहती है शान्त संयत।

ढुल'दा बेबी की ओर झपटते हैं। बब्बन उन्हें रोकता है। बबली'दी उसे टोकती हैं।

इधर से निराश होकर ढुल'दा डी.डी. का कॉलर पकड़ लेता है और उसे हिलाते हुए कहता है, "हैंड्स ऑफ माई सिस्टर यू वर्म!"

नायक ने आज तक पलटकर जवाब किसी को दिया नहीं है। लेकिन परमात्मा की है यह फिल्म और चवन्नी क्लास में बैठे हैं अनेक दर्शक, ऐसा समझते हुए वह ढुल'दा का हाथ झटक देता है और कहता है, "हैंड्स ऑफ मी, इफ यू प्लीज, कर्नल शास्त्री।"

और तब ढुल'दा एक जोरदार झापड़ डी.डी. को मारते हैं। नायक पहले थोड़ा अचकचाता है और फिर अपनी शक्ति-भर उनसे जूझ जाता है।

तभी कक्का भीतर से आ जाते हैं।

"कार्तिक," वह कहते हैं, "बचपना मत कर डियर। और डी.डी., तुम बब्बन के साथ भीतर अपने कमरे में जाओ मिस्टर। परसों उन्हें कहाँ जाना, तुम्हें कहाँ जाना, दो दिन के साथ में यह फौजदारी कैसी ठहरी?"

उन लोगों ने हॉल बन्द कर रखा है। वहीं उनकी सभा जुटी है। डी.डी. पारिवारिक मंत्रणाओं की इस दुनिया से सदा का बहिष्कृत है। बब्बन को डी.डी. का साथ देने के चक्कर में परिषद से बाहर रहना खल रहा है।

"जाकर देखूँ लल्लू, क्या खिचड़ी पका रिये हैं वो लोग?" बब्बन उठ ही जाता है, "कर्नल आज टुल्ल है नसे में। इसी बजै से गलतफैमिली हो गई बिसको। त फिकर मती करियो, मैं सब सँभाल लूँगा।"

नायक खामोश रहता है पहले। फिर जब बब्बन दरवाजे पर पहुँच चुका होता है तब वह कहता है, "कोई गलतफहमी नहीं हुई है। मैं बेबी से प्यार करता हूँ।"

बब्बन एक क्षण ठिठकता है। फिर झूठमूठ कहता है, "मैं ठीक से सुन नहीं पाया। क्या फरमाया हुजूर ने?"

"कह दिया जो कहना था।" नायक कहता है और तकिये में मुँह घुसाकर औंधा लेट जाता है।

देर तक हॉल से आवाजें आती रहती हैं। ध्यान दे तो बातचीत के कुछ टुकड़े वह सुन-समझ भी सकता है। लेकिन वह ध्यान नहीं देता। 'कह दिया जो कहना था,' वह कहता रहता है अपने से।

ऐसा कह देने से मानो एक बोझ उतर गया है। मानो एक चढ़ाई पार हो गई है।

लेकिन यह कैसा बोझ है, जो उतार देने से बढ़ गया है। यह कैसी चढ़ाई थी कि इसके आगे असम्भव रूप से तीखी एक और चढ़ाई नजर आ रही है।

डी.डी. अपने को बहुत-बहुत थका हुआ महसूस करता है।

डी.डी. एक सपना देख रहा है।

चारों तरफ बर्फ है। बर्फ से ढकी पहाड़ियाँ हैं।

डी.डी. बब्बन से पूछ रहा है, "स्वर्गारोहिणी कहाँ ठहरी डियर?" वह उस लहजे में, उस शैली की हिन्दी बोल रहा है, जिससे जाग्रतावस्था में अब उसका कोई सम्बन्ध नहीं रह गया।

इस बर्फ के बीच जाने कैसे उसका पुश्तैनी गाँव प्रकट हो गया है। वह तो खड्ड में है।

एक बहुत ही बीभत्स-सा, सर्वथा बदरंग हो चुका-सा सेपिया चित्र कोई उसे दिखा रहा है।

अर्थी पर रखी लाश जिसका सिर, सीधे कैमरे की ओर देखते हुए दो लोग, उठाए हैं। लाश की बगल में एक औरत कलप रही है। कोई कह रहा है, ये इजा (माँ) है और यह लाश बाबू (पिता) की है।

ऐसा कोई चित्र डी.डी. के माँ-बाप का है नहीं। हाँ, ऐसे बीभत्स स्मारक उसने कुछ अन्य परिवारों में देखे हैं।

सपने में डी.डी. अब उस चित्र की माँ की आँसू-भरी आँख को देख रहा है। यह आँख नहीं है, झील है।

चारों तरफ ऊँची-ऊँची बर्फानी पहाड़ियाँ हैं, बीच में नीली गहरी झील है, जो शायद डी.डी. की इजा की आँख है।

"स्वर्गारोहिणी यहीं से शुरू होनेवाली ठहरी ना?" अब बेबी, बब्बन से पूछ रही है।

उत्तर की प्रतीक्षा किए बगैर वह सामने के सबसे ऊँचे पहाड़ पर चढ़ती चली जा रही है।

डी.डी. उसके पीछे दौड़ रहा है।

दोनों के बीच में थोड़ा-सा फासला है, लेकिन दोनों ही अधकदम में, अधर में, सहसा रुक गए हैं। रुके ही रहे हैं।

"मूवीओला जैम हो गया है।" डी.डी. शिकायत करता है, और सम्पादन कक्ष में फिल्म देखनेवाले यंत्र को ठोंकता-पीटता है।

फिल्म-सम्पादक घाईमाड़े बताता है, "इधर में फ्रीज शॉट है।" सुनकर नायक उदास हो जाता है। बीभत्स लगता है उसे यह फ्रीज शॉट। एक बदरंग सेपिया फोटोग्राफ-सा।

उसकी नींद टूटती है, लेकिन सपने की उदासी जाग्रतावस्था में छलकी आती है। सिरहाने से घड़ी निकालकर वह देखता है—साढ़े छह। अभी रोशनी हुई नहीं है, लेकिन रसोई से आती आवाजें बता रही हैं कि जगार हो चुकी है घर में।

हॉल के उस पारवाले बेड-रूम में कर्नल साहब जोर-शोर से हुक्म जारी कर रहे हैं। ऐसा अनुमान किया जा सकता है कि सामान बँधवा रहे हैं।

डी.डी. जानता है कि कल के अप्रिय प्रसंग के बाद उसे उधर नहीं जाना चाहिए।

लेकिन नायक उधर जाता है।

सामान बाँधा जा रहा है। नायिका भी अपना सूटकेस ठीक कर रही है।

"मैं कुछ मदद कर सकता हूँ?" नायक पूछता है।

"आप!" कर्नल साहब दोनों हाथ अतिनाटकीयता से जोड़कर कहते हैं, "कृष्णमुख कर सकते हैं, बड़ी मेहरबानी।"

नायक अपना रक्तिम मुख लेकर उलटे पाँव लौट पड़ता है।

थोड़ी देर वह बाहर बरामदे में खड़ा रहता है, जाने किस उम्मीद में। फिर वह रसोईघर की ओर जाता है। काखी उसे कुछ संकोच से देखती हैं। बबली'दी उसे चाय का गिलास थमा जाती हैं और फुसफुसाकर कहती हैं, "कार्तिक ही हुआ वह, सदा का गुस्सेबाज। दो-चार दिन में भूल जाएगा। तू अपनी तरफ से अब और कुछ झन कहना, झन करना हाँ, डी.डी. भाऊ! हमारी वजह से तू यहाँ आया ठहरा, ये लोग आए ठहरे। हमारी इज्जत का भी तो सवाल ठहरा इसमें। क्या खाता है चाय के साथ? शक्करपारे होंगे दो-चार। लाऊँ?"

डी.डी. मना कर देता है और चाय लेकर बरामदे में फिर जा बैठता है।

अब वह सुनता है कि बबली'दी, कर्नल साहब पर शुरू हैं, "क्यों, यह कर क्या रहे हो तुम लोग? सत्यनारायण कथा छोड़कर कैसे जाओगे? मैंने डी.डी. को समझा दिया है। वह तो बच्चा है। तुम तो सयाने-समझदार ठहरे। ऐसी ड्रामाबाजी करोगे बात का बतंगड़ बनेगा। हम क्या कहेंगे लोगों से? क्यों चले गए, क्या बताएँगे?"

कर्नल साहब कोई जवाब नहीं देते। तब राजनयिक बबली'दी समझौता-प्रस्ताव प्रस्तुत करती हैं, "जो तुम समझते हो कि तुम्हारी बेबी को यहाँ अपने घर में, अपने परिवारवालों के बीच कोई खतरा है तो कार्तिक, बेबी और दया चले जाओ बल। हम कह देंगे कि कार्तिक की छुट्टी नहीं थी करके। गोदी कैंजा कैसे जा सकती हैं कथा छोड़कर, देखो। कैंजा, तू यहीं रहेगी। तुझे हम पहुँचा देंगे।"

बबली'दी को लोगों ने 'ब्रिगेडियर सैप' नाम यों ही नहीं दे छोड़ा है। कर्नल साब को उनका समझौता-प्रस्ताव मानना पड़ा।

नायिका जा रही है। जा रही है और जाते-जाते उससे मुलाकात नहीं हो पा रही है।

नायिका ने दया'दी की बताकर जो ऑटोग्राफ बुक दी थी वह भी तो लौटानी है। उसमें कुछ लिखना है। अब तो क्या लिखा जा सकेगा?

कल जाने की बात थी, आज ही जा रहे हैं। शाश्वत दुखद सत्य, कल के जाने वाले अक्सर आज ही चले जाते हैं और इसीलिए कल पर छोड़े हुए कुछ जरूरी काम धरे रह जाते हैं। ऐसा सोच रहा है नायक।

जरूरी काम? मिसाल के लिए विधिवत् विदा लेना। मिसाल के लिए वह ऑटोग्राफ बुक लौटाना। मिसाल के लिए सीधे नायिका से ही कह देना कि मैं तुमसे प्यार करता हूँ। बब्बन जाने कहे कि नहीं?

नायक सोचता है कि ये सभी काम मिला दिए जा सकते हैं और आज ही हो सकते हैं।

वह ऑटोग्राफ बुक लाता है कि उसके एक पृष्ठ पर लिख दे, "विदा लेकिन अलविदा नहीं, मेरे प्यार!"

वह ऑटोग्राफ बुक उलट-पलटकर देखता है। यह तो दया की ही है। इसमें सुमित्रानन्दन पन्त ने हस्ताक्षर करते हुए जो पंक्ति लिखी है उसमें 'हिमानी' शब्द आया है।

नहीं, वह इसमें विदाई और प्यार का सन्देश नहीं लिख सकता।

वह इसी में एक पर्ची अलग से रखकर दे देगा। लेकिन कहीं वह कर्नल साहब के हाथ पड़ गई तो? सन्देश निरापद होना चाहिए।

नायक एक पर्ची ऑटोग्राफ बुक में से अलग करता है और उस पर लिखता है, "जिलेम्बू, मारगाँठ।"

इस पर्ची को ऑटोग्राफ बुक में आड़ा डालकर अब वह नायिका की खोज में निकलता है।

वह उसे घर में या बाहर कहीं दिखती नहीं।

कल की जानेवाली, आज ही चली गई—यह पंक्ति उसके दिमाग में घूमती चली जा रही है। क्यों? वह अपने से पूछता है और तब उसे याद आता है कि कुमाऊँनी प्रेमगाथा 'राजुला मालूशाही' में ऐसी एक पंक्ति है—'भोल की जाणियाँ आज जै न्हैई गेछो।'

नायक यह पंक्ति गुनगुनाता हुआ उन सीढ़ियों की ओर जाता है जिनमें नायिका से पहली बातचीत हुई थी। एक रूमानी-सा विचार उठा है उसके मन में कि शायद नायिका इन सीढ़ियों से विदा लेने गई हो। लेकिन सीढ़ियों पर उसे चोंच से पंख सँवारने में व्यस्त, भीगा-भागा-सा एक पहाड़ी कौआ ही नजर आता है।

अब नायक बँगले के पीछे से रसोईघर की ओर लौटता है कि कहीं वह वहीं तो नहीं खड़ी है, जहाँ खड़े होकर उसने नायक पर प्रथम दृष्टिपात किया था।

नायक सिसूँण उर्फ बिच्छू-घास से बचते-बचाते आगे बढ़ रहा है और धीमे-धीमे दर्दभरी आवाज में गा रहा है, "भोल की जाणियाँ आज जै न्हैई गेछो।"

तभी कहीं से धीमी-सी पुकार आती है, "मालू वेऽ!"[1]

नायक को अपने कानों पर विश्वास नहीं होता। पहला सवाल, किसी ने मालू कहा है या कि भालू? दूसरा सवाल, अगर मालू ही कहा है, यानी प्रणय-गाथा के नायक के नाम से सम्बोधित किया है, तो क्या सम्बोधन करनेवाली लड़की अपने को इस मालू की राजुला मानकर ऐसा कह रही है या कि यह भी एक प्रीतिकर व्यंग्य है, नायक की प्रीति-प्रताड़ित मन:स्थिति पर?

या-कि-वाद से यथार्थवाद की ओर लौटकर नायक पाता है कि जिस ठौर मैं ठिठककर खड़ा हुआ हूँ, उस ठौर गुस्लखाने से निकली एक नाली है। पीछे सिसूँण की बड़ी-सी झाड़ी है। सामने गुस्लखाने की अधखुली खिड़की, उसके धूल-सने काँच और इनके बीच एक चेहरे का आभास-मात्र। कोई नल जोर से खोल देता है,

1. 'अरे मालू'।

बाल्टी में भरता पानी आवाज करता है। एक क्षण को वह कोई भीतर की रोशनी जलाता और गुल कर देता है।

एक चौंधियाये क्षण नायक चकित देखता है इस कुहरीली सुबह, कुनमुने पानी से काग-स्नान कर अभी आधी-अधूरी ही तैयार हुई नायिका को। अभी पहने जाते ब्लाउज पर पड़े टलकम के उन छींटों को कुछ इस आसक्ति से देखा है नायक ने, कुछ इस आश्वासन से मन में सँजोया है नायक ने, कि वह अपने से कह सक रहा है कि आजीवन कहीं-न-कहीं, कभी-न-कभी, यही सद्य:स्नात रूपराशि इसी तरह क्षण-भर को दमकती रहेगी और बड़ी देर तक उसकी पोर-पोर से बनी रहेगी एक चौंध, एक चुलबुलाती लालसा टलकम के छींटों को अपने होंठों से पोंछ देने की।

खिड़की से नायिका फुसफुसाती है, "मुझे ठुल'दा ले जा रहा बरेली। वहीं से अपने साथ अल्मोड़ा ले जाएगा। वह अन्धेर[1] रिसा रहा। मैंने, उससे और इजा से सबसे यही कहा है कि मैं दया'दी के बारे में बात कर रही थी। कोई तुझसे पूछे तो यही कहना। दया'दी की बात चलाएँ तो मना मत करना। यह बहुत अच्छी है। मैं बुद्धू ही नहीं, बेकार भी ठहरी। घोड़े की जीन तो नहीं ही ठहरी। अच्छा टा-टा, फिर मिलेंगे, हार्न दीजिए।"

नायिका खिड़की बन्द करना चाहती है लेकिन नायक उस गदोली को थाम लेता है जो अभी-अभी विलायती विदा में लहराई थी।

"मुझे किसी की दया नहीं चाहिए, तुम्हारी भी नहीं," किंचित् आलंकारिक होकर वह कहता है, "मैं बरेली आऊँगा।"

नायिका अतिनाटकीय घबराहट से उसे बरजती है, "बाब्बा[2] हो! बरेली झन[3] आना।"

"तो अल्मोड़ा आऊँ? कहीं तो हमें फैसला करना होगा।" नायक अब उस गदोली को दोनों हथेलियों में कसकर थाम लेता है।

"क्या फैसला?"

"कि जिसे दया न चाहिए हो, उसे हम दोनों मिलकर क्या दे सकते हैं?"

"तेरी बातें हम बुद्धुओं की समझ में कहाँ आनेवाली ठहरीं।"

"समझाने के लिए ही तो मिलना चाहता हूँ। अल्मोड़ा आऊँ?"

नायिका कोई उत्तर नहीं देती। वह अपनी गदोली छुड़ाना चाहती है। भीतर कर्नल साहब अपनी बहन को पुकार रहे हैं। यहाँ खड़ा होना निरापद नहीं है। लेकिन आम तौर से दब्बू और डरपोक डी.डी. यहाँ नायक की भूमिका में गदोली कसकर थामे रहता है। और लो, हद हो गई, उसे अपने होंठों से छुलाकर बारम्बार ऐन फ्रांसीसी अन्दाज में, कहता जा रहा है खोटी फ्रांसीसी में—"जिलेम्बू-जिलेम्बू-जिलेम्बू।"

---

1. बहुत, 2. बाप रे, 3. मत।

उसी लय-ताल में नायिका कहती जा रही है, "बस हो गया, अब छोड़ दे।" लेकिन अब स्वयं गदोली छुड़ाने की कोशिश नहीं करती।

कोई गुस्लखाने का दरवाजा भड़भड़ा रहा है।

"बस समझ गई मौंस्यू तू मौंशेरी!" नायिका कहती है और झटके से अपनी गदोली छुड़ाकर खिड़की बन्द कर देती है।

ये झटके नायक को असन्तुलित कर जाते हैं। धराशायी तो नहीं होता वह, लेकिन धप-से सिसूँण की झाड़ पर बैठ जाने को बाध्य जरूर हो जाता है। अब उसका सर्वस्व दंशित है।

सारे तन में खुजली धधक रही है और मन में भी—नायिका ने जिलेम्बूवाले ही गाने से "मौंस्यू तू मौंशेरी" (श्रीमान तू मेरा प्रीतम) वाला टुकड़ा दोहराया है तो महज इसीलिए कि वह उसके प्रेम का कुछ और मजाक उड़ाना चाहती थी या कि इसलिए कि वह कहना चाहती थी मुझे भी तुमसे प्यार हो गया है।

और यह ऑटोग्राफ बुक तो जेब में रह गई! लेकिन वह बँगले के पिछवारे से सामने तब तक नहीं जा सकता जब तक बदन में उठती इस जलन को बिना सिसकारे बरदाश्त करने में समर्थ न हो जाए।

नायिका, दया'दी और कर्नल साहब जा चुके हैं।

डी.डी. को उम्मीद है कि अगर वह अब भी तेजी से जाए तो उन्हें डाँड बस-स्टैंड पर पकड़ सकता है। वह बहाना करता है, "मैं मामी के यहाँ जा रहा हूँ, कथा तक आ जाऊँगा।"

बबली'दी कहती हैं, "भाऊ, जहाँ जाता है जा। इतनी बिनती हमारी मानना, बस-स्टैंड झन[1] जाना।"

बदहवास, बेतरह हाँफता नायक बस-स्टैंड डाँड पहुँचता है। बेबी और कर्नल साहब कहीं बाहर नहीं दिख रहे हैं। किसी बस में होंगे। किस बस में? इसमें नहीं। इसमें नहीं। इसमें नहीं। किसी में नहीं।

बसें छूट रही हैं। क्या वह चली गई, कल की जानेवाली?

और तब डाँड को छोड़ती एक बस की आगेवाली खिड़की से एक चेहरा थोड़ा-सा घूमता है। एक उठी गदोली हिलने का आभास-मात्र देकर टा-टा कहती है।

"बेबी!" नायक चिल्लाता हुआ दौड़ पड़ता है उस गदोली की ओर, जो न न्यौत रही है, न ना-ना-मत-आना कह रही है, जो केवल एक चरम विवशता व्यक्त कर रही है।

"बेबी, तुम्हारी ऑटोग्राफ बुक।"

नायक खिड़की तक पहुँच चुका है। वह ऑटोग्राफ बुक देने के लिए हाथ बढ़ाता है। ड्राइवर इस तमाशे की ओर देखते-देखते दूसरा गियर डालता है।

1. मत, ब्रज का जिन।

एक और चेहरा, घृणा और क्रोध से तमतमाया एक फौजी चेहरा उसी खिड़की से बाहर निकलता है। वह ऑटोग्राफ बुक पकड़कर फेंक देता है और नायक पर थूक देता है अंग्रेजी के दो शब्द—"ब्लडी बास्टर्ड!"

नायक असन्तुलित होकर गिर पड़ता है।

गाड़ी दूसरा गियर पकड़कर डाकखाने की बगल से मुड़ जाती है। ओझल हो जाता है आँखों से वह एक चेहरा जो उस खिड़की के लिए फौजी चेहरे से लड़ रहा है।

बीच चौराहे पर नायक गिरा पड़ा है। उसके घुटने छिल गए हैं, हथेलियाँ भी। चश्मे की एक डंडी मुड़ गई है, एक काँच टूट गया है। ऑटोग्राफ बुक दूर पड़ी हुई है और उसमें दबाकर आड़ी रखी गई एक पर्ची ताल की ओर उड़ती जा रही है।

अच्छा है कि चश्मा टूट गया है और वह उस भीड़ को नहीं देख पा रहा है ठीक-से, जो देख रही है एक धूल-धूसरित छैला को। जो हँस रही है, तीखी टीका-टिप्पणी कर रही है। सुनते हुए ही इतना संकोच हो रहा है। देख पाता तो जाने क्या होता?

किसी भावनात्मक विस्फोट ने सबकुछ तितर-बितर कर दिया है, ऐसी प्रतीति होती है डी.डी. को। टूटा चश्मा और ऑटोग्राफ बुक उठाते हुए उसे लगता है मानो अपना ही मलबा उठा रहा हो।

चश्मा और ऑटोग्राफ बुक डी.डी. हिप-पाकेट में रखता है। पतलून और पुलोवर झाड़ता है और उस पर्ची की खोज में बढ़ता है जो ताल की तरफ उड़ गई थी।

एक तमाशाई जोर से कहता है, "गलत जो थोड़ी कह जा रहे—मोहब्बत के मारों का यही अंजाम होता है, जमाना उन पे हँसता है, नसीबा उन पे रोता है।"

"गलत क्यों कहेंगे डियर, उनने भी तो यही सब किया-देखा ठहरा?" दूसरा कहता है।

नायक वहाँ पहुँच गया है जहाँ नावें बाँधी जाती हैं। यहीं पड़ी है वह पर्ची। गीली हो गई है। अक्षर फैल गए हैं। वह पर्ची उठाता है। पुलोवर की बाँह को ब्लाटिंग पेपर का दर्जा देता है और फिर पर्ची अपनी जेब में डाल देता है। उसी तमाशाई की आवाज आती है, "लागी रौ लगन टूटे न तार, हाई रे इस्सक, हाई रे प्यार!"

नाववाले चिल्ला रहे हैं, "बाबसैप, बोट शे[1]? मलताल बोट शे?"

डी.डी. एक नाव पर जा बैठता है।

नाव को धकियाते बोटमैन से तमाशाई कहता है, "ध्यान धरना हो धनराम इस मजनूँ का! ताल में फाल मार देगा मेरा यार तो हत्या लगेगी तुझे।"

नाव से निरुद्देश्य मल्लीताल जाते हुए, पानी को अँगुलियों से सँवारते हुए, डी.डी. को उसी फिल्म का एक और गीत याद आ जाता है जिसके एक गीत से तमाशाई ने उस पर फब्ती कसी थी।

---

1. बाबू साहेब, नाव से?

"तेरी दुनिया में दिल लगता नहीं, मालिक उठा ले!" गुनगुनाता है उसका मन। और चूँकि डी.डी. बुद्धिजीवी है, उसे नायक के रूप में अपनी यह परिणति बहुत खलती है। कितनी खराब पटकथा लिखता है परमात्मा, परमात्मा कसम!

मल्लीताल पहुँच ही गया है तो इधर-उधर ही क्यों भटकता रहे? क्यों न मामी के यहाँ हो आए जहाँ जाने का बहाना लगाकर वह बस-स्टैंड पहुँचा था? उसकी इस हालत पर हमेशा गुम-सुम रहनेवाले मामा-मामी अव्वल तो कोई टिप्पणी करेंगे नहीं। कर भी दें तो वह कह सकता है, पाँव फिसल गया था। यह कोई बहुत बड़ा झूठ न होगा। पाँव फिसलने की बात तो बल्कि सच ही है। झूठ इतना ही कि फिसलने का सन्दर्भ और स्थान सही नहीं बताया जा सकता।

अधेड़ मामा-मामी ने डी.डी. का दुर्घटना-वृत्तान्त चुपचाप सुन लिया, लेकिन उनके चेहरे पर बराबर अविश्वास की एक छाया बनी रही। इससे डी.डी. को सावधान होना चाहिए था। नहीं हुआ।

बम्बई का गुमनामी का आदी होकर डी.डी. भूल चुका था कि यह कुमाऊँ है। यहाँ हर कोई, हर किसी के बारे में पूरी जानकारी रखना अपना कर्तव्य समझता है। 'ये कौन हुए?' ऐसी जिज्ञासा हर अजनबी के सम्बन्ध में करना यहाँ शिष्टाचार में शुमार है। जिज्ञासा समाधान कोई न कर सके तो शिष्टाचार का तकाजा यह है कि सीधा अजनबी से ही पूछ लीजिए—"माफ करिया सैप,[1] मैंने आपको नहीं पहचाना! आप कौन हुए?"

'कौन हुए' का सपाट-सा जवाब परिष्कृत नागर समाज तक में सर्वथा अपर्याप्त माना जाता है। यह बदतमीजी की हद है कि आप कह दें मैं डी.डी. हुआ। आपको कहना होगा, न कहिएगा तो आपसे कहलवा लिया जाएगा, मैं डी.डी. हुआ दुर्गादत्त तिवारी, बगड़गाँव का, मेरे पिताजी मथुरादत्त तो बहुत पहले गुजर गए थे, उन्हें आप क्या जानते होंगे, बट परहैप्स यू माइट बी नोइंग बी.डी. तिवारी जो इलाहाबाद हाईकोर्ट में प्रैक्टिस करते थे, वह मेरे एक अंकल ठहरे, और सी.एस. तिवारी जो अंडर-सेक्रेटरी फाइनेंस रिटायर हुए वे मेरे दूसरे अंकल ठहरे।

उम्मीद करनी होगी कि इतने-भर से जिज्ञासु समझ जाएगा। न समझा तो आपको ननिहाल से वंशावली बतानी होगी। खैर, जब भी जिज्ञासु समझेगा तब प्रसन्नता ही व्यक्त करेगा, "क्यों नहीं, सी.एस. और मैं तो हॉलैंड हॉल में रूम-मेट थे। नाउ आई कैन प्लेस यू। तुम्हारी एक कजन अधार के केशवचन्द्र से ब्याही है ना, वह मेरी बुआ का लड़का हुआ।"

पारिवारिक सन्दर्भ के बाद आपको अपना अपटूडेट बायोडाटा प्रस्तुत करना होगा।

डी.डी. यह भी भूल गया था कि किस्सागोई की कुमाऊँ में यशस्वी परम्परा है। ठंड और अभाव में पलते लोगों का नीरस श्रम-साध्य जीवन किस्सों के सहारे

1. माफ करना साहब।

ही कटता आया है। काथ, क्वीड, सौल-कठौल, जाने कितने शब्द हैं उनके पास अलग-अलग तरह की किस्सागोई के लिए! यही नहीं, उन्हें किस्सा सुनानेवाले को 'ऐसा जो थोड़ी' या 'ऐसा जो क्या' कहकर टोकने की और फिर किस्सा अपने ढंग से सुनाने की साहित्यिक जिद्द भी है।

तो डी.डी. अनुमान नहीं कर सकता था कि जिन मामा-मामी को वह एक निहायत नीरस-सा झूठ सुना रहा था उन तक एक निहायत सनसनीखेज झूठ पहुँच चुका था पहले ही और वही झूठ बदहवास चीना माल चढ़ता हुआ अब भिसूँणी रानी की कोठी में पहुँचना चाहता था।

इसके अनुसार डाँड में बरेली से आए एक फौजी अफसर-विशेष ने, बम्बई से आए एक आशिक मिजाज बदचलन नवयुवक-विशेष की जमकर पिटाई की, क्योंकि वह अफसर की बहन को बस से खींचकर नीचे उतारना चाहता था।

इस किस्से में अफसर और नवयुवक के बीच का समस्त व्यापार और संवाद ऐसा था कि खिन्न चित्त से यह स्वीकार करना पड़ता है कि लोग-बाग, परमात्मा से भी गए-गुजरे पटकथा-लेखक हैं। पर क्या किया जाए, उनकी चल रही है, चला रहे हैं।

डी.डी. को सारी बातें तब मालूम हुईं जब बब्बन उसे खोजता हुआ पहुँचा। वह बहुत गम्भीर मुद्रा में था। वह उसे साथ ले गया बाहर। उसने एक रहमदिल, पर पाबन्दकानून, थानेदार की तरह उससे तफतीश की। डी.डी. ने अपने बचपन के दोस्त से सच कहा और सच के सिवा कुछ नहीं कहा। सुनकर बब्बन ने चैन की साँस ली। परमात्मा की स्क्रिप्ट का पर्याप्त सनसनीखेज न होना बॉक्स ऑफिस की दृष्टि से भले ही अहितकर हो, खानदान की इज्जत की दृष्टि से सर्वथा अनुकूल था।

तो बब्बन ने उस हॉकी-स्टिक पर पकड़ ढीली कर दी जिसे अब तक वह मजबूती से थामे था। उसने नायक की पीठ पर बड़े प्यार से एक धौल जमाया और कहा, "अबे ओये देवदास के! बीच सहर में लुटिया डुबो दीनी खानदान की! यार लोग उड़ा रहे हैं कि तूने वहीं डाँड पर इंगलिस फिलिम वाली धे-कीस-धे-कीस चालू कर दी और फिर जब तेरी मासूका तुझसे छीन ली गई तो तूने ताल में छलाँग लगा दी और धनराम बोटमैन ने तुझे बचाया।"

बब्बन ने उसे पूरी खबर सुनाई और फिर इस प्रापेगेंडा से निपटने की रणनीति समझाई।

मल्लीताल से ही रणनीति का परिपालन आरम्भ हो गया। जिस दुकान में चश्मा ठीक करने के लिए दिया गया उसके बाहर खड़े होकर बब्बन ने हॉकी-स्टिक बार-बार भाँजते हुए जोर-जोर से किन्हीं अज्ञात-अनाम लोगों के बहनोई का पद सँभाला। उसने जानना चाहा कि ये साले, बब्बन के भाई डी.डी. और बब्बन की बहन बेबी के बारे में सारे शहर में जो कहते डोल रहे हैं वह सब बब्बन के सामने आकर क्यों नहीं कहते? भाई, इन्हें जाकर कोई बताओ बब्बन क्या चीज है! लगता है इनकी

याददाश्त खराब है। परार के साल हॉकी फाइनल के बाद बब्बन ने बरेलीवाले लोफर लौंडों की जो धुनाई की थी फ्लैट्स में, भूल गए? पीलीभीतवाले शौकत का चौखटा किसने बिगाड़ा था, याद नहीं? जी. जी. आई. सी. की लड़कियों को अभी पिछले महीने चीना पीक में मुरादाबादी मजनुओं से किसने बचाया था, भूल गए? जो बब्बन आपकी माताओं-बहनों की इज्जत का रखवाला रहा है उसकी बहन के बारे में जो लोग अंट-शंट बक रहे हैं क्या उन्हें यह गलतफहमी हो गई है कि बब्बन ने चूड़ियाँ पहन ली हैं अब? लाशें बिछ जाएँगी बाबू। घरों में मातम मच जाएगा। देखी नहीं यह बब्बन की स्टिक और उसका यह रामपुरिया चाकू?

"हुआ क्या?" मजमे में शुमार लड़कों ने पूछा।

बब्बन को घोर आपत्ति हुई कि कतिपय अज्ञात-अनाम साले पीठ-पीछे बदनाम करते हैं और बब्बन के सामने ऐसे बनते हैं जैसे उन्हें कुछ मालूम ही नहीं। बब्बन ने उस नैनीताल के भविष्य के बारे में घोर चिन्ता व्यक्त की, जिसका हर नौजवान जनखा हो चला है। बब्बन ने नगर की शौर्य-परम्परा के हित में सभी से अनुरोध किया कि मर्दोंवाली बात करो डियर। जो पीठ-पीछे कहते हो, यहाँ कहो। बब्बन ने विश्वास दिलाया कि कहनेवाले का जबड़ा तोड़ देने का काम तसल्लीबख्श ढंग से किया जाएगा। बब्बन ने सूचना दी कि इस कार्य-विशेष के लिए उसकी स्टिक की जरूरत नहीं पड़ेगी, बब्बन के छोटे भाई डी.डी. का, जो बाक्सिंग चैम्पियन है और बम्बई में बराबर अशोक कुमार के साथ प्रैक्टिस करता आया है, एक घूँसा ही काफी होगा। बब्बन ने अतिरिक्त सूचना दी कि डी.डी. के पास पिस्तौल है और वह खून का प्यासा हो चला है, बब्बन अपने शहर का मामला समझकर उसे रोके हुए है।

इस मोड़ पर डी.डी. को, रणनीति के अनुसार युद्धनाद करना था। लेकिन उससे सधा नहीं। कुछ अस्पष्ट-सी, अर्थहीन ध्वनियाँ उसके कंठ से अलबत्ता फूटीं।

खैर, बब्बन ने नगर की नामर्दी पर शर्म से सिर झुका लिया और डी.डी. से चलने का अनुरोध करते हुए यह आशंका व्यक्त की कि शायद नैनीताल नगरी में अब सभी नवयुवक ऐसे बसते हैं जो एक लखनवी शौक के शिकार हैं।

इस पर कुछ लड़कों ने बौज्यू (बाप) और कुछ ने परमात्मा की कसम खाकर कहा कि हम तो अभी-अभी सीधे घर से आ रहे हैं और हमने कुछ नहीं सुना। हमें कुछ नहीं मालूम, बब्बन उस्ताद, माजरा क्या है?

बब्बन ने उन चेलों पर लानत भेजी जो उस नाजुक घड़ी में जिसमें उस्ताद के खानदान की इज्जत मिट्टी में मिलाई जा रही थी, मजे से लिहाफ में दुबके बासठ तक की गिनती गिन रहे थे।

कुछ लड़कों ने कहा कि हमने उड़ती-उड़ती-सी कुछ सुनी थी उस्ताद, उड़ाने वालों को डाँट दिया था। पूरी तफतीश के लिए दोपहर तल्लीताल जाने का इरादा रखते थे। यह काम वहीं के बाजारवाले लौंडों का रहा होगा।

बब्बन ने उन चेलों पर लानत भेजी जो सुनकर भी दौड़े-दौड़े उस्ताद के पास नहीं पहुँचे या जिन्होंने फौरन तल्लीताल जाकर बाजारवाले लौंडों को नहीं ललकारा।

अब बब्बन ने उपस्थित जनसमुदाय का ध्यान इस अप्रिय प्रसंग के कुछ नितान्त शोचनीय तथ्यों की ओर दिलाया। पहला यह कि बब्बन के खानदान के एक नहीं, दो सदस्यों को बदनाम किया गया है। दूसरा यह कि उन्हें एक-दूसरे के सन्दर्भ में बदनाम किया गया है।

बब्बन ने जानना चाहा कि जिन लोगों ने अफवाह उड़ाई है, क्या उनके घरों में यह सब चलने लगा है?

बब्बन ने उन लोगों की बुद्धि पर तरस खाया जिन्होंने यह अफवाह एक ऐसे नवयुवक के सन्दर्भ में उड़ाई है जो 'राइटर है राइटर', 'डायरेक्टर है डायरेक्टर', जो एक फिल्म में बैजयन्ती माला के साथ रहा, एक में नलिनी जयवन्त के, जो टॉप हीरोइनों के साथ उठता-बैठता है। उसके लिए क्या कजनबाजी ही बच रही है?

इस पर सभी उपस्थित नवयुवकों ने, जो बब्बन के चेले-चाँटे थे और सुबह से उस्ताद के इस आदेश की प्रतीक्षा में थे कि बम्बई से जो यह लोफर आया है उसकी खाल उधेड़ दो, अब उन लोगों की खाल उधेड़ने का वचन दिया जिन्होंने बम्बई से आए बब्बन के शरीफ छोटे भाई को बदनाम किया है और सो भी बब्बन की ही बहन के सन्दर्भ में और सो भी एक मामूली-सी घटना के प्रसंग में।

मामूली घटना : डी.डी. बेबी के भाई साहब को बेबी की नोटबुक लौटाते हुए फिसलकर गिर गया।

भर्त्सना के पात्र : वे सब जिन्होंने गिरे हुए डी.डी. को उठाने की बजाय फब्तियाँ कसीं, किस्से गढ़े और फैलाए।

बब्बन और डी.डी. एक जुलूस में मल्लीताल से तल्लीताल की ओर बढ़े। जुलूस बीच-बीच में रुका। बब्बन का प्रवचन हुआ। अधिकाधिक नययुवक जुलूस में शामिल होते गए।

इन सबको तल्लीताल में किन्हीं बदमाशों से बदला लेना है जो इधर बहुत 'बौली' रहे हैं (बावले हो रहे हैं), बहुत औतीरे रहे हैं (अवतार-वत् हो रहे हैं)।

जुलूस अपने पीछे यह कानाफूसी छोड़ गया है कि आज बब्बन बौली रहा है, औतीरी रहा है, आज तल्लीतालवालों की शामत आ गई है।

जुलूस तल्लीताल पहुँचा और वहाँ भी वही बातें दुहराई गईं। तल्लीताल के लड़के भी उन अज्ञात-अनाम कमीनों की औलाद को मारने के लिए उद्यत हो चले।

अन्त में यह तय पाया गया कि चीनाखान लाइन्स के जो दो-चार लौंडे दिखाई दिए थे सुबह, उनमें से ही किसी का यह काम रहा होगा। इन लौंडों को पेश किया गया। इनमें से एक को, जो अधिक भड़कीले कपड़े पहने था और जिसे कंघी से

बाल सँवारते रहने की कुटेव थी, आगे आने को कहा गया। एक झापड़ से उसका अभिनन्दन किया गया और फिर उससे कहा गया कि बब्बन दाज्यू से माफी माँगे। लड़का कहता रहा कि मैंने कुछ नहीं किया, कुछ नहीं कहा, लेकिन तल्लीताल के दादा और अपने गुरु शिब्बन के इस तर्क के आगे उसे झुकना ही पड़ा कि जब बब्बन बड़े भाई के समान है तब उसके पाँव छूने में नखरा कैसा?

डी.डी. के लिए ये तमाम प्रसंग नितान्त अरुचिकर हैं। उसे बराबर डर लगता रहा है कि कहीं सचमुच मार-पीट न शुरू हो जाए। वह इस जुलूसबाजी में बब्बन के साथ रहा है तो इसीलिए कि यह बब्बन की रणनीति का आग्रह है। कहीं बब्बन का मूड उखड़ गया तो यही लड़के मिलकर डी.डी. को पीट सकते हैं, इस बात का डी.डी. को बराबर अहसास रहा है।

सत्यनारायण कथा के बाद बबली 'दी की अध्यक्षता में डी.डी.-बेबी कथा चल रही है।

डी.डी. मौजूद है। बगैर किसी दिलचस्पी के सुन रहा है।

"नहीं हो, डी.डी. तो गऊ ठहरा गऊ। याद नहीं बी.ए. पास करके जब यह आया था हमारे यहाँ, बोल तक नहीं फूटनेवाला हुआ उसके मुँह से। एक किताब ली, दिनमान[1] उसी में मुँह घुसाये बैठ रहनेवाला हुआ।" बबली 'दी विषय-प्रवेश करती हैं।

"मौनी मामा कहते थे हम।" मुनिया कहती है।

"तू ज्यादा मत बोल चेली। बड़ों की बात हो रही," बबली 'दी कहती हैं, "गऊ ठहरा गऊ, इसीलिए बहुत्ते ताज्जुब हो रहा..."

"कि साँड़ कैसे हो गया?" अपना बाँसुरी-वादन रोककर बब्बन पूछता है।

"तू भी चुप रौ[2] बब्बनौ! हर बखत ठी-ठी-ठी[3] भली नहीं लगती। इस ठी-ठी में तो हो गया इतना फजीता। नहीं डी.डी. कुछ हमको भी समझाएगा भाऊ, तुझे क्या हो गया?"

"इश्क!" बब्बन कहता है, और फिर बंसी बजाने लगता है।

"इश्क-फिश्क तो हम जानते नहीं भाई..." बबली 'दी कहती हैं।

"कैसे जानोगे, तुम्हारे लिए ढाई आखर प्रेत बराबर ठहरा।" बब्बन फिर बंसी बजाता है।

"ठहर! ठहर! बब्बनौ!" सुन्दर-सुघर बबली 'दी अपनी अब किंचित् स्थूल हो चली काया को सँभालते हुए उठती हैं और बब्बन की बंसी छीनकर उसी से बब्बन को बरजती हैं। फिर बंसी को हाथ में बेंतवत् धारण किए हुए वह कहती हैं, "अब यह हँसी-मजाक की बात तो रह नहीं गई भाई।"

बब्बन, जो अब तक लेटा हुआ था, उठकर बैठ जाता है और कहता है, "अरे हँसें नहीं तो क्या करें। डी.डी. टी. बम्बई में इमली के पत्ते पर डंड पेलने का धन्धा करता है। भाई जान का अभी अपना तो रहने-खाने का ठिकाना है नहीं वहाँ,

1. सारा दिन, 2. रह, 3. होनी।

और खाब देख रहे हैं शास्त्री जी की इकलौती बेटी को ब्याहकर गिरस्ती बसाने का। जिस बेबी के चार-चार भाई हैं और चारों बड़े ओहदों पर हैं उसे इससे कौन ब्याहेगा? पहाड़ से नीचे धक्का जो नहीं दे देंगे।"

"खैर, ऐसा तो तू मत कह रे," बबली'दी उवाच, "कोई गया-गुजरा जो थोड़ी ठहरा हमारा डी.डी.। अच्छा कमा-धमा रहा। मानने-बरतनेवाला भी खूब ठहरा। कितनी दूर से आ गया सुधा के ब्याह में। ऐसा नजदीकी जो क्या ठहरी हमसे इसकी रिश्तेदारी? स्नेह का सम्बन्ध हुआ। कैसी सुन्दर साड़ी दी इसने सुधा को! तुम्हारे उस कर्नल की लाई साड़ी से तो लाख गुनी भली।"

"सच्ची! क्या लाया होगा कार्तिक'दा वह साड़ी क्लाप[1]?" गुड़िया अचरज करती है। वह समझती है कि अब अपेक्षाकृत सम्पन्न रिश्तेदारों की कौंठी (कंजूसी) उजागर करने का खेल शुरू होनेवाला है।

"तू चुप रौ," बबली'दी कहती हैं, "साड़ी की बात नहीं हो रही, डी.डी. की बात हो रही। मैं कहती हूँ क्या कमी हो रही डी.डी. में? बगड़गाँव का तिवाड़ी हुआ। सम्बन्ध इससे सभी ठहरे। देखण-चाण[2] ठहरा ही, लऽम्ब चौऽड़।"

"चौड़ तो खैर कुछ नहीं है," गुड़िया आपत्ति करती है, "सींक-सा तो है।"

"हो जाएगा बैणी, चौड़ भी हो जाएगा," बबली'दी कहती हैं, "अपने मामाओं पर गया है यह। कैसे हैं वे लम्ब-तड़ंग! अब जरा कमाने-धमाने अपना कर सकनेवाला हुआ है, भर जाएगा, सिरी आ जाएगी इसके मुख पर। ब्याह के दिन देखना, कैसे दिखेगा पीताम्बर-कुर्ता और टाँका[3] पहनकर।"

"साक्षात् विष्णुस्वरूप।" गुड़िया मुँह मटकाती है।

"और क्या!" बबली'दी कहती हैं, "तो भाई, मुझे तो डी.डी. में कोई कमी जैसी नजर आ नहीं रही। हमारा जैसा जमाना होता गोदी कैंजा आँख मूँदकर अपनी बेबी इस डी.डी. से ब्याह देतीं।"

"तुम्हारा जैसा जमाना है कहाँ?" बब्बन पूछता है।

"वही तो!" बबली'दी कहती हैं, "इसीलिए डी.डी. भाऊ, सब तरह से सोचना हुआ। उन्हें भी सोचना हुआ, हमें भी। उन्हें सोचना हुआ कि अपनी ऐसी सिर-चढ़ी लड़की को, जो काम के नाम पर सींक तोड़कर दो नहीं कर सकती, कैसे ऐसे घर में ब्याह दें जिसमें नौकर-चाकरों की कमी हो। हमें सोचना हुआ ऐसी लड़की हम अपने घर लाएँ क्यों जिसे किसी काम का सीप नहीं। चार आदमियों के बीच कैसे रहते हैं, कैसे बोलते हैं, इसकी जिसे अक्ल नहीं। मुझसे जो पूछते हो तो डी.डी. में कोई कमी नहीं, बेबी में फिर भी कमियाँ ठहरीं।"

"ऐसा तो तू मत कह मम्मी। हमारी बेबी कैंजा लाखों में एक है।" मुनिया आपत्ति करती है।

---

1. जाने कैसी, अजीब-सी, 2. जिसे देखना चाहो, सुन्दर, 3. साफा।

"अरे तू क्या कर रही तरफदारी। मेरी तो वह बैणी ठहरी। मैं नहीं जानूँगी उसके गुण। मैंने तो एक बात कही, डी.डी. के ब्याह के बारे में। डी.डी. के लिए मुझे वह पसन्द नहीं। हाँ, अभी जो तुम दया की बात करते हो, मैं डी.डी. का उससे ब्याह करने को फौरन राजी। अहा, कितनी भली चेली है वह। सच रे डी.डी. भाऊ, तू दया से ब्याह क्यों नहीं कर लेता? तू हाँ करता है, मैं अभी जाकर गोदी कैंजा को मना लेती। उपकार हो जाएगा बिचारी दया का। तेरा भी। कुशल इतनी, तू दो सौ देगा, दो सौ में चला देगी गिरस्ती। दो हज्जार लाकर रखेगा हाथ में, दो हज्जार जैसी बना देगी गिरस्ती..."

"दो लाख रखेगा, तो मम्मी?" मुनिया पूछती है, "सिनेमावालों को तो जब मिलने लगते, लाखन मिलते।"

"दो लाख रखेगा तो दो लाख-जैसा भी कर देगी। सौ में मुश्किल होनेवाला ठहरा। हजार-लाख में तो सब अपने आप हो जानेवाला हुआ, आ जानेवाला हुआ।"

"दो लाख हाथ में रखनेवाला हो जाएगा, तब तो डी.डी. मामा का ब्याह बेबी कैंजा से हो सकेगा ना मम्मी?"

"तू बकूभान[1] जैसी बोलती मत रह मुनिया," बबली 'दी कहती हैं, "फिर डी.डी.? क्या कहता है भाऊ, बात चलाऊँ दया की? क्यों, मन-जैसी नहीं आ रही क्या?"

"डी.डी. दाज्यू को तो गन-जैसी[2] आ रही," गुड़िया कहती है, "इतनी देर से तू कड़-कड़ लगा रही, यह अपना छेद-भेद ही नहीं दे रहा।"

नायक अब बाध्य है कि कुछ कहे, "मेरा अभी शादी करने का कोई इरादा नहीं है।"

"सुना?" गुड़िया कहती है, "जब तक बेबी की बात हो रही ठहरी, यह चुपचाप सुन रहा ठहरा! दया की बात की तो मेरा शादी का कोई इरादा नहीं है बल।"

"तो फिर क्या करता है?" बबली 'दी पूछती हैं, "बेबी से ही करता है? उसी से लाग रही लौ? कह दूँगी, गोदी कैंजा से। उन्हें मनाना वैसे मुश्किल ही ठहरा भाऊ।"

डी.डी. बाध्य है कि कहे, "मैंने कहा न, मेरा शादी का अभी कोई इरादा नहीं है।"

"ठीक ही ठहरा," बबली 'दी उपसंहार करती हैं, "बच्चा ही हुआ अभी। बब्बन से दो साल छोटा ठहरा। बब्बन की ही शादी की कोई बात नहीं। शादी जो अभी नहीं करनी है भाऊ, तो वह सब भी झन कर। क्या कहते हो तुम लोग?"

"इश्क मम्मी?" मुनिया पूछती है।

बबली 'दी अचरजवाली मुखमुद्रा बनाकर अपनी बिटिया को देखती हैं, चपतियाती हैं, "तेरे ख्वारन डाम इश्क[3]! नहीं होनेवाला आ गया काल। कैसे न आए? वैसे ही सिनेमा आग लगा रहा। कमी हो रही कहने को अपने ही लोग घर में भी दिखा

---

1. बहुत बोलनेवाला, 2. अपान वायु, गन-जैसी आना—अरुचि होना, 3. तेरा खोपड़ा दाग दे इश्क (प्यार-भरी झिड़की)।

रहे सिनेमा-जैसा। मैं तो भाई समदरसी ठहरी, बेबी से भी कहूँगी, डी.डी. से भी कहती हूँ, जब ब्याह की कोई बात ही नहीं, तब यह इश्क-मुश्क बन्द करो जो जरूरी हो रहा होगा!"

डी.डी. उठ खड़ा होता है और बब्बन से पूछता है, "चल रहा है?" बब्बन भी पारिवारिक सभा से अब भर पाया है लेकिन सैंडल पाँव में डालते हुए वह जानना चाहता है, "कहाँ?"

बबली'दी कहती हैं, "सिगरेट की तलब लग रही होगी। यहीं पी ले हो। सुन्दर बातचीत हो रही। तू अभी रहेगा दो-चार दिन? लखनऊ आएगा हमारे यहाँ? बैठ हो, तुझसे तो मेरी बात ही नहीं हो रही।" डी.डी. नहीं बैठता।

"अबे, चलना कहाँ है?" बब्बन पूछता है।

"कहीं भी।"

"ऐसे ही चलूँ कि तैयार होऊँ?"

"ऐसे ही।"

बब्बन उसके गले में हाथ डालते हुए कहता है, "ऐ मेरे दिल कहीं और चल। इश्क में ऐसा भी होनेवाला ठहरा बल।"

डी.डी. जाते-जाते एक दृष्टि अपने कक्का के इस परिवार पर डालता है। उसे लगता है कि आइन्दा मैं जो कुछ करनेवाला हूँ बेबी के प्रसंग में, वह कुमाऊँनी पारिवारिक जीवन से इस अन्तिम नाते को भी काट सकता है। यह सोचकर वह उदास होता है। यों उदास हो जाने के लिए डी.डी. द मूडी के पास कारणों की कोई कमी नहीं जो एक और कारण पैदा हो जाने से अतिरिक्त उदास हो!

चुंगी से जरा नीचे फ्लैट्स की ओर उतरनेवाले रास्ते से थोड़ा हटकर पेड़ों के बीच समतल भूमि का एक टुकड़ा-सा है। शायद यहाँ कभी बहुत पहले कोई कुटिया रही हो। यहीं घास पर बैठ जाते हैं बब्बन और डी.डी., पेड़ों की ओट में। बब्बन अत्तर (चरस) वाली सिगरेट बनाता है।

"खाएगा?" वह पूछता है, यानी पीएगा।

डी.डी. सिर हिलाकर स्वीकृति देता है।

"स्पेशल? आर्डिनरी?" बब्बन जानना चाहता है कि डी.डी. अत्तरवाली पीएगा कि नहीं।

डी.डी. स्पेशल माँगता है। सिगरेट सुलगाकर बब्बन कहता है, "लगे दम मिटे गम।" गम लेकिन बढ़ता है। अत्तर डी.डी. को यों भी पसन्द नहीं। कैसी अजीब गन्ध आती है और कैसा सूख-सा जाता है गला-नाक।

"कभी हिल-विल लेता है कि नहीं?" बब्बन पूछता है।

"हिलमिल?"

"हिल-विल, बे हिल-विल! किसी फंटी के साथ?"

"छिः, नहीं।"

"कोई चक्कर ही नहीं चलाया वहाँ बम्बई में।"

"नहीं।"

"तो वही अपना हाथ जगन्नाथ!" बब्बन ठहाका मारता है।

डी.डी. को सहसा अपने मुँह का स्वाद बिगड़ता हुआ मालूम होता है। कहता है, "अत्तर में मजा नहीं।"

"दारूवाला हुआ क्याप? बम्बई में खूब खुलती होगी हुचकी की बोतल।"

"बम्बई में नशाबन्दी है। ह्विस्की बहुत महँगी होती है। मुझे पीने का शौक नहीं। हो तो भी कर नहीं सकता।"

"गरीब जो ठहरा बल!" बब्बन सूटे लगाए जा रहा है, "अबे ओय डी.डी. टी., तुझे हो क्या रहा है जो यों उखड़ी-उखड़ी बातें कर रहा है?"

"कुछ नहीं," डी.डी. कहता है, "कुछ भी तो नहीं।"

डी.डी. बब्बन को पीठ देकर नीचे ताल की ओर दृष्टि जमा देता है। बब्बन कोहनी के सहारे लेटा चरसदार सिगरेट पर सूटे लगाता जाता है।

सिगरेट खत्म करके बब्बन दोनों हथेलियाँ जोड़कर तकिया बनाता है और लेटे-लेटे आसमान की ओर देखते हुए कहता है, "वह तो बबली'दी ने कहा कि पहले उससे पूछ लेना वरना आज तो मैं तेरी ठुकाई करने के इरादे से निकला था।"

"मुझे पता है," डी.डी. कहता है।

"क्यों कर रहा है तू यह सब?"

"मुझे खुद पता नहीं।"

"तू जानता है कि बेबी का परिवार ऊँची हैसियतवाला है। तू जानता है कि हम उन लोगों को नाराज नहीं कर सकते। उनके हम पर कितने ही अहसान हैं। इस समय भी वह मेरे लिए लखनऊ में नौकरी की कोशिश कर रहे हैं।"

"मैं जानता हूँ।"

"फिर तू ऐसा काम क्यों करना चाहता है जिससे उनके-हमारे सम्बन्ध बिगड़ जाएँ?"

"मैं नहीं जानता।"

बब्बन आता है, उसके पास आकर बैठता है और उसका चेहरा अपनी ओर घुमाकर कहता है, "पता है मगर नहीं पता है, जानता हूँ मगर नहीं जानता। इश्क में ऐसा भी होनेवाला ठहरा बल?"

"कसप[1]!" डी.डी. अपना चेहरा फिर फेरने की कोशिश करते हुए कहता है कुमाऊँनी में।

"तीन दिन की मुलाकात में ही मजनूँ हो जाते हैं लोग।"

---

1. क्या जाने (बहुत ही दार्शनिक किस्म का, अथवा 'तुम स्वयं बूझो' ऐसी चुनौती से भरा क्या जाने)।

"कसप!"

"उस बेबी में ऐसा रखा क्या है?"

"कसप!"

"जब ढाई साल बम्बई में तू बाकायदा ब्रह्मचारी रह सका, पराई स्त्रियों को माँ-बहन मानता आ सका, तब साले यहाँ ढाई दिन में एक ऐसी लड़की पर कैसे चालू हो गया जिसे पारिवारिक आग्रह से तुझे बहन ही मानना चाहिए था?"

"कसप!"

"देख डियर, इस बार जवाब में कसप तो कहना मत, समझा! यह बता, इस चक्कर को तू छोड़नेवाला है कि नहीं?"

"कसप!"

बब्बन डी.डी. का जबड़ा छोड़ देता है और फिर चित लेट जाता है। डी.डी. मुक्त जबड़े को सहलाता है और चेहरे का कोण ठीक करके फिर ताल को देखने लगता है।

प्यार के कैमरे के दो ही फोकस हैं—प्रिय का चेहरा, और वह न हो तो ऐसा कुछ जो अनन्त दूरी पर स्थित हो।

बब्बन गुनगुनाने लगा है : "तू कहे अगर जीवन-भर मैं गीत सुनाता जाऊँ।" प्रेमियों के सहचर उनके मनोरंजन के लिए ऐसा ही कुछ करने को अभिशप्त हैं।

डी.डी. भी अब लेट जाता है। उसके चेहरे पर कुछ ऐसा भाव है कि मैं जीवन-भर वह गीत सुनने को प्रस्तुत हूँ।

उसकी आँखें छलछला आई हैं। उसका चेहरा फक पड़ने लगता है।

"ऐ डी.डी.!" बब्बन गाना बन्द करके पूछता है, "क्या हुआ बे?" इस बार डी.डी. जवाब में 'कसप' भी नहीं कहता।

"किस सोच में पड़ गया है तू?" बब्बन जानना चाहता है।

"मैं मरने से पहले एक बार, सिर्फ एक बार, बरेली जाकर उसे देख-भर लेना चाहता हूँ," डी.डी. रोते हुए कहता है।

बब्बन उठ बैठता है। डी.डी. को हिलाता है, "मर कौन रहा है बे?"

"मैं मर रहा हूँ," डी.डी. कहता है, "गाड़ीवान भाई, जरा जल्दी चलो। बहुत देर हो जाएगी।"

"साले!" बब्बन हँसता है, "देवदास के बच्चे! हमसे ही थ्येटर कर रहा है।"

"गाड़ीवान भाई!" डी.डी. सुबक-सुबककर कहता है, "जरा जल्दी करो! मैं मर रहा हूँ।"

बब्बन उसे गौर से देखता है, कहता है, "खुस्क हो गया नसा बाबू!"

वह डी.डी. को खींचता हुआ चुंगीवाली दुकान की ओर ले जाता है। डी.डी. कहता जाता है, "गाड़ीवान! इससे तेज नहीं चल सकते? सुबह तक तो बहुत देर हो जाएगी भाई।"

बब्बन हँसता रहता है। उसे भी चढ़ी है, लेकिन तरावट के साथ। कहता है, "निसाखातिर रखें सरकार, आप मासूका के दरवज्जे पर पहुँचकर ही मरेंगे।"

दुकान पर बब्बन कहता है, "गुरु, ठेकी में दही हो तो बम्बई के इन दारूवाला साहब को पिलाओ। नेपालवाली स्पेशल सिगरेट खा तो ये गए, पचा नहीं पाए।"

दुकान के पिछवारे बोरों के आलू और मिट्टी के कोयलों की गन्ध से भरे, बेंच और हिलती मेजवाले 'रेस्तराँ' में डी.डी. को दही की लस्सी पिलाई जा रही है कि 'नसा तर हो।' लेकिन डी.डी. को लस्सी नहीं, गंगाजल और तुलसी दल चाहिए। वह यह भी जानना चाहता है कि गाड़ी रोक क्यों दी भाई? डी.डी. चाहता है कि उसे लिटा दिया जाए। डी.डी. खुद ही अपने को लिटा देता है। इस क्रम में लस्सी उसके कपड़ों पर गिर जाती है और काँच का गिलास फर्श पर चकनाचूर हो जाता है।

"इश्क में ऐसा भी होनेवाला ठहरा बल!" बब्बन, दुकानदार की ओर देखकर मुस्कराता है।

"वह तो दिख ही रहा।" आदतन अपनी टोपी आगे-पीछे करता है दुकानदार, "अरे ओ लौंडे, जरा बाब सैप के दिल के टुकड़े झाड़ दे। कहीं किसी के चुभ रहेंगे तो फजीता होगा।"

मैं आपसे क्षमा चाहता हूँ कि इन कुछ दृश्यों के ब्योरे में जाकर मैंने आपके धैर्य की परीक्षा ली।

मध्यवर्गीय जीवन के रोजमर्रापन के इन अतिपरिचित, उच्छिष्टवत् दृश्यों से आप जैसे समझदार व्यक्तियों को मिल क्या सकता है? सच कहूँ तो कथा-नायक तक पर इनकी महत्त्वहीनता उजागर है। नितान्त फिल्मी दृश्य। और ऐसे भी नहीं कि किसी कलात्मक फिल्म की शोभा बढ़ा सकें।

नायक जानता है, पर जानते हुए भी भूल नहीं सकता। इस सबको उसी तरह सहेज रहा है, सहेजकर रखेगा आगे भी, जिस तरह साधारण-बुद्धि बब्बन।

बब्बन के सीमित कस्बा-जीवन के मानकों के अनुसार यह एक स्मरणीय घटना हो सकती है। जितना ही हमारा नायक महत्त्वपूर्ण बनता जाएगा, इन घटनाओं की स्मृति उतनी ही प्रखर होती जा सकती है बब्बन के मन में। हम कल्पना कर सकते हैं कि बरसों बाद पहाड़ियों के बीच में पहाड़ी हिन्दी बोलते हुए बब्बन कहेगा, "ये डी.डी. तिवारी, मेरा कजिन ठहरा, लँगोटिया यार हुआ। ओ हो रे, कम जो मजे थोड़ी कर रखे हमने। जिन बिचान वह यूनिवर्सिटी से गर्मी की छुट्टियों में यहाँ आनेवाला ठहरा, न उसकी जेब में कौड़ी होनेवाली, न मेरी। मौज-मस्ती में मातर[1] कोई कमी

1. किन्तु।

नहीं आनेवाली ठहरी। मैं दवावाली एक बड़ी शीशी साथ लेकर चलता और जो भी मिलता उसे रोकता, कहता, "भाई साहब, आपकी जेब में एक फोकन्नी होगी फालतू? आमा के लिए मिक्सचर बनवाना था कैमिस्ट से। चार आने कम पड़ रहे। इस तरह करते-करते डाँड से लेकर बोट क्लब तक ही हम डेढ़-एक रुपया पैदा कर रखनेवाले ठहरे। चवन्नी क्लास से ऊपर बैठने का सवाल ही नहीं उठनेवाला हुआ। रिट्ज में बुकिंग काउंटर के पीछे जरा-सी जगह थी चवन्नी क्लास की सीध में, ऊपर को। वह हमारा बॉक्स कहलानेवाला ठहरा। चन्दे से सिनेमा ही नहीं, चहा-पानी-सिगरेट भी हो जानेवाला हुआ। सिगरेट में कभी-कभी क्या करनेवाले ठहरे कि हाल में अगर बगलवाला गोल्ड फ्लैक कैप्स्टन जैसी बढ़िया सिगरेट पी रहा हुआ तो उसके सुलगाते ही हम कैंची कैवेंडर मुँह में लगा लेनेवाले हुए, सुलगाने को उसकी सिगरेट लेनेवाले हुए और सुलगाकर उसकी अपने पास रखनेवाले हुए, अपनी उसको थमा देनेवाले हुए। कम जो क्या की ठहरी हमने शरारतें। डी.डी. से मेरी आखिरी मुलाकात हुई फिफ्टी-फोर में, सुधा'दी के ब्याह में आया था। एक घपला-जैसा कर बैठा यहाँ। कोई खास बात नहीं। बचपना। इश्क-मोहब्बत। वैसे में एक दिन अत्तर पी गया मेरे साथ कहा! अन्दाजा उसको हुआ नहीं अत्तर का। चढ़ गई। चढ़ गई तो कहते जाएँ मैं मर रहा हूँ बल। मैं उसे ले गया चुंगीवाली दुकान में। लस्सी पिलाने की कोशिश की। लम्बा लेट गया मेरा यार। सारी लस्सी अपने पर ढाल ली[1]। एक और ही किस्म का इनसान हुआ वह। डी.डी. द मूडी कहनेवाले हुए हम।"

लेकिन वह डी.डी. जो इन पर्वतों और पर्वतवासियों की कैद से दूर चला गया है, जिसकी महत्त्वाकांक्षा उसे इनसे अधिकाधिक दूर ले जाने के लिए प्रतिबद्ध है, इन दृश्यों को क्यों सहेज रहा है, कुछ समझ में नहीं आता! क्या इसलिए कि हम जो भी होते हैं कुल मिलाकर वही, उतना ही होते हैं जो हमारे पैतृक गुणसूत्र, पारिवारिक संस्कार और प्रारम्भिक अनुभव हमें बना देते हैं? उसके बाद जो भी होता है, जीवन-चरित नहीं, मात्र जीवन-वृत्त होता है?

जो पहला और प्रायः असम्भव-सा हम करते हैं प्यार, वही मर्मान्तक रूप से अन्तिम भी होता है?

खतरनाक है यह विचारधारा। इससे हम एक विचित्र निष्कर्ष पर पहुँच सकते हैं कि अपना बचपन और अपनी किशोरावस्था बिता लेने तथा यौवन की पहली उठान में पहला प्यार कर लेने के बाद हम चुक जाते हैं। तबसे लेकर, चार स्वजनों द्वारा विधिवत् अर्थी उठाए जाने तक, हम स्वयं अपनी लाश कन्धे पर उठाए घूमते हैं।

नियति लिखती है हमारी पहली कविता और जीवन-भर हम उसका ही संशोधन किए जाते हैं। और जिस बेला सदा के लिए बन्द करते हैं आँखें, उस बेला परिशोधित नहीं, वही अनगढ़ कविता नाच रही होती है हमारे स्नायुपथों पर।

1. उड़ेल दी।

नितान्त भावुक हैं ये स्थापनाएँ। सर्वथा अग्राह्य हैं हमारे नागर, आधुनिक और परिष्कृत मानस को।

परमात्मा की है यह पटकथा, ऐसा कहकर नायक विवशता व्यक्त करता है अपनी।

नायक की है यह कथा, ऐसा कहकर, नायक की तरह ही कन्धे उचका देने की अनुमति मैं आपसे चाहता हूँ।

डी.डी. बरेली जाकर रहा।

सभी आशंकित थे कि यही उसका अगला खतरनाक कदम हो सकता है। गुड़िया और बब्बन ने उससे आग्रह किया कि कुछ दिन नैनीताल ही रहे और फिर उनके साथ रामगढ़ चले एक हफ्ता शिब'दा के सेब-बागान में बिताने। बबली'दी उससे अपने साथ लखनऊ चलने का निहोरा करती रहीं। डी.डी. ने कहा कि नहीं, मैं रानीखेत जाऊँगा। तब गुड़िया ने कहा कि मैं भी तेरे साथ चलूँगी, वहाँ मेरी एक सहेली है।

डी.डी. को अब यह कहना पड़ा कि रानीखेत जाने का इरादा बदल दिया है। गंगोलीहाट जाऊँगा पूजा करने। इस पर बबली'दी ने उससे अनुरोध किया कि अपने साथ मैंज्यू[1] को भी ले जाए, पुण्य होगा, बुढ़िया की बहुत दिन से इच्छा हो रही गंगोलीहाट जाने की। वह जाकर मैंज्यू को बता भी आई।

अब डी.डी. को कहना पड़ा कि सीधा गंगोलीहाट नहीं जा रहा हूँ। ट्रेकिंग करूँगा। बब्बन ने कहा कि पैदल घुमक्कड़ी में अल्मोड़ा तक मैं भी साथ रहूँगा।

डी.डी. ने घुमक्कड़ी का इरादा बदल दिया। उसने घोषणा की कि तुरन्त बम्बई जाना है। गनीमत कि किसी ने उसके साथ बम्बई या दिल्ली चलने की बात नहीं की। इतना जरूर हुआ कि चिर-शंकालु बब्बन टिकट-खिड़की पर साथ आकर रहा और डी.डी. को दिल्ली तक का टिकट लेना ही पड़ा।

यह प्रथा है नवयुवकों में कि जो भी पहाड़ छोड़कर जाता है मैदानों की ओर, वह पीछे छूट जाते अपने साथियों को 'चुंगी' देकर जाता है। आनेवाला 'टोल' नगरपालिका स्वागत करने का लेती है और जानेवाला 'टोल' युवा-मंडली विदा करने का।

डी.डी. ने, जिसे दिल्ली नहीं, बरेली जाना है, दिल्ली तक के टिकट में व्यय हुई राशि भी मन-ही-मन इस 'चुंगी' में जोड़ ली।

दिल्ली की बस से डी.डी. रामपुर उतर गया। वहाँ से बरेली गया और छावनी में खोज-खाजकर कर्नल शास्त्री की कोठी पर जा पहुँचा।

---

1. मामी।

कर्नल साहब डी.डी. की हिमाकत देखकर स्तब्ध हो गए। डी.डी. की भेजी पर्ची के टुकड़े-टुकड़े करके उन्होंने बैटमैन से कहा कि उस लड़के को धक्के मार-मारकर निकाल दो। फिर अपने आदेश में उन्होंने संशोधन किया, "तुम रहने दो, हम जाकर मारेंगे धक्के।"

लेकिन कर्नल शास्त्री को मिसेज गौरी (उन्हें नाज है अपने नाम के बंगालीपन पर कि साधारण कुमाऊँनी औरतों की तरह गौरा नहीं कहलातीं) शास्त्री ने रोका। वह अपने अपेक्षाकृत निकट किन्तु निर्धन मौसिया ससुर के यहाँ विवाह में नहीं गई थीं क्योंकि उन्हें अपने दूर के रिश्ते फूफा (जज साहेब) की बेटी के ब्याह में जाना था। लेकिन वह इस बीच सुन चुकी थीं कि नैनीतालवाले विवाह में बेबी के प्रसंग में क्या हुआ।

मिसेज शास्त्री ने कर्नल साहब को सुझाव दिया कि कार्तिक डार्लिंग, तम भीतर चले जाओ एंड लेट मी हैंडल दिस बॉय।

बैटमैन ने आकर बताया कि साहब तो बिजी हैं, मेमसाहब ने आपको याद किया है।

डी.डी. ने थोड़ी राहत महसूस की। वह गाली-गलौज और हाथापाई का सामना करने की मन:स्थिति में था नहीं।

लेकिन गौरी शास्त्री की एक झलक देखकर ही उसे प्रतीति हो गई कि इससे तो अच्छा होता कर्नल जोशी टकराते।

गौरी सिर से पाँव तक आभिजात्य की प्रतिमा निकलीं और आभिजात्य की उपस्थिति मात्र मध्यवर्गीय मन के लिए किसी भी गाली, किसी भी प्रहार से अधिक हीनभावनाप्रद होती है। गौरी के पहरावे-सिंगार की हर वस्तु घोषित कर रही थी कि मैं जितनी सादी हूँ, उतनी ही महँगी भी और गौरी का शरीर यह घोषित कर रहा था कि मैं इस पहरावे-सिंगार-अलंकार की ऊबे होने की हद तक आदी हूँ।

मिसेज शास्त्री ने मुस्कराकर और हाथ जोड़कर डी.डी. का अभिवादन किया और खुरदरेपन से अपरिचित अपनी उँगलियों से एक सोफे की ओर इशारा किया कि बैठ जाओ।

डी.डी. समझता था कि मिसेज शास्त्री अंग्रेजी में बोलेंगी या फिर साफ-सुथरी हिन्दी में। डी.डी. का मध्यवर्गीय मन आभिजात्य की कल्पना करते हुए नवधनाढ्यता तक ही जो पहुँच पाता था।

मिसेज शास्त्री ने किन्तु खाँटी कुमाऊँनी में वार्तालाप किया। उनका उच्चारण निर्दोष था और लहजा वैसा जिसे बब्बन जैसे मसखरे 'फुरफुरैंट' कहते हैं। यह लहजा सुननेवाले को बता देता है कि बोलनेवाला उनका वंशज है जो राजाओं के दीवान रहे, अंग्रेजों के जज-प्रशासक। इतने निर्मम ढंग से औपचारिक और इतने औपचारिक ढंग से आत्मीय है यह प्रशासकीय लहजा कि मध्यवर्गीय कान को गोरे साहब की अंग्रेजी से भी अधिक अपमानजनक मालूम होता है।

गौरी अनुमति चाहती हैं देवीदत्त से कि उसे देबिया कहें। डी.डी. कहना उन्हें बहुत फूहड़ मालूम होता है। वह जानना चाहती हैं देबिया से, नैनीताल में सब कुशल से तो हैं? रास्ते में कोई तकलीफ तो नहीं हुई? बरेली कितने दिन ठहरने का विचार है? सामान कहाँ है? वह चाय पीना चाहेगा या शरबत?

डी.डी. से अपने 'देबिया' अवतार में यही कहते बनता है कि मेरा यहाँ ठहरने का कोई विचार नहीं है। मुझे आज ही दिल्ली जाना है और वहाँ से सीधे बम्बई। एक मित्र से मिलने के लिए बरेली रुक गया था। दया की एक ऑटोग्राफ बुक मेरे पास रह गई थी। सोचा, लौटा दूँ। आप लोगों से भी भेंटभाँट[1] हो जाएगी इस बहाने।

गौरी ने ऑटोग्राफ बुक सधन्यवाद ग्रहण की और मेज पर रख दी। उसे उलट-पुलटकर देखने की कोई आवश्यकता नहीं समझी। गौरी ने टिप्पणी की कि देबिया ने आकर अच्छा ही किया क्योंकि इसी तरह मिलते-जुलते रहने से अपनों-परायों का पता चलता है। गौरी ने फिर जानना चाहा कि देबिया क्या पीना चाहेगा? क्या चाय और शरबत के विषय में उसके उत्साह की कमी इस ओर इंगित कर रही है कि वह कुछ और पीना चाहेगा? क्या उसके लिए बियर मँगवाई जाए?

देबिया को कहना पड़ा, "चाय पी लूँगा।"

देबिया को चाय पिलाई गई। देबिया से साहित्य और सिनेमा के बारे में आम तौर से और देबिया के साहित्यिक-सिनेमाई कैरियर के बारे में खास तौर से ऐसी बातचीत की गई जो अतिजिज्ञासा से अछूती थी।

देबिया को बताया गया कि रात बाहर खाना है, वरना उसे भोजन के लिए आमंत्रित किया जाता।

चाय खत्म हो चुकी थी। गौरी ने सोफे के हत्थों पर दबाव डालते हुए कहा, "अच्छा किया आ गया। फिर कभी बरेली आए तो जरूर मिलना!"

डी.डी. ने आखिरी क्षण में साहस बटोरा, "मैं बेबी से मिलना चाहता था।"

"वह इस समय नहीं है।"

देबिया विदा लेता है। गौरी आग्रहपूर्वक गेट तक छोड़ने आती हैं।

गेट पर ठिठककर डी.डी. पूछता है, "क्या सचमुच?"

"सचमुच क्या?"

"बेबी घर में नहीं है?"

"किसी को उसके घर जाकर झूठा कहना शिष्टाचार नहीं।" गौरी का स्वर कतई कठोर नहीं है।

"माफ कीजिएगा, मेरा मतलब वह नहीं था।" डी.डी. कहता है और नजर बँगले की छत की ओर उठाता है जहाँ बेबी खड़ी हुई है।

गौरी गेट बन्द कर देती हैं। नमस्कार करती हैं।

---

1. मुलाकात।

नायक हाथ जोड़ देता है। वहाँ छत पर नायिका भी—अतिनाटकीयता से।

नायक जानता है कि अब उसे इसी बँगले की परिक्रमा करते रहना होगा।

नायिका जानती है कि यह नायक परिक्रमा करके रहेगा।

नायक बँगले का चक्कर तीन-चौथाई ही लगा पाता है हर बार। सामने जाना निरापद नहीं। यों अगल-बगल और पिछवारे भी पकड़ लिए जाने की कुछ आशंका तो है।

नायिका नायक के समान्तर बँगले की छत की तीन-चौथाई परिक्रमा कर रही है और निःशब्द कुछ बोल रही है। जब भी सब तरफ से आश्वस्त होकर नायक निगाह छत की ओर उठाता है, नायिका के होंठों को हिलता हुआ पाता है।

क्या कह रही है वह? या कि गा रही है वह?

नायक कभी-कभी निगाह उठाने के साथ-साथ हथेली से इशारा करके जानना चाहता है—तू क्या कह रही है?

और वह हथेली से ही इशारा करती है—धीरज धर, ध्यान दे, समझने की कोशिश कर, मैं कह रही हूँ...। होंठ धीमे-धीमे हिलते हैं कि एक-एक निःशब्द 'शब्द' स्पष्ट हो सकें।

नायक समझने की कोशिश करता है और फिर हथेली नचाकर बताता है—कुछ पल्ले नहीं पड़ा।

नायिका अपनी त्योरियों पर बल डालती है। तर्जनी कनपटी पर रखती है। सिर एक ओर झुका लेती है। सोच रही है कैसे समझाऊँ। फिर वह पहला निःशब्द 'शब्द' उचारते हुए तर्जनी से नायक की ओर इशारा करती है—तू।

नायक अपने पीछे नीचे देखता है कि शायद वहाँ कोई वस्तु हो जिसे इंगित किया जा रहा हो। पीछे बोगनबेलिया का झाड़ है। वह उसका एक फूल तोड़कर इशारे से पूछता है—ये?

नायिका सिर हिलाती है। उँगलियों को उँगलियों पर बजाती है कि क्या करूँ, कैसे समझाऊँ। फिर वही शब्द, निःशब्द उचारते हुए तर्जनी से बार-बार नायक की ओर इशारा करती है—तू, तू, तू।

नायक आखिर समझता है। तर्जनी से अपना सीना ठोंकता है—मैं? नायिका सिर हिलाती है और फिर वही ध्वनिहीन वाक्य दुहराती है। तीन शब्द हैं वाक्य में। पहला तू है तो अन्तिम कोई क्रिया-पद होगा—था?

तू कहाँ था? लेकिन यह तो कोई बात नहीं हुई।

नायिका उसी वाक्य के उसी शब्द-क्रम पर होंठ हिलाए जा रही है। अन्तिम शब्द 'है' भी हो सकता है। तू—है? रिक्त स्थान को भरिए। अच्छा? बच्चा? प्यारा? पगला? लाटा?

नायक अब इस समस्या से इतना उलझ गया है कि चहलकदमी करना उसने छोड़ दिया है। सभी खतरों से वह बेखबर है अब। जो भी है वह शब्द, उसके अन्त में 'आ' की मात्रा नहीं है, इसलिए नायक, नायिका के लिए न प्यारा हो सकता है, न लाटा। इस शब्द के अन्त में तो 'ऊ' की मात्रा है। ऐसा शब्द क्या हो सकता है जो छोटा-सा हो, जिसके अन्त में 'ऊ' की मात्रा हो और जो नायिका, नायक के लिए प्रयुक्त कर सके?

उल्लू? उल्लू!! डी.डी., जिसके एकांकियों की धूम है, जिसकी कहानियों का संग्रह प्रशंसित है, जिसकी कविताएँ 'दूसरा सप्तक' में लिए जाने की खबर उड़ी थी, जिसे एक फिल्म में प्रमुख सहायक दिग्दर्शक का और एक में अतिरिक्त संवाद-लेखक का क्रेडिट मिल चुका है, उल्लू!

निश्चय ही नायक के समझने में कहीं कोई गलती हो रही है। बात इशारों से परे पहुँच चुकी है।

"मैं क्या हूँ?" नायक चुनौती-भरे स्वर में चीखता है और फिर कई बातें एक साथ होती हैं।

कर्नल साहब का एलसेशियन, जो इधर कुछ देर से, ध्यानमग्न नायक पर बाड़े के उस पार से जिज्ञासु-शंकालु दृष्टि डाल रहा था, चीखना सुनकर भौंकता है, और नायक पर झपटने को होता है। गनीमत है कि वह बँधा हुआ है।

नायिका कहती है, "बुद्ध्।" और जीने की तरफ भाग जाती है।

कर्नल साहब खुद बरामदे में आ जाते हैं।

नायक के पास यह तय करने का समय नहीं कि नायिका ने 'बुद्धू' उस निःस्वन वाक्य में 'तू' और 'है' के बीच की जगह भरने के लिए कहा या कि यह नायक के चीखने पर एक स्वतंत्र टिप्पणी थी।

इससे आपको-हमें कोई विशेष अन्तर न पड़े, पर नायक को, सुना, पड़ता है। पहले तू उल्लू है, फिर (तू) बुद्धू (है) हो, तो गाली-गलौचवाला मामला बनता है। लेकिन अगर पहले तू बुद्धू है—वात्सल्य, और फिर (तू) बुद्धू (है)–विस्मय हो, तो प्यार-व्यार का मामला हो सकता है।

नायक भाग रहा है और भागते हुए इस प्रकार सूक्ष्म विवेचन सम्भव नहीं।

नायक भाग रहा है क्योंकि कर्नल साहब ने माँग की है कि शत्रु से निपटने के लिए मुझे हथियारबन्द किया जाए।

नायक भाग रहा है क्योंकि वह जानता है कि भागकर कहीं जा नहीं सकता, यहीं लौटना है।

नायक के पौरुष के आगे सम्प्रति प्रश्नचिह्न-सा लगा होने के बावजूद सैद्धान्तिक स्तर पर यह शंका उठ सकती है कि यह कथानक पुरुषसत्ताक हुआ जा रहा है। अस्तु, नायिका की ओर से कुछ निवेदन करने की अनुमति चाहूँगा। किन्तु कुछ और

कहूँ, इससे पूर्व यह स्वीकार करना कर्तव्य समझता हूँ कि नायिका के निरूपण में मेरा स्वयं पुल्लिंग होना बाधक है।

इस विषय में हुए साहित्यिक शास्त्रार्थ में से तीन स्थापनाओं का उल्लेख कर देना श्रेयस्कर होगा। पहली यह कि पुरुष अपने साहित्य में स्त्रियों की भूमिका सीमित रखते हैं और उस सीमित भूमिका का निरूपण भी पुरुषसत्ताक मानकों के अनुसार करते हैं। दूसरी यह कि हिन्दी कथाकार नारी को पूज्या मानते हैं (कभी पुष्प-गन्धाक्षत और मंत्रोच्चार से, कभी लात-घूँसे-जूते और गाली-गलौज से), अतएव उस सामान्य नारी का निरूपण करना उनके लिए असम्भव है, जो न चंडी है, न रंडी। तीसरी यह कि हिन्दी-लेखक का सहवास का अनुभव इतना सीमित और दरिद्र होता है कि अपने में यही अनन्त आश्चर्य का विषय है कि नारी पर लिखने के लिए उसकी कलम भी कैसे उठ पाती है!

कलम किसी तरह उठ ही गई है तो नायिका के सन्दर्भ में कुछ लिखना ही होगा।

पहली बात : नायिका अब भी अपने को नायिका नहीं, बेबी ही समझती है। अभी तक उसे यह विश्वास नहीं हुआ कि परमात्मा ने प्रेम की कोई पटकथा लिखी है और बेबी को नायिका की भूमिका दी है।

दूसरी बात : बेबी को सभी पुरुष विचित्र और हास्यास्पद मालूम होते हैं। यह स्वस्थ दृष्टिकोण उसने नारी-मुक्ति-आन्दोलन शुरू होने से बहुत पहले प्राप्त कर लिया था, कदाचित् इसलिए कि वह चार भाइयों की अकेली बहन थी।

तीसरी बात : बेबी को डी.डी. टी. नामक यह पुरुष, विशेष रूप से विचित्र और हास्यास्पद मालूम हुआ है प्रथम साक्षात् से और दिन-प्रतिदिन वह मूल्यांकन सुदृढ़ होता जा रहा है। इसे प्रेम के प्रादुर्भाव का लक्षण माना जा सकता है कि नहीं, यह स्वतंत्र रूप से विवाद का विषय बन सकता है। जो हो, इस सन्दर्भ में बेबी के मन में कोई ऐसा या-कि-वादी प्रश्न नहीं उठा है—डी.डी. मुझे विशेष रूप से विचित्र इसलिए लगता है कि वह मुझसे अलग भी, वैसे ही विशेष रूप से विचित्र है या कि इसलिए कि वह मेरे सन्दर्भ में ही विशेष रूप से विचित्र और हास्यास्पद हुआ जा रहा है, नितान्त प्रीतिकर ढंग से?

चौथी बात : डी.डी. को अपनी तरफ से अस्वीकार करने का अधिकार बेबी किसी और को दे नहीं सकती। स्वीकार करेगी, अस्वीकार करेगी, स्वीकृति-अस्वीकृति स्थगित रखेगी—स्वयं ही। इसलिए उसे कर्नल साहब का इस मामले में हस्तक्षेप नितान्त आपत्तिजनक मालूम हुआ है।

पाँचवीं बात : बेबी को यह कुल मिलाकर अच्छा लगा है कि डी.डी. ने भी इस मामले का फैसला किसी और को नहीं करने दिया है। गिरता-पड़ता वह उसके पीछे चलता ही आ रहा है। बहुत जवाँमर्द न सही, अपनी जिद के लिए नायकोचित साहस तो जुटा ही रहा है।

छठी बात : बेबी इस बात के लिए भी डी.डी. की प्रशंसा करना चाहेगी कि उसने, गलत फ्रांसीसी में ही सही, स्पष्ट कहा कि 'जिलेम्बू'—मैं तुमसे प्यार करता हूँ। और एक बार नहीं, बारम्बार कहा। और लड़कों की तरह वह भेल-जेब यानी हिप-पॉकेट से जेबी-कंघी निकालकर बाल सँवारने में, या टाई अथवा मफलर को ठीक से जमाने में, या एक-दूसरे से लिपट-चिपटकर हाय-जालिम-मार्का फब्तियाँ कसने में, या अपनी मर्दानगी की (मैंने साले को दो दिए हाथ खींच के) डींग मारने में ही व्यस्त नहीं रहा। और लड़कों की तरह उसने नहीं चाहा कि मैं आकर्षित होऊँ, मैं कोई बेवकूफी की बात कहूँ या उधार माँगे नोट्स के बीच में पत्र लिखकर रख दूँ। आकर्षित यह खुद हुआ है, बेवकूफी की बातें भी इसी ने कही हैं।

जिज्ञासा हो सकती है कि क्या बेबी, भले ही वह सम्प्रति नायिका बनने को प्रस्तुत न हो, नायक के विषय में किसी प्रकार की भी कल्पना इस बीच एकान्त क्षणों में करती रही है? इसका उत्तर है 'हाँ', किन्तु इस 'हाँ' को ले उड़ना बहुत उचित न होगा। स्थिति यह है कि बेबी, एकान्त क्षणों में इतना ही सोचती रही है कि डी.डी. को खतरनाक खिलन्दड़ी और शरारतों में अपना साझीदार बनाकर देखूँ, बहुत मजा आएगा। शरारत का मजा, और डी.डी. की प्रतिक्रिया का मजा। उदाहरण के लिए डी.डी. से कहा जा सकता है, चलो रात को किसी के बाड़े से ककड़ियाँ चुराएँ। ककड़ियाँ चुराने की शरारत फितना किस्म के लड़के तो करते हैं और सो भी गिरोह में। लड़कियों का ऐसी शरारत से कोई सम्बन्ध नहीं होता। एक लड़की की संगत में, एक लड़की की प्रेरणा पर, डी.डी. ककड़ीचोर की भूमिका का निर्वाह कैसे करेगा, इसकी कल्पना बहुत सुखद मालूम होती रही है बेबी को। इसी तरह उसने यह भी सोचा है कि डी.डी. को लेकर मथुरा सदन जाए जिसके मालिक मैदान में बस गए हैं, जो सरकार ने किराये पर लेकर एक देसवाली अफसर को इस वर्ष दे रखा है और जहाँ खूबानी बहुत बड़ी और मीठी फलती है। डी.डी. की जिम्मेदारी यह हो कि वह बिना किसी से पूछे-ताछे, दिन-दहाड़े खूबानियाँ तोड़कर बेबी को देता जाए। जब टोका-टोकी, डाँट-डपट हो तो कथाकार डी.डी. पूरे आश्वासन से इस आशय की कहानी गढ़कर सुनाए कि बेबी की वृद्धा नानी, जो इस कोठी को बनवानेवाले मथुरादत्त जोशी की सगी बहन हैं, विक्षिप्त-सी हो गई हैं और उन्होंने घर में सबेरे से तूफान मचा रखा है कि अपने भाई के घर की खूबानियाँ खाऊँगी, जाओ मथुर'दा से माँग लाओ। उनको बाजार से लाकर खूबानियाँ दी गईं लेकिन उन्होंने उठाकर फेंक दीं। यहाँ की खूबानियाँ वह खूब पहचानती हैं। प्रति वर्ष खाती जो रही हैं।

ये दो उदाहरण, मेरे विचार से, पर्याप्त होंगे। अतिरिक्त उदाहरण बेबी की उर्वर मेधा का ही अतिरिक्त साक्ष्य प्रस्तुत कर सकते हैं। इनसे हमारे इस मूलभूत प्रश्न का उत्तर नहीं मिल पाता कि क्या बेबी को, किसी सीमित अथवा विशिष्ट अर्थ में ही सही, डी.डी. से प्यार हो गया है? इस प्रश्न का सकारात्मक और नकारात्मक,

दोनों प्रकार का उत्तर सूझता है। पक्ष-विपक्ष में काफी कुछ कहने की सम्भावना है। किन्तु मुझे भय है कि उस स्थिति में में बहुत विरल और बिखरा हुआ लेखन करने का दोषी ठहरूँगा। अस्तु, कथा-वस्तु पर ध्यान देना समीचीन होगा।

बेबी नैनीताल छोड़ते समय जो नाराज हुई सो अब तक नाराज ही चली आ रही है। नाराज, लेकिन नासाज नहीं! मुँह फैलाकर बैठ जाना अथवा बन्द कमरों में सिसकते रहना उसे पसन्द नहीं। वह पूरी तरह से शान्त-सामान्य है, केवल ठुल'दा पर उसने प्रकट कर दिया है कि तेरा आचरण मुझे कतई पसन्द नहीं है। बेबी, ठुल'दा से इस तरह व्यवहार कर रही है मानो वह कसूरवार बच्चे हों, जिन्हें उसने दंडित करने के लिए ठुकरा रखा है। सबसे वह हँस-बोल रही है, ठुल'दा की ही बातों का रूखा-सूखा जवाब दे रही है।

ठुल'दा को इच्छा होती है कि बेबी को पीटकर रख दें। लेकिन वह जानते हैं कि बेबी को पीट भले ही दें, पीटकर रख-वख देना उनके क्या, किसी के वश का नहीं। उन्हें यह भी मालूम है कि बेबी, घर में सबकी लाडली है। वह इस तथ्य से भी अवगत हैं कि उनकी पत्नी गौरी मुँह से स्पष्ट कुछ न कहे, मन-ही-मन यह मानती है कि ससुरालवाले आभिजात नहीं हैं, मायकेवालों की तरह। पति का चीखना-चिल्लाना, मार-पीट करना आभिजात्य के अभाव का प्रमाण ठहराती आई हैं वह—"नहीं कार्तिक, ये मिलिट्रीवालों के नहीं, मिडिल क्लासवालों के काम हैं।"

तो ठुल'दा बेबी को पीट नहीं सकते। डी.डी. को जरूर पीटकर रख देना चाहते हैं। लेकिन अपनी पत्नी के आभिजात्य की गरिमा और अपनी बहन की स्वाभिमानी जिद के चलते यह काम भी हो नहीं पाएगा शायद।

डी.डी. को पकड़कर ले आया है चौकीदार। बहुत दूर भाग नहीं सका वह। भाग पाता भी तो लौटकर आना यहीं था नायिका से मिलने की इच्छा लेकर।

ठुल'दा के हाथ में पिस्तौल है और मुँह में अंग्रेजी गालियाँ।

गौरी बोज्यू (भाभी) ठुल'दा के हाथ से पिस्तौल ले लेती हैं और अंग्रेजी में कहती हैं, "क्रोध में अपने को हास्यास्पद न बनाओ। मुझे इस मामले को सलटाने दो। भीतर जाओ और ठंडी बियर पियो।"

गौरी बोज्यू चौकीदार से चले जाने को कहती हैं और देबिया से पूछती हैं मुस्कराकर—"मुझसे तो बात हो चुकी थी, फिर कैसे आया? कुछ रह गया था क्या?"

देबिया कहता है, "मुझे बेबी से कुछ बात करनी थी।"

गौरी कहती है, "जब हमने कह दिया कि बेबी घर में नहीं है, तब समझ जाना चाहिए था कि हम बेबी से बात करने की अनुमति नहीं दे सकते।"

देबिया को इसका कोई जवाब सूझ नहीं रहा है।

वह दरवाजे का रुख करता है।

तभी बेबी आती है और पूछती है कुमाऊँनी में, "अरे डी.डी., कब आया?"

नायक से कुछ कहते नहीं बना।

"सब लोग खड़े क्यों हो?" बेबी ने कहा, "बैठ डी.डी.। बैठो बोज्यू।"

"तुम लोग बैठो," गौरी बोली, "बच्चों की बातें मैं क्या सुनूँ?"

"नहीं, तुम बैठो बोज्यू!" बेबी ने कहा, "हमें कोई खास बात थोड़ी करनी है।"

बेबी आराम से बैठ गई। गौरी भी। डी.डी. सकुचाया हुआ-सा सोफे पर अपना न्यूनतम भार डालकर बैठा कि आवश्यक हो तो तुरन्त उठकर चला जाए।

"और क्या हो रहे?" बेबी मुस्कराकर पूछती है—"क्या हाल हैं तुम्हारे?"

"बदस्तूर।"

"बरेली कैसे आया? कोई खास बात?"

"मुझे एक दोस्त से मिलना था। वह ऑटोग्राफ बुक भी लौटानी थी।"

"ऑटोग्राफ बुक मिल गई दया को। तूने उसके लिए कुछ लिखा भी नहीं। खाली दस्तखत कर दिए।"

"मैंने तेरे लिए कुछ लिखा था।"

"उसमें तो कुछ नहीं था।"

"मेरी जेब में है।"

"दिखा।"

नायक बटुए में सहेजकर रखी हुई एक पर्ची निकालकर नायिका को दे देता है।

नायिका पर्ची पढ़ती है और मुस्कराती है।

गौरी पूछती हैं, "मैं देख सकती हूँ?"

बेबी पर्ची उनकी ओर बढ़ा देती है। नायक का चेहरा निरक्त हो जाता है। गौरी पर्ची पढ़ रही हैं और नायिका, नायक को जबान निकालकर दिखा रही है।

"जिलेम्बू मारगाँठ?" गौरी पर्ची बेबी को लौटाती हैं, "यह तुम लोगों का कोई प्राइवेट जोक है शायद?"

"जोक ही तो है!" नायक नि:श्वास छोड़ता है।

नायिका पर्ची को ब्लाउज में खोंसते हुए पूछती है, "और क्या प्रोग्राम बन रहा?"

"मैं आज रात दिल्ली जा रहा हूँ। वहाँ से बम्बई के लिए गाड़ी पकडूँगा।"

"बम्बई तो बहुत बड़ा शहर ठहरा। वहाँ जाकर पहाड़ को तो भूल ही जाएगा।"

"भूलूँगा तो कुछ नहीं। खुद जरूर खो जाऊँगा। बम्बई बड़ा शहर है और मैं छोटा आदमी।"

"बड़े शहर में जाकर ही तो लोग बड़े बननेवाले हुए बल।"

"शायद। मैं कोशिश करूँगा कि किसी लायक बन सकूँ।"

"लायक तो तू हुआ।"

"लायक हो जाने से ही तो कोई किसी के लायक नहीं बन जाता।"

"अच्छा! तू किसी के लायक बनने की कोशिश करनेवाला है वहाँ बम्बई में?"

"हाँ।"

"किसके? जीन सिम्मंस के?"

"हाँ।"

"सच्ची कोई है भी जीन सिम्मंस?"

"जीन सिम्मंस," गौरी बोज्यू कहती हैं, "हालीवुड की एक एक्ट्रेस है। मुझे नहीं पता था कि देबिया उससे ब्याह करना चाहता है। या यह भी तुम बच्चों का कोई प्राइवेट जोक है?"

"जोक ही तो है।" नायक निःश्वास छोड़ता है।

"तुम लोग तो पहेलियों में बात करते हो।" गौरी बोज्यू टिप्पणी करती हैं।

"पहेली ही तो है।" नायिका, नायक की नकल करती है, निःश्वास छोड़ती है।

"मैं ऽ...?" नायक कहता है।

"तू ऽ...?" नायिका पूछती है।

"मैं चाहता था कि बम्बई जाकर चिट्ठी लिखूँ। पता क्या है?"

"हॉलीवुड।"

"जीन सिम्मंस का नहीं, तेरा।"

"मुझे क्या लिखेगा चिट्ठी में? वही जो पर्ची में लिखा?"

"हाँ।"

"वह तो लिख दिया। बार-बार क्या लिखना हुआ?"

"और भी लिखूँगा कुछ।"

"क्या?"

"मैं किसी के लायक बनने की कोशिश कर रहा हूँ।"

"यह तो दो ही लाइन की चिट्ठी हुई—जिलेम्बू मारगाँठ, मैं किसी के लायक बनने की कोशिश कर रहा हूँ।"

"और भी कुछ लिखूँगा।"

"क्या लिखेगा, वही तो पूछती हूँ," नायिका मुस्कराती है, "मुझे तो कोई चिट्ठी भेजता ही नहीं। तू भेजेगा तो एक नई जैसी बात होगी। सब कहेंगे, बेबी की चिट्ठी आ रही। सब पूछेंगे, क्या आ रही बेबी तेरी चिट्ठी? सबको सुनानी ठहरी ना? इसी से पूछती हूँ क्या लिखेगा?"

"यही कि किसी के लायक बनने में क्या प्रगति हुई? इसमें तो हर बार नई बात होगी।"

"अच्छा! लेकिन यह तो प्रोग्रेस रिपोर्ट जैसी हुई तेरी। इसे सुनकर दूसरे ऊबेंगे नहीं क्या?"

"कुछ और भी लिख दूँगा।"

"क्या? ज्ञान-विज्ञान की बातें?"

"वे तो तू जरूर ही लिख देना देबिया," गौरी बोज्यू कहती हैं, "इस सिरफिरी का उनसे बहुत भला होगा। यों अगर ज्ञान-विज्ञान तुझे इतना ही आता होगा तो इस सिरफिरी को चिट्ठी लिखने का इरादा ही छोड़ देगा। और बेबी बच्ची, हमें कहीं जाना भी है। देबिया को भी ट्रेन पकड़नी होगी शायद।"

देबिया उठ जाता है। बेबी और गौरी उसे बाहर तक छोड़ने आती हैं।

फाटक पर डी.डी. कहता है, "पता नहीं दिया।"

"अरे हाँ!" बेबी कहती है, "कागज-पेंसिल है?"

नायक अपनी नोटबुक निकालकर देता है। बेबी उस पर लिखती है अपना पता और एक सूचना : मारगाँठ खोलना मुझे भी नहीं आता।

नायक इस वाक्य को पढ़कर या-कि-वाद को प्राप्त होता है। नोटबुक जेब में रखते हुए वह बाहर निकलता है, लेकिन देखता नायिका की ओर ही रहता है। वह चौकीदार से टकरा जाता है। सँभलकर सीधा चलता है पर थोड़ी ही देर में फिर पलटता है कि देखूँ नायिका है कि गई? नायिका जगह पर है, नायक का पाँव अलबत्ता बेजगह पड़ रहा है गोबर में। नायिका हँसती है। नायक झेंपता है। सँभलता है, सीधा देखकर चलता है। अब वह मोड़ पर पहुँच चुका है। अन्तिम बार पलटकर देखने का मोह संवरण नहीं कर पाता वह। पलटकर देखता है। नायिका और गौरी बोज्यू हाथ हिला रहे हैं। वह भी हिलाता है और हाथ हिलाते आगे बढ़ते, टकराता है साइकिल-रिक्शा के हैंडल से।

इस दुर्घटना-क्रम से पार पाने के लिए वह उसी रिक्शा में बैठ जाता है और कहता है—स्टेशन।

फाटक से बँगले की ओर जाती हुई गौरी बोज्यू कहती हैं बेबी से, "शिबौ! इस लड़के के लिए इतना बतंगड़! तेरे ददा की समझ पर हँसी आती है।"

बेबी कोई टिप्पणी नहीं करती। इस लड़के के बारे में भले ही उसका कोई निश्चित मत न हो अभी तक, दूसरों का कोई भी मत स्वीकार नहीं है उसे—खासकर गौरी बोज्यू का!

ट्रेन दिल्ली जा रही है। ट्रेन बम्बई जा रही है। बगैर रिजर्वेशन है डी.डी.। सीट पर नहीं, अपने ही सामान पर बैठा हुआ है वह। दरवाज़े के पास। खिड़की के बाहर झाँकते हुए। सैरे दौड़ते हुए आते हैं उससे मिलने, दौड़ते हुए पीछे छोड़ जाता है वह सैरों को। उसकी एक मंजिल है, जो मंजिल नहीं है, पड़ाव है। वह बम्बई जा रहा है, घर नहीं।

नायक का मानस एक विचित्र-सी अवधारणा में लीन है।

वर्षों-वर्षों बैठा रहूँगा मैं इसी तरह इस गाड़ी में जिसका नाम आकांक्षा है। वर्षों-वर्षों अपनी ही पोटली पर, मैले फर्श पर, दुखते कूल्हों, सो जाती टाँगों पर बैठा रहूँगा मैं। संघर्ष का टिकट मेरे पास होगा, सुविधा का रिजर्वेशन नहीं।

बदलती रहेगी गति गाड़ी की, बदलते रहेंगे ये दौड़ते आते पर पीछे छूट जाते सैरे, बदलती रहेगी मनःस्थिति मेरी। उतरूँगा मैं इस गाड़ी से उन मंजिलों पर जो मंजिलें नहीं, पड़ाव होती हैं। फिर-फिर पकड़ूँगा मैं इस गाड़ी को, क्योंकि घुमक्कड़ अन्वेषक है मेरा संकल्प और वह देखकर रहेगा नियति का सारा भूगोल।

जहाँ से शुरू होता है क्या वहीं नहीं खत्म होता होगा अपना-अपना भूगोल? नायक पूछता है गाड़ी के धचकोलों से।

क्या यह गाड़ी, ऐसे चक्र-पथ पर नहीं चलती कि रातें ऊँघती आँखों में काटता मैं मुसाफिर, तमाम उन मंजिलों पर उतर चुकने के बाद जो मंजिलें नहीं पड़ाव होती हैं, किसी बसन्ती सुबह तड़के जागूँगा और देखूँगा खिड़की से बाहर शीतल-निर्मल प्रकाश में आकार लेते उन सैरों को, जिनकी गोद में बसा है मेरा घर? नायक पूछता है, संवाद में संलग्न पहियों-पटरियों से।

क्या घर से शुरू हुई यह यात्रा घर पर ही नहीं खत्म होगी? और क्या बहुत अधिक बड़ी, बहुत अधिक भारी न होगी वह पोटली जिसे लेकर मैं उतरूँगा, उस पोटली की अपेक्षा जिसे लेकर मैं चढ़ा था इस मुद्रिका रेलगाड़ी पर? नायक पूछता है पटरियों के समान्तर चलते-चढ़ते-गिरते तारों से।

भावुकता के प्रभाव में नायक करता रहा है यह किशोर-चिन्तन। किन्तु यथार्थ का आग्रह अब उसके सामने प्रस्तुत कर रहा है एक छोटा-सा तीखा सवाल—और सब तो ठीक है, पर तेरा घर कहाँ है?

'मेरा घर?' नायक जूझता है इस समस्या से। मेरा घर?

मात्र प्रश्न दोहराते चलने से उत्तर नहीं मिल जाता। उत्तर की प्रतीक्षा उदास कर रही है नायक को। कुछ अधिक बढ़ जा रही है यह उदासी इसी ट्रेन से दूसरे लोगों को अपने-अपने घर पर उतरते देखकर।

"उठो मुन्नू, मिथलेस, बब्बी, उठो घर आ गया।" एक आदमी होलडॉल समेटते हुए अपने बच्चों को हिलाता है और नायक फिर दोहराता है वही प्रश्न—'मेरा घर?'

उस बीच के स्टेशन पर उतरकर, मुँह पर पानी के छींटे मारकर, कुल्हड़ की चाय पीकर, नायक ने जब सिगरेट सुलगाई, तब उसे सूझा एक धीरोदात्त उत्तर उस विकल प्रश्न का।

मेरा घर, उसने कहा अपने से, मेरा घर एक चेहरा है रे। वह चेहरा जिसे पलटकर देखते हुए मैं उस रिक्शे के हैंडल से टकराया था जिस पर बैठकर ट्रेन पकड़ने स्टेशन गया था।

उस चेहरे से शुरू हुई है यह यात्रा, उसी चेहरे पर खत्म होगी। मेरी नियति का विराट भूगोल उस चेहरे से उस चेहरे तक ही फैला हुआ है।

अच्छा-सा लगा उसे यह उत्तर।

चेहरे घर कब-से होने लगे—ऐसी शंका करना व्यर्थ होगा नायक से।

समाधान है उसके पास। चेहरे क्या नहीं हो सकते रे? क्या नहीं कर सकते? हजार पोत उतरवा देते हैं चेहरे लालसा के अशान्त आग्नेय सागर में! किसी छोटे-से स्टेशन से किसी अँधेरी रात बैलगाड़ी पर बिठवा देते हैं वे घर से बेघर मरणासन्न मुसाफिर को। जिनके घर होते हैं उन्हें भी बेघर कर देते हैं चेहरे, उनसे भी कहते हैं मैं ही तेरा घर हूँ।

तू कहे अगर मैं जीवन-भर वह चेहरा गुनता जाऊँ।

और रिक्शा के हैंडलों से टकराता जाऊँ?

वह भी, वह भी। उस चेहरे की खातिर कुछ भी!

प्रथमे वयसि वर्तमाना नायक के इस भावुक चिन्तन और इस शोचनीय भावुकता से विज्ञ पाठकों को निश्चय ही पीड़ा पहुँची होगी। यह सब लिखना स्वयं मेरे लिए कुछ कम पीड़ाप्रद नहीं है। लिखता हूँ तो इसीलिए कि एक चेहरे से चलकर नानाविध भूखंडों को बींधती, दूर यात्रा करती, उसी चेहरे पर लौट आनेवाली मुद्रिका-गाड़ी का यह बिम्ब, नायक की प्रेम-भाषा का एक स्तम्भ बन चला तब।

बम्बई लौटकर भी यह बिम्ब पूरी तरह उसके मानस पर छाया रहा। बस और लोकल ट्रेन से यात्राएँ करते हुए यही उसकी आँखों के आगे नाचता रहा है। और तो और, मलाड में अपनी दयनीय खोली की खिड़की पर बैठे हुए, बहुधा उसे यह सम्भ्रम होने लगा कि गाड़ी की खिड़की है। सतत चल रही है वही चक्करदार यात्रा। सामने से आती-जाती लोकल गाड़ियाँ इस भ्रम को सुदृढ़ करती हैं।

आपने देखा होगा कुछ फिल्मों में, कलाकार नायक यशार्जन और देशाटन के लिए निकल पड़ता है। गाड़ी चलती हुई दिखाई जाती है। बीच-बीच में पर्दे पर विभिन्न नगरों के प्रतिनिधि भवन-स्मारक उभरते हैं, कला-प्रदर्शन करते हुए नायक की छवि उभरती है, नगरों के नाम उभरते हैं। हम जान लेते हैं कि नायक नगर-नगर यश लूटता चला जा रहा है। एक धमाके के साथ समाप्त होती है यह यश-यात्रा और मंच पर कला-प्रदर्शन करता नायक, दर्शक-दीर्घा में बैठी नायिका के सम्मुख होता है, अन्ततः।

ऐसा ही एक नितान्त निजी चलचित्र देखा करता है अब डी.डी. अपने मन के मूवीओला पर।

अन्त भला सो सब भला। नायक लौट आता है इस फिल्म में किसी योग्य बनकर, किसी के योग्य बनकर। किसी के समक्ष।

डी.डी. की प्रेम-भाषा का दूसरा स्तम्भ कोई बिम्ब नहीं, एक फिकरा है—इश्क में ऐसा भी होनेवाला ठहरा बल।

जीवन में क्या-क्या नहीं होता, यह जानते-समझते जिज्ञासुओं का पूरा जीवन बीत जाता है। विविध है, विचित्र है, मायावी है जीवन।

यौवन में प्रेम ही जीवन का पर्याय है। यह जिन्दगी उसी की है, जो किसी का हो गया, प्यार ही में खो गया—ऐसा वचन है वर्तमान आचार्यों का भी।

तो क्या आश्चर्य जो नायक, अपने आचरण पर सतत आश्चर्य करते रहने के क्रम से गुजर रहा है और दुहरा रहा है बब्बन की विस्मय-व्यंग्यपूर्ण वह टिप्पणी—इश्क में ऐसा भी होनेवाला ठहरा बल।

एक रात वह सोया ही नहीं। पास तो था ही। लोकल गाड़ियों से यहाँ से वहाँ जाता रहा। स्टेशनों से बाहर निकलकर घूमता रहा लगभग सूनी सड़कों पर आवारा, नियोन रोशनियों की छाया में। मुफलिस की जवानी, बनिये की किताब आदि की याद दिलानेवाला माहताब यद्यपि दृष्टिगोचर नहीं हो रहा था तथापि वह अपने गमेदिल से आगामी कार्यक्रम के विषय में परामर्श करता रहा।

सुबह अपने स्टेशन पर लौटकर चाय पीते हुए उसने अपने से कहा, "अच्छा तो डी.डी., इश्क में ऐसा भी होनेवाला ठहरा बल।"

कर्नल साहब ने सुधा के विवाह के जो चित्र खींचे हैं उनमें से कुल एक बब्बन ने डी.डी. को भेजा है क्योंकि इसमें बेबी फ्रेम के सिरे पर आ जाने के कारण लगभग कट गई है और दया बीचोबीच खड़ी है और बहुत सुन्दर लग रही है। कर्नल साहब ने कोई भी ऐसा चित्र नहीं लिया जिसमें डी.डी. स्वयं हो। कुछ तो इसलिए कि डी.डी. अयाचित परामर्शदाता के रूप में उनकी बगल में ही जमा रहा और कुछ इसलिए कि वह इस घृणित युवक का चित्र खींचना भी नहीं चाहते थे। इसीलिए बब्बन को यह एक चित्र भेजना पड़ा है।

अब नायक कभी-कभी इस चित्र के उस सिरे को अपलक देखता रहता है जिसमें नायिका कैमरे को 'प्रोफाइल' देते हुए, फ्रेम से बाहर किसी से बात कर रही है। उस किसी को डी.डी. मानकर वह बेबी-डी.डी. दोनों के 'डायलॉग' मन-ही-मन लिखता चला जाता है। साहित्यिक संवाद। फिर लेखक-निर्देशक-अभिनेता-अभिनेत्री डी.डी. अपने को ही 'प्राम्प्ट' करता है और दोतरफा डायलॉग बोलता है। यथा : 'अस्मिता का वह प्रश्न शेष रह जाता है।' 'जो शेष रह जाए, कहीं उतनी ही तो अस्मिता नहीं।'

इससे पूछिए—यह क्या बकवास लगा रखी है। कहेगा-इश्क में ऐसा भी होता है।

एक दिन सुबह नहाने के समय जो डी.डी. ने यह गाना शुरू किया—"हम आज कहीं दिल खो बैठे, यों समझो किसी के हो बैठे।" तो रात तक यही धुन उसके मन-मस्तिष्क पर मँडराती रही और बीच-बीच में वह उसे प्रकट गुनगुनाता या गाता रहा और कभी-कभी सीटी पर निकालता रहा। सेट पर दो बार उसे इस उच्छृंखलता पर टोका भी

गया। पैक-अप होने पर उसने विधिवत् गाया, बब्बन की तरह जीभ-मुँह से आर्केस्ट्रा प्रस्तुत करते हुए—हम आज कहीं, टिंग-टिंग, टिंग-टिंग, टिंग टिंग टिंग, दिल खो बैठे।

कैमरामैन राणे ने पूछा, "अरे किदर में दिल खो बैठा, कौन का हो बैठा, अभी यह भी तो बताने का तिवारी।"

डी.डी. तिवारी ने ऊपर टँगी उस छोटी लाइट की ओर इशारा किया जिसे 'बेबी' कहा जाता है।

"इस बेबी-लाइट का!" राणे को अचरज हुआ, फिर उसने लाइटमैन पांडुरंग से कहा, "ये बेबी-लाइट तिवारीच से उतराने को बोल, इसकू इस लाइट से महोफ्फत हो गएली है।"

तिवारी सीढ़ी पर चढ़कर बेबी-लाइट उतार लाया। लाइट अभी थोड़ी गरम थी लेकिन तिवारी ने उसे सीने से चिपकाया। लोग-बाग हँसे।

और तब नायक ने कहा, "इश्क में ऐसा भी होता है।"

इसी तरह एक बार जब डी.डी. अपनी यूनिट के एक अन्य सहायक के साथ जुहू चर्च रोड में रात बिताने गया और वहाँ एकत्र सिनेमा के मारों में नौटाँक के दौर-दौरे के साथ इश्क पर बातचीत चल निकली तब जाने उस पर क्या भूत सवार हुआ कि बची शराब एक साँस में खत्म करके उसने काँच का गिलास दीवार पर दे मारा। पंजाबी फिल्मों के सहायक डायरेक्टर रह चुके झिंगन ने उसे टोका, "ओय, ये क्या करता है तू?"

नायक ने झिंगन का गिलास लेकर खुद गटका और उसी तरह दीवार पर दे मारा, फिर बताया कि इश्क में ऐसा भी होता है।

यह नहीं कि इश्क में ऐसा भी होने की प्रतीति, नायक को सदैव ऐसी नाटकीयता के साथ ही हो रही है। कई छोटे-छोटे, प्रगीतात्मक-से प्रसंगों में भी उसे यही अनुभूति दिन में न जाने कितनी बार हुई है इधर।

वॉश-बेसिन में मुँह धोएगा। मुँह धोकर नजर उठाएगा। दर्पण में अपने धुले-गीले चेहरे को देखेगा। मुस्कराएगा। और कहेगा अपनी ही आँख मारकर—मुस्कराता क्यों है बे, इश्क में ऐसा भी होता है? भले ही कोई अन्य व्यक्ति, सच पूछिए तो स्वयं नायक ही, यह समझ न पाए कि इस बीच 'ऐसा' क्या हुआ, जिसके 'होने' की चर्चा है?

कोई पुस्तक पढ़ता होगा। पढ़ते-पढ़ते अटक जाएगा किसी सुन्दर-से शब्द पर। दियासलाई की डिब्बी पढ़े जाते पृष्ठ पर रखकर पुस्तक बन्द कर देगा। आँखें मूँद लेगा। लाड़ लड़ाएगा उस शब्द से—के का, के का—और कहेगा, इश्क में ऐसा भी होता है।

कहीं रेडियो पर मीरा का कोई भजन या गालिब की कोई गजल सुनेगा। आँखें छलछला जाएँगी उसकी। पूछिए, इसमें रोने-रोने को हो आने की क्या बात है भला? मीराबाई के पद घुंघरू बाँधकर नाचने की बात हो या मिर्जा गालिब के जलाए न

जलने और बुझाए न बुझने की, सैकड़ों बार सुनी हुई है तुम्हारी। पहले तो कभी नहीं रोये। कहेगा—इश्क में ऐसा भी होता है।

नायक अब कभी-कभी सड़क पर चलते-चलते व्यर्थ ही छलाँगें क्यों भरने लगा है? नायक 'बीबे बीबे बीबे' ऐसा उलटा जाप क्यों करता है? नायक मारगाँठ लग जाने पर इजारबन्द को काटने की जगह, पायजामा गाँठ समेत क्यों उतारने की कोशिश करता है? नायक कभी-कभी किसी काल्पनिक गेंद को किसी काल्पनिक बल्ले से खेलता हुआ रनिंग कमेंट्री क्यों करने लगा है—वैलपिच्ड अप टू द बैट्समैन एंड तिवारी गोज फॉरवर्ड, ड्राइव्स इट फॉर्मली पास्ट द बोलर फॉर फोर? जबकि तिवारी को बल्ला पकड़ने की तमीज नहीं है और क्रिकेट का उसका ज्ञान भी 'किताबी' है।

बहुत ही लम्बी सूची बन सकती है ऐसे प्रश्नों की, जिनका नायक के पास एक ही उत्तर है—इश्क में ऐसा भी होनेवाला ठहरा बल।

इस सबसे यह समझ बैठना गलत होगा कि हमारा जन्मजात रुआँसा नायक अब सदा उछाह में रहता है।

वह गहन अवसाद में भी डूबता है। उसके चीकट तकिये की सिंचाई जब-तब विधिवत् होती रहती है।

वह महान कलात्मक फिल्में बनाने के सपने देखता है। इन स्वप्नों की पूर्ति के लिए अपने बचे हुए समय में पटकथाएँ लिखता है जिन्हें उसके जैसे कुछ अन्य संघर्षरत नवयुवकों के अतिरिक्त कोई देखने अथवा सुनने को तैयार नहीं है। बम्बई के व्यावसायिक फिल्म-जगत में उसे अपनी प्रगति की कोई राह खुलती नजर नहीं आ रही है। कभी-कभी वह अपना ध्यान फिल्मों से हटाकर साहित्य या रंगमंच पर केन्द्रित करना चाहता है, लेकिन उसमें भी गुजर-बसर की विशेष सम्भावना नहीं है। और फिल्मों से जरा भी ध्यान हटाता है तो यहाँ उसे रूखी-सूखी जो भी मिल रही है वह भी हाथ से निकलने लगती है।

जब भी वह अपनी आर्थिक विवशताओं का विचार करता है, अपने को हर दृष्टि से अयोग्य ही पाता है। न सूरत, न शक्ल। केवल ताड़-खजूर की तरह लम्बे हो जाने से क्या होता है? गड्ढों में गए ये गाल कभी नहीं भरनेवाले हैं। कभी नहीं आनेवाली है सिरी इस चेहरे पर। श्री भी लक्ष्मी ही हुई ना? पाव-उस्सल खाकर भरेंगे ये गाल?

अक्ल? अक्ल भी क्या खाक है? किसने कहा था बी.ए. में हिन्दी, इंग्लिश और हिस्ट्री लो? किसने कहा था कि रंगमंच पर अपना समय बरबाद करो? कौन था वह अक्लमन्द जो बी.ए. में 58.5 प्रतिशत नम्बर लाया? डेढ़ प्रतिशत और नहीं आ सकते थे क्या?

और चलो साहित्यिक-से आदमी भी थे तो वहीं रहते ना इलाहाबाद ए.जी. दफ्तर में। कम्पीटीशनों के लिए तैयारी करते। अच्छी नौकरी पा जाते तब सुविधा से लिखते-पढ़ते। तुमसे किसी डॉक्टर ने कहा था कि बम्बई जाओ फिल्मों में?

और तुम्हारी कोई भी बात कायदे की नहीं होती भाई। यह भी क्या कि दो-तीन दिन के लिए पहाड़ गए और पहाड़-सा बोझ लाद लाए सिर पर प्रेम का! प्रेम, हुँह। तम प्रेम नहीं कर रहे हो, अपनी जग-हँसाई करा रहे हो। तुम इसी लायक हो।

मैं इसी लायक हूँ सच। मैं किसी लायक नहीं। मैं उस किसी के लायक नहीं। हाय!

ऐसा सोचता है हमारा नायक और तकिया-माता की छाती में सिर छिपाकर फफकता है।

इश्क में, कदाचित्, ऐसा भी होनेवाला ठहरा बल। अस्तु।

डी.डी. ने बेबी से पत्र-व्यवहार आरम्भ किया है।

पत्र-व्यवहार यह संज्ञा बहुत उपयुक्त नहीं इस प्रसंग में, क्योंकि बेबी की तरफ से अब तक कोई उत्तर नहीं आया है।

जो हो, नायक ने अपनी तरफ से कोई कसर नहीं की है। वह नियम से हर तीसरे दिन बेबी को एक पत्र डालता आया है। तीसरे दिन भी इसीलिए कि जितना लम्बा पत्र वह लिखता है संघर्षरत और व्यस्त जीवन में इससे जल्दी पूरा कर पाना सम्भव नहीं।

नायक ने अपने पहले पत्र में यात्रा का पूरा विवरण लिखा। चेहरे से चेहरे तक की यात्रा के सम्बन्ध में विस्तृत दार्शनिक काव्यात्मक टिप्पणियाँ लिखीं। कालिदास का 'अहोलब्धम् नेत्र-निर्वाणम्' उद्धृत करते हुए उसने भली-भाँति यह समझाया कि रूप की क्या महिमा है? उसने बताया कि कहीं-कहीं ऐसा विस्मयकर रूप प्रकट होता है कि देखनेवाला सोच में पड़ जाता है कि यह मुझे पागल बनाने के लिए गढ़ा है ब्रह्मा ने या स्वयं अपनी दृष्टि को सुख देने के लिए? जो हो, देखनेवाले उस पगले का भी माहात्म्य है अपना। कवि बिल्हण के शब्दों में, तुहिनांशु अर्थात् चन्द्रमा के बिम्ब का होना भी नलिनी के होने से ही सार्थक होता है।

नायक ने सूचना दी कि मैंने एक बहुत ही छोटी-सी कहानी लिखकर 'कल्पना' को भेज दी है। बहुत पहले मैंने एक बार लल्ला बाजार, अल्मोड़ा में एक छोटे-से, प्यारे-से लड़खड़ाकर चलने और तुतलाकर बोलनेवाले बच्चे को देखा था जो अपने बड़बाज्यू (दादा) की अँगुली पकड़कर घूम रहा था। वह जो चीज भी देखता उसके बारे में पूछता : ओ का चीज छो बड़बाज्यू! वह क्या चीज है दादाजी? दादाजी जवाब देते, यथा : जुनालो छू भाऊ। यह मक्का है, बच्चे। बच्चा सुनकर सिर हिलाता, कहता : जुनालो! और फिर सिर हिलाता। कभी-कभी बच्चे के दादा दूसरे लोगों से बात करने में व्यस्त हो जाते, तब बच्चा बार-बार उन्हें खींचता और अपना प्रश्न दोहराता विह्वलता से : ओ बड़बाज्यू, सुणन नाहता, ओ का चीज छो कौ! ओ दादाजी, सुनते नहीं, वह क्या चीज है मैंने पूछा। दादाजी थोड़ा झल्लाकर

पूछते : को चीज? कौन-सी चीज। बच्चा पीछे छूटी चीज की ओर इशारा करता और बड़बाज्यू बता देते, यथा : यो गोरु छु गोरु, गोरु नी जाणने? यह गाय है गाय, गाय नहीं जानता? बच्चा फिर उसी तरह सिर हिलाता, दोहराता : गोरु, और सिर हिलाता। मुझे मालूम नहीं कि इस वार्तालाप में ऐसा क्या था कि मैं उस दिन सुनकर एक साथ हँसने-रोने को हो उठा। 'लल्ला बाजार' शीर्षक से इसी घटना को मैंने लिख डाला है कहानी की शक्ल में। मैं नहीं जानता कि इसमें हँसने-रोने की क्या बात थी, पर अगर मैंने कहानी ठीक-से लिखी होगी तो मेरे पाठक भी हँसने-रोने को होंगे और नहीं जानेंगे कि क्यों हँसने-रोने को हो उठते हैं। पत्र के अन्त में उसने लिखा : मैं किसी के लायक बनने की कोशिश कर रहा हूँ, अभी तो पहुँचा ही हूँ यहाँ, जैसे ही कुछ प्रगति होगी, सूचित करूँगा। सम्प्रति जिलेम्बू मारगाँठ।

फिर पत्र को पारिवारिक रंग देने के लिए उसने यह जोड़ दिया : तहाँ सबसे मेरा यथायोग्य कहना। शुभम्, डी.डी.।

नायक ने अपने दूसरे पत्र में यह सूचना दी कि मुझे एक डाक्यूमेंट्री लिखने का चांस मिला है। मैं तय नहीं कर पा रहा हूँ कि डाक्यूमेंट्रीज की तरफ जाऊँ कि नहीं? जो हो, यह काम तो ले ही लिया है।

उसने बताया कि मैंने इधर चेखव की लम्बी कहानी 'द लेडी विद ए डॉग' का अनुवाद किया।

उसने इस कहानी की, और लगे हाथ सम्पूर्ण चेखव-साहित्य की विस्तृत समीक्षा कर डाली और कतिपय आधारभूत प्रश्न उठाए : क्या हम मानव एक-दूसरे को दुख-ही-दुख दे सकते हैं, सुख नहीं? हम क्यों सदा कटिबद्ध होते हैं एक-दूसरे को गलत समझने के लिए? इतना कुछ है इस सृष्टि में देखने-समझने को, फिर भी क्यों हम अपने-अपने दुखों के दायरे में बैठे रहने को अभिशप्त हैं? अगर हम खुशियाँ लूटना-लुटाना सीख जाएँ तो क्या यही दुनिया स्वर्ग जैसी सुन्दर न हो जाए?

अन्त में नायक ने लिखा : मैं किसी के लायक बनने की कोशिश कर रहा हूँ। जिलेम्बू मारगाँठ। तहाँ सबसे मेरा यथायोग्य कहना। शुभम्, डी.डी.।

नायक ने अपने तीसरे पत्र में अपने बम्बइया जीवन की, और प्रसंगवश बम्बई की झाँकियाँ प्रस्तुत कीं।

गन्दी बस्तियों की झाँकी के बाद उसने नगरीकरण का समाजशास्त्र समझाया। इस सन्दर्भ में उसने गांधी की कम और मार्क्स-लेनिन की अधिक चर्चा की। 'मेधावी स्त्री के लिए समाजवाद निर्देशिका' नुमा पूरा पाठ उसने लिखा। पूँजीवाद के अमानवीय पक्षों का विशद विवेचन किया और ऐसा करते हुए कर्नल साहब और उनकी पत्नी-जैसे पूँजीपति बराबर उसकी आँखों में रहे। उसने स्वीकार किया

कि वह सम्पन्नता और भौतिक प्रगति को नितान्त आवश्यक मानता है। इतना ही कि वह उसका समान वितरण चाहता है। जब सब सम्पन्नता को प्राप्त होंगे, जब मनुष्य, मनुष्य का शोषण करना छोड़ देगा, तब हम अपनी प्रतिभा का, आन्तरिक शक्तियों का पूरा उपयोग करके इस धरती पर ही स्वर्ग बसा सकेंगे, ऐसा उसे विश्वास है।

पत्र के अन्त में उसने लिखा : मैं किसी के लायक बनने की कोशिश कर रहा हूँ। डाक्यूमेंट्री के काम के लिए मैंने हाँ कह दिया है। तहाँ सबसे यथायोग्य कहना। जिलेम्बू नारगाँठ। शुभम्, डी.डी.।

नायक ने अपने चौथे पत्र में लिखा कि मुझे इधर कुछ महान् विदेशी दिग्दर्शकों की फिल्में देखने का सुयोग प्राप्त हुआ। उसने इन फिल्मों की विस्तृत समीक्षाएँ लिख भेजीं और सिद्ध किया कि सिनेमा एक सर्वथा अनूठा और स्वतंत्र कला-माध्यम है। वर्तमान सदी की अभिव्यक्ति उसी से सम्भव है।

पत्र के अन्त में उसने लिखा : मैं किसी के लायक बनने की कोशिश कर रहा हूँ। जिलेम्बू मारगाँठ। तहाँ सबसे मेरा यथायोग्य कहना। शुभम्, डी.डी.।

नायक ने अपने पाँचवें पत्र में वर्सोवा गाँव में बिताए एक दिन का हाल लिखा। सागर की अनेकानेक भंगिमाएँ प्रस्तुत कीं। उनका अपनी मन:स्थिति पर, और अपनी मन:स्थिति का उन पर आरोपण किया। बीच-बीच में लगातार कुछ ऐसी विह्वल पंक्तियाँ लिखीं, जो थोड़ा यत्न करने पर काव्य नहीं तो नव-काव्य निश्चय ही बन सकती थीं। अपरिचय के किस तट से लौटा है मेरा सागर, इतना हताश, इतना क्रुद्ध? कहाँ से लौटा है इतना अपमानित यह मेरा अभिमानी कि अब मुझे ही लील लेने की धमकी दे रहा है...आदि-आदि।

प्रकृति का प्रसंग छिड़ ही गया था, अस्तु नायक ने प्रकृति-काव्य पर प्रेमपूर्वक प्रवचन किया। वड्र्सवर्थ, रवीन्द्रनाथ प्रभृति कवियों को उसकी श्रद्धांजलि मिली और चन्द्रकुँवर बर्त्तवाल-जैसे उपेक्षित कवियों को नोटिस मिला।

अन्त में उसने लिखा : डाक्यूमेंट्री की पटकथा का खाका-सा मैं 'आफा' वालों को दिखा आया था। उन्हें अच्छा लगा। जिल्स बता रहे थे कि कनाडा में कोई भारतवंशी फिल्म प्रोड्यूसर है गुलनार, वह डाक्यूमेंट्रीज बनाने भारत आनेवाले हैं और उन्हें सहायक की जरूरत होगी। अगर मैं चाहूँ तो वह गुलनार जी से बात करा देंगे। मैं किसी के लायक बनने की बराबर कोशिश कर रहा हूँ। जिलेम्बू मारगाँठ। तहाँ सबसे मेरा यथायोग्य कहना। शुभम्, डी.डी.।

नायक ने अपने छठे पत्र में लिखा कि इधर मेरे मन की कुछ विचित्र-सी स्थिति हो रही है। इसकी कुछ बानगियाँ उसने प्रस्तुत कीं। अगले ही पैराग्राफ से वह, बिना

पिछले पैराग्राफ से सम्बन्ध जोड़े, भक्ति, प्रेम और आसक्ति का शास्त्रीय विवेचन करने में जुट गया। कई पृष्ठ उसने इस प्रवाह में रँग डाले।

नायक ने समझाया : परमत्व की, इसलिए रस की, परिकल्पना में शैव और वेदान्त दर्शनों में क्या भिन्नता है? 'विषयेषु च सर्वेषु इन्द्रियार्थेषु च स्थितम् से मंगलाचरण करके नायक की लेखनी भरत से लेकर पंडित जगन्नाथ तक समस्त आचार्यों की अनुगामिनी बनकर दौड़ चली। तदुपरान्त उसने 'उज्ज्वल नीलमणि' का उद्धार किया।

नायक ने इस पीड़ाप्रद तथ्य को रेखांकित किया कि प्रेम के आनन्द को प्रेम की पीड़ा से अलग नहीं किया जा सकता। नित्य संयोगात्मक है प्रेम, और नित्य वियोगात्मक। देखिबौ जहाँ विरह सम होई, तहाँ को प्रेम कहा कहि कोई।

नायक ने लिखा कि कदाचित् चिर-अतृप्ति ही प्रीति है। प्यास ही प्यार है। प्यारी जू को रूप मानो प्यास ही को रूप है।

नायक ने जानना चाहा कि यदि प्यार, प्यास ही है तो क्या प्यास का बुझ जाना प्यार का मर जाना नहीं है? क्या कोई खाँटी प्रेमी इस उद्देश्य से प्रेम कर सकता है कि प्रेम को अन्ततः मार दे? क्या असली प्रेमी, प्यास की विह्वलता बढ़ने से विचलित हो सकता है? क्या वह नहीं जानता कि इस प्यास का समाधान अतिरिक्त प्यास है? प्यार की पीड़ा का उपचार और अधिक प्यार है?

नायक ने आग्रहपूर्वक स्थापना की कि जो हो यह चिर-अतृप्त प्रीति, तृप्ति माँगने की धृष्टता कर नहीं सकती। यह सही है कि काम अर्थात् इच्छारहित प्रेम नहीं हो सकता, लेकिन यह भी सही है कि जहाँ काम प्रमुख है वहाँ प्रेम हो नहीं सकता। काम रूप बिन प्रेम न होई, काम रूप जहाँ प्रेम न सोई।

इसलिए प्रेमी को अपनी ओर से, बगैर किसी कारण-प्रयोजन के प्यार करना चाहिए और इस प्यार में तृप्ति-अतृप्ति आदि से कहीं लेशमात्र कोई अन्तर नहीं पड़ना चाहिए। इक अंगी बिनु कारनहि इकरस सदा समान—ऐसा होना चाहिए प्रेमी को। प्रीति विशुद्ध रूप से स्वान्तःसुखाय वृत्ति है। वह दूसरे से न कुछ माँगती है, न उसे देने का दम्भ करती है। नायक ने एक आंग्ल कवयित्री को उद्धृत करते हुए लिखा कि प्रीति एक धधकती हुई किन्तु सन्दर्भहीन सूक्ति है और एक अमरीकी कवयित्री को उद्धृत करते हुए लिखा कि प्रेमी प्रिया की मुक्ति चाहता है—स्वयं अपने तक से!

नायक ने कभी अपने से यह पूछने की आवश्यकता नहीं समझी कि जिस नायिका को, पंडित की पुत्री होते हुए भी पुस्तकों से, पांडित्य से कोई अनुराग नहीं है, उसे वह ये पांडित्यपूर्ण पत्र क्यों लिखता चला जा रहा है?

हमारे मन में स्वाभाविक रूप से यह विचार उठ सकता है कि वह अपने पांडित्य का प्रदर्शन करके नायिका पर रौब गालिब करना चाहता है। मैंने भी इन पत्रों को ज्यों-का-त्यों उद्धृत नहीं किया है तो इसी भय से कि कहीं मेरे विज्ञ पाठक

मुझ पर ही ऐसा दोषारोपण न कर दें। किन्तु नायक पर प्रदर्शनप्रियता का अभियोग लगाने से पूर्व हमारे लिए भैंस के आगे बीन बजानेवाली प्रदर्शनप्रियता स्वयं किंचित् विचारणीय हो जाती है।

इतना अवश्य कहना होगा कि स्वयं नायक पर इन पत्रों को लिखते हुए अपनी प्रदर्शनप्रियता अथवा मूर्खता कभी प्रकट नहीं हुई। सच पूछिए तो उसे ऐसा कभी अनुभव ही नहीं हुआ कि वह ये पत्र किसी खिलन्दड़ लड़की को लिख रहा है। इस अद्वैत को क्या कहिए कि वह यही मानता रहा कि वहाँ दूसरे छोर पर इन्हें पाने के लिए नारी-रूप में वह स्वयं ही बैठा है!

इतना निर्मल हो चला था नायक का मन कि वह मानने लगा था कि प्रेम में जो भी तुम उसे लिखते हो, खुद अपने को लिखते हो। डायरी भरते हो तुम और क्योंकि वह तुमसे अभिन्न है इसलिए उसे भी पढ़ने देते हो।

ग्यारहवाँ पत्र भेजने के बाद, जो प्रसंगवश अकेलेपन के विषय में था और जिसमें यह सवाल उठाया गया था कि क्या आत्मा नामक वह अज्ञात वस्तु इसी अकेलेपन में दुबकी-छिपी रहती है, क्या उस पर से अकेलेपन का आवरण हटाने के लिए किसी दूसरे के अकेलेपन का सहयोग आवश्यक होता है और क्या इसी सहयोग को प्यार की संज्ञा दी गई है, नायक को अन्ततः नायिका का उत्तर प्राप्त हुआ।

किन्तु उत्तर की चर्चा करने से पूर्व हमें दूसरे छोर पर जाना होगा और कालक्रम में भी थोड़ा पीछे हटना होगा।

जिस समय डी.डी. की पहली चिट्ठी अपने गन्तव्य 'ब्रेमार, धार की तूणी, अल्मोड़ा' पहुँची, बेबी घर पर नहीं थी।

यह चिट्ठी पहुँचते ही चर्चा का विषय बनी क्योंकि भार अधिक हो जाने के कारण वह बैरंग हो चली थी।

बेबी के पिता शास्त्री जी ने लिफाफा डाकिए के हाथ से लेकर उलटा-पुलटा। प्रेषक का नाम ऊपर स्पष्ट लिखा हुआ था। जो कुछ प्रेषक के विषय में पहले अपनी पत्नी से और फिर ज्येष्ठ पुत्र से सुन चुके थे वह उन्हें प्रेरित कर रहा था कि इस चिट्ठी को लौटा दें। लेकिन ऐसा करना भी उन्हें नाटकीय मालूम हुआ। उन्होंने चिट्ठी ले ली। मेज पर रख दी। जब पत्नी ने पूछा किसकी है तब उसे सच-सच बता दिया। पत्नी ने जानना चाहा कि लौटा क्यों नहीं दी और लौटाई नहीं तो पढ़ क्यों नहीं ले रहे हो? शास्त्री जी ने कहा कि जिसकी चिट्ठी है उसका ही पहले खोलना-पढ़ना उचित है और जब तक चिट्ठी खोल-पढ़ नहीं ली जाती, तब तक यह कैसे कहा जा सकता है कि उसे स्वीकार करना ठीक न था?

कह तो दिया शास्त्री जी ने लेकिन मेज पर पड़ी चिट्ठी को देखकर उन्हें बराबर यही भ्रम होता रहा कि यह पत्र नहीं, ऐसे विस्फोटक पदार्थ का पूड़ा है जो एक धमाके से उनके घर-परिवार की शान्ति भंग कर देगा।

कई बार हाथ बढ़ा उनका कि पत्र खोलकर पढ़ लें, देख लें यह बम का गोला अबोध बिटिया के हाथ में दिया जा सकता है कि नहीं?

किन्तु हर बार अन्तिम क्षण उन्होंने अपना हाथ रोक लिया।

अन्तत: बेबी घर आई। लिफाफे पर प्रेषक का नाम पढ़कर वह मुस्कराई। उसे समझ में नहीं आया कि उससे क्या अपेक्षित है? क्या वह उसी तरह इसे लेकर भाग जाए जैसे भाभियाँ, भाइयों के पत्र लेकर भाग जाती हैं और बाद में उनका सार इस तरह सुनाती हैं मानो भाई साहब ने मौसम और अपनी तबीयत का हाल ही लिखकर भेजा हो। या वह इसे यहीं खोलकर तुरन्त जोर-जोर से उसी तरह पढ़ने लगे, जैसे पिताजी के नाम आए भाइयों के पत्र पढ़ती है, अनपढ़ माँ को सुनाने के लिए?

डी.डी. उसका क्या है? डी.डी. की चिट्ठी आने पर क्या करना होता है?

प्रश्न महत्त्वपूर्ण था, एतत्सम्बन्धी निर्णय भी। बेबी ने, जिसे डी.डी. नायिका मानता है लेकिन जो स्वयं को उस रूप में नहीं जानती अभी, बीच का-सा फैसला किया और कमरे की देहरी पर जाकर पत्र पढ़ने लगी मानो कमरे में अपेक्षित प्रकाश न हो।

वह पत्र पढ़ती गई, मन-ही-मन, और विचित्र प्रकार के मुँह बनाती चली गई।

पूरा पत्र पढ़कर उसने माथा पकड़ लिया। और तब शास्त्री जी से रहा नहीं गया। "क्या लिखा है?" उन्होंने पूछा।

"रामायण!" बिटिया ने सूचना दी, "बाब्बा हो, जाने कैसे लिख देते होंगे लोग इतना जड़-कंजड़[1]! कहाँ से सूझता होगा इन्हें? बरेली से बम्बई तक जाने के बारे में ही पाँच कागज रँग रखे। एक-एक बात कैसे याद रहती होगी लोगों को? मैं कहीं जाऊँगी, मुझसे पूछोगे रास्ते में क्या हुआ, मैं कुछ भी नहीं बता सकूँगी। और लिख भी इस डी.डी. ने ऐसी हिन्दी रखी जिसमें से आधी मेरी समझ में नहीं आती। नेत्र-निर्वाण क्या ठहरा बाबू[2]?"

"तेर ख्वारन च्यूड चेली[3]!" शास्त्री जी ने कहा, "इधर दिखा यह कैसी नेत्र-निर्वाण रामायण लिख रखी है उस छोरे ने।"

बेबी ने बिना किसी झिझक के पत्र पिताजी को दे दिया।

शास्त्री जी ने मुँह में लौंग और दक्षिणी सुपारी डाली (यही एकमात्र लत है उनकी), चश्मा पहना और आरामकुर्सी पर बैठकर पत्र बाँचने लगे।

शास्त्री जी कभी प्रकट कहते नहीं लेकिन उन्हें दुख है कि उनका कोई पुत्र पंडित नहीं निकला। कभी-कभी सन्देह होता है उन्हें कि ऐसा उनकी पत्नी के कारण हुआ। उनकी पत्नी देहाती है। इस विवाह की भी एक कथा है। शास्त्री जी के वाराणसेय

1. ब्यौरा, 2. पिता, 3. तेरे सिर पर चिउड़े बच्ची—ऐसी आशीर्वादवत् गालियाँ कुमाऊँनी की विशेषता हैं।

और घोर कर्मकांडी पिता ने पुत्र का विवाह, चम्पानौला अल्मोड़ा के एक सम्पन्न सुशिक्षित परिवार में ठहराया था। बारात भी वहीं गई थी। लेकिन जब समधियों को कन्यादान-संकल्प लिये जाते समय शास्त्री जी के पिता के इस दुराग्रह का पता चला कि पुत्र ससुराल में कच्ची रसोई नहीं जीमेगा क्योंकि वह घर से बाहर कहीं भी भात नहीं खाता, तब वितंडा मच गया और बारात लौटा दी गई। शास्त्री जी के पिता उसी बारात को लेकर उसी समय एक निकटवर्ती गाँव पाटिया में पहुँचे और एक निर्धन, ग्रामीण परिवार की सुन्दर सुशील कन्या से पुत्र का विवाह करा लाए। शास्त्री जी उस सुन्दर सुशील कन्या को अब जो दोष देना चाहते हैं उसका कोई औचित्य नहीं। शास्त्री जी के सभी बेटे पढ़ाई-लिखाई में अच्छे निकले। सबसे बड़ा सेना में कर्नल है। उसके बादवाला लन्दन में डॉक्टर। तीसरा कलकत्ता में इंजीनियर और चौथा लखनऊ में डॉक्टर। अब अगर साहित्यिक व्यक्ति को ही शास्त्री जी पंडित मानते हों तो यह उनकी परम्पराप्रियता का ही दोष कहा जाएगा।

जो हो, डी.डी. का पत्र पढ़ते हुए शास्त्री जी को अनेक बार ऐसा लगा कि काश ऐसा लिख सकनेवाला मेरा कोई पत्र होता! शास्त्री जी ने स्वयं लिखने की बात कई बार सोची थी, प्रसाद जी ने उन्हें उकसाया भी था, किन्तु लिखा कभी नहीं। लिखते तो ऐसी ही भाषा उनकी भी होती इसमें उन्हें सन्देह नहीं। कदाचित् इससे बेहतर। पत्र पढ़ते हुए उन्हें कई बार ऐसी इच्छा हुई कि कलम लेकर यहाँ-वहाँ थोड़ी सुधार दें भाषा। और हाँ, 'नेत्र-निर्वाणम्' मार्का पांडित्य से तो शास्त्री जी प्रभावित हुए ही। प्राचीन और अर्वाचीन के समन्वय में उनकी आस्था है और आजकल के लड़कों में ऐसे समन्वयवादी कहाँ मिलते हैं!

डी.डी. की अतिशय भावुकता शास्त्री जी को अवश्य कुछ आपत्तिजनक मालूम हुई। वैचारिक सन्तुलन और अनुशासन की न्यूनता भी खटकी उन्हें। सबकुछ समेट लेने का यह युवकोचित हठ प्रीतिकर है नितान्त, किन्तु कई दृष्टियों से अवांछनीय भी कहा जाएगा इसे। शास्त्री जी समझ सके कि क्यों यह लड़का प्रथम श्रेणी के अंक नहीं पा सका। शास्त्री जी यह धारणा भी बना सके कि अगर ऐसे छात्र का मैं निर्देशक होऊँ तो इससे शोध-प्रबन्ध निश्चय ही उत्तम कोटि का लिखवा लूँ।

शास्त्री जी को अपने निजी पुस्तकालय के उन तमाम दुर्लभ ग्रन्थों का स्मरण हो आया जो उनकी अपनी सन्तति के लिए किसी उपयोग के नहीं।

शास्त्री जी ने दीर्घ नि:श्वास छोड़ा। उनका ध्यान इस ओर गया कि बेबी आरामकुर्सी की पीठ पर झुकी खड़ी है।

शास्त्री जी का ध्यान इस ओर भी गया कि यह पत्र, जिसे वह किसी छात्र की उत्तर-पुस्तिका की तरह पढ़ते रहे हैं, उनकी पुत्री के नाम लिखा गया है और इसमें, परोक्ष रीति से सही, प्रणय निवेदन किया गया है। चेहरे से चेहरे तक के चक्र-पथ की बात तो सर्वथा स्पष्ट है। किसी के योग्य बनने की आकांक्षा भी प्रेम ही प्रकट

कर रही है। जिलेम्बू (जाने किस भाषा का शब्द है यह!) समझ में नहीं आता लेकिन मारगाँठ की प्रतीकात्मकता सुबोध है।

अगर यह किसी मेधावी छात्र की उत्तर-पुस्तिका नहीं, पुत्री के नाम किसी अपरिचित का प्रेम-पत्र है तो पिता की भूमिका में शास्त्री जी से क्या अपेक्षित है?

शास्त्री जी ने साबुत दक्षिणी सुपारी को इस दाढ़ से उस दाढ़ तक दो-चार बार घुमाया और फिर पूछा, "इसका जवाब देगी मैत्रेयी?"

बेबी ने कहा, "मैं क्या दूँगी जवाब! मुझे तो यह निर्वाणं-फिर्वाणं कुछ समझ में ही नहीं आनेवाला हुआ। उसे दया'दी को लिखना चाहिए था यह सब। वह हुई हिन्दी-संस्कृतवाली।"

शास्त्री जी के लिए निर्वाणम् के साथ फिर्वाणम् का प्रयोग जितना कष्टप्रद हुआ, दया का प्रसंग उतना ही सुखद। उन्हें भ्रम हुआ कि वह समझ गए हैं यह पत्र वस्तुतः किसे सम्बोधित है।

"दया को जानता है यह लड़का?"

"क्यों नहीं जानेगा देखो। मैंने, गुड़िया हौरों ने तो इससे कहा भी की दया'दी से शादी कर ले।"

शास्त्री जी ने चैन की साँस ली।

कुछ तो अन्तिम निर्णायक टिप्पणी उन्हें करनी ही थी, इसलिए बोले, "अभी इसका उत्तर देने की कोई आवश्यकता नहीं मैत्रेयी, समझी? और हाँ, दया पत्र पढ़ना चाहे तो पढ़ने देना।"

"दया'दी को क्यों पढ़ाऊँगी, देखो। दया'दी तो किसी की चिट्ठी नहीं पढ़तीं।" बेबी ने कहा, "और बाबू, यह तो बताया ही नहीं नेत्र-निर्वाणम् क्या ठहरा बल।"

शास्त्री जी के लिए दो समस्याएँ एक साथ प्रस्तुत हुईं। पहली : अगर यह बालक, दया को इतनी परोक्ष विधि से सम्बोधित करता रहा तो उसकी बात दया तक पहुँचेगी कैसे? दूसरी : विदुषी मैत्रेयी की जिज्ञासा का समाधान कैसे करें?

दूसरी समस्या के समाधान के लिए उन्होंने स्वयं परोक्ष विधि का सहारा लिया। रूप और प्रेम की कुछ ऐसी आध्यात्मिक व्याख्या की मानो वह सब अलौकिक हो। देवताओं के ही हिस्से पड़ा हो।

शास्त्री जी भूल गए कि रूपसी शकुन्तला मानवी थी। 'अहो लब्धम् नेत्र निर्वाणम्' ऐसा कहनेवाला दुष्यन्त भी मानव था।

शास्त्री जी भूल गए कि मानव को देवताओं को चुनौती देने की कुटेव आरम्भ से ही है। अलौकिक को लौकिक बनाने का उसका हठ सनातन है।

शास्त्री जी मारे लज्जा के धरती में विलीन हो जाएँ अगर मैं उन्हें बता सकूँ कि डी.डी. के इस पत्र पर आपने जो शास्त्रीय टीका की है, और जिज्ञासु पुत्री द्वारा आगामी पत्रों

के सन्दर्भ में भी इस प्रकार के प्रश्न किए जाने पर आप, आदत से लाचार, जो टीकाएँ करनेवाले हैं, वे आपकी पुत्री में ज्ञान की ही नहीं, प्रेम की भी प्यास जगा जाएँगी।

शास्त्री जी, आप अपनी विद्वत्ता से नायक की विद्वत्ता को उजागर कर रहे हैं। जिन बातों पर बेबी हँस सकती थी, उन्हें आप ही सुनने-गुनने योग्य बना रहे हैं। आप नायक को अपने से एकरूप किए दे रहे हैं। क्या आप नहीं जानते कि जिसे आप मैत्रेयी कहते हैं लेकिन जो है बेबी ही, आपका बहुत आदर करती है, आप पर सर्वथा मुग्ध है?

और शास्त्री जी, आप तो सारा साहित्य पढ़े हुए हैं, जानते ही हैं कि किसी का आदर करते हुए उस पर मुग्ध भी हो जाना बेबियों को नायिकाएँ बनाता आया है।

आप समझा रहे हैं शास्त्री जी कि पापवृत्ति की ओर उन्मुख होनेवाला रूप, रूप कहलाने का अधिकारी नहीं है। सौभाग्य, सौन्दर्य का फल है।

तुम समझा रहे हो पिता, श्लोक बोलकर, अन्वय करके और सुन रही है तुम्हारी पुत्री अपनी उन बड़ी-बड़ी आँखों को कुछ और भी फैलाकर। अचरज करते हुए जान पा रही है कि मुझमें कुछ है ऐसा जिसके लिए कालिदास से लेकर डी.डी. तक कविचेता जन शब्दोन्मत्त होते रहे हैं।

पिता-पुत्री संवाद के इस विडम्बनापूर्ण पक्ष पर मैं अब जबकि वह इतिहास का हो चुका है, मुस्करा सकता हूँ अथवा नि:श्वास छोड़कर कह सकता हूँ 'अगर' से शुरू होनेवाला कोई वाक्य!

हर तीसरे दिन डी.डी. का एक पत्र पहुँचता रहा, यथासमय, यथावत् बैरंग।

बेबी से भी ज्यादा शास्त्री जी को डी.डी. के पत्र की प्रतीक्षा रहने लगी। एक अनुष्ठान-सा बन चला। पिता पत्र देता, पुत्री खोलकर पढ़ती, दबे स्वर में अटकती-अटकती-सी, भले ही डी.डी. मोती-जैसे आखर पिरोता है।

बीच-बीच में वह कोई प्रश्न भी करती—"बिम्ब क्या हुआ बिम्ब? येट्स कौन हुआ येट्स? वैशेषिक दर्शन क्या ठहरा अभी...?"

शास्त्री जी को याद आ जाता है : "ओ का चीज छो बड़बाज्यू?" पूछनेवाला एक बच्चा। भाव-विह्वल हो उठते हैं वह। डी.डी. के पत्रों को किसी पाठ्य-पुस्तक की तरह पढ़ते हुए मैत्रेयी उनसे ये प्रश्न करती है तो उनका मन अनायास एक साथ करुणा, विनोद और उदासी से भर आता है।

कुछ प्रश्नों के उत्तर तुरन्त दे देते हैं शास्त्री जी। कुछ के स्वयं पत्र पढ़कर पूरा सन्दर्भ समझकर देते हैं। और कभी तो ऐसा भी होता है कि बिना सन्दर्भ के प्रश्न इतना अटपटा लगता है कि वह पत्र तभी माँग लेते हैं और फिर पिता-पुत्री साथ ही पारायण करते हैं उसका।

डी.डी. का छठा पत्र शास्त्री जी को चिन्तित कर गया। शैव-दर्शन पर आधुनिक विज्ञान और रस-सिद्धान्त पर आधुनिक मनोविज्ञान वह जिस प्रकार आरोपित करना चाह रहा था वही अपने में पर्याप्त चिन्ता का विषय था (छात्रों को मौलिकता के प्रति उत्साही अवश्य होना चाहिए लेकिन इतना नहीं)। तिस पर यह प्रेम का पुराण!

शास्त्री जी अब तक अपनी पत्नी को यही समझाते आ रहें थे कि डी.डी. के पत्रों में कोई भी ऐसी-वैसी बात नहीं है। लड़का शायद दया से शादी करना चाहता है। मैं इस बारे में दया के दूर के रिश्ते के चाचा की राय ले लूँ तो फिर विवाह की बात कर लेंगे सीधे लड़के से ही, क्योंकि उसका तो अपना सगा कोई है नहीं। पत्नी को इसमें कोई आपत्ति थी तो यही कि दया के चाचा से, जिन्होंने दया के प्रति अपना कोई कर्तव्य कभी नहीं निभाया, इस बारे में पूछने की औपचारिकता भी क्यों?

शास्त्री जी ने ऐसा कह तो दिया था लेकिन किया कुछ भी नहीं था। अब उन्हें लगा कि यह बात और टाली नहीं जा सकती। दया के चाचा को लिखने और उनका उत्तर पाने में व्यर्थ विलम्ब होगा। अतएव सीधे डी.डी. को पत्र भेज दिया जाए। डी.डी. के पत्र मैत्रेयी के नाम आए हैं इसलिए पहले उसका भी कोई पत्र डी.डी. के लिए जाना आवश्यक है।

शास्त्री जी ने मैत्रेयी को बुलाया और उससे कहा, "यह जो तेरा डी.डी. है, उसका विवाह दया से करा दें तो कैसा रहे?"

बेबी को डी.डी. के साथ 'तेरा' विशेषण जोड़े जाने पर कोई आपत्ति नहीं हुई। पत्रों की व्याख्या सुनते-सुनते वह विशिष्ट और सीमित अर्थों में उसे अपना मानने लगी है। लेकिन इतना अपना भी नहीं कि वह उसकी दया'दी के पति के रूप में, भावी जीजा के रूप में कल्पना करके बहुत दुखी हो। इतना अवश्य कहना होगा कि अब उसमें डी.डी. का दया'दी से विवाह कराने का वह पहले-जैसा उत्साह नहीं।

"डी.डी. मानेगा नहीं। हम सब लोगों ने उससे कितना तो कहा तब।"

"तुम लोग बच्चे हो। तुम्हारी बात उसने हँसी-मजाक समझी होगी। मैं लिखूँगा तो बात पर ध्यान देगा। पहले तू उसे एक पत्र भेज दे कि पत्र तेरे मिल गए हैं, पिताजी तुझे चिट्ठी लिखेंगे। चाहे तो तू भी दया की तारीफ कर देना, समझी!"

और तब बेबी ने लिखा डी.डी. के नाम अपना पहला पत्र।

उधर से पत्र न आने के कारण नायक थोड़ा-सा व्यग्र हो चला था।

कहीं ऐसा तो नहीं कि वे नायिका को मिलते ही न हों? डाक-विभाग ने काम करना बन्द कर दिया हो? या डाकिया किसी गलत पते पर फेंक आता हो? या नायिका के अभिभावक इन पत्रों को नायिका के हाथ पड़ने ही न देते हों?

या कहीं ऐसा तो नहीं कि नायिका ने ज़ान-बूझकर उसे अंट-शंट पता लिखकर दिया हो? यह भी एक मजाक हो उसका?

नायक, डी.डी. है इसलिए इन तमाम सम्भावनाओं का विचार करता है। किन्तु नायक, भगवान की दया से, नायक भी है सम्प्रति, इसलिए इन सम्भावनाओं को रद्द करता जाता है।

बहुत सोच-विचार के बाद वह इस निष्कर्ष पर पहुँचता है कि सारी बात उस दया-नाम्नी के कारण अटकी हुई होगी। जब तक दया का कोई ठिकाना न कर दें, तब तक नायिका और नायिका के पिताश्री के लिए नायिका-नायक प्रसंग पर ध्यान देना सम्भव नहीं।

समस्या का एक ही समाधान है। डी.डी. स्वयं पहल करके इस दया-नाम्नी का विवाह कहीं और करा दे। अगर वह ऐसा करा सका तो उसे पुण्य-लाभ होगा और यह पुण्य-लाभ नायिका से उसके मिलन का मार्ग प्रशस्त कर देगा।

महाराष्ट्र से ही गए थे कभी वे ब्राह्मण जो अब कुमाऊँनी कहलाते हैं। लेकिन उनमें से बहुत कम ऐसे हैं जो अब लौटकर महाराष्ट्र में बस गए हों। बम्बई के एक ऐसे दुर्लभ पन्त-परिवार के कुल-दीपक कृष्णानन्द से परिचय है डी.डी. का। बैंक में क्लर्क है। अफसर हो जाने की उम्मीद है। साहित्यानुरागी है। ('रूपाभ' और 'प्रतीक' की प्रतियाँ हैं उसके पास!) और सबसे बड़ी बात, एक बार उसके पिता ने कहा था कि हम तो-तीन पीढ़ियों से बम्बई में हैं, पहाड़ से सम्पर्क ही कट गया, तुम जाते रहते हो, कोई अच्छी-सी लड़की हमारे किशन के लिए ढूँढ़ दो।

वह अच्छी-सी लड़की ढूँढ़ ली गई—दया!

सुधा के विवाह की जो एकमात्र तस्वीर डी.डी. को भेजी गई है उसमें दया कैमरे के ठीक सामने खड़ी है, लेकिन कैमरे की ओर देख नहीं रही है। थोड़ी बनी-ठनी है इसलिए आकर्षक दीख रही है। दृष्टि थोड़ी-सी झुकी हुई है। चेहरे पर सौम्य गम्भीर भाव है। वह कुल मिलाकर एक ऐसी भली घरेलू कामकाजी लड़की प्रतीत हो रही है जिसके विषय में आपका यह कहना भी झूठ नहीं माना जाएगा कि वह साहित्यिक रुचि-सम्पन्न है और कविताएँ भी लिखती है।

डी.डी. ने इस फोटो को लेकर तुरन्त कृष्णानन्द पन्त से सम्पर्क किया। कृष्णानन्द से उसने दया की इतनी प्रशस्ति की, ऐसी शब्दावली में की कि कृष्णानन्द कुछ और ही समझ बैठा, "फिर तुम उससे शादी क्यों नहीं कर लेते?"

डी.डी. ने सफाई में बताया, "मेरा तो अभी खुद कोई ठौर-ठिकाना नहीं है।"

कृष्णानन्द ने जो कुछ समझा था गलत, वह और पुष्ट हो गया। एक मित्र का इस तरह प्यार की कुर्बानी देना विह्वल करने लगा उसे। वह बोला, "वह तुम्हारे जम-जमा जाने का इन्तजार कर लेगी। तुम जिसे इतना अच्छा मानते हो वह क्या तुम्हारे लिए इतना भी नहीं कर सकती? और फिर जैसा तुम कह रहे हो, स्वयं उस

लड़की ने संघर्ष का जीवन बिताया है। तुम लोग तुरन्त भी शादी करना चाहो तो वह यहाँ संघर्ष के कुछ और दिन बिता सकती है।"

साहित्यिक लोगों की बातचीत में इस तरह का घपला हो ही जाता है। उनमें शब्दों के बहुत अधिक अर्थ निकालने की प्रवृत्ति जो होती है।

डी.डी. ने अब जितना ही समझाया, कृष्णानन्द उतना ही गलत समझता चला गया।

अब एक ही उपाय था।

उस फोटो को फिर सामने रखा जाए। फ्रेम से बाहर देखती हुई, लगभग कट गई, किसी से बोलती वह जो खड़ी है एक और लड़की, कृष्णानन्द का ध्यान उसकी ओर दिलाया जाए और कहा जाए कि मैं दया से शादी इसलिए नहीं कर सकता क्योंकि मैं इस लड़की से शादी करना चाहता हूँ और इस लड़की से मेरी शादी इसलिए नहीं हो पा रही है कि दया उसकी बड़ी बहन है और जब तक बड़ी बहन की शादी न हो, उसकी शादी की बात नहीं हो सकती। समझे!

ऐसे समझाने पर तो साहित्यकार तक समझ जाते हैं!

बेबी को कुछ भी लिखने में बहुत आलस आता है। बेबी को यह विश्वास ही नहीं हो पाता है कभी कि मैं कुछ लिख सकती हूँ। शाला से गणित के अतिरिक्त किसी विषय का गृह-कार्य मिला हो तो वह निस्संकोच दूसरों से पूछ-पूछकर लिखती है, वैसे ही जैसे सब्जी दूसरों से पूछ-पूछकर छौंकती-बनाती है। मात्र परीक्षा में यह सम्भव नहीं हो पाता। इसीलिए कठिनाई से उत्तीर्ण हो पाती है। डी.डी. को पत्र लिखते समय भी परामर्श असम्भव है उसके लिए। पिताजी से पूछे तो वह पूछ बैठेंगे—यह शब्द किस सन्दर्भ में लिखना है? दया'दी से पूछते हुए संकोच होता है। उसे कैसे बताएगी कि डी.डी. को पत्र लिख रही है। कुछ ही दिन पहले की बात होती तो ऐसा संकोच न होता। क्यों होने लगा है संकोच, यह सोचना चाहती है बेबी लेकिन सोचने में भी आलस आता है उसे।

तो जो पत्र लिखा है उसने वह निश्चय ही तैंतीस प्रतिशत अंक प्राप्त करने योग्य है और सो भी परीक्षक की अनुकम्पा से। किन्तु जब परीक्षक प्रेमी भी हो, तब अनुकम्पा के विषय में शंका कैसी?

प्रिय डी.डी.,

मधुर स्मृति!

अत्र कुशलंच तत्रास्तु।

पत्र तेरे मिले। कुशल से है जानकर प्रशन्नता हुई। हम लोग भी राजी-खुशी हैं। प्रगती कर रहा है जानकर प्रशन्नता हुई। तू बम्बई में रहकर बम्बई जितना बड़ा बन।

तेरे पत्र समझ में नहीं आते। पड़ती हूँ। बाबू से मतलब पूछती हूँ। बाबू भी पडते हैं। प्रसंशा करते हैं।

मेरे तिमाही इम्त्यान हुए। गणित छोड़ बाकी पैपर साधारण हुए। देखो क्या होता है? पास तो हो ही जाऊँ सायद। हिस्ट्री में थोड़ा डर-जैसा लग रहा।

तूने पूछा कॉलेज में क्या होता? कॉलेज में हमारे कुच्छ नहीं होता कहा। 'भोर का तारा' खेला ड्रामावालों ने। महा बोर था।

तूने पूछा है मैं क्या पडती हूँ करके। मैं कुछ नहीं पडती। दया'दी पडती है। एक ही किताब कई बार पड लेती है। कैसे पडती होगी? मेरे कहने पडी ही नहीं जाती। नींद आती है।

तू बहुत पडा-लिखा है। तेरी बुद्धी बड़ी है। मैं मूरख हूँ। अब मैं सोच रही होसियार बनूँ करके। तेरा पत्र समझ सकूँ करके। मुसकिल ही हुआ पर कोसीस करनी ठहरी। मैंने बाबू से कहा है कि मुझे पडाओ। देखो क्या होता है?

हम कुछ करना चाहें, तो कर ही सकनेवाले हुए, नहीं? वैसी अभी हुई मैं पूरी भ्यास[1]। कुछ भी नहीं आनेवाला ठहरा मुझे। किसी भी बात का सीप[2] नहीं हुआ। न घर के काम में अच्छी, न पडाई-लिखाई में। सूई में धागा भी नहीं डाल सकनेवाली हुई। मैं नहीं ठहरी किसी लायक। लेकिन बनूँगी। मन में ठान लेने की बात हुई। ठान लूँ करके सोच रही। देखो क्या होता है?

मुझे किसी के लायक नहीं बनना। अपने लायक ही बन जाऊँ बहुत होगा।

तू किसी के लायक क्यों बनना चाहता? तेरे भीतर सभी गुन ठहरे। तू अपने लायक जो बनना चाहेगा तो कितना बड़ा जो आदमी नहीं बन जाएगा।

आज पत्र लिखने का बिसेस कारण यह है कि बाबू ने कहा है डी.डी. को पत्र लिख। बाबू बहुत अच्छे हैं। बाबू तेरे जैसे हैं। जब देखते हो तब किताबों में सिर दिए रहते हैं। उनके पास बहुत किताबें हैं। तेरी-उनकी अच्छी विधी[3] लगेगी।

बाबू तुझे पत्र भेजेंगे। बाबू तेरी सादी दया'दी से करने को कह रहे।

जो तुझे गिरस्ती बसानी ही हो तो दया'दी से भली लड़की नहीं मिल सकती। दया'दी घर के हर काम में हुसियार है। पडने में भी। बी.ए. में उसकी फ्रस्ट क्लास स्योर है। संसक्रित में फुल में से फुल है। गणित में भी।

तू सादी के लिए मना मत करना। जीन सिम्मंस कोई सच्ची-मुच्ची थोड़ी होगी। मैंने यहाँ लड़कियों से पूछा। किसी ने नहीं देख-सुन रखी तेरी घोड़े की जीन। तेरे पास उसकी तस्वीर है क्या?

अब पत्र समाप्त कर रही। नींद आ रही। बाई-बाई। टा-टा।

तहाँ सबसे मेरा यथायोग्य कहना। जो तू वहाँ अकेला ही ठहरा, जीन सिम्मंस नहीं ठहरी, तो अपने से ही कहना।

शुभम्, बेबी!

---

1. मूर्खा, फूहड़, 2. शऊर, 3. पटरी बैठना।

बेबी ने इतना लम्बा पत्र पहले कभी नहीं लिखा था। इसे पूरा करके उसे सन्तोष हुआ। उसमें विश्वास जगा कि कोशिश करने पर वह भी डी.डी. की तरह लम्बा-चौड़ा पत्र लिख सकेगी।

पत्र को लिफाफे में डालकर उसने पता अंग्रेजी में लिखा। पते में, और तो और, शहर का नाम तक गलत लिखा हुआ था—BUMBAI।

डाक-विभागवालों की महती कृपा—पत्र ठीक ठिकाने पर पहुँचा, और लगा भी ठीक निशाने पर।

जो इस पत्र को चूम रहा है बार-बार, ऐसे डी.डी. से हमारा इस पत्र की शुद्ध साहित्यिक दृष्टि से समीक्षा की अपेक्षा करना अनुचित ही कहा जाएगा। डाकवाले तक जब BUMBAI को BOMBAY समझ लेते हैं तब हमारा बुद्धिजीवी नायक इस पत्र को प्रेम-पत्र क्यों न समझ ले?

डी.डी. के अनुसार यह बहुत ही उच्चकोटि का प्रेम-पत्र है। नायिका ने दया'दी से विवाह की बात उठाई है तो पारिवारिक आग्रह के पालन के निमित्त ही। इसे अन्यथा समझना गलत होगा।

नायिका ने स्पष्ट संकेत दिया है कि नायिका के पिता अर्थात् नायक के भावी श्वसुर को नायक बहुत पसन्द है। यह आशाप्रद तथ्य है।

नायिका ने प्रेरक सूत्र दिया है। यदि संकल्प दृढ़ हो तो मानव क्या नहीं कर सकता, बन सकता! मानव-विशेष डी.डी. इसी संकल्प के सहारे अपनी समस्त अयोग्यता के बावजूद बेबी से प्रेम कर सकता है, उसका पति बन सकता है।

वर्तनी की अशुद्धियाँ क्षम्य हैं। नायक चार-चार छह-छह पुस्तकें लिख चुके साहित्यकारों को ह्रस्व-दीर्घ की गलतियाँ करते देख चुका है। भाषा का तेवर हर किसी का अपना होता है। इसमें तानाशाही नहीं चल सकती पंडितों की। नायिका की भाषा में प्रीतिकर आंचलिक रंग है।

यह संस्कारी नायिका की विनम्रता है कि उसने अपनी कमियों को रेखांकित किया है और दया की तुलना में अपने को हीन ठहराया है।

जो लड़की 'किसी और के क्यों अपने लायक बनो' ऐसा कह सकती है वह मूर्ख हो ही नहीं सकती। यह वचन ही इस बात का अकाट्य प्रमाण है कि नायिका का चिन्तन अधुनातन है। यदि नायक और नायिका दोनों अपने-अपने लायक बनने में जुटे रहे तो विश्वासपूर्वक यह कहा जा सकता है कि एक-दूसरे के लायक बन जाएँगे। इस घर-घुस्सू, सदा दूसरों का मुँह जोहनेवाले और दूसरों की दुहाई देनेवाले समाज में नायक और नायिका को भला अपनी तरह, अपने-अपने योग्य बनने में जुटे हुए, जीवनसाथी कहाँ मिल पाएँगे?

इसमें ऊहापोह और पुनर्विचार के लिए अब कोई स्थान नहीं। बात सारी तय है। दया का विवाह कृष्णानन्द से करा दीजिए और फिर बेबी के साथ स्वयं फेरे लगाने की तैयारियाँ कीजिए।

नायक ने नायिका-पिता के पत्र की प्रतीक्षा भी नहीं की और माटुंगा जा पहुँचा—दया-कृष्ण मिलन का मंच तैयार करने के लिए। इसमें उसे आंशिक सफलता मिली। किशन के पिताजी ने कहा कि साम्य होता हो यानी कुंडलियाँ मिलती हों तो बात आगे बढ़ाई जा सकती है। उन्होंने डी.डी. को चिरंजीव कृष्णानन्द पांडेय का 'चिह्न' अर्थात् जन्मांग-चक्र भी दे दिया।

शास्त्री जी का आरम्भ में यह विचार था कि आयुष्मान देवीदत्त तिवारी को विस्तार से पत्र लिखें। अपनी पुत्री के नाम अब तक प्राप्त उसके समस्त पत्रों का विवेचन करें! किन्तु लेखनी उठाने पर उन्हें सद्बुद्धि प्राप्त हुई और उन्होंने डी.डी. से शास्त्रार्थ तब तक के लिए स्थगित कर दिया जब तक वह दया से विवाह करके जमाता न बन जाए। लोकमत है कि ममिया श्वसुरम् किं श्वसुरम् किन्तु भांजी का सबकुछ होने के नाते यह ममिया श्वसुर विशिष्ट स्थान का दावेदार हो ही सकेगा। तो शास्त्री जी ने लिखा—

परम प्रिय चिरंजीव देवीदत्त प्रति शुभाशीष!

शञ्चो भूयात्।

आ. मैत्रेयी के नाम भेजे गए तुम्हारे पत्रों के सन्दर्भ में मेरा पत्र भेजना साधारण शिष्टाचार के विरुद्ध ही कहा जाएगा। किन्तु तुम जानते ही हो, वयोवृद्ध होने पर और कुछ मिले न मिले, आवश्यकतानुसार मर्यादातिक्रम करने किंवा नूतन मर्यादा स्थापित करने की अनुज्ञा तो मिलती ही है। तो इस बूढ़े को धृष्टता का सुख लूटने देने में तुम्हें विशेष आपत्ति नहीं होनी चाहिए। एक धृष्टता और भी की है इस बूढ़े ने, अपनी पुत्री के नाम तुम्हारे पत्र पढ़ डाले हैं। उसे समझाने के लिए पढ़ने पड़े। यह लाचारी सुखद ही रही।

मेरा व्यवसाय पुस्तकालयों में चिर-निद्रालीन साहित्य की चीर-फाड़ का रहा है। जो वृत्ति थी, सो प्रवृत्ति भी बन गई है। समसामयिक लेखन की ओर बहुत कम ध्यान जाता है। और सच कहूँ, कभी कुछ पढ़ता भी हूँ तो सुहाता नहीं। इन पत्रों को पढ़कर अवश्य यह ललक उठी मन में कि तुम्हारी रची पुस्तकें पढ़ूँ। सुनता हूँ, आयुष्मती दया के पास वे थीं भी, किन्तु कोई सज्जन उन्हें ले गए हैं, और जैसा बहुधा होता है, लौटाना भूलते चले जा रहे हैं।

मैंने सुना नैनीताल में तुमसे बच्चियों ने दया की बात चलाई थी। सामान्यत: बच्चियों की बात इसी योग्य होती है कि इस कान से सुनकर उससे निकाल दी जाए। किन्तु जितना मैं आयुष्मती दया को जानता हूँ और जितना इन पत्रों

के माध्यम से तुम्हें जान सका हूँ, उसे देखते हुए यही कहने को बाध्य होता हूँ कि बच्चियों ने यह बात तो बुद्धिमत्ता की ही कही।

स्वजन की शंसा करते किंचित् संकोच होता है तथापि इतना अवश्य कहना चाहूँगा कि आयुष्मती दया में वे सारे गुण हैं जो विधाता अपने दुखी और सताए लोगों को करुणार्द्र होकर अन्तिम क्षण देता चला आया है। स्वयं तुम्हारा जीवन संघर्षरत रहा है अस्तु विधि का यह विडम्बनापूर्ण पक्ष तुमसे छिपा नहीं।

कन्या तुम्हारी देखी हुई है और साक्षी हैं तुम्हारे पत्र कि रूप-मर्मज्ञ भी हो तुम, इसलिए उसके चेहरे-मोहरे के विषय में मेरे कुछ कहने की आवश्यकता नहीं। गृह-कार्य में दक्ष है। संयुक्त परिवारों में पली है, मिल-जुलकर रहना जानती है। विद्यार्जन की असीम लालसा है उसमें। साहित्य से अनुराग है। लिखती भी है कुछ यदा-कदा।

इसे मेरी धृष्टता ही कहो कि तुम दो कल्पनाशील व्यक्तियों के सन्दर्भ में, मैं निठल्ला यहाँ बैठा-बैठा स्वयं इस सुखद कल्पना में लीन हो चला हूँ कि मेरे पास अपने पूर्वजों के समय की और स्वयं अपनी एकत्र की हुई जो पोथियाँ हैं उनका उत्तराधिकार, वंश में पांडित्य की जो परम्परा रही है उसका भार, संयुक्त रूप से तुम दोनों को सौंपने का अवसर मिलेगा मुझे। मेड इन डेविल्स वर्कशाप है यह प्रस्ताव, किन्तु प्रकृति में अपवाद सर्वत्र हैं। 'खाली दिमाग' की वह सूझ खूबसूरत भी हो सकती है।

सम्बन्धों के विषय में तुम निश्चिन्त रह सकते हो। कन्या स्वयं ढोलिगौं की है, मालाकोट[1] अघार में है और 'बूढ़ा मालाकोट,'[2] गल्ली में।

कन्या के पिता के विषय में सम्भव है कुछ अल्पज्ञानी लोग तुमसे कहें कि वह खब्ती थे। यह सर्वथा मिथ्या है। राजीवलोचन जी काशी में दीक्षित प्रकांड पंडित थे जो पत्नी के अकाल-निधन के बाद विरक्त-वृत्ति हो गए। इसी विरक्ति को कुछ सांसारिक लोग खब्त की संज्ञा दे बैठे हैं।

मुझे पूरा विश्वास है कि तुम मेरे प्रस्ताव का सहानुभूतिपूर्वक विचार करोगे।

तुमने अपने पत्रों में बहुत कुछ ऐसा लिखा है जिसकी प्रतिक्रिया में कुछ कहने को मेरा अध्यापक-मन ललकता है। इस ललक पर तब तक के लिए अंकुश लगाए लेता हूँ जब तक ईश-कृपा से विधिवत् साक्षात् और सम्बन्ध न हो जाए। कुछ बातें ट्यूटोरियल में आमने-सामने बैठकर ही ठीक-से हो पाती हैं।

फिर भी एक बात कह ही दूँ (एक धृष्टता और सही!)—तुम संस्कृत विधिवत् पढ़ो। नहीं पढ़ी है तो इसी से स्पष्ट है कि 'प्रस्तुतीकरण' को 'प्रस्तुतिकरण' लिख जाते हो। और किसी चीज 'का विचार' करने की अपेक्षा तुम्हें किसी चीज 'पर विचार' करने में अधिक आस्था है। यदि मूल ग्रन्थ

1. ननिहाल, 2. बाप का ननिहाल।

स्वयं न पढ़ोगे, स्वयं उनकी व्याख्या न करोगे और हमारे-जैसे तथाकथित वर्तमान आचार्यों की बकबक में से थोड़ी इसकी थोड़ी उसकी लेकर मिलाओगे और इस चिन्ता-चूर्ण को तदनन्तर पाश्चात्य मधु में मिला दोगे तो अपथ्य ही तैयार होगा!

पत्रोत्तर की प्रतीक्षा रहेगी।

शुभम्,
विष्णुदत्त शास्त्री

जब तुम उसको पत्र लिख रहे होते हो तब तुम अपने को ही पत्र लिख रहे होते हो—निस्सन्देह! किन्तु उर में विह्वलता भरता प्रश्न यह है कि जब तुम उसके पिता को लिख रहे होते हो, तब किसे लिख रहे होते हो? तर्क यही उत्तर देता है कि 'अपने पिता को'।

किन्तु डी.डी. ने अपने पिता को देखा तक नहीं कि जानता पिता को पत्र कैसे लिखते हैं?

अन्त में डी.डी. फैसला करता है कि वैसा ही संक्षिप्त और शुष्क पत्र लिखूँ जैसा यदा-कदा अध्यापकों-सम्पादकों के नाम भेजना पड़ा है। सरस साहित्यिकता में यों भी टाँग खिंचने का खतरा है। बुढ़ऊ ने पहले, और एलानिया, हल्के झटके में ही उसे हिन्दी के उन यशस्वी लेखकों की पंगत में बैठा दिया है जिनसे वर्तनी की भूलें हो जाती हैं।

'अत्र कुशलंच तत्रास्तु, पत्र मिला, समाचार विदित हुए' जितने शुष्क रोजमर्रापन से अपने को बचाते हुए डी.डी. ने यह लिख दिया कि मैं आपके प्रस्ताव से धन्य हुआ, लेकिन दुर्भाग्य से उसे स्वीकार करने की स्थिति में फिलहाल नहीं हूँ। जब तक रोटी-रोजी का कोई ठिकाना न हो जाए, विवाह की बात सोचना व्यर्थ है। दया ने जीवन में बहुत कष्ट देखे हैं, उसे मेरे साथ विवाह करके और कष्ट झेलने के लिए बाध्य करना सर्वथा अनुचित होगा। दया वास्तव में बहुत सुन्दर, सुशील और सुयोग्य लड़की है। इसके लिए इसका जैसा ही एक वर मैंने यहाँ बम्बई में खोज निकाला है। उसका चिह्न भेज रहा हूँ। यदि 'साम्य' होता हो और आपको यह सम्बन्ध स्वीकार हो तो बात पक्की करा दूँगा। ये लोग मालौंज के पन्त हैं। लड़के का मालाकोट कुतालगाँव में है और बूढ़ा मालाकोट स्यूनराकोट में। लड़का बैंक में क्लर्क है। अफसरी की परीक्षा दी है और उसमें उसका उत्तीर्ण होना सुनिश्चित है। दिखने का अच्छा है। स्वभाव से शान्त। कोई व्यसन नहीं है उसे। साहित्यानुरागी है। बहनों के विवाह हो चुके हैं। अकेला बेटा है।

कथाकारों को बहुधा एक-दूसरे की रचनाएँ पढ़ते यह आपत्ति होती है कि पात्र, लेखक के हाथों में कठपुतली बने हुए हैं। उधर पाठकों को वही रचनाएँ पढ़ते हुए बहुधा यह शिकायत होती है कि पात्र, लेखक के हाथों में कठपुतली क्यों नहीं बने? उनसे वह ऐसा या वैसा क्यों नहीं करा सका?

मैं इतना ही कह सकता हूँ, गहन नि:श्वास छोड़कर इस निर्जन कक्ष में, कि काश पात्र लेखक के वश में होते, जीवन-प्रवाह, नियति-निर्देश लेखक के हाथ में होता।

किन्तु स्वयं ही आपत्ति भी कर सकता हूँ कि यदि वैसा होता तो कथाएँ न कोई लिखना चाहता, न पढ़ना। मेरे मन में तो कभी-कभी यह प्रश्न भी उठता है कि क्या स्वयं विधाता अपनी माया के एक-एक मोड़ से परिचित है? समस्त जड़-चेतन की नियति उसे मालूम है और उस बिचारे के लिए कुतूहल-जिज्ञासा की कोई सम्भावना नहीं? क्या वह उस विराट कार्यालय की सबसे ऊपर की मंजिल में एक अलग-थलग कक्ष में अकेला बैठा ऊबता है और जानता है कि नीचे फाइलों की जो दौड़ मची हुई है उसमें कुछ भी ऐसा नहीं जिसे वह पहले से ही न जानता हो? क्या वह अभिशप्त है वहाँ बैठे-बैठे आलपिन से अपने साफ-सुथरे नाखूनों से काल्पनिक मैल निकालते रहने को? या कि, और यही मानने को मेरा मन करता है, उसने माया को स्वयं तक के लिए मायावी रहने दिया है? इस बात की गुंजाइश छोड़ी है कि हम उसके बनाए मंच पर, उसके लिखे नाटक में यदा-कदा, स्मृतिदोष से ही सही, कुछ का कुछ करके या कहकर उसे चमत्कृत कर सकें?

मैं कहना यह चाहता हूँ कि अगर नायक मेरे वश में होता तो मैं उसका कान पकड़ लेता और कहता कि मूर्ख, तू एक लड़की का दिल तोड़ रहा है। तू समझता है कि दया का उपकार कर रहा है जबकि वस्तुत: तू उसे अस्वीकार की एक स्थायी ठेस पहुँचा रहा है। तेरे जैसे लगभग अज्ञात लेखक की वे तीनों पुस्तकें पढ़ना ही नहीं खरीदना भी, जिन पर तुझे मात्र दो सौ रुपया रायल्टी का मिला है, क्या जताता है? यह कभी सोचा तूने?

और तू जो आज यह कह रहा है कि अब तक काफी कष्ट उठा चुकी दया को तेरी संगिनी बनाकर और कष्ट देना अनुचित होगा, क्या कल यह कहनेवाला है कि अब तक नाजों में पली बेबी को यही कष्ट देना सर्वथा उचित होगा?

और अगर उन्हें यह तर्क स्वीकार न होगा तो क्या तुझे स्थायी ठेस नहीं पहुँचेगी? तू दया से शादी के लिए हाँ क्यों नहीं कह देता?

अब सोचता हूँ कि कान पकड़कर अगर यह सब पूछा भी होता तो कहीं वह मुझसे पूछ लेता कि हाँ कह देने से अगर बेबी को ठेस पहुँची तो?

यही दुर्भाग्य है। सर्वत्र, सर्वदा उपस्थित लोग आवश्यकता से अधिक होते हैं। कोण बन जाते हैं। कोने चुभते हैं। दो ही रह जाएँ तो भी कुल उपस्थिति में एक व्यक्ति फालतू प्रतीत होता है। जब वे सोचते हैं कि हम एक क्यों नहीं हो जाते या जब उनमें

से एक सोचता है कि मैं इस दूसरे में खो क्यों नहीं जाता, या मैं इस दूसरे के हित मिट क्यों नहीं जाता, तब उनमें प्रेम हो जाने की बात कही जाती है। लेकिन जब प्रेम नहीं होता तब यह दूसरा इतना चुभता है आत्मा में कि हम कहते हैं वही साक्षात् नरक है।

और जब कोई दूसरा नहीं होता, हम अकेले होते हैं, जैसे कि इस क्षण मैं हूँ, तब भी यही लगता है कि एक व्यक्ति फालतू है यहाँ। अहंकारविहीन अस्मिता के इस आतंकप्रद निष्कर्ष से बचने के लिए तब आवश्यकता होती है किसी अन्य की कि उसकी अन्यता के दर्पण में अपना अहम् फिर से देख सकें।

क्या कभी ऐसा प्रेम होगा जो सबको समेट सकेगा? क्या कभी ऐसी प्रेम-कहानी लिखी जा सकेगी जिसमें हर कोई नायक-नायिका का पद पा सकेगा और सभी समान रूप से सुखी हो सकेंगे अन्त में?

मुझे मालूम है कि लगातार विषयान्तर कर रहा हूँ। मेरी लेखनी अनर्गलता की सीमा तक प्रगल्भ हुई जा रही है।

किन्हीं औरों के तरुण प्रेम की किसी और द्वारा लिखी गई गाथा को अपने अकेलेपन का दर्पण बनाकर नया रूप देते हुए मेरी बुढ़ौती जो न करे सो कम है! सुधी पाठकों से क्षमायाचना कर अब कथाक्रम आगे बढ़ाता हूँ।

दया की शादी तय हो गई है।

दोनों ही पक्षों का आग्रह है कि डी.डी. इस शुभ अवसर पर उपस्थित रहे। वही निमित्त बना है इस विवाह का।

शास्त्री जी ने तो निमंत्रण-पत्रिका भेजते हुए लिखा, "मैंने बच्चों से कहा कि कार्ड पर परम पिता परमेश्वर की असीम अनुकम्पा के साथ-साथ श्रीयुत देवीदत्त तिवारी की महती कृपा का भी उल्लेख करना चाहिए था।"

बम्बई में पन्त जी की बिरादरी के कोई व्यक्ति नहीं हैं। इष्ट-मित्रों की बारात ही ले जा रहे हैं। डी.डी. को बाराती बनना ही होगा, न केवल इसलिए कि वह वर का मित्र है, बल्कि इसलिए भी कि विवाह ठहराया ही उसी ने है और सो भी इतने अच्छे ग्रह-नक्षत्रोंवाली से कि इधर शादी की बात पक्की हुई और उधर वर महोदय क्लर्क से अफसर हो गए।

किन्तु डी.डी. जाना चाहते हुए भी अपना जा सकना मुश्किल पा रहा है।

डी.डी. बहुत व्यस्त है इन दिनों। कनाडा से जो आनेवाली थीं गुलनार सो आ गई हैं। अधेड़ हैं। सुन्दर हैं। एक बार सोलह और पुन: चौबीस वर्ष की वय में विवाह करके देख चुकी हैं और दोनों ही बार स्त्री-पुरुष के साहचर्य की यह परम्परागत व्यवस्था उन्हें रास नहीं आई है। काम-काज में जुटे रहने के मामले में

भुतनी हैं। उन्हें इस बात पर गर्व है कि मर्द भले ही थक जाएँ, मैं श्रम से थकती नहीं। कठिन श्रम करना तो जानती ही हैं, प्रबन्ध-कौशल भी बहुत है उनमें। परिष्कृत हैं। विदुषी हैं। फिल्म माध्यम से बहुत अनुराग है उन्हें। सहायक के रूप में डी.डी. उन्हें पसन्द आया है।

आरम्भ में गुलनार के अतिपरिष्कार के सामने मध्यवर्गीय डी.डी. की घिग्घी बँध जाती थी। समझ में ही नहीं आता था कि जीन्स और टॉप पहननेवाली, सिगरेट-शराब पीनेवाली इस नारी से कैसे बात करे जो नर-पुंगव बनी उसके समक्ष विराजमान है।

अब खुल गया है थोड़ा। खुला है तो गुलनार पर प्रकट हुआ है कि वह केवल परिश्रमी और सरल ही नहीं, मेधावी भी है। पाश्चात्य सिनेमा और साहित्य का अच्छा ज्ञान है उसे और कलात्मक सुरुचि से सम्पन्न है वह।

आरम्भ में उसे लगता था कि ऐसी औरत से कैसे बात की जा सकती है जो अपने को औरत न जता-बता रही हो। अब उसे अनुभव होता है कि ऐसी औरत से बात करने में भी एक सुविधा है जो औरत के रूप में प्रस्तुत न हुई हो।

कभी-कभी गुलनार डी.डी. को होटल में अपने कमरे में भी ले जाती है। नहा-धोकर गाउन पहने वह उसके पास या सामने बैठी रहती है। यौवन गुलनार का बीत चुका है, लेकिन बनाए हुए है वह उसे साग्रह, इसलिए उसके सन्दर्भ में यौवन-भार-मन्थरा विशेषण का प्रयोग करते हुए मेरी लेखनी हिचकती नहीं।

काजू टूँगती, जिन एंड टॉनिक पीती, पटकथा के विषय में परामर्श करती हुई गुलनार के पीन पयोधर बहुधा दीख जाते हैं डी.डी. को। किन्तु मोटे फ्रेम के पढ़नेवाले चश्मे से झाँकती गुलनार की नीली आँखें, जो उसे फ्रांसीसी माँ से विरासत में मिली हैं, बराबर डी.डी. को यही संकेत देतीं कि यहाँ पयोधर-प्रदर्शन नहीं, पटकथा-लेखन हो रहा है।

काम पूरा हो जाने के बाद वह टेबल-लैम्प बुझा देती है। अपना हैडमास्टराना चश्मा उतारती है। टाँगे किसी स्टूल पर रखकर, एक बाँह का तकिया बनाकर, सोफे पर निढाल हो जाती है। अब उसके स्तन ही नहीं, पिंडलियाँ और जाँघें भी यदा-कदा झलक जाती हैं।

कभी-कभी गुलनार होटल से ही प्रसारित पाश्चात्य संगीत-धारा बटन दबाकर मुक्त कर देती है। नाचती है अकेली और कहती है अंग्रेजी में, "अफसोस, तुम नाचना नहीं जानते! सीखते क्यों नहीं?"

और जब गुलनार नाचती होती है मन्द-मन्थर किसी धुन पर तो उसके उभरे किन्तु कसे अंग, आँखों के सामने घूमते किसी दोलक की तरह डी.डी. को सम्मोहित-सा कर जाते हैं।

ऐसे क्षणों में गुलनार की वे नीली आँखें कहती होती हैं—हाँ, अब पटकथा-लेखन नहीं, अंग-प्रदर्शन हो रहा है। किन्तु आवश्यक नहीं कि यह सप्रयोजन ही

हो, और हो भी तो यह कतई जरूरी नहीं कि वह प्रयोजन इसी सामने बैठे व्यक्ति से, इसी क्षण हो।

मुझे तुमसे कोई भय नहीं—ऐसा कहता है गुलनार का तन-मन।

ऐसा ही उत्तर गुलनार को दे सकना सीख रहा है डी.डी.। सहजसाध्य नहीं है यह काम इस मूलत: मध्यवर्गीय नवयुवक के लिए जिसे जीती-जागती उघरी टाँगें दुर्लभ जन्तुओं की श्रेणी में रखनी पड़ी हैं अब तक। और चिकनी लोमरहित टाँगें तो (किसी से कहिएगा नहीं, कम-से-कम गुलनार से तो मत ही) उसने पाश्चात्य फिल्मों और विज्ञापनों के अतिरिक्त कहीं देखी नहीं हैं पहले।

कठिनाई कुछ और भी यों बढ़ जाती है कि गुलनार प्रेम और यौन-प्रसंगों की चर्चा निस्संकोच करती है। उसकी बातें सुनकर ऐसी धारणा बनती है, ऐसी धारणा ही वह बनवाना भी चाहती है, कि विशिष्ट और साधारण सभी नर इस मादा-विशेष से प्रणय-निवेदन करते रहे हैं। डी.डी. के मुँह से किसी भी अमेरिकी अभिनेता, लेखक, कवि, दिग्दर्शक का नाम निकला नहीं कि गुलनार के संस्मरणों में वह पतलून उतारता प्रकट हो जाता है। और क्षमा कीजिएगा गुलनार को, कोई ऐसा ख़ास कस्तूरी भी नहीं लगता वह दिगम्बर ओढ़कर। "ही हैज दिस फ्लापिंग बैली डियर, एंड ही फायर्स बिफोर यू कुड से 'फायर'!" उसकी थुलथुल तोंद है और तुम 'दाग' कहो इससे पहले ही वह गोली दाग चुका होता है।

कठिनाई-दर-कठिनाई यह कि बेबी के प्रेमी डी.डी. को शुद्ध शारीरिक-बौद्धिक स्तर पर ही सही, गुलनार की ओर आकर्षित होना पाप-तुल्य प्रतीत होता है।

तो वह भी जिन-टॉनिक का गिलास हाथ में लिये उसी सोफे के किसी सुदूर कोने पर सिर टिकाए हुए गुलनार को यह संकेत देने की कोशिश करता है कि हाँ, मैं देख रहा हूँ, इतना अबोध या झेंपू नहीं कि कोई अच्छी चीज देखूँ तो आँखों से दाद भी न दूँ, लेकिन मार तमाम ऐसी ही चीजें देखते हुए कटती आई है यह जिन्दगी, कोई ऐसी उतावली नहीं है मुझे, इस समय अंग्रेजी मुहावरे में कहूँ तो 'मेरे हाथ रमणियों से भरे पड़े हैं।'

किन्तु जैसा मैंने कहा, कोई सहज नहीं है यह मुद्रा साध लेना उसके लिए जिसने अब तक केवल कल्पना में ही रमण किया हो।

गुलनार फ्रांसीसी दूरदर्शन के लिए भारत-विषयक फिल्में बनाने आई है। पर्यटक केन्द्रों की यात्रा कर रहा है डी.डी. इस दल के साथ। गुलनार के शेष सभी सहायक कनाडा के फ्रांसीसी भाषा-भाषी युवक-युवतियाँ हैं। डी.डी., भारत से उनका सम्पर्क-सूत्र है, इसलिए भले ही वह उनके जीवन और चिन्तन के विषय में जिज्ञासु है, उसका सारा समय उनकी जिज्ञासाओं का समाधान करने में बीतता है।

इसी जिज्ञासा-समाधान के सतत क्रम में एक दिन उदयपुर के होटल में वह गुलनार को अपने प्रेमरत होने की सूचना देने को बाध्य हो गया। डी.डी. और गुलनार बैठे पी रहे थे। डी.डी. औरेंज स्क्वैश और गुलनार ह्विस्की सोडा (डी.डी. को रोज़-रोज शराब ही पीते रहना पाप-तुल्य लगता है)। डी.डी. ने गुलनार के लिए तीसरे पैग में सोडा मिलाकर दिया। गुलनार ने फ्रांसीसी में उसका धन्यवाद किया—'मेरसी'। वह ठीक से समझ नहीं पाया। तब गुलनार ने अंग्रेजी में पूछा, "थैंक्स को हिन्दी में क्या कहते हैं?" डी.डी. ने बताया, "धन्यवाद।"

गुलनार बोली, "धनिया बैड!"

डी.डी., जो उस क्षण स्क्वैश के घूँट भर रहा था, फुँइक करके हँसा और स्क्वैश की फुहार उसके मुँह से निकलकर, गुलनार के नीचे गलेवाले ब्लाउज पर जा पड़ी। डी.डी. क्षमायाचना करते हुए उठा। उसने समझाया कि हँसी क्यों आई और अपने रूमाल को उसके ब्लाउज पर ब्लॉटिंग पेपर की तरह लगा दिया।

गुलनार ने मुस्कराकर पूछा, "हैव यू एट लौंग लैस्ट डिसाइडेड टू मेक ए पैस एट मी, बैचलर बॉय?" क्या तुमने अन्ततः मुझे पटा देखने का निर्णय कर डाला है कुँवारे बालक?

डी.डी. झेंप गया। झेंपते-झेंपते ही उसने कहा, "गुड हैवन्स, नो! डिड आई डू एनिथिंग टू मेक यू थिंक सो?" बाप रे, कभी नहीं! क्या मैंने ऐसा कुछ किया जो तुम यह सोच बैठीं?

गुलनार ने कहा अंग्रेजी में कि सभी पटाने की कोशिश करते हैं, खासकर अपने घरों से दूर किसी लोकेशन में। एक बार पूछ देखना तो हर मर्द अपना फर्ज समझता है। यहाँ भी जाकर तुम सब कमरों में झाँक आओ, हमारे दल के सभी मर्द सहज जिज्ञासा लेकर किसी-न-किसी औरत के पास पहुँचे हुए होंगे।

गुलनार ने फिर डी.डी. का हाथ अपने हाथ में ले लिया और बड़े ठस्से से पूछा अंग्रेजी में, "क्या तुम आश्वस्त हो कि तुम्हारा मुझे पटा देखने का कोई विचार नहीं?"

परिष्कार का ही सम्बल था अब। डी.डी. ने कहा अंग्रेजी में, "क्या यह पूछने का दुस्साहस कर सकता हूँ कि कहीं तुम तो मुझे पटा देखने की कोशिश नहीं कर रही हो?"

"गुड हैवन्स, नो!" गुलनार ने लगभग डी.डी. की नकल उतारते हुए कहा।

दोनों हँसे। यह निर्णायक घड़ी थी। डी.डी. वहीं उसके सामने खड़ा रह सकता था या लौटकर अपने आसन पर जा बैठ सकता था। उसने लौट जाना पसन्द किया।

गुलनार ने एक घूँट हलक-तले उतारा और कहा, "प्रकट है कि तुम किसी से प्यार में डूबे हुए हो इन दिनों। बताओगे किससे, अगर मेरी यह जिज्ञासा अनुचित न जान पड़ती हो प्रेमी पूत?"

डी.डी. ने कहा, "बताने को कुछ खास है नहीं। वह एक प्यारी-सी लड़की है, बस।" गुलनार मुस्कराई। बोली, "शी इज ए लवली गर्ल पीरियड ही इज ए हैंडसम बॉय पीरियड उस किस्म का प्यार मेरा जाना हुआ है। एक खास उम्र में अच्छा लगता है। तुम, डी.डी., निश्चय ही अभी अविश्वसनीय रूप से छोटे होगे। क्या उम्र है तुम्हारी?"

डी.डी. ने बताया, "इक्कीस।"

गुलनार ने बचा हुआ पैग जल्दी-जल्दी पीया। उठी। डी.डी. भी उठा। गुलनार ने डी.डी. का गाल थपथपाया और कहा, "बेचारा बच्चा! अब जा, सो जा, नहीं तो माताजी गुस्सा होंगी। सुबह ठीक छह बजे तैयार हो जाना। और हाँ, तुझे सलाह देनेवाली मैं कोई नहीं होती, लेकिन अगर मेरे अनुभव की सीख सुनना चाहे तो वह यही है कि हम रचनाधर्मी कलाकारों के लिए जो चीज सबसे महत्त्वपूर्ण है वह यहाँ होती है हमारे भेजे में, वहाँ हमारी या और किसी की टाँगों के बीच या पसलियों के पीछे स्थित नहीं है वह। और तो और, जो दूसरों के वहाँ स्थित होते हैं वे भी हमारे यहाँ ही होते हैं—भेजे में। वी फील एंड फक विद आवर माइंड्स, लवर बॉय!"[1]

डी.डी. सुनकर लजाया। सिर झुकाए चला गया। गुलनार उसे देखती रही। जब दरवाजा बन्द करता हुआ वह निकल गया तो गुलनार ने कहा अपने से, 'ही इज ए हैंडसम बॉय पीरियड।'

और दुख व्यक्त किया इस बात पर कि वह जो है ना वह सबसे महत्त्वपूर्ण चीज हम रचनाधर्मी कलाकारों के लिए वह, अनुभव कुछ भी कहे, केवल यहाँ ही नहीं, वहाँ, वहाँ, और न जाने कहाँ-कहाँ स्थित है।

और जब तमाम तरह के लोशन लगाकर, गोलियाँ खाकर वह सोने लगी तो गुलनार ने इस बात पर अतिरिक्त दुख व्यक्त किया कि मैं क्यों एक बालक को मर्द बनाने की सोच रही हूँ।

इस गुलनार से डी.डी. को कहना है कि मैं बीच काम में छुट्टी जाना चाहता हूँ।

आसान नहीं है यह बात। अन्त में यह तय होता है कि डी.डी. जयपुर में शूटिंग कराके दिल्ली तक साथ चलेगा और वहाँ से अल्मोड़ा चला जाएगा। शादी में शामिल होकर तुरन्त वापस आ जाएगा ताकि गुलनार के दल के साथ आगरा-खजुराहो-वाराणसी जा सके।

गुलनार के लिए एक डॉलर वैसा ही है जैसाकिसी सम्पन्न भारतीय के लिए एक रुपया। वह हर खर्च के सन्दर्भ में पूछती है—'डॉलरों में कितना?' और वही राशि जो मध्यवर्गीय डी.डी. को रुपयों में बहुत बड़ी मालूम होती है, सम्पन्न गुलनार को डॉलरों में असम्भव रूप से छोटी नजर आती है। शादी के लिए किस वक्त

1. हम प्यार और सम्भोग भी अपने मस्तिष्क से करते हैं।

पहुँचना होता है? टैक्सी में आने-जाने से एक दिन बच सकता है? तो टैक्सी से जाए डी.डी.! पैसे नहीं हैं? कितने लगते हैं? बस। मुझसे ले ले। संकोच न करे। साथ में एक ग्रिप यानी सहायक ले जाए, कैमरा वगैरह ले जाए, विवाह की, पहाड़ों की शूटिंग कर लाए। किसकी शादी है? शी इज ए लवली गर्ल पीरियड की तो नहीं? उसकी बड़ी बहन की! वंडरफुल! पर वह वहाँ मिलेगी तो? मिलेगी, वंडरफुल! मैनी हैप्पी लैंडिंग्स!

डी.डी. विवाह में दया को देने के लिए उपहार लेना चाहता है और यहाँ भी गुलनार उसे 'बजट से बाहर' कर देती है और पैसे हठपूर्वक स्वयं दे देती है। तब डी.डी. अपने पैसों से एक और उपहार खरीदने में जुट जाता है।

उसके लिए? गुलनार पूछती है। हाँ, उसके लिए, डी.डी. कहता है।

गुलनार वे तमाम चीजें नापसन्द कर देती है जिनमें से कोई एक डी.डी. लेना चाहता है और जो किसी भारतीय लड़की को देने के लिए गुलनार के मस्तिष्क में भारतीय लड़की की जो कल्पना है वह उसकी दृष्टि पाजेब, हँसिया, घाघरा-चोली, बोरला, पराँदे, बनारसी स्टोल-जैसी चीजों पर टिका रही है। अन्त में डी.डी. बाँधनी की एक सिल्क साड़ी लेता है। गुलनार पाजेब भी बँधवा देती है, खास तौर से ऐसे चुनकर जो झनक-झनक बजते हों। मेरी ओर से, वह कहती है, ताकि तुम्हें उसके आने की पूर्व-सूचना मिलती रहा करे।

"पता है तुझे, मैं सोलह की थी जब मैंने पहला विवाह किया। वह कूढ़मगज आइस-हाकी का खिलाड़ी था, वह जो था हैंडसम बॉय पीरियड। मैं कूढ़मगज चीयर-लीडर थी, मैं जो थी लवली गर्ल पीरियड।"

दया के विवाह के प्रसंग में डी.डी. का शास्त्री जी से पत्र-व्यवहार होता रहा है, नितान्त घरेलू और कामकाजी-सा, जिसमें शास्त्री जी ही कभी-कभी कोई पंडिताऊ-सा मजाक कर जाने या श्लोक ठोंक देने की धृष्टता करते आए हैं। बालक डी.डी. सर्वथा बुजुर्ग बना हुआ है और पिछले कई पत्र तो उसने औपचारिक कुमाऊँनी में ही लिखे हैं। इन पत्रों से शास्त्री जी के मन में डी.डी. की एक दबे-ढके लड़के के रूप में छवि उभरती है। किन्तु यही दबा-ढका लड़का, उसी बेढंगी रफ्तार से, वही बेतुके पत्र बेबी के नाम डालता चला जा रहा है। साहित्यानुरागी शास्त्री जी (जिनके पिता को सदा यह शिकायत रही कि चिरंजीव विष्णुदत्त की धर्मशास्त्र से अधिक रुचि ललित साहित्य में है और वह जयशंकर प्रसाद, शिवचरण गुप्ता प्रभृति कतिपय वैश्यों की संगति में हिन्दी-अंग्रेजी की ऊल-जलूल पुस्तकें पढ़ता है) डी.डी. के इन पत्रों को भी बाँचते रहे यथापूर्व और मैत्रेयी के हित उन पर टीका भी करते रहे।

अब अपने को यह धोखा दे सकना असम्भव था कि ये पत्र किसी परोक्ष विधि से आयुष्मती दया को सम्बोधित हैं। गनीमत है कि लड़का अब प्रेम-पुराण नहीं छेड़ता इन पत्रों में। शास्त्री जी नहीं जानते कि लड़के को मालूम हो चुका है, लड़की की कृपा से, कि हे निर्मल मन, जब तुम उसे लिख रहे होते हो तब अपने को ही नहीं, अपने भावी श्वसुर को भी लिख रहे होते हो। पत्र अब इतने बड़े नहीं होते कि बैरंग हो जाएँ। उनमें अधिकतर किसी हाल में पढ़ी पुस्तक या हाल में देखी फिल्म या हाल में मिले व्यक्ति की समीक्षा-सी होती है। वैचारिक अनुशासन पहले से अधिक है, भावुकता पहले से कम। गुलनार-नाम्नी एक स्त्री का तो उसने बहुत ही रोचक शब्दचित्र प्रस्तुत किया है। जो हो, अब यह न मान सकना कठिन है कि पिछले पत्रों में इस लड़के ने जो प्रणय-निवेदन किया था सो इस मैत्रेयी के नाम ही जिसके पिता की भूमिका शास्त्री जी को मिली हुई है।

किन्तु इस लड़के ने तो वहीं नैनीताल में, शादी की भीड़-भाड़ में मैत्रेयी को देखा है। क्या इतना-भर साक्षात् प्रेम हो जाने के लिए पर्याप्त है? शास्त्री जी के लिए विचारोत्तेजक है यह प्रश्न। प्रेम हो सकने के लिए कितनी अवधि आवश्यक है? उनका पंडित मन इसके दो परस्पर-विरुद्ध उत्तर प्रस्तुत करके अपने पांडित्य का परिचय देता है। प्रेम हो सकने के लिए एक स्तर पर क्षण के सहस्रांश की अवधि पर्याप्त है और दूसरे स्तर पर अनेकानेक कल्पों की भी अपर्याप्त।

शास्त्री जी ने स्वयं कभी प्रेम नहीं किया है जो अनुभव के आधार पर इसमें से कोई एक विकल्प सही ठहरा सकें। इतना अवश्य है कि विवाह से ठीक एक वर्ष पूर्व उन्होंने दूधविनायक में अपने एक मित्र के यहाँ एक कन्या देखी थी, (बल्कि, देखी कहना उचित न होगा क्योंकि इस कुमारी का चेहरा 'तारा वा क्षात्रकुलकमलिनी' नामक उस पुस्तक के पीछे छिपा हुआ था जिसे वह मनोयोग से पढ़ रही थी) और यह कन्या उनके मन को भा गई थी। यह नहीं कि शास्त्री जी प्रेमासक्त अथवा कामासक्त अवस्था को प्राप्त हो गए हों, यही कि अनन्तर यह जानकर उन्हें अपार आनन्द हुआ कि पोथी बाँचनेवाली यह कन्या इसलिए काशी लाई गई है कि उसके पिता डॉक्टर चिन्तामणि पन्त, शास्त्री जी के पिता को समधी बनाना चाहते हैं। शास्त्री जी के पिता ने, जो बहुत जल्दी विधुर हो गए थे और जिन्होंने दूसरा विवाह नहीं किया था, इस प्रस्ताविता के जन्मांग-चक्र की, सामुद्रिक लक्षणों की, और स्वास्थ्य की विस्तृत परीक्षा करवाई। स्वास्थ्य-परीक्षा के लिए उनके मित्र हकीम दुर्गादत्त विशेष रूप से मुरादाबाद से बुलवाए गए और उन्होंने नाड़ी देखकर बताया कि कन्या निरोग है। अनुशासनबद्ध दिनचर्या में तरुण शास्त्री के लिए इस बात का बहुत कम अवसर था कि वह दिवास्वप्न देखे। किन्तु जब-जब ऐसा अवसर आया, तब-तब उसने अपने को एक गौरवर्णा कोमलांगी सुकन्या का स्मरण करते पाया जिसके चेहरे के स्थान पर किशोरीलाल गोस्वामी-कृत 'तारा वा क्षात्रकुलकमलिनी' शोभायमान थी।

एक बार उसने चौखम्बा में गोपाले मन्दिर के पास से गजरा खरीदने की धृष्टता की और विचित्र किन्तु सत्य कि गजरे के मोतियों से उसे 'क्षात्रकुलकमलिनी' की महक मिली! यह बात युवा शास्त्री ने किसी को बताई नहीं। एक तो उसकी किसी से इस प्रकार की मित्रता नहीं थी, दूसरे जिससे विवाह ठहर चुका हो उसके सन्दर्भ में 'प्रेम' की चर्चा करना उसे विचित्र प्रतीत होता था। विवाह से कुछ ही महीने पूर्व युवा शास्त्री ने सुँघनी साहुओं के बेटे जयशंकर से पूछा था कि क्या हिन्दी में किसी को भेंट करने योग्य अच्छा उपन्यास मिलेगा? किन्तु पूछने पर भी यही नहीं बताया था कि पुस्तक भेंट किसे करनी है। जयशंकर की सलाह पर उन्होंने बंकिम की 'दुर्गेशनन्दिनी' का अनुवाद खरीदा था, जो दुर्भाग्य से कभी उसे दिया नहीं जा सका, जिसके लिए वह लिया गया था।

शास्त्री जी उस किसी को वह सब पढ़ा नहीं सके, जो उन्होंने सोच रखा था कि पिता से चोरी-छिपे पढ़वाएँगे। प्रीतिकर लगी थी उनके युवामन को उस कन्या द्वारा अपने बड़े भाइयों से पूछ-पूछकर ठीकरे से फर्श पर लिख-लिखकर वर्णमाला सीख लेने की कथा। कहीं कुछ भी छपा मिल जाए, उसे तुरन्त पढ़ने बैठ जाती है वह—ऐसा दूधविनायकवालों से जानकर वह मुदित हुए थे।

युवा शास्त्री इस 'ब्राह्मणकुलकमलिनी' वरार्थिनी कन्या के घर विधिवत् पहुँचा नियत तिथि पर, वधू के पिता ने कन्या के दान का संकल्प भी उठाया, किन्तु यह विवाह हुआ नहीं। जब शास्त्री के पिता ने 'मेरा बेटा आपके यहाँ कुछ खाएगा तो ककड़ी के पानी में गुँथे आटे की पूरी ही' ऐसा हठ किया, तब अल्मोड़ा के सारे ब्राह्मण-समाज ने काशी के पोंगा-पंडितों की इस हठधर्मिता को अमान्य ठहराया और चुनौती-भरे स्वर में कहा कि 'विवाह तभी होगा जब आपका पुत्र श्वसुरगृह का भात खाने को राजी होगा। आप चाहें तो बारात लौटा सकते हैं। सप्तपदी के बिना विवाह अपूर्ण है इसलिए हम इस कन्या का विवाह शीघ्र ही किसी और से बिना हिचक करा देंगे किन्तु आपके इस पुत्र को इस समाज से कोई कन्या नहीं मिलने देंगे।' उस क्षण युवा वर का मन हुआ था कि पिता की आज्ञा की अवहेलना करके कह दे कि मैं भात खाने के लिए तत्पर हूँ, विवाह जारी रखिए। किन्तु ऐसा वह कर नहीं पाया और कुल-पुरोहित ने आनन-फानन उसी रात एक ग्राम्या से काशी के पंडित का विवाह कराके शास्त्रियों की हठधर्मिता की लाज रखवा ली।

क्या शास्त्री जी को किसी भी अर्थ में उस कन्या से 'प्रेम' हुआ था जिसके चेहरे की जगह किशोरीलाल गोस्वामी का साहित्य प्रतिष्ठित था? शास्त्री जी के पास इस जिज्ञासा का कोई समाधान नहीं। शास्त्रानी जी, अलबत्ता, शुरू से आज तक यही माने हुए हैं कि प्रेम था शास्त्री जी को उस पुस्तकमुखी से। निरन्तर शास्त्री जी को वह उस पुस्तकमुखी का समाचार कहीं-न-कहीं से लाकर देती रहीं।

"हहो"[1] कहतीं शास्त्रानी जी, "सुणौ" कहतीं, और मुस्कराकर बतातीं, "तुमको एक बहुत्ते जरूरी खबर देनी थी कहा, तुम्हारी उसकी शादी हो गई है, लड़का ओवरसीयर है।"

"तुम्हारी उसने गजब कर दिया कहा, नहीं-होना कर दिया कहा, भात बनाने बैठी ठहरी, साथ में किताब ले गई चौके में, सास ने देखा तो सारा खाना फिंकवाया! कहीं तुमसे उसकी शादी हो जाती तो तुम्हारे पिताजी पगला ही जाते पूरे। तुम वैसे खुश रहते। पढ़ते दोनों मिलकर।"

"तुम्हारी उसके बेटा हुआ है, मिठाई तो खिलवाओगे ही, नहीं?"

खोज-खाजकर लाती रहीं शास्त्रानी अपने पति की 'उसकी' खबर, देती रहीं पति को। पति यदि सचमुच घोषित और दुस्साहसी प्रेमी होता तो वह भी अपनी 'उसकी' इतनी जासूसी नहीं कर पाता जितनी शास्त्रानी करती रही। क्या एक विशिष्ट अर्थ में शास्त्रानी को अपनी इस पुस्तकमुखी 'सौत' से प्रेम हो गया था? उस सौत से जिसका पुस्तकमुख तक उसने कभी नहीं देखा था? जब 1935 में शास्त्रानी इस सौत की सातवें प्रसव में अकाल मृत्यु का समाचार लाईं—"शिबौ-शिब, तुम्हारी वह जाती रही।" और इस समाचार को देते हुए उनका कंठ अवरुद्ध हो गया, तब शास्त्री जी स्तब्ध रह गए। समाचार से उतने नहीं, जितने पत्नी के भर आए गले से, अपनी आँखों में छलक आए आँसुओं से।

शास्त्री-शास्त्रानी ने उस शाम कुछ नहीं खाया।

शास्त्री जी ने अपनी 'उस' का चेहरा देखा नहीं था, किन्तु उस चेहरे के बारे में सुन रखा था कि आभिजात्यपूर्ण है। कृशांगी, गौरवर्णा, अभिजात सौन्दर्य से मंडित वह कन्या, शास्त्री जी की पत्नी नहीं बनी। बनती तो, जैसा शास्त्रानी जी अक्सर कहती हैं, घपला ही होता। हवाई मियाँ-बीबी, कसाई ससुर जी, गिरस्ती का सुख हवा हो जाता। जैसा शास्त्रानी जी नहीं कहतीं, किन्तु जैसा कहा जाना चाहिए, जैसा शास्त्री जी समझ भी चुके हैं, उनके लिए तो यह थोड़ी-सी साँवली, भारी बदनवाली, आँखें नचानेवाली, व्यवहार-कुशल देहातन ही ठीक थी। यह देहातन, और तो और, उस पुस्तकमुखी की स्मृति इस पुस्तकप्रेमी के मन में जीवित रखने का दायित्व भी कुशलता से निबाह सकी।

अगर शास्त्री जी किसी के चेहरे की जगह पुस्तक-भर देखकर किसी पर अनुरक्त हो सके, अगर शास्त्रानी किसी को देखे बगैर भी किसी से आक्रान्त हो सकीं, तो क्या हम यह नहीं मान सकते कि प्यार होने के लिए न विपुल समय चाहिए, न कोई स्थूल आलम्बन! उसके लिए कुछ चाहिए तो आक्रान्त हो सकने की क्षमता। शास्त्री जी ने इधर इस विषय में काफी चिन्तन किया है और उनका निष्कर्ष अद्भुत है :

1. हहो = अजी (पुरुष के लिए), हवे = अजी (स्त्री के लिए)।

प्यार वह भार है जिससे मानस-पोत जीवन-सागर में सन्तुलित, गर्वोन्नत तिर पाता है। इस भार के लिए छोड़े गए स्थान की पूर्ति हम यथाशक्य अपने प्रति अपने प्यार से करते हैं किन्तु कुछ स्थान फिर भी बच रहता है। इसे कैसे भी, किसी वस्तु, व्यक्ति या विचार के प्रति प्यार से भरा जाना जरूरी है, भरा जाता भी है। इस आवश्यकता की पूर्ति के लिए हम किसी अज्ञात, अनाम तक से भी प्यार कर सकते हैं!

आप गौर कर रहे होंगे कि शास्त्री जी संस्मरण-चिन्तन का क्रम छेड़े हुए हैं। वही नहीं कर रहे हैं पंडित प्रवर जो उन्हें करना चाहिए। इस तथ्य से साक्षात् कि अगर उस लड़के ने अपने मानस-पोत के उस रिक्त स्थान में मैत्रेयी के प्रति अनुराग भर लिया है तो मैत्रेयी के पिता की हैसियत से वह इस सम्बन्ध में क्या कहना अथवा करना चाहते हैं? उनके पास बहुत ही अस्पष्ट-सा एक उत्तर है : सौ. कां. दया के विवाह के बाद देखेंगे। वह यह भी जान लेने का कोई यत्न नहीं कर रहे हैं कि कहीं मैत्रेयी भी अपने मानस-पोत में वह रिक्त स्थान डी.डी. की स्मृति के सहारे तो नहीं भर ले रही है? या ऐसा तो नहीं कि वह जान चुके हैं और इस बारे में भी दया के विवाह के बाद सोचेंगे?

जहाँ तक बेबी का सवाल है, हमें यह तथ्य रेखांकित करना होगा कि दया से विवाह न करके डी.डी. ने उसे निराश नहीं, संतुष्ट किया है। अगर वह दया का वरण कर लेता तो सिद्ध होता कि न केवल वह 'बेचारा' है बल्कि 'बेचारगी' से ही ब्याह भी करना चाहता है। उस दशा में उसे बहुत ही सामान्य किस्म का मूर्ख मानना होता। बेबी उसे असामान्य किस्म का मूर्ख माने हुए है। उसके प्रसंग में 'शिबौ-शिब' इतना सुना है उसने कि वह उसे 'शिव ही शिव' मालूम होने लगा है। मानवों में डी.डी. उसके लिए कुछ वैसा ही प्रीतिकर ऊटपटाँग किस्म का जीव है जैसाकि देवी-देवताओं में शिव।

सम्भव है कि मध्यवर्गीय प्रेमकथा में मिथक-पुराण और धर्म घसीट लाने की धृष्टता के लिए आप मुझे धिक्कारें। किन्तु शास्त्रियों की यह बेटी उस डी.डी. को 'लाटे' की संज्ञा दे चुकी है और लाटा (माना बीच-बीच में भयंकर-प्रलयंकर किस्म का होता जाता लाटा) मिथक में कोई है तो शिव ही। अगर परिवार के और जन, खासकर बेबी की इजा, इस लाटे को भीषण रूप से अयोग्य वर ठहरा रहे हैं बेबी के लिए, तो यह भी मिथक-सम्मत बात ही है। सुनयना के सुनयनों को कितना कष्ट हुआ था भोला भंडारी वर महोदय को देखकर, यह शास्त्री-पुत्री को भली-भाँति ज्ञात है।

उसे पहले भी पता था कि डी.डी. ये पत्र उसी के लिए लिख रहा है। अब उसे पता है कि पिता को भी पता है और वह सुखी है यह देखकर कि पता होने के बावजूद पिता किसी प्रकार की कोई आपत्ति कर नहीं रहा है।

पिछले दिनों गुड़िया अल्मोड़ा आई हुई थी और बेबी की उससे डी.डी. के विषय में बहुत बातचीत हुई। प्रकट हुआ कि जितने किस्से डी.डी. के 'शिबौ-शिब' (शिव-शिव बेचारा) होने के हैं, उतने ही 'क्याप अणकस जस' (क्या पता जाने-कैसा-जैसा अर्थात् विचित्र और हास्यास्पद) होने के भी हैं। न सिर्फ यह कि उससे मारगाँठ पड़ जाती है, बल्कि यह भी कि अक्सर वह ऐसे पाखानों में टट्टी कर चुका होता है जिनमें दुर्भाग्य से नल में पानी न आ रहा हो, कि उससे टूथपेस्ट का ढक्कन नहीं लग पाता, कि उसकी पतलून पीछे से फट जाती है और उसे पता नहीं चलता, कि उसके चौड़े पाँवों को जो जूते काटते हैं वह बहुधा उन जूतों को हाथ में लटकाए हुए चलने के लिए बाध्य होता है; और हाँ, एक बार क्या हुआ ना, डी.डी. दाज्यू को रामपुर की एक सड़क में ऐसा लगा कि सामने से मिट्टी तेल की टंकीवाली जो बैलगाड़ी जा रही है उसमें से तेल चू रहा है। बिचारा दौड़कर गाड़ीवान के पास पहुँचा कि भाई, तुम्हारी तेल की टंकी लीक कर रही है बल। गाड़ीवान ने कहा कि बैल की टंकी लीक कर रही है, हमारी नहीं!

खूब हँसे गुड़िया और बेबी डी.डी. की बातें करके। क्या वही लोग हमें प्रीतिकर नहीं होते जिन पर हम हँस सकें, जो हमें हँसा सकें?

बेबी को दया'दी के विवाह की, बारात के साथ डी.डी. के आगमन की, प्रतीक्षा है। किन्तु 'प्रेम' के लिए नहीं, बदमासी के लिए। 'बदमासी' का सही अनुवाद 'लीला' होगा इस सन्दर्भ में, यद्यपि सुधीजनों को इस अनुवाद से किंचित् आध्यात्मिक कष्ट हो सकता है। बेबी के लिए प्रेम दो अकेलेपनों के एक-दूसरे को सहेजने, सहलाने और असीसने का पीड़ास्पद और पीड़ाजनित क्रम नहीं है। प्रेम उसके लिए दो जनों की स्वास्थ्यप्रद क्रीड़ा है। वह जानती है कि डी.डी. प्रेम को इस दृष्टि से नहीं देखता। इसीलिए वह सोचती है कि अगर डी.डी. आया तो वह कभी गर्वीली अलभ्य सम्राज्ञी बनकर उसी के बनाए सिंहासन पर विराजमान रहेगी और हथेली पर उसका विह्वल 'जिलेम्बू' ग्रहण करेगी और कभी उसे धकियाकर और उसके बनाए सिंहासन को लतियाकर दौड़ भागेगी कि मैं कोई देवी, कोई सम्राज्ञी नहीं, कौतुक-कन्या हूँ मात्र, और जो तेरे भेजे में अक्ल और टाँगों में ताकत हो तो दौड़कर मुझे पकड़ ले और दे गिरा घास पर। हाँफता हुआ झुक, मुझ हाँफती हुई पर।

डी.डी. टैक्सी से अल्मोड़ा आया है। साथ में असिस्टेंट भी है उसके। फिल्म बनाएगा। यह घटना जितनी उल्लेखनीय डी.डी. के लिए है, उतनी ही अल्मोड़ा शहर के लिए।

डी.डी. दया के लिए महँगी साड़ी लाया है। (पौने-तीन सौ की होगी कम-से-कम! नहीं, पौने-तीन सौ की तो क्या होगी, अभी पिछले साल मेरी मामी ने ली थी कुसुम की शादी के लिए, दो-ढाई की ऐसी आती है ये वाली कांजीवरम टेम्पल। महारानी रेड, कलर चॉइस अच्छी है, जरा डिफरेंट भी हो गया ना। टैग तो इस पर दो सौ नब्बे का है। अरे वहाँ डिस्काउंट होता ही रहनेवाला हुआ।)

डी.डी. बेबी के लिए भी साड़ी लाया है और पाजेब भी। (क्यों जी, बेबी के लिए साड़ी लाना कैसा हुआ यह? जो तो बेबी को बैणी समझकर लाया है तो क्या गुड़िया उसकी बैणी नहीं ठहरी बल? और ये झनक-झनक पायल बाजे क्या ला रहा होगा? अनूपसहर-ठाकुरद्धारवाली समझ रखी उसने हमारी बेबी?)

डी.डी. टैक्सी से आया है और इसी टैक्सी से कल विदा के बाद कभी दिल्ली लौट जाएगा। डी.डी. 'अपनी' टैक्सी सबको इस्तेमाल करने दे रहा है। (दिल्ली से टैक्सी लेकर आने-जाने में कितने लगते होंगे मम्मी? कौन गया होगा टैक्सी से, किसे मालूम हो रहा होगा?)

डी.डी. मामा का सूट देखा मम्मी, सूट! अरे, और ही बात हो रही उसकी, सूट-बूट-टाई। एक टाई बब्बन के लिए भी ला रहा बल। बब्बन बिचारा इंटरव्यू की वजह से आ ही नहीं सका। बहुत प्रेम ठहरा बब्बन-डी.डी. में नान-छिना[1] से।

डी.डी. मामा मुटा भी रहा मम्मी। मुटा कहाँ रहा, थोड़ी अब मुँह में सिरी जैसी आ रही। अंग भी भर रहा। शिबौ, कितना सन्तोष होता काखी को, जिन्दा होती तो।

अभी लाखवाला हुआ कि नहीं मम्मी हमारा डी.डी. मामा? अब इसकी शादी बेबी कैंजा से हो जाएगी। ना?

और बबली'दी बगैर ग्लिसरीन के जब चाहें तब न्योते जा सकनेवाले अपने आँसू रंगवाली के पिछौड़े[2] के कोने से झट पोंछकर हँस देती हैं और चपतियाकर मुनिया को कहती हैं, "तेरी जैसी बूढ़ी आमाएँ[3] गठजोड़ कराने बैठेंगी तो मामाओं की कैंजाओं से शादियाँ भी हो रहेंगी।"

डी.डी. की सारे घर में चर्चा है। नगर में चर्चा है। डी.डी. सुन रहा है क्योंकि इस नगर में जो भी कहा जाता है, सबको सुनाकर कहा जाता है। पीठ-पीछे भी कहा जाता है तो किसी ऐसे भरोसे के व्यक्ति से जो 'किसी से न कहना' का गूढ़ार्थ जानता है, 'यहाँ से जाते ही सबसे कह देना।'

डी.डी. सुन रहा है और प्रसन्न हो रहा है। लिखते हुए मेरी लेखनी लजाती है किन्तु सत्य है कि इतना प्रसन्न तो वह कभी कोई अच्छी-सी कविता लिख या पढ़कर भी नहीं हुआ।

व्यंग्य और ईर्ष्या के स्वर भी सुन रहा है डी.डी., पर ये बोल भी मीठे लग रहे हैं उसे। व्यंग्य और ईर्ष्या का पात्र समझा जाना इस समाज में महत्त्वपूर्ण व्यक्ति के रूप में मान्य हो जाने की निशानी है।

अब तक उसे कोरा 'देबिया' कह दिया जाता था, अब उसका उपनाम रखने की आवश्यकता अनुभव की गई है इस नगर में, इस समाज में, ताकि पहचाना जा

---

1. बचपन, 2. पीले पर लाल बुंदकियोंवाली ओढ़नी, जो शुभ अवसरों पर रँगी-पहनी जाती है. 3. अम्माएँ।

सके तुरन्त कि किस देबिया की बात हो रही है। देबिया मास्टर, देबिया डियर, देबिया ताड़, देबिया येश-शर, देबिया डिनर, देबिया बोतल तो पहले से ही थे नगर में। अब एक और देबिया चढ़ गया है सूची में—देबिया टैक्सी। जैसे लखनऊ का थानेदार देवीदत्त जोशी, एक बार मित्रों से 'रात का खाना मेरे यहाँ ही खा लेना' कहने की जगह 'रात का डिनर मेरे यहाँ ही रहेगा' कहने और फिर वही रोटी और आलू-मूली की सब्जी खिलाने के कारण सारे समाज में 'देबिया डिनर' के रूप में प्रतिष्ठित हुआ, उसी तरह यह बम्बई का देवीदत्त तिवारी एक बार टैक्सी से अल्मोड़ा आने और उसी टैक्सी पर घूमने-फिरने के कारण आजीवन 'देबिया टैक्सी' कहलाएगा।

डी.डी. जानता है कि यह महत्त्व उसे धोखे में मिला है। अभी वह 'लाखोंवाला' हुआ नहीं है। वह गुलनार का वैभव ओढ़कर आया है। किन्तु डी.डी. चाहता है अब कि वह सचमुच 'लाखोंवाला' बन जाए। किसी के योग्य बनते-बनते इस योग्य बन जाए कि गुलनार की तरह उसे भी भारतीय रुपया बहुत सस्ता मालूम होने लगे। जिस भारतीय अमीरी ने उसे हिकारत से देखा है, उस भारतीय अमीरी को वह हिकारत से देख सके।

किसी भी दृष्टि से स्तुत्य नहीं माना जा सकता प्रतिशोध की इच्छा से उत्पन्न इस प्रेरणा को। क्या इसी को वह विद्रोह कहता है?

नहीं, जरा उसकी सुनिए। वह कहता है, मुझे किसी व्यक्ति से नहीं, इस देश की दरिद्रता से बैर है। और आप गलत समझ रहे हैं। चक्र-पथ पर यशार्जन-यात्रा पूरी करके लौटने के बाद मैं पोटली में वे जो अशर्फियाँ बाँधकर लाऊँगा, सो इसलिए नहीं लाऊँगा कि अपने अमीर रिश्तेदारों को उनकी चमक से आतंकित कर सकूँ। मैं उनसे अपने दीन-दरिद्र सम्बन्धियों की अतृप्त आकांक्षाएँ पूरी करूँगा। तुझे क्या चाहिए मोहन, हुचकी? स्कॉच की एक बोतल? मिलेगी। तुम्हारी निगाह बार-बार कौशल की घरवाली के गले पर क्यों टिकती है, क्यों बार-बार तुम छूकर देखती हो वह हीरे का पेंडेंट, बबली'दी? तुम्हें भी चाहिए वैसा? मिलेगा। सुसीलौ भाऊ, क्यों दिनमान कड़बड़[1] लगा रखती हो ज्यड़जा[2] तुम अपने बेटे के सामने, वह नहीं करा सकता तुम्हें चार धाम, कहाँ से कराए दो सौ रुपल्ली की तलब-तनखाह में? मैं करा दूँगा। तुम क्यों चिन्तित हो कौस्तुभ'दा? इजा को कैंसर के इलाज के लिए बम्बई ले जाना है? ले जाओ, पैसों की व्यवस्था मैं कर दूँगा। रोज डाकिए के पास से मुँह लटकाए क्यों लौटते हो धनीराम? नहीं भेजा इस बार तुम्हारे फौजी सुपूत ने मनीऑर्डर? नहीं भेज सका होगा, उसका भी परिवार बड़ा हो गया अब। पिछले ही महीने एक लड़की और हो गई सुना! बीस ही रुपये तो भेजता है न वह। मुझसे लो और गुड़गुड़ाओ मजे से हुक्का। हाई[3] तिलोकिया, यह क्या गजब कर रहा तू, बल्द बना खुद जोत रहा अपना यह निखिद्ध खेत! अरे, तेरा बैल मर गया तो क्या

1. बड़बड़, 2. ज्येष्ठ इजा, 3. हाय (आश्चर्य से)।

दुनिया के सारे बैल मर गए, देखो! ले पैसे, जा खरीद। ओ मम्मी-मम्मीवाली मुनिया, होटल-हवाई जहाज-विदेश—यही सब देखती रहती है सपने में! सपने में क्या देखना! ले यह है आने-जाने का टिकट और होटल में रहने, पेरिस में घूमने का खर्चा। हाँ, उसी पेरिस में जहाँ से मोतीलाल जी के कपड़े धुलकर आते थे बल! तुझे क्या चाहिए भाऊ? गोल-गोल पटरी पर चलनेवाली छुक-छुक! ये है ये, मेरी पोटली में, ये है ये!

मुझे मालूम नहीं कि कब क्रान्ति आसफअली रोड की अपनी हवेली के बाहर निकलेगी? मुझ निम्न-मध्यवर्गीय गलदश्रु में इतना धैर्य नहीं था रे, इसीलिए मैं जाकर कमा लाया यह पोटली। अब जिसे जो चाहिए, यहाँ आए, ले जाए।

मेरे दरिद्र देश, मेरे दरिद्र समाज, मेरे दरिद्र वर्ग, कुछ ऐसा हुआ है चमत्कार कि मैं आज, और केवल आज, और सो भी इस पोटली के खाली होने तक, इस स्थिति में हूँ कि तेरी इच्छाएँ पूरी कर दूँ। तेरी और तेरे पितरों की, तृप्यध्वम्, तृप्यध्वम्, तृप्यध्वम्।

ओ दरिद्र! कितनी दरिद्र हैं रे तेरी इच्छाएँ! जब मैं डॉलर के चश्मे से देखता हूँ तेरे रुपये को, तो मुझे हँसी आती है तेरी परेशानी पर! यह तेरी इच्छा का सवाल तो बहुत ही छोटा सवाल है पगले! ले पकड़ यह नोट। इसमें हो जाएगा। बल्कि कुछ बच ही रहेगा। और हाँ, देख, छुट्टा लौटाने की जरूरत नहीं।

ऐसा कह रहा है कथानायक और हम इसके अतिरिक्त और कर भी क्या सकते हैं कि सुनें और एक-दूसरे से आँखों-आँखों में कहें—आज मूड में है, हमारा निम्न-मध्यवर्गीय युवा क्रान्तिकारी!

डी.डी. द मूडी अपने नवीन देबिया-टैक्सी अवतार में पूरे उछाह से दूल्हे की पालकी के साथ-साथ चल रहा है अपनी सारस चाल में। उसके पीछे चल रहे हैं सिर पर लाल वस्त्र से ढके ब्योली-पिटार[1] उठाए नौकर। डी.डी. कर्ता-धर्ता और फिल्म-दिग्दर्शक बना हुआ है। उसके कन्धों पर कैमरे लटके हैं। बम्बई से तो कुल छह लोग आए हैं, दो जँवाई अपने-अपने शहरों से सीधे यहाँ पहुँचे हैं, नगर में भी पन्त जी के बिरादर नगण्य हैं। साधारणतया ऐसे अवसरों पर बिरादरों के बिरादर आकर बारात की शोभा बढ़ा जाते हैं किन्तु उन्होंने भी शास्त्री जी के महत्त्व को समझते हुए बारात के स्वागत के लिए वधू के घर जाना ही उचित समझा है। वर-पुरोहित समेत कुल जमा चौदह लोग हैं बारात में और उनमें वी. आई. पी. बना हुआ है डी.डी.।

बैंड इस नगर में कायदे का कोई मिलता नहीं। तुरहीवादक अवश्य हैं। धू-तू-तू-तू ढमा-ढमा जा रही है यह बारात। पीछे-पीछे टैक्सी में वर के वयोवृद्ध नाना, छोटे भांजे-भांजियाँ और पुरोहित आ रहे हैं। और आ रहा है शूटिंग का सामान और सहायक।

1. सन्दूक जिनमें दुल्हन के लिए जेवर-कपड़ा है।

बारात उस मोड़ पर पहुँच गई है जहाँ से 'ब्रेमार' की ओर जानेवाली पगडंडी फूटती है। टैक्सी से लोग उतर गए हैं। सामान भी उतार लिया गया है।

अब एक कैमरे से नायक ने यहाँ फिल्म खींचना शुरू कर दिया है। और दूसरे कैमरे से मैं उसके फोटो खींचते रहने की अनुमति आपसे चाहता हूँ।

यहाँ यह नायक बारात से आगे झपटकर निकल आया था, स्वागतम् की बत्तियों से जगमगाते कदली-खम्भवाले द्वार के पार जाकर, स्वागत करने खड़े लोगों को हक्का-बक्का-सा छोड़ता हुआ, फूलों की सीढ़ीदार क्यारियों को कूदता हुआ इस चट्टान पर आ खड़ा हुआ था। वह पालकी से उतरे वर द्वारा वधू के किसी अनुज द्वारा उठाए गए रंग-बिरंगे छत्र की छाया में आने और द्वारचार के लिए जाने का टॉप ऐंगल शॉट लेना चाहता था।

यहाँ नायक उस चट्टान से फिसलकर नीचेवाली क्यारी में गिरा पड़ा है। कोई खास नुकसान नहीं हुआ। कैमरा सलामत, टॉप ऐंगल शॉट सलामत, ग्लेडोली का एक पौधा जरूर कुचल गया और नायक की पतलून पर थोड़ी मिट्टी लग गई।

यहाँ नायक उठ खड़ा हुआ है और मेरे कैमरे को पीठ दिए हाथ हिला रहा है। आप ऊपर कुछ लड़कियाँ देख रहे हैं ना, ये नायक पर हँसीं। हँसनेवालों का यों हाथ हिलाकर अभिवादन करना नए पाश्चात्य साथियों से सीखी अदा है नायक की—'होल्ड इट, आई गाच्चया' (अब बस, हम समझ गए)।

यहाँ नायक, कर्नल साहब से हाथ मिला रहा है। नायक के बटनहोल में आप जो गुलाब की कली देख रहे हैं सो कर्नल साहब ने ही उसे दी है। कर्नल साहब के आग्रह पर गेंदे की फूलमाला की जगह बारातियों को नेहरुआना गुलाब की कलियाँ दी गई हैं। हाथ मिलाते हुए नायक कह रहा है अमेरिकी उच्चारण में "हिया कर्नल, नो हैर्ड फीलिंग्स नाव आय होप।" (कहिए कर्नल, अब तो गुस्सा नहीं?)

यहाँ यह द्वाराचार हो रहा है। वर ने जूता उतार दिया है। वधू के चाचा उसके पैर धो रहे हैं।

परम्परागत वेश-भूषा—रेशमी कुर्ता, पीताम्बर और पम्पशू पहनकर नहीं आया है वर; देसवाली चाल में सूट-बूट पहने है जिस पर परम्परागत शॉल, साफा और गणेशजी के चित्रवाला बड़ा-सा कागज का मुकुट विचित्र लग रहा है लोगों को! (बाद में वर को शास्त्री जी के आग्रह पर पीताम्बर-कुर्ता धारण करना पड़ा।)

नायक, वर के जूते की सुरक्षा के लिए झुका हुआ देखा जा सकता है। इस जूते को चुराने-छिपाने के लिए बेबी और गुड़िया-नाम्नी दो सालियाँ भी झुकी हुई दिखाई दे रही हैं।

यहाँ नायक जूता-युद्ध-विजेता बना खड़ा है। बेबी और गुड़िया क्रुद्ध-निराश दीख रही हैं। पृष्ठभूमि में खड़ी औरतों के मुँह 'जबहि महाराजा देस में आए' गाते हुए खुले हैं और उनकी आँखों में 'यह ठीक नहीं' का भाव डी.डी. के लिए है

जो सालियों के जूता छिपाने और जूते की एवज में जीजा से रुपया पाने का हक छीनकर बचपना कर रहा है।

यहाँ नायक का मुँह 'यह क्या' कहते हुए खुला है, उसके हाथ विरोध में फैले हुए हैं और बेबी उसका कैमरा लेकर भाग रही है। नायक जूते की रक्षा में इतना व्यस्त था कि कैमरे की ओर से किंचित् लापरवाह हो गया था।

यहाँ नायक का कैमरा लौटाया जा रहा है और वह तीस रुपये (डॉलर में कितना?) बेबी-गुड़िया को दे रहा है। ये शास्त्री जी की बहन खड़ी हैं दाएँ, जिन्होंने डाँट-फटकार लगाकर कैमरा लौटवाया। इनका तो यह कहना था कि डी.डी. से पैसे नहीं लिये जा सकते, वह जीजा नहीं। डी.डी. के कन्धे पर प्यार-भरा हाथ रखे, मेरे कैमरे के हित दन्तावली निपोरे, ये बबली 'दी हैं। इन्होंने अन्तिम निर्णय दिया—घराती समझते हो तो डी.डी. इन लड़कियों का बड़ा भाई ठहरा, बाराती समझते हो तो यह वर का छोटा भाई ठहरा, हर तरह से इसका देने का रिश्ता हुआ।

ये चित्र हमारे बहुत मतलब के नहीं। 'स्वागत' और 'भोज' के समय लिये गए हैं। यों इनमें भी ध्यान देने योग्य कुछ बातें हैं। यद्यपि बाराती ऐसे बम्बईवासी पहाड़ी हैं जिनका इस नगर में कोई 'सम्पर्क-सूत्र' नहीं, तथापि लोग-बाग उनसे बहुत आत्मीयता से मिल रहे हैं, सम्बन्धों के जटिल विस्तृत जाल में से कोई-न-कोई सम्पर्क का सूत्र उन्होंने ढूँढ़ निकाला है। अच्छा-अच्छा, क्ले स्क्वायर लखनऊवाले गिरीशचन्द्रजी आपके रिश्ते में ककिया ससुर लगे, मेरे कजंस के वह मामा हुए। हम भी मामा ही कहते हैं। मेरी काकी के मामा के लड़के हैं वह। ये सब लोग एक-दूसरे के बारे में पूरी जानकारी प्राप्त कर रहे हैं और एक-दूसरे के पते नोट कर रहे हैं। तब की मान्यताओं के अनुसार ये एक-दूसरे के 'इष्ट-मित्रान मध्ये' हैं। शादी-ब्याह के लिए यह जानकारी काम की होती थी; और हाँ, इसके सहारे किसी अजनबी शहर में आपको रहने-खाने का सहारा भी हो सकता था।

इस चित्र को आप शायद विशिष्ट कहना चाहेंगे। सुमित्रानन्दन पन्त को आप पहचान ही रहे होंगे। डी.डी. को भी। भीड़ के बीच में ये पीताम्बर-दुशाले-साफे में शास्त्री जी हैं। गौर कीजिए कि केवल डी.डी., पन्त जी से इस श्रद्धा-भाव से उन्मुख है कि कविवर, दर्शन पाकर धन्य हुआ मैं। पिछली पीढ़ी के लोगों के लिए इस छायावादी कवि का अन्यथा ठोस अस्तित्व है—स्यूनराकोट के भारद्वाज गोत्रोत्पन्न, पंचप्रवर और मध्यान्धिनी शाखावाले शुक्ल यजुर्वेदाध्यायिन गोसाईं दत्त आत्मज गंगादत्त आत्मज मदननारायण आत्मज भवानी दत्त के रूप में। उन्हें खेद है कि गोसाईं ने विवाह नहीं किया। विवाह के समय वह इस रूप में उद्घोषित किया जाता समाज के सामने। विवाह नहीं हुआ, बाल-बच्चे नहीं हुए, अतएव मृत्यु के बाद भी इस रूप में इसका स्मरण नहीं किया जा सकेगा। सचमुच बहुत अफसोस की बात है! हिन्दी साहित्य का क्या भरोसा?

यहाँ ये खादीधारी विधायक खड़े हैं। परम्परावादी लोगों के लिए इनका भी जो परिचय है, वंश-सन्दर्भ में है। डी.डी. का जैसा एक 'आधुनिक' लड़का अवश्य इन्हें अन्यथा सम्मान देने में व्यस्त दीख रहा है।

डी.डी. जैसे ये युवा 'आधुनिक समाज' बनाएँगे आगे चलकर, जिसमें व्यक्ति की अस्मिता एक पिटे-पिटाए खानदानी नुस्खे तक सीमित नहीं रहेगी, वह अपनी उपलब्धियों के लिए जाना जाएगा—धन की हो, यश की हो, सत्ता या शक्ति की हो। अगर दुर्भाग्य से उस समाज में एक ही बिरादरी के व्यक्ति परस्पर बड़े और छोटे, महत्त्वहीन और महत्त्वपूर्ण होने लगेंगे तो इसी का नाम परिवर्तन है।

यहाँ डी.डी. मकान के पिछवारे खड़ा है, एकान्त में सिगरेट पीने के लिए और यह देखने के लिए कि उसके पीछे-पीछे बेबी यहाँ आती है कि नहीं? नीचे 'खेत' की सीढ़ी में भट्ठी के पास नगर के स्थायी रसोई-इन्चार्ज पूरन भ्राता खड़े हैं। कहीं भी विवाह-व्रतवन्द हो, भ्राता बुलाए जाते हैं। इनकी देखरेख में, इनके बताए अन्दाजे से घर की औरतें, नौकर-चाकर भोज के लिए तमाम व्यंजन तैयार करते हैं। भ्राता को भ्राता इसलिए कहा जाता है कि इनकी हर किसी को भ्राता कहकर सम्बोधित करने की आदत है। प्रसंगवश भ्राता हलवाई नहीं, वकील हैं। हाफ पैंट-बनियान में पसीने से तर खड़े भ्राता पूछ रहे हैं—कैसा हुआ भ्राता खाना? तुम बम्बईवालों को तो ताज में खाने की आदत ठहरी। तुम्हारे मन-जैसा कुछ हुआ कि नहीं?

यहाँ नायक जिस दाड़िम के पेड़ के नीचे खड़ा है वह उस खुली रसोई के पास ही लेकिन थोड़ा ओट में है। वह मंत्र-मुग्ध भाव से कुछ देख रहा है, उसकी दृष्टि थोड़ी नीचे को है। वह देख रहा है पाजेब दिखाती नायिका को। वह गरारा पहने हुए है जो इस नगर के लिए बहुत नई-सी विचित्र-सी चीज है। वह तो इससे भी अधिक विचित्र बात करना चाहती थी—बरेली से अपने लिए भी घाघरे-अँगड़े[1] का वैसा जोड़ा बनवाना चाहती थी जैसा भाभियों के पास है। कितनी प्यारी-प्यारी तो लगती हैं वे गहरा नीला, सलमे-सितारोंवाला घाघरा और चटख लाल अँगड़ा पहनकर! बड़ी मुश्किल से बेबी को समझाया जा सका कि 'जोड़ा' विवाहिताएँ ही पहनती हैं और वह ससुराल से आता है। समझौते में उसी नीले कपड़े का यह गरारा बनवाया गया है।

इस चित्र में देखिए, ज्यादा साफ है। नायिका दोनों हाथों से गरारा तनिक-सा उठाए है। ध्यान दें कोहनियों के तनाव पर। ध्यान दें इन गोरे-नंगे पाँवों पर जिन्हें मेहँदी की कोई अपेक्षा नहीं, प्रतीक्षा अवश्य हो सकती है। ध्यान दें इन खुली-खुली, बड़ी-बड़ी आँखों पर जो अपनी पाजेब को और उन पर टिकी नायक की आँखों को एक साथ देखना चाहती हैं। ध्यान दें इस आत्मरत, आत्म-मुग्ध मुस्कान पर।

1. अँगरखा।

मैं स्वीकार करना चाहता हूँ कि इस चित्र में कोई ऐसी मूल्यवान बात नहीं है कि आप अपना अमूल्य समय इसके सूक्ष्मावलोकन में नष्ट करें। आप नायक नहीं हैं।

विडम्बना कि स्वयं नायक के पास यह फोटो नहीं है। अगर उसे मालूम होता मेरे पास है तो वह कुछ भी कीमत दे देता इसकी, डॉलर में कितनी—ऐसा पूछने की औपचारिकता भी आवश्यक नहीं मालूम होती उसे।

यह एक और फोटो है जिसे पाने के लिए नायक ललक उठता। नायिका दौड़ी आ रही है। वह अपने बाएँ हाथ से गरारा सँभाले हुए है और उसकी दाईं हथेली अपने हँसते चेहरे पर उलटी पड़ी हुई है।

कितनी साफ आ रही ना यह फोटो! बेबी के हाथ के रेखड़े[1] तक दीख रहे! पेंडेंट का हीरा देखो कहा, कैसा चमक रहा झम्म। उसकी मझली बोज्यू का है। पाजेब नहीं देख रहे पाजेब! डी.डी. लाया था। ओ इज्जा, पीछे दाड़िम के बोठ[2] के नीचे यह डी.डी. ही तो खड़ा है।

क्योंकि नायक पीछे खड़ा है, वह कुछ भी दे देता यह देखने के लिए कि सामने से उस क्षण नायिका का रंग क्या था?

उसने नायिका से पूछा था कि मेरी भेजी चीजें मिल गईं? नायिका ने पाजेब दिखा दी थी। फिर नायिका ने पूछा था कि क्या बम्बई में टीके में (सगाई के लिए) पाजेब भेजने का रिवाज है? नायक ने कहा था कि बम्बई में अपने को ही भेज देने का रिवाज है। मुझे ले ले। नायिका ने कहा था कि मैं ले भी लूँगी, बाँध भी दूँगी गोठ[3] में खूँटे से, मारगाँठ तू ही लगाना ताकि बँधा रहे। इस पर या-कि-वादी नायक ने नायिका की बाँह गह ली थी और वह छुड़ाकर भागी थी।

ये कन्यादान के गोठ में लिये हुए चित्र हैं। क्या कीजिएगा सब देखकर। एक दरिद्र देश और समाज की बहुविध, बहुरंगी और पुरातन अनुष्ठानप्रियता के ये साक्ष्य आपके आधुनिक मन में खीज और क्रोध पैदा कर सकते हैं। कथा-नायक को भी अक्सर लगता है कि इस सबको देखना वैसा ही है जैसा सजी-धजी बचुली बुबू को देखना। निर्धन और मूढ़ पति की निपूती जरा-जर्जरा सुन्दरी सुहागन बचुली बुआ के मांसहीन कन्धों पर 'रंगवाली का पिछौड़ा' जितना विद्रूप नायक को लगता था, सम्भव है उतने ही विद्रूप लगें आपको इस दरिद्र समाज द्वारा वैदिक भारत के आह्वान के ये अनुष्ठान।

या कहीं आप इतने आधुनिक तो नहीं हो गए इस बीच कि यह सब आपके लिए किसी आदिवासी संस्कृति की श्रेणी में आ चुका है और आप 'हाउ क्वेंट या हाउ क्यूट' कहकर इस तमाशे को देखना चाहते हैं जिज्ञासु बनकर, 'नाउ टेल मी ह्वाय आर दे एक्सचेंजिंग ऑल दोज थालीज यार?' ये छोली दी जा रही है। 'छो-ओ-ली, वॉट इज इट?' गिफ्ट दे रहे हैं गिफ्ट, फ्रूट्स, मेवाज, मिठाइज, एक्सचेंज कर रहे हैं, बाद में बाँटेंगे बिरादरी में। 'वॉट आर दोज डॉल लाइक थिंग्स ऑन द

1. रेखाएँ, 2. विटप, पेड़, 3. नीचे की मंजिल का कमरा।

थालीज?' ये समधीज हैं, द इन-लॉज, मेड ऑफ चावल का आटा, गुड़ एंड तिल, फनी केक कह सकते हैं आप। 'ओ हाउ क्वेंट, हाउ क्यूट!'

या कि आप आधुनिकता भोगकर इधर कुछ विरक्त हो गए हैं और इस सबका स्मृत्याभास आपको नीका लगने लगा है और आपकी आधुनिक सम्पन्नता चाहती है कि 'रिवाइवल' हो! नहीं जी, हम शादी से पहले दिन जनेऊ नहीं डलवाएँगे लड़के के, वी विल हैव द ट्रेडिशनल सेरेमनी द वर्क्स, बाद में मौर्या में रिसेप्शन।

जो हो, तत्कालीन नायक इस सबके विरुद्ध है लेकिन इसे देखते हुए उन दोनों तरह के आधुनिकों वाले भाव भी उसके मन में हैं जिनकी ऊपर चर्चा की गई है। हर अनुष्ठान वह ध्यान से देख रहा है तो इसलिए कि फिल्म-कैमरे से अंकित कर रहा है उसे। समझ रहा है तो इसलिए कि कमेंट्री के लिए नोट्स देने होंगे।

उसकी जिज्ञासा इसलिए बलवती हुई है कि 'क्या बम्बई में टीके में पाजेब भेजते हैं?' से उत्पन्न या-कि-वाद का एक पक्ष उसे आश्वस्त कर रहा है कि इसी गोठ में इसी तरह उसका विवाह होगा। उसे 'सुझाने' वाला कोई बुजुर्ग है नहीं घर में, इसलिए आवश्यक है कि इस 'रिहर्सल' में हर बात समझ ले ताकि अपने विवाह का प्रबन्ध स्वयं भली-भाँति कर पाए।

द्वारचार में दूर बम्बई से अपने 'कबीले के साथ भटकते आए' किशन महाराज की वंशावली पूछकर, उपहारों से प्रसन्न कर और विधिवत् पूजकर कन्यादान का वचन दिया जा चुका है, उनका वरण किया जा चका है। अब आरम्भ हो रही है कन्यादान की कार्रवाई। यह देखिए वर महोदय को बैठने के लिए 'विष्टर' दिया जा रहा है और वह वैदिक संस्कृत में उद्घोषणा कर रहे हैं कि 'जैसे तारों में सूर्य है, वैसे अपनी जातिवालों में मैं हूँ। किसी ने मेरा तिरस्कार किया तो 'विष्टर' की तरह उसे भी नीचे दबाकर बैठ जाऊँगा।'

अब इन्हें पाँव धोने के लिए, अर्घ्य के लिए, आचमन के लिए जल दिया जा रहा है और यह जल की शंसा में वैदिक ऋचाएँ उचार रहे हैं।

अब इन्हें काँसे की थाली में शहद और घी यानी 'मधुपर्क' दिया जा रहा है। यह मित्र की आँख से उसे देख रहे हैं। अनामिका से उसे मिला रहे हैं। उसमें जो भी खराब हो उसे अँगूठे और अनामिका से निकाल फेंक रहे हैं। और अन्ततः उसे खा रहे हैं और फरमा रहे हैं कि मधु की मिठास। मधु का उत्तम रूप। मधु का आहार, मैं इन सबके द्वारा सबसे उत्तम बनूँ, मीठा बनूँ, खूब खाया-पिया बनूँ।

अब यह हाथ धोकर आचमन करके अपनी इन्द्रियाँ स्पर्श कर रहे हैं और वैदिक भाषा में कह रहे है—मुख में वाणी, नसों में प्राण, आँखों में दृष्टि, कानों में श्रवण-शक्ति, बाँहों में बल, जंघाओं में पराक्रम सदा बने रहें। मेरे समस्त अंग रोग-रहित होकर मेरे शरीर में बने रहें।

अब पंडित लोग 'गौगौंगौं:' चिल्ला रहे हैं। 'गाय' दी गई है वर महोदय को। वह कह रहे हैं ज्ञानवान मनुष्यों से कि रुद्रों की माता गाय को मारो मत, उसे घास चरने के लिए छोड़ दो।

अब वर का पुरोहित, फेरों के लिए अग्नि-स्थापना कर आया है।

अब वस्त्र-परिधान। वर-वधू यानी किशन और दया निर्वसन तो नहीं कि अब कन्यादाता के दिए वस्त्र पहनें। लिहाजा वस्त्र की चार लीरियाँ कन्यादाता इन वर महोदय को दे रहे हैं, दो वह रख ले रहे हैं और दो कन्याहित लौटा दे रहे हैं। कह रहे हैं—तुम सौ वर्ष जीओ, वस्त्र, धन और पुत्रों से ढकी रहो। स्वयं को भी असीस रहे हैं—मुझे द्यो, पृथ्वी, इन्द्र और बृहस्पति यश से युक्त करें।

अब वर-वधू ऐसी आज्ञा होने पर एक-दूसरे को देख रहे हैं प्रेमपूर्वक। और कह रहे हैं—विश्व के देवता, जल के देवता, मातरिश्वा, धाता और देष्ट्री हमें मिलाएँ, हमारे हृदय मिलाएँ।

अब लग्नदान। यानी पंडित बिरादरी बता रही है कि कन्या को देने का शुभ कार्य, किसी शुभ घड़ी, शुभ मुहूर्त में किया जानेवाला है; कौन ग्रह आकाश में इस समय किस राशि में स्थित है। किन्तु कन्यादान से पहले शाखोच्चार आवश्यक है। उपस्थित जनसमुदाय को यह बता देना है कि किसकी शादी किससे की जा रही है। सवाल-जवाब का क्रम कन्या-पक्ष की ओर से शुरू हो रहा है। सवाल करने और जवाब देने से पहले दोनों ओर के पुरोहित अपना पांडित्य प्रदर्शित करने के लिए यजुर्वेद का कोई अंश, शिव-पार्वती, कृष्ण-राधा की शंसा में कहा गया कोई श्लोक ठोंक रहे हैं। तीन-तीन बार सवाल-जवाब हो रहा है ताकि सब सुन लें, किसी को शिकायत न रहे कि हमने तो सुना नहीं वरना इस विवाह पर हम आपत्ति करते।

सवाल लम्बा-चौड़ा है—'किं गोत्रस्य' से लेकर 'किन्नाम्ने वराय' तक। किस गोत्र के, किन प्रवरोंवाले, किस शाखा के, कौन-सा वेद पढ़नेवाले, किन शर्मा जी के प्रपौत्र, किस गोत्र के, किन प्रवरोंवाले, किस शाखा के, कौन-सा वेद पढ़नेवाले, किन शर्मा जी के पौत्र, किस गोत्र के, किन प्रवरोंवाले, किस शाखा के, कौन-सा वेद पढ़नेवाले, किन शर्मा जी के पुत्र आयुष्मान, कन्यार्थी, विष्णुस्वरूप किस नामवाले हैं यह वर महोदय?

वैसा ही विस्तृत है जवाब भी।

ऐसा ही सवाल वधू के विषय में है कि आयुष्मती, श्रीरूपिणी, वरार्थिनी कन्या का नाम आदि क्या है? विस्तृत है उत्तर इसका भी।

अब वर महोदय तीन बार अनुरोध कर रहे हैं—'ददानि'—दी जाए कन्या।

सही मुहूर्त की प्रतीक्षा करते हुए दोनों पक्ष वस्त्र, आभूषण, फल, मिठाई, आदि का काँसे की थालियों में आदान-प्रदान कर रहे हैं। 'छोली' दी जा रही है।

कन्या को दाता पूज रहा है, लक्ष्मी, अम्बा, सबकुछ मानते हुए। अब कन्यादान का संकल्प कि देवाग्नि गुरु ब्राह्मणों के सान्निध्य में, अग्नि आदि के साक्ष्य में,

सहधर्माचरण के लिए तुम्हें देता हूँ, ग्रहण करो। स्त्रीजन गडुए से धार दे रही हैं। पानी कन्यादाता की अँजुरी से होता हुआ, कन्या की हथेली पर गिर रहा है।

अब लक्ष्मीस्वरूपा कन्या और नारायणस्वरूप वर का कन्यादाता द्वारा पूजन। वर महोदय कन्या का अँगूठा पकड़े हुए हैं। अब उनसे कहा जा रहा है कि अपने कुल में पैदा हुई, बहुत वर्ष पाली हुई, पुत्र-पौत्र बढ़ानेवाली यह कन्या, हे पूज्य, आपको देता हूँ। धर्म, अर्थ, काम में इससे अतिचार न करें।

वर महोदय आश्वासन दे रहे हैं—मैं अतिचार नहीं करूँगा। वर महोदय को दक्षिणा दी जा रही है—उसकी है, मेरी नहीं। कन्या और दक्षिणा वह स्वस्ति कहकर ग्रहण कर रहे हैं मगर साथ ही इस फलसफे से भी उलझ रहे हैं कि कौन देता है, किसे देता है, काम ही देता है, काम को ही देता है, आदि।

अब कन्या को वर-पक्ष से मिले वस्त्र-आभूषण स्त्रीजन वहीं ओट करके पहना दे रही हैं। वर-वधू का ग्रन्थिबन्धन किया जा रहा है।

अब होममंडप के लिए प्रस्थान। किशन महोदय कह रहे हैं कि हे दया देवि, जैसे दिशाओं के पीछे वायु वैसे तुम दूर जाती हो मन से मेरे साथ, सुनहरे पंखवाला सूर्य तुम्हें मेरे मन के अनुकूल करे!

इधर यह वैदिक ठाठ, उधर लोकाचार के अन्तर्गत स्त्रीजन के काज-गीत। कर्मकांड के हर अनुष्ठान के लिए इनके पास हिन्दी की पता नहीं किन-किन बोलियों के गीत हैं जो ये गाये चली जाती हैं ढोलक-मंजीरा बजाकर। इनकी आवाज को भेदते हुए वैदिक-पौराणिक पताका फहराना पुरोहितों के लिए कष्टसाध्य हुआ जाता है। 'छोड़ो छोड़ो दुल्हा, हमरी अँगुलियाँ, हमरी अँगुली बड़ी मोल की', 'कोए उ जुहरा जीती आए, कोए उ जुहरा हारि आए', 'चन्दन चौकी बैठी लड़ैती केश दिए छिटकाए रे', 'अम्बन खम्बन दियो जगायो यह तो जगमग जोत उजालो रे', 'हरे-हरे बाँस कटाओ मेरे बाबुल, ऊँची छओ ज्योनार रे', 'हस्ती चढ़े भड़ुआ दाम बखेरे वही है दुल्हा को बाबा रे', 'अँगना खेलनिया, दूध पेवनिया, गुड़िया खेलनिया, इन मत हारो जी!' की टक्कर यहाँ 'ॐ आपः स्थ युष्माभिः सर्वान्कामानवाप्नवानि', 'ॐ देवस्य त्वा सवितुः प्रसवेऽश्विनोर्बाहुभ्यां पूष्णो हस्ताभ्यां प्रतिगृह्णामि', 'गौरी कन्यामिमां पूज्य, यथाशक्ति विभूषिताम्', 'कोपीनं परिधाय पन्नगपतिं गौरीपतौ श्रीपते', 'अभ्यर्णम् परिरभ्य निर्भरमुरः प्रेमान्धया राधया' से होती है। वैदिक पूर्वजों से लेकर आज की ग्राम-वृद्धा तक जिसने जो सुझाया है वह सब किया-कहा जाएगा!

आज के युवा सारे आयोजन को थोड़ा फिल्मी रंग भी देना चाहते हैं। कुछ छेड़-छाड़, ताका-झाँकी, चुहुलबाजी। उदाहरण के लिए, जब यहाँ वर महोदय अँगूठा पकड़े-पकड़े ऊब गए और उनकी पकड़ ढीली होने लगी तब बेबी ने कहा,

"डी.डी. से सीख लो अँगूठा पकड़ना।" और वर महोदय अपनी साहित्यिकता की झलक दिखा गए, "भई, डी.डी. तो पहुँचे हुए हैं, पहुँचा पकड़ना सिखाते हैं।"

बीच का पर्दा उठने पर जब दया वर-पक्ष में आई तो साथ में बेबी भी आ गई और डी.डी. ने उससे पूछा, "क्या तेरा भी दान कर दिया गया?" तो उसने जवाब दिया, "दान को एल. आई.एफ.टी. कर सकोगे!"

नायक डी.डी. इस आयोजन को कुछ अधिक ही फिल्मी रंग देता रहा है—न केवल सीधी और तिरछी छेड़छाड़ में बेबी का साझीदार बनकर बल्कि फिल्म उतारने के सिलसिले में शादी को शूटिंग बनाकर सारी गरिमा भंग कर-करके। एक तो वह उस गोरे (मलेच्छ!) सहायक को कन्यादान-गोठ में ले आया है। फिर उस भीड़भाड़वाले गोठ में इनकी रोशनियाँ, इनके कैमरे, इनके रिकॉर्डर। तिस पर डायरेक्टर डी.डी. के निर्देश : किशन, स्माइल ए लिटिल प्लीज, डोन्ट लुक सो ग्लम! पंडित जी, जरा प्लीज कैमरे की ओर मत देखिए। कोई साहब यह पर्दा थोड़ा ऊपर कर देंगे क्या, थैंक्स! आप स्त्रीजन शुरू से गाइए तो—'बेटी मत कर मन को पछतावना, वर आयो है जेठ की घाम में।' मेरा रिकॉर्डर ऑन नहीं था। किशन, प्लीज लुक एट दया, होल्ड इट नाउ, इट्स फैंटेस्टिक!

कोई आश्चर्य नहीं जो डी.डी. को बार-बार टोका गया हो, दोनों ही पक्षों के प्रवक्ताओं द्वारा। आश्चर्य है तो इस बात पर कि डी.डी. ने ओ. कैय. को उपयुक्त क्षमा-याचना का पर्याय मान लिया है और इतनी बार यह शब्द उचारा है कि अगर उसका नामकरण देबिया-टैक्सी न हो चुका होता तो देबिया ओ. कैय. कर दिया जाता।

और 'परस्परं समीक्षेयाम्'—तुम दोनों एक-दूसरे को देखो, ऐसा कहा तो गया किशन और दया से लेकिन परस्पर समीक्षा-समंजन में व्यस्त डी.डी.- बेबी रहे हैं।

मंत्र पढ़े जा रहे हैं और फिल्म-दिग्दर्शक महोदय शूटिंगवाली और असली दोनों हीरोइनों को ताड़े हुए हैं। अब फेरों के समय उन्हें अपनी हीरोइन से जूझने का अतिरिक्त अवसर है क्योंकि परम्परानुसार पुरोहितों को छोड़ कोई विवाहित व्यक्ति फेरों के समय उपस्थित नहीं रहता।

तुम सौम्य दृष्टिवाली, पति को कष्ट न देनेवाली, पशुओं का कल्याण करनेवाली हो। प्रभावशाली हो, प्रसन्नचित्तवाली हो, वीर-प्रसवा हो, देवभक्त हो, सुखी रहो तुम और हमारे दोपायों-चौपायों को सुख दो।

पहले सोम ने, फिर गन्धर्व ने, फिर अग्नि ने तुम्हें वरा, अब मनुष्य का पैदा किया हुआ मैं चौथा, तुम्हारा पति बन रहा हूँ। सोम ने गन्धर्व को, गन्धर्व ने अग्नि को, और अग्नि ने मुझे दिया है तुम्हें धन और पुत्रोंवाली।

हे पूषा, इस कल्याणी को मेरी ओर प्रेरित करो, यह प्रेमिका मेरे लिए बहुत कामनाओं की तृप्ति करनेवाली हो।

डी.डी. नामक दोपाए को अच्छे लग रहे हैं ये श्लोक!

अब होम। पहले आधाराज्यभागादि। ॐ प्रजापतये स्वाहा, इदं प्रजापतये न मम। प्रजापति का है, मेरा नहीं। इन्द्र का है, मेरा नहीं। अग्नि का है, मेरा नहीं, आदि-आदि। अपना तो यहाँ कुछ है ही नहीं! उस सामने खड़ी मुस्कराती को छोड़कर!

फिर राष्ट्रभृद्होम, ब्राह्मणों और क्षत्रियों की रक्षा के लिए। गन्धर्व का है, मेरा नहीं। सूर्य, चन्द्र, ऋता, यज्ञ, कौन है जो गन्धर्व नहीं? ये सब गन्धर्व हम ब्राह्मणों, क्षत्रियों की रक्षा करें।

फिर जयहोम। ॐ चित्तं स्वाहा, इदं चित्ताय न मम। चित्त का है, मेरा नहीं। चित्त का है, चित्तिश्च का है, आकूत का है, आकूति का है। मनोबल, उद्देश्य, इच्छा, विवेक, विचार, मन, इन्द्रिय-शक्ति, आदि का है, मेरा नहीं। प्रजापति ने इन्द्र को जय के लिए ये मंत्र दिए, यह प्रजापति के इन मंत्रों का है, मेरा नहीं।

अब आभ्यातान होम। इन्द्र, यम, वायु, सूर्य, चन्द्र आदि अपने-अपने क्षेत्रों के राजाओं से प्रार्थना कि इस बुद्धिसाध्य ब्रह्मकर्म में, इस वीर्यसाध्य क्षात्रकर्म में, इस प्रस्तुत कर्म में, इस कामना में, देवताओं के आह्वान में आप मेरी रक्षा करें। यह आपका ही है, मेरा नहीं।

अब पंच आहुति। यह स्त्री कभी सन्तान-मृत्यु का शोक न जाने। इसकी गोद कभी खाली न हो। पृथ्वी और आकाश के जितने भी धन और सुख हैं, हम पति-पत्नी को मिलें। देदीप्यमान आयु हमें मिले। मृत्युएँ दूसरे रास्ते से निकल जाएँ और हमें और हमारी सन्तति को न मारें। यह मृत्युओं का है, मेरा नहीं।

अब कन्या द्वारा लाज (यानी खीलों से) होम। अर्यमादेव मुझे इस पितृकुल से छुड़ावें और पतिकुल से कभी न छुड़ावें। मेरा पति आयुष्मान हो, मेरे नैहरवाले फलें-फूलें। पति से मेरा प्रेम जो है, अग्नि उसकी रक्षा करे। यह अग्नि का है, मेरा नहीं।

अब पाणिग्रहण—मैं सौभाग्य के लिए तेरा हाथ पकड़ता हूँ, तुझे देवताओं ने मेरे घर की मालकिन बनने भेजा है, मैं और तू साथ-साथ बूढ़े हों। मैं प्राण हूँ, तू वाणी है, मैं वाणी हूँ, तू प्राण है। मैं साम हूँ, तू ऋक् है। मैं आकाश हूँ, तू पृथ्वी है। आ हम विवाह करें, अपनी शक्तियाँ मिलावें, प्रजा का प्रजनन करें, बहुपुत्र प्राप्ति करें। हमारे बच्चे दीर्घायु हों। हम प्रकाशमान सुन्दर मन से परस्पर प्रेम करते हुए सौ शरद देखें, सुनें और जीएँ।

अश्मारोहण। कन्या पत्थर पर आरूढ़ है और वर महोदय की कामना है कि तू पत्थर की तरह स्थिर हो और शत्रुओं को वैसे ही पाँव-तले दबा दे, जैसे इस पत्थर को दबा रखा है।

फेरे और सप्तपदी। कन्या दो पत्तों के बीच जलती सात ज्योतियों पर पाँव रखकर बढ़ रही है। वरनारायण कह रहे हैं—हे सखि, विष्णु तुम्हें एक पद अन्न के लिए, दो पद ऊर्जा के लिए, तीन पद धन-धान्य के लिए, चार पद आरोग्य के

लिए, पाँच पद पशुओं के लिए, छह पद ऋतुओं के लिए और सात पद मेरे अनुकूल होने के लिए चलाएँ। सातवें पत्ते की बाती को वधू पदाघात से बुझाए नहीं, इसका पुरोहित जी ध्यान रखे हैं।

कलश-जल में डूबे आम्रपल्लवों से वधू का अभिषेक किया जा रहा है।

ध्रुवोदीक्षण। वर ध्रुवतारा वधू को दिखा रहा है। तुम मेरी ध्रुव हो, बृहस्पति ने तुम्हें मेरे लिए दिया है, प्रजावती होकर सौ वर्ष मेरे साथ जीओ।

अब वह उपस्थित लोगों से कह रहे हैं—यह वधू सुमंगली है, इसे आप लोग देखें, सौभाग्य का आशीष दें और घर लौटें।

अब इस वधू से कहा जाना है कि पत्नी बनकर मेरे बाएँ आकर बैठ जाइए। इसके लिए लम्बे संवाद का सिलसिला है जो यहाँ शास्त्री जी के निर्देशानुसार काशी के पंडितों की बनाई रीति से भी चल रहा है और कूर्मांचल की वृद्धाओं के बताए रिवाज से भी। यह 'माना-मूनी' (मान-मनौवल) का खेल है। काशी के पंडितों द्वारा अनुमोदित रीति में वधू वाम भाग में आने के लिए बहुत ही सोची-समझी शर्तों की सूची प्रस्तुत कर रही है—रुपये-पैसे का सारा हिसाब-किताब मुझसे पूछकर करने का, बावड़ी-बगीचा वगैरह बनाने का, दौड़-धूप कर खूब कमाने का, प्रबल कामना होने पर भी परस्त्री का सेवन न करने का वचन दो तो तम्हारे वाम भाग में आऊँ। वर को इस तरह की सातों शर्तें स्वीकार हैं लेकिन एक शर्त उसकी भी है—अपनी इच्छा सदा मेरी इच्छा के अनुसार रखोगी, बगीचे में टहलना हो, सोम पीना हो, पिता के घर जाना हो, तो पहले मुझसे पूछोगी।

वृद्धाओं की सुझाई रीति के अनुसार वर वधू से पाँव धोने को कह रहा है और वह इसके लिए सुवर्ण की माँग कर रही है। किशन अपने घर की पुश्तैनी विक्टोरियाई गिन्नी दया को दे रहा है। दया जब बम्बई पहुँचेगी तब किशन की माँ के पाँव छूते समय इसे चरणों में अर्पित कर देगी और बाद में किशन-दया का पुत्र इसका इसी तरह उपयोग करेगा।

दही-बताशा मिलाकर जूठा खाने-खिलाने का झगड़ा है। तिलक करने-कराने का झगड़ा है। गले में हाथ डालकर उस 'हृदय-प्रवेश' को छूने का झगड़ा है जिसके बाह्य आवरण की इतर सम्भावनाएँ सुधीजनों से छिपी हुई नहीं हैं। छेड़छाड़ का यह एक लम्बा सिलसिला है जिसमें वर-पक्ष के कुमार और वधू-पक्ष की कुमारियाँ उत्साह से योगदान करते हैं। यहाँ वर और वधू दोनों गम्भीर हैं। दया तो, मुनिया के अनुसार जो उसके झुके और घूँघट-ढके मुख को देखने के लिए बार-बार अपना मुख और भी नीचा करके लो-ऐंगल-शॉट लेती रही है, निरन्तर अश्रुप्रवाह कर रही है। अनाथ कन्या है बेचारी। माँ-बाप की याद आ रही होगी इसे। वर महोदय भी विशेष कुछ बोल या कर नहीं रहे हैं। लिहाजा सारी कसर दूसरे पूरी कर रहे हैं। और इन दूसरों में प्रमुख हैं हमारे नायक-नायिका।

बेबी उकसाए चली जा रही है और हमारे बौड़मप्रसाद, जो अपने सहायक को सिनेकैमरा आदि के साथ विदा कर चुके हैं और अब केवल स्टिल शॉट ले रहे हैं, हीरोनुमा हरकतें कर रहे हैं। यह सही है कि इस अवसर पर वर-वधू में हास-परिहास हो, ऐसा विधान है। यह भी सही है कि ये वर-वधू उस विधान का पालन नहीं कर रहे हैं और आप पर यह गुरु दायित्व आ पड़ा है। लेकिन भाई मेरे, 'फ्लाइंग किस', 'जिलेम्बू', सिनेमाई गीत और गजलों का न तो शास्त्रों में जिक्र है और न ग्रामवृद्धाओं की कल्पनाओं में। यह 'सरासर बदतमीजी' है।

किशन ने टोका है डी.डी. को। किशन के लिए साहित्यकार डी.डी. की काव्यात्मक प्रेमी के रूप में कल्पना करना सम्भव है। यह जो गीता बाली के पीछे हाथ धोकर पड़ा देव आनन्द है, इसे लेखक डी.डी. मान सकना उसके लिए कठिन है। किशन जानता नहीं कि यही लेखक डी.डी. खिलाड़ी, दिलफेंक, दबंग, और आवारा होने के सपने भी देख चुका है किशोरावस्था में और उन सपनों ने ही बब्बन को इसके लिए आराध्य बनाया। जब परमात्मा ने जीन सिम्मंस उतार दी है इसके साथ तो इस लेखक को भी थोड़ा दिलफेंक होना पड़ेगा ना! छायावाद से कैसे काम चलेगा भला?

मानामूनी का चरमोत्कर्ष। वधू कह रही है कि अगर मुझे वाम भाग में बैठाने की इतनी इच्छा है, अगर तुम्हारी भुजाओं में बल है, तो मुझे उठाकर इधर से उधर बैठा क्यों नहीं देते! यह क्या संस्कृत में इतनी देर से खटराग अलाप रहे हो! दया और किशन तो इस प्रसंग में भी शान्त गम्भीर हैं, किशन ने हाथ दया की ओर बढ़ाया और वह भली लड़की स्वयं ही इधर आकर बैठ गई है। लेकिन बेबी की सुनिए, 'कहाँ हरा[1] गए वह एल. आई. एफ. टी. देनेवाले गोवर्धन गिरिधारी?' वह हराए नहीं हैं, प्रस्तुत हैं लिफ्ट देने को।

अन्धेर हुआ यह अन्धेर! बेबी की बात जो सुनी बस डी.डी. आया, बेबी को उठा दिया, घुमा दिया, और ही बात। बेबी का गरारा ऊपर को उठ गया। लात-घूँसा और ही कर दिया बेबी ने। ठी-ठी-ठी, ठी-ठी-ठी दोनों करते गए और गिर पड़े। गिर पड़े जब तब बेबी डी.डी. की टाँगों पर धड़प पड़ी ठहरी। वैसे ही पड़ी रही। फिर डी.डी. का गिरा चश्मा उठाकर उसने पहन लिया।

वह तो जब पुरोहित ने टोका, किशन ने डी.डी. को जोर की डाँट सुनाई, तब इन्हें कुछ होश आया।

होश अगर डी.डी. को पूरी तरह आ गया होता तो वह तुरन्त जनवासे लौट जाता। गुड़िया से यह जान लेने पर भी कि बेबी के भाइयों को इस घटना की खबर लग गई है और वे सख्त नाराज हैं, डी.डी. दाड़िम के पेड़ के नीचे मुँडेर पर बैठा हुआ है।

---

1. खो।

भीतर शय्यादान हो चुका है। वह यहाँ चाय पी रहा है और नित्यानन्द शास्त्रीवाली विवाह-पद्धति की पोथी से अपने नोट्स के लिए सामग्री रेखांकित कर रहा है। उसका कहना है कि संस्कृत में यह सब अच्छा लगता है : "तावेहि विवाहावहै सह रेतो दधावहै। प्रजा प्रजनयावहै पुजान् विन्द्यावहै बहून्।" आदि। अंग्रेजी अनुवाद में भी यह अच्छा लगेगा और फ्रांसीसी में तो और भी निखर उठेगा। हिन्दी अनुवाद में ही मालूम होता है कि कितना ज्यादा कूड़ा-कबाड़ा हमने जमा कर रखा है छत से लगे कमरे में। इस देश में जो लोग इस उपरले गोदाम की सफाई के लिए आगे बढ़े, वे भी आखिर में कुछ और कबाड़ इसमें जोड़ गए! इस देश और इस जाति का उद्धार सम्भव नहीं, ऐसा कह रहा है नायक और कामना कर रहा है कि इस देश और जाति पर उसकी यह डाक्यूमेंट्री इतनी अच्छी हो कि उसे इस देश और इस जाति से मुक्ति मिलने का द्वार खुल सके! इस देश में जन्म लेना मूर्खता थी, जिन्दा रहना मूर्खता है!

एक उप-कामना के अन्तर्गत वह इस देश और इस जाति के एक घोर कर्मकांडी परिवार की खिलन्दड़ कन्या की राह भी देख रहा है जो जिन्दा रहने की मूर्खता को सहारा दे सकती है।

वह आ गई है। उसके जिम्मे खाली गिलास यहाँ-वहाँ से उठाकर माँजने के लिए देने का काम है।

"तू यहाँ कैसे बैठ रहा, चुपचाप इकलकट्टू[1]।"

"ऐसे ही।"

"चाय खत्म नहीं हुई?"

"नहीं! बहुत गरम है।"

"ठंडी कर दूँ, फूँक मारकर?"

"मुझसे हँसी-मजाक मत कर। कुछ कह दूँगा तो लोग नाराज होंगे।"

"लोग क्यों नाराज होंगे?"

"होंगे क्या, हो गए हैं, तेरे सारे ददा[2]।"

"मैं तो नहीं हो रही। मैं तो खुश हो रही तेरी शैतानी से।"

"असल में ना, मैं शरारती नहीं हूँ। यह सब मुझे रास नहीं आता, यह ही-ही-हा-हा।"

"मैं क्या ठहरी-ही-ही-हा-हा? मैं रास नहीं आती?"

"तू!" नायक कहता है, "तू क्यों रास नहीं आएगी। मेरी जो भी है, तू ही है।"

"जो भी है तू ही है—ऐसा भी कोई होता है?"

"होता है।"

---

1. अकेला, 2. बड़े भाई।

"होता है तो वे तेरे क्या होते हैं जो नाराज हो रहे; जिनके डर से तू मुझसे अनमना हो रहा?"

"तेरे भाई।"

"मेरे ना! फिर तू क्यों डर रहा? डरूँगी तो मैं डरूँगी।"

नायक कुछ नहीं कहता। चुपचाप चाय पिये जाता है। गिलास खाली करके नायिका को दे देता है।

"चल आ," नायिका न्योता देती है, "कोई शैतानी करें।"

"नहीं, यहीं ठीक है। और फिर मुझे जनवासे भी लौटना है।"

"शैतानी नहीं करेगा?"

"नहीं।"

"मेरे कहने पर भी नहीं?"

नायक चुप है। नायिका कहती है, "मैंने तो सुन रखा था आसमान के तारे भी तोड़ लाते हैं लोग। तू शैतानी तक नहीं करेगा?"

"क्या शैतानी?"

"कुछ भी—पेड़ पर चढ़ जा, किसी के घर से ककड़ियाँ या नीबू चुरा ला, कोई बैठ रहा हो तो पीछे से कुर्सी सरका दे, कुछ भी। सच्ची, जब मैं तेरे बारे में सोचती थी ना, यही सोचनेवाली ठहरी तुझसे शैतानी कराऊँगी। तू कितना सीधा, लाटा-जैसा है रे।"

"मुझे एक भी शरारत नहीं आती!" नायक कहता है।

"कुतकुताली देना भी नहीं—ऐसे!" और नायिका नायक की काँख गुदगुदाने लगती है।

नायक परेशान होता-सा हँसता है। छिटककर अलग होता है।

"मेरे दे, मुझे नहीं आती हँसी।" वह हाथ उठाकर कहती है।

नायक हिचकता है पहले। फिर देने लगता है गुदगुदी। काँख की बगल से उठते तरुण उरोज की उष्णता अनुभव करता है। झूठ बोली थी नायिका। उसे तो बहुत हँसी आती है गुदगुदी देने पर।

नायक घबरा जाता है। गुदगुदी देना बन्द कर देता है। उसका अँगूठा अब छू रहा है नायिका की कुर्ती के किमखाब की चिकनाहट को और उसे आभास हो रहा है उरोज की ठोस मांसलता का।

"कोई आ जाएगा।" नायक कहता है।

"और कौन आएगा, हम दोनों तो यहीं हैं।" नायिका पूछती है, "या तेरी जीन सिम्मंस आनेवाली है? सुन, तूने उसकी जो तस्वीर भेजी थी मैंने उससे अपनी शक्ल मिलाई ऐने के सामने खड़े होकर। मैं कहाँ दिखती हूँ उसकी जैसी?"

"तू उससे ज्यादा सुन्दर है।"

"मक्खनबाजी!"

"सच कह रहा हूँ।"

"मैं करूँ मक्खनबाजी? तू सबसे ज्यादा बुद्धिमान है। नहीं, सब्बसे नहीं, बाबू तुझसे ज्यादा बुद्धिमान है।"

"तू तो मुझे बुद्धू कहती है, लाटा, फिर बुद्धिमान मैं कैसे हो सकता हूँ?"

"बुद्धिमान भी कुछ बातों में बुद्धू हो सकनेवाला हुआ। सभी बातों में तू लाटा है ऐसा जो क्या कहा मैंने, देखो!"

"किन बातों में लाटा हूँ मैं?"

"शैतानी की। मैं भी लाटी हूँ—पढ़ाई-लिखाई, सीप-सलीके की बातों में। ऐसा करते हैं—मैं तुझे शैतानी सिखा दूँगी, तू मुझे पढ़ाई-लिखाई। ठीक है?"

नायिका ने अपना हाथ बढ़ा दिया है। नायक का दायाँ हाथ तो चिकनाहट-मांसलता आदि की अँगूठा छाप पहचान पाने में व्यस्त है। अतएव वह बायाँ हाथ आगे बढ़ाकर नायिका का दायाँ हाथ पकड़ लेता है।

"लेकिन मैं तो कल चला जाऊँगा। फिर कैसे सीखेंगे एक-दूसरे से?"

"एकलव्य ने भी तो सीखा। तू मान लेना मैं वहाँ हूँ, मैं मान लूँगी तू यहाँ है। ओ. के.। कैसे कह रहा था तू फिल्म खींचते हुए, ओ. के.?"

"ओ. कैय.!" नायक अपने अमरीकी उच्चारण की आप नकल उतारता है।

"तो फिर ओ.कैय.!" नायिका ठीक वैसे ही कहती है और खाली गिलास उठाकर चलने लगती है।

"सुन, तू मेरा यह कैमरा सँभाल," नायक कहता है, "मैं अभी आता हूँ शैतानी करके।"

"अकेले शैतानी?" वह कैमरा लेकर पूछती है।

"अभी अकेले, बाद में दुकेले।" नायक कहता है और सीढ़ीदार खेत फाँदते हुए नीचेवाले मकान से एक बड़ा नीबू चुराकर ले आता है। वह पकड़ा नहीं जाता। कोई आदमी या कुत्ता उसकी आहट से जागता नहीं। फिर भी उसे थोड़ी-बहुत शारीरिक क्षति पहुँचती ही है अपनी ही 'थरथराहट' के कारण। किन्तु चोट-चपेट की क्या चिन्ता—तू कहे अगर मैं जीवन-भर नीबू ही चुराता जाऊँ।

नायिका पूछती है कैमरा इस्तेमाल करने की विधि। वह नायक से कहती है, "नीबू हाथ में लेकर खड़ा रह, तेरी फोटो खींचनी है, पुलिस में देने को।"

वह क्लिक करती है, फ्लैश झमकता है। किन्तु फोटो में नायक के चेहरे पर अवाक् होने का जो भाव आ जाता है सो मात्र फ्लैश की चौंध के कारण नहीं।

पीछे से शास्त्री जी आ गए हैं, नायक को यह नेक सलाह देने कि अब पर्याप्त हो ली तुम्हारी फोटोग्राफी चिरंजीव देवीदत्त, जाकर आराम करो, बच्ची को भी आराम करने दो। शास्त्री जी के स्वर में तीखापन है। कर्नल साहब का चेहरा तमतमाया हुआ है। और तो और, बबली'दी भी गम्भीर नजर आ रही हैं।

जनवासे की ओर लौटते हुए, निर्जन पगडंडियों और सड़कों को नापते हुए डी.डी. ने अपनी किस्मत और अपने पूर्वजों की इस राजधानी अल्मोड़ा को जमकर कोसा।

वह जान गया है कि अब उसका शास्त्री जी से बेबी की कितने भी परोक्ष रूप में चर्चा करना असम्भव होगा। उसे मालूम है कि कल इस शहर में सर्वत्र उसकी उच्छृंखलता के चर्चे होंगे। इस शहर में जो कि अब नींद से जागने को ही है, बल्कि कहीं-कहीं जाग भी उठा है (प्रभाती गाती वृद्धाओं के स्वर तिर रहे हैं शीतल पवन में—चलो रे साधो गंग-यमुन के तीर, इत बहे गंगा, उत बहे जमुना, बीच सरस्वती नीर), ये जो सुबह पहले उठकर राम-नाम भज रहे हैं, इन्हें मुझ अभागे डी.डी. की प्रतिष्ठा का दिन-भर राम-नाम-सत्य करने में कोई हिचक नहीं होगी।

बेबी ने मुझे उकसाया लेकिन बेबी के विषय में ये अधिक कुछ नहीं कहेंगे। बेबी शास्त्री जी की बेटी है, कर्नल साहब की बहन है। इन लोगों का बड़ा-सा घर है इस नगर में। ऊँचा खानदान है। ये 'भीतरी' लोग हैं। मैं 'बाहरी' हूँ, क्योंकि मेरा कोई नहीं है। मैं इसलिए भी बाहरी हूँ क्योंकि मैं इनका जैसा कूपमंडूक भीतरी बनना भी नहीं चाहता। मैं बाहर हूँ, बाहर रहूँगा और इनको कुछ बनकर दिखा दूँगा। मैं बड़ी-सी पोटली बाँधकर लाऊँगा और एक दिन के ही लिए सही, दीवाली कर दूँगा इनके मनहूस घरों, इनके मुर्दार शहर में।

मैं जानता हूँ कि मैं तब भी इनके लिए कुछ नहीं होऊँगा। मैं जानता हूँ कि ये मेरी पोटली को भी अछूत घोषित कर देंगे। मैं जानता हूँ कि मेरी बड़ी-से-बड़ी उपलब्धि को यह नगर एक मजाक में उड़ा देगा। मैं कम्यूनिस्ट पार्टी का सबसे बड़ा नेता बनकर आऊँ तो यह कहेगा अभिवादन में—आइए कामरेड! कहिए, आज फुर्सत कैसे मिल गई यहाँ आने की? स्टालिन से कुछ झगड़ा-वगड़ा तो नहीं हो गया? मैं सबसे बड़ा कवि बन जाऊँ तो यह कहेगा—अच्छा तो आजकल आप कविवर बन गए! और तो जैसा भी है, है, पर यार यह बता ये स्त्रियों जैसे बाल क्या जरूरी ठहरे तुम्हारे छायावाद के लिए? अगर मैं सबसे बड़ा दिग्दर्शक बनकर लौटूँ, तो यह कहेगा—ओ हो डायरेक्टर सैप! क्यों आज कैमरा कहाँ है आपका? सुना खूब उल्लू बना रहे हो बम्बईवालों को! हम तो खैर कभी देखते नहीं। क्या हुआ सिनेमा, कोई भले आदमियों की बनाने-देखने की चीज हुई वह!

यह शहर मुझे तभी स्वीकार करेगा जब मैं सरकारी नौकरी पर लगूँ, तरक्की पाता रहूँ और अवकाश प्राप्त करके यहाँ अपने पुश्तैनी घर में लौट आऊँ और शाम को अन्य वृद्धों के साथ गाड़ी-सड़क पर टहलते हुए, छड़ी से कमर को सहारा दिए हुए बताऊँ कि नॉक्स सैप की नोटिंग की क्या स्पेशेलिटी ठहरी और फाइनेंशियल रूल्स हैंडबुक में अमुक चीज के बारे में क्या लिखा ठहरा।

मुझे नहीं चाहिए यह नगर। ऐसा कह रहा है नायक।

मैं लानत भेजता हूँ नगर पर, ऐसा कहते हुए नायक उस दयनीय होटल एंड रेस्टोरेंट के बाहर पहुँच गया है, जिसमें जनवासा है, लेकिन वह भीतर जा नहीं रहा है।

उसे यहीं सड़क पर टहलते हुए थोक के हिसाब से लानत भेजने का काम जारी रखना है इस नगर पर, जो सुबह की पहली रोशनी में आकार ले रहा है उसकी आँखों में, उसकी स्मृति में।

मैं लानत भेजता हूँ इस नगर पर। इसके प्रत्येक वयोवृद्ध नागर, एक-एक जर्जर घर पर, मैं लानत भेजता हूँ। ढहती मुँडेरों, ढुलकती खेत-सीढ़ियों पर, धुँधवाए दुन्दारों, नक्काशीदार नीचे-नीचे द्वारों पर, मैं लानत भेजता हूँ। अंगूर की बेल पर, दाड़िम के बोठ पर, घर में उगे शाक-पात पर, सोन-जाई[1] के झाड़ पर, मैं लानत भेजता हूँ। आँगन-पटआँगन पर, उक्खल-मसूल-जाँतर[2] पर, स्लेट की छत पर, छत पर रखे बड़े चकमक पत्थर पर, नागफनी पर, कद्दुओं और खुबानियों पर, सूखती बड़ियों और मटमैली धोतियों पर, मैं लानत भेजता हूँ। सिन्दूक-पिटार पर, तार-तार तिब्बती गलीचे पर, खस्ताहाल हिरण-खाल पर, दादी की पचलड़ मोहनमाल पर, दादा के चाँदी के चमची-पंचपात्र पर, बच्चों के पहने धागुल-सुतुल[3] पर, कुल देवता पर, कुल पर, मैं लानत भेजता हूँ। कीलक पर, कवच पर, रुद्री-खंडग पर, स्रुवा आज्या इदं न मम पर, मैं लानत भेजता हूँ। रामरक्षा अमरकोष पर, चक्रवर्ती के गणित, नेस्फील्ड के ग्रैमर पर, लघु सिद्धान्त कौमुदी, रेनबो रीडर पर, मोनियर विलियम्स के कोश, एटकिंसन के गजेटियर पर, मैं लानत भेजता हूँ।

चन्दन-चन्धारे[4] पर, पंचांग और पट्टों पर, ऐंपणों-ज्यूँतियों[5] पर, हरियाले के डिकारों[6] पर, भेंटणे[7] की छापर[8] पर, बेसुरे सकुन आखर पर, मैं लानत भेजता हूँ।

चैंस-फाणा-चुणकाणी पर, बाँठ-ठट्वाणी पर, रस-भात-पपटौल पर, चिलड़ा और जौल[9] पर, मैं लानत भेजता हूँ। जम्बू के छौंक पर, भाँगे की भुनैन पर, कड़वे तेल की झलैन पर[10], खट्टे चूक नीबू पर, डकार की झुलसैण[11] पर, मैं लानत भेजता हूँ।

जागर[12] पर, कौतिक[13] पर, कथा, हुडुक-बोल[14] पर, हो-हो-होलक हुल्यारो[15] पर, उमि[16] मसलती हथेलियों पर, छिलूक[17] की दीवाली पर, बरस-दिन के दिन पर, तिथि-त्योहार पर, बारसी जन्मबार पर, मैं लानत भेजता हूँ।

पल्लू में बँधे सिक्कों पर, पुड़िया में रखे बतासों पर, पेंच[18] पर ली चीजों पर, साहजी के यहाँ के हिसाब पर, मैं लानत भेजता हूँ। 'श्रीराम स्मरण' से शुरू हुए हर

---

1. स्वर्ण चम्पा, 2. ओखली, मूसल, 3. शिशुओं के जेवर, 4. चन्दन घिसने का पत्थर, 5. अल्पना चित्रकारी, 6. मिट्टी की छोटी मूर्तियाँ, 7. चैत में विवाहित लड़कियों को दिया जानेवाला भोज, 8. टोकरी, 9. कुमाऊँनी व्यंजन, 10. तीखापन, 11. पित्तप्रधान, 12. अनिष्ट के निवारण के लिए देवताओं का संगीत-नृत्य में आह्वान, 13. मेला, 14. लोकगीत जो हुडुका बजाकर कृषि-कार्य के साथ गाये जाते हैं, 15. आशीष देते हुए होली गानेवाले, 16. गेहूँ की भुनी बालियाँ, 17. चीड़ की लकड़ी की मशाल, 18. उधार।

पोस्टकार्ड पर, देस से न आए हर मनीऑर्डर पर, यहाँ के वैसे ही हाल पर, तहाँ की कुशल भेजना पर, मैं लानत भेजता हूँ।

अतीत के क्षय पर, भविष्य के भय पर, सीखचों के पीछे से चीखते उन्माद पर, खाँसी के साथ होते रक्तपात पर, मैं लानत भेजता हूँ।

आप लक्ष्य कर रहे होंगे कि चिन्ताप्रद रूप से काव्यात्मक हुआ जा रहा है हमारा क्रान्तिकारी नायक।

अगर आप इससे पूछें इस समय कि भाई इस सबका समाधान क्या है? वह निस्संकोच उत्तर देगा, सारे पहाड़ियों को पंजाबी बना दो! मानो पंजाब में मध्यवर्ग होता ही न हो, मानो अम्बरसर की गलियाँ किसी मौलिक अर्थ में अल्मोड़ा के मोहल्लों से भिन्न हों। किन्तु मैं इसे टोकूँगा नहीं। अपने वर्तमान पर लानत भेजने का युवाओं को वैसा ही अधिकार है, जैसा मेरे-जैसे वृद्धों को अतीत की स्मृति में भावुक हो उठने का।

थककर होटल में घुसने से पूर्व अब नायक सिटोली के जंगल को और उसके पार नन्दादेवी और त्रिशूल की सुदूर चोटियों को देखते हुए लानत का खाता पूरा करता है।

मैं लानत भेजता हूँ स्वर्गोपम गोद और नारकीय बचपन पर, वादियों में गूँजते संगीतमय रुदन पर, मैं लानत भेजता हूँ रमकण चहा[1] के चमकण गिलास पर, अत्तर-सुरा-तीन पत्ती फल्लास पर, छप्पर फटने के सपनों पर, अपने पर, अपनों पर, मैं लानत भेजता हूँ।

सारी रात जागने के बाद, लानत-लदवाई में इतना श्रम करने के पश्चात् नायक अधिकारपूर्वक यह माँग कर सकता है कि अब उसे कुछ देर शान्ति से सोने दिया जाए। अस्तु, सम्प्रति उससे यह न पूछना ही उचित होगा कि जिन नगरवासियों को लानत भेजी गई है, उनमें बेबी-नाम्नी एक कन्या सम्मिलित मानी जाए कि नहीं?

डी.डी. देर से सोया था, इसलिए उठा भी नौ बजे। तब तक 'पहाड़ी' बाराती नहा-धो तैयार होकर जा चुके थे, शास्त्री जी के घर सीधे अथवा बिरादरों से 'भेंटघाट' के लिए अन्य घरों में 'हाजिरी' देते हुए। 'देसवाली' बाराती भी निकल चुके थे कि घूम-घामकर विदा के समय तक शास्त्री जी के घर पहुँचें। केवल वर के पिता और नाना जी तथा पंडित इस प्रतीक्षा में थे कि डी.डी. उठे तो उसके साथ टैक्सी में जाएँ। पंडित जी ने ही डी.डी. को उठाया।

आँख खुलने पर पहले उसका मन हुआ कह दे कि मैं नहीं जाऊँगा और करवट बदलकर सो जाए। किन्तु ऐसा कहने-करने की नाटकीयता और कायरता दोनों उसे ठीक नहीं मालूम हुईं।

---

1. चाय जिसमें चित्त रमे, जो मस्ती दे।

मैं किसी से क्यों डरूँ? मैंने किसी का क्या बिगाड़ रखा है? मन-ही-मन ऐसा सोचते हुए, बल्कि लगभग गाते हुए नायक नहा-धोकर तैयार हुआ। कैमरों से भी लैस हुआ।

मैं जो भी कर रहा हूँ, कला के लिए कर रहा हूँ। मेरा जीवन कला को समर्पित है। जिसे ये मूर्ख मेरी प्रदर्शनप्रियता समझ रहे हैं, वह मेरी सिने-कला की साधना है। इनके लिए मात्र विवाह है, जब मेरी फुटेज सम्पादित होकर फ्रांसीसी टी. वी. पर दिखाई जाएगी तो तुम्हारी यही गई-गुजरी शादी सिलोलाइड पर कविता बन जाएगी।

और बेबी से मैं जो कुछ कर रहा हूँ वह 'बदमासी बदतमीजी' नहीं है, प्यार है प्यार। कलाकार लोग प्यार करते हैं। जरूरी होता है कला के लिए।

नायक ने ये बातें मन-ही-मन कही हैं। होटल की दीवारों के कान भी इतने तेज क्या रहे होंगे कि इन्हें सुन पाए हों। लेकिन नायक मानता है कि सारे नगर को वह खरी-खरी सुना चुका है। होटल से बाहर निकलते हुए उसकी चाल में अतिरिक्त उछाल है। बैठने के बाद वह टैक्सी का अपना ही नहीं, पिछला फाटक भी (दुबारा खोलकर) भड़-से बन्द करता है।

टैक्सी चलती है। वह गर्दन घुमाकर पिछली सीट पर बैठे वृद्ध पुरोहित और नानाजी से खाँटी कुमाऊँनी में (अपने उच्चारण का आरम्भिक ग्राम्य संस्कार आग्रहपूर्वक उजागर करते हुए) नितान्त गँवई घरेलूपन की बतकही करता है। यह भी 'विद्रोह' है। इस मध्यवर्गीय नगर को दो ही तरह श्रवण-कष्ट दिया जा सकता है—या तो नायक अमरीकी उच्चारण में 'ओ. कैय.' कहेगा या फिर जिस गंगोलीहाट में उसका बचपन बीता, उसके लोगों की तरह 'वां बट्यै'[1] मार्का कुमाऊँनी बोलेगा।

नायक नहीं जानता कि अब से कुछ घंटे पहले जब वह सड़कें नापता हुआ इस शहर पर लानत भेज रहा था, तब शास्त्री जी के कक्ष में आयुष्मती मैत्रेयी के चारों चिरंजीव भाई डी.डी. पर और प्रसंगवश पिताजी की लाडली बेबी पर भी दबे स्वर में लानत भेज रहे थे। उनका कहना था कि यह मजाक अब बन्द होना चाहिए। मजाक बन्द कराने के आग्रह में उनकी सौभाग्यवती पत्नियाँ अपने-अपने सिर पर पल्लू ठीक करते हुए सशक्त योगदान करती रही थीं। सौभाग्यवती शास्त्रानी जी ने वही वाक्य कई बार दोहराया था जो सुहागरात के अगले दिन से लेकर अब तक वह ब्रह्मास्त्र के रूप में प्रयोग करती आई हैं—"इनसे तो पोथियाँ बँचवा लो, और किसी बात की अक्कल नहीं इन्हें।"

बन्द दरवाजे के भीतर होती इस परिषद् का कहना था कि शास्त्री जी को सारी स्थिति समझा दी गई थी, लेकिन फिर भी इन्होंने इस भ्रम में पड़ना स्वीकार किया कि डी.डी. वस्तुतः दया से विवाह करना चाहता है। जब वह डी.डी. दया

1. वहाँ से। अल्मोड़ावाले 'बां बटि' कहते हैं।

का विवाह अन्यत्र ठहराने बैठ गया तब उनकी आँखें खुलनी चाहिए थीं किन्तु मुँदी रहीं। सही है कि डी.डी. ने दया का विवाह ठहराने में हमारी मदद की है लेकिन यह कोई ऐसा अहसान नहीं कि हम बदले में अपने घर की सुन्दर, सुकुमार कन्या को एक सड़े-गले खानदान के बेरोजगार लड़के की झोली में डाल दें। यह नहीं भूलना चाहिए कि इस लड़के का बाप परले दर्जे का खब्ती था, उसने जनम-भर कोई काम नहीं किया,छोटा-मोटा जादू दिखाकर अपना पेट पाला और अपने को सिद्ध कहता डोला। पहले दर्जे का नशेबाज था वह! किन-किन चीजों का नशा नहीं करता था! नशे में ही उसने 'बिना पंख के उड़ने का चमत्कार' दिखाने के नाम पर भीड़ इकट्ठा की और उसके सामने पहाड़ी से कूदकर आत्महत्या की। यह कोई अपने बाप से कम खब्ती है? खुद ही अपने को डी.डी. द मूडी कहता है। और माँ भी तो इसकी छे (क्षय) से मरी थी। बहुत ही है यह रोग इसके खानदान में। कृत-सम्बन्धी है ठीक है, लेकिन सम्बन्धों को लेकर चाटना है क्या? बदतमीज अलग है, कल रात देखा नहीं? फिर बाबू इसे इतनी लिफ्ट क्यों दिए हुए हैं? क्या वह सोचते हैं कि हम इससे बेबी का ब्याह कर सकते हैं?

"विवाह की तो कोई बात मैंने नहीं कही।" बड़ी मुश्किल से शास्त्री जी एक वाक्य कह पाए थे।

तो फिर यह सब तमाशा क्यों होने दे रहे हैं? ठीक है वह बाराती है, उससे कुछ नहीं कह सकते! अपनी बेटी से तो कह सकते हैं। आप हैं कि न खुद कुछ कह रहे हैं, न हमें कहने दे रहे हैं।

"बेबी को मैं समझा दूँगा। तुम लोग अब उससे और कुछ न कहो इस सम्बन्ध में।"

शास्त्री जी निकले भी बेटी की खोज में। वह उन्हें भीतरवाले कमरे में हमउम्र लड़कियों और बच्चों के साथ फर्श पर बिछे गद्दों पर लोटी पड़ी मिली। बाँह का तकिया बनाकर वह बाईं करवट लेटी हुई थी, अपनी टाँगों को पेट में सिकोड़कर जैसे कोई गर्भस्थ शिशु।

शास्त्री जी ने इस बच्ची को देखा और पूछा अपने से कि बच्ची से कैसे कहा जाता है तू अब केवल स्त्री है। और अगर कह दिया जाता है ऐसा, तो फिर यह कैसे कहा जाता है कि यही वयस्कता तेरी स्वतंत्रता का हनन करती है। बच्ची! अब हम तेरी हर बात को बचपना मानकर उड़ा नहीं सकते। और स्त्री! तू कभी ऐसी स्त्री हो नहीं सकती कि अपने मन की कर सके। बच्ची-स्त्री, तू अपने को स्त्री जान; स्त्री-बच्ची, तू अपने को हमारी बच्ची-भर मान।

शास्त्री जी ने इस स्त्री-बच्ची को सोया देखकर राहत महसूस की। 'ओ का चीज छो?' निरन्तर पूछते रह सकनेवाले चिर-शंकालु को समझाने के दायित्व से सम्प्रति मुक्ति मिली।

लेकिन कहाँ?

तभी बेबी ने करवट बदली। कोई सपना देखते हुए वह मुस्कराई, और फिर उसने अचकचाकर आँखें खोलीं। अपनी घड़ी देखी और पूछा, "बाबू सोये नहीं कि जाग गए अभी से?"

शास्त्री जी ने अँगुली होंठ पर रखकर कहा, बोल मत और इशारे से उसे बाहर बुलाया। ऐसे ही बुलाते रहे हैं वृद्ध पिता इस बच्ची को, जब उन्हें गुपचुप कोई प्रत्याशित-सा-अप्रत्याशित उपहार देना होता है उसे। और उपहार पाकर यह बच्ची दो मांसल बाँहें उनके गले में डालकर झूल जाती रही है।

पिता को यही सब याद आ रहा है इस समय, पुत्री को भी।

क्या दोगे पिता आज? होना-सा-अनहोना वह अनहोना-सा-होना क्या है जिसे देने के लिए मुझे लिए जाते हो दूर, और दूर, चुपचाप, प्रभातियों से गुंजरित प्रातः प्रथम प्रहर में?

खैर, इतने काव्यात्मक शब्दों में तो नहीं की जा रही है यह जिज्ञासा, 'बाबू क्या दे रहे आज, कहाँ ले जा रहे'—ऐसा पूछती है बच्ची, लेकिन जो वयोवृद्ध व्यक्ति 'ओ का चीज छो?' जैसे शिशु-सुलभ प्रश्न में मानवीय अस्तित्व की सकल पीड़ा सुन पाता हो उसका अपनी पुत्री की सपाट जिज्ञासा का नितान्त उपनिषद्वत् अनुवाद करके भाव-विह्वल हो जाना 'होने-से-अनहोने' की श्रेणी में ही आएगा।

भाव-विह्वल हैं शास्त्री जी इसलिए कुछ कह नहीं रहे हैं, चलते जा रहे हैं।

"बाबू!" अन्ततः हाथ पकड़कर रोकती है पुत्री, पिता को।

शास्त्री जी कहते हैं, "वह ऐसा है, यह जो डी.डी. आया है ना, उसके साथ तेरा इतना बोलना-चालना, उछलना-कूदना, कुछ अच्छा नहीं लगा तेरी माता को, तेरे भाइयों को।"

"तुम्हें?"

"वह बाद में बात कर लेंगे, किन्तु अभी मैं इतना ही कहना चाहता हूँ कि कल जब वह लड़का यहाँ आए, तू उससे बोलना मत। व्यर्थ कहीं विदा के समय कुछ अप्रिय न घट जाए।"

आदेश भी उपहार है। माँगा नहीं था, मिला है। पुत्री अपनी बाँहों का हार पिता के गले में डाल देती है और कहती है, "खाली कल ही ना? और दिन तो बोल ही सकती हूँ।"

पिता 'हाँ' कहकर बात खत्म कर सकता है। कल डी.डी. चला ही जाएगा विदा के बाद। फिर कुछ ऐसा किया ही जा सकेगा कि भविष्य में कभी न आए। किन्तु दुर्भाग्य कि युधिष्ठिर है पिता और झूठ-सच की दुविधा से बचने के लिए कहता है, "इसके बारे में बाद में बात कर लेंगे।"

पुत्री समझते हुए सिर हिलाती है और दुहराती है, "बाद में?" क्या है इस अनुगूँज में? हताश जिज्ञासा? दुखद आश्चर्य? अवहेलनापूर्ण चुनौती? शब्द सुने हैं पिता ने, ध्वनि नहीं पकड़ पाया है।

इसलिए अब पूछता है अटक-अटककर, "वैसे ये जो, तेरी माता, तेरे भाई, सोचते हैं तेरे और उसके सम्बन्ध में, वह तो उनकी भ्रान्ति ही है ना? तू उससे शादी करने का हठ तो नहीं करेगी?"

और तब पुत्री बाँहें हटाती है पिता के गले से। हथेलियों में लेती है पिता की हथेलियाँ मानो वह वृद्ध नहीं, समवयस्क हो और कहती है प्रौढ़ स्वर में, "इस बारे में बाद में बात कर लेंगे, अच्छा। तुम अब आराम करो बाबू।"

थका-थका-सा चढ़ता है पिता सीढ़ियाँ और कहता जाता है मन-ही-मन. 'बालक्रीड़ा, बाल-हठ।'

डी.डी. ने ऐसा व्यवहार किया मानो पिछली रात कुछ हुआ ही न हो। उसने 'फोटोग्राफी' यथावत् जारी रखी। इतना जरूर था कि उसकी गंगोलीहाटवाली कुमाऊँनी, लोगों की 'ओ. कैय.' शैली की अंग्रेजी की अपेक्षा कम खली। हर चीज के लिए उसने विनम्र स्वर में विधिवत् अनुमति माँगी। वह 'कुँवर-कलेवा' में शामिल न होकर, इस प्रीतिभोज के, इस पुराने मकान के, इसके नक्काशीदार दरवाजों के चित्र और फिल्में उतारता रहा। फिर कलेवा के नाम पर एक सिंगल[1] चाय के साथ खाकर वह 'ठ्या' (पूजाघर) में पहुँचा, जहाँ वर-वधू को पिठ्या लगाया जा रहा था यानी स्त्रीजन अपनी रिश्तेदारी की निकटता और आर्थिक अवस्था के अनुरूप वर और वधू को तिलक लगाकर उपहार दे रही थीं। बबली'दी का उसने बहुत ही सुन्दर शॉट लिया। वह कैमरा दीवार पर काफी नीचे टँगे देवी-देवताओं और पूर्वजों के चित्रों से पैन करता हुआ बबली'दी पर लाया जो अपनी बारी आने पर पिठ्या लगाने आगे सरकीं। बबली'दी रोजमर्रा के हर काम को 'भूमिका' मानती हैं, मानो प्रतिक्षण दूसरों की आँखों के रूप में वह कैमरे से ही साक्षात् करती हैं। उन्होंने ठ्या के दीवट की लौ ठीक की, बहुत अदा से अपने सिर पर पल्लू ठीक किया, न्योछावर की अक्षतों से फिर तिलक लगाया मुस्कराते हुए यह पूछकर, "छोटा-छोटा लगाऊँ, बड़ा-बड़ा?" फिर वर और वधू दोनों की हथेलियों में कुछ नोट 'च्याप' (चाँप) दिए। बबली'दी की ऐसी रिश्तेदारी नहीं कि मुनड़ी (अँगूठी) या कोई और जेवर अथवा सूटलैंग्थ या साड़ी दें, रुपया भी उन्होंने अधिक नहीं दिया है, इसलिए अपनी बन्द मुट्ठी में रखकर उनकी खुली हथेलियों में बन्द कर दिया है। और सरककर दूसरी के लिए जगह बनाने से पहले उन्होंने भाव-विह्वल आशीर्वाद भी दिए हैं। आँसू पोंछते हुए कैमरे के फ्रेम से बाहर हुई हैं।

1. सूजी अथवा चावल के आटे का जलेबीनुमा व्यंजन।

डी.डी. 'पिठ्या' लगने के बाद वधू द्वारा मकान की समस्त देहरियाँ पूजे जाने की फिल्म उतार रहा था। कमेंटरी अच्छी रहेगी; एंड नाउ द ब्राइड टेक्स लीव ऑफ द डोर-स्टेप्स ऑफ हर पेरेंटल होम, शी वर्शिप्स ईच ऑफ दैम विद फ्लावर्स एंड राइस एंड सेज—आल्दो आई नाउ लीव दिस हाउस फॉर एनेदर, आई विश इट वैल। मे आई आलवेज बी ए वेलकम स्ट्रैंजर टू दीज प्रास्परस डोर-स्टेप्स। फ्रांसीसी में तो शायद और भी अच्छा लगेगा सुनने में।

फ्रांसीसी दूरदर्शन का दुर्भाग्य कि तभी एक अपरिचित लड़के ने आकर कहा, "अरे वह कौन आ रहे बम्बई से फिल्मवाले? उन्हें नीचे शास्त्री जी ढूँढ़ रहे। हकाहाक हो रही उनके लिए।"

हकाहाक यानी पुकार मची हुई ऐसा जानकर डी.डी. सीढ़ियाँ उतरकर आँगन में पहुँचा। वहाँ बारातियों को पिठ्या लग रहा था।

शास्त्री जी ने कहा, "क्या सारी फोटोग्राफी स्त्रियों की ही करोगे चिरंजीव? अरे एकाध चित्र हम बूढ़ों का भी ले लो। आइए पंडित जी, गन्धाक्षत कीजिए।"

पिठ्या लगवाते हुए डी.डी. ने सफाई दी, "बात यह है कि फ्रांसीसी दूरदर्शन पर दिखाई जाएगी फिल्म, इसलिए सभी रस्में अंकित करना चाहता था। रात आप लोगों को असुविधा हुई, क्षमा चाहता हूँ।"

"नहीं, अच्छा है," शास्त्री जी ने कहा, "प्रिमीटिव कस्टम्स ऑफ इंडिया फ्रांस में ही रुचि से देखी जाएगी। मेरा निवेदन तो मात्र यही था कि बारात का गन्धाक्षत भी एक प्रिमीटिव कस्टम है, इसे क्यों उपेक्षित किए हुए हो तुम?"

शास्त्री जी ने थाल में से उठाकर एक लिफाफा डी.डी. को देना चाहा जिस पर ऊपर लिखा था—11 रु. डी.डी. तिवारी।

डी.डी. ने लेने से इनकार किया।

"संकोच कैसा?" शास्त्री जी बोले, "आप वर के मित्र हैं, छोटे भाई समान हैं लेने का रिश्ता आपका।"

नायक की जीभ पर एक वाक्य मचलने लगा—मैं कभी इकट्ठा ले लूँगा आपसे शास्त्री जी। किन्तु किसी तरह अपने को रोका उसने और मात्र इतना कहा, "नहीं, पैसे नहीं!"

"तो गोला-नारियल लीजिएगा?" शास्त्री जी ने पूछा, "बब्बन से अपनी रिश्तेदारी के कारण घराती मान रहे हैं अपने को?"

गोला लिये शास्त्री जी का हाथ आगे बढ़ा हुआ है! उसको लेने का अर्थ है इस घर से पैसा न लेनेवाली रिश्तेदारी का सार्वजनिक स्वीकार। वैसे यह कोई मध्ययुग नहीं जो ऐसी प्रतीकात्मकता को जीवन-मरण का प्रश्न बना दिया जाए।

किन्तु नायक के हाथ को मानो लकवा मार गया है कि बढ़कर भी गोला थाम नहीं पाता। गोला शास्त्री जी के हाथ से छूट चुका है लेकिन नायक के हाथ में नहीं आया है। गेंद-सा लुढ़ककर चला गया है दूर।

विचित्र स्थिति है, न घराती हो, न बाराती। तुम क्या हो चिरंजीव? लेने-देने की दकियानूसी के सैद्धान्तिक विरोधी?"

"नहीं," नायक कहता है, "मैं मात्र मैं हूँ। कुछ और हो सकूँ, इसके लिए आपके आशीर्वाद चाहता हूँ।"

वह झुककर शास्त्री जी के पाँव छू लेता है और उसके शीश पर हाथ रखते हुए शास्त्री जी उदास हो उठते हैं और कहते हैं मन-ही-मन—बाल-हठ, बाल-हठ।

नायक चरणन्तल नमस्कार करके उठता है और अपने कद को पूरा तान-खींचकर खड़ा हो जाता है मझोले कद के शास्त्री जी के सामने।

वह लुढ़कता हुआ गोला पहुँच गया है बैठक से आँगन में उतरनेवाली सीढ़ियों के चरण में। इन सीढ़ियों से उतर रही है नायिका। बाँधनी की रेशमी साड़ी पहने हुए है वह। सामान्यत: साड़ी नहीं पहनती, इसलिए अटपटी-सी लग रही है और सहसा बड़ी हो गई-सी भी। पाजेब बज रहे हैं उसके।

शास्त्री जी देखते हैं उसे। नायक भी दृष्टि उधर ही घुमाता है।

वह सीढ़ियाँ उतरकर गोला उठाती है। उसे लाकर थाल में वापस रख देती है और पूछती है पिता से : "विदा के बाद दया'दी को जनवासे छोड़ने गुड़िया हौर के साथ मैं भी जाऊँगी?"

शास्त्री जी क्षण-भर सोच में पड़ जाते हैं। फिर कहते हैं, "जाना, पर दंगा मत करना वहाँ बच्ची।"

"नहीं करूँगी।" वह कहती है। अब तक नायिका ने नायक से दृष्टि नहीं मिलाई है।

नायक-नायिका-शास्त्री जी, दृष्टियों का एक तना हुआ त्रिकोण है। पुत्री पिता को देख रही है, पिता उसे जो पुत्रवत् बनने का हठ कर रहा है और नायक पिता और पुत्री के मध्य किसी बिन्दु को जहाँ उसकी अदृष्ट नियति स्थित है।

डी.डी. सिनेमा होता तो शॉट यहाँ 'फ्रीज' कर दिया जाता कि खत्म कहानी। किन्तु ऐसा करना, ऐसा कहना, सुविज्ञ पाठकों को अपमानित करना होगा। वे जानते हैं कि जीवन में कुछ भी 'फ्रीज' नहीं होता। प्रवहमान नद है जीवन। क्षण-भर भी रुकता नहीं किसी की कलात्मक सुविधा के लिए। 'फ्रीज' नहीं होता, 'सीज' अलबत्ता होता है और सो भी भयावह निर्णयात्मकता से। यों नद का यह रूपक भी अपने अधूरेपन में कम त्रासद नहीं। कौन जानता है किस सागर में विलीन होता है यह नद? जो हो, ये बातें तो मुझ-जैसे बूढ़ों के लिए विचारणीय हो सकती हैं।

शास्त्री जी ने तोड़ दिया है अब वह त्रिकोण, थाल लेकर आगे बढ़ गए हैं। कह गए हैं, "देखूँ क्या देर है, विदा के लिए उन्हें ला क्यों नहीं रहे हैं नीचे?"

नायिका धीरे-धीरे गर्दन घुमाती है। मिल जाती है उसकी दृष्टि नायक से। मुख से न बोलने की मुनादी क्या आँखों पर भी लागू होती है? इन लाउड-स्पीकर आँखों पर!

एक साथ बहुत कुछ कह गई हैं ये आँखें। यह कि एक नाटक चल रहा है जिसमें नायिका को मौन रहना है। यह कि नायिका को बहुत रस आ रहा है इस मौन भूमिका में। यह कि तू धीरज धर।

लेकिन उस बेसब्रे से कब रहा जाता है? बोला, "बेबी।"

और बेबी ने इशारे से कहा कि तू भी मौन साधे रह। कुँवर कलेवे के लिए लगाई गई मेज से मिठाइयों की प्लेट वह उठा लाई। नायक को इशारा किया—उठा ले एक। उसने एक 'बाल'[1] उठा लिया। अब आदेश हुआ—खा ले। उसने दाँतों से एक टुकड़ा काटा। अब आदेश हुआ—बाकी को प्लेट में रख दे। उसने रख दिया। फिर नायिका ने इधर-उधर देखा। बची हुई 'बाल' में से एक 'कुट्टक' खुद खा लिया और इशारे से आदेश दिया—बाकी तू खा जा। और प्लेट मेज पर रखकर भाग खड़ी हुई।

नायक ने प्लेट से वह जूठी बाल उठाई। नायिका को ढूँढ़ने के लिए निगाह दौड़ाई कि कहाँ जा खड़ी हुई है भागकर! वह रही बैठक की बीचवाली झरोखानुमा खिड़की पर। नायक ने उसे देखा और जूठी बाल खा ली। फिर, यह देखते हुए कि इस भीड़ में नायिका को हाथ नहीं हिला सकता, नायिका की ओर चुम्बन नहीं उड़ा सकता, नायक, चीनी-जापानी ढंग के अभिवादन में थोड़ा-सा झुका है।

नायिका भी झुकी है, हँसते हुए।

सचमुच कितना चित्त प्रसन्न करनेवाला है यह नाटक, जिसमें घर के बड़ों ने बेबी को नायिका की भूमिका में उतार दिया है। वह तो बेबी मात्र थी अब तक। हँस-बोल लेती डी.डी. से, खिलवाड़ कर लेती और बस। लेकिन अब स्थिति भिन्न है। कहीं बेबियों को बरजा जाता है? कहीं बेबियों से कहा जाता है कि डी.डी.ओं से मत बोलना? ऐसा तो नायिकाओं से कहा जाता है, नायकों के सन्दर्भ में।

न बोलने की इस शर्त से कितना मजा आ रहा है ना? डी.डी. तो वैसे ही लाटा ठहरा—ओ. कैय.! मैं ही ठहरी बकूभान[2]। न बोलते हुए बोलना कित्ती प्यारी-प्यारी बात हुई ना? मैंने उसका जूठा खा लिया, उसने मेरा, माया ही खिलवाती है जूठा कहते हैं। क्या हुई माया? जो भी हुई ओ. कैय. हुई। ओ. कैय.!

और फिर विवाह के कारण अस्त-व्यस्त पड़े इस घर में नायिका ढूँढ़ने लगती है कोई चीज, पर किसी को नहीं बताती क्या?

---

1. भुने-घुटे मावे की मिठाई, 2. बहुत बोलनेवाली।

नीचे विदा दी जा रही है। जामाता महोदय ससुराल के सम्बन्धियों का परिचय पा रहे हैं और उनके पाँव छूकर श्रीफल अर्पण कर रहे हैं चरणों में। दया इन्हीं सम्बन्धियों को पैलागा कहकर विदा ले रही है। 'नदिया के ढिग-ढिग निकसी लड़ैती, नवल भये असवार रे, मैया कहे बेटी नित उठ आइयो, बाबा कहे छह मास रे।'

स्त्रीजन गा रही हैं और अपनी-अपनी श्रद्धा, अपने-अपने स्वभावानुसार रो भी रही हैं। दुस्साध्य है यह करतब किन्तु बबली'दी के लिए नहीं। वह खनकती आवाज में गा रही हैं और रो भी सबसे ज्यादा रही हैं।

कुछ मर्दों की, जिनमें शास्त्री जी भी शामिल हैं, आँखें गीली हैं और दया के मामा जैबुल तो खुलकर रो रहे हैं। उनके सम्बन्ध में विख्यात है कि अपने विवाह में भी विदाई के समय वधू से अधिक रोये थे।

डी.डी. ऐसे अवसरों पर रोता नहीं, रुआँसा जरूर हो आता है। सच तो यह है कि वह ऐसे किसी अवसर पर नहीं रोता जिस पर सामान्यत: रोया जाता हो। वह ऐसे तमाम अवसरों का रुआँसापन अपने भीतर सहेजकर रख लेता है और कभी इकट्ठा ही रोता है एकान्त में।

इस समय वह एक बहुत ही सुन्दर शॉट लेने में व्यस्त है। चीड़ के जंगल के पार बहुत दूरी पर दिखती हिमालय की चोटियों से कैमरा पैन करते हुए विदाई के इस दृश्य पर लाया है और अब फ्रेम में शास्त्री जी से लिपटकर रोती दया को बाँधे हुए है। हिमालय, पार्वती—ऐसा कुछ सन्दर्भ ला सकेगा वह कमेंटरी में, जो फ्रांसीसी अनुवाद में निश्चय ही नीका लगेगा।

एक और प्रीतिकर शॉट ले रहा है वह अब, जिसमें बेबी दया से कुछ कह रही है और रोती हुई वधू बाध्य हो रही है कि थोड़ा-सा मुस्कराए।

लेकिन बेबी अखबारी कागज में लिपटी यह क्या चीज लिये है हाथ में? इसका जवाब वह किसी को नहीं दे रही है और सम्प्रति हम भी औरों की तरह यही अनुमान करने को बाध्य हैं कि इसमें दया के लिए कोई उपहार है। कदाचित् फ्रेम-मढ़ा कोई चित्र।

किन्तु नहीं। अब जब जनवासे में जीजाजी के कमरे में नवविवाहित दम्पती से हँसी-मजाक कर लेने के बाद नायिका उस कमरे में खड़ी हुई है जिसमें नायक अपना बिस्तरा गोल कर रहा है, हम देखते हैं कि अखबारी कागज के भीतर एक स्लेट है और नायिका के ब्लाउज में एक रूमाल के साथ खुँसी हुई स्लेट-पेंसिल। नायक की पीठ है नायिका की ओर। वह स्ट्रैप खींचकर होलडॉल बाँध रहा है। नायिका स्लेट पर लिख रही है—'मुझे तुझसे नहीं बोलना है।' नायक मुड़ता है और कहता है, "बेबी तू ..." नायिका स्लेट की ओर इशारा करती है। पढ़कर पूछता है नायक, "मगर क्यों?" नायिका उससे चुप रहने को कहती है। स्लेट पर लिखी इबारत पोंछ

देती है और स्लेट तथा पेंसिल नायक की ओर बढ़ा देती है। यह किसी ने नहीं कहा था कि नायक को भी मौन रहना होगा, लेकिन नाटक अधिक दिलचस्प हो जाएगा ना अगर इसे भी न बोलने दूँ।

खड़े-खड़े स्लेट पर बारी-बारी लिखकर सूचनाओं का आदान-प्रदान समय-साध्य ही नहीं, कष्टप्रद भी है। तो नायिका होलडॉल पर बैठ जाती है और नायक और होलडॉल दोनों की ही पीठ क्रम से थपथपाकर इंगित करती है कि नायक भी उसके ढिग बैठ जाए। वह बैठ जाता है। अब सुविधा से चल पाता है वह स्लेट-संवाद-सूत्र। लिखी जाती बात लिखने के साथ-साथ पढ़ी जाती है,—'व-ह नी-बू क-हाँ है?' और पढ़नेवाला तुरन्त उसे मिटाकर, पेंसिल छीनकर लिख सकता है—'ए-य-र बै-ग में।'

थोड़ा विवाद उठ खड़ा हुआ है नीबू के स्वामित्व पर। नायिका का आग्रह है कि तोड़ा किसी ने भी हो, तोड़ा मेरे लिए ही, मेरे कहने पर ही है। नायिका का आग्रह अन्ततः स्वीकार होता है। नायक एयरबैग खोलकर नीबू उसे दे देता है और उसी जापानी शैली में कमर से झुककर अभिवादन करता है 'सम्राज्ञी' का। 'सम्राज्ञी' केवल शीश थोड़ा झुकाकर अभिवादन और नीबू दोनों ग्रहण करती है।

किन्तु अब उसने एक नया विवाद खड़ा कर दिया है। लिखती है—'मैं इसे सानकर खाऊँगी। बौद्धिक प्रेमी के लिए यह कल्पनातीत है कि कोई प्रेमिका किसी प्रीति-चिह्न को दही में मसलकर भाँगे का नमक मिलाकर चटखारे ले-लेकर चाट जाए, उदरस्थ कर जाए। यह कैसा प्यार हुआ भला? नायक है लाटा। अरे यह तो शुरुआत है। जब पराकाष्ठा पर पहुँचेगा प्यार, तब नायिका तेरा चुराकर दिया नीबू क्या, स्वयं तुझे दही-नमक से खा जाएगी। भक्षण प्रेम का अन्तिम चरण है। कितना तो प्यारा लग रहा होता है चूहा बिल्ली को, जिस समय वह पंजा मार रही होती है उस पर।

नायिका का लिखना है, और मैं उसकी व्यावहारिकता की संस्तुति करता हूँ नायक से, कि रखा-रखा तो खराब हो जाएगा नीबू, खा लूँगी तो मेरे अंग लगेगा। जब तक मैं जीवित हूँ, यह भी मेरे अंश-स्वरूप जीवित रहेगा।

इस पर नायक यही लिख सकता है कि चिरंजीवी हो यह चुराया हुआ नीबू तेरे अंग-अंग में!

नायिका जानना चाहती है कि नायक को साना हुआ नीबू कैसा लगता है? नायक को बिलकुल अच्छा नहीं लगता, बहुत खट्टी चीजें वह खा नहीं पाता। नायिका जानना चाहती है कि खट-मिट्ठी चीजें कैसी लगती हैं उसे? वे अच्छी लगती हैं नायक को। नायिका जानना चाहती है कि बेबी कैसी ठहरी, खट्टी या खट-मिट्ठी?

नायक का उत्तर आप जानते ही हैं। सच तो यह है कि मेरे सुधी पाठक यह सब जानते हैं। मैं स्वयं संकोच में पड़ता हूँ यह सब लिखते हुए। तुतलाहट से आगे क्यों नहीं बढ़ पाती प्रीति की बानी? और क्यों, जब वह इस सीमा का उल्लंघन

करना चाहती है, तुतलाहट से भी निम्नतर कोटि—हकलाहट—में पहुँच जाती है वह? प्राचीन आचार्य भी इस तथ्य से अवगत रहे। वे कह गए हैं कि प्रेम में संलाप-प्रलाप-अनुलाप-अपलाप आदि ही होता है। हर प्रेमी जानता है कि प्रतिपक्ष क्या चाह रहा है, किन्तु जानकर-भी-न-जानते का विधान है। दुर्भाग्य कि हमारे ये नायक-नायिका इतने अधिक प्रेम में हैं कि इनसे 'मुरली रली रली' मार्का प्रलाप, 'गुंजा गुंजा नहि नहि' मार्का अनुलाप और 'इयंवार्ता नौ-प्रसंगे' मार्का संलाप भी सध नहीं पा रहा है। घोर असाहित्यिक है सबकुछ। सुधी पाठकों की तरह मैं भी इस विडम्बना पर खेद ही व्यक्त कर सकता हूँ। यह सृष्टि हमारी नहीं, उसकी बनाई हुई है और इस गड़बड़झाले के लिए वही पूरी तरह उत्तरदायी है।

गड़बड़झाला निर्बाध जारी है। नायक के 'खट-मिट्ठी' लिखने पर, नायिका ने लिख दिया है, 'चखा नहीं, फिर कैसे मालूम?'

और नायक उसका पेंसिलवाला हाथ पकड़ लेता है और अपने होंठ उसके होंठों की ओर बढ़ाने लगता है।

अब एक और गड़बड़झाला शुरू हो चला है। जॉनसन एंड मास्टर्स प्रभृति अर्वाचीन मनीषी इस सबकी अपनी प्रयोगशालाओं में नाप-जोख करके पोथे लिख चुके हैं। प्राचीन कवि इस प्रकम्पित स्थिति के लक्षणों का विशद वर्णन-विवेचन कर चुके हैं। किन्तु फिर भी मुझे बारम्बार यह सम्भ्रम होता है कि बात यहीं समाप्त नहीं होती। स्वीकार करता हूँ कि मुझे यह अनुभूति-विशेष हुए एक युग बीत चुका है और स्मृति धोखेबाज होती है। किन्तु मेरे मन में ऐसी धारणा बनी हुई है कि आर्डेनेलिन-नोराडेनेलिन आदि रसायनों, रक्त-चाप-वृद्धि, हृत्कम्प-वृद्धि आदि लक्षणों से अधिक भी कुछ होता था इन क्षणों में।

वर्णित क्षण में भी हो रहा है वह अतिरिक्त कुछ।

मुँह का सूखना भय का लक्षण है, माना। भय सामाजिक मर्यादा भंग करने से भी उत्पन्न हो सकता है, माना। नाभि से कंठ तक उठती सुरसुरी किसी हार्मोन-विशेष के रक्त में प्रवाहित होने की परिणति है, माना। हार्मोन-विशेष नर-मादा के परस्पर आकर्षण के प्रभाव में प्रवाहित हुआ है, माना। किन्तु दुराग्रह कह लीजिए, यह मानने को जी नहीं करता कि जो है, मात्र इतना ही है। शंका उठती है मन में कि यदि मात्र इतना ही है तो ठीक ऐसा ही सर्वत्र-सदा क्यों नहीं होता? ठीक ऐसे ही मुँह सूखना, ठीक ऐसी ही सुरसुरी? कौन-सा है वह हार्मोन, ठीक-ऐसे को ठीक-ऐसा, ठीक-ऐसी को ठीक-ऐसी बनाता है जो? नर-मादा के सहज आकर्षण से परे यहाँ कौन-सा अतिरिक्त आकर्षण कार्यरत है? सामाजिक मर्यादा के उल्लंघन के भय से परे यहाँ कौन-सा भय है? कौन-सी है वह उच्चतर मर्यादा जिसे तोड़ने की भयमिश्रित चुनौती उपस्थित है यहाँ इस दयनीय होटल के इस तंग दुर्गन्धयुक्त कक्ष के गन्दे फर्श पर पड़े एक होलडॉल पर चिपटी दो युवा देहों के मध्य?

जॉनसन एंड मास्टर्स इस विषय में मौन हैं। गोनर्दीय, घटोकमुख आदि आचार्य भी इस रहस्य पर कोई प्रकाश डाल नहीं गए हैं। उन्होंने कामोद्दीपक नाड़ियों का विशद वर्णन किया है और बताया है कि किस बटन को दबाने से उनमें से किसमें तरंग प्रवाहित होती है। यही नहीं बताया है कि कभी-कभी कैसे सर्वोच्च नाड़ियों का स्विच ऑन हो जाता है। क्यों कभी मैथुन ब्रह्मज्ञान-सिद्धि जितना आतंकप्रद हो उठता है!

पिता ने तो दंगा ही न करने को कहा था, क्यों लगता है पुत्री को—यह जो भी है, विराट-रूप हंगामा है?

और अब जबकि वह ग्रीवा तनिक मोड़-घुमाकर अपने होंठ के नीचे रख चुकी है और उसके होंठों के दबाव का उत्तर दुगुने-तिगुने दबाव से दे रही है, अब उसे क्यों लगता है कि इसे तो मैं बगैर दही-नमक के उदरस्थ क्या गर्भस्थ कर लूँगी? और जो योनि इस क्षण नायक की उत्तेजना का उत्तेजक दबाव अनुभव कर रही है वह निकाल फेंकेगी अनन्तर इसी नायक का एक भिन्न, अधिक पूर्ण संस्करण।

और अब जबकि नायिका ने लगभग काट दिया है उसका निचला होंठ, नायक अनुभव कर रहा है कि नीहारिकाओं के मध्य है जो झंझावात उसी की सहानुभूति में झंकृत हो उठा है मेरा समस्त स्नायु तंत्र।

एक-दूसरे को टोहते-टटोलते इन दो को, जो एक हो जाना चाहते हैं; किसी बात की सुध नहीं है, किन्तु मैं आशंकित-सा देख रहा हूँ इस कक्ष के द्वार को, जिस पर गन्दा-सा पर्दा पड़ा है।

कहीं कोई इन्हें देख न ले!

और कोई नहीं देख रहा है—इस तथ्य से आश्वस्त होने के बाद मैं अपनी आश्वस्त मुद्रा पर स्वयं हँसता हूँ। उसने तो देखा ही होगा और कितनी तो ईर्ष्या है उसके मन में, अपनी ही माया से।

अधिक भौतिक धरातल पर यह कि इस कमरे में बाहर से कोई आ रहे हैं। उनकी आहट पाते ही ये अलग हुए। गुड़िया देखकर सकपकायी, उसके पीछे से आती पड़ोस की लड़कियाँ मुस्कराईं। पूछा गुड़िया ने स्वयं लजाकर, "ये क्या हो रहा है?"

"गणित सीख रही हूँ।" कह रही है नायिका स्लेट दिखाकर और हँस रही है। गुड़िया और लड़कियाँ पढ़ रही हैं स्लेट पर गणित का विचित्र-सा सवाल—"चखा नहीं, फिर कैसे मालूम?"

साहित्य के नाम पर सुधीजन के समक्ष अतिसामान्य परोसना धृष्टता है। विषम अनुभवों ने उनका आध्यात्मिक हाजमा इतना खराब तो क्या कर दिया होगा कि सीधा-साधा भोजन मेरी तरह उनके लिए भी पथ्य हो चला हो। आश्वासनप्रद है अब अतिसामान्य मेरे उस अकेलेपन के लिए जो कइयों का काटा हुआ है, स्वयं

कटखन्ना रहा है। मेरा कथानायक टैक्सी से सिर बाहर निकालकर देख रहा है कथानायिका को। कथानायिका ने अपना सिर सहेली गुड़िया के कन्धे पर टिका दिया है अब जबकि टैक्सी मोड़ पर ओझल हो गई है।

विह्वल-सा, विचाराधीन प्रश्न यह है कि क्या प्यार इसी को कहते हैं? सिनेमाई गीतकार ने नायिका से चिरौरी-भरे स्वर में पुछवाया है यह प्रश्न : इतना तो बता दो कोई हमें क्या प्यार इसी को कहते हैं? 'इसी' के अन्तर्गत क्या कुछ आता है इसकी विस्तृत सूची भी संलग्न की है नायिका ने।

और अब मैं सहृदय पाठकों से अनुमति चाहूँगा कि यही प्रश्न बेबी की ओर से इसी रूप में दोहराऊँ—सूची, अलबत्ता, नई संलग्न करके।

यहीं मुझे सिनेमाई गीतों का इतना अधिक सहारा लेने के लिए नायक-नायिका की ओर से, अपनी ओर से, विज्ञ-पाठकों से क्षमा-याचना करना भी आवश्यक प्रतीत होता है। मुझे विश्वास है कि वे लाचारी समझेंगे और उनकी सहानुभूति मुझे और इस कथा के युवा पात्रों को समान रूप से प्राप्त हो सकेगी। प्रेमोपयोगी काव्य का हिन्दी साहित्य में शोचनीय दारिद्र्य है। संस्कृत काव्य, रीतिकालीन-भक्तिकालीन काव्य और उर्दू शेरो-शायरी का सहारा वे ले सकते थे, किन्तु एक तो वे इनसे सुपरिचित नहीं हैं, दूसरे इनसे नितान्त सामन्ती-सा रंग मिलता है प्यार को जो लोकतंत्र में अभीष्ट नहीं। अस्तु, सिनेमा-गीतों का ही सम्बल है। हिन्दी कवि क्यों प्रेमोपयोगी काव्य नहीं लिख सके, कतिपय रसाभिषिक्त कवियों के एतत्सम्बन्धी सत्प्रयासों के बावजूद क्यों नहीं हिन्दीभाषी प्रेमियों के मध्य 'इस पार प्रिये तुम हो, मधु है' अथवा 'इन फीरोजी होंठों पर बरबाद मेरी जिन्दगी' अथवा 'पीले फूल कनेर के' गा-गाकर प्रेम करने का चलन हो सका—यह स्वतंत्र चिन्तन का विषय है, जिस पर फिर कभी विचार हो सकता है।

सम्प्रति विचारणीय है नायिका की यह चिरौरी : इतना तो बता दे कोई हमें क्या प्यार इसी को कहते हैं?

नायिका द्वारा प्रस्तुत नई सूची में भी पहला इन्दराज वही पुरानी सूचीवाला है : वह पास रहें या दूर रहें, नजरों में समाए रहते हैं।

और समाए भी एक विचित्र विशिष्ट भंगिमा में : गिरते-गिरते-से अपने कद्दावर लाटेपन के साथ।

कभी जब मैं बैठी होती हूँ ना, वह जो हवाघर-जैसा नहीं है हमारे घर के पीछे, उसमें, तब सामने दीखते हैं हरियाहर हुल्यार[1]। और मुझे लगता है कि एक पहाड़-जैसा है जिसकी चोटी पर वह खड़ा है। उसने मुझे उठा रखा, ऐसे। वह मुझे घुमा

रहा, ऐसे। वह गिर रहा—गिर ही जानेवाला हुआ वह लाटा हमेशा। मैं भी गिर रही। हम दो के दो लुढ़क रहे। फिर बस लुढ़क रहे, लुढ़क रहे, लुढ़क रहे, खत्तमे नहीं हो रहा वह हुल्यार, गलीचे-सा हुल्यार, चिकना, गुदगुदा, हरियाहर। डर-जैसा भी लग रहा, मजा-जैसा भी आ रहा मुझे। खत्तमे नहीं हो रहा वह हुल्यार, मैं कह रही हे भगवान, कहाँ जो होता होगा यह खत्तम, कैसा जो होता होगा वह पाताल-लोक जहाँ यह खत्तम होता होगा। और क्या तब तक, रुकेगा नहीं यह झूला-जैसा जो मुझे मेरी ही नौटी[2] से कपाल तक झूला दे रहा कहा, झस-झस-झस-झस[3]!

इसके बाद हमारी नायिका की सूची में ऐसा कुछ भी नहीं जो सिने-गीतकार द्वारा प्रस्तुत सूची में भी हो। ऐसा हो भी नहीं सकता था क्योंकि 'इतनी-सी बात मोहब्बत की और सो भी कही नहीं जाती, कुछ वह शरमाए रहते हैं, कुछ हम शरमाए रहते हैं' से हमारी नायिका को सैद्धान्तिक और स्वाभाविक आपत्ति है।

मोहब्बत की बात इतनी-सी कैसे हो सकती है बल? इतनी-सी होती तो क्या इतना कौतिक कर रखते ददा बोज्यू लोग? बोल मत, चिट्ठी मत लिख, बात मत कर उसकी—यह झन-झन का जंजाल किसी इतनी-सी बात के लिए है? अगर वह मुझसे मोहब्बत करता है, अगर प्यार इसी को कहते हैं जो मुझे हो रहा है, जरूर यह कोई बड़ी-सी, बुरी-सी बात होगी। मेरे बाबू तो देवता हुए देवता, उनको तक हिरधिराट[4] हो रहा। मुझसे आँख क्यों नहीं मिला पा रहे मेरे बाबू?

और 'कही नहीं जाती', 'शरमाए रहते हैं'—यह क्या मजाक ठहरा? वह लाटा तक कह गया उस दिन सिसूँण के झाड़ पर गिरने से पहले। वह शर्म्याऊ तक नहीं शरमाया 'जिलेम्बू जिलेम्बू' कहने में। मुझे तुम एक बार बता तो दो कि प्यार इसी को कहते हैं, फिर देखो बेबी टाउनहाल में खड़ी होकर कह आती कि नहीं?

आइए, सूची के दूसरे इन्दराज का विचार करें। वह यह है कि नायक ने विवाह के जो ढेर-सारे छायाचित्र कैबिनेट और पोस्टकार्ड साइज में एनलार्ज कराके भेजे हैं, जिन्हें बाकी सारे लोग एक बार देख लेने के बाद उपेक्षित किए हुए हैं, नायिका द्वारा बारम्बार बिस्तर अथवा मेज पर फैलाकर देखे जाते रहे हैं। इस पर लोगों ने आपत्ति करनी चाही, लेकिन आपत्ति का आधार इन चित्रों में ढूँढ़ नहीं पाते वे। डी.डी. के खींचे हुए चित्रों में डी.डी. कहाँ? इसीलिए कुछ परोक्ष विधि से आपत्ति करते हैं—अब क्या इन्हें ही देखते रहना ठहरा दिनमान[5]? मैत्रेयी, तेरा होम-वर्क हो गया बच्ची? चेली[6], बार-बार देखने से ये गन्दे हो जाएँगे।

फिर भी देखती जाती है वह, यद्यपि देखने को इसमें स्वयं उसकी अपनी ही छवि है अधिकतर। वह अपने को देखती है, जिस तरह नायक ने उसे देखा होगा।

मात्र इन चित्रों में ही नहीं। अब जब भी अपना बिम्ब उसके समक्ष होता है, किसी दर्पण में या किसी खिड़की के शीशे में, तो वह अपने को उन्हीं आँखों से देखती है

1. हरे-में-हरे ढलान, 2. नाभि, 3. कलेजा मुँह को आना, 4. घबराहट, 5. सारा दिन, 6. बेटी।

जिन आँखों से नायक ने उसे देखा था। यहाँ तक कि दर्पण देखते हुए वह अपनी मुद्रा, अपनी भंगिमा वैसी-वैसी ही बनाती है जैसी-जैसी उन ढेर सारे चित्रों में है।

नितान्त प्रीतिकर रूप से अपरिचित, अपरिचित रूप से प्रीतिकर लगती है बेबी तब बेबी को।

और कभी क्या होता है ना, सुनकर तू हँसेगी, हँसती तो मैं भी हूँ, जब मैं ऐने के सामने खड़ी इस तरह देखती हूँ अपने को, एक जाने कैसा-सा, और ही-सा खयाल आ जाता है मन में! जैसे मेरी आँखें उसकी आँखें हो रहीं, वैसे मेरा और भी सब उसी का-सा, उसका ही, नहीं हो सकता क्या? हाँ, हाँ, वह भी, बीच में बोल मत बदतमीज! सब उसी का-सा, उसका ही, नहीं हो सकता कहा? क्या मैं इस चेली को, जो दीख रही ऐने में, वैसे ही चाह सकती हूँ जैसे कि वह लाटा इसे चाहता है? लेकिन क्या होता है ना, जब मैं हाथ बढ़ाती हूँ कि इसका हाथ पकड़कर जिलेम्बू कह दूँ तो मेरे हाथ कुछ नहीं आता। इसी करके मैं पहले तन के खड़ी हो जाती हूँ और फिर थोड़ा-सा झुकाकर ना गर्दन और कमर को ऐसे, जैसे वह झुका रहा था लाटा, देखती हूँ कि यह चेली भी ठीक वैसे ही झुकती है मेरे सामने।

देह के अतिक्रमण की यह इच्छा, लिंग के परिवर्तन की यह लिप्सा प्यार के लक्षण के रूप में सुधी-जनों के समक्ष विचारणीय रहे।

तीसरा इन्दराज, किंचित् संकोच के साथ, क्योंकि मेरे अनेकानेक पाठक ऐसे हो सकते हैं जो कामसूत्र बिसरा बैठे हों और जॉनसन एंड मास्टर्स अभी हृदयंगम न कर पाए हों। जो हो, मोक्ष से इधर जो भी है सो अर्थ, कर्म और धर्म का होता आया है, ऐसा जानते हुए मैं यह भी लिखे देता हूँ।

तू तो जानती ही है, मुझे अच्छे नहीं लगते ये दुद्दू[1], ये बुबूआ[2]? लफड़-लफड़-फदड़-फदड़। इनकी वजह से मुझे बैडमिंटन खेलते हुए हाफ-पैंट टी-शर्ट पहनने की मनाही हुई ठहरी। क्याप[3] चोप्प[4]-जैसे दिखते हैं, कहनेवाली हुईं बबली 'दी। अच्छा नहीं लगता, मैच हो, कुछ हो। मैं दौड़ में कैसी आनेवाली हुई फर्स्ट। वह सब भी इनकी वजह से खत्म हुआ ठहरा। तो मुझे तो ये भले लगते नहीं। लेकिन क्या हुआ ना, जब वह उस दिन मुझे कुतकुताली दे चुका तब उसका अँगूठा मेरे इस बुबूआ पर रखा रह गया। अब जब मैं नहाती हूँ, रोज वही बात याद आ जाती है। मैं भी वैसे ही एक अँगूठा रख देती हूँ उस पर। सच बात बताने में बदतमीजी क्या ठहरी, देखो! फिर ना, वह बुबूआ मुझे ऐसे देखता है मुँह उठाकर जैसे हमारा वह जो छोट्टा-सा भोटिया कुत्ता नहीं था, वह देखा करता था। जैसे मुझे उस कुत्ते की नाक पर आता था ना लाड़ और गुस्सा, वैसा ही इस पर आता है। मैं आड़ा हाथ उठाकर कहती हूँ—बुबूआ, बदमास, मैं तेरी पिट्टी-पिट्टी कर दूँगी, मैं तुझे मारकर धर दूँगी। हाँ पीट भी देती हूँ।

---

1. दूध, 2. स्तन, 3. क्या अजीब से, 4. नुकीले।

कुचाग्र का पालतू कुत्ते के नासिकाग्र के सम हो उठना किस मनःस्थिति-विशेष का द्योतक है—इसका विचार हमें करना है।

चौथे इन्दराज का सम्बन्ध नायक के प्रकाशित साहित्य से है। डी.डी. रचित ये तीनों पुस्तकें साहित्यानुरागी जैबुल मामा अपनी भांजी दया को विवाह से पहले लौटा गए थे। आश्चर्य कि दया इन्हें ले नहीं गई। यही नहीं, जब बेबी ने उसे इस विषय में सूचित किया तब उसने लिख दिया कि उन्हें वहीं रहने दे, मुझे जरूरत नहीं है। अब ये नायिका के कब्जे में हैं। शास्त्री जी इन्हें पढ़ चुके हैं। इनमें ऐसा कुछ नहीं कि पुत्री से कहें—मत पढ़। बल्कि वह आश्वस्त हैं कि इधर पढ़ी-लिखी बन सकने की जो कोशिश पुत्री ने आरम्भ की है, उसके बावजूद वह इन किताबों को समझ नहीं सकती। यह शास्त्री जी का भ्रम है। वे समझते हैं कि किताबें इस तरह समझनी होती हैं कि अनन्तर परीक्षक के समक्ष प्रमाणित किया जा सके कि हम इन्हें वैसा ही समझ गए हैं जैसाकि आप और आपके परीक्षक समझे थे। वह उस स्थिति से अनभिज्ञ हैं जिसमें पढ़नेवाला उतना समझ लेता है, जितना उसे समझना होता है। बेबी ने समझ लिया है।

एकांकियों में दो ही उसने समझे। पहले में एक नाटक का रिहर्सल चलता रहता है और खूब गड़बड़ होती है। इसके संवाद यों भी बहुत हँसानेवाले हैं और नायिका को कुछ और आनन्द यह समझकर आता है कि इस एकांकी 'लीला' में बौड़म नाटककार और कोई नहीं, डी.डी. है। दूसरे में एक गरीब गाँव में मेले-त्योहार का अंकन है। अति भावुकता से ग्रस्त है यह एकांकी और नायिका को रोना-धोना भाता नहीं। किन्तु वह समझ सकती है कि इसमें नायक ने गंगोलीहाट का चित्रण किया है जहाँ उसकी निपूती बुआ बचुली ने उसका आरम्भिक लालन-पालन किया। नाटक की बुढ़िया तो निश्चय ही बचुली है। एक बड़ी-सी थाल में बुढ़िया द्वारा परोसकर दिया गया पाँच खड़ी (साबुत) दालों की दाल और भात का पर्व-भोज भिनभिनाती मक्खियों के साथ खाने बैठे, बहती नाकें अपनी बाँहों पर बार-बार पोंछते, इन पाँच बच्चों में से कोई एक निश्चय ही बालक डी.डी. है। कौन-सा? कदाचित् वह जो अधिक नहीं बोलता, बस बीच-बीच में आपत्ति करता है कि इसमें मक्खी गिरी हुई है। और बुढ़िया कहती है, "खा ले, खा ले, उड़द का दाना होगा।" बच्चा उस 'उड़द के दाने' को दबाकर दिखाता है कि मक्खी है। और बुढ़िया आकर उससे ले लेती है, प्रकाश में देखती है। फेंक देती है यह कहकर, "खा ले, जला हुआ जीरा था भाऊ।"

डी.डी. के अन्य एकांकियों में से एक छात्रों की हड़ताल के बारे में है, एक में कॉफी हाउस में बहस ही चलती रहती है, एक में अधेड़ पति-पत्नी एक-दूसरे का दिमाग खाते रहते हैं, एक में मध्यवर्गीय परिवार के लड़ाई-झगड़े लोक-मंच की शैली में किसी पौराणिक लीला की तरह प्रस्तुत किए गए हैं और एक में शिव-

पार्वती का पौराणिक कथानक, मध्यवर्गीय बाने में मंच पर उतार दिया गया है। इन तमाम एकांकियों में नायिका के समझने योग्य कुछ भी नहीं है इसके अतिरिक्त कि डी.डी. बहुत 'हुसियार' है।

डी.डी. की कविताएँ भी नायिका को इसी स्तर पर छूती हैं कि देखो, बाबा हो, कितने सारे पन्ने रँग रखे उस लाटे ने! और कैसी हाई-तबाही मचा रखी। जला दूँगा, उजाड़ दूँगा, आ गया हूँ, छा गया हूँ। ओ बाबा! डी.डी. जलाएगा, उजाड़ेगा, आएगा, छाएगा, बदल डालेगा दुनिया! डी.डी.! तब तो बेर (जल्दी) ही बदलेगी दुनिया! और यह 'तुम-तुम-तुम' मेरे लिए लगा रखी क्या? तुम हँसीं जब मैंने दुखड़ा सुनाया, मेरा दर्द तुमने टुच्चा ही पाया। टुच्ची है मेरी सचाई, स्वीकारता हूँ। सावधान, इस सचाई का ही घूँसा तान, अब मारता हूँ, तुम्हारी सर्वज्ञ मुस्कान पर। मारेगा तो मैं नहीं मारूँगी, देखो!

दो ही कविताएँ नायिका को पठनीय प्रतीत होती हैं। पहली, जिसकी टेक है : 'यह नाम तेरा छोटा-सा'। बेबी भी तो छोटा-सा ही नाम हुआ। किन्तु यहाँ एक अन्य ही नन्ही-मुन्नी संज्ञा सम्बोधित है—'क्रान्ति'। कवि का हताश मन, अपने एकाकीपन के साथ दोहराता है, जब कभी, जहाँ कहीं घबराता है, यह नाम उसका छोटा-सा, और पाता है कि अनगिन एकाकी कंठों से यही नाम फूट रहा है वोल्गा से गंगा तक। नहीं, यह बेबी के बारे में नहीं। दूसरी कविता में चार पंक्तियाँ उसे पसन्द आती हैं : फूल को मैं देखता हूँ, फूल मुझको देखता है, फूल का मैं देवता हूँ, फूल मेरा देवता है। मैं उसकी देवी हुई क्या, उस मरे देबिया की?

अब ऐसा करूँगी, उससे कहूँगी कोई भला-भला-सा गीत लिख जिसे मैं गा सकूँ। जैसे 'मन मोर हुआ मतवाला, किसने जादू डाला?'

नायिका का मन डी.डी. की कहानियों में रमा है। इसलिए कि इनमें पहाड़ी जीवन के चित्र हैं और यह पहचान सकना सरल है कि डी.डी. किस चरित्र के रूप में स्वयं प्रस्तुत हुआ है या किस चरित्र से उसे सहानुभूति है। ज्यादातर कहानियाँ तो हैं ही उत्तम पुरुष में और कहानियों का 'मैं' सोलह आने डी.डी. है। 'फोटो' विचित्र-सी लम्बी कहानी है जिसमें आरम्भ में एक बीभत्स फोटोग्राफ का वर्णन है: दो व्यक्ति एक मरे हए अधेड़ व्यक्ति की लाश इस तरह उठाए हए हैं कि उसके चेहरे का फोटो आ सके। मरे हुए व्यक्ति की कहानी के बहाने लेखक ने निर्धन पंडितों के एक वंश की दुख-गाथा प्रस्तुत की है। नायिका अनुमान कर सकती है कि यह डी.डी. के ही पूर्वजों की कहानी है। एक कहानी है प्यारी-सी 'का ले कौवा'। बच्चों के कुमाऊँनी त्योहार का वर्णन है इसमें। यह त्योहार नायिका को भी पसन्द है। इसमें बच्चों को विभिन्न चीजों के रूपाकार में बने व्यंजनों की मालाएँ पहनाई जाती हैं और बच्चे इन व्यंजनों के टुकड़े कव्वों को फेंककर तुकबन्दियों में अपनी फरमाइश पेश करते हैं—ले कव्वा फुलौ, बैणी कैं

दे भलो भल धुलौ (ले कव्वा फूल, बहिना को दे अच्छा-अच्छा दुल्हा)। डी.डी. ने इस त्योहार के बहाने निम्न-मध्यवर्गीय परिवार की क्षुद्र किन्तु अतृप्त इच्छाओं का हृदयद्रावक वर्णन किया है।

नायिका जितना ही पढ़ती जाती है डी.डी. की इन कहानियों को जिनमें उसके दैन्य का वर्णन है, जितना ही वह देखती है उसे वहाँ मन्दिर के पास पड़ी मिली 'बिलैती टोपी' पहनते और इस टोपी के लिए अपने मूढ़ फूफा से लम्बा संघर्ष करते और अन्त में एक फौजी सिपाही को उसे लौटाने के लिए बाध्य होते और मूढ़ फूफा के साथ टोपी के लिए शोक मनाते, जितना ही वह देखती है उसे घटवार के पास थके-हारे बैठे 'गाड़ का सुसाट' सुनते और अपनी अनदेखी माँ के बारे में सोचते, जितना ही वह देखती है उसे एक बुढ़िया के पोपले मुँह से अपने 'घर का जोगी' पिता की यशगाथा सुनते, जितना ही देखती है वह उसे धीरू का फटा, ढीला-ढाला 'हाफपैंट' अपनी पतली कमर पर रस्सी से कसते हुए, जितना ही वह देखती है उसे 'नया टी-सेट' धोते और भयाक्रान्त होते कि यह मुझसे टूट जाएगा और चाची निकलवा देंगी घर से, उतना ही नायक 'शिबौ' का नहीं, शाबाशी का पात्र मालूम होता है उसे।

तू देखना एक दिन यह बहुत बड़ा आदमी बनेगा। और तू देखना इसके गले में ना, एक माला होगी। दुनिया की जितनी भी चीजें ठहरीं आटे की बनाकर माला में गूँथ रखी होंगी। और ना, ये हमारा लाटा, इतना बड़ा आदमी हो जाएगा कि इसके मुँह से बात निकली नहीं कि कव्वा 'जो आज्ञा महाराज' कहकर दौड़ जाएगा। दुनिया की सभी चीजों में एक जिलेबी भी तो ठहरी। जिलेबी हुई और इसने देकर बेबी माँगी तो? ले कव्वा जिलेबी, मकैं दे बेबी। मैं क्या करूँगी तब? इधर कव्वे की काँव-काँव, उधर ददा-बोज्यूओं की कड़-कड़।

मैं भी हूँ री इसकी कहानियों में! जितनी लड़कियाँ इसने दिखा रखीं, सब मैं हूँ। कैसे उतार दिया इनमें मुझे? इसकी वह जो कहानी है ना 'कसप', उसकी लड़की तो ठीक मेरी जैसी लग रही। (तब तो उसने मुझे देखा ही नहीं ठहरा।) कहानी में यह लाटा पैदल बगड़गाँव जा रहा होता है पहली बार पुरखों का घर देखने। बाट नहीं जानता, इसलिए सोचता किसी से पूछ लूँ। एक लड़की दिखती है इसे। पेड़ से पीठ टिकाए खड़ी ठहरी। दोनों हथेलियाँ आपस में फँसाकर सिर के पीछे लगाई ठहरी। एक टाँग घुटनों पर मोड़ रखी ठहरी। इस लाटे ने पूछा : बगड़गाँव का रास्ता कौन-सा है? उसने कहा : कसप। फिर लाटे ने पूछा : यहाँ कहीं पानी मिलेगा? उसने कहा : कसप। फिर लाटे ने पूछा : पास में कोई गाँव है? चाय की दुकान है? लड़की ने कहा : कसप, कसप। जो पूछो 'कसप' जवाब देनेवाली हुई और हँसनेवाली हुई। हाथ पीछे रखने से उसके 'वो' चोप्प-जैसे अलग निकले ठहरे। बाद में तो पता नहीं क्या है वह कहानी, लाटे का टूटा पुश्तैनी मकान, लोगों का उससे

पूछना तू कौन है, उसका खुद से पूछना मैं कौन हूँ, पता नहीं क्या अंट-शंट। लेकिन वह लड़की मजेदार है, है ना! ठीक मेरी-जैसी शैतान लड़की उसे सूझ कैसे गई कहा!

किसी के साहित्य में से मात्र अपने काम की बात समझना, किसी के साहित्य में लेखक को ही नहीं, स्वयं को भी प्रतिष्ठित करना, यह प्रेम का लक्षण है कि नहीं, इस प्रश्न का विचार किया जाए।

पाँचवाँ इन्दराज संक्षिप्त है। शास्त्री जी के मकान के पुराने हिस्से में तिमंजिले पर जो बहुत ही कम ऊँचाईवाली 'पान'[1] है उसमें पुरानी चीजें ठुँसी पड़ी हैं। वहाँ एक पिटार में शास्त्री जी की माँ का शादी का जोड़ा रखा है जिसमें से सोने-चाँदी की या उनके कामवाली तमाम चीजें उतार ली गई हैं। वहीं किसी पुरानी सिंगारमेज का दर्पण भी पड़ा है। नायिका कभी-कभी इस 'पान' में सिर झुकाकर घुस जाती है और छत की दुन्दारों से बचती-बचाती पिटार खोलकर वह जोड़ा निकाल लेती है, आईने के सामने आ खड़ी होती है, और किसी तरह अपनी इच्छा पर अंकुश लगाती है कि जोड़ा पहनकर देखे। समझौते में वह उसे बिना पहने अपने पर नापकर देखती है। अभी थोड़ा बड़ा है।

विचारणीय प्रश्न : क्या दादी का जोड़ा आजमा देखना प्रेम हो जाने का प्रमाण है?

छठा इन्दराज : नायिका बहुधा वे तुकबन्दियाँ जोर-जोर से गाने लगी है जो बच्चों को सुनाई जाती हैं।

उरकुच्ची मुरकुच्ची, दाम धरो कुच्ची, लैया लैंची, पीतल कैंची, ओढ़े कि चेलिया, कसि-कसि भै छन, वृन्दावन में गेंद खेलन छन, ओढ़-मोढ़ दैंणी हाथी, दैंणी खुट्टी, ठुसुकि-ठासुकि, निमोरी-नामोरी ल्यऽ।

(उर चाभी मुर चाभी, दाम रखो चाबी, मुरमुरे इलायची, पीतल कैंची, लुहार की लड़कियाँ, कैसी-कैसी हुई, बृन्दावन में गेंद खेलती भई, ओढ़-मोड़, दायाँ हाथ, दायाँ पैर, ठूँस-ठाँस, मोड़-माड़, ला।)

चूँ मुसी चूँ। ताल गाड़ा ग्यूँ। माल गाड़ा जौ पाको। चड़ि को पुछौड़ पाको। चढ़ि ढ्वाला ल्यो लागो। चड़ि भुर्र भ्वाँ!

(चूँ चुहिया चूँ। निचले खेत गेहूँ। ऊपरले खेत जौ पके। चिड़िया की पूँछ पकी। चिड़िया सुसरी के खून लगा। चिड़िया फुर्र फ्वाँ।)

नायिका द्वारा इस प्रकार शिशु-गीतों का गाया जाना आगामी कल्पित वात्सल्य का गद्‌गद पूर्वाभास है किंवा 'खोये हुए बचपन' का गलदश्रु स्मृत्याभास और दोनों ही स्थितियों में इसका प्रेम में होने अथवा न होने से क्या और कितना सम्बन्ध है, इसका मनोवैज्ञानिक दृष्टि से विचार अपेक्षित है। ध्यातव्य : शास्त्री जी को 'चिड़ि भुर्र भ्वाँ' इस पद की प्रतीकात्मकता चिन्तित करती रही है। लोकमानस में 'चिड़िया' रूपसी अथवा सौभाग्यकांक्षिणी कन्या के अर्थ में सुप्रतिष्ठित है।

---

1. छत से लगी कोठरी, एटिक।

सातवाँ इन्दराज : नायिका इधर सर्वथा 'यों ही' शैली में तमाम तरह के ऊटपटाँग काम करने लगती है। यथा पत्र-पत्रिकाओं में छपे स्त्री चेहरों के मूँछें बना देना और मर्द चेहरों के बिन्दी आदि लगा देना। गाने उलट-भाषा में गाना—गाएआ, गाएआ, गाएआ नेआ लावा, गाए आ, गाए आ, कपदी रगैब सेकै रपनेवा लज हरे ऐंह। एक लगभग निरर्थक-सा फिकरा बात-बात में कहना : वैसे मैं जान जो क्या नहीं सकती, जानबूझकर नहीं जानती। गोठ में जो निर्धन परिवार रहता है, उसके बच्चों का उलटा-सीधा सिंगार करना, उन्हें तरह-तरह के मुँह बनाकर हँसाना। अपने को अपने-आप गुदगुदी देना।

नायिका अल्हड़ सदा की है किन्तु अल्हड़पन में बेतुकेपन का यह जो सम्मिश्रण हुआ है वह विचारणीय है।

आठवाँ इन्दराज : नायिका सभी परिचित चीजों को भी इस तरह देखती है कभी-कभी मानो अपरिचित हों। देखकर 'हैं? हैं? ये क्या?' ऐसा कुछ बुदबुदाती रहती है। इसकी प्रेरणा उसे डी.डी. की उन चार विचित्र पंक्तियों से मिली है : फूल को मैं देखता हूँ, फूल मुझको देखता है, फूल का मैं देवता हूँ, फूल मेरा देवता है।

जब मैं देखती हूँ ना, फूल को, तितली को, पेड़ को, बादल को, तू जिसका नाम ले उसको, जब मैं देखती हूँ ना, आँखें ऐसे सेढ़ी करके, तब मुझे लगता है हम सब देवी-देवता हैं करके। परसों कहा मैं देखती ही रह गई बाबू के चेहरे को, अपनी गर्दन टेढ़ी करके ऐसे, आँखें सेढ़ी करके ऐसे। देवता हुए क्या बाबू मेरे? मैं उनकी देवी ठहरी क्या? बाबू कहने लगे : 'ऐसे क्या देखती है पगली?' मैंने हँसकर कहा : 'ढूँढ़ रही मुझमें पागलपन कहाँ से आया होगा?'

सामान्य इहलौकिक सम्बन्धों एवं असंख्य संज्ञाओं का सहसा अस्वीकार और किसी पारलौकिक सम्बन्ध और समान संज्ञा का अचरज-भरा अनुसन्धान, क्या प्रेम के प्रभाव में होता है, इसकी दार्शनिक स्तर पर विवेचना अभीष्ट है।

हरिकथा की तरह नायिका की यह सूची भी अनन्त है। किन्तु मैं समझता हूँ कि नायिका के मूल प्रश्न का उत्तर देने के लिए इतने इन्दराज पर्याप्त होंगे। हम तमाम ऐसे अन्यान्य तथ्यों की उपेक्षा कर सकते हैं जिन्हें शास्त्री जी जासूस पिता के रूप में इधर रेखांकित करते रहे हैं। नायक से पत्र-व्यवहार बन्द करा दिए जाने पर और नायिका द्वारा नायक का कहीं कोई उल्लेख न किए जाने से अन्य स्वजन भले ही आश्वस्त हों, शास्त्री जी आशंकित हैं बराबर। नहीं, यह नहीं कि उन्हें सन्देह है कि चोरी-छिपे पुत्री उस डी.डी. से कोई सम्पर्क बनाए हुए है। ऐसा वह कर नहीं सकती। लेकिन यहीं आँखों के सामने वह जो कुछ कर रही है, वही कुशंका पैदा कर रहा है मन में।

यह कैसे हुआ कि सहसा इस मैत्रेयी में पारिवारिक मान्यताओं के अनुसार भली बनने की आकांक्षा इतनी प्रचंडता से जाग उठी? क्यों वह घर का कामकाज सीख रही है ध्यान से? क्यों वह अपनी माँ के पास बैठकर मानस-पारायण सुनती

है? क्यों गोपाल सहस्रनाम उसे अच्छा लगने लगा है अब? क्यों मेरे पास आकर बहुत मनोयोग से पाठ्यपुस्तकें पढ़ती है? क्यों सहसा इसकी जिज्ञासा जाग उठी है? क्यों यह कुछ बनना चाहती है अब? संगीत में रुचि तो पहले भी थी, कंठ भी मधुर पाया है, लेकिन यह शास्त्रीय संगीत सीखने का उत्साह कहाँ से और क्यों?

क्या यह मैत्रेयी हमारे मानकों के अनुसार अच्छी और किसी अन्य के मानकों के अनुसार योग्य बनना चाह रही है कि हमसे कह सके देखो मैं सब तरह से अच्छी हूँ; एक ही बात गड़बड़ करना चाहती हूँ, करने दो? और जिसके योग्य बनना चाहती है उसे जतला देना चाहती है कि मैं भी तेरी तरह कलाकार हूँ?

मैं शास्त्री जी की आशंका को निराधार नहीं मानता, लेकिन 'किसी के योग्य' बनने के यत्न में भी 'आधार' खोजना अनावश्यक प्रतीत होता है मुझे। नायिका 'अपने योग्य' बनने का मंत्र जब नायक को दे चुकी है, तब मुझे इस बात का कोई कारण नहीं दीखता कि कहूँ वह स्वयं 'किसी के योग्य' बनने के लिए यत्नशील है।

नायिका किसी भी हीन-भावना, किसी भी अभाव-बोध से ग्रस्त नहीं जो मैं सोचूँ कि वह नायक की तरह 'किसी के योग्य' बनने की भावना को प्यार की संज्ञा दे सकती है। बेबी ने तो नायिका पद के लिए कोई आवेदन किया नहीं था। इसे नायिका बनाया है डी.डी. की प्यास ने, स्वजनों की वर्जना ने। और बनाया है तो भुगतें, क्योंकि बेबी के लिए प्यार किसी और की चुनौती से नहीं, अपनी ही अस्मिता की चुनौती से उपजता है।

क्योंकि जहाँ समाप्त होने-होने को होती है ना इन्दराज की वह अनन्त सूची, वहाँ खड़ी होती है नायिका किसी भी, कैसे भी दर्पण के नहीं, स्वयं अपने समक्ष और कहती है बारी-बारी अपना एक-एक अंग छू-छूकर, अभिमंत्रित कर, कि देखो यह मेरा यह है, यह मेरा यह है, और मेरा यह-यह, यही-यही होना क्या प्यार का लक्षण नहीं है?

दुर्मद दुस्साहस से पूछती है—क्या मेरा होना ही प्यार में होना नहीं है? विचारणीय होता है यह दुस्साहस भी, यदि विचारातीत न होता।

सदा ही रेलगाड़ी से जाता हो यह दल ऐसा नहीं। कहीं विमान से भी जाता है, कहीं टैक्सियों से भी। किन्तु नायक के मन में प्रतीक वही है : चक्र-पथ पर चलती रेलगाड़ी का—नाम उभरते रहे हैं इस बीच कई-कई जब-जब चक्र-पथ का कोई मोड़ धड़धड़ाकर पार करती धुआँ छोड़ती हुई कैमरे की ओर आई है रेलगाड़ी : आगरा, खजुराहो, वाराणसी, कोणार्क, पुद्दुचेरी, मदुरै, मैसूर, हम्पी, पणजिम—इतिहास के पर्यटक का भारत।

नायक हर जगह से जरा भी समय मिलने पर पत्र डालता आया है नायिका के नाम :

काश तू यहाँ होती! कितना सुन्दर है संसार! कितने अभागे हैं हम कि इसे देखने का अवसर, अवकाश नहीं मिलता हमें! कितने मूर्ख हैं हम कि अगर कहीं जाते भी हैं तो अपनी चिन्ताओं को ही साथ ले जाते हैं! कितनी विराट विविध है यह सृष्टि और कैसी है यह विडम्बना कि हमारे लिए अपनी एकविध क्षुद्रता ही हर कहीं सर्वोपरि रहती है! कहीं इसीलिए तो पूर्वज सुरम्य स्थलों पर मन्दिर नहीं बनवा गए कि यहाँ तो भूलो, यहाँ तो झुको!

काश तू यहाँ होती, काश मैं वहाँ होता, काश हम सब हर कहीं होते, हमारा क्षुद्र अहं, हमारा चैतन्य विकसित होता और समेट लेता समस्त भूगोल, सकल इतिहास!

नायक भेजता है पत्र, नहीं जानता कि नायिका के लिए निषिद्ध कर दिए गए हैं वे। उत्तर न मिलने से चिन्तित नहीं है नायक, क्योंकि वह समझता है कि यात्रा करते व्यक्ति को उत्तर देने में कितना झमेला है। उसे विश्वास है कि नायिका उसे बम्बई के पते पर ही उत्तर देने की सोच रही होगी। शायद दे भी चुकी होगी।

नायक नहीं जानता कि नायिका के लिए निषेध है पत्र भेजने का भी। नायक नहीं जानता कि नायिका इन सब निषेधों का अक्षरश: पालन करने के विषय में भी पूरी जिद्दी है। जब घर में सत्यनारायण कथा के बाद डी.डी.-बेबी कथा का विचार हुआ तब बेबी को विस्तार से समझाया गया कि एक पागल जोगी का बेटा, जो स्वयं भी अधपगला अधजोगी है, तेरे लिए सर्वथा अनुपयुक्त वर है। ऐसे व्यक्ति से अपना नाम जुड़वाकर तू इस लकीर के फकीर समाज में, इतनी बदनाम हो जाएगी कि फिर तेरी शादी नहीं हो सकेगी। इस समय तेरे लिए एक-से-एक रिश्ते तेरी भाभियाँ ला रही हैं, तू किसी एक के लिए 'हाँ' कह दे। तेरा सुन्दर घर-संसार बस जाएगा। तेरे बाबू को भी सन्तोष होगा, बूढ़े हैं, बूढ़े शरीर का क्या भरोसा?

और बेबी ने कह दिया, नाटकबाज मध्यस्थ बबली'दी से : मेरे बाबू सौ बरस जीएँगे, मैं अभी छोटी हूँ, मेरी शादी की बात अभी से करना गलत होगा; मुझे अभी पढ़ना है, संगीत सीखना है; मेरी शादी की बात मत करो। और जैसा भी कहोगे, मैं कर दूँगी। और मध्यस्थ बोलीं : ठीक ही कह रही, छोटी ही हुई अभी। और बैणी, जैसा तेरे ददा लोग कह रहे, तू चिट्ठी-पत्री झन करना डी.डी. से, यहाँ आ जाता है अल्मोड़ा में तो झन मिलना-बोलना उससे। अन्धेर खराब ठहरे अल्मोड़िये, क्वीड़[1] करनेवाले, बदनाम कर रखेंगे बैणी। नाक कट जाएगी मौसाजी की।

और जब दिल्ली से डी.डी. की पहुँच का पत्र आया तब पिता ने उसे पुत्री के संगीत-कक्षा से लौट आने तक खोला नहीं। पिता ने घर के बाहर (चोरी-छिपे?)

1. पीठ-पीछे बुराई।

बगीचे में ही पुत्री को देना चाहा वह पत्र, किन्तु पुत्री ने नहीं लिया और सीढ़ियों की ओर बढ़ते हुए कहा : उसका होगा, मुझे और कौन लिखता है? पिता का हाथ पत्र लेकर बढ़ा रहा, पुत्री बगैर मुड़े सीढ़ियाँ चढ़ती रही। और फिर पिता वहीं फूलों की क्यारियों के पास कुर्सी डालकर बैठ गया। पढ़ता गया एक पत्र। और सुनता रहा पुत्री के कंठ से फूटती मुल्तानी की चीज : 'का जानो रे अरे को लोगवा जो कुछ बीती हमरे मन पर पीरे का जानो। पियु परदेसवा संदेसवा न पठाई, अदारंग उनके गुन गावत धीरे, का जानो।' और अनुभव करता रहा इस आँगन पर प्रकाश का क्षीण-क्षीणतर होता जाना।

धूप-खिला है यह सागर-तट जुहू का जहाँ नायक एक चटाई पर बैठा पत्र लिख रहा है। पास ही गुलनार लोशन मलकर औंधी लेटी पुस्तक पढ़ रही है। अपनी टू-पीस की ब्रा के स्ट्रेप उसने उतार रखे हैं ताकि टैनिंग के बाद उनके निशान न रहें। आज सारा काम समाप्त होने के उपलक्ष्य में छुट्टी मनाई जा रही है। कल गुलनार चली जाएगी। गुलनार बहुत प्रभावित हुई है डी.डी. के काम से। जिल्स ने सचमुच यह बहुत अच्छा सहायक दिलवा दिया। सिने-कला समझता है, अपने देश की सांस्कृतिक विरासत से परिचित है और पाश्चात्य दृष्टिकोण से अनभिज्ञ नहीं।

इसके साथ होने से काम बहुत आसान हो गया। और यह वहाँ अपने नगर अल्मोड़ा से विवाह की जो फिल्म उतारकर लाया है, देखी? फैंटेस्टिक, ए-वन प्रोफेशनल जॉब! और जरा सोचो, इसके साथ कुल एक सहायक था। भीड़वाले छोटे-से कमरे में शूटिंग करना और सो भी रात में, और सो भी हाथ में पकड़े हुए कैमरे से!

समझ में नहीं आता इसने कर कैसे लिया? मैंने तो इसे कैमरा इसलिए दे दिया था कि यह मान सके कि इसे टैक्सी पर भेजा जा रहा है तो काम से। मैं समझती थी हद-से-हद प्राकृतिक दृश्यों की कुछ फुटेज ले आएगा जो क्रेडिट्स के पीछे के मोन्ताज में डाली जा सकेंगी। लेकिन यह तो तीन रोल एक्सपोज कर लाया और रशेज देखकर मैं दंग रह गई। शूट करते हुए बगैर किसी पटकथा के दिमाग में ही फिल्म सम्पादित किए चले जाना कमाल है! और म्यूजिक भी इसने अपने मित्र मोहन उप्रेती से कितना हॉटिंग मँगवाया है! कमेंट्री के लिए इसके नोट्स कितने अच्छे हैं! मुझे पता नहीं हमारी और फिल्में कितनी अच्छी होंगी, लेकिन इसके स्वतंत्र काम की जो टू-रीलर निकलेगी वह निश्चय ही समीक्षकों को मुग्ध कर देगी। यह लड़का जीनियस है और जानता नहीं कि जीनियस है।

गुलनार ब्रा को सँभालती हुई पीठ के बल लेटकर कहती है डी.डी. से, "यू आर ए जीनियस, डिडजा नो दैट?"

डी.डी. उस कागज से नजर उठाता है जिस पर वह बेबी को पत्र लिख रहा है और गुलनार के विषय में विस्तृत सूचना दे रहा है। अभी-अभी जो वाक्य उसने पूरा किया है वह इस प्रकार है : मैं समझ नहीं पाता उसकी निरन्तर प्रशंसा को क्या समझूँ?

गुलनार की ओर मुस्कराते हुए देखता है लवर-बॉय डी.डी. और पूछता है, "सेज हू?" किसने कह दिया कि मैं जीनियस हूँ?

"सेज मी।" मैं कहती हूँ—ऐसा बताते हुए, स्ट्रेप ठीक करती उठ बैठती है गुलनार।

हँसती है और कहती है कि इतने जीनियसों के साथ सो चुकी हूँ कि पहचानने में मुझसे चूक नहीं हो सकती।

यह परिष्कृत प्रेमी-पूत की भूमिका है इसलिए झेंपते हुए भी डी.डी. कहता है, "वैल!" खैर, यह तो रहने दो।

"वैल वॉट?" वह उससे सटकर पूछती है, "खैर क्या?"

"आई हैवेंट क्वाइट गॉन थ्रू दैट टैस्ट येट!" तुमने जीनियसों की यह जो परीक्षा तय कर रखी है, वह अभी गालिबन मैंने पास नहीं की है।

"गुड हेवन्स येस!" खिलखिलाकर कहती है गुलनार, "हाँ, वह परीक्षा तो रह ही गई, लेकिन अगर मैं पूछूँ कि क्या यह बात तुमने मुझे पटा देखने के लिए कही है तो जवाब क्या होगा? वही गुड हेवन्स नो!"

"वही!"

"डुबकी लगाने आओगे?"

"तुम्हें पता है, मैं तैरना नहीं जानता।"

"वह एक सुन्दर-सा लड़का है बस। नाचना नहीं जानता, तैरना नहीं जानता, वह एक चिट्‌ठी लिखना जानता है बस। उसे, जो एक प्यारी-सी लड़की है बस। लड़की जवाब नहीं देती बस।"

"बट शी इज!" डी.डी. झूठ बोलता है, "जवाब देती है वह लड़की।"

"देती है, सच? क्या लिखती है? यह कि तुम्हारे बारे में सोचते हुए ही मैं गरमा उठती हूँ?"

"ऐसी बातें नहीं लिखती वह।"

"वह क्या लिखती है?"

"वह लिखती है, उस बड़े और बुरे शहर से बचकर।"

"खासकर वहाँ की कुतियों और चुड़ैलों से?" गुलनार हँसकर कहती है, "देखती हूँ, खतरों के प्रति वह तुमसे ज्यादा सजग है।"

दौड़ती हुई गुलनार जा मिली है ऊँची-ऊँची लहरों से, बहुत विश्वास से उन पर कूदती-फलाँगती आगे बढ़ती है, और फिर इत्मीनान से तैरती है।

डी.डी. जल्दी-जल्दी पूरा करता है पत्र।

जब वह उसे लिफाफे में बन्द कर चुका होता है तब गुलनार पानी से निकलकर आती है भीगी-भीगी। हाथ खींचकर उठाती है अनमने डी.डी. को : आओ, नहाओ। डी.डी. के पास नहाने के लिए कपड़े नहीं हैं। कोई बात नहीं।

विचित्र लग रहा है डी.डी. धारीदार कपड़े के कच्छे में और उसके ऊपर झूलते मैले-पड़े, यहाँ-वहाँ से गँठीले हो गए यज्ञोपवीत में। यज्ञोपवीत, जिसे वह कई बार उतार चुका है और हर बार फिर पहन चुका है श्राद्ध-तर्पण के लिए। जो लगा गए हैं पूँजी उसे पैदा करके तीन पीढ़ी तक याद किए जाने की, उन अनदेखे माता-पिता को पूँजी-लाभ देता है यह यज्ञोपवीत।

गुलनार देखती है और हँसती है। मुँह पर हाथ रखकर नहीं, सर पीछे को झुकाकर, झूल-झालकर हँसती है। बैग में से कैमरा निकालती है और डी.डी. का फोटो खींचती है इस विचित्र वेश में।

"सेक्रेड थ्रेड?" वह पूछती है—तुम्हारी जनेऊ?

"याह्।" वह कहता है—हाँ।

"यू बिलीव इन दिस शिट?" वह पूछती है—तुम्हें आस्था है इस गू में?

"आय वॉज बॉर्न इन दिस शिट।" वह कहता है—मैं पैदा ही इस गू में हुआ।

"इन शिट वॉज आई बॉर्न एंड टु शिट शैल आई रिटर्न!" वह कहती है—मैं गू में जन्मा और उसमें ही मरूँगा।

"यप्प!" वह कहता है—जी!

"नाराज?"

"नहीं। चलो नहाएँ।"

वह उसे देखती है अपने साथ-साथ चलते हुए, सारस चाल में। कद तो अमरीकियों-जैसा है, लेकिन यह अमरीकी किसी नाजी नजरबन्दी कैम्प से आया मालूम होता है। पतली-पतली टाँगें, कबूतर-सीना, एक-एक पसली साफ नजर आती हुई। और इसे तैरना नहीं आता। घुटने-घुटने पानी में ही उठक-बैठक-सी करने को नहाना माने ले रहा है। और पानी को हाथों से छपछपा भी बच्चों की तरह रहा है।

"कम-ऑन!" वह उसका हाथ अपने हाथ में लेकर उसे गहरे पानी की ओर ले जाती है।

"मुझे तैरना नहीं आता।" वह हाथ छुड़ाकर वापस जाना चाहता है।

"आई नो एनफ फॉर द टू ऑव अस।" वह कहती है—मुझे इतना आता है कि दोनों ही तैर सकेंगे।

लहरें अब उसके सीने से टकरा रही हैं। फेन उसकी आँखों में आ रहा है। और जब लौटती है लहर, तब उसे अपने पैरों-तले की धरती वस्तुतः खिसकती मालूम होती है।

नेत्रों का निर्वाण तो नहीं, आमोद निश्चय ही दे रहा है यह जोड़ा। एक अधेड़ किन्तु स्वस्थ-सुन्दर-सुडौल नारी और एक अस्वस्थ बेडौल लड़का। एक औरत जिसका दादा हिन्दुस्तानी था, बाप आधा हिन्दुस्तानी, आधा अंग्रेज और माँ फ्रांसीसी। एक मर्द जिसके पूर्वज बगड़गौं के तिवारी थे। एक औरत जिसकी अभिनेत्री माँ ने इमारती लकड़ी का धन्धा करनेवाले अपने भारतवंशी पति को तलाक दिया था, सात साल की बच्ची को लेकर कैरियर की तलाश में फिर से निकली थी। और जिसने, जब बच्ची बारह साल की थी, एक अमरीकी नाटक-दिग्दर्शक से विवाह कर लिया था। एक मर्द जिसके पिता जोगी और जादूगर थे, जिन्होंने एक ऐसी क्षयग्रस्त युवती से शादी की जो एक बीमार-से बच्चे को जन्म देकर मर गई। एक औरत जो दो बार शादी, छह बार प्रेम और अनगिनत बार सम्भोग कर चुकी है। एक मर्द जिसने अभी पहली बार प्रेम शुरू किया ही है और नारी-भूगोल से अपरिचित है। एक औरत जो 'रहस्यमय पूर्व' का सन्धान करके जा रही है। एक मर्द जो 'प्रगतिशील पश्चिम' के माध्यम से आधुनिकता-लाभ करना चाहता है—उसके लिए मार्क्स-फ्रायड अंग्रेजी में ही उपलब्ध हैं और गीता-उपनिषद् भी। एक औरत जो दो के बराबर अकेली तैरना जानती है। एक मर्द जिसे तैरना नहीं आता।

तैरना नहीं जानता डी.डी. इसीलिए अब गुलनार पर लगभग लटक गया है, उसके बोझ से गुलनार भी लड़खड़ा रही है।

"अब जो लहर आएगी न, उस पर पीठ टिका देना, वह किनारे तक छोड़ आएगी।" गुलनार उसे और अपने को सँभालते हुए कहती है।

लहर आती है फेन-फन उठाए, गुलनार कहती है, "अब!"

किन्तु कहाँ, किन्तु कब! डी.डी. अपने को निश्चिन्त छोड़ ही नहीं पाता लहर के भरोसे। वह लहर पर पीठ नहीं, कूल्हे टिकाए है। बैठा हुआ-सा है और उसका भार, पानी की उछाल के बावजूद, पीठ पर तैरती गुलनार के हाथ को तोड़े दे रहा है! वह खुद लहर में डूब रहा है, गुलनार को डुबा रहा है।

हमें चिन्तित नहीं होना चाहिए क्योंकि पानी बहुत गहरा नहीं है और गुलनार दो के बराबर अकेली तैर सकती है।

तो भी किनारे पर पहुँचते-पहुँचते दोनों के मुँह-आँखों में खारा पानी जा चुका है। कपड़ों पर गीली बालू चिपक गई है। और अब किनारे पर दोनों एक-दूसरे से गुँथे पड़े हैं। गुलनार मुँह में भरा पानी थूकती है। पूछती है, "मुझे डुबाने का इरादा था?" और चूम लेती है उसे।

"आओ," गुलनार उसे घसीटती है, "और इस बार ठीक से बालक। यह भी अनुभव-अभ्यास से ही आता है—अपने को लहरों को सौंप देना। डूबने के लिए नहीं, किनारे लग आने के लिए।"

किन्तु बालक अनुभव-अभ्यास के लिए प्रस्तुत नहीं हो पा रहा है क्योंकि वह इतना खारा पानी पी गया है कि उसे खाँसी आ रही है, मतली उठ रही है।

गुलनार आकर उसकी पीठ थपथपाती है और फिर चौंककर कहती है, "तुम्हारा जनेऊ?"

डी.डी. देखता है अपने बाएँ कन्धे को जिस पर अब वे मैले धागे नहीं हैं। बह गया जनेऊ। उसे पानी में घुसने से पहले उसका गले में फन्दा-सा बना लेना चाहिए था किन्तु गुलनार वैसे ही उतना हँस रही थी।

"यहीं कहीं होगा।" कहती हुई गुलनार खोज में जुट जाती है।

"परेशान मत होओ।" वह गुलनार से कहता है।

"क्या सदा पहने रहना जरूरी नहीं होता? कुछ जादू-वादू नहीं होता उसमें?"

"होता होगा, मेरे लिए नहीं। मैं खुद ही कई बार उतारकर अलग रख चुका हूँ।"

"और फिर-फिर पहन चुका हूँ—कितना सुविधाजनक!" वह हँसती है। वह झेंपता है और तब उसे बताता है श्राद्ध-तर्पण के विषय में।

वह सुनाता है गुलनार से लिया तौलिया गीले कच्छे के ऊपर लपेटते हुए। वह सुनती है गाउन ओढ़ते हुए। कुछ कहती नहीं। सामान उठाकर वे सागर-तट पर बने होटल की सीढ़ियाँ चढ़ते हैं।

गुलनार शॉवर लेती है, फिर पूल में तैरती है। डी.डी. सुनाता रहता है अपना अतीत और वह बगैर कुछ कहे सुनती रहती है इस अतीत में उसका भविष्य।

जितने भी करतबी लोग हुए हैं आज तक, वह अपने से कहती है, सबके सब दरिद्र, रूढ़िग्रस्त और अतिशय भावुक समाजों में जन्मे हैं, चोट खाए हैं। आकांक्षा की दौड़ में आहत भूखा सबको पीछे छोड़ता आया है। यह भूखा भी आगे बढ़ेगा यद्यपि यह पर्याप्त क्रुद्ध नहीं है। कुछ स्त्रैण-सा, रुआँसा-रुआँसा-सा होगा इसके क्रोध में, इसकी कला में, किन्तु वही पश्चिम में इसे अनूठापन दे डालेगा।

हाँ, इसे पश्चिम ले जाना ही होगा।

"गो वेस्ट यंगमैन!" वह पूल से बाहर निकलते हुए कहती है, "पश्चिम जा नवयुवक, और अगर नहीं जाएगा तो याद रख, पश्चिम तेरा अपहरण करके ले जाएगा।"

वह सुनकर मुस्कराता है। मन-ही-मन खुश होता है। उसे कुछ ऐसा बनना है कि 'डॉलर में कितने?' पूछना सहज-स्वाभाविक हो उसके लिए। बात गुलनार ने शायद मजाक में ही कही है, लेकिन मजाक में ही सही, शुरुआत तो हुई!

अपने को पोंछते हुए वह पूछती है, "तुम शॉवर क्यों नहीं ले रहे?"

"मैं अब घर पर जाकर नहाऊँगा, जरा ये सूख जाए कच्छा।"

"ये कोई ऐसे सूखेगा, जाओ नहाओ और फिर आओ कॉटेज में, तुम्हें तो शाम तक मेरे साथ रहना था ना!"

डी.डी. शॉवर लेता है। तौलिए से बदन पोंछकर गीले कच्छे पर ही तौलिया लपेटे कॉटेज में पहुँचता है जहाँ इस बीच कपड़े पहन चुकी गुलनार अब बाल ब्रश कर रही है।

"यह तुम्हारा कच्छा भी क्या उन धागों की तरह पवित्र है?" वह हँसकर पूछती है, "इसे खोलते क्यों नहीं? कमरा सारा गीला कर दोगे। जाओ, गुस्लखाने में उतार आओ।"

लेकिन डी.डी. गुस्लखाने से भी उसे पहने हुए ही लौट आया है और (हे भगवान!) उस गीले कच्छे पर पतलून चढ़ा रहा है!

"ये क्या!" गुलनार लोट-पोट होते हुए कहती है, "निश्चय ही जादुई होगा यह कच्छा तुम्हारा और इसमें तुम्हारे नर होने के रहस्य के अतिरिक्त भी कुछ छिपा होगा।"

"मारगाँठ!" डी.डी. कहता है।

"वाट्स दैट?" वह जानना चाहती है। और जब समझती है तब और भी हँसती है। फिर दराज से एक कैंची निकाल लाती है।

डी.डी. चाहता है कि कैंची लेकर गुस्लखाने में चला जाए लेकिन गुलनार उसके विरोध के बावजूद वह इजारबन्द वहीं काट देती है, जो इजारबन्द नहीं, जनाना धोती का किनारा है! कच्छा छप्प से गिर जाता है और डी.डी. पाँव उससे मुक्त करने के लिए, पतलून पहन लेने के लिए, घबराकर गुलनार को पीठ देता है।

कैंची रखने सिंगार-मेज की ओर जाते हुए वह कहती है, "लाज से लाल मत होओ, माताजी ने नंगे बालक पहले भी देखे हैं।"

डी.डी. को इस बात का आभास हुआ कि सिंगार-मेज की ओर जाने से गुलनार अब उसकी पीठ की ओर नहीं रही। बगल में आ गई है वह। इसलिए वह थोड़ा और घूमता है पतलून पहनते-पहनते। और गिरने को होता है। गुलनार उसे सँभालती है और कहती है, "तुझे पोर्नो मूवी[1] में हीरो बनवाऊँगी। ये आकार-प्रकार और लजीली कुँवारीवाली अदाएँ, दर्शक विह्वल हो उठेंगे इस दुर्लभ योग से।"

डी.डी. झेंपता मुस्करा देता है। बनियान-कमीज पहनता है। कच्छा गुस्लखाने में निचोड़ बाहर धूप में डालने जाता है।

"देखो, वह जो तुम्हारी समस्या है ना, उसका एक सरल-सा समाधान है," कहती हुई गुलनार बाहर आती है, सोफानुमा झूले पर बैठती है, "इलेस्टिक। और जूते बगैर फीतेवाले—लोफर्स—बहुत फैशन है उनका। अपने लिए चाय मँगा लो—तुम लोग पूरे अंग्रेज हो इस मामले में—मेरे लिए कॉफी। कुछ खाना चाहते हो तो वह भी। माताजी को तो अपने वजन का ध्यान रखना है। चाय-कॉफी पी लें, फिर बाजार चलेंगे। तुम्हारी गँठीली समस्या का समाधान ढूँढने।"

1. अश्लील फिल्म।

चाय-कॉफी पीते हुए उस झूले पर गुलनार ने डी.डी. को अपने माता-पिता और सौतेले पिता के विषय में बताया। सौतेला पिता मेरा गुरु और पहला प्रेमी था, यह बात उसने इतने आए-गए ढंग से बताई कि डी.डी. स्तब्ध रह गया। गुलनार ने नाटक, फिल्म और टेलिविजन के क्षेत्र में अपने संघर्ष की, अपने विफल दाम्पत्य की कहानियाँ भी सुनाईं, लेकिन उसके कहने के ढंग में कहीं भी आत्मकरुणा नहीं थी।

अन्त में गुलनार ने कहा, "मैंने तुम्हारी कहानी सुनी, तुमने मेरी। अब यह है कि या तो गलबहियाँ डालकर रोते रहें हम दोनों या यह कि इन कहानियों से सही सीख लें। कमीने होते हैं सब, मूलत: कमीने! नरभक्षी। खाने को तैयार बैठे हैं तुम्हें वे हमेशा। जिन्हें वे भावनाएँ कहते हैं, और कुछ नहीं, तुम्हारा शोषण करने की सुविधाएँ होती हैं। मैं जानती हूँ कि इस नुस्खे का मर्द किस तरह उपयोग करते आए हैं औरत के शोषण के लिए, और औरतें भी कैसे इसी को अपने संरक्षण-संवर्द्धन का हथियार बनाने को बाध्य हुई हैं। क्या तुम समझते हो कि वह मेरा सौतेला पिता, रंगमंच का जीनियस, कभी मेरी मदद करता आगे बढ़ने में? वह तो मुझे वात्सल्य भाव से भोगता रहता और चाहता कि मैं प्यारी-प्यारी बच्ची बनी रहूँ, उसके बिस्तर की शोभा बढ़ाती रहूँ। यह तो मैं थी जो उसे जता सकी कि इस तरह के वात्सल्य की कीमत चुकानी पड़ती है पिताजी! मैंने उस हरामी के आर्थिक-बौद्धिक अंडकोष चूसकर फेंक दिए!"

"तुम तो दुनिया को नरक के रंगों में रँगे दे रही हो और मानव को हैवान के।" डी.डी. ने आपत्ति की।

"मगर यह सच है। मैं दुनिया से साफ कहती हूँ कि मुझे किसी की करुणा नहीं चाहिए, मैं दुनिया को साफ जता देती हूँ कि मुझसे करुणा की उम्मीद न रखें। यह जीवन तो एक क्रूर दौड़ है, अपने-अपने पाँवों के भरोसे भागो और जाने रहो कि जो पीछे छूटेगा, उसे सींग-पूँछवाला खा जाएगा। तम्हें पता है मेरी पहले विवाह से एक बेटी है। बीटनिक बन गई है। उसने मेरा घर गँजेड़ियों का डेरा बना देना चाहा। मैंने उसे कान पकड़कर निकाल दिया घर से। ठीक है मेरी बेटी है। पैसे मँगवाती है तो भेज देती हूँ। इससे ज्यादा वह मेरे लिए कुछ क्यों हो, खासकर तब जबकि वह मेरी सुख-शान्ति, मेरा जीवन, मेरी कला-साधना नष्ट कर रही हो अपने आचरण से!"

"तुम्हें प्यार में आस्था नहीं? कैसे भी प्यार में?"

"नहीं। मित्रता हो सकती है, शारीरिक आकर्षण हो सकता है, मानसिक, व्यावसायिक साझेदारी हो सकती है और हद-से-हद अन्तरंगता हो सकती है। प्यार कुछ नहीं होता, एक पक्ष सर्वथा मूढ़ हो तो बात अलग है।"

आकंठ प्रेम में डूबे हुए डी.डी. को ये स्थापनाएँ नितान्त अग्राह्य मालूम हो रही हैं तो क्या आश्चर्य! वह गुलनार के व्यवसाय और प्रबन्ध-कौशल का प्रशंसक है, शारीरिक और बौद्धिक स्तर पर गुलनार को वह आकर्षक पाता रहा है और कुल

मिलाकर वह उसे एक भली और सुलझी हुई स्त्री प्रतीत होती रही है। अपनी श्रद्धा की पात्रा के मुँह से घोर अनास्था का यह जीवन-दर्शन सुनकर उसे कष्ट हो रहा है। वह अब भी यही चाहता है कि कड़ुआहट को पश्चिम के विखंडित पारिवारिक जीवन से उपजा मान सके, क्षम्य ठहरा सके। इसलिए कहता है, "पश्चिम के एक टूटे परिवार की बेटी के रूप में तुम्हारा जो अनुभव है उसे सारी दुनिया पर क्यों लागू करती हो?"

"और तुम क्या करते हो?" गुलनार ने मुस्कराकर पूछा, "पूरब के एक अनाथ लड़के के रूप में अपने अनुभव को सारी दुनिया पर लागू करना कुछ भिन्न है क्या? अगर तुम यह कहना चाहते हो कि तुम्हारे यहाँ कहीं बहुत प्यारा-प्यारा-सा पारिवारिक जीवन होता है, लुइजा मेरी एलकॉटवाली दुनिया है कहीं, तो वहीं क्यों नहीं जाते? यहाँ क्यों आए हो बम्बई में, जो तुम्हारा सबसे अधिक पश्चिमी शहर है? क्या तुम मुझसे यह कहना चाहते हो कि जिनसे तुमने विद्रोह किया है, उनसे तुम्हें नफरत नहीं है?"

"मुझे उनसे नफरत इसीलिए है कि मुझे उनसे प्यार है। मैं चाहता हूँ कि मेरी नफरत उन्हें सुधारे।"

"सुधारे! हुँह!" गुलनार ने कहा, "मैं यही कह सकती हूँ कि तुम मूर्खता की हद तक आशावादी हो और तर्क तुम कवियों की तरह करते हो। तो तुम सुधारो और हो सके तो उस गाँव को अपने, क्या नाम बताया..."

"बगड़गौं।"

"बगड़गौं को भी बम्बई बना दो और फिर कहो ऐसा सुधार चाहिए कि सारा बम्बई किसी तरह, अहा उस पुराने बगड़गौं जैसा हो जाए।" गुलनार उठी, अपने बैग से उसने पैकेट निकाला, लाइटर से सिगरेट सुलगाई और धुआँ छोड़ते हुए बोली, "तुम जो चाहो करो, सब ठीक है तब तक, जब तक यह न भूलो कि तुम्हारी पहली और आखिरी प्रतिबद्धता अपनी प्रतिभा से है। तुम किसी के बेटे नहीं, किसी के बाप नहीं, किसी के पति नहीं, किसी के प्रेमी नहीं, तुम केवल तुम हो और उतने-भर हो जितना तुम अपने तुम होने के नाते करते हो। बाकी सब भावनात्मक गू है। सिगरेट?"

डी.डी. को ये लम्बी-पतली मेन्थॉलवाली अमरीकी सिगरेटें पसन्द नहीं हैं, लेकिन एक ले लेता है। गुलनार अपने लाइटर से सुलगा देती है। कश लेते हुए डी.डी. विचारमग्न हो जाता है।

"किस सोच में पड़ गए?" गुलनार उसकी चिबुक उठाकर पूछती है, "स्तब्ध हो गए मेरे कुतियापन्थी जीवन-दर्शन से?"

"मैं सोच रहा हूँ कि जिसे तुम अन्तरंगता कहती हो वह प्यार के बिना कैसे हो सकती है? प्यार से भिन्न कैसे हो सकती है?"

"प्यार दाता या भिखारी होता है। अन्तरंगता कुछ माँगती नहीं। दे रही हूँ औघड़दानी बनकर, इस भाव से कुछ देती नहीं। और हाँ, अन्तरंगता को बिना माँगे कुछ मिल जाए तो वह धन्य भी नहीं हो जाती।"

"प्यार भी कुछ नहीं माँगता।"

"सिवा इसके कि कृपया मुझे स्वीकार किया जाए! नहीं करोगे तो एक गरीब मारा जाएगा। प्यार लिप्सा और वर्जना के खानों पर जमाने-भर के भावनात्मक मोहरों से खेली जानेवाली शतरंज है। अन्तरंगता खेल नहीं है, उसमें कोई जीत-हार नहीं है, आरम्भ और अन्त नहीं है। प्यार एक प्रक्रिया है, अन्तरंगता एक अवस्था।"

"मैं यही कह सकता हूँ कि अब तुम कवियों की तरह तर्क कर रही हो! तुम यह कहना चाहती हो कि दो व्यक्ति घोषित रूप से कह रहे हों कि उनकी एक-दूसरे से कोई प्रतिबद्धता नहीं है, दोनों पूरी तरह चौकस हों कि इस व्यापार में कहीं कोई घाटा नहीं उठाएँगे, कोई चोट नहीं खाएँगे, तो उनमें अन्तरंगता हो जाती है!"

"हाँ!" गुलनार ने मुस्कराकर कहा, "जैसी मेरे-तुम्हारे बीच होती जा रही है। या कि तुम इसे प्यार कहना चाहोगे?"

"नहीं, यह तो दो व्यक्तियों का एक-दूसरे को अच्छा मानना-भर है।"

"इस निर्मम जीवन में इतना ही काफी है। जब हम यह जान लेते हैं और पहचान लेते हैं कि इस जीवन के आगे-पीछे कुछ नहीं है और यह मानवीय अस्तित्व साक्षात् नरक है, तब यह अच्छा मानना ही, घड़ी-दो घड़ी सबकुछ मान लेने के लिए पर्याप्त होता है।" गुलनार डी.डी. पर झुक आई है। डी.डी. अचकचाकर उठ रहा है।

अब गुलनार उसके दोनों बाजू पकड़े खड़ी है सामने। डी.डी. के छह फुट चार इंच के सामने पाँच फुट सात इंच। वह अपनी ऊँचाई से उसे देखता है और उसके मन में करुणा उपजती है इस स्त्री के लिए, जो संसार को नरक मानती है। वह जो स्वयं 'शिबौ-शिब' का पात्र रहा है, इस क्षण किसी और के लिए कह उठता है मन की गहराइयों में—'शिबौ!!'

"माताजी अच्छी लगती हैं तुम्हें?" वह पूछती है।

"हाँ। वह बहुत अच्छी हैं, मीठी हैं, दुनिया उन्हें कितना ही कड़वा बनाना चाहे, वह मीठी ही रहेंगी।"

"बालक, मेरे जीवन-दर्शन को मेरी विशिष्ट परिस्थितियों से उपजा सिद्ध करने का दुस्साहस आइन्दा कभी न करना भूलकर। भगवान जानता है मैं इस सबके लिए मनोचिकित्सकों को काफी पैसा दे चुकी हूँ कभी। करुणा भूल जा। माताजी अच्छी हैं तो उन्हें ऐसा बता चूमकर।"

इन लोगों में तो चुम्बन कोई बड़ी बात नहीं, ऐसा सोचता है डी.डी. और गुलनार का माथा चूमने झुकता है किन्तु गुलनार उसके होंठों को अपने होंठों पर

ग्रहण करती है और दोनों हाथों से उसका सिर दबाकर इस चुम्बन को 'केवल वयस्कों के लिए' बना देती है।

साँस लेने के लिए वह हटती है और पूछती है, "गुड हेवेन्स, नो?"

और देखती है डी.डी. को जो एक बिक्षुब्ध बालक-सा लग रहा है और बहुत ही शरमाकर, लगभग रुआँसा होकर कह रहा है, "नो!"

हँसती नहीं गुलनार। न यह पूछती है कि 'क्या हुआ, मैंने बलात्कार कर दिया?' वह गाल थपथपा देती है डी.डी. का बैग उठाती है, कॉटेज की चाबी डी.डी. को देती है और लिपस्टिक ठीक करते हुए कहती है, "बाजार चलें?"

सरल मनोविज्ञान का मैं भी उतना ही बड़ा विरोधी हूँ जितनी गुलनार। इसलिए नहीं कहूँगा गुलनार से, तुम एक माताजी हो बस। डी.डी. एक बच्चा है बस। और अकेले-अकेले रहनेवालों की सभ्यता अभिशप्त है बच्चे गोद लेने के लिए; बच्चों से सम्भोग करने के लिए।

तुम इस पर हँस नहीं सकतीं गुलनार, गोद लिये जाते बच्चे पर हँसा जाता है भला! तुम इसकी 'गुड हेवेन्स नो' को 'नो' मान नहीं सकतीं। तुम्हारा सौतेला पिता हँसा था क्या? उसने मानी थी तुम्हारी 'नो'?

नहीं कहूँगा क्योंकि मनोविज्ञान, समाजशास्त्र, सामाजिक प्राणिशास्त्र—सब औसत सत्य के शास्त्र हैं। इनका औसत सदा दूसरों पर लागू होता है, अपने पर नहीं। हम सब अपनी-अपनी दृष्टि में अनुपम हैं।

मैंने गुलनार से कुछ नहीं कहा और न सौभाग्यवती दया पन्त से कुछ कहूँगा जो इस समय अपने पति के बैंक चले जाने के बाद, चूल्हे-चौके से फुर्सत पाने के बाद, सास के सिर में तेल डालने और ससुर जी को दवा पिला देने के बाद, अपने मामा शास्त्री जी के नाम पत्र लिखने बैठी हैं, गौणतः अपना और मुख्यतः डी.डी. का हाल बताने। क्रोध में लिख रही हैं पत्र, अलबत्ता क्रोध को अपनी जन्मजात शालीनता से मर्यादित करते हुए।

मैं कुछ नहीं कहूँगा क्योंकि मेरे कहने-न-कहने से कहानियाँ बनतीं-बिगड़तीं नहीं। यह सब प्रारब्ध में था, ऐसा भी कहने को अब मन नहीं करता। फलितज्योतिष वंश-परम्परा के आग्रह से सीखा है, पर उम्र के साथ-साथ उस पर से आस्था उठती गई है। यह मानने का जी नहीं करता कि उसने हम कीड़े-मकोड़ों में से एक-एक का पूरा जीवन-चरित खुद गढ़ा है। मुझे लगता है कि एक विशिष्ट ढंग से उसने फेंक दिया है हमें कि मँडराओ और टकराओ आपस में। समग्र पैटर्न तो वह जानता है, एक-एक कण की नियति नहीं जानता। कसमिया तौर पर वह खुद नहीं कह सकता कि इस समय कौन कण कहाँ, किस गति से, क्या करनेवाला है। नियतियों के औसत वह जानता है, किसी एक की नियति नहीं।

डी.डी. नामक एक कण को नहीं मालूम था कि दया नामक एक कण है अल्मोड़ा में, जो साहित्यानुरागी है, जिसने उसका साहित्य पढ़ा है, जिसे बराबर यही लगता रहा है कि यह जो है अभागा सो मुझ अभागिन के लिए ही रचा गया है, जिसने सुमित्रानन्दन पन्त से उसकी प्रशंसा सुनी है, जिससे पन्त जी ने कहा था कि मैं तेरी शादी डी.डी. से करवा दूँगा। डी.डी. को नहीं मालूम था कि वह एक कुमाऊँनी पाठिका के हृदय में आराध्यरूपेण संस्थापित कुमाऊँनी लेखक है।

इस डी.डी. ने, जो सुयोग से दया को पन्त जी से हुई बातचीत के तुरन्त बाद ही मिल गया था नैनीताल में, दया को बार-बार ठुकराया। दया के रिश्तेदार, खासकर बेबी, मानो दया को अपमानित करने के लिए बार-बार डी.डी. से उसके विवाह की बात उठाते रहे और वह मजे से ठुकराता चला गया। आश्रित दया कह भी न सकी किसी से कि इस व्यक्ति से मेरे विवाह की बात अब और न चलाओ। वह किसी से यह भी कह न सकी कि जहाँ यह मेरा विवाह ठहराना चाह रहा है वहाँ तो मेरा विवाह करो ही मत। चोरी और सीनाजोरी। मैं नहीं करूँगा, अपने मित्र से करा दूँगा। और दया का यह अस्वीकार किसके लिए? बेबी के लिए! उस लड़की के लिए जिसमें रूप के अतिरिक्त कुछ नहीं! और रूप भी, अब मैं क्या कहूँ, खैर निश्चय ही अप्सराओंवाला नहीं। डी.डी. नहीं जानता कि जैसे बब्बन से अपनी यारी के बावजूद वह खुद गहरे कहीं ईर्ष्यालु रहा है, वैसे ही दया भी बेबी के प्रति अपने सारे अनुराग के बावजूद ईर्ष्यालु रही है।

यह सब न जानता होता तो कल शाम शॉपिंग के बाद गुलनार के साथ डिनर के बाद ब्रैंडी पीते-पीते सहसा अपने मित्र के घर जाने के लिए राजी न होता। हुआ यह कि गुलनार डी.डी. को बराबर छेड़ रही थी, उकसा रही थी, किन्तु उसका पौरुष जाग नहीं रहा था। तो गुलनार ने कहा, "जनेऊ के बिना बात बन नहीं रही है, तुम शायद उन जादुई धागों के बिना मूड में आते नहीं।" चढ़ जाने पर उसने जिद ही पकड़ ली कि चलो कहीं से जनेऊ लाएँ। क्या बाजार में नहीं मिलती? बाजार बन्द हो गया तो क्या किसी के घर में नहीं मिल सकती?

इसी दुराग्रहवश डी.डी. गुलनार के साथ रात साढ़े दस बजे एक सद्गृहस्थ के घर में पहुँचा जबकि सद्गृहस्थ अपने पिता की स्थिति चिन्ताप्रद जान डॉक्टर बुलवाने गया था। न केवल पहुँचा बल्कि पीया हुआ पहुँचा और साथ में एक पी हुई अधेड़ गोरी मेम को लेकर पहुँचा। और प्रयोजन पूछने पर हँसकर यही कहता रहा—एक जनेऊ चाहिए, मैं और गुल नहा रहे थे जुहू में, मेरा जनेऊ बह गया। यही नहीं, वह सद्गृहस्थ की पत्नी का परिचय अपनी प्रेमिका की बड़ी बहन के रूप में देता रहा। गोरी मेम ने सद्गृहिणी को अभिवादन में चूमा। इसी गोरी मेम ने यह भी कहा कि तुम्हारी बहन एक प्यारी-सी लड़की है बस और यह डी.डी. एक खूबसूरत-सा लड़का है बस और सद्गृहिणी की उपस्थिति में डी.डी. का गाल चूम लिया। इसके

अलावा वे दोनों जोर-जोर से बोलते-हँसते रहे। उन्होंने इस बात की भी चिन्ता नहीं की कि घर में कोई बीमार है। यह ठीक है कि सद्गृहिणी उन्हें इसकी सूचना नहीं दे सकी थी, लेकिन कोई भले आदमियों की तरह बैठे, हाल-समाचार पूछे, तभी उसे कुछ बताया जा सकता है ना। जो गिरता-पड़ता आए और कहे एक जनेऊ लाओ जल्दी से, उससे कौन क्या कह सकता है? उसने तो यह भी नहीं पूछा कि सद्गृहस्थ कहाँ है? सद्गृहिणी को कहना पड़ा, अंग्रेजी में, कि और कुछ उनकी समझ में आता-न-आता, आप लोग कृपया चले जाएँ, जनेऊ हमारे पास नहीं है।

यह सब लिख रही है दया अपने क्रोध को शालीनता से मर्यादित कर और यही शालीनता उसके शब्दों को सर्वथा घातक बनाए दे रही है शास्त्री-परिवार में डी.डी. की बची-खुची प्रतिष्ठा के लिए।

और यह भी औसत का सत्य है कि वह यह सब बदला लेने के लिए लिख रही है। दया का सत्य यह है कि यह पत्र वह उस व्यक्ति के प्रति अपने कर्तव्य का पालन करने के लिए लिख रही है जिसने उसे पढ़ाया-लिखाया, किसी योग्य बनाया है। शास्त्री जी भोले हैं, उन्हें डी.डी. से सावधान करना जरूरी है।

"और याद रखना, सभी निर्णय गलत निर्णय होते हैं, किसी-न-किसी सन्दर्भ में, किसी-न-किसी के सन्दर्भ में। हमें वही निर्णय करना चाहिए जो हमारे अपने लिए, हमारे विचार से सबसे कम गलत हो।" विचित्र थे ये शब्द विदा लेने के लिए, लेकिन यही शब्द गुलनार ने सान्ताक्रूज हवाई अड्डे पर विदा के समय कहे डी.डी. से। और बगैर किसी सन्दर्भ के कहे। यह सही है कि हवाई अड्डे आने से पहले गुलनार के साथी डी.डी. से पूछ रहे थे कि तुम अब किस यूनिट के साथ काम करनेवाले हो और वह बता रहा था कि अभी कुछ तय नहीं किया है—शायद मद्रास जाऊँ एक पटकथा लिखने। यह भी सही है कि कल गुलनार से डी.डी. ने अपने अब तक के विफल जीवन की बात की थी और भविष्य के विषय में चिन्ता व्यक्त की थी। लेकिन उस सबसे इस संवाद का सम्बन्ध जोड़ना कठिन है। जो हो, जिन्हें कहा जाता है बुद्धिजीवी, उन्हें आदत-सी होती है नाटकीय क्षणों में किसी कवियोचित तर्क से ऐसे ही विचित्र शब्द-समूह प्रस्तुत कर देने की।

निश्चय ही गुलनार कोई इस तरह सीधी-सपाट बात नहीं कह सकती थी कि 'दूध जरूर पी लिया करना, जनेऊ किसी पंडित से लेकर पहन लेना, मुझे चिट्ठी जरूर लिखना और बेबीवाली बात अब आगे मत बढ़ाना।'

द्रष्टव्य रहे कि जो कह पाते हैं इतनी सीधी-सपाट बात, उनके आन्तरिक तर्क भी कवियोचित ही होते हैं। हृदय सबके होता है और औसत हृदय, स्वार्थ का निलय है। स्वार्थ सदा परमार्थ बोलता है। जो कहते हैं कि हम यह सब तुम्हारी भलाई के लिए कह रहे हैं, वह यह भी कह रहे होते हैं कि तुम्हारी भलाई में ही हमारी भलाई है।

गुलनार उससे हाथ मिलाती है, फिर उसके गाल पर चुम्बन वस्तुत: अंकित कर देती है और विमान पर बैठने से पहले की जाँच के लिए भीतर जाते हुए उसे हाथ हिलाती है और कहती है, "अच्छा बच्चा बने रहना और माताजी को याद रखना।" स्कर्ट और ब्लाउज पहनी, पतली ऊँची हीलोंवाले सैंडल खटखटाती यह दबंग स्त्री, जो सात समन्दर पार से आई थी और अब वहीं लौटकर जा रही है, बगड़गौं के तिवाड़ी को कौशल और आत्मविश्वास की देवी मालूम हो रही है।

जिसके मारगाँठ नहीं पड़ती, पड़ने भी लगे तो जो उसे कैंची से काट देना और इलास्टिकवाले छह-छह कच्छे-पायजामे खरीद लाना जानती है, खरीद सकती है, ऐसी देवी निश्चय ही स्तुत्य है, स्मरणीय है इस बालक के लिए, जो अब विदा देनेवालों की दीर्घा में जा खड़ा हुआ है। इस अँधेरे में वह गुलनार को नहीं देख सकेगा। किन्तु सम्भव है कि गुलनार घूमकर उसे देख ले।

गुलनार देख रही है कि नहीं, वह नहीं जानता। वह अपनी ओर से हाथ हिलाए जा रहा है।

और अब देख रहा है एक विमान की रोशनियों को तेजी से रन-वे पर दूर-दूर दौड़ते। उठते। ऊँचाई पर टँगते-से और तनिक घूमकर अनदेखे आकाशों में खो जाते।

बगड़गौं के तिवाड़ी, बर्कले जा बच्चे। गो वैस्ट यंगमैन। हो जा सवार उड़नघोड़े पर।

वह जो तेरे मन में खड़ा है न आज भी पुश्तैनी घर का खँडहर, उसके क्रेता वहीं हैं। और जो तेरे स्वप्न में खड़ा है एक भव्य भवन, उसके विक्रेता वहीं हैं।

मैं डी.डी. को यहीं छोड़े जाता हूँ हवाई अड्डे के शौचालय के वॉश-बेसिन के दर्पण के सामने, जहाँ वह देख रहा है अपने एक गाल पर दो होंठों की लिपस्टिकछाप को, और अपनी तर्जनी से उसे इस तरह विलम्बित लय में मिटा रहा है कि लगता है सहला रहा है।

मैं खेद-प्रकाश करता हूँ कि वान जेलिस का इलेक्ट्रॉनिक संगीत, जो नायक को अतिप्रिय है, अपरिहार्य कारणों से यहाँ नहीं दिया जा सका है—सुदूर तूफान के स्वर, उनके बीच कुछ भ्रमर-चंचल घंटियाँ, तथा एक स्वर और वंशीवत्, आत्मलिप्त, धैर्य-धन्य।

अब नहीं आते वे पत्र।

शाम के समय रियाज करती बेबी, बार-बार उठती है खिड़की से झाँककर यह देखने के लिए कि नीचे हवाघर में या और कहीं पिता दिल्ली से शाम को पहुँचनेवाले अखबार के साथ कोई मोटा-सा पत्र तो नहीं पढ़ रहे हैं गुपचुप? नहीं। पिता के अध्ययन-कक्ष की मेज की निचली दराज में उन पत्रों का जो बंडल रखा

है उसे निकालकर वह गिन चुकी है कई बार इधर कि कुल संख्या में कोई वृद्धि तो नहीं हुई? नहीं।

कभी-कभी उसका मन हुआ है कि आखिरीवाला पत्र तो पढ़ ले, कदाचित् उससे पत्रों के फिर न आने का रहस्योद्घाटन हो।

किन्तु नहीं। पत्र पढ़ना वचन-भंग है। न गिनने, न देखने का तो कोई वचन उसने दिया नहीं था।

पिता जानता है पुत्री गिनती है पत्र। देख चुका है, पढ़ती नहीं है। देख चुका है, झाँकती है उस खिड़की से, उसी तरह, जैसे झाँकती आई है उन पत्रों के आने पर।

क्यों झाँकती है वह? क्या उसके नाम लिखा गया पत्र मेरे द्वारा पढ़ लिया जाना अपने द्वारा पढ़ लिये जाने के समकक्ष मानती है वह? क्या किसी दूराभिज्ञान में आस्था है इस पगली को, कि मैं जब यहाँ हवाघर में बैठा-बैठा बाँचता होता हूँ उस सिरफिरे को जिसके शब्द लड़खड़ा-लड़खड़ा उठते हैं अर्थों की सुरा के आधिक्य से, तब वह सिरफिरा वहाँ अंकित होता जाता है उसके मन पर मेरी अलौकिक व्याख्या सहित, किसी बेतार के चमत्कार से?

और क्यों अब देख रही है मुझे इन बड़ी-बड़ी आँखों से जिनका उदासी से प्रथम परिचय हुआ है?

क्या कहना चाहती हो पुत्री? यह कि उस चमत्कारी बेतार पर कोई अलौकिक अर्थातीत शब्द, कोई आलोड़नातीत स्वर अब सुनाई नहीं दे रहा है। सुनाई दे रही है केवल ब्रह्मांडव्यापी साँय-साँय!

शास्त्री जी, आप भोले ही नहीं, भावुक भी हैं।

आप अपनी लाडली की जीवन में पहली बार उदास हुई आँखों को पीठ दे रहे हैं ताकि वह आपकी छलछलाई आँखें न देख सके। किन्तु शास्त्री जी, अब आपके सामने हैं ये वन, यह पर्वत, यह पथ और यह मन्दिर पाताल देवी का। ये सब देख रहे हैं शास्त्री जी, इन डबडबाई आँखों को, और शास्त्री जी, आपने, उस बच्ची ने नहीं, आपने कल्पना की है एक ब्रह्मांडव्यापी बेतार-सम्बन्ध जाल की। क्या उस जाल से यह वन, यह पर्वत, यह पथ और यह मन्दिर न पहुँचा देंगे पिता की डबडबाई आँखों की छवि पुत्री तक?

शास्त्री जी! शास्त्रानी जी, आपकी घरवाली,सही कहती हैं : उस सिरफिरे के चक्कर में बेटी जितनी भी है, है अपनी नादानी में, लेकिन बाप तो, बाप रे बाप!

शास्त्री जी, सच-सच बतलाना क्या आप अभी इस क्षण यह नहीं चाहते कि उस डी.डी. को लेकर इसी पथ पर, इसी मन्दिर की ओर शाम की सैर के लिए कहीं निकल जाएँ यह समझाते हुए कि क्यों आपके पिताजी उपनिषदों को नवयुवकों के पढ़ने की चीज नहीं मानते थे और कैसे डी.डी. ने अपने अन्तिम पत्र में 'तद् यथा प्रियया स्त्रिया सम्परिष्वक्तो न वाह्यम् किञ्चन वेद नान्तरमेवायम् पुरुषः प्रज्ञोनात्मना

सम्परिष्वक्तो न वाह्यम् किञ्चन वेद नान्तरम् तद् वा अस्चैतदाप्रकाममात्माकाम मकामं रूपम् शोकान्तरम्' की थोड़ी भ्रामक व्याख्या की है। किसी प्रिय स्त्री की स्मृति को वह उस प्रिय स्त्री का पर्याय नहीं बना सकता और न यह दावा कर सकता है कि इस स्मृति के आलिंगन में वह उस प्रिया द्वारा पत्र न भेजे जाने के शोक से परे चला गया है। यह ठीक है कि ये तमाम बातें याज्ञवल्क्य ने किसी मैत्रेयी से कही थीं किन्तु उसे तब प्रेम जगाना नहीं, प्रेम भुलवाना अभीष्ट था। बृहदारण्यक का लौकिक प्रेम के प्रसंग में इस प्रकार दुरुपयोग किया जाना, गर्हित नहीं तो चिन्त्य अवश्य है।

शास्त्री जी! आप मेरे हाथ की कठपुतली नहीं हैं। शास्त्री जी! आप मेरे रचे हुए नहीं। शास्त्री जी! अभिन्न होते जाते हैं आप मुझसे और मैं अवगत हूँ इस दुखद सत्य से कि स्वयं मैं रचा हुआ नहीं हूँ। अनुरोध ही कर सकता हूँ कि शास्त्री जी! पंडित-प्रवर! जाइए और जो घरवाली ने कहा है सो कीजिए। इन मामलों में घरवालियों को पंडितों से ज्यादा अक्ल होती आई है।

शास्त्री जी, क्षमा कीजिए, आपकी सफाई लचर है। यह ठीक है कि आपने पुत्री को सौभाग्यवती दया का पत्र पढ़ाना चाहा। यह भी ठीक है कि उसने मना कर दिया। किन्तु इसका क्या औचित्य था कि आपने स्वयं इस पत्र को, लौकिक व्याख्या सहित, उसे पढ़कर सुनाना आवश्यक नहीं समझा? बेबी ने आपसे कहा था : 'जब मैं डी.डी. के बारे में जानने के लिए डी.डी. की ही चिट्‌ठी नहीं पढ़नेवाली ठहरी, तब दया'दी का पत्र पढ़ने की मुझे क्या बाँजी पड़ रही है?' तर्क उसका अच्छा था। किन्तु उसे बाँजी (जरूरत) न पड़ी हो, आपको तो पड़ी थी! आपको तो कह देना चाहिए था कि डी.डी. के पत्र पढ़ने के लिए हमने कभी नहीं मना किया और दया के इस पत्र में डी.डी. के बारे में जो कुछ लिखा है वह तुझे पढ़ा देना हम नितान्त आवश्यक समझते हैं। हम यह भी बता देना चाहते हैं कि हमने दया का पत्र प्राप्त होने के बाद डी.डी. को खबरदार कर दिया है कि वह तेरे नाम और पत्र न भेजे। हम उसे सूचित कर चुके हैं कि तू वाग्दत्ता है।

शास्त्री जी, आप न स्वयं कुछ कह रहे हैं, न शास्त्रानी जी को कहने दे रहे हैं। न आपको अपने ज्येष्ठ पुत्र कार्तिकेय का यह सुझाव पसन्द है कि उसे इस मजनूँ का दिमाग ठीक करने के लिए बम्बई जाने दिया जाए। अपनी इस किंकर्तव्यविमूढ़ता से आप लड़ैती मैत्रेयी तक को दुख पहुँचा रहे हैं। उस बिचारी को समझ ही में नहीं आ रहा है कि उस ब्रह्मांडव्यापी जाल से अब केवल साँय-साँय क्यों आती है? वह उदास है शास्त्री जी! आपने उसकी आँखें नहीं देखीं? आप सोच रहे हैं कि कहीं वह दया का पत्र और उस पर आप लोगों की प्रतिक्रिया सुनकर अधिक उदास न हो। उदासियाँ यों तोली नहीं जातीं, शास्त्री जी! हर उदासी एक ही उदासी होती है। हर उदासी का भार उस बेतार पर आती साँय-साँय-भर होता है। जाइए शास्त्री जी!

सीढ़ियों पर तुम्हारी आहट सुनकर ही मैंने गाना बन्द कर दिया था और इस कक्ष में अब केवल तानपूरा गूँज रहा है।

क्यों इस तरह देखते हो मुझे देहरी से मौन? मैं कोई अजनबी नहीं, तुम्हारी पुत्री हूँ।

जिस दिन जाऊँगी, इस देहरी को पूजकर ही।

कहो क्योंकि मैं सुनने बैठी हूँ।

अपने को अपनी पुत्री में शब्दों द्वारा पूरी तरह प्रतिष्ठित करके, मानो पर्याप्त नहीं था वह जो कुछ गर्भाधान के क्षण वीर्य ने किया, अब कहता है पिता, "मैत्रेयी! बच्ची! मैं चाहता था तू सौभाग्यवती दया का यह पत्र पढ़ ले।"

"मैं नहीं चाहती।"

"इसमें डी.डी. के बारे में जो कुछ लिखा है वह तेरे लिए जानना जरूरी है।"

"मैं डी.डी. के बारे में कुछ भी नहीं जानना चाहती।"

"दया लिखती है वह शराब पीता है।"

"बहुत-से लोग पीते हैं। ठुल'दा भी पीता है।"

"मुझे इसका ज्ञान नहीं था। किसी ने बताया भी नहीं।"

"जरूरी नहीं समझा होगा। वह आपका बेटा है, कोई अनाथ लड़का नहीं।"

"दया लिखती है वह किसी गुलनार के साथ उसके घर आया था।"

"गुलनार के साथ वह काम कर रहा था।"

"बच्ची, ये गुलनार और डी.डी. दोनों पीये हुए थे।"

"गुलनार जहाँ से आ रही थी वहाँ औरतों में पीने का रिवाज है।"

"मैत्रेयी! वे लोग रात के समय पीकर आए।"

"पीनेवाले रात को ही पीनेवाले ठहरे।"

"दया के ससुर बीमार थे, किशन डॉक्टर लेने गया हुआ था, वे लोग शोर मचाते रहे।"

"दया'दी ने बताया नहीं होगा।"

"उन्होंने इसका मौका ही नहीं दिया।"

"इसमें मौका देने की क्या बात हो रही, देखो! कह देती मेरे ससुर बीमार हैं।"

"और बच्ची!" शास्त्री जी तर्क-तरकश रीतते जाने से चिन्तित हैं अब, "वे लोग चुम्बन भी कर रहे थे।"

"गुलनार जहाँ से आ रही थी वहाँ लोग किस करनेवाले ही ठहरे।"

"और डी.डी. ने कहा उससे, दया मेरी प्रेमिका की बड़ी बहन है।"

"अंग्रेजी में कहा होगा। अंग्रेजी में कहने ही वाले हुए ऐसा सब। गलत था तो दया'दी बता देतीं उस मीम को।"

"यह शास्त्रार्थ की बात नहीं है बच्ची, तेरे भविष्य का सवाल है।"

"क्या मैं शास्त्री की बेटी नहीं ठहरी बाबू?"

पिता अब बेचैन चहलकदमी करता है कमरे में, पुत्री उसी तरह तानपूरे पर अँगुली फिराती है।

धोती-कुर्ता और पम्प-शू पहने, दुबला-पतला, लम्बी नाक पर नाजुक सुनहरा चश्मा लगाए, दोनों हथेलियों को कभी सीने के सामने और कभी पीठ के पीछे आपस में मलता हुआ, इस दीवार से उस दीवार तक जाता हुआ, और बीच-बीच में रुककर पुत्री को देखता, सम्बोधित-करता-हुआ-सा-होता और फिर चलने लगता पिता : एक प्यारा-सा हँसनेवाला बबुआ।

"और बाबू," वह मुस्कराकर पूछती है, "और क्या लिख रखा दया'दी ने?"

"और?" पिता बीच कमरे में कमर पर एक हाथ धरे खड़ा हो जाता है, चश्मा नाक पर जमाते हुए सोचता है। बात तो कुल एक ही रह गई। उसे कहने में कोई अर्थ नहीं, पर कदाचित् कह देना व्यर्थ नहीं।

"और उतनी रात-गए वह जनेऊ माँगने आया था, जनेऊ!"

पुत्री हँसना शुरू करती है, फिर हँसी को थोड़ी देर के लिए स्थगित करके कहती है, "इसमें रात की क्या बात हो रही, देखो! पुराना जनेऊ टूट जाए, गिर जाए, तो तुरन्त नया पहनना ठहरा। दया हौरों से माँगने नहीं जाता तो, किससे माँगने जाता? जनेऊ दिया दया'दी ने उसे?"

"नहीं।"

वह हँसती है अब बची हुई हँसी।

"उस बिचारे का तो धर्म भ्रष्ट हो गया बाबू। और अब चाबी कहाँ बाँधेगा, चाबी?"

"तुम विषयान्तर कर रही हो। जनेऊ की बात नहीं हो रही है, डी.डी. की बात हो रही है।"

"जनेऊ की ही तो बात हो रही। और डी.डी. से हमारी बात तब कैसे हो सकनेवाली हुई जब तक उसके गले में जनेऊ न डला हो? तुम क्यों नहीं भिजवा देते उसे जनेऊ? बामण है वह भी।"

पिता स्तब्ध रह गया है। वह निश्चय नहीं कर पा रहा है कि पुत्री ने यह बात उसके सांकेतिक अर्थ समझते हुए कही है, या यों ही।

"जनेऊ देने का अर्थ भी जानती है पगली?"

"नहीं।"

"जनेऊ," पिता कहता है, "दिया जाता है, भांजों को और, और जामाता को।" पुत्री एक उलटी हथेली रख लेती है अपने आरक्त मुख पर।

"चिरंजीव देवीदत्त," कहता है पिता, पुत्री की इस चिरस्मरणीय छवि को तात्कालिक रूप से नकारता हुआ, यह जानता हुआ कि हर उदासी का भार वही साँय-साँय-भर है, "चिरंजीव देवीदत्त न मेरा भांजा है और न मेरा जामाता हो सकता

है। मैं अपनी बेटी का विवाह एक ऐसे युवक से नहीं कर सकता जिसका न कोई धन्धा-रोजगार है, न ठौर-ठिकाना।"

"अपनी भांजी की शादी उससे कर सकते थे? फिल्म रोजगार नहीं ठहरा? प्रीति'दी का धुलौ[1] वह किसोर साहू बेकार होगा बल?"

"देवीदत्त का बाप पगला जोगी था, उसकी माँ क्षय से मरी।"

"सभी कुछ-न-कुछ रहे होंगे, सभी किसी-न-किसी बीमारी से मरे होंगे। देवीदत्त बस अपने इजा-बाबू का बेटा ठहरा, और कुछ नहीं ठहरा?"

"व्यर्थ विवाद करती है। हम सब जानते-बूझते हुए तुझे उस लड़के से ब्याह नहीं सकते। तू क्यों मुझे, अपने भाइयों को, अपनी माँ को दुखी करने पर तुली है। हम उस लड़के को भी समझा चुके हैं कि तुझसे मतलब न रखे, तू वाग्दत्ता है। तेरे बरेलीवाले भाई-भावज ने तिलकपुर में तेरी बात पक्की कर दी है।"

पुत्री तानपूरा अलग रख देती है। उठकर आती है पिता के समक्ष और कहती है, "मेरा नाम मैत्रेयी है बाबू, वाक-वाक जो भी कह रहे तुम वह नहीं। मैंने क्या कर दिया जो मेरे पीछे पड़ गए हो सब? तुम सब क्यों मुझे खाली दिक कर रहे हो? मैं सुधा'दी की शादी में गई थी नैनीताल, जहाँ डी.डी. आया ठहरा। डी.डी. दया'दी को पसन्द हुआ, इसीलिए मैंने उससे हँसी-मजाक किया। एक रात वह नाराज हो गया हँसी-मजाक से, तो मैं उसे मनाकर वापस लेने गई बाहर। वहाँ ठुल'दा ने देख लिया और नसे में जो सूझा सो कहा। उसके बाद डी.डी. ने जो चिट्ठियाँ मुझे लिखीं वह तुम्हारी सब पढ़ी-देखी ठहरीं। तुमने तो कभी नहीं कहा कि इन चिट्ठियों को लिखनेवाला गन्दा आदमी है करके। उसके बाद वह दया'दी की शादी में यहाँ आया। हँसी-मजाक हुआ उससे थोड़ा, बस। इसमें ऐसा क्या हुआ ठहरा कि सब मिलकर मेरा और उसका तमाशा बना दे रहे। उसने कहा क्या तुमसे, बेबी से सादी कर दो बल? बेबी ने कहा क्या कि मेरे उसके साथ फेरे लगवा दो बल? किसी ने कुछ कहा नहीं, फिर सब-के-सब कहने-सुनने-चिन्ता करनेवाले कैसे बन गए? क्या जल्दी मच रही मेरी सादी करने की? लिख दो ठुल'दा को वह मैत्रेयी की ओर से किसी से हाँ या ना कहनेवाला कोई नहीं होता। मैत्रेयी के बाबू अभी जिन्दा ही हैं। जो कहेंगे, वही कहेंगे और अगर जो मैत्रेयी उनकी सगी बेटी होगी तो वे वही कहेंगे, जो मैत्रेयी चाहेगी।"

जिसमें तुमने अपने को पूरी तरह कर दिया है प्रतिष्ठित, जब वह पुत्री कहती है तुमसे यह सब, तुम क्यों हिचक जाते हो पिता चरम आत्मरति में उसे अंक से लगाने में?

वह चली गई है तुम्हारे सामने से। तुम मुड़े हो किन्तु हाथ बढ़ाकर रोका नहीं है तुमने उसे।

वह रुकी है देहरी पर क्षणिक। घूमी है तुम्हारी ओर। तुमने बुलाया नहीं है वापस।

1. दूल्हा, पति।

उसने कुछ कहा नहीं है, किन्तु कुछ सुना है तुमने, और ठीक ही सुना है, भ्रम नहीं हुआ है तुम्हें।

यह पुत्री इस देहरी को उसी दिन पूजकर जाएगी जिस दिन यह पिता एक पगले जोगी के बेटे को जनेऊ भेज सकेगा।

और शास्त्री जी, आप जानते हैं, स्वीकारते हैं नि:श्वास छोड़कर कि यह मैत्रेयी का बाल-हठ नहीं, तिरिया-हठ नहीं, अस्तित्व-हठ है।

वह चली गई है और तुम यहाँ खड़े हो उसके कक्ष में चित्रलिखित-से। और जो तुम सुन रहे हो उस ब्रह्म-बेतार पर, वह साँय-साँय भी नहीं, बिजली की कड़कड़ाहट-भर है।

गुड़िया को प्रेम-कहानियाँ बहुत पसन्द हैं। चार बहिनों में वही मामूली दीखनेवाली है। शेष सब अपनी माँ पर गई हैं—गोरा रंग, भरा-भरा तन, अंडाकार चेहरा, चटर-पटर आँखें, लम्बी नाक, पतले होंठ, छोटा मुँह, छोटी ठोढ़ी। वही गई है पिता पर—दबा हुआ रंग, कृश काया, कमजोर आँखें, चपटी नाक, गोल चेहरा, मोटे होंठ, लम्बी चिबुक। बोलती वह भी अपनी माँ और मौसियों की तरह है—बहुत ही मीठी आवाज में। हर बात समस्त भावनात्मक और नाटकीय सम्भावनाओं में लथपथाकर परसती है वह भी। गाती भी बहनों की तरह बहुत अच्छा है, बल्कि सबसे अच्छा गाती ही वही है। ब्याह-शादी में ढोलक उसे ही थमाते हैं कि शुरू कर, हम भाग लगाएँगे[1]।

किन्तु आकर्षक नहीं है वह। इतनी ब्याह-शादियों में ढोलक धमधमाती हुई और सुरीले कंठ से गाती हुई देखी जा चुकी है, पर किसी सम्भाविता सास ने 'चिह्न' नहीं माँगा है उसका। कभी बबली'दी अपने व्यवहार-कौशल से भिड़ा भी आई हैं कहीं गुड़िया के जन्मांग-चक्र की नकल, तो जवाब यही आया है—साम्य नहीं होता।

गुड़िया जानती है कि जिम्मेदारियों से मुँह मोड़कर मौन व्रतधारी-से बन गए पिता की इस अन्तिम पुत्री का विवाह होना आसान नहीं, क्योंकि चाचाओं की उससे बड़ी बेटियाँ हैं, क्योंकि उसका बड़ा भाई मामूली नौकरी में है और अपने घर-परिवार में ही मगन है, क्योंकि उसका दूसरा भाई बब्बन भी किसी काम का नहीं है; और हाँ, इसलिए भी कि उसकी सुन्दर माँ, सुन्दर बहनें, इस समाज में जादूगरनियों के रूप में कुख्यात हैं। वे जहाँ गईं पति की प्रगति जरूर हुई, किन्तु पति की मति मारी गई, संयुक्त परिवार का पटरा बैठा और कोई-न-कोई त्रासद घटना घटी। सदय है यह समाज, अपनी सम्मति सम्बद्ध व्यक्तियों तक सम्प्रेषित करा देने का कष्ट उठाता रहा है।

---

1. गाने में साथ देना।

गुड़िया जानती है कि गुड़िया का विवाह कठिनाई से होगा, बस किसी ऐसे-से ही होगा और इसीलिए पढ़ती है प्रेम-कहानियाँ। और कहीं किसी का सचमुच प्रेम हो जाए, प्रेम-विवाह हो जाए, तो गुड़िया को सुनकर बहुत आनन्द-उछाह होता है।

बेबी-डी.डी. की जीती-जागती प्रेम-कहानी वह बहुत रुचि से सुनती-गुनती आई है। डी.डी. की वह स्वयं फेवरेट जो है। और इस कथा में एक बहुत ही आशाप्रद तथ्य है उसके लिए : अगर-बेबी जैसी रूपसी डी.डी.-जैसे लड़के से (मेरा भाई है, बहुत अच्छा है, पर दीखने में तो मामूली ही हुआ) प्यार करने लग सकती है तो क्या गुड़िया से कोई रूपवान धनवान प्यार नहीं करने लग सकता कभी?

गुड़िया जानती है (इस समाज में हर कोई हर किसी के बारे में हर कुछ जानता है) कि डी.डी.-बेबी की प्रेम-कथा एक नाजुक मोड़ पर अटक गई है। बबली'दी अपने ससुरालवालों के किसी आयोजन में गई थीं अल्मोड़ा, वहाँ उन्होंने लोगों से सुना और फिर इस विषय में गोदी कैंजा से बात भी की। बबली'दी का इस विषय में विस्तृत और रोचक पत्र आया है। बबली'दी लोकप्रिय लेखिका हुई होतीं यदि उन्होंने अपनी वर्णन-शैली का महत्त्व समझा होता।

डी.डी. की किसी अंग्रेज मीम से लौ लग रही बल। उधर बेबी डी.डी. के लिए कलप रही। सुस्त-जैसी भी दीखी इस बार। शिबौ! पहले जितना हँसती भी नहीं। पढ़ती रहती है किताब या फिर तानपूरा लेकर आ-आ-आ करती रहती है। कार्तिक हौरों ने इसका ब्याह तिलकपुर नन्दकिशोर जी के बेटे हरीश से ठहरा रखा। लड़का डॉक्टरी पास हुआ है इसी साल। सब तरह से अच्छा है। पर क्या करते हो, बेबी के मन तो तुम्हारा वह डी.डी. आया ठहरा। दया लिख रही, डी.डी. शराबी-कबाबी हो गया है बल उस मीम की सोहबत में। अब क्या करें मौसाजी? मैंने तो कितना ही समझाया बेबी को। और सब बातचीत सुन्दर-सी करनेवाली हुई पहाड़ी में, इस बारे में कुछ कहो, बस देसवाली ठोंक देगी : मेरी शादी के बारे में आप कुछ बात मत कीजिए प्लीज। प्लीज बल! प्लीजवालों को कोई कैसे समझा सकनेवाला ठहरा! मुझे तो गोदी कैंजा को देखकर बहुत कलकली लगी, वैसे ही जन्मे बीमार ठहरी, ऊपर से बेटी ने यह तमाशा कर रखा ठहरा।

गुड़िया को बुरा नहीं लगता प्रेम-कहानी का अटक जाना। प्रेम-कहानियाँ अटकनी ही चाहिए कहीं-न-कहीं। कुछ पड़ाव आने चाहिए परीक्षा के। लेकिन वहाँ से अन्ततः उन्हें बढ़ना चाहिए पूर्ण मिलन के गन्तव्य की ओर। तो गुड़िया ने तोड़ा है इस अटकाव को डी.डी. के नाम चोरी-छिपे एक पत्र डालकर। उसने बताया है डी.डी. को कि दया'दी ने शास्त्री जी को क्या लिखा। उसने इंगित किया है कि इसके बावजूद बेबी.डी.डी. से ही विवाह करना चाहती है।

और गुड़िया सन्तुष्ट है कि डी.डी. ने उत्तर में लिखा है—बेबी को बता कि मैं एक बार कहीं भी, कैसे भी उससे मिलना चाहता हूँ।

कहानी फिर आगे बढ़ सकती है और उसे आगे बढ़ाना गुड़िया के हाथ में है। प्रेम-कहानी में उसे कोई तो भूमिका मिली।

मुझे यह स्वीकार करते हुए संकोच होता है कि डी.डी. हाल की घटनाओं से उतना दुखी नहीं हुआ है जितनी कि मुझे आशंका थी।

हम चाहें तो उसे गलत भी समझ सकते हैं। हम शंका उठा सकते हैं कि कहीं इस किंचित् बदली हुई मन:स्थिति का कोई सम्बन्ध गुलनार से तो नहीं है। मर्द होता ही बहुगामी है। हम उसके विशेष खिन्न न होने का सम्बन्ध सामाजिक प्राणिशास्त्र के एक और औसत सत्य से भी जोड़ने को लालायित हो सकते हैं कि नर के लिए प्यार का उन्माद वहीं तक होता है, जहाँ तक कि वह स्वीकार न हो जाए। उसके बाद उतार ही उतार है। उधर मादा के लिए उसकी उठान ही स्वीकार से आरम्भ होती है।

किन्तु डी.डी. कहना चाहेगा और हमें उसकी बात का पूरी सहृदयता से विचार भी करना होगा कि मैं उन्माद की उस अवस्था में हूँ जिसमें अवसाद के लिए कोई स्थान नहीं।

कुछ भी गड़बड़ नहीं हो सकता अब, दया'दी क्या, स्वयं विधाता भी मेरा कुछ बिगाड़ नहीं सकता।

दौड़कर नाप चुका है सीमेंट-पथ को इस निशान से उस निशान तक मेरा यान और अब यह उठेगा, उन अनदेखे आसमानों की ओर जो मेरी कल्पना के देखे हुए हैं।

कुछ है जो पकाया जा रहा है, हिलाया जा रहा है मेरे जन्मांग-चक्र में और बेबी का मेरा हो जाना उस कुछ का ही अंग है।

बेबी मेरे लिए कोई अलग-अकेली इकाई नहीं, मेरी नियति का ही अंश है और मेरी नियति करवट ले रही है।

मैं मद्रास गया, फिल्म लिखने तो नहीं, वह तो अतिशयोक्ति थी, एक तमिल फिल्म के हिन्दी रूपान्तर में सहायता देने के लिए। वहाँ मेरी बहुत पूछ हुई। इस बात की सम्भावना बनी है कि मुझे वहाँ काफी काम मिलता रहे संवाद-लेखन का। बम्बई में मुझे डॉक्यूमेंट्री का काम अच्छा मिल रहा है।

मैंने बहुत दिनों बाद कुछ कविताएँ लिखीं, एक कहानी लिखी। गुलनार ने मुझे सूचित किया है कि मेरी डॉक्यूमेंट्री वहाँ बहुत पसन्द की गई। मांट्रियल के किसी साप्ताहिक में 'सिनेमा वेरीते' के विषय में प्रकाशित एक लेख में उसका जिक्र किया गया है। गुलनार ने लिखा है कि यूनिवर्सिटी ऑफ कैलिफोर्निया लॉस एंजिल्स में मैंने भारत में बनाई अपनी फिल्मों के साथ तुम्हारी भी फिल्म दिखाई। वहाँ के दिग्दर्शन के प्राध्यापक तुम्हारे विषय में बहुत पूछ रहे थे।

डी.डी.! अगर मैं तुम्हारी जगह होता—मानता हूँ हो नहीं सकता, तुम होने नहीं देते, किन्तु मान लो तर्क के लिए, मैं तुम्हारी जगह होता तो बहुत चिन्तित होता इस

बात से कि दया-पति किशन, मेरे मित्र, मुझे काफी खरी-खोटी सुना गए। बता गए कि शास्त्री जी मुझसे कैसा भी सम्बन्ध स्वीकार कर नहीं सकते। कह गए किशन कि मेरा सम्मान करते हैं लेखक के रूप में, मेरे आचरण को कलाकारोचित बोहेमियाई किंवा बेहयाई मानकर क्षम्य भी ठहरा सकते हैं, किन्तु पारिवारिक आग्रह उन्हें बाध्य करते हैं कि पारिवारिक सन्दर्भ में मुझे अमान्य व्यक्ति घोषित करें।

मैं इस बात से भी चिन्तित होता कि मुझे बेबी के बड़े भाई कर्नल साहेब ने गाली-गलौज और धमकी-भरा पत्र लिखा है।

क्या कहते हो कथा-नायक?

क्यों वहाँ खिड़की पर बैठ, पड़ोसियों के सूखने डले कपड़ों की कतार के पार, ताड़ के उन दो पेड़ों के पार से आती-जाती लोकल ट्रेनें देखते मुस्कराते हो मन्द-मन्द?

क्या कहना चाहती है यह जोरदार अँगड़ाई, जिसे भरते हुए तुम उठे हो खिड़की से? कि मैं तुम्हारे संकट को भारतीय मुद्रा में आँक रहा हूँ और तुम 'डॉलर में कितने' का रहस्य जान चुके हो? कि यूनिवर्सिटी ऑफ कैलिफोर्निया लॉस एंजिल्स वालों से डिग्री कॉलेज, खत्याड़ी अल्मोड़ा की भाषा नहीं बोली जानी चाहिए?

और यह तुम काल्पनिक रस्सी-सी क्या कूदने लगे कमरे में?

डी.डी., कथा-नायक, अगर मैं तेरी जगह होता तो किंचित् चिन्तित हो उठता इस उत्साह से भी।

बात क्या है?

बात यह है कि मैंने एक पत्र डाल दिया है गुड़िया को, जो एक पत्र डाल देगी बेबी को, जो एक पत्र डाल देगी गुड़िया को, जो एक पत्र डाल देगी मुझको, फिर मिलन होगा मेरा और बेबी का। और मिलन हुआ, वरण हुआ।

यू नो वॉट? आय गॉन्ना फैच मी-सेल्फ ए ब्राइड।

आर यू नाउ? याह स्योह!

मैं वृद्ध हूँ कथा-नायक, मैं नहीं समझ पाता तुम्हारी ये याह स्योह की भाषा। गुलनार समझे तो समझे। किन्तु प्रसंग यहाँ गुलनार का नहीं, आयुष्मती मैत्रेयी का है जो श्रीमान पंडित प्रवर ज्योतिर्विद विष्णुदत्त शास्त्री की सुपुत्री है।

ऐसा? तो तुम समझ लो, समझा दो शास्त्री जी को, उस भाषा में जिसमें तुम समझ सकते हो—शिव-कृपा से श्रीयुत मेघ है यह डी.डी., आच्छादित कर दिया है उसने आकाश बगड़गौं अल्मोड़ा से लेकर बर्कले अमरीका तक। विद्युल्लता है मैत्रेयी, चिरन्तन अंकशायिनी है उस मेघ की। क्षणमपि अलग वे हो नहीं सकते!

और अब आओ, तुम भी, शास्त्री जी भी, और पूछ लो अपने-अपने जनार्दन से कातर स्वर में—किं करोमि? किं करोमि?

निश्चय ही हम पूछेंगे, पूरा आदर देंगे तुम्हारे इस आत्मविश्वास को, किन्तु अब जबकि उस काल्पनिक रस्सी को कूद चुकने के बाद किन्हीं अदृश्य शत्रुओं पर यहाँ

मुष्टि-प्रहार कर रहे हो तुम, क्या मैं इस तथ्य को रेखांकित कर सकता हूँ कि चक्र पथ के आदि और अन्त में स्थित चेहरे का बिम्ब, मेघ की अंकशायिनी विद्युल्लता के बिम्ब से भिन्न है? या कि तुम ऐसे सूक्ष्म विभेद को भी पंडिताऊ समझते हो?

शास्त्री जी 'किं करोमि?' तो नहीं पूछ रहे हैं, यह अवश्य चाह रहे हैं कि किसी चमत्कार से अल्मोड़ा, काशी बन जाए, उनके भीतर की बेचैनी, शान्त-एकान्त काशी का आह्वान कर रही है।

बंगाली टोला में काली मन्दिर से आगे जाकर बाएँ घूमेंगे तो अपेक्षाकृत सूनी उपगली में आपको मिलेगा शास्त्री जी का पंचमंजिला पुश्तैनी मकान। सबसे नीचे की मंजिल घाट की ओर खुलती है। बहुत ज्यादा बाढ़ आ जाए तो उसमें पानी भर जाता है। सामान्यत: वहाँ गायें बाँधी जाती हैं, साधु-सन्त और छोटे-मोटे खोमचेवाले बैठे रहते हैं। गली से मकान की पहली मंजिल में प्रवेश मिलता है। बगल में दीवार पर लगा रस्सा पकड़कर आप तीखी सीढ़ियाँ चढ़ते हुए ऊपर की मंजिलों में जा सकते हैं। हर मंजिल के झरोखानुमा गलियारे से गंगा-दर्शन होगा आपको। तीसरी मंजिल में एक बन्द अँधेरा-सा कमरा है जिसमें शास्त्री जी की सुहागरात व्यतीत हुई और जो आगे चलकर शास्त्री-दम्पती का कमरा माना जाता रहा। चौथी मंजिल में वह अध्ययन-कक्ष है जो शास्त्री जी को अपने पिता की मृत्यु के बाद उत्तराधिकार में मिला। इसी को उन्होंने फिर पूरी तरह अपना कमरा बना लिया। मंजिलों के बीच धूप-हवा जाने देने के लिए जो जँगले लगे हुए हैं उनके आर-पार ही शास्त्री-शास्त्रानी संवाद हुआ करता अधिकतर। कभी-कभी किसी एकान्त मंत्रणा के लिए शास्त्री जी तीखी सीढ़ियाँ उतरकर तिमंजिले में जाते।

अधिकतर यही कि मैं भला, मेरा अध्ययन-कक्ष भला। कोई स्वर पहुँचता भी है गली से इस एकान्त ऊँचाई पर, तो वह जाना हुआ होता है। 'का रजाऽ, आज बाजी लड़ी कि नाही?' ऐसा कोई कह रहा है तो किशनलाल खत्री, शतरंज के दूसरे शौकीन मुन्नू बाबू अग्रवाल से ही। 'देख मालिक, आज अगर पार चलके भाँग नहीं छनल त ठीक न होई।' यह मन्नन और छन्नन इन दो गुरुओं के वार्तालाप का ही अंश हो सकता है। मार-पीट और गाली-गलौज की आवाजें आ रही हैं तो यह माना जा सकता है कि गंगापुत्र पंडे अपने अधिकारों की रक्षा के लिए लड़ मरे हैं। बचो-बचो के शोर के साथ प्रोत्साहन देनेवाले स्वर भी सुनाई दे रहे हैं तो इसका अर्थ यही है कि दो साँडों में भिड़न्त हो गई है।

नहीं, शास्त्री जी 'किं करोमि?' नहीं पूछ रहे हैं। इतने विह्वल अवश्य हैं कि काशी को इस तरह याद कर रहे हैं मानो वह काशी नहीं, उस माँ का गर्भ हो जिसे

भगवान ने बालक शास्त्री से तब छीन लिया था जब वह ग्यारह वर्ष का था। उसका उपनयन हो चुका था और एकमात्र पुत्र होने के नाते दाह-संस्कार से लेकर वार्षिक श्राद्ध तक सारे संस्कार उसे करने पड़े थे। उसकी माँ, उसके लिए और तमाम चीजों के साथ-साथ कुशाओं को मोड़कर, गाँठ देकर रचा गया एक पुतला भी बनी थी, जिसके हाथ-पाँव उसने तिल-यव-चन्दन मिले पानी से धुलाए थे!

शास्त्री जी चाहें तो भी अपनी माँ के गर्भ में होने की कोई स्मृति सजग कर नहीं सकते। किन्तु उन्हें दूसरी मंजिल का वह बड़ा-सा अँधेरा कमरा, गर्भ-स्वरूप अवश्य याद आता है जहाँ किसी धधकती दुपहरी, तपती तिपहरी, बालक शास्त्री अपनी माता के सान्निध्य में फर्श पर चटाई डालकर लेटा रहता था। एक अन्य स्तर पर वह चौथी मंजिल का अध्ययन-कक्ष शास्त्री जी को 'गर्भ' प्रतीत हुआ, क्योंकि पोथियाँ, शास्त्रियों की माताएँ होती आई हैं। कभी-कभी अपने पिताश्री को किसी पोथी को फीतेदार रेशमी कपड़े में लपेटते देखकर युवा शास्त्री को यह अनुभूति होती कि पंडित-प्रवर स्वयं को भी उसी में लपेट चुके हैं और अब जो समक्ष है सो मात्र मशीनी काया है। अध्ययन-कक्ष की वे तमाम पोथियाँ जिस धर्म, संस्कृति और शास्त्र के सम्बन्ध में थीं उसकी सनातन नगरी होने के नाते काशी भी शास्त्री जी के लिए गर्भवत् ठहरी हो तो कोई आश्चर्य नहीं।

अचरज इस बात पर हम अवश्य कर सकते हैं कि शास्त्री जी काशी में रहते हुए भी एक विशिष्ट अर्थ में काशी से अछूते रहे। जो ससुराल तक का भात नहीं खा सकता था, वह शास्त्री काशी के षडरस थाल से भला क्या खा और चख सकता था?

परहेज न करनेवाले मित्र या स्वजन आए कभी, तो उन्हें शास्त्री जी निश्चय ही खिलवाते रहे उत्साह से, बाजार ले जाकर अथवा घर में ही मँगवाकर। रामभंडार का मालपूआ, मलाई लड्डू, परवल और तिरंगी बरफी; कचौड़ी गली की घूघरी, कचौड़ी, जलेबी-जलेबा; चौक थाने के सामनेवाले लखनौआ हलवाई की अथवा चित्रा सिनेमा के सामने फौहारे पर छोटेलाल की चाट, दही-बुँदियाँ, समोसा, चिउड़ा-मटर, घिया-लच्छा, मगदल; ब्रह्मनाल की भाँग और लस्सी; बाँस फाटक की बादाम ठंडाई। शुरू में नवविवाहिता-शास्त्रानी उन्हें बहुत छेड़तीं, उकसातीं, दिखा-दिखाकर खातीं, कहतीं, "हहो! बर्फी तो खा लो। मावा खाने में कैसा परहेज? मैं किस्सी को नहीं बताऊँगी। आ-हा, कितनी स्वादिष्ट! खा लो, खा लो, खोलो तो मुँह!" किन्तु युवा शास्त्री पैतृक-पथ से विचलित नहीं हुआ। कभी घर की भैंस के दूध से घर में ही मावा बनेगा तो बाप-बेटा खाएँगे, नहीं तो उनकी जीभ मीठे के लिए नहीं ललचाएगी। शास्त्रियों ने यह माना कि संयम, सामाजिक बड़प्पन की अनिवार्य शर्त है। लंघन ही मोती-चुग्गे हंसा का जीवन है—कुछ ऐसा उनका दर्पपूर्ण दुराग्रह रहा।

शास्त्री जी ने काशी कभी पूरी तरह देखी भी नहीं। सावन में सारनाथ और दुर्गाजी का मेला उनका अनदेखा रहा। संक्रान्ति पर नीची बाग में बटेरों की लड़ाई होती है,

ऐसा उन्होंने सुना-भर। नागपंचमी पर कुश्तियाँ देखने के लिए उन्होंने जग्गू सेठ या गोस्वामी तुलसीदास अखाड़े का रास्ता कभी नहीं पकड़ा। संकटमोचन के कजरी दंगल में कभी नहीं गए। बुढ़वा मंगल, शास्त्रानी के दुराग्रह पर, देखा तो एक बार अपने मकान के झरोखे से ही। महान आश्चर्य कि शास्त्री जी कभी किसी सत्संग, कीर्तन या कथा में नहीं गए, किसी महात्मा का प्रवचन सुनने भी नहीं बैठे और उन चमत्कारी सिद्धों के श्रीचरणों की भी उनकी कोई खोज नहीं रही जिनका गोपीनाथ बहुधा उल्लेख करते थे। पिताश्री से उन्हें जिस शुष्क, पांडित्यपूर्ण, कर्मकांडी धर्म की दीक्षा मिली, उसमें इस प्रकार के भावुक तमाशों के लिए कोई स्थान नहीं था।

पिताश्री को मोक्षमूलर मार्का काशी में भी विशेष आस्था नहीं थी। वे पश्चिम द्वारा पूर्व खोज लिये जाने अथवा आधुनिक भारत द्वारा पूर्व और पश्चिम का अपूर्व समन्वय कर लिये जाने के विषय में रंचमात्र भी उत्साही न थे। उन्हें विश्वास था तो इसी में कि पोथियों में कुछ है जिसे पीढ़ी-दर-पीढ़ी सँभालकर रखना है। इसलिए कि एक दिन सारा संसार उसे माँगेगा? इसलिए कि वह पुनः अवतरित होगा और उन लोगों के विषय में जिज्ञासा करेगा जिन्होंने इस सबको सँभाल रखा है? इसलिए कि कुछ भी नहीं होगा, अथवा जो भी होगा, होता रहा है, कुछ भी नहीं के समतुल्य ही होगा, हुआ है और सँभाले रखना एक सनातन तथा प्रीतिकर बाध्यता है? पिताजी ने इस विषय में कभी कुछ बताया नहीं।

यही गनीमत हुई कि उन्होंने अपने युवा-पुत्र को, अपने मित्रों के जोर देने पर, उसकी प्रखर मेधा से स्वयं प्रभावित होने पर, आधुनिक पद्धति से भी शिक्षा लेने दी। किन्तु बार-बार आग्रहपूर्वक वह उससे कहते रहे कि देख, मैं तेरे फर्स्ट डिवीजन पास होने से प्रभावित हो जानेवालों में से नहीं, मेरे लिए इस बात का भी कोई महत्त्व नहीं कि तू साहित्य का पंडित हो गया है। मेरे लिए जो है सो इन पोथियों में है, सनातन धर्म के सनातन अनुशासन में है।

सुबह-सुबह उठा देते पिताश्री। धार्मिक परेड-सी करा देते दिन-भर। कभी छाती से लगाया हो एकमात्र पुत्र को, ऐसा याद नहीं पड़ता। इतना अवश्य है कि धोतीधारी छुटंका ब्रह्मचारी कभी अपने बाल-स्वर में किसी कठिन श्लोक का अन्वय करके फर्राटे से रटी-रटाई टीका संस्कृत में उचारता, अथवा पूर्वजों के शुक्ल यजुर्वेद के किसी अंश का सर्वथा निर्दोष पाठ करता, तो पंडित-पिता उसे पहले निर्निमेष देखता रह जाता। फिर पास बुलाता और भयभीत होकर निकट आए बालक के सिर पर हाथ रख देता और फिर सोचता अपने पिता के बारे में, पितामह के बारे में, और पीढ़ी-दर-पीढ़ी पीछे जाते हुए आंगिरस के बारे में। सोचता और सन्तोष की साँस लेता और बालक के सिर पर मालिश करती-सी अँगुलियाँ फेरकर कहता, "अब जा, अपनी माँ से कुछ खाने को माँग ले।" और वह ब्रह्मचारी लटपटाती धोती सँभालता हुआ, उन तीखी सीढ़ियों से उतर जाता दुमंजिले में, जहाँ उसे फिर से बालक बन जाने की छूट थी।

एक माने में हम कह सकते हैं कि शास्त्री जी की काशी चौथी मंजिल पर मिले पिता की खुरदरी गँठीली अँगुलियों के स्पर्श और दूसरी मंजिल पर माँ द्वारा दिए गए किसी फल के स्वाद तक ही सीमित रही।

तथापि आधुनिक शिक्षा लेने-देने के लिए घर से बाहर निकले इस शास्त्री के लिए एक और काशी ने भी आकार लिया। यह काशी थी क्वींस कॉलेज और विश्वविद्यालय की। सरस्वती पुस्तकालय और कारमाइकेल लाइब्रेरी की। प्रसिद्ध संस्कृत पुस्तकविक्रेता मास्टर खेलाड़ीलाल और नए-नए प्रकाशक-पुस्तकविक्रेता विद्याभूषण की (यहीं अक्सर शाम को शास्त्री जी की जयशंकर और अन्य हिन्दी लेखकों से भेंट होती)। मैदागिन स्थित नागरी प्रचारिणी सभा की, जहाँ श्यामसुन्दर दास और रामचन्द्र शुक्ल का दरबार लगता। सिगरा स्थित भगवानदास और श्रीप्रकाश की कोठियों की, जिनमें समन्वयवादी विद्वानों का जमावड़ा होता। यह काशी थी नगदा पर गंगा किनारे स्थित शिवप्रसाद गुप्त के भव्य निवास की, दैनिक 'आज' की, ज्ञानमंडल की, थियोसाफिकल सोसाइटी की। सनातन के मध्य पुनर्जागरण की काशी, जिसके शास्त्री जी बहुत उत्साही दर्शक और श्रद्धालु श्रोता रहे, लेकिन सक्रिय कार्यकर्ता कभी नहीं बन पाए। कुछ इसलिए कि पिताश्री इस सबकी व्यर्थता को रेखांकित करते रहे थे। कुछ इसलिए कि वह स्वयं स्वभाव से संकोची और अपनी प्रतिभा और क्षमता के विषय में शंकालु थे। कितना तो मित्रों ने उनसे आग्रह किया कि कुछ लिखें, लेकिन उनसे यह तक नहीं सधा। शोध-प्रबन्ध लिखना तक वह टालते रहे और जब व्यवसाय के लिए शास्त्री के पुछल्ले के साथ-साथ डॉक्टर का चुटल्ला भी आवश्यक-सा हो गया, तब अधेड़ावस्था में उन्होंने सीधे ही डी. लिट. किया।

शास्त्री जी की एक काशी इष्ट-मित्रों और स्वजनों की काशी भी थी, जो अधिकतर पंचगंगा घाट, मंगलागौरी मन्दिर, बिन्दुमाधव मन्दिर और दूधविनायक में बसे हुए थे। इसी काशी में अपने पिता के जैसे ज्योतिषाचार्यों की काशी भी थी—त्रिपुरा भैरवीवाले दाऊजी, आज इस संकट की घड़ी में उन्हें याद आ रहे हैं।

एक उनकी सबेरे की सधी-बँधी सैर की काशी भी थी। घर से निकले, दशाश्वमेधवाली सड़क पकड़ी, डेढसी पुल गए, वहाँ से गदौलिया और नई सड़क होते हुए बेनिया बाग। बाग का चक्कर लगाया। साहित्यिक मित्रों से बात की। लौटे। नई सड़क से आते-जाते ध्यान रखा कि कहीं भूल से गरदन घूमे नहीं, कहीं गलती से दालमंडी नजर न आ जाए। हाँ, काशी दालमंडी के कोठों में ठुमक रही थी, ठुमरी सुना रही थी, लेकिन शास्त्री जी ने कभी उस ओर झाँका तक नहीं यद्यपि जयशंकर की सुँघनी की दुकान इसी गली में थी। शास्त्री जी को पता था कि अच्छे-अच्छे कर्मकांडी भी इत्र-फुलेल से महकती इस गली में अपवित्र पवित्रोवा कहे बिना घुस जाते हैं साँझ समय, किन्तु उन्हें कभी साहस नहीं हुआ कि इस गली में कदम रख दें। सैर से लौटकर नित्य गंगा-स्नान, पूजा-पाठ और फिर अध्ययन।

काशी, शास्त्री जी ने कभी कायदे से चखी-देखी नहीं, सुनी भी तो नीरस शास्त्रार्थ में सुनी। उनकी स्मृति में यह नगरी किसी स्वाद, किसी बिम्ब, किसी स्वर के रूप में नहीं, गन्ध के रूप में प्रतिष्ठित है। उन तमाम व्यंजनों की गन्ध जो उन्होंने चखे नहीं, उन तमाम दंगलों की गन्ध जो उन्होंने देखे नहीं। सँकरी गलियों की ठंडी सीली गन्ध। अध-अँधियारे की गन्ध। तुलसी, बिल्व-पत्र, पारिजात, मौलश्री, मोतिया, बेला की गन्ध। हव्य और कव्य की गन्ध। गंगाजल और पंचामृत की गन्ध। गुर्दे के रोग से मरते बलिष्ठ, धर्मनिष्ठ, कठोर पिता के श्वासों की नौसादर गन्ध। सुकोमल माता की चिता की गन्ध। गीली कुशाओं और पिंडों की गन्ध। चलते हुए भी ठहरे हुए काल की गन्ध। पुरानी पोथियों की गन्ध। कुछ बासी-सी, बोझिल-सी गन्ध, कभी बहुत पहले लगाए किन्तु अब तक महकते इत्र की गन्ध—काशी की गन्ध बसी है शास्त्री जी की स्मृति में।

यहाँ इस दुमंजिले के अध्ययन-कक्ष में जो वह चौमंजिले का अध्ययन-कक्ष नहीं है, अल्मोड़ा में जो वह काशी नहीं है किन्तु जिसे विडम्बनाप्रिय विधाता ने एक वाराणसेय वृद्ध की काशी बना दिया है, यह शास्त्री, उसी की गन्ध की स्मृति के सहारे अपने चारों ओर वही काशी कवच-स्वरूप रच लेने को विह्वल है। शास्त्री जी चाहते हैं कि गली में शोर भी मचे तो मुझे पोथी रख देने की, खिड़की से झाँकने की आवश्यकता न पड़े। मैं अनुमान कर सकूँ बैठा-बैठा कि कैसा शोर है, या तिमंजिले से जँगले के आर-पार मेरी घरवाली उस शोर का ऐसा विवरण दे जो कह रहा हो—तुम पढ़ते रहो, तुम्हारे लिए चिन्ता का कोई कारण नहीं है। वह आश्वासन चाहते हैं कि किसी भी शोर के बावजूद उनकी और गली की स्थिति में, परस्पर सम्बन्ध में कोई अन्तर नहीं आनेवाला है। उनकी आँखों के आगे सदा या तो सनातन शब्द-समूह होंगे या झरोखे से दीखनेवाला गंगा का उतना ही सनातन प्रवाह।

कोई भी कोलाहल भंग न कर सके मेरे अध्ययन का एकान्त, ऐसा चाहते हैं शास्त्री जी। जो कुहराम मचा है उनके कुनबे में, जो फुसफुसाहट फैली हुई है इस नगर में, वह शास्त्री जी को बेचैन कर गई है। बेबी और डी.डी. के मामले में सारा कुनबा उनके विरुद्ध है। यह नहीं कि शास्त्री जी मैत्रेयी और डी.डी. का विवाह कराना चाहते हैं, यही कि वह सम्प्रति उसका विवाह किसी से भी उसकी इच्छा के विरुद्ध नहीं करना चाहते हैं। कर्नल कार्तिकेय और इंजीनियर श्रीगोपाल, घर के मामलों से दिलचस्पी रखनेवाले उनके दोनों बेटों का यह आग्रह है कि बेबी का विवाह जल्दी-से-जल्दी करा देना चाहिए, नहीं तो वह बदनाम हो जाएगी और उसका विवाह कहीं नहीं हो सकेगा। लन्दन में जा बसे डॉक्टर मेधातिथि को परिवार से विशेष मतलब रह नहीं गया है और सबसे छोटा डॉक्टर मुरली मनोहर अपने समान-राशि, समान-वृत्ति लन्दनवासी भाई के पदचिह्नों पर चल रहा है।

शास्त्री जी काशी-कवच के लिए ललक रहे हैं। अगर काशी न छोड़ा होता तो यह सब न हुआ होता, ऐसा कहता है उनका मन। और यही मन, यह भी जानता है कि काशी उन्होंने छोड़ा ही इसीलिए, सारे विवाद की यह जननी मैत्रेयी उनके बीज से जनमी ही इसीलिए कि कुछ हुआ वहाँ भी ऐसा जिससे वह कवच भी उन्हें बचा नहीं पाया।

पिताश्री की मृत्यु के बाद शास्त्री जी ने कुल दो ऐसे कार्य किए जिन्हें गोलोकवासी पंडितप्रवर निश्चय ही निन्दनीय ठहराते। पहला, ठेठ पहाड़ी पत्नी का दुराग्रह अन्ततः स्वीकार करते हुए चाय को अपने लिए पेय मान लेना। स्वयं ही बनाकर पीते हैं, अपने अध्ययन-कक्ष के एक पवित्र किए गए, रखे गए कोने में। दूसरा, संस्कृत पढ़ने आई हुई एक विदेशी कन्या को वेद-वेदान्त पढ़ाने के लिए सहमत हो जाना। किसी ने उनसे इसके लिए दुराग्रह नहीं किया था। उस कन्या ने भी आंग्लभाषी (तथा अन्य बातों के साथ-साथ आंग्ल-साहित्य के भी ज्ञाता) इस शास्त्री से विनती ही की थी। ऐसी विनती उसने शास्त्री जी के सहयोगियों से भी की। सभी विद्वान किसी कन्या को (और सो भी म्लेच्छ!) वेद पढ़ाने के पक्ष में नहीं थे और चाहते थे कि मालवीय जी इसकी अनुमति ही न दें। किन्तु मालवीय जी ने 'नरो वा कुंजरो वा' विधि अपनाई और कहा कि यदि कोई पंडित अलग से कक्षा लेकर इस कन्या को वेद पढ़ा दे तो हमें कोई आपत्ति नहीं। और आश्चर्य कि शास्त्री जी इसके लिए तैयार हो गए! पुनर्जागरण ने कहाँ जाकर मारा इस पंडित को। यदि शास्त्री जी को अपने पिताश्री की परम्परा से विद्रोह करना ही था तो उस समय करते ना, जिस समय कन्यादान-संकल्प उठा लिये जाने के बाद वधू-पक्ष को बारात लौटवा देनी पड़ी! इतने वर्षों बाद और इस तरह विद्रोह करने का क्या अर्थ? विद्रोह देखने के लिए पिताश्री सामने बैठे भी नहीं हैं। इस म्लेच्छ कन्या को वेद पढ़ाने का साहस उस शाम मंगेतर को न अपनाने की कायरता का क्षतिपूरक कैसे होगा? किन्तु माना शास्त्री जी ने। मैत्रेयी-गार्गी आदि विदुषियों का हवाला देते हुए उन्होंने इस दुस्साहस को परम्परा-स्वीकृत बताने का यत्न भी किया। वह अप्रीतिकर विवाद के विषय बने और कान्यकुब्जों तथा सरयूपारीणों के आपसी झगड़े में संस्कृत कॉलेज की जो प्रिंसिपली इस कुमाऊँनी ब्राह्मण को सहज ही मिल जाती, वह आगे चलकर नहीं मिली। कुछ ही वर्ष बाद शास्त्री जी ने समय से पहले अवकाश ले लिया और रुग्णा पत्नी के साथ 'पहाड़' में आ बसे कि शायद यहीं उन्हें शान्ति मिले और उसे स्वास्थ्यलाभ हो।

शास्त्री जी विह्वल हैं और उनकी विह्वलता का अकाट्य प्रमाण यह है कि वह घर में बाहरवाली बोली बोल रहे हैं—काशी की भोजपुरी। पारिवारिक परम्परा यह है कि घर में कुमाऊँनी ही बोली जाए, उच्चारण वाराणसेय हो तो होता रहे। जो स्वजन अपनी बोली न जानते हों, अथवा आधुनिक होने के मोह में भुला देना

चाहते हों उनसे हिन्दी बोली जाए, हिन्दी में थोड़ा-बहुत 'आया रहा-गया रहा' वाला बनारसी लटका कभी गलती से आ जाए तो आने दिया जाए। काशी के गैर-कुमाऊँनी मित्रों से भोजपुरी बोली जाए—खासकर तब जबकि गम्भीर मंत्रणा का अवसर हो।

घरवाली से बाहरवाली बोल रहे हैं शास्त्री जी इस बेला जब अपने अध्ययन-कक्ष से उठकर उसके बीमार रहने के कक्ष में आ गए हैं। "कार्तिकेय कऽ महतारी!" कह रहे हैं वह 'कार्तिकेयक इजा' की जगह। किसी कमरे में बन्द कबूतरों की तरह बार-बार फड़फड़ाती अपनी गदोलियों को कभी परस्पर बाँधकर, कभी परस्पर रगड़-मसलकर, 'कार्तिकेय कऽ महतारी!'

और कार्तिकेय की बहुधा-रुग्णा महतारी, मकान के इस सबसे अधिक घुटे-घुटे कमरे में जो उसे प्रिय है, जो उसे स्मरण कराता है काशी की एक हवेली के तिमंजिले में स्थित एक बन्द अँधेरे कक्ष का जहाँ पाटिया गाँव से आई किसी पन्द्रह वर्षीया ने, किसी और सौभाग्यकांक्षिणी के लिए गढ़ाये गए भारी जेवरों से अकस्मात् लाद दी गई रातोंरात किसी सौभाग्यवती ने. पहली बार भरपूर देखा था उस बीस वर्षीय युवक को, जो पैतृक आदेश का पालन करते हुए कभी नहीं खाएगा उसकी माता द्वारा बनाया गया भात, किन्तु जो उसी आदेश के अन्तर्गत अब भोगेगा उस किशोरी के मुख और योनि का स्राव वंश-वर्द्धन के निमित्त।

कार्तिकेय कऽ महतारी को, जो तब कार्तिकेय की महतारी नहीं, केवल बहू थी, रास आया था वह बन्द अँधेरा कक्ष जहाँ उसका सौभाग्य प्रकाशित हुआ। उसे प्रिय हुआ था काशी का वह मूढ़ पंडित जो पैतृक आदेश के उस विडम्बनापूर्ण पक्ष को न देख पाया जिसे गँवई-गाँव की एक किशोरी भी स्पष्ट देख रही थी तब जब इस युवा पंडित ने लैम्प की लौ धीमी और धोती की लाँग ढीली की उस बन्द अँधेरे कमरे में।

कार्तिकेय कऽ महतारी!

तू इसी तरह हमें बुलाता रहेगा कि कुछ बोला भी करेगा? चाहे तो तू यह समझा हो कि जो तुझे कहे का है वह हमें पहले से मालूम है? हम सब सुन ले चुकीं तेरी इन फड़फड़ाती गदोरियों में? तू ठीके समझा है कार्तिकेय कऽ बाबू। किसी लड़िका को अपनी माई को यह नहीं बताना पड़ता कि उसे क्या चाहिए? हमके पाँच पांडव भइलन—कार्तिकेय, मेधातिथि, श्रीगोपाल, मुरलीमनोहर और तू!

वह रात भूल गया क्या? अपने अरमान की अर्थी लेकर इनवरसीटी से लौटा रहा। कुछ खाया-पीया नहीं। अधरतिया तक अपना कमरा में बैठके अपने बाऊ की जोतिसवाली किसी किताब के नए संस्करण के प्रूफ देखता रहा।

फिर बत्ती बुझाकर अँगना में लोहा के जँगला पर आकर खड़ा हो गया रहा। देर तक वहीं से देखता रहा हमरी कोठरी की तरफ जिसमें लड़कन के बड़े हो जाने

के बाद तू रात बितावे कभी आया नहीं रहा। फिर सीढ़ियों पर तेरी आहट हुई रही। माथा झुकाए तू आया रहा हमार देहरिया तक। ठिठका भया वहाँ। हम अपना अन्हार घुप्प कोठरिया में से पूछे रहीं, 'हहो, नीन नी उणे के?' क्योंजी, नींद नहीं आती क्या?

और तू जवाब में पूछा रहा अनोखी बात, 'जागत हऊ का?' अरे जागी नहीं हैं तो क्या नींदे में पुछली हैं तोरे नींद का मिजाज? कभी सोयी हैं तोरे सुलौले बिना? कभी सोचा तूने कौन सँभालता है तेरे बिखरे कागज-पत्तर-किताब? कौन ओढ़ा जाता है ओढ़ना? और कभी-कभार कौन बुझा जाता है बत्ती, उतार जाता है चश्मा?

तू अपने मेहरारू से बोला रहा बाहरवाली बोली। तेरे भीतर दबा तूफान बोला रहा। इसी से हम भी बोलीं वही बोली, कहीं, 'आव, बइठऽ!'

और तू सुनात रहा अपने इनवरसीटी डिपाट के पचड़े। तू बड़का सुधारवादी एक ठे बिलायती लड़की के बेदान्ती बनावे में कैसे दाँत तुड़वा बैठा अपने!

अरे वह सब हम नाहीं जनतीं! कपारे में तेल लगाना जानती हैं। पाँव दबाना जानती हैं। फिर भी नींद न आवे तो खुद बिछौना बन जाना जानती हैं।

जौन घड़ी तू हमारी ढलमल छाती ले लिया रहा मुँह में, एकदम दुधमुँहा लगा रहा हमको। और उस घड़ी हम मनाए रहीं कि हे भगवान, हम्में रह जाए। जगहँसाई होय तो होय, हम्में रह जाए। एक खिलौना और दे सकें इस दुधमुँहे को। बिटिया हो वह। कन्यादान का पुन्न मिले इसे। यह नाना भी बने। एक और खानदान में याद किया जाए, इसे, इसकी पिछली तीन पीढ़ियों को।

भगवान सुन ली हमारी। तू उस झुनझुने को लेकर घूमा-फिरा उछल-उछल के। अब जब समझ में आई कि वह झुनझुना नाहीं, बिटिया है तो महतारी-महतारी करता आ गया हमरे पास!

कार्तिकेय कऽ महतारी!

क्या करें महतारी! वह तो खुदे वैसे ही बीमार की तरह रहती आई रही उसी बन्द अँधार कोठरिया में। और आखिरी सौरी उसको चूस के रख दिए रही। फिर भी जब तक शक्ति रही, तेरी कुल दुनियादारी समझ ली उसने। तेरे लड़कन के बिआह में तुझे कोई झंझट नहीं होय दिया। अब बिटिया के बिआह में होता है तो वह भी मेरी वजह से। हमें इतना शक्ति नाहीं है कि तुझसे और तेरी बिटिया से सलटीं-फरियाईं। इसी से हम खटिया पकड़ ले लीं। अब तू बाप-बेटी जौन जी में आवे वह कर।

कार्तिकेय कऽ महतारी!

अब इसमें महतारी के सोचे-समझे-बतावे का रह क्या गया! अरे हम कार्तिकेय के महतारी हैं तो तू उसका कुच्छो नाहीं है क्या? सबसे बड़का लड़का है हमारा। और सब लड़कन के बिआहे में उसकी और उसकी मेहरारू की बात सुनी गई रही। क्या बेटी के बिआह में हम उनकी राय ठुकरा देंगे? कितना बढ़िया दूल्हा वे खोजे हैं। तू खुदे कुंडली मिलाके देख लिया रहा, बत्तीसों गुण मिलते रहे। जबान

दे चुके रहे तेरा लड़का-पतोहू तिलकपुरवालन को। क्या तू यह कहा चाहे है कि उनको तेरी तरफ से बात पक्की करे का कोई हक नाहीं है?

कार्तिकेय कऽ महतारी!

या यही तूँ शास्त्री लोगन के कुलपरम्परा कि जहाँ जबान दी रही, ओट्ठिन सादी करी नहीं? रातेरात जा के हमारी जैसी अभागिन को बिआह के ले आए रहे। रातेरात क्या अब अपने दुलरो बिटिया का बिआह उस बदनसीब से कर देवेवाला हो, जिसके आगे नाथ न पीछे पगहा? तू हमारे नैहरवाले के अछूत माना रहा, अब कहाँ गई तेरी नाक कि अपने बिटिया के अछूत बनावे पर तुला है!

कार्तिकेय कऽ महतारी!

हम्में कहे दे। तिलकपुरवालन लड़की के नवा फोटो माँगे रहे और कार्तिक उस डी.डी. के खींचे फोटो में से एक ठे बढ़िया उठा ले लिया रहा तो इसमें कौन ऐसा जुलुम हो गया रहा जो तू अपने सिर-चढ़ी को अपने आँख के सामने मेरे पहिलौठे के बेइज्जत करने दिया? क्या मतलब रहा उसका फोटो छीने के कोसिस करे का और छीना-झपटी में फाड़ देवे का? क्या मतलब रहा उसका कार्तिक से यह कहे का कि जब तक हमार बाप जिन्दा है, तू कौन होता है? क्या गलत किया कार्तिक जो एक थप्पड़ मार दिया रहा? फाड़ दिया रहा एक-एक करके उस कलमुँहे डी.डी. का खींचा कुल फोटो? तुझे क्या जरूरत रही कार्तिकेय कार्तिकेय कहते चले जाने की? अपनी उस मै-त्रे-यी के नाहीं टोक सकता क्या? क्या जरूरत रही तुझे कार्तिक से यह कहे की कि तिलकपुरवालन को लिख दो अभी बिटिया छोट है? तू क्यों कहा रहा कार्तिक से कि इस मामले को ठंडे दिमाग से सोचे का जरूरत है?

कार्तिकेय कऽ महतारी!

अब इसमें कार्तिकेय कऽ महतारी क्या करें कि कार्तिकेय गुस्सा होकर चला गया। उसका गुस्सा तो तू जानबे करा। तेरे बाप पर जो गया है मेरा पहिलौठा। हमरे नैहरे तो सब 'जो आज्ञा सरकार' कहेवाले लोग रहे। न होते तो एक-बा-एक कोई बारात बनारसियन की आ जाती उनके दुआरे और वह सब धन्न-भाग कहके कन्यादान कर देते?

कार्तिकेय कऽ महतारी!

अरे गुस्सा गया है पर तेरा लड़का ही तो है। मनाए मान ही जाएगा। कौन आफत आ गई है? क्या महतारी-महतारी लगाई है। मर्दों के काम हैं ये। महतारी लिखे चिट्ठी तिलकपुरियन के? वह भेजे फोटो? वह तय करे लगन? क्या इसी बात से डरता रहेगा कि बिटिया गुस्सा जाएगी? लाड़-प्यार से समझा नहीं सकता उसे? तेरी कोई बात टाली है उसने? और न भी माने, तो हम पूछती हैं कि कब से तू शास्त्री लोगन के कनिया के इतना खयाल हुए लागा? जब अधरतिया बारात लेकर पाटिया पहुँचा रहा तो कोई से पुछवा लिया रहा क्या कि जौन लड़की के

नींद से उठा के कंघी-चोटी करी जा रही है, जिसकी जुएँ मारी जा रही हैं, उसे यह रिश्ता मंजूर है कि नाहीं?

कार्तिकेय कऽ महतारी!

इधर तू अपने बेटी के तू-ही-तू-ही करा जाता है और इधर समाज में उस पर थू-ही-थू-ही सुरू हो चुकी है। अगर तू इस तिलकपुरवाला रिस्ता में तनिको हिचकिचाया तो लोग जो इस बखत फुसर-फुसर कहते भये, डंके के चोट कहे लगेंगे कि तेरी बेटी उस डी.डी. से फँसी है।

कार्तिकेय कऽ महतारी!

अरे बलिहारी हो, पंडित जी, आपके बुद्धि के! सब ऐरन-गैरन से पूछते चलते हैं का करे का चाही? उस बबली से पूछा। ठीक है, वह हमरी बहिन-बेटी। लेकिन सगी बहिन की नाहीं। और ऐसन मामला में हम तो सगी बहिन के बेटी क्या, सगी बहिन से भी कुच्छो ना पूछीं। परम है हमारी बिन्दी और उसकी बिटियान! एट्ठिन से जाते वह सब जगह फैला दी होगी बात। बेटी को बदनाम कराके मानोगे पंडित जी?

कार्तिकेय कऽ महतारी!

ये महतारी-महतारी कब तक लगाय रहोगे जी? कपार दुखा गया है महतारी का, मूरख पंडित की गिरस्थी सँभालते-सँभालते।

शास्त्रानी जी कराहती हैं। करवट बदलती हैं। इस कमरे में किसी ने कुछ कहा नहीं है किसी से। दो जने देखते रहे हैं एक-दूसरे को, सोचते रहे हैं एक-दूसरे के विचार। सुनते रहे हैं एक-दूसरे को अपने ही भीतर से, एक-दूसरे के सुदीर्घ अनुभव से।

विफल दाम्पत्य संवादहीनता को जन्म देता है। सफल दाम्पत्य संवाद की अनावश्यकता को। क्या मौन ही विवाह की चरम परिणति है?

शास्त्री जी, आप बैठ गए हैं घरवाली के सिरहाने। माथे पर उनके हाथ रखकर पूछ रहे हैं, "दवाई लेले रहलू?"

और अब शास्त्रानी जी करवट बदलकर फिर उन्मुख हो गई हैं आपसे। सिर हिलाकर हाँ कह रही हैं। कैसी सजल थकान है उनकी आँखों में।

आप कह रहे हैं, "मैत्रेयी का नया फोटो खिंचवा लेहल जाई अर्जेंट।" वह उठ बैठी हैं। पूछ रही हैं, "बादाम मुनका देले रहल उदैसिंह?"

आप कह रहे हैं, "हाँ।" और बता रहे हैं एक बात—"कल हम तिलकपुरवालन के लिख देब तारीख तय करे कऽ बदी।"

शास्त्रानी जी उठ खड़ी हुई हैं और सिर पर पल्ला खींचकर कह रही हैं, "एहिमें बुद्धिमानी हो।"

शास्त्री जी खिड़की के बाहर देख रहे हैं। वहाँ गंगा नहीं है। एक अकेला खिला गुलाब है और उसे देखकर वह उदास हो रहे हैं।

किन्तु उठाइए शास्त्री जी गांडीव और घुटनों के बल गिरने की फिर न सोचने लगिए।

वह डी.डी. की दी हुई साड़ी पहनकर फोटो खिंचाने आई है। अब हर बात में तो आपत्ति की नहीं जा सकती। यही बहुत है कि फोटो खिंचाने के लिए राजी हुई है।

पुरानी चाल का है फोटोग्राफर। उसने ऊँची-सी तिपाई पर रखवाया है पीतल का वह बड़ा-सा लटकनेवाला गमलादान, जिसके दोनों ओर कुंडों पर गजमुख बना हुआ है। इसमें उसने रखवाया है क्रोटन का एक गमला। बेबी से कहा है कि इस गमले से सटकर खड़ी रहे और गमलेदान के एक कुंडे से खेले, दृष्टि गमले की ओर घूमी रहे।

लड़का, सुना, मुग्ध हुआ है चित्र देखकर। गौरी 'दी ने सच ही कहा, लड़की बहुत सुन्दर है। लड़के के लिए सुखद कुतूहल का विषय है लड़की के होंठों पर खेलती, कैमरे से परे घूमी आँखों से झाँकती मन्द मुस्कान, जो फोटोग्राफर के 'स्माइल प्लीज' अनुरोध की रक्षा के लिए प्रकट हुई थी।

क्या-क्या नहीं पढ़े डाल रहे हो, डॉक्टर, तुम इस मुस्कान में!

वह नहीं पढ़ पा रहे हो जो मुस्कानेवाली ने कहा था—देखो, मेरी देह लिपटी है उसके दिए हुए आवरण में। मैं मुस्कराती हूँ तो इसलिए कि निश्चिन्त हूँ जिसने दिया है आवरण, वही करेगा निरावरण, जिसने दी है लाज इन अंगों की, वही उघारेगा इन अंगों को।

और इसलिए भी कि अगर बलात् किसी और को दे भी दिया गया उसका यह अधिकार, तो आश्वस्त हूँ कि मुझमें होगा कुछ ऐसा कि यह आवरण क्या चमड़ी तक भी उतारकर देख ले, आँखों से क्या अपनी एक्सरे मशीन तक से भी देख ले, मुझमें होगा कुछ ऐसा कि वह डॉक्टर देख नहीं सकेगा, कभी।

अगर तुम यह पढ़ सकते डॉक्टर तो पुरानी चाल के फोटोग्राफर का खींचा हुआ वह चित्र तुम्हारी टैक्स्ट बुक ऑफ सर्जरी के बीच से निकलकर तिलकपुर तुम्हारे पुश्तैनी मकान में तुम्हारे प्रपितामह की कानून की पोथियों के पीछे न पड़ा होता आज धूल-धूसरित, उपेक्षित। लौटवा देते तुम तत्काल।

शास्त्री जी, आप अपनी पोथियाँ बिसराकर बहुत दौड़ने-धूपने, सोचने-सुझानेवाले व्यक्ति की भूमिका में प्रीतिकर लग रहे हैं मुझे।

श्रवण-सुख प्राप्त कर रहा हूँ मैं इस बेला आपके मुँह से वह कुमाऊँनी सुनकर जिसके लहजे में आपके वाराणसेय होने का स्पष्ट प्रमाण है। 'ली हालौ?' 'दी हालौ?' 'करी हालौ?' ऐसा उचारते हैं आप पंडित-प्रवर 'लि हालौ?', 'दि हालौ?',

'करि हालौ?' को। काशी की गंगा का चौड़ा पाट है आपकी मात्राओं में, सँकरी पहाड़ी नदी का झटका और अटकाव नहीं। जो हो पूछ आप समझदारोंवाली बातें ही रहे हैं—'ले लिया?', 'दे दिया?', 'कर दिया?'।

बेटी के विवाह की तैयारी चल रही है। आपको इस प्रकार की चिन्ताएँ होना स्वाभाविक है।

इन चिन्ताओं में लीन अगर आप यदा-कदा कुमाऊँनी और हिन्दी के बीच का स्वर भी साधे ले रहे हैं तो आपकी बहुएँ, सालियाँ भले ही आँचल दाँतों में फँसाकर मुस्करा रही हों—इत्ता-सा, मैं निरन्तर गम्भीर बना हुआ हूँ। नहीं, आप कहिए शौक से, "अरे भाई क्या नाम उदेयसिंहज्यू, आलू का बोरा मँग्वे हालौ?"

वैसे ही समझता हूँ शास्त्रानी जी भी आपसे ठीक ही कह रही हैं। आप ये सब चिन्ताएँ छोड़कर वहाँ हवाघर में पत्र-पत्रिकाएँ लेकर बैठे रहें आराम से। या फिर अपने अध्ययन-कक्ष में जाकर राम और सीता के विवाह का वर्णन पढ़ें। वह ऊँची चीज है।

यहाँ यह है कि आप न चाहते हुए भी उन लोगों के आड़े आ रहे हैं जिनके लिए यह सब किसी नाटक की भूमिका नहीं, कई बार का देखा-भाला-किया हुआ काम है।

अब इसी 'आलू का बोरा मँग्वे हालौ?' का थोड़ा विचार कर लीजिए। जो बात आप उदैसिंह से कह रहे हैं, वही अबसे पौने-पन्द्रह मिनट पहले त्रिलोक सिंह से कह चुके हैं। और कल शाम निरंजन साहजी आपसे कह गए हैं कि एक बोरा आलू मैं भिजवा दूँगा। अब आप कुल मिलाकर कितने बोरे मँगवाना चाहते हैं?

फिर, शास्त्री जी, रुपये-पैसे का हिसाब रखना भी आपको नहीं आता। सच तो यह है कि आप जितने वाराणसेय शास्त्री हैं, इस मामले में सिफर हैं। किसको क्या दिया, क्यों दिया, कब दिया, यह सब भूलते रहते हैं। शास्त्रानी जी ने अपने छोटे भाई को बुलाकर गलत नहीं किया है। कई विवाहित आयुष्मतियों और चिरंजीवों का पिता, आपका बड़ा साला, चिरंजीव श्यामाचरण इन कार्यों में दक्ष है। आप सब उसके भरोसे छोड़ दीजिए। और अभी तो शादी को तीन हफ्ता है। अगले हफ्ते आपके अपने लायक बेटे आ जाएँगे और सब सँभाल लेंगे। इस बीच आपकी घरवाली के भाई-बहन आ ही गए हैं। अच्छा ही है जो शास्त्रानी जी इन्हें बुलाती रहती हैं अक्सर। एक तो इससे आपके गोलोकवासी पिता की आत्मा को शान्ति मिलती है और दूसरे आपकी गिरस्ती में शान्ति रहती है।

अभी तीन हफ्ता है शास्त्री जी, और लोग-लुगाइयों ने आ-आकर पूछना शुरू कर दिया है—"हमारे लायक कोई काम?" इस ओर जब भी वे निकलते हैं खुटकुणी भैरव या पाताल देवी का दर्शन करने, तो आपके घर भी घंटी बजा ही जाते हैं नियम से। शास्त्री जी, अगर आपको निठल्ला बैठना ही साल रहा हो तो बैठक में आसन जमाइए, आने-जानेवालों से मिलिए और बीच-बीच में वहाँ से चाय-नाश्ते के लिए आवाज़ लगाइए।

वैसे इस काम के लिए शास्त्रानी जी का दूसरा भाई चिरंजीव कालीचरण बैठा हुआ ही है। इसी शहर का है। सब लोगों को जानता है। इतने वर्ष अल्मोड़ा रह जाने के बाद भी आपकी स्थिति यह है कि कोई आकर आपसे नमस्कार कहता है तो आप सीधे भीतर चले आते हैं यह कहने के लिए कि कोई आकर आपको बताए आगन्तुक कौन है? लोग बुरा मानते हैं शास्त्री जी, आपके उन्हें इस तरह भूलते रहने का। यहाँ का रिवाज तो यह है कि एक बार का देखा हुआ चेहरा जन्म-भर याद रखो—आपका नाम, बाप का नाम, मामा का नाम समेत। आप पंडित हैं, विद्वान हैं, वयोवृद्ध हैं और आपकी घरवाली मानने-बरतने में आपकी सारी कमियाँ पूरी कर देती है, इसीलिए वे बुरा नहीं मानते। इसीलिए, (परलोक-विशेषज्ञ, तेरा ध्यान इस ओर भी नहीं गया!) इसीलिए वे आपके समक्ष उपस्थित होते ही नमस्कार के साथ-साथ ऊँची आवाज में परिचय देने लगे हैं, यथा : 'मैं कौस्तुभ, मल्ला गल्ली के त्रिलोचन जी सदर अमीन का बेटा।' और आप पढ़नेवाली ऐनक उतारकर देखनेवाली ऐनक चढ़ाकर विनोदी वृद्ध की भूमिका में कहते हैं, 'आँखें कमजोर जरूर हो गई हैं भाई, कान तो ठीक हैं अभी। तुम्हें कैसे नहीं पहचानूँगा। नीलाम्बर वकील के छोटे भाई हो ना!' और वह थोड़ा मुस्कराता है तो आपके विनोदी स्वभाव पर नहीं, भुलक्कड़पन पर ही, 'नीलाम्बर'दा मेरे कका त्रिलोचन जी हैडमास्सैप के बेटे ठहरे, मेरे कजिन हुए वह।'

नहीं, आप बैठक में आसन ग्रहण करने का प्रस्ताव भी रद्द समझ लें। कुछ ज्यादा ही त्रिलोचन, तारादत्त, भोलादत्त, नन्दकिशोर, भुवनचन्द्र, पूरनचन्द्र, हरीशचन्द्र हैं इस नगर में।

शास्त्री जी, मेरे विचार से आप वहाँ हवाघर में ही जा बैठिए। उसके पास ही बिलैती खुमानी के पेड़ के नीचे फूलों की क्यारियों की पृष्ठभूमि पर अंकित हैं दो किशोरियाँ गम्भीर मंत्रणालीन।

क्या समझ-समझा रही हैं गुड़िया और बेबी एक-दूसरे को वहाँ सबसे दूर, कानोकान?

लड़कियाँ आपके विचार से करती ही हैं इस तरह की गुप्त मंत्रणाएँ विवाह से पूर्व?

"कहिए गुड़ियारानी!," आप कह रहे हैं उसका गाल नोचते हुए, "कहिए सत्तर चूहे खानी! क्या मंत्र दे रही हैं मैत्रेयी को, आँय?"

यह गुड़ियारानी का लजाना है शास्त्री जी या इसे अपराधबोध का लक्षण माना जाए?

और यह बिटियारानी अपनी वही, इधर विकसित हुई धीर-गम्भीर मुद्रा क्यों धारण किए हुए है?

"मैत्रेयी बच्ची!" आप पूछ रहे हैं, "मीना कामवाला सैट देखा? पसन्द आया?"

"हाँ!" वह कहती है साड़ी का पल्ला गर्दन से नीचे खींचते हुए।

आप देख रहे हैं, शास्त्री जी, इस गदोली की छोटी अँगुली को जो थोड़ी-सी मुड़ी हुई है। जो इसने क्रिकेट खेलते हुए तोड़ ली थी। क्रिकेट, शास्त्री जी! क्या यह गम्भीरा वही क्रिकेट खेलनेवाली कन्या है?

शास्त्री जी, अब आपका-इसका संवाद यहीं तक कैसे सीमित हो चला है कि आप पूछें 'पसन्द आया?' और यह कहे, 'हाँ!' न उत्साह से, न व्यंग्य से, सर्वथा सपाटबयानी में 'हाँ।'

जब आपने इसे फोटो खिंचवाने के लिए कहा था तब भी इसने इतना ही पूछा था आपसे, "तुम भी यही सोचते हो, मैत्रेयी की सादी हो जानी चाहिए अब? बदनामी से बचने का इसके बाहिक[1] कोई उपाय नहीं ठहरा? सादियाँ बदनामी से बचने को की जाती हैं?"

नहीं, मैं गलत कह गया। उसने पूछा नहीं था आपसे। एक तरह से कहा था आपकी ओर से, अपने को। पूछा होता तो आपके उत्तर की प्रतीक्षा करती। उसी रौ में यह भी क्यों कह देती : "तो ठीक है, बुलवाओ फोटोग्राफर।"

और उसके बाद से कैमरे को दी गई उस एक अर्थवान मुस्कान के अतिरिक्त इसके चेहरे पर कहीं कोई भाव नहीं आया है।

कोरी साफ स्लेट है यह चेहरा मेरा पिता, और इस पर मैं कुछ नहीं लिखूँगी तेरे हित, और कुछ भी नहीं लिखने दूँगी तुझे भी कि तू मुझ पर अपना लिखा हुआ ही कुछ बाँचकर तोष कर सके।

नहीं, मैत्रेयी अनशन नहीं कर रही है। कोप-भवन में नहीं बैठी है। चीख-चिल्ला नहीं रही है। कहीं भाग नहीं गई है।

यह है यह मैत्रेयी! तुम्हारी बेटी! देहरी पूजे बिना थोड़ी जाएगी, देखो!

तुम कह रहे हो, "घाघरे-अँगड़े के लिए तेरी बरेलीवाली भावज को लिख दिया था। वहाँ अच्छा बनता है।"

वह कह रही है, "हाँ।"

इसी हाँ में तुम हुँकार कैसे सुन ले रहे हो पिता? इसी हाँ में तुम अपने अस्तित्व का नकार कैसे पकड़ ले रहे हो?

और यहाँ पुत्री के समक्ष अपनी अस्मिता के भयावह लोप से, ब्रह्म-बेतार पर आती कर्ण-कटु कड़कड़ाहट से बचने के लिए, तुम अब चले आए हो रसोई में भोजन इंचार्ज पूरन भ्राता से बातें करने और कहने कि 'हम समझते हैं एक बोरा आलू आप मँगाकर रख लें तुरन्त।'

पूरन भ्राता मन्द मुस्करा रहे हैं तुम पर। बता रहे हैं कि आलू पर्याप्त है भंडार में। थोड़ा परिहास-सा करते हुए कह रहे हैं (रिश्ता वह आपसे साढ़ूवाला निकाले हुए हैं), "शास्त्री जी महाराज, इस शहर में जितने भी रिटायर्ड विद्वान हैं, उन्हें हमने

1. अतिरिक्त।

अलग-अलग चीजों का एक्सपर्ट मान लिया है। किसी को अर्जी ड्राफ्ट करने का, किसी को फाइनेंशियल हैंडबुक समझाने का, किसी को कानूनी सलाह देने का। मेरे-जैसे वकील यहाँ अपने को भट्ठी में झोंके हुए हैं तो इसीलिए ना कि आपके बिरादर प्रेमबल्लभ जज साहेब यहाँ मुफ्त कानूनी सलाह देनेवाले विशेषज्ञ मान लिये गए हैं। आप हैं शास्त्री, शास्त्र एक्सपर्ट। शादी में पंडित लोग कोई गलती न करें, जल्दीबाजी न करें, उच्चारण शुद्ध हो उनका, यह सब देखना आपका काम होगा। रसोई तो मैं सँभाल लूँगा।"

ठीक कहते हैं पूरन भ्राता। आखिर माने हुए रसोई-विशेषज्ञ हैं नगर के।

आप तो इसी काम के हैं यहाँ वालों के लिए कि वे कर्मकांड-सम्बन्धी कोई गुत्थी लेकर आपके पास आएँ और आप अपना जवाब 'वैसे तो' से शुरू करें। वैसे तो बहुत जटिल है, दुस्साध्य है शास्त्रोक्त विधान। 'वैसे तो' से शुरू करें बात और 'किन्तु इस कलियुग में, आपद्धर्म में' पर तोड़ें तान थोड़ा-सा मुस्कराकर। अर्थात् हमने तो भाई वह सब निभाया, गुरुजनों का आग्रह था, अपनी आस्था थी, सुविधा भी थी हर प्रकार की, सस्ते का जमाना था। लेकिन अगर आप दो-एक मुख्य-मुख्य बातें कर लें श्रद्धापूर्वक, तो परमात्मा उसे ही पर्याप्त समझ लेगा। कलियुग का परमात्मा जो है!

शास्त्री जी, अब आप खड़े हैं इस दाड़िम के पेड़ के नीचे। यह पेड़ कुछ याद दिलाता है आपको?

क्यों खड़े हैं आप यहाँ ठगे-से?

क्या मैं आपसे पूछ सकता हूँ कि पिता की आज्ञा का पालन करने का वह जो विधान है ना (जिसका, दुनिया जानती है, आपने इसी नगर में वर्षों पहले आदर्श रीति से निर्वाह किया अपनी परिचिता कन्या के द्वार तक वर-वेश में पहुँचने के बाद भी उसे न ब्याहकर), क्या इस कलियुग में उसे आपद्धर्म में बिसराया नहीं जा सकता?

शास्त्री जी, आपके शास्त्र प्रेम के धर्म को आपद्धर्म मानते हैं कि नहीं?

कथा-नायिका अकेली बैठी है। बतिया रही है अपने से।

गुड़िया कह रही थी कि मैं सिरफिरी बात कह रही हूँ। अब सीधी बात से कुछ हो ही नहीं रहा है तब सिरफिरी बात ही करनी हुई ना? सीधी बात को जो सिरफिरी माननेवाले ठहरे, उन्हें सीधी बात समझाने के लिए सिरफिरी बात ही करनी ठहरी।

मैंने कुछ कहा क्या इनसे? सादी की कोई बात की क्या? फिर? मैंने तो इतना ही कहा ठहरा, अभी मेरी सादी मत करो किसी से भी। इन्होंने कहा है, नहीं, तेरी सादी करना जरूरी है बल। बदनामी से बचने के लिए। जब थोड़ी बदनामी में मेरी सादी उस तिलकपुरिए से करनी जरूरी हो जानेवाली हुई, तब पूरी बदनामी में मेरी सादी किससे होगी, बता तो?

करो बल सादी की तैयारी। मैं हर चीज में हाँ-हाँ कहती जा रही। करो बल तैयारी। सादी तो होने ही वाली है। थोड़ी बदनामीवाली होती है या पूरी बदनामीवाली, यही देखना है।

क्यों मैं पूरी बदनामी कैसे नहीं करा सकनेवाली हुई, देखो!

चेलियाँ तो जहर खा लेती हैं, कपड़ों में मिट्टी का तेल छिड़ककर जल रहती हैं, साड़ी का फन्दा डाल दुन्दार से लटक रहती हैं, फाल मार देती हैं ताल में चेलियाँ।

मैं बदनामीवाली शैतानी भी नहीं कर सकनेवाली हुई, देखो!

पूरी बदमास हूँ मैं, बदमास। हाँ, फिर!

मैं जाऊँगी अगले हफ्ते गणानाथ, यहाँ आई लड़कियों के साथ। मैंने कह दिया है गुड़िया से—लिख दे उस लाटे को, मिलना हो तो गणानाथ पहुँच जाए बीस तारीख को किसी भी हालत में।

गुड़िया कह रही ठहरी, कैसे आएगा? इतने कम दिन हैं। कब उसे चिट्ठी मिलेगी? कब वह बम्बई से गणानाथ पहुँचेगा? और बम्बई में है भी जने नहीं। मद्रास में हुआ तो? मद्रास का पता ही नहीं मालूम।

अरे आएगा कैसे नहीं? वहाँ जो बैठ रहा गणानाथ के मन्दिर में उसका बड़बाज्यू शिवजी महाराज, उसके बुलाने पर कैसे नहीं आएगा? नहीं आएगा तो देखो मैं क्या करूँ? मैं जो थोड़ी हो सकनेवाली हुई हर जगह उसकी नुमाइन्दा? लाटा!

वह आएगा, कैसे-न-कैसे यही जानकर, यहाँ इस कमरे में जहाँ वे बैठा गए हैं मुझे इन गहनों का ध्यान धरने को, मैं उठा रही यह हार, पहन रही मैं इसे। देख रही ऐने में। जमा रही इसे ठीक से अपने इन चोप्प बुबूआओं के बीच। कह रही इस लड़की से, इस घोड़े की जीन से, ठहर चेली, ठहर, मैं ऐसी बदमासी करूँगी ना तुझसे, तू सिसकारती रह जाएगी।

मुझे यहाँ कोई देख जो थोड़ी रहा। मुझे बस वह देख रहा वहाँ, वह लाटा।

इस कथा-नायिका को सम्प्रति न देखना ही उचित होगा।

एक विमान उड़ता है सान्ताक्रूज बम्बई से, उतरता है पालम दिल्ली पर।

एक टैक्सी चलती है हलद्वानी से, पहुँचती है साँझ-ढले कोसी पर।

चाय की दुकानवाला उसे समझाता है कि अब गणानाथ पहुँचने की कोशिश करना बेकार होगा। या तो यहीं रुक जाएँ या फिर अल्मोड़ा चले जाएँ और सुबह वहाँ से आएँ। टैक्सी तो आपको रणमण तक ही ले जाएगी। आगे पैदल का रास्ता है, चढ़ाई-ही-चढ़ाई है सारी। जाड़ों की रात का मामला, जंगल की बात। मेरे खयाल से तो आप अल्मोड़ा ही चले जाएँ।

नहीं, डी.डी.अल्मोड़ा नहीं जाएगा। बीस तारीख आज ही है ना। बीस तारीख को किसी तरह गणानाथ पहुँचने के लिए ही तो उसने विमान का टिकट लिया, टैक्सी की।

साहब, ऐसा क्या है गणानाथ में जो बीस तारीख को ही हो सकता है? आज कोई तीज-त्योहार का दिन भी नहीं है। मन्दिर जाने के लिए तो कल का दिन अच्छा है—सोमवार! वहाँ मन्दिर के अलावा है ही क्या?

वहाँ कुछ है जिसे समझाया नहीं जा सकता। जिसकी खातिर जेब खाली करने पर उतारू होकर चल पड़ा था नायक कि लौटते हुए जरूरत हुई तो पैदल ही आ जाऊँगा बम्बई तक! जिसे मद्रास से लौटने पर उन्नीस की सुबह सन्देश मिला हो, वह बीस को गणानाथ ऐसे ही पहुँच सकता था!

टैक्सीवाला आगे जाने को तैयार नहीं। रणमण में वह रात कहाँ काटेगा, क्या खाएगा?

नायक ने अनुरोध किया है रणमण तक छोड़ आए, फिर सोने के लिए अल्मोड़ा चला जाए। चाहे तो हलद्वानी-अल्मोड़ा-हलद्वानी सारा पैसा यहीं ले ले उससे।

टैक्सीवाला मान गया है। कह रहा है, आप कोई मानता माने हुए भगत हो शायद!

नदी के पार है चढ़ाई। अँधेरा घिर आया है। जाओगे भगत? वहाँ रहने-वहने की कोई जगह नहीं है खास। एक जंगलातवालों का डाक-बँगला है। उसका भी चौकीदार पता नहीं वहाँ मिले कि नहीं? मानोगे नहीं भगत?

मैं देख रहा हूँ तुम्हारे ये पाँव गोल बड़े पत्थरों पर टेक खोज-खोजकर नदी पार करते। देख रहा हूँ हथेलियों से ऊपर खींचे जाने के बावजूद भीगते जाते तुम्हारे पाँयचे।

मैं सुन रहा हूँ तुम्हारे साथ फेनिल नदी की सूँ-सूँ। मैं जानता हूँ कि इस आवाज को कुमाऊँनी में 'सुसाट' कहते हैं। मुझे पता है तुमने इसी शीर्षक से एक प्यारी-प्यारी-सी, उदास-उदास-सी कहानी लिखी थी जिसे भैरवप्रसाद आदि प्रयागवासी प्रगतिशीलों ने सराहा था लेकिन एक अन्य प्रगतिशील प्रकाशचन्द्र गुप्त ने शंका उठाई थी कि प्रगतिशील साहित्य में उदासी के लिए इतना स्थान हो सकता है क्या?

मैं तुम्हें देख रहा हूँ सँभलते-सँभलते भी गिर जाते हुए। और मैं अनुभव कर रहा हूँ तुम्हारे कपड़ों और तुम्हारी जुराबों का ठंडा गीलापन। तुम्हारे जूतों की फच-फच। तुम्हारी कोहनी पर पत्थर से लगी खराश की चिनचिनाहट।

तुम चढ़ते ही जा रहे हो चढ़ाई। थके-माँदे। धूल-पसीने से पुते। कभी किसी पेड़ की उभरी जड़ से ठोकर खाते। कभी कहीं खड़े होकर सिगरेट पीते और झिल्लियों का स्वर सुनते। अपने हृदय की धड़कनें सुनते। खल रहा है अँधेरी रात का यह अकेला सफर। टॉर्च भी तो नहीं। पानी की बोतल भी तो नहीं।

सुनो-सुनो, चुप हो गए हैं झींगुर। निस्तब्धता पर फिसलता आ रहा है कोई मानवीय स्वर। उधर देखो, दिख रही हैं अँधेरे पर किन्हीं चमक खोये सलमे-सितारों-सी टँगी ये रोशनियाँ। यही होगा ओलिया गाँव। यहीं चले जाओ रात बिताने। इसके आगे तुम्हें कुछ भी नहीं मिलेगा।

किन्तु 'माइल्स टू गो बिफोर आई स्लीप' कहते हो तुम और चलते ही जाते हो। आत्मचिन्तनलीन जंगल को चौंकाते हुए गाते हो, 'ये रातें, ये मौसम, ये हँसना-हँसाना' जबकि जाड़े की इस रात में ऐसा कुछ नहीं जिसे स्मरणीय कहा जा सके। तुम गाते हो और झींगुर चुप होकर सुनते हैं तुम्हें।

और यह तो तुम हद ही कर रहे हो, जानते नहीं कि क्या कह रहे हो।

तुम मुझसे कह रहे हो कि मैं तुम्हारी हर उपलब्धि, हर कीर्ति भुला दूँ और केवल यही न भूलूँ कि तुम बीतते नवम्बर की एक रात, भीगे कपड़ों और जूते-मोजों में चढ़े थे रणमण से गणानाथ तक क्योंकि किसी ने तुम्हें बुलाया था।

मुझे आश्चर्य होता है कि तुम हँस नहीं पा रहे हो अपने इस आश्चर्यजनक अनुरोध पर।

मुझे आश्चर्य होता है कि तुम इस बन्द विश्रान्तिघर के ताले को झकझोर चुकने के बाद, 'चौकीदार, चौकीदार' चिल्ला चुकने के बाद, अब ठंड में ठिठुरते हुए, बैग से निकालकर पानी में भीगे हुए बिस्कुट खाते हुए, यह मानते हुए कि तुम्हें यहाँ बुलाकर उसने एक और यादगार मज़ाक किया, इस तरह हँस रहे हो दहाड़-दहाड़कर कि धोखा होता है, रो रहे हो!

शाम को ये लोग पहुँची थीं यहाँ।

रास्ते-भर वह सबका मनोरंजन करती आई। उसके साथ आई पड़ोस की लड़कियाँ, ममेरी-चचेरी बहनें सन्तुष्ट हुईं कि इधर बिलकुल सिकुड़-सिमट-सी गई बेबी अब फिर खिल उठी है। गुड़िया नहीं आई है उसके साथ। गुड़िया को डर लगा।

जंगलातवालों का डाक-बँगला बन्द था। इसलिए गणानाथ से थोड़े नीचे गिरवाणदत्त जी के स्कूल में डेरा किया है इन्होंने। बेबी रास्ते-भर मुड़-मुड़कर कुछ देखती आई। बेबी स्कूल के अहाते से निकलकर कभी इसके या कभी उसके साथ ऊपर घूमने गई है। कई बार।

साथ में आए उदैसिंह के बनाए पूरी और आलू के गुटके खाने के बाद लड़कियाँ 'कक्षा सात' के फर्श पर खुले पड़े होलडॉलों में घुस जाना चाहती थीं लेकिन बेबी ने आग्रह किया कि बाहर खुले में बैठेंगे आग जलाकर और वहीं चाय बनाएँगे। लड़कियों की देखरेख के लिए उदैसिंह के अतिरिक्त साबुली कैंजा भेजी गई हैं जो बालविधवा हैं, बुढ़िया हैं, प्राइमरी स्कूल की अध्यापिका रही हैं, मस्तमौला हैं और लड़कियों को, खासकर बेबी को, बहुत पसन्द हैं।

उदैसिंह चाहता था लड़कियाँ सो जाएँ, लेकिन बेबी ने साबुली कैंजा को 'कैम्पफायर' के लिए राजी कर लिया है। इस 'कैम्पफायर' में सबसे ज्यादा

1. लल्लाजी, सनलाइट साबुन क्यों नहीं दे रहे हैं?

धमाचौकड़ी साबुली कैंजा ही कर रही हैं। उन्हें सिनेमा के सारे गाने याद हैं लेकिन गलत-सलत, एक में दूसरे को मिला देती हैं। कहीं-कहीं वह हिन्दी गाने में अंग्रेजी के कोई शब्द अथवा कुमाऊँनी की कोई पंक्ति ठूँस देती हैं।

'शाबण के नझारे हैं ल-ला-ल-ला' वह गाती हैं और फिर मुँह से साइकिल की घंटी बजाती हैं। लड़कियाँ लोट-पोट होती हैं।

'शाबण के नझारे हैं ल-ला-ल-ला, लालज्यू हो सनलाइट सापण किले नी दिण्या?'[1] वह गाती हैं और लड़कियाँ हँसी से दोहरी होती हैं।

'शाबण के नझारे हैं ब्रिंग-ब्रिंग-ब्रिंग-ब्रिंग' वह गाती हैं और एक-दूसरे पर गिरती-पड़ती लड़कियों को धराशायी कर जाती हैं साइकिल की आवाज जोड़कर 'ट्रिंग-ट्रिंग-ट्रिंग-ट्रिंग।'

"कसो? कसो?" पूछती हैं हँसी के सागर से उबरती लड़कियाँ। "किस तरह से था वह ब्रिंग-बिंग-ब्रिंग?"

लेकिन नहीं, साबुली कैंजा के पास आइटमों का विशाल भंडार है, वह किसी आइटम को दोहराती नहीं।

अब यह दिखा रही हैं दो गानों को मिलाने का करतब। 'उड़नखटोले में उड़ जाऊँ, एक गीत सुनाता जाऊँ' और अब हिन्दी गाना अंग्रेजी में, 'दैट मैन कमिंग, ही विल कम, विल कम, ही विल कम।' और अब सहगल, 'खटमल आय बसो खटियन में।' अब फरमाइश पर एक और आइटम, 'क्या वाला साबुली कैंजा क्या वाला।'

"मुझे सच-सच बताना, क्या" वह गाती हैं और आदेश देती हैं, "'क्या' पूछौ चेलियो।"

"क्या?" पूछती हैं लड़कियाँ सामूहिक स्वर में।

"ऐसे नहीं।" वह टोकती हैं और खुद पूछकर बताती हैं बहुत प्यार-भरे स्वर में "क्या-आ-आ?"

"क्या-आ-आ?" हँसते-हँसते पूछती हैं लड़कियाँ वैसे ही।

"कि किस बिल में हग आए थे।" पंक्ति पूरी करती हैं साबुली कैंजा और लड़कियाँ लोट-पोट होने लगती हैं।

"तुम्हें कुछ याद होगा।" वह गाती हैं।

"क्या-आ-आ?" पूछती हैं लड़कियाँ एक-दूसरे की पीठ पर धौल जमाती हुई।

"बहुत ढुरका[1] रहे थे तुम।" गाती हैं साबुली कैंजा और लड़कियों को हिस्टीरिया का दौरा पड़ जाता है।

बगड़गौं से लेकर बर्कले तक अपान वायु आदि का उल्लेख क्यों सबसे बड़ा मजाक माना जाता है यह मैं भी नहीं जानता, लेकिन माना जाता है इस विषय में सभी मसखरे आश्वस्त हैं। साबुली कैंजा भी हैं और उनका यह 'क्या वाला' पूरा

1. ढुर-ढुर आवाज निकालते हुए वायु विमोचन, विपर्यय 'फुस्का'।

आइटम उसे समर्पित है जिसे हिन्दी के सुधी समीक्षक 'भदेस' कहते हैं। अस्तु, उसे आगे उद्धृत न करना ही ठीक रहेगा। उन सुधी समीक्षकों से यही विनती कर सकता हूँ कि अगर बाल-बिधवा बदसूरत साबुली कैंजा ने इसी सबसे अपने लिए एक जगह बना रखी है स्त्री-समाज में, तो उसे बनी रहने दें। बाकी आप तो जुटे ही हैं श्रेष्ठ हास्य देने में हिन्दी साहित्य को।

बेबी हँस रही है खूब, लेकिन बीच-बीच में उठकर ऊपर की तरफ देख रही है, हालाँकि इस अँधेरे में अब नजर क्या आता।

"मैं तो चली रे चली रे बंगाल सिन पणने[1]।" गा रही हैं साबुली कैंजा और नाचती-ठुमकती कक्षा सात की ओर चली जा रही हैं सोने के लिए।

कैम्पफायर की आग बुझ चुकने को है।

"तू बार-बार किसको ढूँढ़ रही री बेबी? तू तो कुछ सुना ही नहीं रही री बेबी। अब जाकें सो जाते भाई। अन्धेर जाड़ा हो रहा।"

"नहीं, अभी नहीं।" तुम करीब बुलाती हो लड़कियों को और किसी-से-न-कहना वाली 'खुसूखुस' शैली में कहती हो, "यहाँ एक भूत आता है बल। मैं उसको ही ढूँढ़ रही। जोह रही मैं उसी की बाट।"

"भूत? ओ इज्जा!" कहती हैं लड़कियाँ। अभी समझ नहीं पा रही हैं कि तुम मजाक कर रही हो या सचमुच कोई डरावनी बात।

"भूत!" तुम कहती हो इस शब्द में रोमांच की समस्त सम्भावनाएँ ढालते हुए वहाँ राख से ढके अंगारों के ढिग, तारों से झलझलाते स्वच्छ आकाश के तले जो अपनी पारलौकिकता में भयास्पद लग रहा है तुम्हें घेरी लड़कियों को, "भूत, बहुत ही सुन्दर, लम्बा, बोलता ज्यादा नहीं, लाटा जैसा है क्याप, वैसे बोलने लगता है तो ऐसा बोलता है बल जो किसी के समझ में नहीं आता। कत्यूर का राजकुमार था बल। छलिया है कहते हैं, कुँवारी लड़कियों को उसका छल लग जाता है। पगला जाती हैं।"

तीन लड़कियाँ उठकर भीतर चली जाती हैं। जाड़ा लग रहा है उनका कहना है। जो पाँच बची हैं उनमें से एक का कहना है, "ये क्या भूतों की बात शुरू कर दी। कुछ और सुना कहा।" और दूसरी का, "भूत-वूत कुछ नहीं होता।" शेष तीन बेबी से चिपकी हुई हैं।

"ऊपर आता है, वह वहाँ, जहाँ जंगलातवालों का डाक-बँगला क्या है।" कहती है बेबी।

और तभी वह सुनती है, साथ बैठी पाँचों लड़कियाँ सुनती हैं, भीतर बिस्तरों में अन्य जन सुनते हैं उस डाक-बँगले से 'चौकीदार-चौकीदार' का शोर और फिर एक ऐसा अट्टहास जिसे विलाप भी समझ लिया जा सकता था।

1. सो पड़ने, सोने।

लड़कियाँ चीख मारती हैं। बेबी से लिपट जाती हैं। बेबी उन्हें झटककर अलग करती है और नंगे पाँव ही दौड़ जाती है।

"आ गया रे भूत! अभी ठीक करती हूँ उसे।" यह कहना है उसका।

"भूत! ओ रे भूत। आ गया तू। बड़ी जल्दी आया रे!" हाँफती-सी वह कहती जा रही है उस अँधेरी चढ़ाई पर। उसके नंगे पाँवों-तले जमीन ठंडी है, पत्ते गीले और पत्थर चुभनदार।

वह जानती है कि इस निस्तब्धता में पहुँचेगा उसका स्वर उस तक।

वह जानती है वह भी दौड़ा आएगा उसकी पुकार को पुकारता हुआ!

"जिलेम्बू मारगाँठ।" वह कह रहा है। वह आ रहा है। तुमसे तेज। लेकिन तुमने भी ठानी है कि उस मोड़ पर उससे पहले पहुँचोगी, भले ही तुम्हारे लिए चढ़ाई है, उसके लिए उतार। एक कदम पहले ही पहुँचती हो तुम एक हाथ से साड़ी उठाए, दूसरा सामने बढ़ाए।

वह पहुँचता है दोनों बाँहें पसारे। तुम उचारती हो हाँफते अक्षर : "एल आई एफ टी।"

वह उठा लेता है तुम्हें, घुमा देता है तुम्हें और गिरते हुए वहाँ उन पत्तों के बिछौने पर हँसते हो तुम दोनों।

"तेरा पतलून गीला कैसे हो रहा रे?" वह पूछती है, "मारे डर के मूत तो नहीं भरा तू भूत?"

"तुझे तो हमेशा ऐसी ही वाहियात बातें सूझती हैं।" वह शिकायत करता है, "कल मद्रास से लौटने पर गुड़िया की चिट्ठी मिली। कितनी मुश्किल से तो पहुँचा यहाँ हवाई जहाज और टैक्सी से। गाड़[1] में गिर पड़ा एक बार। मोजे भी गीले हो गए। पसीना-पानी सब एक हो गया है उनमें, जब खोलूँगा तो भयंकर बदबू आएगी।"

"खोलकर मुझे दे दे, हम उन्हें यहाँ टाँग देंगे। फिर कोई नहीं आएगा। नहीं, मैं मजाक नहीं कर रही। खोल दे जूता-मोजा। सर्दी लग जाएगी नहीं तो। मैं भी तो नंगे पाँव हूँ।"

नायक उतारता है जूता-मोजा।

"ये कैसे जूते हुए रे। नए जैसे दिख रहे।"

"इनमें फीते नहीं हैं। मारगाँठ नहीं पड़ती।"

"मारगाँठ अब अच्छी नहीं लगती तुझे क्या? फिर वैसा ही जूता ले फीतेवाला। लेगा ना?"

"लूँगा।"

---

1. पहाड़ी नदी।

"लोग मुझे ढूँढ़ते हुए आ जाएँगे। जल्दी से कर दे एक बार।"

नायक उठ बैठता है। घबराकर पूछता है, "कौन लोग?"

"मैं कोई यहाँ अकेली थोड़ी आ रही, देखो। जल्दी कर, वे आ जाएँगे।"

"क्या करूँ?" ठंड में काँपते हुए वह पूछता है।

"जिलेम्बू।" तुम कहती हो, वहाँ पियराये पत्तों और पिरूलों पर लेटी हुई, पेड़ों की फुनगियों पर झुक आए, तारों से झक-झक-झल-मल उस आकाश को देखते हुए, "जिलेम्बू कर, जिलेम्बू कहा।"

वह झुक आया है तुम पर। स्पष्ट देख नहीं पा रही हो तुम उसे तारों की इस रोशनी में।

"जिलेम्बू।" वह कहता है उसकी नाक की नोक चूमते हुए, होंठ और चिबुक चूमते हुए।

वह अपनी हथेली देती है उसे और फिर उसे नहीं आकाश को देखते हुए कहती है, "इस पर होता है जिलेम्बू जैसे वहाँ हुआ था उस सुबह नैनीताल में जब मैं गुस्लखाने में थी।"

उसकी हथेली को चूमते हुए बार-बार दुहराता है वह वही खोटी फ्रांसीसी, "जिलेम्बू! जिलेम्बू! जिलेम्बू!"

जब छूते हैं उसके होंठ तुम्हारी अँगुलियों को, यहाँ इतनी ठंड में भी कोई तरल उष्णता क्योंकर प्रवाहित होती है तुम्हारे शरीर में?

उस गरमाई से भी काँप रही हो तुम। लगा ले रही हो अंक से इस ठिठुरते मूरख को।

अब जबकि उसका चेहरा तुम्हारे स्तनों में छिपा है और तुम देख रही हो उस आकाश को, क्यों तुम्हें लगता है डी.डी., डी.डी. ही नहीं आकाश भी है, बेबी, बेबी ही नहीं धरा भी है और सारी सृष्टि तारों की उस रोशनी में नहाई हुई है, जो आकृतियों का आभास-मात्र हमें देती है, शेष सब हमें माँगना होता है, स्मृति से, कल्पना से, लालसा से।

तुम्हें जो कुछ लग रहा है, ठीक इन शब्दों में नहीं। सच तो यह है कि वह तुम्हें शब्दों में लग ही नहीं रहा है। शब्द मैं तुम पर थोप रहा हूँ। कथा-वाचक की मजबूरी है। मेरे शब्द ही तुम्हारी व्याख्या करते हैं पाठकों से और नितान्त भ्रामक है यह व्यवस्था।

क्यों नहीं मैं सिर्फ यह कह पाता कि दो युवा देह हैं, पत्तों का बिछावन है, तारोंभरा आकाश है और 'कुछ और' है जो देखिए शायद कहीं हो आपकी कल्पना में, आपकी स्मृति में, आपकी लालसा में।

मोड़ से उस तरफ तक पहुँच गई हैं आवाजें। नायक अलग होना चाहता है। नायिका वैसे ही पड़ी है उसे और आकाश को सीने से लगाए हुए।

उनके आने तक नायक खींच-खाँचकर अपने को अलग करता है, उठकर खड़ा हो जाता है।

वे अँधेरे में हैं और नायक-नायिका उनके प्रकाश में।

साबुली कैंजा, उदैसिंह, स्कूल का चौकीदार—किसी का भी बेबी से ऐसा सम्बन्ध नहीं कि डाँट-फटकार कर सके, जवाब-तलब कर सके। बेबी तो उन आवाजों को सुन चुकने के बावजूद एक बार चाह रही थी कि डी.डी. का चेहरा अपने स्तनों से चिपकाए रखे जबरन। किन्तु इस बदनामी के काम का एक परिणाम यह होता कि डी.डी. को ये लोग रात को स्कूल में ठहरने न देते। इसीलिए उसने उठ जाने दिया है डी.डी. को, स्वयं लेटी है बेखबर।

साबुली कैंजा चुप्पी तोड़ती हैं, "तुम देबीदत्त हुए शायद, देबिया टैक्सी। यहाँ कैसे आ रहे इस बखत?"

"टैक्सी से।" वह कहता है उत्तर की विडम्बना समझे बगैर, "रणमण तक उसमें आया, फिर पैदल चला।"

"नहीं, आ किस वजह से रहे?"

"पूजा करने।"

"बहुत जल्दी आ रहे। दस बजे रात होगी तुम्हारी पूजा! और यह बेबी यहाँ लेट क्यों रही?"

"बेहोश हो गई मैं," बेबी कहती है, "इसे भूत समझी, भूत। अँधेरे में दिख नहीं रहा था। मैंने इससे पूछा कौन हो भाई, इसने कहा भूत हूँ भूत, छल लग जाता है मेरा बल। बस्स, मुझे आया गश्श!"

"गश्श आया?" साबुली कैंजा बात दुहराकर पूछती हैं उस खास कुमाऊँनी अन्दाज में जिसका मतलब होता है तुम कह रहीं, इसलिए सुन ले रहे हैं, यों बात कोई मानने लायक तो है नहीं, "तो अब तू यहीं पड़ी रहनेवाली हुई रात-भर ठंड में? बीमार पड़ गई तो? दो हफ्ते भी नहीं रह गए तेरी शादी के।"

"इससे कहो, मुझे ले जाए उठाकर। मेरे मोच भी आ रही। इसी की वजह से हुआ यह सब, अब यही लादकर ले जाए।"

"तुम जाओ भाई चौकीदार के साथ।" साबुली कैंजा, डी.डी. से कहती हैं, "यह लड़की तो बौला[1] रही है। चौकीदार इन्हें ले जाओ भाई। अपने पास ही सुला लो। कोई कम्बल हो तो दो इन्हें। बेबी, मैं दूँगी सहारा, मेरे साथ चल। लड़कियो, चलो वापस, यहाँ कोई कौतिक नहीं हो रहा।"

कौतिक ही तो हो रहा है। कौतिक ही तो बेबी चाहती है। उसने उठा लिये हैं वे गीले गन्धाते मोजे।

---

1. बावली हो रही।

कक्षा सात में हॉल की हलचल के कारण सो नहीं पाई लड़कियों में से एक पूछती है, "बास जैसी क्या आ रही हैगी बेबी? तू भी चिता[1] रही?"

बेबी उसकी नाक पर मोजा रखकर हँसती है, "इससे आ रही, भूत के मोजे से। भूत दे जा रहा मुझे सबको डराने के लिए।"

जिसकी नाक पर मोजा रखा गया है उसे उबकाई आने लगती है। "छि: हो, और ही गूएन[2]।" सब लड़कियाँ विरोध करती हैं।

"गूएन?" बेबी उस मोजे को अपनी नाक के निकट लाती है, "मुझे तो बिलायती सेंट जैसी आ रही इसमें से। ओ इज्जा! मुझे छल तो नहीं लग गया कह रही हूँ।"

साबुली कैंजा लिहाफ छोड़कर आती हैं। मोजा छीन लेती हैं। सख्त आदेश देती हैं कि सब लोग सो जाएँ। मोजा बाहर फेंकने के लिए दरवाजा खोलती हैं और देखती हैं देबिया टैक्सी को, जो कमरे की सीध में स्कूल के अहाते की सीमा पर खड़ा हुआ सिगरेट फूँक रहा है।

वह कुंडा अच्छी तरह लगा देती हैं और अपना बिस्तर बेबी के बिस्तर के पास खींच लाती हैं।

गुड़िया के उस पत्र में तो बेबी के विवाह की तिथि निश्चित हो जाने का कोई उल्लेख न था। इतना-भर संकेत था कि घरवाले उसकी कहीं और शादी करना चाहते हैं।

अभी स्वयं बेबी ने इस विषय में कुछ नहीं कहा। इस तरह मिली जैसे इस बीच कुछ हुआ ही न हो।

अगर वह औरत न कहती तो मुझे कुछ पता ही नहीं चलता। दो हफ्ते बाद शादी है और मुझे यहाँ बुला लिया है। क्यों? ताकि मुझे निमोनिया हो जाए? ठीक है, अभी सर्दी-सी ही हुई है लेकिन अगर मैं इस तरह खड़ा रहा ठंड में तो निमोनिया नहीं हो जाएगा? जाकर कहाँ सो जाऊँ? बिस्तर तो मैं लाया नहीं। लाना चाहिए का क्या मतलब? प्रेम के लिए बिस्तर साथ लेकर आना होता है? कौन-सा कम्बल, वह जो उस चौकीदार ने दिया? वह थुलमा है। उसके बाल चुभ रहे हैं। उसमें से ऐसी बदबू आ रही है कि मतली उठती है। पिस्सू अलग हैं उसमें। और भूखे पेट नींद कैसे आए? किसी ने चाय तक को नहीं पूछा। उस चौकीदार से कहा भी। वह बोला, "इस समय कहाँ से आती है चाय? चाय पीकर नींद खराब होनेवाली हुई। मजे से नींद निकालो बाबू साहेब।"

अभी इन लोगों ने दरवाजा खोला तो कुछ आस बँधी। मैंने सोचा, शायद खाने-वाने को पूछें, बिस्तर-विस्तर दें। लेकिन नहीं। उस बुढ़िया ने मेरे मोजे फेंक दिए बाहर। इन्हें ओढ़ूँ-बिछाऊँ! क्या कहा—खाऊँ? देखो, मैं मजाक के मूड में नहीं हूँ। मजाक तो मुझसे वह बेबी ही काफी कर लेती है।

1. चित्त में ला रही है = अनुभव कर रही है, 2. गू-जैसी गन्ध।

आँक छी, आँक छी, अब लगातार छींक रहा है कथानायक। रस-भंग कर रहा है कथा के इस प्रसंग का, जिसमें उसका यों रात में बाहर खड़ा होना तभी उचित होता जब वह 'जिलेम्बू, जिलेम्बू' किए जाने की स्थिति में होता!

"ओ बबा, भूत को छींक आ रही।" कहती है बेबी। हँसती हैं लड़कियाँ। सोईं नहीं वे भी। जानती हैं डी.डी. और बेबी के बारे में जानती हैं कि यह कौतिक की रात है।

फिर सुनाई देती है छींक! "सत्तमजीवी[1]!" कहती है बेबी और फिर पूछती है, "कैंजा, ओ कैंजा, भूत जब छींकता है, सत्तमजीवी कहा जाता है कि नहीं?" लड़कियाँ हँसती हैं।

"तेरे ख्वारन डाम[2] कहा जाता है!" साबुली कैंजा कहती हैं उठंग होकर, "सोते नहीं हो तुम क्या आज? कौतिक ही करते रहते हो?"

"हम कहाँ कर रहे कौतिक, देखो! भूत कर रहा। न खुद सो रहा, न हमें सोने दे रहा।" कहती है बेबी, हँसती हैं लड़कियाँ।

फिर सुनाई देती है छींक और इस बार बेबी 'सत्तमजीवी' नहीं कहती। वह कहती है, "तेरे ख्वारन डाम भूत।"

लड़कियाँ हँसी से लोट-पोट हो जाती हैं। साबुली कैंजा माथा पकड़ लेती हैं पहले। फिर लड़कियों की व्यंग्यात्मक नकल में उनसे भी अधिक गिरते-पड़ते, धौल मारते, उनसे भी ऊँचे स्वर में स्वयं हँसती हैं। यह उनकी फटकार की भूमिका है।

हँस रही हैं सब। ही-ही-ही-ही। मैं निमोनिया से मर जाऊँगा। ये तब भी हँसेंगी। मैं इनके लिए हूँ ही हास्यास्पद। वहाँ यूनिवर्सिटी ऑफ कैलिफोर्नियावाले इन लोगों पर बनाई गई मेरी डॉक्यूमेंट्री देखकर आँखें भर ला रहे हैं और ये मेरी दुर्गति पर हँस रही हैं। घर का जोगी बना रखा है।

नायक छींकता है, फिर हँसी सुनाई देती है। नायक चीखता है : "शट अप यू फूल्स।" सामने की पहाड़ी से प्रतिध्वनि आती है : फूल्स!

फिर तारों-भरे आकाश की ओर मुँह करके वह चीखता है : 'शट अप यू फूल्स।' और इस बार जो प्रतिध्वनि वह सुनता है, निश्चय ही उसकी कल्पना की उपज है।

"भाई, तुम क्यों हल्ला कर रहे?" दरवाजा खोलकर पूछती हैं साबुली कैंजा, "सो क्यों नहीं जाते?"

"बिस्तर नहीं है।"

बिस्तर लाते फिर। यहाँ गणानाथ में किसके भरोसे आ रहे थे? जंगल ठहरा यह।"

नायक निरुत्तर है।

---

1. शतायु हो छींकनेवाला, 2. तेरा खोपड़ा दागें।

नायिका कहती है, "नाम क्यों नहीं लेता उस भूतनी का जिसने तुझे बुला रखा है?" लड़कियाँ हँसती हैं।

नायक चिढ़कर कहता है, "तू मत बोल कुछ।"

साबुली कैंजा कहती हैं, "तुम्हें कम्बल चौकीदार ने दे ही रखा होगा। उसे ओढ़कर सो रहो।"

"पिस्सू हैं उसमें, काट रहे हैं।" नायक का स्वर शिकायती है।

"काटेंगे नहीं तो जिलेम्बू करेंगे, देखो!" नायिका कहती है।

अब भभक उठता है नायक कि उतनी दूर से बुलाया, इतना पैसा खर्च करवाया और यहाँ पहुँचने पर चाय तक को नहीं पूछा, भूखे पेट नींद नहीं आ रही है। लड़कियाँ पहले हँसती हैं। फिर गम्भीर होकर ध्यान से सुनती हैं। यह सब बाद में अड़ोस-पड़ोस सबको सुनाना जो होगा।

केवल नायिका हँसती रहती है। नायक का वृत्तान्त पूरा होने पर वह उठती है। अपना होलडॉल समेटकर उसे देती है, एक कागज में लिपटी हुई पूरियाँ और गुटके भी। कहती है, "लाटा, तू माँग नहीं सकता था?"

"नहीं, मुझे नहीं चाहिए, तू किसमें सोएगी?"

"मैं किसी भी लड़की के साथ सो रहूँगी।"

"नहीं मैं..."

"नहीं क्या? तू किसी लड़की के साथ सो रहेगा!"

लड़कियाँ हँसती हैं। साबुली कैंजा बिस्तर और पूरियाँ बाहर करके कुंडी लगा देती हैं।

नायक बहुत देर तक दरवाजे पर रखी उन चीजों को देखता है। फिर उन्हें उठाकर चौकीदारवाले कमरे में चला जाता है।

पूरियाँ खाते हुए अनन्तर उसके बिस्तर में उसकी गन्ध से लिपटकर सोते हुए वह बुदबुदाता है, 'शट अप यू फूल्स' और अनुगूँज इस बार उसके अन्तर से आती है।

नायिका अपनी हमजोली की रजाई में घुस जाती है और कहती है उससे कान में : "कल फिर होगा भूत का कौतिक।"

और फिर उसे बाँहों में भरकर सो जाती है।

सब सो जाते हैं। जागता है केवल तारों-ही-तारों में हँसता आकाश।

अगला दिन।

आज बेबी ने भी सोमवार का व्रत रखा है। चर्चा का विषय है। बेबी से तो कभी व्रत नहीं रखा जाता।

लड़कियाँ चिढ़ा रही हैं : बेबी ने अपने होनेवाले पति के लिए व्रत रखा है।

बेबी कोई उत्तर नहीं दे रही है। बेबी गम्भीर है। बेबी पूजा का सामान बहुत पूछ-पूछकर थाल में सजा रही है। बेबी आटे के दीये बना रही है—बना, लड़कियों के अनुसार, 'अपने जैसे ही रही है।'[1] जो हो, किसी की सहायता लेने को तैयार नहीं है वह। बेबी इन दीयों को थाली में चिपका रही है, एक-दूसरे से आटे की पट्टियों से जोड़ रही है। उनमें घी भर रही है, बाती लगा रही है। उसे बताया गया है कि आटे के दीयों की ऐसी थाल 'सेली' शादी में सजाई जाती है। यहाँ की पूजा के लिए नहीं। लेकिन उसकी जिद है सजाएगी।

आज बेबी पूजा करनेवाली है। चर्चा का विषय है।

कोरी चाय पीकर डी.डी. बहुत दुखी है। इन लोगों के साथ व्यर्थ ही उसे भी व्रत करना पड़ रहा है। हरारत भी है उसे। सारा बदन दुख रहा है।

"भई, मेरे लिए कुछ बना दो।" कहा है दो-एक बार उसने, लेकिन चौकीदार और उदैसिंह दोनों को बेबी का आदेश है : भूत को कुछ मत दो खाने को, वह भी व्रत रखेगा। यहाँ दूर-दूर तक कोई चाय की दुकान तक नहीं कि किसी गई-गुजरी कम्पनी के बिस्कुट ही जाकर खा ले।

नहीं जानती बेबी कि डी.डी. इस सबसे अपमानित अनुभव कर रहा है।

वह वहाँ खड़ा है, मुँह फुलाए हुए है।

बेबी यहाँ मुस्करा रही है चन्दन घिसते-घिसते।

बहुत हो ली चन्दन-घिसाई। जाओ उसे मनाओ। अतिथि है तुम्हारा।

तर्जनी पर लगा चन्दन थाली की कोर पर पोंछते हुए कहती है वह, "भूत, ओ। भूत! वहाँ मुँह फुलाए इकलकट्टू-सा[2] क्या खड़ा हो रहा है?"

उसने अब पीठ दे दी है तुम्हें। वह नीचे लोहमियों के गाँव की तरफ देखने लगा है। जानती हो, अपने जीवन के पहले दस वर्ष उसने ऐसे ही गाँवों में काटे हैं! जानती हो, वह बहुत नाराज है तुम शहरवालों से!

तुम खुद उठकर आ गई हो उसके पास।

उस कद्दावर की दृष्टि से दृष्टि मिलाने के लिए तुम झुका रही हो गर्दन पीछे को, और जाड़े का सूरज किरणें गूँथ रहा है तुम्हारी वेणी में।

"भूतौ!" तुम कह रही हो ऐसे जैसे यही संसार का सबसे लाड़-भरा सम्बोधन हो।

"मुझे भूत मत कहो।"

"जो पीछे लग जाय वह भूत नहीं हुआ?"

"कौन लगा पीछे?"

"वही जो बम्बई से यहाँ आ रहा। किसी ने बुला रखा था क्या उसे?"

"किसी ने बुला ही रखा होगा।"

---

1. बहुत मामूली या खराब, माशाअल्लाह, 2. अकेला-अकेला रहनेवाला।

"किसी ने ना, मैंने तो नहीं। मैं क्यों बुलाती, देखो! मैं तो वह ठहरी क्या कहते "हैं संस्कृत में वाक्-वाक्।"

"वाक्-वाक् कुछ नहीं होता। वाक्-वाक् तो पहाड़ी लोग उलटी करने को कहते हैं।"

हुँह, नहीं होता! तू मेरे बाबू से ज्यादा संस्कृत जानता होगा जैसे! होता है कहा वाक्-वाक् कुछ। जिस लड़की की सादी ठहर गई।"

"वाग्दत्ता!"

"हाँ! मिस वाग्दत्ता ठहरी मैं। मिस वाग्दत्ता बुलाती है किसको? बुलाए भी तो आते हैं क्या मिलने? आएगा तो भूत ही कहा जाएगा भाई।"

"मैं तेरा भाई नहीं हूँ।"

"वही तो।" तुम कहती हो और फिर उसका हाथ पकड़कर धीमे से, "वही तो। तू मेरा, भाई नहीं; मैं तेरी, बहिनी नहीं। फिर हम क्या होते होंगे एक-दूसरे के?"

वह अब तुमसे दृष्टि मिलाता है और कुछ इस तरह मुस्कराता है जैसे बड़ा भारी अहसान कर रहा हो।

तुम देख रही हो कि सब तुम्हें देख रहे हैं। तुम चाहती हो कि यह दृश्य इन दर्शकों के लिए स्मरणीय बने।

तुम पूछती हो, "तूने नहाया कि नहीं बामण भूत?"

वह कहता है, "मुझे हरारत है, मैं नहीं नहाऊँगा सुबह-सुबह।"

"मन्दिर बिन नहाये जाएगा?"

"मैं मन्दिर-वन्दिर नहीं जाऊँगा। आराम से सोऊँगा।"

"मन्दिर तो वह जरूर जाएगा जो बेबी का भाई नहीं है। उदैसिंह, भूत को बाल्टी में गरम पानी दो। और सुन भूत, तेरे अंग पर जनेऊ है कि नहीं? नहीं है तो नहाकर बनियान मत पहनना, शाल ओढ़कर धोती पहनकर आना मेरे पास। लड़कियो, तुम कोई भूत को शाल और धोती दो तो। और सुन भूत, कंघी करके मत आना। मैं बनाऊँगी तेरे बाल। तू क्याप बनाता है देव आनन्द जैसे!"

भूत बहुत गुस्सा है, "तू कौन होती है हुकुम चलानेवाली?"

"मैं? सुनो री लड़कियो, मुझसे पूछ रहा यह बात-बात पर बिदकता घोड़ा मैं इसकी कौन ठहरी? घोड़े मैं तेरी जीन ठहरी और यह तूने ही कहा ठहरा, मैंने नहीं।"

वह तुम्हें देख रहा है अपलक।

"जीन।" तुम दुहराती हो।

"जीन सिम्मंस!" वह कहता है और इस तरह देखता है तुम्हें जैसे तुम बेबी नहीं, उसकी साकार कल्पना हो।

"जीन सिम्मंस!" तुम कहती हो, "ओ यस! आई सिंग इंगलिस गाना।"

एक मुट्ठी में भरकर तुमने उठा लिया है साड़ी-पेटीकोट को टखनों से। दिख रही है अब तुम्हारी पाजेब। तुम्हारी दूसरी हथेली पसरी है आकाश की ओर। तुमने गर्दन पीछे को झुका रखी है। होंठों को अंडाकार बना रही हो, आँखें गोल-गोल घुमा रही हो। और गा रही हो 'इंगलिस गाना' जिसमें दो ही शब्द हैं, हाई और हुई।

तुम ऐसे ही खड़ी रहो धूप में, खिलखिलाती किशोरियों के मध्य और डी.डी. गरम पानी से क्या, बर्फ के पानी से नहा आएगा जीन सिम्मंस।

वह आया है नहाकर, जनाना शाल ओढ़कर, जनाना धोती मर्दाने ढंग से पहनकर, आदेशानुसार।

तुम अपने ब्लाउज में खुँसा हुआ रूमाल निकालती हो। खोलती हो उसे। यह वह जनेऊ है जो तुमने चुराया है पूजा-कक्ष में रखी अपने पिता की पिटारी से।

"पहन।" तुम कहती हो, "मुँह क्या देख रहा। पहन मंत्र पढ़कर।"

वह जनेऊ के धागों को फैलाता है ठीक से दोनों पंजों पर, फिर 'यज्ञोपवीत परमं पवित्रं' उचारकर धारण करता है उसे।

"दो आखर[1] संध्या भी कर।" तुम आदेश देती हो।

सुनकर वह मुस्कराता है और दाएँ पंजे और अँगूठे पर उन धागों को लपेटकर गायत्री जपता है, अपनी अँगुलियों के पोरों पर गिनती करते हुए।

तुम अब उसकी भौंहों के बीचोबीच चन्दन का टीका लगा देती हो।

तुम समझती थीं कि वह चमत्कृत होगा इस सारे व्यापार से। किन्तु तुम जानती नहीं पितृ-सत्तात्मक है समस्त व्यवस्था और तुम्हारे जनेऊ देने का कोई अर्थ नहीं होता। वह इसे भी तुम्हारा एक तमाशा समझ रहा है।

"और कुछ कि अब कपड़े पहन लूँ?"

"पहन ले और बाल ऐसे बनाना, देख।" तुम कहती हो और उसके सारे केश बगैर माँग निकाले पीछे की ओर डाल देती हो कंघी से, "वह कलगी-जैसी मत निकालना मुर्गे।"

साबुली कैंजा कहती हैं कि कौतिक पूरा हो गया हो तो अब चलें मन्दिर?

किन्तु कौतिक पूरा कहाँ हुआ है?

मन्दिर तक सारे रास्ते साबुली कैंजा उन पर सख्त नजर रखती हैं। वे आगे-पीछे हो जाने की कोशिश करते हैं पर सफल नहीं हो पाते। हर बार साबुली कैंजा साथ आ जाती हैं उनके।

कई-कई टुकड़ों में होती है नायक को बेचैन कर जानेवाली एक बातचीत। कभी पीछे रहकर, कभी आगे लपककर की गई बातचीत!

1. संक्षिप्त।

"तेरी शादी तय हो गई, बताया नहीं?"

"बताने ही तो बुलाया।"

"किससे हो रही है तेरी शादी?"

"यही तो निश्चय नहीं हो रहा अभी।"

"वह क्या मतलब था तेरा : निश्चय नहीं हुआ?"

"मुझे ही बताना हुआ, मुझे ही समझाना हुआ?"

"लड़के का कुछ नाम-धाम तो होगा।"

"एक का नाम नीलाम्बर है। डॉक्टर है। तिलकपुर का है।"

"एक का नाम मतलब?"

"एक का नाम मतलब एक का नाम।"

"एक का नाम मतलब एक का नाम! तेरी कई-कई शादियाँ हो रही हैं क्या?"

"दीख तो ऐसा ही रहा।"

"कैसा है वह डॉक्टर?"

"बहुत अच्छा।"

"तूने देख रहा है?"

"आँख खोलकर देख रखा।"

"कब? कब देखा?"

"जब-जब आँख खोली। आँख खोलकर ही देखना हुआ।"

"आँख बन्द करके?"

"आँख बन्द करना गन्दी बात। लड़कियाँ नहीं करतीं।"

"वह आँख मारना होता है।"

"आता है?"

"क्या?"

"आँख मारना? ऐसे।"

"आँख मारना आता है, कहा?"

"मजाक मत कर। सीरियसली वह कैसा है डॉक्टर नीलाम्बर?"

"सीरियसली में तो बहुत अच्छा ठहरा वह। ठोंक-बजाकर देखा ठहरा मेरे घरवालों का। रेडीमेड हुआ वह किसी के लायक।"

"एक तो उससे हो रही है शादी, और?"

"सभी अभी थोड़ी बता देना हुआ।"

मन्दिर का मुख्य द्वार आ गया है और वार्तालाप में तीसरे स्वर ने प्रवेश किया है। साबुली कैंजा पूछ रही हैं, "क्या बक रहे हो अंट-शंट? एक तो उससे शादी हो रही, क्या हुआ यह पगलेट[1]?"

---

1. पागलपन।

"वह ऐसा हुआ : एक तो मेरी शादी उससे हो रही, दूसरे भूत लग रहा ठहरा मेरे पीछे।" बताती है बेबी।

'एक और मन्दिर', कहता है डी.डी. अपने से जिसका बचपन दो प्रसिद्ध मन्दिरों के नगर गंगोलीहाट में बीता है।

एक ऊब-सी है उसके मन में अब इन मन्दिरों के प्रति। घृणा भी उसने पैदा करनी चाही है, पूरी तरह पैदा हो नहीं सकी है। उसकी स्मृति, उसके संस्कार का एक बहुत बड़ा अंश है मन्दिर।

मन्दिर उसके लिए एक स्मारक है बेचारों की बेचारगी का। यहाँ उसके लिए शिव नहीं, 'शिबौ' यानी शिव-रे-शिव प्रतिष्ठित हैं।

वही दो-चार लगे-दम-मिटे-गम साधु। कई देहाती लोग। चन्द मनौती माने शहरी। वही एक प्राचीन भव्य मूर्ति उपेक्षित पड़ी हुई। काल की काई से मंढ़ी हुई। उस पर कभी-कभी किसी श्रद्धालु द्वारा गन्धाक्षत का विलेपन। मूर्ति जिसे अवसर मिलने पर कोई विदेशी संग्रहालयों में बेचने के लिए चुरा ले जाएगा। एक अपेक्षाकृत बहुत नया शिवलिंग। चट्टान से आता जल शिवलिंग का निरन्तर अभिषेक कर रहा है। कुछ पुजारी। कछ सिक्के। चढ़ावा। चट्टान में एक छिद्र जिसमें अनाज भरने की प्रथा है यहाँ।

लड़कियाँ शिवार्चन कर रही हैं। कितनी-सारी हिमालय-पुत्रियाँ। पार्वतियाँ।

वह सुन रहा है अष्टोत्तर : ऊँ शिवाय नमः, ऊँ महेश्वराय नमः, ऊँ पिनाकिने नमः, ऊँ शशिशेखराय नमः, ऊँ वासुदेवाय नमः, ऊँ विरूपाक्षाय नमः...

खुद भी पढ़ रहा है साथ ही साथ, होंठों-होंठों में... ॐ अव्यक्ताय नमः, ऊँ तारकाय नमः, ऊँ हराय नमः, ऊँ सहस्रपदे नमः, ॐ श्री साम्बसदाशिवाय नमः ...

नीराजनम्—जयदेव महादेव, जयशंकर शाश्वत...लड़कियाँ आरती कर रही हैं...जय सर्वगुणातीत, जय सर्ववरप्रद, जय नित्यनिराधार, जय विश्वम्भराव्ययः...

वह नहीं जाता आरती करने।

वह आती है आरती की थाली लेकर उसके पास...और कौतिकों का कौतिक... उसके सामने घुमा देती है थाली...सर्वसस्यसमृद्धिश्च भूयात् सुखमया दिशः। अन्तस्तेजो बहिस्तेजः एकीकृत्यामित प्रभो, आरार्तिकमिदं देव गृहाण मम सिद्धये।

वह सुनता है। कुछ मुस्कराते हुए। कुछ भुनभुनाते हुए। ज्योति पर तीन बार फेरता है हथेली, तीन बार लगाता है माथे से।

साबुली कैंजा कहती हैं : "कौतिक मत करो, पूजा के समय मजाक अच्छा नहीं।"

सिर पर पल्ला खींचकर, बद्धकरों में पुष्प लेकर, नायिका अब प्रार्थना कर रही है। तुम्हें मालूम नहीं साबुली कैंजा, मजाक ही उसकी पूजा है, मजाक ही उसकी प्रार्थना है। कुछ और ही है अर्थ उसके लिए हर शब्द का। शिवो गुरुः शिवो देवः शिवो बन्धु शरीरिणम। शिवो आत्मा शिवो जीवः शिवादन्यन्न किंचन।

और अगर जो नायिका माने ले रही है वह अपराध है शिव के प्रति, तो शिव की क्षमा में पूरी आस्था है नायिका को : दासोऽयमिति मां मत्वा क्षमस्व परमेश्वर।

कोई संशय नहीं है उसे इस विषय में : वयं धन्या, वयं धन्या, वयं धन्या जगत्पते। शिवे भक्तिः शिवे भक्तिः शिवे भक्तिर्भवे भवे। सदा भूयात् सदा भूयात् सदाभूयान्न संशय।

जो कोई भी दिखेगा उस परम लाटे-सा, उस चरम हास्यास्पद-सा, उसे ही तो शिव मानूँगी, यही तो लिख रखा : शिवतत्त्वं न जानामि की दृशोऽसि महेश्वर या दृशोऽसि महादेव तादृशाय नमोनमः।

नायिका को इस धृष्टता के लिए कोसने से पहले सुधीजन किंचित् विचार इस स्थापना का करें कि प्रेम एक नया धर्म, प्रेमी एक नया देवता होता है। चाहें तो इस ओर भी ध्यान दें कि देवताओं को विफल होने की कुटेव-सी है, विशेषतया प्रेमी-देवता को।

सुन रहे हो तुम स्तुतियाँ नायक किन्तु, आदत से लाचार, तुम्हें उदासी ही सुनाई पड़ रही है। तुम इसमें सुनते हो अपने 'घर के जोगी' पिता को जिसे तुमने देखा नहीं, जिसके बारे में सुना बहुत है। तुम कल्पना करते हो उस लम्बे-तड़ंगे आदमी की, जिसने कभी कोई धन्धा-रोजगार नहीं किया। कल्पना में तुम उसे एक मैली-सी धोती पहने देखते हो। आँखें बाहर निकल आने तक गाँजे की वैसी ही दम लगाते देखते हो जैसी यहाँ गणानाथ मन्दिर के प्रांगण में ये साधु लगा रहे हैं। तुम सुनते हो उसे सर्वोच्च ज्ञान की बातें करते हुए, तुम सुनते हो उसे सिद्ध मंत्र उचारते हुए और तुम सुनते हो किसी मूल नक्षत्र तुम्हें गर्भ से अलग कर देने के लिए कराहती हुई एक क्षय रोगिणी को।

और अब तुम सुन रहे हो पंचाक्षर। लड़कियाँ नहीं गा रही हैं, वह गा रहा है तुम्हारा अनदेखा पिता, सुनते हैं बहुत ही भारी करुणार्द्र था उसका कंठ, खुद रो पड़ता था, दूसरों को रुला देता था।

वह गा रहा है अब तुम्हारे ही कंठ से : नागेन्द्रहाराय त्रिलोचनाय भस्मांगरागाय महेश्वराय। नित्याय शुद्धाय दिगम्बराय तस्मै नकाराय नमः शिवाय।

और तुम रोने-रोने को हो आए हो।

तेज-तेज चलते बाहर निकल आए हो मन्दिर से।

आँसू पीते हुए तुम बता रहे हो अपने को एक राज की बात : इस गू ने जन्म दिया मुझे, इस गू ने मुझे पाला-पोसा, पर इस गू की सौगन्ध, मैं संसार को इस गू से मुक्ति दिलाऊँगा।

अब भी सुनाई पड़ रही है वह सामुदायिक प्रार्थना और उसमें तुम्हें हर कंठ अलग-अकेला मालूम हो रहा है। यह अलग-अलग-अकेला-अकेला, यह कायर-

कातर, यह यहाँ-वहाँ-कहाँ-कहाँ टकराते रहने के लिए छोड़ दिया गया कण, यह जो भी है यह, यही सार्वभौम गू है—तुम कहते हो और जब उठाने बैठ ही गए थे सौगन्ध, एक और उठा लेते हो : इस अकेलेपन की कसम, मैं इस अकेलेपन को मिटाकर रहूँगा मानव में।

तनकर खड़े हो गए हो तुम।

तुम कौन हो नायक, बता सकोगे तुम कौन हो जो यह सब कर पाओगे? मैं, तुम कह रहे हो, मैं हूँ।

और मैं इतना निर्मम नहीं जो तुमसे पूछूँ—सिद्ध पिता के सिद्ध पुत्र हो?

वे आ गई हैं। नायिका के हाथ में पूजा का थाल है, प्रसाद का बतासा दे रही है तुम्हें। 'असीक' रखना चाहती है सिर पर। तुम झुके हो उसे ग्रहण करने, वह उचकी है पंजों पर। रख दी गई हैं तुम्हारे आज पीछे को सपाट बनाए गए बालों पर चन्द अभिषिक्त पंखुड़ियाँ। रख दिया है अब उसने अपना हाथ तुम्हारे सिर पर, और आशिष दे रही है तुम्हें : "जी रयै, बची रयै।"[1]

कथानायक! पंडिताऊ परिहास में लिपटा हुआ एक आशीर्वाद देने की अनुमति मैं भी चाहता हूँ यहाँ, गणानाथ मन्दिर के बाहर : जीता रहे, बचा रहे, तेरा वह मैं, जो तेरा है, मेरा नहीं। और यदि हास्यास्पद होने की हद तक काव्यात्मक न लगे तो इतना और जोड़ दूँ : अपने एकाकीपन में भयभीत न हो! तू आँसुओं से भिगाता न रहे उन पंखुड़ियों को जो तेरे ही शीश पर रखी जानी हैं!

साबुली कैंजा ऊँचाई पर बने मल्ला देवी के मन्दिर जाने के विषय में बहुत ही उत्साही नहीं हैं। बेबी का आग्रह है कि वहाँ जाएँ क्योंकि यह डी.डी. शिव-पूजन करने इसीलिए नहीं आया कि देवी-भक्त है, जीन सिम्मंस इसकी कुल-देवी ठहरी।

अगर बेबी-डी.डी. मल्ला देवी मन्दिर जाएँगे तो कौतिक के दर्शकगण साथ जरूर जाएँगे और रखवाली साबुली कैंजा भी अपने दुखते बूढ़े पाँवों को घसीटेंगी किसी तरह।

छोटा-सा है मल्ला देवी का मन्दिर, उपेक्षित-सा। यहाँ से हिमालय की बहुत ही रोमांचकारी झाँकी मिलती है। भक्त कम आते हैं इधर, सौन्दर्यप्रेमी सभी आते हैं—अपने सामने एक लम्बे चक्रांश में फैले हिमाच्छादित शिखर देखने के लिए।

गंगोलीहाट से भी हिमालय का कुछ ऐसा ही भव्य, आतंकप्रद दर्शन किया था बालक डी.डी. ने कभी, प्रतिदिन, होश सँभालने से लेकर दस वर्ष की वय तक।

कालिदास को हिमालय आनन्दमत्त महादेव का पुंजीभूत अट्टहास लगा था, सुनते हैं। बालक डी.डी. ने, कुछ अधिक लौकिक स्तर पर, इन चोटियों से एक

1. जीता रहे, बचा रहे।

तरह की बेचैन कर देनेवाली चुनौती आती हुई सुनी है। मानो कह रही हो हँसकर, तू अधम हमारी तरह गर्वोन्नत कभी हो नहीं सकेगा।

हिमालय उसके लिए अपनी आकांक्षा का आदर्श रहा है, रूपक बना है। निष्कलंक हिम और बिवाई पड़े नंगे पाँव ये दो स्थायी प्रतीक हैं उसके मानस के काव्य के। स्वर्गारोहिणी उसके स्वप्नों की भाषा में सबसे अधिक व्यवहृत शब्द है।

वह भीतर नहीं गया है मन्दिर के। यहीं बाहर खड़ा है और देख रहा है हिमालय। लड़कियाँ घंटियाँ बजा रही हैं, वह सुन रहा है टिनमिनाहट।

थपकियाँ-सी दे रही है यह टिनमिनाहट उसे। उसके सारे बचपन की पृष्ठभमि में यही टिनमिनाहट गूँजती रही है। यह टिनमिनाहट और बलि के बकरे की मिमियाहट। दिव्य शान्ति और दानवीय यंत्रणा पर्याप्त हुए ये दो स्वर उसे जीवन-संगीत की पकड़ देने के लिए।

क्यों अनुभव कर रहे हो तुम इस क्षण, क्यों अनुभव करते रहे हो तुम बहुधा, ठंडी धरती पर बकरे के गरम खून का तुम्हारे नंगे पाँवों की ओर बहकर आना और गंगोलीहाट के काली मन्दिर में कुमाऊँ रेजिमेंट के सैनिकों और अन्य भक्तों द्वारा प्रदत्त उन समस्त छोटी-बड़ी घंटियों का एक साथ बज उठना।

जब यह अनुभव कर रहे होते हो, क्यों एक साथ भयभीत, रोमांचित और उदास हो उठते हो तुम?

इस समय जब देख रहे हो तुम अपनी आकांक्षा का यह हिमादर्श, सन्तुष्ट हो अपने से कि असन्तुष्ट? किसी ओलम्पिक खिलाड़ी की जैसी एकाग्रता, तन्मयता से तुम शब्दों का अभ्यास करते आए हो इस आशा में कि वह एक परम विशिष्ट, सर्वशक्तिप्रद शब्द तुम्हें मिल जाएगा। तुम भिन्न हो जाओगे, उच्चतर हो जाओगे, अतिक्रमण कर सकोगे अपनी अनाथ नियति और परिस्थिति का।

क्यों तुम अपने को देखते रहते हो 'कलम बनाम तलवार' पर सबसे अच्छा निबन्ध लिखने का संकल्प लेकर गोधूलि बेला, बचुली बुआ के घर दरिद्रों की खूबानी कुस्यमारु के पेड़ के तले बैठे हुए, गोरुओं के थान के पास, बाँज-पात-घास-गोबर-गोमूत्र की गाय-गन्ध से घिरे हुए, और इसी हिमालय को देखते हुए?

क्यों तुम सुनते हो बादामी कागज की उस कापी पर कलम से लिखे अपने शब्दों के ऊपर मँडराती अपनी बुआ की पुकार : ओऽ देबिया याँ ओ ला! और क्यों तुम देखते हो अपने को शब्द-साधना छोड़कर कोई तुच्छ-सा काम करने के लिए जाते हुए—मूढ़ फूफा की चिलम भरने, लकड़ियाँ काटने, बाजार से कड़ुआ तेल लाने।

क्यों तुम सुनते रहे हो उन सबको जो तुम्हें पुकारते रहे हैं जब-जब तुम शब्द-साधना करने बैठे हो यह जानकर कि यही साधना तुम्हें इस पुकार से परे पहुँचने में समर्थ बना सकती है?

क्यों तुम गिनते रहते हो वे समस्त अर्द्ध-विराम जो इन पुकारों के सौंपे हुए कामों ने तुम्हारे अध्ययन-अभ्यास में लगाए हैं?

इन अर्द्ध-विरामों की नसैनी बनाते हुए कितने निकट आ चुके हो तुम उस अपने शब्द के, उस स्वर्ग के?

तुम अपनी दृष्टि हटा रहे हो हिमालय से क्योंकि वहाँ से भी टकरा-टकराकर उसी पुकार की प्रतिध्वनि आती है : ओऽ देबिया वेऽऽऽ!

तुम लखनऊ में थे जब गंगोलीहाट में तुम्हारी बुआ बीमार पड़ी और मरी। तुम गए नहीं। तुम्हारी इंटर की परीक्षा थी। तुम्हारा एफ. ए. में सारे उत्तर प्रदेश में सातवाँ स्थान रहा। तुम विश्वविद्यालय में पढ़ने की बात सोच सके। तुम्हारे इलाहाबाद वाले चाचा तुम्हें बुलाने को राजी हुए ताकि तुम वजीफे में पढ़ सको, उनके कूढ़मगज बच्चों को मुफ्त पढ़ा दो, घर का कामकाज कर दो।

यह क्या, तुम इन लोगों को, अपनी नायिका को छोड़कर कहाँ जाने लगे? अरे, अब अपराध-बोध कैसा? इस अपराध का तो तुम प्रायश्चित्त कर चुके अपनी कहानी 'परीक्षा' में कितनी कुशलता से बुना है तुमने परीक्षा की तैयारियों और माँ (कहानी में बुआ, माँ बन गई है) की बीमारी के संवादों को! तुम तो जानते ही हो कि 'परीक्षा' को सभी आन्दोलनों ने सराहा है। परिमलियों और प्रगतिशीलों दोनों ने श्रद्धा से उसका उल्लेख किया है।

तुम नहीं सुनना चाहते साहित्य-समीक्षा? तुम!

यह क्या कह रहे हो तुम मुझसे, इस उतार पर तेज-तेज चलते हुए, पीछे से तुम्हें पुकारती आती नायिका को अनदेखी-अनसुनी करते हुए, यह क्या कह रहे हो तुम, कि उस बादामी कागज पर तुमने कुल एक शब्द लिखा है 'मैं' और उस 'मैं' पर बुढ़िया बुआ की वही पुकार मँडराती रही है : ओऽ देबिया याँ ओ ला! कि तुम्हारे मुँह में कुल एक स्वाद है बुआ के श्राद्ध के बाद गाँव से आए पंचमेवा प्रसाद 'पितरसेक' का। उस स्वाद से आज तक तुम्हें मितली आ रही है।

तुम जानना चाहते हो : क्यों नहीं हो सका मैं एक साथ उस निपूती बुढ़िया के मरण-कक्ष में और अपने परीक्षा-भवन में? क्यों नहीं मेरा एक 'मैं' वहाँ गंगोलीहाट जाकर मुखाग्नि दे सका और दूसरा 'मैं' लखनऊ में गणित का पर्चा! मैं कई-कई मैं क्यों नहीं हो सकता? बलि का पशु बनने से कब मैंने इनकार किया किन्तु ऐसा क्यों करते हो कि द्विविधा रहती है सदा, इसके यज्ञ में बनूँ कि उसके? क्यों ऐसा करते हो कि एक यज्ञ सदा मेरा भी होता है? क्यों नहीं तुम मुझे बना देते ब्रह्मांडव्यापी विराट बलि-पशु कि मेरा यह मैं मेरे ही नहीं प्रत्येक जन के खड्ग को सन्तोष दे सके?

नायक की इस अतिनाटकीय मन:स्थिति पर, जो उसे एक ही छलाँग में आरण्यकों में पहुँचाए दे रही है, अवसाद के इस ढाल पर उसकी उत्तेजित सारसनुमा चाल पर, नायिका की तरह हम भी थोड़ा मुस्करा सकते हैं। उसके इस तरह बात को

कहाँ-से-कहाँ पहुँचाकर, बार-बार मानो अपने से ही रूठ जाने पर नायिका की तरह न्योछावर हो सकना हमारे लिए अलबत्ता कठिन हो सकता है।

"कहाँ जा रहा? किससे हो रहा नाराज?" नायिका पूछती है।

"अपने से। मुझे जाने दे। मैं कहीं अकेला बैठना चाहता हूँ।"

"मैं भी बैठना चाहती हूँ और वहीं जहाँ तू। मैं कुछ नहीं करूँगी, बस तुझे नाराज बैठा देखती रहूँगी।"

"मैं उदास हूँ इस वक्त, मुझे तंग मत कर।"

"जब भी मैं नहीं होती, तू उदास हो जाता। तुझे तो मैं ही खुश कर सकनेवाली हुई। चल हम भाग जाते हैं, नहीं तो वे आ जाएँगे। हम देख ही नहीं सकेंगे एक-दूसरे को अकेला बैठा हुआ। अपने को तो रोज ही देख रहे अकेला बैठा हुआ, नहीं, तू वहाँ बम्बई में, मैं वहाँ अल्मोड़ा में। चल!"

वे तेजी से दौड़ गए हैं नीचे की ओर। नायक अनमना-सा, नायिका द्वारा खींचा जाता-सा। पीछे से तेज-तेज आ रही हैं लड़कियाँ और उनके पीछे हैं साबुली कैंजा, हाँफकर कह रही हैं, "नानतिनो नानतिन्योल नी करौ!"—बच्चो, बचपना मत करो!

मोड़ पर नायिका, नायक को अपने साथ खींचती-सी पगडंडी से हटकर पेड़ों की ओट छिप जाती है।

वह मुस्कराते हुए देख रही है कि पछियाती लड़कियाँ और साबुली कैंजा आगे निकल गई हैं।

वह होंठों पर अँगुली धरे नायक को लिये जा रही है एक झुरमुट में और नायक की आँखें कह रही हैं : 'मुझे इस तरह का बचपना-मसखरापन पसन्द नहीं।'

तुम्हें पता नहीं है, इसके पिता इसे ऐसे ही ले जाते हैं उपहार देने के लिए।

वह जानना चाहती है कि तुम दुखी क्यों हो? तुम पहले कुछ नहीं कहते। और कहने लगते हो तो पूरी रामायण ही। तुम नहीं चाहते कि कहीं उसको शिकायत हो तुम आत्म-करुणा के शिकार हो, कि तुम लोगों की 'शिबौ-शिबौ' चाहते हो। इसलिए तुम अपनी उदासी का एक पेचीदा फलसफा-सा बनाकर पेश करते हो। वह सब हिमालय-विमालय, बादामी कागज पर मँडराती पुकार, टिनमिनाहट-मिमियाहट, वह तमाम दिव्य किंवा इलेक्ट्रॉनिक संगीत कुछ इतना अधिक है तुम्हारी बातों में, वह विशेष कुछ समझ नहीं पाती।

बीच-बीच में तुमसे ऐसे सवाल करती है नायिका जिनसे पीड़ा और उदासी के अमूर्तन के तुम्हारे प्रयास लड़खड़ा जाते हैं। तुम धरती पर नंगे पाँवों की ओर बहती उष्ण रक्त-धारा का निरूपण करते हो और वह जानना चाहती है गंगोलीहाट में बलि दिए जाने का ब्योरा। वह जानना चाहती है कब तक नंगे पाँव जाते रहे स्कूल?

कितनी दूर था स्कूल? नमी और ठंड से पाँवों की अँगुलियों के बीच 'कद्या' हो जाते थे तो उस पर क्या लगाते थे?

तुम्हें इस ब्योरे में वह अमूर्तन भुला देना है और फिर भी कुछ ऐसा नहीं कहना है जिसमें आत्म-करुणा की गन्ध हो। कठिन परीक्षा है।

वह तुम्हारी उदासी को मूर्त रूप में देखना चाहती है, छूना चाहती है, मिटाना चाहती है। इतना भी नहीं समझ सकते तुम?

उस उदासी का कोई मूर्त रूप वह देख पा रही है तो तुम्हारी आँखों की कोर की नमी जिसे अब वह पोंछ रही है तर्जनी से।

"हिमालय देखकर भी, इतनी सुन्दर जगह आकर भी उदास हो जानेवाला, कैसा हुआ रे तू? मैं तो ना जब भी ऐसी किसी जगह आती हूँ, मेरा और ही मन लगता है कहा। मुझे लगता है मैं पहले भी यहाँ कभी आ रही।"

हाथ पकड़कर वह उठा रही है तुम्हें, झुरमुट की कगार पर ले जा रही है तुम्हें, एक हाथ से दिखा रही है उन्हीं गर्वोन्नत पर्वतों को, कह रही है, "बहूत पहले भी यह ऐसा ही कहा था। बहूत पहले भी मैं कभी यहाँ आ रही। क्यों लगता होगा ऐसा? बहूत खुसी जैसी होती मुझे।"

तुम बाज नहीं आ रहे हो अपनी साहित्यिकता से और अवरुद्धकंठ कह रहे हो उससे, "हाँ, यह सुन्दर सृष्टि पहले भी थी। हाँ, तू पहले भी आई थी यहाँ। मैं भी आया था। बार-बार आया हूँ और हर बार तेरे अयोग्य पाया गया हूँ। हर बार। इस बार भी।"

उसने दोनों बाँहें गले में डाल दी हैं। कह रही है वह, "तू जब बोलता है ये बड़ी-बड़ी बातें, तब जानता है क्या होता है मन मेरा? तेरा मुँह बन्द कर दूँ। मुँह जो बन्द होगा किसे पता चलेगा तू कितना उदास है, अकेला है। और तो तेरा कोई इलाज सूझ नहीं रहा। ओ. कैय.?"

वह दृष्टि उठाकर तुम्हें देख रही है, उसकी गदोलियों ने तुम्हारे सिर पर फन्दा डाल दिया है और वह तुम्हारे होंठों को अपने होंठों की ओर ला रही है।

वह कह रही है, "अपना जुकाम मत सराना हाँ। अपनी उदासी भी।"

तुम्हें कोंच गए हैं ये वचन, तुम्हें याद आ गए हैं वहाँ मलाड बम्बई की एक खोली में जीन सिम्मंस की लालसा को समर्पित वे तमाम लिजलिजे क्षण।

तुम्हारे होंठ उसके होंठों को कुचलकर रख देना चाहते हैं।

तुम दोनों गिर रहे हो, पिरुलों के बिछौने पर।

मैंने आपसे आरम्भ में निवेदन किया था कि मैं भदेस का पक्षधर नहीं हूँ। इस बुढ़ापे में मेरा युवा-प्रेम की कथा लिखना अपने में ही पर्याप्त आपत्तिजनक है, तिस पर मैं युवा-प्रेम के कतिपय अश्लील अथवा जुगुप्साजनक प्रसंगों का चित्रण करने लगूँ तो स्थिति असह्य हो जाएगी।

नायक-नायिका इधर बराबर चुम्बन-आलिंगन और अंग-सन्धान में रत रहे हैं किन्तु मैं हिमालय की तरह निर्विकार रहा हूँ। अगर वे सम्भोग करते तो शायद कथा के लिए उसकी महत्ता समझते हुए मैं इस अनुष्ठान का थोड़ा वर्णन करता। कोरी खिलवाड़ अधिक आपत्तिजनक प्रतीत होती रही है सुधीजनों को, इसलिए मैंने लेखनी रोक रखी है! किन्तु इस खिलवाड़ की 'भदेस' पराकाष्ठा का उल्लेख करने को मैं विवश हूँ।

औचित्य-स्वरूप दो-एक बातों की ओर आपका ध्यान दिलाने की अनुमति चाहूँगा। पहली यह कि नायक और नायिका दोनों को ही यह घटना विशेष रूप से याद रह गई है। इसे हम उनकी स्मृति का विकार कहना चाह सकते हैं किन्तु यह एक विस्मयकारी तथ्य है कि इस प्रकार का विकार हर किसी की स्मृति में पाया जाता रहा है। मेरे एक मित्र को अपने बालिस्टर पिता के विषय में विशेष रूप से यही याद रह गया था कि वह अपान वायु छोड़ते हुए पूछते थे कि थान कौन फाड़ रहा है? स्वयं मैं अपने पंडित पिता को याद करने बैठता हूँ, तब उनका वह दातून को चबाते चले जाना, खखारना-थूकना और बात-बात में 'औण जै' (तो भाई,) कहना और 'माचु माचु' (माँ की गाली) का जाप करना ही मानस में उभरता है। वह तब जबकि मेरी सारी शिक्षा-दीक्षा उनके श्रीचरणों में हुई! निश्चय ही वह मुझे अवसर दे गए कि उन्हें अन्यथा भी याद कर सकूँ। स्मृति क्यों तुच्छ को महत्त्वपूर्ण और महत्त्वपूर्ण को तुच्छ मानती है, जितना प्रौढ़ होता जाता है मानव, क्यों उतनी ही बचकानी हुई जाती है, बचपन की ओर लौटने लगती है स्मृति—यह मुझ अवकाशप्राप्त निर्वृत्ति के लिए विस्मय का विषय है, आपके लिए कदाचित् न हो सम्प्रति।

औचित्य-स्वरूप में यह भी कहना चाहूँगा कि उस क्षण का वर्णन आवश्यक है जिस क्षण नायक-नायिका पकड़े गए उन्हें खोजते हुए आए चौकीदार, उदैसिंह, साबुली कैंजा और लड़कियों द्वारा। वे तब क्यों नहीं पकड़े गए जबकि उनमें उदासी पर चर्चा चल रही थी और नायिका अपनी तर्जनी से आँसू पोंछ रही थी? या तब जबकि वे देख रहे थे हिमालय? या तब जबकि खुशी और उदासी के आदान-प्रदान का प्रसंग छिड़ा हुआ था? या तब जबकि आलिंगनबद्ध थे वे दोनों? मैं कह नहीं सकता। दुस्साहस ही होगा यदि मैं इस सन्दर्भ में यह अटकल लगाऊँ कि विधाता भी निरा मसखरा है।

खैर, कुछ तो विनोदी प्रवृत्ति होगी ही उसकी कि नायक-नायिका तब पकड़े गए जब वे और कुछ नहीं पेशाब कर रहे थे एक-दूसरे को देखते हुए, दिखाते हुए, उस सुरम्य और पवित्र स्थल पर। वैसे विधाता के विनोदी स्वभाव का परिचय देने के लिए क्या यही पर्याप्त नहीं कि उसने मल-निष्कासन और काम-क्रीड़ा के लिए अलग-अलग अंग बनाना अनावश्यक समझा?

खैर, मैं इन बच्चों की ओर से आपसे क्षमा माँगना चाहूँगा।

वह ऐसा हुआ, बात में से बात निकलती गई और कहाँ से कहाँ पहुँच गई। नायक ने अपना उदासीवाला वह तार फिर जरा-सा छेड़ा था।

इस पर नायिका ने कहा, "तू मेरे साथ रह, मैं तुझे खुश रहना सिखा दूँगी।"

वह बोला, "कहीं मैंने तुझे उदास रहना सिखा दिया तब? मूरख थोड़े ही हैं तेरे पंडित पिता जो मुझे तेरे अयोग्य पा रहे हैं और तेरा विवाह उस डॉक्टर से करा रहे हैं।"

"वह करा रहे हैं, मैं कर जो क्या ले रही हूँ! मैंने भी तो ठहरा रखी किसी जने से अपनी सादी। मैंने उसे अपने बाबू की ओर से जनेऊ लाकर दे दिया है।"

कृतज्ञ नायक ने अपनी उदासी को मुस्कान में ढाला और कहा, "ऐसे थोड़े ही हो जाती है शादी, पगली!"

"बाकी जैसे होती है उसकी तैयारियाँ तो मेरे घर पर हो ही रहीं। यहाँ से तू अल्मोड़ा जा। कह दे मेरे बाबू से, सादी आपकी बेटी की जरूर होगी, निश्चित तिथि को होगी, पर मुझसे।"

इस पर नायक चुप रहा।

तब नायिका ने कहा, "चुप क्या है? अच्छी नहीं लगती मैं! उस मीम के साथ करता है सादी जिसके साथ तू दया'दी के घर गया!"

"वह तो बहुत बड़ी है।"

"बड़ी कैसी? बोज्यू जैसी? इजा जैसी?"

"इजा जैसी। वह अपने को मेरी मम्मी कहती है।"

"अच्छा, वह मेरी सासू हुई। क्या करता है फिर, मेरी सासूजी से सादी करता है? मुझसे तो तू करना ही नहीं चाहता। करना जो चाहता मुझे भगा ले जाता, पर कहाँ से! तू तो मुझे याद भी नहीं करता। चिट्ठी हो, बातचीत हो, तुझे हमेशा अपनी उदासी, अपनी किताबें, अपना गुस्सा, यही सब याद आनेवाला हुआ।"

"मैं तुझे बहुत याद करता हूँ।"

"करता है तो यह बता तेरी यादों में यह बेबी क्या करनेवाली हुई?"

"बहुत-सारी बातें।"

"उनमें सबसे अच्छी बात क्या ठहरी?"

"तू एक गुस्लखाने में नहाकर कपड़े पहन रही होती है।"

"ओ इज्जा! कपड़े पहनने से पहले मैं नंगी भी दिखनेवाली ठहरी?"

"हाँ।"

"क्या मिलता होगा नंगी देखने में।"

"क्या मिलता है कोई भी सुन्दर वस्तु या जगह देखने में? पहाड़, नदी, झरना, जंगल। जैसे इस प्रकृति को देखता हूँ वैसे ही तेरी देह को भी देखना चाहता हूँ।"

"मैं पूछ रही सुन्दर वस्तु मेरी वही-वही ठहरी क्या? सुन्दर जगह भी बस वही!"

वह हँसा, एक कुहनी का सहारा लेकर उसने अपना सिर-धड़ उठाया और पूछा, "तुझे नहीं होती कभी ऐसी कोई इच्छा-जिज्ञासा?"

"नंगा देखने की तुझे!" उसने कहा और हँसी से वस्तुतः लोटपोट होने लगी, "तुझे जो वहाँ नैनीताल में देखा था टट्टी में, मैं तो उसी से धन्य हो गई रे।"

नायक उसे दबोचने को उठा तो वह भागने लगी और जब नायक उसे पकड़ने दौड़ा तो एक पेड़ की ओट हो उसने सिर निकालकर कहा, "होती है रे मुझे भी इच्छा-जिज्ञासा, जो भी कहता होगा तू उसे, होती है कि देखूँ, देखूँ लड़के सू-सू कैसे करते हैं?"

अब जो नायक उसकी ओर लपका तो वह भागी नहीं, बोली, "क्यों, दिखाएगा सू-सू करके?" नायक ने नायिका को बाँहों में भरा और नायिका ने ऐसा आलिंगन किया जिसमें 'पीड़ितक' और 'लतावेष्टितक' दोनों का सम्मिश्रण था। पेड़ के तने से नायक को दबाकर वह उससे लता की तरह लिपट गई। तदनन्तर नायक ने कुच, मदनछत्र आदि नायिका के विभिन्न अंगों का मर्दन करके असती, सुभगा आदि नाड़ियों में प्रस्फुरण पैदा करने का यत्न किया। उसने साथ ही नायिका को निर्वसन करने की चेष्टा भी की। मारगाँठ विशेषज्ञ यह बालक अपने काम में ऐसी उतावली दिखा रहा था, नायिका की नाड़ियाँ जगाने में अपनी नाड़ियाँ इतने प्रचंड वेग से जगा चुका था कि बस देखते ही बनता था। यों सुधीजन न देखें तो, उनकी अथवा कथानक की क्षति होने की कोई आशंका नहीं। पूर्वराग का विस्तृत, विधिसम्मत वर्णन प्राचीन साहित्य में उपलब्ध है ही। और अगर हमारा हड़बड़-नायक सबकुछ गड़बड़ ही किए चले जा रहा है तो उसमें भी ऐसा कुछ नहीं कि सुधीजन विचारमग्न हो उठें। आचार्य वात्स्यायन बता गए हैं कि राग, समय और नियमों के बन्धन की अपेक्षा नहीं रखता, उसमें 'सर्व-सर्वत्र' सबकुछ हर-कहीं वाली स्थिति भी आ जाती है कभी-कभी।

हम न भी देखें नायक की यह स्थिति, किन्तु नायिका को देखने से रोकना हमारे वश का नहीं। 'लतावेष्टितक' में यों भी नायक का मुँह झुकाकर देखने का विधान है। साथ में धीमे-धीमे 'सी-सी' करना होता है। नायिका हमारी 'ही-ही' करती रही, और जोर-जोर से! नायक को यह अटपटा लगा। उसने जानना चाहा कि क्यों हँस रही है। नायिका ने कहा, "तेरा मुँह, तेरा मुँह हास्या लग रहा है रे!"

नायिका का यह कथन तथ्य-वर्णन मात्र था। कामोत्तेजना के क्षण नायकों के चेहरे अनादि काल से परम हास्यास्पद होते ही आए हैं। किन्तु नायक ने इसकी भ्रामक व्याख्या की और यह सोचा कि मुझ पर इसलिए हँस रही है कि मैं सू-सू करके नहीं दिखा सका। अतएव उसने लता-पाश से अपने को और अनन्तर बटनों से अपने पौरुष को मुक्त किया। नायिका ने देखा। जैसा उसे करते देखा, वैसा स्वयं किया।

कहना न होगा कि डी.डी. को अविलम्ब चले जाने का आदेश मिला साबुली कैंजा से। भूखा वह पहुँचा रणमण। वहाँ की दुकान-डाकखाना-बस-टिकटघर सभी के संयुक्त मालिक से अनुरोध करने पर उसे चीड़ की लकड़ी पर पकाई गई रोटियाँ मिल गईं चाय के साथ खाने को। बस में टिकट उसने अल्मोड़ा का लिया, किन्तु अपनी टैक्सी उसे कोसी में ही मिल गई।

और इस प्रकार नगर अल्मोड़ा ने यह समाचार सुना कि देबिया टैक्सी फिर टैक्सी में आया हुआ है। बुखार में पड़ा है होटल में बल। सच्ची बुखार आ रहा, जने अंडरग्राउंड हो रहा।

कुछ ही घंटों के बाद साबुली कैंजा और लड़कियाँ नगर में पहुँचीं और रात तक एक और समाचार फैल गया जिसे फैलानेवाली हर लड़की और हर औरत को एक प्रश्न का बार-बार सामना करना पड़ा, 'कैसे-कैसे, जरा फिर से बता तो' और बार-बार स्वयं कहना पड़ा, "ऐसा जो क्या, ऐसा जो थोड़ी।"

अगर कहानी यह होती कि गणानाथ के मल्लादेवी मन्दिर में बेबी और डी.डी. ने एक-दूसरे को माला पहनाकर शादी कर ली, या यह कि बेबी गणानाथ मन्दिर से सिन्दूर ले आई और उसने डी.डी. से कहा माँग भर दे मेरी, और उसने भर दी, या यह कि गणानाथ में डी.डी. और बेबी सम्भोगरत पकड़े गए तो सुनानेवालियों को इतनी परेशानी का सामना न करना पड़ता।

कहानी तो यह थी कि बेबी और डी.डी. ने गणानाथ में एक-दूसरे के सामने सू-सू कर दी।

"कसो? कसो कौ?" कैसे-कैसे, जरा फिर से बता तो! और फिर से बताने पर भी जब वे गलत ही समझती हैं तब लड़कियों को कहना पड़ता है, "तस जे के।" ऐसा जो क्या।

केवल शास्त्री जी नहीं जानते।

कार्तिकेय ही उन्हें बताएगा कल सुबह जैसे बता सकेगा।

विवाह की तैयारियाँ करते हुए लोग कुछ सुस्त-सुस्त-से नजर आ रहे हैं शास्त्री जी को।

चिरंजीव कार्तिकेय, सौभाग्यवती बबली से न जाने किस मंत्रणा में लीन हैं। शास्त्री जी देख रहे हैं कि कार्तिकेय की इजा खाट पकड़े बैठी है और उसके मन में कुछ ऐसा है कि 'कार्तिकेय कऽ महतारी' कहकर भी वह जान नहीं पा रहे हैं।

शास्त्री जी देख रहे हैं कि सब लोग फुसफुसा रहे हैं और मेरे आते ही चुप हो जा रहे हैं।

शास्त्री जी अब जाकर अपनी बेटी से पूछ रहे हैं जो दाड़िम के पेड़ के नीचे बैठी मन्द-मन्द मुस्करा रही है।

"मैत्रेयी बच्ची! क्या बात है?"

"कुछ भी नहीं।"

कुछ ऐसा अवश्य हुआ है जिसे बच्ची अपने बचपने में कुछ भी नहीं समझती किन्तु जिसे अन्य सब बहुत कुछ समझते हैं।

शास्त्री जी अपने घर के नीचे से जानेवाली पगडंडी पर देखते हैं, आते-जाते लोगों का रुकना और उनके घर की ओर देखना।

चिरंजीव कार्तिकेय की यह राय थी कि चिरंजीव देवीदत्त को अभी होटल जाकर गोली मार दी जाय।

सौभाग्यवती बबली ने उसे रोका। इसमें कोई लाभ नहीं कि बेबी की जिन्दगी बरबाद हो और उसके बड़े भाई की भी। उन्होंने कहा कि तू और बब्बन जाकर डरा-समझाकर उसे इस शहर से फौरन विदा कर दो। अगर इन लड़कियों के साथ कोई सयानी भेजी गई होती तो इतनी मुसीबत न होती। भेजी इन्होंने वह साबुली कैंजा जो खुद सिरफिरी है। पड़ोस की लड़कियों को न ले जाते, घर की ही लड़कियाँ होतीं तो भी गड़बड़ न होती। अब तो बात फैल गई, क्या करते हो? उस लड़के को विदा तो कर ही दो शहर से। फिर साबुली कैंजा और बब्बन से कहो, सबसे जाकर कहें कि यह झूठ बात है। लड़ मैं लूँगी किसी भी पड़ोसवाली एक लड़की से और बाकी सबको राजी कर लूँगी कि वे भी कहें कि यह लड़की, बेबी से जलती है, खुद उस तिलकपुरवाले से शादी करना चाहती है। बात इस तरह दब जो जाती है तो बहुत अच्छा। वैसे मुश्किल ही दीखता है। जतन करना ही हुआ। तू और बब्बन जाओ। पहले उस डी.डी. को भगाओ। हाय, हमने भी क्या पाला होगा यह आस्तीन का साँप। लेकिन देखो जान से झन मार देना। ऐसी भी नौबत आ सकती है कि हमारे लिए उसी का आसरा रह जाए।

कब चली गई बेबी चुपचाप किसी को कछ पता नहीं चला। अपने चारों ओर भिनभिनाती अफवाहों और मंत्रणाओं में उसे कहीं इस बात की भनक पड़ी कि डी.डी. को तेज बुखार है और वह चल दी।

बेबी चल रही है अकेली पगडंडी पर, अश्व-पथ पर, गाड़ी सड़क पर, धार की तूणी से बस-स्टैंड की ओर जहाँ किसी होटल में डी.डी. ठहरा है।

अल्मोड़ा उसे देख रहा है। यहाँ निरन्तर लोग देखते रहते हैं एक-दूसरे को सहज जिज्ञासा से। सहज ही करते हैं वे एक-दूसरे की जिज्ञासा का समाधान। क्या खाया? कब खाया? किसकी चिट्ठी आई? क्या लिखा है? वह कौन था जो कल शाम तुम्हारे यहाँ आ रहा था? कितनी दूर जा रहे हो? शहर पूछता है छज्जों-छतों पर

बैठकर, सड़कों पर टहलता हुआ, मन्दिरों के आँगनों में खड़ा हुआ, पुलिया पर बैठा हुआ, पनवाड़ी से बीड़ा लगवाते हुए, चायवाले की बेंच पर बैठकर, शहर पूछता है और शहर बताता है।

नीचे दरवाजों और बन्द-बन्द घुटे-घुटे कमरोंवाले मकानों का यह शहर बहुत खुला है अपने व्यवहार में। या तो आप इसके लिए इतने अजनबी होंगे कि यह बैठक के द्वार पर खड़ा-खड़ा बात करके आपको विदा कर देगा या फिर आप इसके लिए इतने परिचित होंगे कि यही सीधा आपको शयनकक्ष या रसोईघर में बुला लेगा कि वहीं बात होगी। बीच की कोई स्थिति सम्भव नहीं।

आप शयनकक्ष या रसोईघर में घुस सकनेवालों में न भी आ सके होंगे तो भी सदय शहर आप पर नजर रखेगा और जब भी देखेगा आपको सड़क पर, अनुमान लगाने बैठ जाएगा आप कहाँ जा रहे होंगे और क्यों? वह जो गुप्ता राठ क्या आ रहे हैं तल्ला गल्ली पूरन के यहाँ उनकी चेली है यह, जा रही होगी झिझाड़ रेबति बुबू के यहाँ, उनकी ब्वारी तारा और इसने साथ पढ़ रखा बल चन्दौसी में।

शहर में जो भी बाहर निकलता है घर से, सबको बताता चलता है। इस शहर की सड़क पर हर शहरी चुनाव अभियान में निकला नेता है। हाथ जोड़ते, पाँव छूते, इधर-उधर ढूँढ़ते-खोजते (कि कोई छूटा न रह जाए अभिवादन-अभियान में, बुरा न मान जाए) बढ़ता है आगे। जिसका ध्यान न गया हो, अपनी ओर उसका ध्यान खींचता है—"ओ हो, टेलर मास्सैप, गजब करते हो यार! सिलाई मशीन के बाहिक तुमको कुछ नजर नहीं आता।" जिसका ध्यान खींचा गया हो, वह बद्धकर कहता है, "ओ हो ओवरसियर सैप। कब आए हलद्वानी से? जनार्दन डिप्टी सैप के यहाँ ब्याह में आ रहे होंगे!"

शहरी बेबी चल रही है और शहर उसे देख रहा है। शहर पूछ रहा है और वह बता रही है कि मैं डी.डी. को देखने जा रही हूँ। वह बीमार है।

शहर स्तब्ध है इस दुस्साहस से। शहर दौड़ा है शास्त्री जी के घर खबर करने। कार्तिकेय और बब्बन उसे रास्ते में ही मिल गए हैं।

अब तो बात फैल गई—ऐसा सोच रही है बेबी।

अब तो बात फैल गई—ऐसा सोच रहा है कार्तिकेय, उसका ठुल'दा।

वह डी.डी. को धकियाता हुआ लाया है होटल से बाहर। बेबी चीखती-चिल्लाती आई है पीछे से। बब्बन उसे रोके हुए है वरना वह अपने भाई से उलझ पड़ना चाहती है। भाई उसे भी रख चुका है दो-चार हाथ।

होटल के बाहर कर्नल शास्त्री मार रहे हैं ज्वरग्रस्त डी.डी. को और बेबी जोर-जोर से चीख रही है अपने बड़े भाई पर, कह रही है कहना-न-कहना।

भीड़ जमा हो रही है।

बब्बन देख रहा है अपने दोस्त को पिटते हुए और उसे एक विचित्र अपराधबोध हो रहा है कि मैंने इस डी.डी. को आग्रहपूर्वक सुधा के विवाह में न बुलवाया होता तो इसकी यह दुर्दशा न हो रही होती। लोग-बाग सोचते हैं कभी-कभी इस तरह भी यद्यपि यह पद्धति विचित्र स्थापनाओं तक भी पहुँचा सकती है : इस बब्बन को—यथा : अगर वह नीची अस्थायी टट्टी न बनाई गई होती, तो डी.डी. की यह दुर्दशा न हुई होती। कभी-कभी तो मैं स्वयं इस तरह सोचते-सोचते यह सोचने की हद पर पहुँच गया हूँ कि अगर मैं पैदा ही न हुआ होता तो संसार ही न हुआ होता। सूने घर में समय बिताने का अच्छा साधन ऐसा चिन्तन!

जो हो, बब्बन स्वयं को दोषी मान रहा है परोक्ष रूप से और कर्नल साहब को पकड़ लिया है उसने पीछे से जाकर। बस और नहीं पिटने दिया डी.डी. को। उसने टैक्सीवाले को आवाज लगाई कि साहब को ले जाओ। उसने डी.डी. से कहा, "अबे क्यों हीरोपने में अपना हुलिया खराब करा रिया है। फूट ले अब यहाँ से।"

भीड़ में से कुछ लोग आहत डी.डी. को उठने और टैक्सी में बैठने में मदद करते हैं। कोई उसका सामान ले आता है। होटलवाला बिल अदा कराने के लिए स्वयं उपस्थित हो जाता है।

"मत जा!" बेबी चीखती है।

किन्तु चली जाती है टैक्सी।

"मैत्रेयी को छोड़ दो कार्तिकेय!" शास्त्री जी कहते हैं अपने पुत्र से आवाज तनिक उठाकर।

अटपटी लग रही है उन्हें काशी के पंडितों के घर में भाई-बहन की यह धक्का-मुक्की, तू-तू मैं-मैं। वह समझ नहीं पा रहे हैं कि क्या हुआ है? या कदाचित् यह कहना चाहिए कि वह समझे हुए हैं कि क्या हुआ है और उससे इतने आशंकित हैं कि यही समझना चाहते हैं कि नहीं समझ पा रहा हूँ। शास्त्रानी जी माथा पीटे ले रही हैं। लन्दन से आया हुआ उनका दूसरा बेटा डॉक्टर मेधातिथि इस हाय-तोबा से परेशान होकर अपने 'अंग्रेज हो चुके' बीवी-बच्चों के साथ रानीखेत चले जाने की तैयारी में है। तीसरा बेटा इंजीनियर श्रीगोपाल भी बेबी पर चीख-चिल्ला रहा है। चौथा डा. मुरलीमनोहर तिलकपुर भेजा गया है ताकि अपने से दो साल जूनियर वर महोदय की प्रतिक्रिया की टोह ले।

"पहले मुझे बताओ हुआ क्या? फिर मैं करूँगा जो करना होगा।" कहते हैं शास्त्री जी।

"आपकी यही बात सुनते-सुनते तो यह नौबत आ गई आज।" कहता है कार्तिकेय और बहन को धकियाकर छोड़ देता है। वह दौड़ती हुई चढ़ जाती है सीढ़ियाँ।

शास्त्री जी को बता दिया गया है। शास्त्री जी सुनकर इतने स्तब्ध, इतने अपराध-भाव ग्रस्त हुए हैं कि हथेलियाँ फड़फड़ाना तक भूल गए हैं। वह तनाव की नहीं, परम शैथिल्य की स्थिति में हैं। ज्वरग्रस्त, पिटे हुए डी.डी. से भी कहीं अधिक पिटे हुए हैं वे इस क्षण। उनके बच्चों ने चौराहे पर मारपीट की!

शास्त्रानी जी और बबली'दी सुझा रही हैं उन्हें कि अब भी क्या किया जा सकता है? जिसके सन्दर्भ में ये दो व्यावहारिक स्त्रियाँ यह सब सोच रही हैं, सुझा रही हैं, वह अब उतरकर आ रही है सीढ़ियाँ। उसने अपनी दादी का जोड़ा पहन रखा है।

लहँगा हथेली से उठाए, पाजेब बजाती वह उतरी है सीढ़ियाँ और अब उसने झुककर पिता के पाँव छू लिये हैं। पिता का पाँव पीछे खिसका है, हाथ नहीं उठा है आशीर्वाद में।

वह सीधी हुई है और कह रही है, "मैंने उस बगड़गौं के लाटे से कर ली है सादी। इनसे कह दो बाबू, आगे से उसे गाली न दें, उस पर हाथ न उठाएँ।"

बबली'दी कहती हैं, "बच्चों का खेल हो रहा होगा सादी। गणानाथ गए, वहाँ पूजा छोड़ वाहियात बातें कीं। घर आए, पिटार से निकालकर आमा का घाघरा-आँगड़ा पहन लिया, चरणन्तल किया और कह दिया मैंने उससे कर ली सादी। हम घरवाले बन गए 'इनसे', माँ, भाई, बहन 'इनसे'—इनसे कह दो। आ-हा-हा सादी!"

"आ-हा-हा-सादी!" नकल उतारती है बेबी, "चम्पानौला गए बारात लेकर, वहाँ झाड़ फेंककर[1] झगड़ा किया और दौड़कर पहुँचे पाटिया। सयानों का खेल हो रहा होगा सादी!"

शास्त्रानी जी ने जीवन में पहली और अन्तिम बार उठा दिया है हाथ अपने पति की लाडली पर।

रोते हुए, खाँसते हुए, चीखते हुए जानना चाहती है जननी, "क्या मैंने इसीलिए बुढ़ापे में पैदा की बेटी? यही दिन दिखाने को?"

शास्त्री जी उठकर चले जा रहे हैं भीतर अपनी पोथियों की शरण में। उनका प्रश्न अधिक मौलिक और पुरातन है : "मैं ही क्यों पैदा हुआ?"

शहर देख रहा है शास्त्री जी के आँगन में पंचायत जुटी है और शास्त्री जी की बेटी शादी का जोड़ा पहने खड़ी है।

शहर दोपहर तक यह सूचना लाया कि तिलकपुरवालों ने अब शादी के लिए मना कर दिया है। भले आदमी हैं, शास्त्री जी का मान करते हैं, इसलिए यही कहलवाया है कि एक महात्मा जी ने साम्य करके बताया है कि लड़के की कुंडली में कुछ ऐसा है जो इस लड़की के लिए घातक हो सकता है। शास्त्री जी जानते हैं यह शुद्ध बकवास है।

1. कूड़ा डालकर।

शास्त्री जी दो बार व्यावहारिक क्षेत्र में कूदे हैं इस जीवन में—दोनों ही बार दूसरों के उकसाने पर। दोनों ही बार उन्होंने मुँह की खाई है। पहले संस्कृत विद्यालय के प्रधानाचार्य के पद के चक्कर में और अब बेबी के विवाह के प्रसंग में। यदिवाद को 'मैं पैदा न होता' की सीमा तक ले जाने के दार्शनिक दुराग्रह से मुक्ति पाने के बाद वह इस निष्कर्ष पर पहुँचे कि मुझे दया की शादी के तुरन्त बाद देवीदत्त और मैत्रेयी के विवाह की अनुमति दे देनी चाहिए थी। जो भी बवंडर तब होता, घर के भीतर ही होता। समाज में तो नीचा न देखना पड़ता।

इसीलिए अब शास्त्री जी के मन में व्यवहार-कुशल व्यक्तियों के व्यावहारिक सुझाव सुनने की कोई इच्छा नहीं है।

वह यह शहर छोड़ना चाहते हैं। इसलिए नहीं कि यह शहर उनका परिहास कर रहा है, इसलिए कि यह शहर उन्हें सहानुभूति दे रहा है, आस बँधा रहा है, राह सुझा रहा है। शास्त्री जी के पूर्वज स्वयं समाज के नियामक थे, उनका किया हुआ कोई कार्य गलत हो ही नहीं सकता था समाज की दृष्टि में। यदि उन्होंने राजनीतिक कारणों से अपने ही समकक्ष ब्राह्मणों को नीचा घोषित कर दिया तो कालान्तर में वे नीचे माने गए। यदि नए रक्त और स्वस्थ-सुन्दर सन्तति के हित वे अपने पुत्र के लिए किन्हीं ऐसे-वैसे मात्र 'ग्राम-मध्येन' निर्धन ब्राह्मण की पुत्री ले आए तो उस ब्राह्मण का परिवार आगे हमेशा उच्च और कृत-सम्बन्धी माना गया। समय बदल गया है और शास्त्री जी को अपने पूर्वजों का पांडित्य ही उत्तराधिकार में मिला है, उनका राजनीतिक-प्रशासनिक वर्चस्व नहीं, तो भी उनकी इतनी हैसियत थी ही कि लोग आते थे पूछने क्या करना चाहिए और वह बात 'वैसे तो' से शुरू करके 'आपद्धर्म' पर समाप्त करते थे।

माना शास्त्री जी बहुत व्यवहार-कुशल नहीं हैं किन्तु बाबा विश्वनाथ और माई विन्ध्यवासिनी की कृपा से आज तक यह तो नहीं हुआ कि किसी सामाजिक-नैतिक प्रश्न पर लोग-बाग उन्हें परामर्श देने आए हों।

शास्त्री जी का अधिकतर समय चहलकदमी करते बीत रहा है अब। बैठ भी जाते हैं तो विचित्र प्रतीति होती है कि मेरा मन चहलकदमी कर रहा है।

अगर पूर्वजों का युग होता तो क्या होता? पहले तो ऐसा तमाशा होता ही नहीं उसमें। हो भी जाता तो कुछ-न-कुछ व्यवस्था हो जाती। या तो वर-पक्ष से कह दिया जाता कि बच्चियों की फैलाई हुई बचकानी बातों पर जो ध्यान देते हैं उनके सयाने होने पर सन्देह होने लगता है। आप विवाह से पीछे नहीं हट सकते। यह मत भूलिए कि आपकी भी बेटियाँ हैं। या शास्त्री-कुल अपनी कुलक्षणी का गला स्वयं अपने हाथों घोंट देता।

शास्त्री जी, आप कैसे समाज में शास्त्री-पद पर सुशोभित हैं जिसमें साहस नहीं कि किसी भी विषय में कैसा भी विधान कर सके।

शास्त्री जी, आपके पिता भात-खाने-न-खाने के सवाल पर बारात लौटा ले जा सकते थे। निश्चय ही यह शोचनीय है कि उनके शास्त्र को व्यवहार में ऐसे ही तुच्छ प्रश्न जीवन-मरण के, आन-बान के प्रश्न प्रतीत हुए। किन्तु शास्त्री जी, आप तो कहीं भी डटकर मोर्चा लेने की स्थिति में आते ही नहीं। आपके पुत्र आपसे क्या सीख लेंगे शास्त्री जी? आपने पिताश्री से उस शुष्क सिरफिरेपन का उत्तराधिकार नहीं लिया, अच्छा किया। किन्तु आप अब कौन-सा नया जीवन-दर्शन उत्तराधिकार में देना चाहते हैं? क्या इन गदोलियों के फड़फड़ाने में ही आपके शास्त्र के व्यावहारिक पक्ष की इतिश्री मान ली जाए? शास्त्री जी, असमंजस-अनिश्चय की आपकी यह परम्परा कैसे समाज की स्थापना करेगी, यह कभी सोचा आपने?

अरे आपको शास्त्रसम्मत होने की जिद हो तो भी उठिए और कहिए कि एक वरण माता-पिता को न बताकर गान्धर्व पद्धति से भी होता है। उसमें यही है कि विवाह हो जाए तब माता-पिता पर यह तथ्य प्रकाशित कर दो। सो कर ही दिया गया है। अग्नि की तीन बार परिक्रमा इन बच्चों ने नहीं की है, तो भी यह विवाह गान्धर्व की उत्तम कोटि में ही आएगा क्योंकि गणानाथ के साक्ष्य में किया गया है। जाइए सबको बता दीजिए कि विवाह हो चुका है, अतिरिक्त पुष्टि के लिए, सामाजिक मर्यादा की रक्षा के लिए आप मैत्रेयी-देवीदत्त का ब्राह्म पद्धति से भी पाणिग्रहण करवा देंगे।

यह ऊहापोह क्यों? शास्त्री जी, क्या आप ऐसा समाज बनाना चाहते हैं जिसमें आगामी पीढ़ी परम्परागत ऊँच-नीच में नई ऊँच-नीच भी जोड़ देगी, परम्परागत घटियापन में आधुनिक घटियापन मिलाकर समन्वय की संस्कृति रचेगी!

शास्त्री जी हथेली अब हथेली से दुह रहे हैं। कदाचित् इनमें ही से टपकेगा समस्याओं का समाधान!

शास्त्री जी की घोषणा है : मैं अल्मोड़ावाला यह मकान बेच रहा हूँ। मेरी इच्छा तो थी कि काशी लौट जाऊँ किन्तु घरवाली के स्वास्थ्य के लिए वहाँ का जलवायु उपयुक्त नहीं। इसलिए मैंने बिनसर में एक छोटा बँगला ले लिया है। मैं और कार्तिकेय की इजा वहीं वानप्रस्थ जीवन व्यतीत करेंगे। मैत्रेयी लखनऊ जाएगी पढ़ने, जहाँ उसका छोटा दद्दा डॉक्टर है। वह उसके साथ नहीं, हॉस्टल में रहेगी। मैं बँटवारा कर रहा हूँ और मैत्रेयी के नाम भी कुछ अलग रखे दे रहा हूँ। वह चाहे जो करे। मेरा अब किसी से कोई मतलब नहीं।

अब तुम्हारी दोनों गदोलियाँ कमर के पीछे परस्पर गुँथी हुई हैं और यद्यपि चहलकदमी तुम अब भी कर रहे हो तथापि तुम्हारे कदमों में दृढ़ता-सी है, वह व्यग्रता नहीं। धन्य हो तुम जो इस क्षण एक ऐतिहासिक निर्णय घोषित करके अपने को धन्य-सा पा रहे हो।

और रो रही है तुम्हारी घरवाली।

मर्दाना निर्णयों पर औरतें रोती ही आई हैं।

भावुकता के कारण आप बुद्धि-विवेक का नाश थोड़े ही होने दे सकते हैं शास्त्री जी!

बबली के सहयोग से शास्त्रानी जी ने वैकल्पिक प्रस्ताव तैयार किया है जिसे बबली अपने मौसाजी की सेवा में सादर प्रस्तुत कर रही है।

हम सब लोगों से बहुत गलती हुई। आप कर्ता थे परिवार के। बाप थे बेटी के। बेटी का ब्याह किससे करें, किससे नहीं, यह फैसला आप पर ही छोड़ा जाना चाहिए था। हम लोगों का काम माफ करने-जैसा तो नहीं है, फिर भी आप बड़े हुए, माफ कर दें कि हमारी जिद से आज आपको यह सब देखना पड़ा। अल्मोड़ा छोड़ देने का आपका विचार बहुत अच्छा है। यहाँ आप अकेले पड़ जाते हैं। संगी-साथी कोई ठहरा नहीं। ऐसा कोई हुआ नहीं जो आप जैसे पंडित से बात कर सके। लेकिन बिनसर की बात भली नहीं। जंगल हुआ बिनसर। गोदी कैंजा की तबीयत वैसी ठहरी। कभी बहुत खराब हो जाए तो वहाँ कोई कम्पाउंडर तक नहीं ठहरा। उन्हें लादकर यहीं अल्मोड़ा लाना होगा। इसलिए आप बनारस चले जाएँ वापस। आपका घर हुआ ही वहाँ। मुँह-बोलने के लिए[1] मित्र और शिष्य ठहरे। आप कैंजा के स्वास्थ्य की चिन्ता न करें। तमाम वैद्य-डॉक्टर हुए काशी में, उतना अच्छा अस्पताल हुआ वहाँ।

बँटवारा कर दीजिए, एक दिन होना ही हुआ। अपने सामने कर देना ज्यादा ठीक हुआ।

बेबी को पढ़ाइए जरूर। आजकल तो सभी कराने लगे हैं एम.ए., बी.ए. लड़कियों को। लेकिन अपने साथ रखिए। वहीं पढ़ाइए बनारस में। समाज थू-थू करे तो करे, आप क्यों थू-थू करेंगे मौसाज्यू अपनी बेटी पर?

वैसे देखते हो तो उसका कुसूर कोई ऐसा बड़ा नहीं ठहरा। जिद्दी वह जन्म की हुई। आपकी बनाई ठहरी जिद्दी। मुझे अभी कल-ही-की-सी याद है मौसाज्यू। जिस साल आप लोग गोरखपुर नहीं आ रहे थे, इस बेबी को गोपालदत्तज्यू कप्तान साहब की फटफट देखकर चढ़ गया सुर—यह मैं लूँगी। कितनी मुश्किल से ढूँढ़ी आपने बाजार से उसके लिए चाबीवाली फटफटी। बच्ची ठहरी, घर की लाडली ठहरी, खिलौना माँग ठहरी, देने का फर्ज हुआ, आपने दिया।

आप तो इस बार भी देते, हमने ही उस गुस्सेबाज कार्तिक के कहने पर रोक दिया आपका हाथ। बहुत ही गलत किया। खिलौना ही तो माँग रही थी। खिलौना ही हो तो हुआ वह हमारा डी.डी.। चाबी भी देने की जरूरत नहीं ठहरी। जैसा करेगी

1. अन्तरंग वार्ता के लिए।

बेबी इशारा, वैसा ही करेगा। कहाँ बम्बई, कहाँ गणानाथ, कैसा आया वह एक इशारे पर! हवाई जहाज और टैक्सी पर किया उतना खर्चा वरना पहुँच ही नहीं पाता बल। शिबौ, बेबी के कहने पर आया ठहरा, बुखार में पड़ा ठहरा। उतना पीट दिया बेबी के भाई ने। कुछ नहीं कहा बल। क्या कहता, बबुआ हुआ हमारी बेबी का, बबुआ! दे जो क्या नहीं सकनेवाले हमारे मौसाज्यू अपनी बेटी को बबुआ। अरे, मैं कहती हूँ भगवान की दया से उनकी ऐसी हैसियत ठहरी कि दस बेटियाँ होतीं तो दसों जँवाई घर बिठाकर खिला सकते थे। और डी.डी. तो कुछ कर ही रहा है वहाँ बम्बई में। कमाने लगते हैं तो लाखों कमाते हैं वहाँ भी लोग। और जो हमें यह सिनेमा-फिनेमा का काज पसन्द नहीं तो हम उसे भी आगे पढ़ा सकनेवाले हुए ही। बहुत ही होशियार ठहरा डी.डी.। उमर भी पढ़ने-लिखने की ही ठहरी। दोनों बच्चे साथ-साथ पढ़ेंगे, हमारे मौसाज्यू की देखरेख में। और पहले तो किसी की क्या हिम्मत जो शास्त्री-परिवार को कुछ ऐसा-वैसा कह सके। कह जो देगा तो उसकी जबान खींच लेने के लिए यह बबली है ही।

शास्त्री जी, आप शास्त्रियों ने औरतों के लिए अपने शास्त्रों का अध्ययन वर्जित माना है इसीलिए वे अपना सारा समय एक और शास्त्र के अध्ययन को समर्पित कर चुकी हैं—अस्तित्व-रक्षा का शास्त्र।

बबली का प्रस्ताव व्यावहारिक है, आकर्षक है। किन्तु शास्त्री जी इस छाँछ को भी फूँककर पीना चाहते हैं।

वह सोचेंगे।

अध्ययन-कक्ष में सोचने बैठे हैं और उन्हें लगता है कि काशी जाना ठीक नहीं रहेगा। अगर कर्म-क्षेत्र में फिर प्रवेश करना हो तो कर्मठ बनकर क्यों न करें? जिन त्रिपाठी जी ने उन्हें पद्मश्री दिलवाई थी उनकी बात मानकर उस सरकारी समिति के मानद अध्यक्ष बनने दिल्ली क्यों न चले जाएँ?

रही उस देवीदत्त को घर-जँवाई बनाने की बात, तो अब शास्त्री जी द्वारा ऐसी कोई पहल किए जाने का प्रश्न ही नहीं उठता। इन लोगों ने पहले माना होता तो शास्त्री जी निश्चय ही सहर्ष ऐसा प्रस्ताव उस मेधावी बालक के सामने रख देते।

बच्चों का खेल है कि नहीं शादी, इस पर विवाद हो सकता है, किन्तु जैसा बिटिया ने कहा, सयानों का खेल भी नहीं है। और जिसे अभी-अभी सार्वजनिक रूप से अपमानित किया है पुत्र ने, उसके समक्ष पिता घर-जँवाई होने का प्रस्ताव रखे, यह बहुत अटपटा मालूम होता है।

बच्चों का ही खेल क्यों न मानें? खेलने दें अपने ढंग से उन्हें!

शास्त्री जी ने त्रिपाठी जी के नाम पत्र लिख दिया है। नीचे आँगन में आकर उदैसिंह को डाक में डालने को दे दिया है।

बेबी दाड़िम के पेड़ के नीचे बैठी पढ़ रही है। "पढ़ रही है?" पूछता है पिता। "हाँ।" कहती है पुत्री।

"अच्छा है। लगन से पढ़। हम लोग दिल्ली जा रहे हैं। अच्छे नम्बरों से पास नहीं हुई तो वहाँ बी.ए. में दाखिला हो नहीं पाएगा। अच्छे नम्बर लाएगी?"

"हाँ।" कहती है पुत्री।

वह मुस्कराती है लेकिन पिता की ओर देखकर नहीं।

पिता से उसने एक बार भी पिता नहीं कहा।

मुस्कराते मुख की वह लीला देख नहीं सका पिता जो कभी उसकी इच्छा की सहचरी थी।

गाड़ी अब भी चल रही है चक्र-पथ पर किन्तु वह अब चेहरे-से-चेहरे ही तक नहीं, अपमान-से-अपमान ही तक जाती दीख रही है नायक को।

हम उसे समझा सकते हैं कि अगर हवाई जहाज और टैक्सी के व्यय ने दिल्ली पहुँचते-पहुँचते तेरी जेब खाली कर दी, अगर तुझे वहाँ से बम्बई जाने के लिए उधार लेना पड़ा, अनन्तर बम्बई में तूने पुनः उधार लिया कि उधार चुकाने की स्थिति में आने के लिए अविलम्ब मद्रास जा सके काम पर, तो इसके लिए बेबी जितनी उत्तरदायी है उतना ही तू स्वयं भी है।

अगर तू बीमार पड़ गया है, बीमारी की हालत में यात्रा करता रहा है और उसी हालत में यहाँ मद्रास पहुँचकर तुझे काम में जुट जाना पड़ा है क्योंकि तेरे इस धन्धे में बीमार पड़ना तेरे जैसों के लिए शुद्ध विलासिता ही मानी जाती है, तो इसमें दोष बेबी का ही नहीं, रोगाणुओं का भी है।

अगर तुझे वहाँ अल्मोड़ा में बेबी के बड़े भाई ने पीटा तो तू यह कैसे मान ले रहा है कि बेबी ने ही पीटा? ठीक है उसने इस नाते पीटा कि तू बेबी का प्रेमी लगता है। सामने के जो दो दाँत टूट गए हैं तेरे इस पिटाई से, बार-बार उन पर जीभ फेरकर तू अपने को धन्य मानने की जगह हतभागी क्यों मान रहा है? दुर्भाग्य कि प्रेमियों को तर्कशास्त्र से कभी प्रेम नहीं रहा। जो तर्कातीत को प्राप्त हो चुका है, उससे हमारा तर्क करना व्यर्थ होगा।

दूसरी ओर यह भी व्यर्थ होगा कि हम नायक के ज्वर-जन्य प्रलाप के 'यदिवाद' की ओर कान दें। बुखार में पड़े होने के कारण वह कष्ट में है अतएव हमारी सहानुभूति का पात्र है, किन्तु इसका अर्थ यह नहीं कि हम उसके 'अगर' से आरम्भ होनेवाले वे तमाम वाक्य सुनें ही, जो बेबी को उसकी इस दुर्दशा के लिए उत्तरदायी ठहराने को कहे जा रहे हैं। हम देख ही चुके हैं कि यदिवाद की तार्किक परिणति यही है कि अगर मैं पैदा न होता तो यह त्रासद संसार न होता, यह नश्वर शरीर न होता।

हमें इस बात से भी घोर आपत्ति हो सकती है कि ज्वर-जन्य मन:स्थिति में नायक डी.डी., नायिका बेबी की लीला को अपमानजनक परिहास माने चला जा रहा है। अस्थायी टट्टी के ठीक सामने ऐन वक्त पर उसके आ खड़े होने से लेकर वहाँ गणानाथ में ठीक अन्य लोगों के आने के समय उसे संयुक्त सू-सू के लिए उत्प्रेरित करने तक, नायिका की हर चेष्टा को वह प्यार की नहीं, परिहास की भंगिमा मान रहा है। हास्यास्पद हूँ मैं उसके लिए, ऐसा नायक का कहना है।

निश्चय ही इस सबका, नायिका के पास अपना 'तर्क-सम्मत' औचित्य होगा किन्तु दुर्भाग्य कि नायक उसके तर्क को कुतर्क ठहराएगा। किन्तु एक क्षण को अंग्रेजी मुहावरा उधार लेते हुए हम 'तर्क के लिए' यह मान भी लें कि नायिका, नायक को एक विशिष्ट अर्थ में हास्यास्पद समझती है तो भी विचारणीय है कि यह सन्ताप का विषय है या कि सन्तोष का? नायक यह सोचकर प्रसन्न क्यों नहीं होता कि मुझमें समस्त और गुणों के साथ-साथ हास्यास्पद, लाटा आदि होने का गुण भी है जो मेरी नायिका को प्रिय है?

वह क्यों नहीं मान लेता कि नायिका की हँसी ही नायिका का प्यार है?

मैं कहना चाहता हूँ नायक से उसकी हँसी ही तेरी जिजीविषा है। उसके हँसने से तू कहाँ-से-कहाँ जा रहा है। बगड़गौं से बर्कले! हँसी-ठट्ठा समझ लिया है काम्या की हँसी को। धन्य भाग्य कि तू लाटा है और हँसी का सुपात्र ठहरा है।

और, यदिवाद के लिए क्षमा चाहते हुए, अगर तू लाटा आदि नहीं, लेखक आदि है, तो स्वयं उस मसखरी ने नेक सलाह दी थी कि दया से शादी कर ले क्योंकि दया तुझे चाहती है तेरे लेखकरूप में।

किन्तु मैं कौन होता हूँ कहनेवाला? कौन होता हूँ अपना तर्क इस पर लादनेवाला?

बहुत अधिक हैं तर्क, बहुत तरह का है प्यार, और संसार साक्षात् नरक है अकेलेपन की यंत्रणा का।

जब मैं सोचने लगा हूँ इस तरह, मुझे गुलनार का स्मरण हो आया है।

मुझे ही नहीं, कथानायक को भी।

वह उठ खड़ा हुआ है खाट से।

बुखार में पत्र लिख रहा है अब वह गुलनार को। सार यही है मुझे वहाँ बुला लो किसी तरह, किसी भी तरह।

वह पत्र नहीं लिख रहा है, माताजी के वक्षस्थल में मुँह छिपाकर रो रहा है। बहा रहा है आँसू जो तप्त हैं उसके शारीरिक और वैचारिक ज्वर से।

बम्बई से घूमता हुआ बेबी का पत्र आया है। सूचित किया है कि हम अगले महीने दिल्ली आनेवाले हैं। सूचित किया है कि मैंने अपने बाबू को सूचित कर दिया है

कि मैंने डी.डी. से सादी कर ली है बल। देखो क्या होता है? वैसे ठीक ही होगा। नहीं भी होगा तो कोई फर्क जो थोड़ी पड़नेवाला हुआ असली बात में। सादी तो मैंने कर ही ली ठहरी। लाटा ठहरा तू सिबजी, मैं कर लाई तुझसे ब्याह वहाँ गणानाथ में। अब दिल्ली जाकर मालूम होगा ये लोग क्या करते हैं। देखो क्या होता है? मेरी तरफ से तू निश्चिन्त रह। आशा है तू अब तक ठीक हो गया होगा। तेरा काम भी अच्छा चल रहा होगा। तू दिल्ली आना जल्दी। मैं तब तक कोई अच्छी शैतानी सोच रखूँगी। सू-सू वाली कैसी रही? शुभम् बेबी, पुनश्च जिलेम्बू।

इस पत्र पर नायक ने तुरन्त कोई टिप्पणी करने से इनकार कर दिया। कुल मिलाकर वह सन्तुष्ट प्रतीत हुआ किन्तु इस पत्र की भाषा और खिलवाड़ शैली उसे अवसरानुकूल नहीं मालूम हुई। पिटाई का कहीं उल्लेख न होना, क्षमा-याचना का कहीं कोई इंगित न होना भी उसे अच्छा नहीं लगा।

उसने नायिका के नाम बहुत ही संक्षिप्त पत्र लिखा जिसमें उसने सूचना दी है कि मेरी तबीयत बहुत खराब हुई। अब मैं कुछ ठीक हूँ। मुझे वहाँ बुलवाकर बुखार में पिटवाया गया लेकिन किसी ने भी इसके लिए माफी माँगना जरूरी नहीं समझा। मुझे यह जानकर खुशी हुई कि तुमने मुझसे शादी कर ली है। गुड्डे-गुड़िया का खेल है तेरे लिए शादी? ज्यादा जरूरी यह जानना है कि तुम्हारे घरवालों का इस बारे में क्या कहना है? वैसे तुम्हारे भाई साहब ने मेरे सामनेवाले दो दाँत तोड़ दिए हैं। विष के रहे होंगे। इनके टूट जाने पर शायद तुम्हारे घरवाले भी जँवाई बनाने को राजी हो जाएँ।

मैं अभी बहुत कमजोर हूँ। यहाँ काम चल ही रहा है। अगले महीने के शुरू तक मैं बम्बई लौट जाऊँगा। तब दिल्ली आने की बात सोचूँगा। शायद तुम लोग मेरे कुछ और दाँत तुड़वाना चाहो। शुभम्! डी.डी.। पुनश्चः मुझे शैतानी बहुत रास नहीं आती।

नायिका का अगला पत्र नायक को बम्बई में अपनी प्रतीक्षा करता हुआ मिला। दिल्ली से आया है।

प्रिय डी.डी.,

मैं मधुर स्मृति नहीं लिख रही। तूने जिलेम्बू नहीं लिखा। तूने लिख रखा तेरे दो दाँत टूट गए करके। शिबौ मुझे कहना नहीं आता। विष के जिसने समझे होंगे! दूध के थे वे तो! अब लगता है उनकी जगह तूने विष के लगवा लिए। नकली होंगे दाँत, नकली ही होगा विष। असली जो क्या होगा ना?

किससे हो रहा तू नाराज? किससे माँग रहा माफी? मुझसे! मैंने तेरा क्या बिगाड़ रखा? देखो! मैं बेबी हुई बेबी। कर्नल कार्तिकेय दूसरा ठहरा कोई। समझा?

उससे माँग माफी। वह तो मुझे बब्बन ने पकड़ रखा ठहरा, नहीं तो मैं वहीं कर देती ठुल'दा से गुत्थम-गुत्था। मैंने तो तुझसे चिल्लाकर कहा भी, मत जा। तू नहीं जाता। मेरे साथ घर आता। फिर देखता कैसे नहीं माँगते वे सब तुझसे माफी। नहीं जो माँगते तो देखता कैसे यह बेबी छोड़ देती है उनका घर देहरी पूजे बगैर। और लग जाती है बाट अपने लाटे के साथ।

तूने पूछा है कि मेरे लिए गुड्डे-गुड़िया का खेल है क्या सादी! जो तू मुझे गुड़िया मानता होगा तो तू गुड्डा ही होगा और हमारी सादी गुड्डे-गुड़िया का खेल ही होगा। इन लोगों ने मुझसे यही कहा, बच्चों का खेल समझ रखा सादी? तू भी इनका-जैसा ठहरा क्या? तू इनके मध्य हुआ कि मेरे-तेरे? खेल हुआ सादी, ऐसा पूछनेवाला ठहरा तू। सुन ले, बाद में झन कहना नहीं कहा था करके—मेरे लिए एक खेल हुआ सादी। मेरे लिए एक खेल हुआ सबकुछ। जिन्दगी भर सूतक[1] मनाने के लिए पैदा नहीं हो रही यह बेबी।

तुझे मुझसे सादी करनी थी कि मेरे घरवालों से? मुझसे करनी थी तो मैं कह रही हो गई सादी। मेरी सादी के मामले में मुझसे ज्यादा कह सकनेवाला कौन हो सकनेवाला हुआ? मैंने अपनी दादी का सादी वाला घाघरा-आँगड़ा पहनकर माँग में गणानाथ का सिन्दूर भरकर अपने इजा-बाबू, दादाओं-बोज्यूओं सारे रिश्तेदारों के सामने कह दिया उसी दिन गरजकर : मेरी हो गई उस लाटे से सादी। कोई उस पर हाथ झन उठाना। कोई उसे गाली झन देना। तब उन्होंने कहा ठहरा : बच्चों का खेल समझ रखा सादी? अब तू भी वही पूछ रहा ठहरा।

तेरे लिए गणानाथ क्या हुआ? तू वहाँ क्यों आया ठहरा? यह तू जान। मेरे लिए तो मन्दिर ठहरा वह। उसी मन्दिर में मुझे भक्ति करने-का-सा-जैसा मन होनेवाला ठहरा। मैं गई ठहरी वहाँ सादी से पहले पूजा करने। मैंने तुझे बुलाया हुआ यह सोचकर कि जो तू भी वहाँ पहुँच गया इतने कम समय में तो तू ही होगा वह लाटा जिसके लिए मैं पैदा हो रही। तू किसी तरह पहुँच जो जाएगा वहाँ, मैं सोच लूँगी बारात लेकर आ रहा करके।

शिव-शिव, शिबौ ऐसा कहनेवाले हुए तुझे लोग। मैं पगली ठहरी। मैंने सोचा यह लाटा ही होगा मेरा शिबज्यू महाराज। मैंने तुझे जनेऊ दे दी है अपने बाबू की ओर से। आरती तेरी कर ही दी मन्दिर में। और क्या होनेवाली ठहरी सादी?

इसके लिए मुझे तुझसे माफी माँगनी ठहरी? इसके बाद मेरा-तेरा माफी माँगने या मँगवाने का रिश्ता ठहरा? जो तू ऐसा ही समझता है तो पहले मुझसे माफी माँग। तू तो पिटा ही मेरी वजह से। और पिटकर रिसा रहा है खूब। मैं तो बदनाम हो गई तेरी वजह से और खुशी से हो रही। बदनाम होने के बाहिक[2] और कोई तरीका ही नहीं ठहरा तुझे पा सकने का। मेरे बाबू मुझे उतना अच्छा माननेवाले हुए, अपने

1. सम्बन्धी की मृत्यु पर शोक मनाने की अवधि, 2. सिवा।

दादाओं की मैं लाडली ठहरी। तेरी वजह से वे मुझसे मुँह फुलाए बैठे हैं, मैं उनसे। मेरी इजा बीमार थी, तेरी वजह से मैंने उन्हें इतना तिलमिला दिया उन्होंने खाट पकड़ ली है। जो तू इस सबके लिए मुझसे माफी माँग रहा हो तो समझ ले मैने भी तुझसे माँग ली है। नहीं तो माफी-माफी-माफ करो बल।

शैतानी रास नहीं आती—यह क्या बात ठहरी। शैतानी-शैतानी में पिट गया, मुझे बदनाम करा गया सारे शहर में, अब कह रहा रास नहीं आती बल। शैतानी से सादी कर लेने के बाद ऐसी बात नहीं कहते, अच्छा!

छि: हो, क्या लिखी होगी तूने वैसी चिट्ठी कि जवाब देते-देते मेरी अँगुलियाँ दुख रहीं और स्याही-स्याही हो रही मेरे हाथ में। ऐसा अब मत लिखना, हाँ। इससे तो दो लाइनें लिख दिया कर : मैं किसी के लायक बन रहा। जिलेम्बू।

ओ इज्जा! कहीं तू बन तो नहीं गया किसी के लायक, लाटे! बन गया हो तो शैतानी लिखकर दिखा। यह रिसाना, यह रोना-धोना मुझे रास नहीं आता।

मैंने तेरे सब किताब पढ़ डाले कई बार। उनमें भी तू रोता रहता है। अब मेरे कहने से, मेरे लिए एक शैतानीवाली किताब लिख कहा।

यहाँ आ जा दिल्ली। मिलकर लिख लेंगे।

कब आ रहा है?

शुभम् बेबी।

पुनश्च : तेरी दी साड़ी मैंने इतनी पहन डाली कि फट गई। नई लाना इस बार।

पुनश्च : जिलेम्बू-जिलेम्बू क्या खाली हाथ पर ही करते हैं?

पुनश्च : आँख मीच। अब दीख रहा तुझे मेरा यह बुबूआ जो मैंने खोल रखा? इस पर जिलेम्बू करता है? आ-हा-हा-हा बड़ी जल्दी! मैंने ढक दिया। इतना ही जो नाराज हो रहा तो मेरी घुत्ती[1] पर कर जिलेम्बू। वह भी नहीं करता?

पुनश्च : जब तक तू नाराज हो रहा, मैं कर रही अपनी घुत्ती पर जिलेम्बू। मैं चूस दे रही अपनी घुत्ती। बेबी ठहरी।

इस पत्र पर टिप्पणी के लिए नायक तुरन्त उपलब्ध हो सका। पहले वह घुत्ती यानी ठेंगे पर प्रवचन करता रहा। उसने बताया कि अँगूठा सूक्ष्म शरीर की बाह्य अभिव्यक्ति है, ऐसा कहते हैं सिरफिरे। उपनिषद् में उसका प्रमाण अँगूठे-भर ही बताया गया है। वैज्ञानिक भी कहते हैं कि एक-जैसी अँगूठा छापवाले दो व्यक्ति हो नहीं सकते। अतएव क्या हम कल्पना कर सकते हैं कि अँगूठा दिखाने का अर्थ ही यह रहा होगा कि मैं, मैं हूँ, तेरा प्रतिरूप नहीं। उसे दिखाना ही नहीं, बल्कि खटाखट नचाना भी क्या यह कहता है कि अच्छी तरह देख ले, समझ ले मेरा वह मैं होना जो तेरा हो नहीं सकता!

1. अँगूठा।

इस प्रवचन से उसने और कुछ किया हो अथवा नहीं, कल्पनातीत के साथ अपनी कल्पना से, शब्दातीत के साथ अपने शब्दों से खेलते रहने के उस सिरफिरेपन से अपने जुड़े होने का संकेत अवश्य दिया है जो इन पंडितों का एकमात्र मनोरंजन है।

उसके मन में अपराधबोध है नायिका के प्रति। उसके मन में अपराधबोध है अपने 'मैं' होने के प्रति, नायिका के 'तू' होने के प्रति, समाज के 'वे' होने के प्रति। अपराधबोध है और एक उदास-सा क्रोध, क्रुद्ध-सी उदासी। वह पंडिताऊपन के सहारे अपना ध्यान इस अपराधबोध से हटाना चाह रहा है।

यह पत्र उसे कमरा खोलते ही मिला था देहरी पर। वहीं खड़े होकर उसने इसे पढ़ डाला। कमरा झाड़ू लगाए जाने की अरज कर रहा है। डी.डी. की काया, यात्रा की गर्द और बम्बई का चिपचिपापन मिटाने के लिए स्नान की माँग कर रही है। डी.डी. की थकान कह रही है कि सो जा ऐसे-के-ऐसे होलडॉल खोलकर, खटिया पर।

कमरे में धूल और सिगरेट के ठूँठों की गन्ध है। वह खिड़की खोल रहा है। बैठ गया है वहीं धूल झाड़े बगैर। धूप खेल रही उसके चेहरे पर जो बीमारी से निस्तेज और अपराधबोध से म्लान है। पसीने की बूँद चमक रही है उसके धूल-सने कपाल पर। ताड़ के दो पेड़ों के बीच के फ्रेम में से इधर-उधर भागती लोकल गाड़ियाँ देख रहा है वह और पूछ रहा है अब : कहीं ऐसा तो नहीं चक्रपथ की वह यात्रा आरम्भ होती है किसी मँडराती पुकार के भार से दबे, किसी बादामी कागज पर लिखे 'मैं' से और उसी पर समाप्त भी हो जाती है?

'अहं कै लियो जजमान'—उसे गंगोलीहाट के वृत्ति करनेवाले ब्राह्मण और पशुबलि करानेवाले दाक्षिणात्य रावल याद आते हैं। 'ॐ विष्णुर्विष्णुर्विष्णुः ॐ नमः परमात्मने' उचारकर वे पूजा करानेवाले की काल और देश में वर्तमान अवस्थिति का ब्योरेवार वर्णन करते हैं : श्री विष्णोराज्ञया प्रवर्तमानस्याद्य श्री ब्रह्मणो द्वितीयपरार्द्धे श्री श्वेतवाराह कल्पे, वैवस्वतमन्वन्तरे अष्टाविंशतितमे कलियुगे कलियुगस्य प्रथम चरणे जम्बूदीपे भारतवर्षे, भरतखंडे आर्यावर्तान्तर्गत ब्रह्मावर्तैकदेशे हिमवत्प्रदेशे बौद्धावतारे वर्तमाने यथानाम संवत्सरे अमुकायने महामांगल्यप्रदे मासनाम उत्तमे अमुकमासे अमुक पक्षे अमुक तिथौ अमुक वासरान्वितायाम् अमुक नक्षत्रे अमुक राशि स्थिते सूर्ये, अमुकामुक राशि स्थितेषु चन्द्र भौम बुध गुरु शुक्र शनिषु सत्सु शुभे योगे शुभ करणे एवं गुणविशेषणविशिष्टायां शुभ पुण्यतिथौ सकलशास्त्र श्रुतिस्मृतिपुराणोक्त फलप्राप्ति कामः अमुक गोत्रोत्पन्न, अमुक राशि, अमुक नक्षत्र, अमुक नाम शर्माणां, 'अहं कै लियो जजमान।'

आपकी तरफ से शेष सब मैं कह चुका हूँ, आपका नाम भी उचार चुका हूँ, अब आप अहं यानी 'मैं' तो स्वयं कह दें। और मैं आगे का संकल्प पूरा आपकी ओर से कि आप देवी की प्रीति के अर्थ यहाँ छाग यानी बकरे की बलि करेंगे।

अहम् कह लो जजमान। अहम्, मैं।

'मैं'—कई बार दोहराता है वह इस शब्द को मन-ही-मन। फिर उस अकेले कमरे में प्रकट, मैं-मैं-मैं-मैं—और उसके मन में गंगोलीहाट में बलि का बकरा मिमियाता है और काली के मन्दिर की तमाम-तमाम घंटियाँ बज उठती हैं।

अपनी दोनों हथेलियों से चेहरा ढाँप रहा है वह और अब सुबक रहा है धीमे-धीमे, मानो कुछ सोच-सोचकर, मानो उसने कुछ चाहा था जो उसे नहीं मिला और जिसके न मिलने पर वह औसत सत्य के औसत तर्क से कोई आपत्ति नहीं कर सकता, मानो कुछ हुआ जो अप्रिय हुआ लेकिन जिसके लिए किसी को भी दोषी नहीं ठहराया जा सकता, मानो, मानो, मानो कुछ है ऐसा मूलभूत रूप से त्रासद जिसे मानो, मानो, मानो करते चले जाने के बावजूद हमारा यह शब्द-साधक असली मायने तक पहुँच नहीं सकता कभी, कैसे भी।

'ऊँ-ऊँ-हूँ।' वह रोता है। सूँ-सूँह नाक से साँस खींचता है ऊपर झटके से। फिर होंठ-जबड़े दबा-हिलाकर कुछ निगलता है।' और फिर खोलता है होंठ एक सनातन बीज-मंत्र उचारने के लिए, 'ऊँ, ऊँ, हूँ। रोता है बीच-बीच में अन्तराल देकर जैसे रोते हैं लाड़ले बच्चे। समय देते हैं लाड़ करनेवालों को कि आएँ, मनाने की कोशिश करें, बहलाने का जतन करें और फिर वह लाड़ला चीख-चिल्लाकर अपना दुखड़ा बयान करे, कुछ इतने ऊँचे स्वर में, कुछ इतनी द्रुत गति से कि अभिभावक समझ न पाएँ कि इसने यह 'चीं-चां-चूं-चां-चिं-चें-चौं-चं' कहा क्या है? अनुमान लगाएँ वे। अनुमान के अनुसार कहते जाएँ : यह माँग रहा भाऊ? वह चाहिए हो रहा? ऐसा हुआ क्या? वैसा हुआ क्या? और लाड़ला हर गलत अनुमान पर चीखे : नहीं। और अन्तत: जब अभिभावक सही अनुमान कर पाएँ तब वह 'सूँ सूँह' नथुनों की आर्द्रता कपाल में खींचकर धीमे-से कह दे, "हाँ।" और अब 'ऊँ ऊँ हूँ ओं' के बीच के अन्तराल, समय दे अभिभावकों को—पूरी करें जिद। न ला सकें असली फटफटी तो चाबीवाली ही ला दें। नायक रोया है कई बार इस तरह जब बच्चा था। किसी का लाड़ला नहीं था वह। किसी ने आकर उसे 'बोत्याया' (मनाया-बहलाया) नहीं। बुआ बुढ़िया थीं। कई अनाथ बच्चों का भार ले रखा था उन्होंने अपने अशक्त कन्धों पर।

वयस्क नायक के शिशु-क्रन्दन के इस नितान्त संकोचप्रद प्रदर्शन से हमारा ध्यान बँटाने को यहाँ कुछ भी नहीं, ताड़ के दो पेड़ों के बीच से आती-जाती रेलगाड़ियों के तीक्ष्ण स्वर के अतिरिक्त जिसमें यह क्रन्दन कुछ क्षणों के लिए बीच-बीच में डूब जाता है।

कैसे बोत्याएँ इसे? क्या इससे यह कह देखें कि मानो-मानो-मानो की अपेक्षा करनेवाली तो कोई बात नायिका के पत्र में है नहीं? उसने यही लिखा है कि जितनी अपराधी वह है, उतना ही अपराधी तू भी है। बस! इसमें वह मन्दिर, वह बलि का बकरा ये सब कहाँ से आ गए? और प्रसंगवश स्मरण करा दें कि गंगोलीहाट के मन्दिर में लटकी हुई तमाम घंटियों को एक साथ बजाने की कोई परम्परा नहीं।

यह बात अलग है कि बचपन में तूने चाहा था ऐसा हो। अगर दुख इस अनुभूति से हुआ है कि तू, तू है, वह, वह है; तेरे और उसके तर्क भिन्न हैं, तो तेरा ध्यान इस ओर दिलाना आवश्यक जान पड़ता है कि प्रेम में तेरा-मेरा चलता नहीं। प्रेम के याकिवाद की चरम परिणति यही है कि यह तू है कि मैं हूँ? देवता को पूजने के लिए स्वयं देवता बनना होता है। किसी से प्यार करने के लिए भी अंगन्यास करके उसे अपने में प्रतिष्ठित कर लेने का अलिखित विधान है। देख भाई, या तो वह स्थिति पैदा कर कि फूल को मैं देखता हूँ, फूल मुझको देखता है, फूल का मैं देवता हूँ, फूल मेरा देवता है। दिव्य तर्क दुतरफा दमकता रहे। अगर मानवीय तर्क ही हैं तो प्रेम के लिए दो में से एक की बलि अपेक्षित है। प्रश्न यह है कि तू उससे प्रेम करता है या कि तू चाहता है वह तुझसे प्रेम करे? पहली स्थिति में तूझे अपने तर्क को तिलांजलि देनी ही होगी। दूसरी स्थिति लाना तेरे वश में नहीं क्योंकि तू, तू है, वह, वह है। वह कवियों का तर्क होता है जिसमें तुम यह-यह-यह, मैं वह-वह-वह कहकर यह और वह के आपसी सम्बन्ध के आधार पर तुम और मैं का सम्बन्ध बैठाया जाता है। प्रेम का तर्क अलंकारापेक्षी नहीं, वह सहज ऋजु है : मेरी निजता तुझसे है, मेरी अस्मिता तू ही है।

अधैर्य उत्पन्न कर रहा होगा यह शब्दाडम्बर आपके मन में। मैं बाध्य हुआ इसे रचने के लिए ताकि कथानक में कथानक का पैदा किया हुआ एक लम्बा सिसकता अन्तराल भरा जा सके।

अब नायक ने हथेलियाँ चेहरे से हटा ली हैं। बाँह से आँखें पोंछता हुआ वह उठा है। सिगरेट सुलगा रहा है। होलडॉल खोलकर बिस्तर डाल रहा है खटिया पर। मेज पर से कागज-कलम उठा रहा है। दीवार पर पीठ टिका, घुटनों पर तकिया, तकिए पर फाइल और फाइल पर कागज रखकर बैठ गया है वह बिस्तर पर।

'अहं कह लो जजमान।'

—देवीदत्त तिवारी

यह लिख दिया है उसने कोरे कागज के शीर्ष पर। उसे बम्बई में फिलहाल कोई काम नहीं मिला हुआ है। जिस फिल्म में उसे लेनेवाले हैं वह महीने-भर बाद शुरू होगी। वह चाहे तो इस बीच विज्ञापन-फिल्मों में कोई काम ढूँढ़ सकता है। लेकिन नहीं, वह लिखेगा। बेबी के लिए। शैतानी का नहीं, वही अपना जाना-माना उदासी का साहित्य।

सत्ताईस दिन वह निरन्तर लिखता रहेगा और पूरा करेगा अपना पहला और आखिरी उपन्यास।

'अहम् कह लो जजमान' डेढ़ सौ पृष्ठों का पतला-सा उपन्यास है जिसमें ऊपरी तौर से गंगोलीहाट के मन्दिर में एक दिन छाग-बलि दिए जाने का वर्णन है। किन्तु भीतर-

ही-भीतर वह ऐसे निर्धन, जड़ और प्रतीक-पूजक समाज की कहानी भी सुनाता है जो आश्चर्यजनक रूप से आत्मसन्तुष्ट है। लेखक का तेवर आदि से अन्त तक निर्मम रूप से तटस्थ है। निर्धन कृषक समाज के शोषक और शोषित दोनों उसके लिए समान रूप से दयनीय और जड़ हैं। इस समाज की वह अमीरी और गरीबी, वह ऊँच और नीच जिसमें सारा अन्तर धोती के छोटी या बड़ी होने का है, बहुत मैली या कम मैली होने का है, बकरे की या मुर्गी की बलि देने का है, किसी पत्थर के आदि-शंकराचार्य अथवा ग्राम जोगी द्वारा प्रतिष्ठित किए जाने का है, लेखक के लिए बीभत्स और त्रासद है।

यद्यपि पशुबलि को निर्धन के शोषण का प्रतीक ठहराकर इस कृति को 'प्रगतिशील साहित्य' के अन्तर्गत लाया जा सकता है तथापि लेखक की यह तटस्थ भंगिमा और बलि के पशु को पूजने और उससे क्षमा माँगे जाने के प्रसंगों पर उसका अतिरिक्त आग्रह (पशवे च नमस्तुभ्ये नमस्तेबलिरूपिणे छेद्योऽसि बलिरूपस्तवं प्रज्ञया परया गुरोः। छेदभेदोद्भवं दुःखं क्षमस्व पशुरूप धृक्) मार्क्सवादी चिन्तक को लेखक की नीयत के विषय में शंकालु होने का पर्याप्त आधार देता है। कहीं लेखक यह तो नहीं कहना चाहता कि सारा मानव-जीवन और कुछ नहीं, बलि का अनुष्ठान है, जिसमें लोग बहुत ही सदय रूप से क्रूर अथवा क्रूर से सदय होते हुए (बलि-पशु और खड्ग दोनों की पूजा करते हुए) एक-दूसरे से कहते हैं कि तुम एक उच्चतर सत्ता के लिए हमें अपना वध करने दो, इससे तुम्हें स्वर्ग मिलेगा (पशो स्वर्गम् गच्छ) और हमें और हमारी सन्तान को इस मर्त्यलोक में आयु, आरोग्य और ऐश्वर्य। हमने खड्ग से प्रार्थना कर रखी है कि तुम्हारे छेदन में शीघ्रता करे, इसलिए तुम्हें जरा भी कष्ट नहीं होगा।

उच्चतर सत्ता का नाम जो भी रख लो, ऊँ ही हिलिहिलि किलि किलिकिल के स्थान पर जो भी और मंत्र बना लो, यह सदय क्रूरता, यह क्रूर-दया, सनातन है। कदाचित् ऐसा कहना चाहता है लेखक। किन्तु छाग-बलि के वर्णन में जुटे हुए उसके छोटे-तीखे वाक्य सूक्ष्म-से-सूक्ष्म दार्शनिक जाल की पकड़ में आते नहीं।

उपन्यास के उत्तरार्द्ध में एक कौतुकपूर्ण घुमाव तब प्रस्तुत होता है जब छाग-बलि देनेवाला 'अमीर' स्वयं अगली सुबह दिल का दौरा पड़ने से मर जाता है। वही अमीर-गरीब जो बलि-अनुष्ठान में साथ थे, अब एक मुर्दा फूँकने में साझीदार बनते हैं। लेखक दाह-संस्कार का भी अत्यन्त तटस्थ भाव से वर्णन करता है। मुर्दा फूँककर लौटे लोगों के आग तापने और नीबू खाने के अनुष्ठान के वर्णन के साथ उपन्यास समाप्त होता है।

कोई आश्चर्य नहीं जो इस उपन्यास पर डी.डी. के प्रगतिशील मित्रों-प्रशंसकों में बहुत विवाद हुआ। कुछ विद्वानों ने जो प्रगतिशील साहित्य में आधुनिकता लाने के लिए लालायित थे, इस कृति की प्रशंसा की, किन्तु अन्य विद्वानों ने इसे ह्रासोन्मुख ठहराया।

जो हो, यहाँ इस कृति की विस्तृत समीक्षा अभीष्ट नहीं। इतना इंगित करना है कि इस उपन्यास ने ध्यान खींचा था और अगर डी.डी. लिखता ही रहता तो आज मुझे इतना कहने की भी आवश्यकता न पड़ती।

कृति का उल्लेख वर्तमान कथानक में इसलिए भी अनिवार्य हुआ है कि वह 'मारगाँठ' को समर्पित है। इसकी तीन टंकित प्रतियों में से एक नायक ने तुरन्त नायिका को भेज दी थी। साथ ही शास्त्री जी के नाम एक पत्र भी था जिसमें उनसे अनुरोध किया गया था कि वह डी.डी. के कारण अपनी पुत्री को दंडित न करें। डी.डी. समझ सकता है कि पुत्री को पिता के स्नेह की कितनी आवश्यकता है। वह दोषी है शास्त्री परिवार की सुख-शान्ति भंग करने का और यद्यपि यह अपराध अक्षम्य है तथापि वह विनती करना चाहता है कि शास्त्री जी उसे क्षमा कर दें। वह अब उन्हें या उनकी पुत्री को परेशान नहीं करेगा। समाज में जो बदनामी हो गई वह चिन्त्य है। उसे दूर करने के लिए डी.डी. काश कुछ कर सकने योग्य होता। डी.डी. को विश्वास है कि समय के साथ यह बात दब जाएगी और सब तरह से समर्थ शास्त्री-परिवार अपनी पुत्री का कहीं अच्छा रिश्ता कर सकेगा।

उसी दिन डी.डी. ने एक और पत्र गुलनार को लिखा कि पिछले पत्र का उत्तर न पाकर मैं चिन्तित हूँ। मेरा यहाँ कुछ भी बनता नजर नहीं आ रहा है। मैंने एक उपन्यास जरूर पूरा किया है लेकिन मैं अपनी बात साहित्य के नहीं, सिनेमा के माध्यम से कहना चाहता हूँ और उसकी यहाँ दूर-दूर तक कोई सम्भावना नहीं । जैसे भी हो मुझे बुला लो।

शास्त्री जी का उत्तर उसे तुरन्त प्राप्त हुआ। इसमें उन्होंने लिखा कि सारे कांड में असली अपराधी मैं ही हूँ। अपनी पुत्री का मन समझने और रखने का दायित्व मेरा था, मुझसे ही उसमें चूक हुई। तुम अपने मन में किसी प्रकार की ग्लानि मत लाओ। अब मैंने सारी बात आयुष्मती मैत्रेयी पर छोड़ दी है। उसका आग्रह है कि मैं तुम्हें यहाँ आमंत्रित करूँ। सो मैं कर रहा हूँ। मुझे विश्वास है कि तुम यहाँ आकर मुझे और मेरी पुत्री को अनुगृहीत करोगे। तुम्हारा उपन्यास मैं पढ़ चुका हूँ, या यों कहूँ मैत्रेयी को पढ़ा चुका हूँ। यहाँ आओगे तब इसके विषय में बातें होंगी। इसके ही नहीं, तुम्हारे समस्त पत्रों के विषय में भी, जो मैंने सहेजकर रख छोड़े थे कि कभी सुविधा से उन पर तुमसे विवाद किया जाए।

अपने आगमन की तिथि सूचित करो ताकि तुम्हारे स्वागत का समुचित प्रबन्ध किया जा सके।

इस पत्र के मिलने के महीने-भर बाद डी.डी. ने दिल्ली के लिए गाड़ी पकड़ी। उसकी यूनिटवाले एक सैट पूरा कर चुके थे, दूसरे पर जानेवाले थे। बीच के अवकाश में वह आ गया था। उसके लिए सम्भव न हुआ कि दिल्ली में हफ्ते-दस दिन रुका रहे जैसाकि शास्त्री जी और उनकी बेटी चाहते थे। वह चार दिन वहाँ रहा। ये चार दिन उसके जीवन के 'चाँदनी' के दिन माने जा सकते हैं लेकिन इनके विषय में उसे ब्योरेवार कुछ भी याद नहीं रह गया है। बिम्बों की एक फिरकनी-सी घूमती है उसके सामने जब वह इस दिल्ली-प्रवास का स्मरण करने बैठता है। बिम्बों की यह फिरकनी और उसके पीछे भारतीय शास्त्रीय संगीत (गनीमत है इलेक्ट्रॉनिक नहीं)। नायिका उन दिनों नायक को बताना चाहती थी कि मैं भी कलाकार बन रही हूँ और इस उद्देश्य से अक्सर गाती थी। या कदाचित् इसे यों कहना चाहिए कि वह इतनी आह्लादित थी कि गाए बिना उससे रहा नहीं जाता था। अलग-अलग तर्क के अनुसार अलग-अलग वक्तव्य बनते हैं।

जो हो, यह प्रसंग, हर तर्क से भारतीय शास्त्रीय संगीत पर घूमती बिम्बों की फिरकनी का ही प्रसंग है। नायिका आह्लाद में है, नायिका के पिताश्री को यह प्रतीति हो रही है कि घाव भर जाएँगे, सबकुछ ठीक हो जाएगा बाबा विश्वनाथ की कृपा से, नायिका की माता अपनी रुग्ण शैया पर उठ बैठते हुए, सिर पर पल्ला लेते हुए, दृष्टि थोड़ी-थोड़ी मिलाते हुए बतिया रही है किंचित् औपचारिक कुमाऊँनी में एक लम्बे-से लड़के से (दूध दे दिया था उदैसिंह ने? रस-भात पसन्द है कि डुबके बनवा दें? नींद ठीक आई? बेबी परेशान तो नहीं कर रही है?) और सुखी हो रही है कि प्रस्तावित घर-जँवाई सीधा है, अल्पसन्तोषी है और खा-पीकर जरा शरीर भर जाए तो भव्य व्यक्तित्ववाला भी—विष्णुस्वरूप!

नायक भी प्रसन्न है। वह आत्मीयता और सम्पन्नता के इस उच्च-मध्यवर्गीय नागर दुर्ग में घुस गया है अन्ततः। वह इस लड़की का प्यार पा जो गया है अन्ततः। सबकुछ अपनी शर्तों पर। बिना झुके। किन्तु कहीं यह चेतना शेष है उसमें कि यह शत्रुओं का दुर्ग है। विजित है उसके द्वारा किन्तु है शत्रुओं का ही। यहाँ जो कुछ है प्रतिपक्ष है। प्रेमिका भी। इसलिए कुछ संकुचित है उसका मन। अकारण-सी गलत-सलत-सी तुनकमिजाजी अथवा अतिशय औपचारिक विनम्रता प्रदर्शित कर रहा है जिस पर नायिका को हँसी आ रही है। जो हो, वह इतना प्रसन्न तो है ही कि नायिका के इस तरह खिलखिलाकर हँसने पर अथवा उसके तुनकने की ज्यों-की-त्यों नकल उतार देने पर नाक और होंठों के बीच कहीं थोड़ा मुस्कराए और नायिका की चोटी पकड़ ले अथवा कान खींच दे। नहीं, वह इतना नहीं तुनक रहा है कि नाराज होकर कदम पटकता बहिर्गमन कर जाए।

बिम्बों की फिरकनी है, तेज-तेज घूमते हैं बिम्ब संगीत के साथ और एक-दूसरे में खोने-से लगते हैं। इतनी अल्प अवधि तक टिकता है बिम्ब-विशेष कि उसकी

विशिष्टता का चेतन-स्तर पर कोई बोध हो नहीं पाता। बोध रह जाता है अनुभवकर्ता के रूप में अपने कहीं न रह जाने का। बोध रह जाता है उस सर्वभक्षी संगीत का जो न तेरा है न मेरा।

हिन्दी सिनेमा के आलोचक इस बात से खिन्न हैं कि हमारे दिग्दर्शक प्रेमी-प्रेमिका को वृक्षों की परिक्रमा में दौड़ते हुए, नाचते-गाते दिखाते हैं। इसे मेरे सर्वथा सठिया जाने का लक्षण मान लीजिए (पचहत्तर की वय में सर्वथावाली ही स्थिति होगी!) कि मैं यह मानने लगा हूँ कि नाचे-गाए-बजाए-उछले-कूदे-मारे-पीटे-दौड़े-भागे बगैर मनोयोगी की खाँटी अभिव्यक्ति असम्भव है।

अब यहीं देखिए न। इस फिरकनी में कुछ चौखटे ऐसे हैं जिनमें शास्त्री जी और डी.डी. का दार्शनिक प्रश्नों पर शास्त्रार्थ अंकित है। इस शास्त्रार्थ को सुनकर क्या हमें नायक-नायिका का प्रेम समझने में कोई सहायता मिलेगी? इस बहस में डी.डी. यह कह रहा है कि देवता को कुछ ही समय के लिए बुलाना, कुछ ही समय के लिए अपने को देव-तुल्य मानना और फिर स्व-धर्म में लौट आना यह परले दर्जे की बेईमानी है। पूजा करते समय महान् और फिर वही कमीने के कमीने। यह क्या बात हुई!

शास्त्री जी यह कह रहे हैं कि यह कमीनापन तो विशेष रूप से तुम-जैसे कलासाधकों के हितार्थ है। उसे अपने में प्रतिष्ठित करके बैठे ही रह जाओगे तो शून्यता में स्वयं भी खो जाओगे। शून्यता से कला नहीं उपजती, शून्यता से संसार नहीं चलता। किन्तु उसकी कोई प्रतीति ही न हो तुम्हें, कोरा कमीनापन ही हो तो उससे भी कला नहीं उपजती, संसार नहीं चलता। तथागत हो जाने से नहीं चलता संसार, उससे तो रुक जाता है उलटे, किन्तु तथाता का लेशमात्र भी आभास न होने से जीवन नर्क हो जाता है।

डी.डी. जानना चाहता है कि स्वर्ग क्यों नहीं बन सकता धरा पर, हर व्यक्ति देवत्व क्यों नहीं प्राप्त कर सकता?

अब बताइए इस तथाता से माथापच्ची करते अथवा 'तुम कुछ नहीं, एक अनाम अभिनेता हो और यह जीवन तुम्हारी एक भूमिका मात्र है जिसे अच्छी तरह निबाहना भी तुम्हारा धर्म है और जिसे मात्र एक भूमिका माने रहना भी तुम्हारा धर्म' जैसी स्थापनाओं का विश्लेषण करते हुए इन सिरफिरों की बातों से प्रेम-कथानक का क्या बनता-बिगड़ता है? यह सही है कि डी.डी. बार-बार ऊँचे स्वर में लानत भेज रहा है अपनों पर, अपने पर, आध्यात्मिक-प्रागैतिहासिक साम्यवाद को धराशायी कर रहा है भौतिक-ऐतिहासिक साम्यवाद से। अगर इससे नायिका का पिता उखड़ रहा होता तो इसे हम कथानक की दृष्टि से महत्त्वपूर्ण मान सकते। किन्तु वह मन्द-मन्द मुस्कराते हुए ग्रहण कर रहा है नायक का युवकोचित आवेश। वह मानकर चल रहा है कि बालक अपनी ही परम्परा का

है। द्वंद्वात्मकता सांख्य की हो या हीगल की, है तो लफ्फाज द्वंद्वात्मकता ही। शास्त्रार्थ करनेवाला शास्त्री ही कहा जाएगा, भले ही उसका शास्त्र मार्क्स मुनि का लिखा हो।

शास्त्री जी के अनुसार यह लड़का शास्त्री है। उसका मार्क्सवादी होना एक गौणतर तथ्य है। पिस्तौल ही लेकर आ जाए और सीने पर रखकर कहे बकवास बन्द करो, क्रान्ति हो गई है, तो बात दूसरी है। अभी तो शास्त्री ही है और अच्छे लगते हैं शास्त्री जी को शास्त्री।

मैं समझता हूँ कि यही उचित है कि हम इन शास्त्रियों की बहस का ध्वन्यालेख मिटवा दें। केवल उनके मुखों का खुलना, उनकी अँगुलियों का नाचना, उनके चेहरे पर भावों का आना-जाना देखें, बगैर कुछ सुने। वैसे ही जैसे एक कन्या कुमारी जो इनमें से एक शास्त्री की पुत्री और दूसरे की प्रेमिका है, अपने पिता की आरामकुर्सी के पीछे खड़ी हुई देख रही है, आवाजों का भाव पकड़ते हुए, आवाजों का अर्थ अनसुना करते हुए। यह आवश्यक नहीं कि हम भी उसकी भाँति मुस्कराते रहें, कभी प्रेमी को जीभ दिखाएँ और कभी पिता की टोपी से खेलें। हम चाहें भी तो उसकी तरह अपनी पोर-पोर से यह प्रकट कर नहीं सकते कि मैं इस पुरुष की पुत्री हूँ, उस पुत्री की प्रेमिका और मैं ही हूँ जो इन दोनों को यहाँ मिला रही हूँ अपनी प्रीति के रसायन से। शेष जो भी है, शब्दाडम्बर है।

ध्वन्यालेख में शब्द हटाकर संगीत के स्वर में रख दिए जाएँ।

बहस जारी रहती है सुबह और शाम की सैर पर। सुबह-शाम घूमने का नियम है शास्त्री जी का। दो मील सुबह, दो मील शाम। अगर कभी बाहर न निकल सकें तो आँगन या बरामदे में ही घूमते हैं। जिस घर में भी जाते हैं उसका आँगन अथवा बरामदा पहले नाप लेते हैं कि यहाँ से वहाँ, वहाँ से यहाँ टहलते हुए कितने चक्कर काटने पर दो मील होंगे!

नई दिल्ली में इन दिनों, सौभाग्य से, मौसम साफ है। बाहर गए हैं वे तीनों सैर पर। राजधानी की साफ-सुथरी अशोक और गुलमुहर के वृक्षोंवाली सड़कें नापी हैं उन्होंने। बहस के बीच-बीच शास्त्री जी कोई रोचक पौराणिक कथा, कोई पंडिताऊ-सा लतीफा सुनाते रहे हैं और हँसते रहे हैं वे तीनों। ठठाकर हँसते हैं शास्त्री जी जब भी हँसते हैं और आवश्यक होता है कि आप भी, उनकी वय का आदर करते हुए, उत्साह से हँसें। कन्या, पिता और प्रेमी के मध्य चलती है बहुधा। पिता का हाथ पकड़े ही रहती है और यदा-कदा चोरी-छिपे पकड़ लेती है प्रेमी का भी हाथ, और पिता इस चोरी को पकड़ लेने के बावजूद अनदेखा करता रहता है। हम उन्हें हमेशा थोड़ा श्रद्धालु दूरी से देखते हैं और यहाँ भी ध्वन्यालेख में शब्द नहीं, केवल संगीत के स्वर ही होते हैं।

मैं यह सब आपको कुछ वैसे ही दिखाना चाह रहा हूँ जैसे कथानायक अपनी फिल्म में इसे दिखाना चाहता। किन्तु मुझे स्वीकार करना चाहिए कि मेरे समक्ष रखा यह कोरा कागज, सिनेमा का पर्दा नहीं है।

कुछ यही कठिनाई मेरे सामने इन बिम्बों के सन्दर्भ में आती है जिनमें नायक-नायिका प्रेमी-युगल की भूमिका में एकान्त-लाभ करते हुए अंकित हैं। प्रेमी जन यों भी बहुत निस्सार बातें करते हैं और यहाँ तो, कम-से-कम नायिका की ओर से, निस्सारता पराकाष्ठा पर पहुँची हुई है। प्यार में बच्चोंवाली बातें, बड़े-बड़े कह और कर जाते हैं किन्तु यह नायिका तो वस्तुतः तुतला रही है। मानो वह एक ऐसे बच्चे से बोल रही हो जिसने अभी बोलना सीखा न हो ठीक से। कूची-कूची, मम्मम, चों, पिट्टी-पिट्टी, दुद्दू-जैसी शब्दावली से भरे पड़े हैं उसके संवाद। वह कभी नायक की नाक पकड़कर हिलाती है, कभी उसकी आँखें पीछे से आकर मींच लेती है, कभी उसे अपने पीछे दौड़ाती, कभी उसके पीछे खुद दौड़ पड़ती है। कभी उसका हाथ, हाथ में लेकर झुलाती है जोर-जोर से और करती जाती है भविष्य की कल्पनाएँ—फीर हम वहाँ जाएँगे भाई, फीर हम ऐसा करेंगे भाई, फीर हम वैसा खरीदेंगे, फीर हम...। इन कल्पनाओं में ऐसा कुछ भी नहीं जो उल्लेखनीय हो, सुख-सन्तोष की बहुत सामान्य-सी घरेलू-सी कल्पनाएँ हैं ये। कोई तथ्य अगर सम्प्रेषित होता है इनसे तो मात्र यही कि एक भविष्य है और उस भविष्य में यह नायिका, इस नायिका के अनुसार, इस नायक के साथ है, इस नायक से अभिन्न है। नायक इस सबको ऐसे सुन रहा है जैसे किसी सिर-चढ़े किन्तु प्यारे बच्चे की बात सुनी जाती है यह समझते हुए कि वह 'ना' सुनने का अभ्यस्त नहीं है। वह मुस्कराता है। बीच-बीच में मुँह बहुत अविश्वास से मटकाता है, खासकर तब जबकि नायिका अपने को कुशल गृहिणी (तब तक मैं झटपट बना दूँगी दाल-भात, पपटौले) अथवा सह-लेखिका (मैं और तू मिलकर लिख देंगे एक फिल्म-कहानी) की भूमिका में प्रस्तुत करती है।

कुछ बिम्बों में वे ऐसे काम करते देखे जा सकते हैं जो मानवीय प्रेम के सामान्य व्यापार हैं। यथा दौड़म-भाग के बाद (शास्त्री जी को विश्वम्भरदास रोड पर जो बँगला मिला है उसके पीछे-आगे बगीचे में इस सबके लिए पर्याप्त स्थान है, अवसर है) जब पकड़म्-पकड़ाई हो जाती है तब वे कुछ देर एक-दूसरे को घूरते हुए हाँफते हैं और फिर क्षणिक अथवा सुदीर्घ आलिंगन करते हैं। वे एक-दूसरे की थाली में से खा लेते हैं या अपनी थाली में से दूसरे को अपने हाथ से खिला देते हैं। वे, खासकर नायिका, मेज के नीचे एक-दूसरे का पाँव अपने पाँव से दबा देते हैं। कभी जब बहुत-से लोग साथ बैठे हों कमरे में और बातचीत चल रही हो, वे चोरी से अपलक एक-दूसरे को देखते हैं, पकड़े जाते हैं।

क्या पशुओं के जोड़ा बैठाने की तरह मानवीय प्यार भी एक नितान्त सुपरिचित व्यापार है? यदि ऐसा है तो किसी के प्रेम करने की, प्रेम में पड़े होने की विशिष्टता क्या है? क्या अन्त में वह यही कह सकता है कि भले ही यह अनुभव, यह व्यापार सामान्य हो, मैं अनुपम हूँ और मेरे अनुपम होने से यह भी अनुपमेय हुआ जा रहा है? किन्तु क्या यह नायक अनुपम है, यह नायिका अनुपम है? नायक के व्यवहार की तो सामान्यता तक साधारण है। उस बेचारे को 'कूची-कूची-पिट्टी-पिट्टी' वाले संवाद में अपने बुद्धि-कौशल, शब्द-सामर्थ्य का उपयोग करके विशिष्टता का दावेदार बन सकने का अवसर ही नहीं मिल रहा है। नायिका अवश्य अपनी धृष्टता के कारण सामान्य छेड़छाड़ को कुछ विशिष्टता प्रदान कर रही है। हर कोई नायिका बैडमिंटन खेलते समय शटल को नायक के खोपड़े पर स्मैश करने के लिए यत्नशील नहीं रहती। न साधारणतया यह देखा गया है कि नायिका, गुस्लखाने से तौलिया लपेटकर बाहर आए नायक का, तौलिया खींचकर भाग जाती हो। और न नायिकाएँ, जहाँ तक मुझे जानकारी है, अपनी माता से बातें करते प्रेमी को बीच-बीच में आ-आकर गुदगुदी ही देती हैं। और यह तो मेरे सुनने में कभी नहीं आया कि नायिकाएँ नहाते हुए गुस्लखाने का दरवाजा थोड़ा-सा खोलती हैं, अपने गीले चेहरे, गीली बाँह की एक उत्तेजक-सी झलक दिखाती हैं नायकों को और पूछती हैं पूरी मासूमियत से : 'वे पर्वत, जंगल, नदी, नाला देखता है?' और जब वासना के हाथों अपना विवेक बेचकर नायक देहरी तक पहुँचते हैं, दरवाजा भड़ से बन्द होता है और नायिकाएँ भीतर से हँसकर कहती हैं, 'आहा, बड़ी जल्दी!' सच मैंने कभी नहीं सुना, किन्तु सम्भव है यह सब भी सामान्य हो, मैंने इसीलिए न सुना हो कि मैं अध्यापक रहा हूँ और अध्यापकों को इस तरह की बातें सुनाई नहीं जातीं।

बाध्य होकर ये बिम्ब भी हमें लगभग संवादरहित छोड़ने पड़ते हैं। हम उन्हें देखते हैं एक-दूसरे को हर पोर से हर कोण से देखते हुए, और संगीत सुनते हैं।

इस फिरकनी में कुछ बिम्ब ऐसे भी हैं जिनमें नायक-नायिका घर के बाहर साथ-साथ दिखाए गए हैं। कुछ में वे सड़क पर चल रहे हैं। नायक अपनी सारस चाल में हमेशा एक-दो कदम आगे, नायिका अपनी इठलाती (दो बिन्दुओं के बीच की न्यूनतम दूरी सीधी रेखा न मानती हुई) चाल में हमेशा कुछ कदम पीछे, उससे धीमे चलने का अनुरोध करती हुई। कुछ में वे फिल्म देख रहे हैं, नायिका अपना सिर नायक के कन्धे पर टिकाए हुए है और उसके मन में बार-बार कुछ ऊल-जलूल कह रही है। नायक उसे कभी-कभी फिल्म-सम्बन्धी अपने तकनीकी ज्ञान से चमत्कृत करने का विफल यत्न कर रहा है ('कूची-कूची' बोलनेवाले पैनिंग शॉट, ट्राली फारवर्ड ये सब सुनने को तैयार होते नहीं आसानी से)। अधिकतर बिम्बों में नायक अपने उन इलाहाबादी साहित्यिक मित्रों के साथ है जिनका पिछले दिनों दुर्भाग्य से दिल्लीवास

हो गया है। नायक इन सभी बिम्बों में नायिका की उपस्थिति से थोड़ा संकोच में, थोड़ा लजाया-सा और चिर-आशंकित दीख रहा है। सच तो यह है कि वह नायिका को साहित्यिकों के समक्ष प्रस्तुत करना ही नहीं चाहता था। उधर नायिका का हठ था कि तू जहाँ भी जाएगा, मैं साथ जाऊँगी। नायक चाहता था, वचन ले चुका था कि नायिका साहित्यिकों के सामने मुँह न खोले और कम-से-कम हँसे तो हरगिज नहीं। किन्तु नायिका थी कि बोलते रहने, हँसते रहने की मानो कसम खाए बैठी थी। नायक के कुहनी मारने या पाँव से पाँव दबा देने का कोई प्रभाव ही नहीं पड़ रहा था। नायक का संकोच कुछ और इसलिए बढ़ गया कि नायिका स्पष्ट ही उसके साहित्यकार मित्रों पर हँस रही थी। वह मानो यह कहना चाह रही थी कि ये सब बड़े बुद्धू हैं। है तो तू भी, लेकिन तू जरा प्यारा बुद्धू है। कहीं भी डी.डी. और उसके साहित्यिक साथियों में किसी बात पर मतभेद होता तो वह बगैर कुछ समझे-जाने नायक का जोरदार समर्थन करती और 'आ-हा-हा-हा' और 'वाह-वाह-वा' शैली में अन्य साहित्यकारों को उखाड़ देना चाहती। नायक इसलिए भी खिन्न है कि इन अवसरों पर नायिका अपने पास तमाम और वस्त्र होते हुए भी नायक द्वारा कड़की की हालत में बम्बई से लाई हुई सस्ती शोलापुरी साड़ी ही पहने है और ग्रामकथा के पक्षधरों तक को ऐसी 'दिहाती' साड़ी पहनी लड़की गँवार मालूम हो सकती है। तब तो और भी, जब उसे उनकी गाँवों में छूटी हुई पत्नियों की तरह हाथ नचा-नचाकर बात करने की आदत हो!

हमें नायिका से कितना भी अनुराग क्यों न हो, साहित्यिक सद्भाव के हित में इन बिम्बों को भी संवादहीन रखना होगा।

फिरकनी में कुछ बिम्ब ऐसे भी हैं जिनमें नायक किसी और काम में व्यस्त नायिका को अथवा नायिका किसी और काम में व्यस्त नायक को कुछ उस दृष्टि से बाँधे है जिससे माता-पिता अपनी योग्य सन्तान को देखते हैं। कुछ बिम्बों में दोनों ही निठल्ले मौन के साझीदार हैं और एक-दूसरे को कुछ उस तरह देख रहे हैं जिस तरह दर्पण में अपने को देखा जाता है। कुछ बिम्बों में ये एक प्रकार के परम बौद्धिक निठल्लेपन में पंजे से पंजा फँसाये जोर-आजमाई कर रहे हैं। मानो जान रहे हैं कि प्यार, बहुत ही प्यारे ढंग से खूँखार भी होता आया है।

फिरकनी का अन्तिम (यों फिरकनी में कौन पहला कौन अन्तिम!) बिम्ब है प्लेटफॉर्म से छूटती ट्रेन का। नायक खिड़की से हाथ हिला रहा है। शास्त्री जी लाठी पर वजन डाले खड़े हैं, नायिका हाथ हिला रही है। सहसा वह तेज-तेज दौड़ती है नायक के हिलते हाथ की ओर, अँगुलियों से छू लेती है उसकी अँगुलियाँ और कुछ कहती है जो ट्रेन की आवाज में खो जाता है।

किन्तु नायक ने, पता नहीं सही या गलत, बाँच लिया है उन होंठों को—जिलेम्बू।

वह भी कह रहा है 'जिलेम्बू!' लेकिन गाड़ी की गड़गड़ाहट में उसे न हम सुन पाते हैं और न अब प्लेटफॉर्म पर पीछे और पीछे छूटती जाती नायिका।

शास्त्री जी चाहते थे कि यह बात डी.डी. से आमने-सामने कहें, समझाकर कहें। किन्तु पुत्री ने पिता को इसका अवसर ही नहीं दिया। बाध्य होकर लिखनी पड़ी है यह बात पत्र में।

शास्त्री जी का प्रस्ताव है कि चिरंजीव देवीदत्त आगामी सत्र से दिल्ली विश्वविद्यालय में भरती हो जाए और हिन्दी में एम.ए. और पी-एच. डी. करे। शास्त्री जी समझते हैं कि उसके-जैसे मेधावी और ज्ञान-पिपासु युवक के लिए बम्बई का सिनेजगत् सर्वथा अनुपयुक्त कार्यक्षेत्र है। विश्वविद्यालय में पढ़ना और अनन्तर पढ़ाना उसके लिए अधिक अनुकूल होगा।

शास्त्री जी सूचित करते हैं कि आयुष्मती मैत्रेयी स्वयं को चिरंजीव देवीदत्त से विवाहित मानती है और मैत्रेयी के माता-पिता इस युवक को अपनी पुत्री के लिए सर्वथा योग्य वर समझते हैं। इस युवक के सान्निध्य में उन्होंने ये जो चार दिन बिताए वे नितान्त सुखद रूप से प्रमाणित कर गए कि पुत्री की पसन्द बहुत ही अच्छी है। इतना सौम्य, सुशील, विनम्र और मेधावी युवक वर्तमान युग में दुर्लभ ही कहा जाएगा।

शास्त्री जी चाहते हैं कि पुत्री ने जो मान लिया है वह अब समाज द्वारा भी मान्य हो जाए। उन्हें आशा ही नहीं अपितु विश्वास भी है कि चिरंजीव देवीदत्त आयुष्मती मैत्रेयी से विवाह करने और शास्त्री-शास्त्रानी के साथ रहकर उनकी वृद्धावस्था सुखमय बनाने का अनुग्रह करेगा।

चिरंजीव देवीदत्त धन्य हुआ है शास्त्री जी का शुभ प्रस्ताव पाकर। आयुष्मती मैत्रेयी ने जब भी यह समझा हो कि देवीदत्त उसका है, देवीदत्त ने तो प्रथम साक्षात् में ही अन्तिम निर्णय कर लिया था कि मैं मैत्रेयी का हूँ, मैत्रेयी को मेरा होना स्वीकार हो भले ही नहीं। चिरंजीव देवीदत्त के लिए इससे अधिक सुखद स्थिति क्या हो सकती है कि आयुष्मती मैत्रेयी ही नहीं, उसके पूज्य माता-पिता भी इस अकिंचन को धरा से उठाकर गले लगा रहे हैं। किन्तु देवीदत्त जन्म से ही सदा आश्रित और पालित रहा है। उसका युवा मन अब दूसरों का और अधिक आभारी होने से बिदकता हो तो पूज्य शास्त्री जी इस दोष को सहज-स्वाभाविक मानें, अन्यथा नहीं।

चिरंजीव देवीदत्त जानता है कि यह चिरंजीव देवीदत्त का मिथ्या अहंकार ही कहा जाएगा कि वह शीघ्र ही इस योग्य हो जाने की कल्पना कर रहा है कि आयुष्मती मैत्रेयी को अपने ही बूते पर सुखी जीवन प्रदान कर सके। सम्भव है

उसकी ये योजनाएँ निष्फल हों, उस स्थिति में थका-हारा वह पूज्य शास्त्री जी की शरण में ही आएगा क्योंकि उस अभागे को इतनी आत्मीयता आज तक किसी से नहीं मिली जितनी इस उद्भट विद्वान् से। इस विद्वान् के श्रीचरणों में बैठकर विद्यार्जन करने का चिरंजीव देवीदत्त के लिए उच्चतम आकर्षण है। कभी उसने कल्पना की थी पी-एच.डी. करने और प्राध्यापक बनने की, अब भी यह कल्पना उसे सुखद ही प्रतीत होती है।

जिस आयुष्मती मैत्रेयी को चिरंजीव देवीदत्त ने अपने अपरिपक्व व्यवहार के कारण समाज की दृष्टि में कलंकित कर दिया है उसे विधिवत् अपना लेना उसका कर्तव्य है, एक नितान्त आवश्यक अनुष्ठान है। हृदय से तो वह उसे कभी का अपना चुका। आयुष्मती मैत्रैयी, धृष्टता के लिए क्षमा चाहता है देवीदत्त, पूज्य शास्त्री जी की ही नहीं, देवीदत्त की कामना की भी अंगजा है। देवीदत्त मात्र यह अनुमति चाहता है कि अपनी कामना की दुहिता को उसकी कामना के अनुरूप जीवन दे सकने का एक यत्न कर देखे।

शास्त्री जी पढ़ रहे हैं चिरंजीव देवीदत्त का पत्र और जान रहे हैं कि दूसरों की सलाह पर पुनः मर्मान्तक भूल हो गई है।

"उसने लिखा है वह बम्बई में ही अभी अच्छे धन्धे-रोजगार की कोशिश करेगा। नहीं हुआ तो यहाँ आ जाएगा।" पिता तुम कह रहे हो पुत्री से, पुत्री की माँ से। तुम्हारी पुत्री आश्वस्त है कि वह आएगा और उस पुत्री की व्यावहारिक, 'दुनिया देखी' माँ आशंकित है, निःश्वास छोड़ रही है।

और तुम उस पत्र को वहीं खुला छोड़कर बाहर चले गए हो कमरे के। उनके कानों से दूर। अब दुखती कमर को दो अशक्त हाथों से सहारा देकर तुम छोड़ रहे हो एक गहन निःश्वास।

तुम्हारी पुत्री ढिग आ खड़ी हुई है और कह रही है तुम्हारा हाथ पकड़कर, "वह आएगा बाबू। तुम फिकर मत करना, अच्छा!"

"अच्छा!" कहकर तुम एक गहरी साँस भरते हो और फिर भीतर चले जाते हो जहाँ तुम्हारी पत्नी उस पत्र को आड़ा-तिरछा घुमाते हुए अटक-अटककर पढ़ रही है और कुछ इतना ही दुर्बोध है वह उसके लिए जितना कि बीजगणित।

बीजगणित ही तो है—तुम कहते हो अपने से—मैं, तू और वे का यह समीकरण।

डी.डी. की सभी योजनाएँ निष्फल होती जा रही हैं। मद्रास में एक तमिल फिल्म का हिन्दी रूपान्तर बनाने में उसे दिग्दर्शक का पद मिल सकता था, नहीं मिला। दिल्ली से दो सरदार फिल्म-निर्माता बनने बम्बई पहुँचे थे और उसने उन्हें अपनी पहचान के लिए अभिनेता से मिलवा दिया था। सम्भावना थी कि उस अभिनेता को

लेकर फिल्म बने और डी.डी. उसका दिग्दर्शक हो। किन्तु यह भी नहीं हुआ। उसे महाराष्ट्र सरकार के फिल्म-विभाग में अच्छी नौकरी का आश्वासन दिया गया था लेकिन बात आश्वासन से आगे बढ़ी नहीं।

और सबसे दुखद बात यह है कि गुलनार ने उसकी चिट्ठी का कोई जवाब दिया नहीं।

किन्तु उसे प्रतीक्षा है अब भी, कुछ आशा है वहाँ से, उसने एक और पत्र डाल दिया है गुलनार को। साथ ही उसने शास्त्री जी को सूचित कर दिया है कि मुझे यहाँ अपना कोई काम बनता नहीं दिखता। आप वहाँ किसी कॉलेज में मेरे प्रवेश का प्रबन्ध कर दीजिए। कहीं विलम्ब न हो जाए। सम्भव हो तो मेरे लिए ट्यूशन का काम भी कहीं देख रखिए। खैर, वह मैं वहाँ पहुँचकर भी खोज सकता हूँ।

प्रेम जब यह चाहने लगे कि मैं अपने प्रिय को एक नए आकार में ढाल दूँ, प्रेम जब यह कल्पना करने लगे कि वह जो मेरा प्रिय है, मिट्टी का बना है और मैं उसे मनचाही आकृति दे सकता हूँ, ऐसा या वैसा और फिर ऐसा ही और फिर न-ऐसा-न-वैसा बना-बनाकर देख सकता हूँ अलग-अलग कोणों से और मिट्टी-सने हाथोंवाले किसी क्षण परम सन्तोष को प्राप्त हो सकता हूँ, तब प्रेम, प्रेम रह जाता है कि नहीं, इस पर शास्त्रार्थ की अपार सम्भावना है।

यहाँ नायिका, नायक द्वारा मोती-जैसे अक्षरों से भरा हुआ कॉलेज का प्रवेशफार्म देख चुकने के बाद, बँगले के पीछे झूले पर बैठी हुई ऐसी ही कल्पनाओं में लीन है। उसे पिछली बार यह देखकर खुशी हुई थी कि नायक देव आनन्द की तरह बालों में आगे कलगी-सी नहीं निकालता। इसी तरह की छोटी-छोटी खुशियों की एक बड़ी-सी लड़ी गूँथकर वह अपने भविष्य को पहना रही है।

शास्त्रार्थ में न पड़ते हुए भी निवेदन करूँ कि इस प्रेमकथा के विषय में मैं किंचित् चिन्तित हो उठा हूँ। यों मेरे चिन्तित होने से सुधीजन चिन्तित न हों। दर्शन पढ़ने-पढ़ाने में सारा जीवन लगा देने के बावजूद मैं दार्शनिक वैराग्य को प्राप्त नहीं हो सका हूँ। चिर आशंका मेरी स्थायी मनःस्थिति है। कुछ नहीं तो शाम को घूमने गए और देर तक न लौटे पोते-पोतियों के विषय में आशंकित रहने लगा था। इसलिए मेरे योग्य पुत्रों ने मुझे गर्मियाँ बिताने के लिए यहाँ बिनसर भेज दिया है और इस एकान्त में जहाँ मुझे मृत्यु के अतिरिक्त और किसी के आने अथवा न आने की आशंका नहीं हो सकती, मैं किसी और सिरफिरे की संस्कृत में लिखी आधुनिक कादम्बरी को नए सिरे से आप सुधीजनों के हित हिन्दी में रचते हए किन्हीं अनजान युवाओं के, कभी बहुत पहले के, प्यार के विषय में आशंकित हो उठा हूँ। इतना आशंकित कि मानवीय प्यार का अन्यतम पक्षधर होते हुए भी मैं गुलनार से सहमत होना चाहता हूँ कि मानवीय प्यार और

मानवीय जीवन में आधारभूत बैर है। गुलनार ने डी.डी. से यह उस रात तब कहा था जब उस 'गुड हेवन्स नो' ने विश्वास प्रकट किया था कि बेबी के लिए मेरा प्यार अमर सिद्ध होगा।

—

गुलनार का पत्र आ गया है अन्ततः। बहुत ही लम्बा पत्र है। अधिकतर गुलनार के विषय में ही। गुलनार का इधर कलात्मक कार्यों में पैसा लगानेवाले एक धनाढ्य अमरीकी पैट इल्फर्ड से सम्बन्ध हो गया है। वह उसे पेरिस में एक फिल्म के प्रथम प्रदर्शन के अवसर पर मिला था। दुर्भाग्य कि यह एक रात का चक्कर सिद्ध नहीं हुआ। एक रात का चक्कर कुल मिलाकर सम्बद्ध व्यक्तियों के लिए अधिक श्रेयस्कर रहता है। पैट गुलनार से विवाह करना चाहता है, वह भी तलाकशुदा है। गुलनार विवाह के पक्ष में नहीं है। गुलनार के विचार से, गुलनार पत्नी की भूमिका में उतनी सफल नहीं है जितनी कि सुसंस्कृत रखैल की (मिस्ट्रेस के लिए यह अनुवाद बहुत उपयुक्त नहीं, लेकिन डी.डी. के मन ने यही अनुवाद किया है)। गुलनार पैट के साथ यूरोप-भर में घूमती रही थी और उन दोनों ने एक प्रकार से अपना संसार से सम्बन्ध काट रखा था। इसीलिए गुलनार इस बालक के पत्रों को न पढ़ सकी, न इस बालक के लिए कुछ कर सकी। बालक जीनियस है, इस विषय में गुलनार को कोई सन्देह नहीं है। प्रमाण-स्वरूप पिछले दिनों अमरीकी पत्रों में प्रकाशित किसी बीमा कम्पनी का एक विज्ञापन काटकर भेज रही है। इस पर ऊपर लिखा है, 'यस इंडीड, दिस बॉय इज ए जीनियस' (निस्सन्देह यह लड़का जीनियस है) और नीचे एक चशमुद्दीन लड़के का कार्टून बना है। डी.डी. कृपया गौर करे कि इस लड़के की शक्ल उससे कितनी मिलती है। और अगर उसे तुरन्त यह याद न आ रहा हो कि उसकी अपनी शक्ल कैसी है तो आईने तक जाने की जरूरत नहीं। गुलनार ने जुहू पर खींचा गया एक चित्र भी साथ में नत्थी कर छोड़ा है जिसमें डी.डी. अपना कच्छा और जनेऊ पहने है।

गुलनार को यह जानकर खुशी हुई कि डी.डी. ने कोई उपन्यास लिखा है। काश अंग्रेजी में लिखा होता, वह भी पढ़ सकती। गुलनार के लिए यह भी सन्तोष का विषय है कि इस नवयुवक ने पश्चिम जाने का निर्णय कर लिया है। गुलनार को खेद है कि वह इस नवयुवक के लिए यहाँ कोई काम ढूँढ़ नहीं पाएगी। कनाडा और अमेरिका में काम करने के लिए आने का वीजा मिलना कठिन है। एक ही उपाय है कि वह विद्यार्जन के लिए यहाँ आए। गुलनार कैलिफोर्निया विश्वविद्यालय के सिने-कला विभाग का प्रवेश-पत्र भिजवा रही है। बालक इसे तुरन्त भरकर भेजे। यह लोग बालक की बनाई डॉक्यूमेंट्री देख चुके हैं। इसलिए गुलनार को विश्वास है कि उसे न केवल वहाँ प्रवेश मिल जाएगा, बल्कि छात्रवृत्ति भी। मार्ग-व्यय के विषय में भी वह चिन्तित न हो।

गुलनार स्वयं टिकट खरीदकर भेज सकती है और यदि संकोची बालक इसके लिए राजी न हो तो वह अपने वर्तमान प्रेमी के किसी भी कला-प्रोत्साहन-न्यास से टिकट का पैसा दिलवा देगी।

डी.डी. ने वह फार्म भरकर भेज दिया है।

अंग्रेजी उसे अच्छी-खासी आती है, सच तो यह है कि एक प्रकार से भाषा को ही उसने अपने 'उत्थान' का साधन बनाया है। गंगोलीहाटवाली कुमाऊँनी की जगह अल्मोड़ावाली कुमाऊँनी और कुमाऊँनी-हिन्दी, फिर उसकी जगह शुद्ध हिन्दी और उर्दू भी (नवाजिश सही-सही बोल सकने के लिए उसने घंटों अभ्यास किया था एक बार) और अन्ततः अंग्रेजी। यदि भाषा भी एक सामाजिक श्रेष्ठता की माप है तो विपन्न डी.डी. उसके सहारे ही कुछ हाथ मार ले, ऐसा आग्रह कदाचित् उसके मन में रहा है। या सम्भव है कि भाषाओं के प्रति उसका यह उत्साह उसकी साहित्यिक प्रवृत्ति का ही द्योतक है। खैर, तो अंग्रेजी उसे अच्छी-खासी आती है, फिर भी इस फार्म को भरने के लिए विज्ञापन जगत के एक अंग्रेजीदाँ मित्र से परामर्श करने गया! वह नहीं चाहता था कि उससे कहीं कोई गलती हो।

डी.डी. ने पासपोर्ट के लिए आवेदन कर दिया है।

डी.डी. परम सन्तुष्ट है।

डी.डी. से पूछा जा सकता है कि अगर तू मार्क्सवादी, क्रान्तिकारी आदि है तो घोर पूँजीवाद के देश अमेरिका जाने के विषय में उत्साहित कैसे है?

डी.डी. का उत्तर है—मैं मार्क्सवादी आदि हूँ तो इस अर्द्ध-सामन्ती भारत में क्या कर रहा हूँ। क्या अमेरिका में मार्क्सवादी नहीं होते। हावर्ड फास्ट और पॉल राब्सन के नाम नहीं सुने तुमने? और कौन-सा मैं वहाँ बसने जा रहा हूँ?

डी.डी. से पूछा जा सकता है कि बेबी का क्या होगा?

डी.डी. घोर अचरज से पूछता है : क्या होगा माने? वह मेरी प्रतीक्षा करेगी। तीन-चार साल में मैं लौट ही आऊँगा। नहीं लौटा तो उसे वहाँ बुलाने का प्रबन्ध करूँगा। इस बीच वह यहाँ पढ़ती रहेगी।

डी.डी. जानना चाहता है कि अगर मैं अपने और किसी के योग्य बनने की दिशा में एक महत्त्वपूर्ण कदम उठा रहा हूँ तो आप सब लोग 'हैं-हैं-हैं' क्यों कर रहे हैं?

हैं-हैं-हैं करनेवालों में सौभाग्यवती दया प्रमुख हैं।

बीजगणित शैली का डी.डी. का वह पत्र पढ़ने के बाद शास्त्री जी ने सौभाग्यवती दया को अपने बड़े-बड़े अक्षरों में एक छोटा-सा पत्र डाला था किसी से कुछ कहे बिना। इस पत्र में दया को सूचित किया गया कि बेबी और डी.डी. की शादी कर देने का प्रस्ताव है। डी.डी. दिल्ली आकर घर-जमाई बनने में कुछ आनाकानी कर

रहा है। जरा इसकी टोह लेना। तेरे मामा तो वही माटी के माधो हैं। सौ. दया अपने पति से टोह लेने का सत्कार्य कराती रही है। एक दिन डी.डी. को घर पर भोजन के लिए आमंत्रित भी कर चुकी है।

सौ. दया ने इधर कुछ छोटे-मोटे समाचार बुलेटिन-से पूजनीया मामीजी को भेजे हैं। इनमें यह बताया गया है कि डी.डी. का बम्बई में कोई भी भविष्य नहीं है। वह यहाँ लगभग भूखा मर रहा है। डी.डी. दौड़ा-दौड़ा दिल्ली चला आता किन्तु उसे अब भी उस मेम से कुछ आशा है जिसके साथ इसने मेरे घर आकर एक दिन कुहराम मचाया था। यह उस मेम को बराबर पत्र भेज रहा है कि मुझे अपने पास बुला ले। मेम शायद इसे अब बुलवानेवाली है। टिकट भी खुद ही भेजनेवाली है।

सौ. दया के विचार से यह सारा ही कांड बहुत दुखद रहा है और सौ. दया को आशंका है कि यह कुछ और भी दुखद हो जानेवाला है। पता नहीं कि क्यों बेबी इस डी.डी. के प्रति वहाँ शादी की भीड़-भाड़ में हुई छोटी-सी मुलाकात के कारण इतनी दीवानी हो गई कि उसने समाज में बदनामी मोल ले ली। जो हो, इस बदनामी को दूर करने के लिए पूज्य मामा-मामी के पास डी.डी. का बेबी से विवाह कर देने के अतिरिक्त कोई उपाय नहीं। इसीलिए सौ. दया पूजनीया मामीजी को आगाह करना चाहती है कि कहीं ऐसा न हो कि यह डी.डी. शादी किए बिना ही मेम के पास चला जाए और कभी न लौटे। या यह शादी कर ले, चला जाए और फिर न लौटे। आप लोगों का हित इसी में है कि यह शादी करे और आपकी देखरेख में यहीं रहे। इसका कोई भरोसा नहीं। यह पासपोर्ट बनवा रहा है।

इसे दुर्भाग्य ही कहिए कि नायक अमेरिका जाने की कोशिशों के विषय में अपने जिज्ञासु मित्र किशन को बराबर सूचनाएँ देता रहा और इस जिज्ञासु मित्र की पत्नी तुरन्त एक अन्तर्देशीय लिफाफा लेकर ताजा संवाद अपनी मामीजी के पास भेजती रही।

उधर नायिका के नाम अपने इक्का-दुक्का पत्रों में उसने इससे अधिक कुछ नहीं लिखा कि मेरे लिए अपने और किसी के योग्य बनने की एक सुखद सम्भावना प्रकट हो रही है। कुछ निश्चित हो जाएगा तो सूचित करूँगा।

मेरे लिए यह समझ पाना कठिन है कि क्यों नहीं उसने नायिका को सबकुछ साफ-साफ लिख दिया और क्यों समझ रहा कि किशन को जो कुछ वह बता रहा है वह किशन तक ही सीमित रह जानेवाला है, बेबी तक नहीं पहुँचनेवाला है?

जो हो, नायिका ने भी उसे जो पत्र भेजे उनमें यह जिज्ञासा तक नहीं की कि नायक किस सम्भावना की ओर इंगित कर रहा है? उन पत्रों में मानो नायिका, नायक का हाथ झुला-झुलाकर दिल्ली में नायक-नायिका के संयुक्त भविष्य की कल्पनाएँ करती गई थी।

सौ. दया की आशंकाएँ पूजनीय मामीजी, पूज्य मामाजी तक बराबर पहुँचती रही हैं।

माता-पिता के चेहरे पर, उनकी बातचीत में, नायिका इस आशंका को स्पष्ट पढ़ पा रही है। उनका बार-बार यह पूछना कि "चिरंजीव देवीदत्त ने पत्र में और क्या लिखा है" (पुत्री अब इन पत्रों को लेकर उसी तरह भाग जाती है जैसे भाभियाँ, भाइयों के पत्र लेकर) उनकी दुश्चिन्ता का परिचायक है। कभी स्पष्ट ही पूछ लेते हैं, "अमेरिका जाने की कोई बात? सौ. दया ने लिखा है वह जा रहा है अमेरिका।"

"मन से गढ़ रखी दया'दी ने यह बात।" कहती है पुत्री, "झूठ है, बकवास है।"

कहती है और रैकेट उठाकर बैडमिंटन खेलने चली जाती है। और भी अधिक आक्रामक हो जाता है उसका खेल।

पसीने से तर-ब-तर जब वह लौटती है तब माता-पिता की उपस्थिति में, किन्तु मानो उनको नहीं, दिशाओं को सम्बोधित कर गरजती है, "और दया'दी हो, चाहे जो हो, मुझे किसी का किसी पर जासूसी करना अच्छा नहीं लगता। और यह तो मैं किसी से सुन सकनेवाली ही नहीं ठहरी कि बदनामी के डर से मेरा ब्याह किसी से करना जरूरी है। मुझे किसी बदनामी का डर नहीं है, किस्सी। जिसकी जो मर्जी आ रही कर बल, जहाँ जाना है जा बल, बेबी को क्या फिकर हो रही?"

माता-पिता सुनते हैं चुपचाप।

उपसंहारस्वरूप कहती है पुत्री, "सब बकवास है, अच्छा!"

"अच्छा।" कहते हैं माता-पिता और फर्श की ओर देखते हैं।

किन्तु डी.डी. के इस पत्र को बकवास ठहरा सकना असम्भव है।

इसमें शास्त्री जी को सूचित किया गया है कि विदेश से आई जिन महोदया के साथ डी.डी. ने सहायक के रूप में कार्य किया था, उन्होंने कैलिफोर्निया विश्वविद्यालय के सिने-विभाग में उसके लिए छात्रवृत्ति का प्रबन्ध कर दिया है। डी.डी. शास्त्री जी से सहमत हुआ था कि उसे अभी विद्यार्जन करना चाहिए और वह समझता है सिने-शास्त्र का अध्ययन उसके लिए हिन्दी के अध्ययन से अधिक रुचिकर और हितकर होगा। डी.डी. शास्त्री जी से सहमत है कि बम्बई का व्यावसायिक सिनेमाजगत् उसके लिए अनुपयुक्त है, किन्तु डी.डी. शास्त्री जी को बताना चाहता है कि सिनेमा इस व्यावसायिक जगत् तक सीमित नहीं। सिनेमा एक सशक्त कला-माध्यम है, अमेरिकी विश्वविद्यालय में पढ़ने से डी.डी. के लिए कलात्मक सिनेमा आन्दोलन का भागीदार बनने का मार्ग खुल सकेगा।

डी.डी. समझता है कि बेबी और वह दोनों अभी छोटे हैं। शादी की जल्दी नहीं। मन से वे एक-दूसरे को अपना चुके हैं। रहा समाज, तो कदाचित् यह ठीक होगा कि दोनों की सगाई कर दी जाए। डी.डी. जानता है कि कुमाऊँनी समाज

में सगाई की प्रथा बहुत प्रचलित नहीं, लेकिन सगाई की तो जा ही सकती है। यों अगर विवाह का ही आग्रह हो तो वह भी प्रथम उपलब्ध लग्न में किया जा सकता है।

प्रथम उपलब्ध लग्न मंगसीर (मार्गशीष) में है। इस समय 'कालमास' है, कोई शुभ कार्य नहीं हो सकता।

'किन्तु कुछ तो', 'वैसे तो' से शुरू होनेवाले वाक्य कह रहे हैं शास्त्री जी अपने से, अपनी पत्नी से।

'मेरा मतलब था', 'मैं कहना चाह रही थी' से आरम्भ होनेवाले वक्तव्य दे रही हैं शास्त्रानी जी अपने पति के समक्ष।

'ऐसा करते हैं तो मुसीबत, वैसा करते हैं तो मुसीबत' और 'इसमें तो कोई चारा भी नहीं है', जैसी टिप्पणियों से समाप्त होती है बातचीत माता-पिता की।

पुत्री सुनती है आते-जाते, कभी द्वार पर ठिठककर। पुत्री चबाती है अपने होंठ। सोचती है क्या वह सीधे मुझे यह सब नहीं लिख सकता था? क्या उसका पहले दया हौरों की मार्फत इसकी खबर पहुँचाना और अब भी मुझे नहीं, बाबू को लिखना यह नहीं बताता कि उसके मन में चोर है, वह अपराध कर रहा है मेरे प्रति और जानता भी है इस बात को?

और यह मुसीबत-मुसीबत क्या मुसीबत! लाचारी किसे कहते हैं, बेबी ने कभी नहीं जाना। इजा-बाबू के आग्रह के सामने लाचार नहीं हुई ठहरी वह, यह कौन नया पैदा हो रहा उसे ही नहीं, उसके इजा-बाबू को भी लाचार कर देनेवाला?

यह ठीक है बेबी ने कर रखी उस लाटे से सादी, कह रखा छाती ठोंककर बाहर आँगन में सबके सामने। बेबी ने ही ना? उस लाटे ने तो नहीं। बेबी ने खुद अपने को बदनाम किया ठहरा। वह लाटा क्या करता? नाड़ा तक तो उसके कहने खुलता नहीं। फिर उसके क्या हाथ जोड़ने हुए कि बेटी को बदनामी से बचा लो, ब्याह कर लो उससे?

मेरे बाबू ने उसे लिखा—कुछ महीने ठहर जाओ, लग्न खुलने पर विवाह कर देंगे। जवाब दे दिया—सम्भव नहीं, मेरा दाखिला रह जाएगा। शादी लौटकर की जा सकती है।

कौन हुआ वह यह सब कहनेवाला?

अगर वह कह सकनेवाला हुआ कि तीन-चार साल बाद होगी शादी तो मैं भी कह सकनेवाली हुई कि अगर शादी होगी तो तभी जब मेरे इजा-बाबू सुझा रहे हैं और वह भी उसी हालत में जब तू मेरे इजा-बाबू के कहे-के-जैसे दिल्ली रहकर एम.ए. करेगा।

नायिका ने लिख दिया है एक पत्र। बता दिया है माता-पिता को कि क्या लिख भेजा है।

स्तब्ध हैं वे। यह क्या लिख दिया। वह हरगिज नहीं मानेगा। हमें उसकी ही जिद रखनी होगी। लड़का है आखिर। हमें तो यही मनाना होगा कि उसके प्रवास के बावजूद तुम्हारे स्नेह में कोई अन्तर न आए। तीन-चार साल तो पलक झपकते बीतते हैं। वह लौट आएगा। हम, तुम दोनों की शादी कर देंगे। ऐसा ही हो, इसके लिए हम दो बूढ़े प्रार्थना ही कर सकते हैं। झगड़ा करने से तो बात यहीं खत्म हो जाएगी। हाथ कुछ भी नहीं लगेगा। यहाँ भी तेरी शादी नहीं हुई तो हमारे समाज में और कहाँ होगी?

"मैत्रेयी, बच्ची, अपनी माता का विचार कर। देख ही रही है, कितनी अस्वस्थ हैं।" कहता है पिता। और फिर 'कार्तिकेय कऽ महतारी' की शरण में पहुँचता है कि वही समझाए उस नादान को। "बेबी, चेली, अपने बाबू का खयाल कर। भीतर-ही-भीतर टूट गए हैं बिचारे तेरे बचपने से। मुँह से तो वह कभी कुछ कहनेवाले हुए ही नहीं। लेकिन मैं जानती हूँ उनके मन का हाल। मुझसे थोड़ी छिप सकता है। तू उनकी लाडली है री, क्या-क्या सोच रखा था उन्होंने तेरे लिए। उतना अच्छा तेरे लिए बर-घर खोजा, उसमें तूने वैसा किया तमाशा। अब तेरी मर्जी की करने बैठे तो पहले उस लड़के ने आग लगा दी, रही-सही तू पूरी कर दे रही है। बेबी, चेली, अपने बाबू का तो खयाल करना चाहिए। तू नहीं करेगी, कौन करेगा? वह देवीदत्त तो करेगा नहीं, पराया हुआ।"

पुत्री सुनती रहती है पत्थर बनी। दृष्टि दीवार की ओर कर कहती है फिर, "इतना पराया ही जो हुआ तो हमें क्या बाँजी पड़ रही उसकी?"

"बाँजी पड़ रही है। तूने कहा है सबके सामने कि तूने उससे शादी कर ली है, मैंने या तेरे बाबू ने नहीं।"

"हाँ! और जब मैंने कहा यह तब तुमने पूछा—बच्चों का खेल हो रहा शादी? उस लाटे ने पूछा—गुड्डा-गुड़िया का ब्याह हो रहा शादी? इसीलिए मैंने उसे यहाँ बुला रखा कि यहाँ आ और सयानों का सौदा कर। सयानों का सौदा ही तो होता होगा शादी? नहीं?"

नायिका के बुलाने पर नायक आया है। वह उसके पत्र से हैरान है। नायिका के माता-पिता उससे किंचित् गम्भीर मुद्रा में किन्तु पूरे सद्भाव के साथ बातें करते हैं। नायिका वहाँ आती नहीं।

शास्त्री जी समझा रहे हैं चिरंजीव देवीदत्त को बच्चों के हठ की माया। इसी हठ को पूरा करते-करते तो यहाँ आ पहुँचे हैं शास्त्री जी! हमारे लिए वह बेटी है, तुम होनेवाले जामाता। हम यही चाहेंगे कि हम जो भी करें तुम दोनों की सहमति से। हम किंकर्तव्यविमूढ़ हो चुके हैं, परास्त हो चुके हैं, तुम दोनों के अपने-अपने हठ से। हम बूढ़े हैं चिरंजीव देवीदत्त, हमें तुम्हारी बातें समझ में नहीं आतीं।

शास्त्रानी जी समझा रही हैं कि हम कहीं के नहीं रह जाएँगे बेटे। समाज में एक बार कालिख पुतवा ही चुके हो तुम दोनों मिलकर शास्त्री-परिवार के चेहरे पर। अब जिद-ही-जिद में एक बार और पुतवाकर रहोगे। तुम्हें हमसे, समाज से बैर रहा हो, समझ में आता है। अपने से कैसा बैर है तुम लोगों को बेटे? वह बेबी तो दुधमुँही-सी ही रह गई है, लेकिन तुम तो सयाने हो बेटा, तुमने तो दुनिया देखी है, दु:ख जाना है। क्या तुम भी नहीं समझोगे कि जो कुछ तुम करने जा रहे हो अपनी जिद में, उससे दो जवानियों का सत्यानाश होगा और दो बूढ़े सदमे से मारे जाएँगे? हमारे तो अब तुम ही बेटा हो, जो कुछ भी हो, हमारे अपने बेटे तो नाराज हो गए हैं हमसे तुम्हारी वजह से। देबिया, चेला, मैं बुढ़िया तुझसे भीख माँग रही हूँ...

एक बादामी कागज पर लिखा है सुन्दर आखर में 'मैं' और उस पर मँडरा रही है एक पुकार : ओ देबिया याँ ओ ला। क्यों होती हैं इतनी मुरकियाँ निर्धन पर्वत प्रदेशों के स्वर में? क्यों होती है इतनी मर्मान्तक पीड़ा उनकी पुकार में?

तुम उठ खड़े हुए चिरंजीव देवीदत्त।

तुम श्रीमत् पंडित मथुरादत्त शर्मण: के पुत्र, श्रीमत् पंडित गोवरधन शर्मण: के पौत्र, श्रीमत् पंडित रेवतीवल्लभ शर्मण: के प्रपौत्र।

"बेबी को बुला दीजिए।" तुम कह रहे हो। तुम जो डी.डी. तिवाड़ी भी हो—अल्मोड़ा से सवार अमेरिका के लिए। बेबी यहाँ नहीं आएगी। बेबी अपने कमरे में एकान्त में बात करेगी।

वह उसका अभिवादन नहीं करती।

"यह क्या तमाशा है?" नायक कहता है, कमरे में घुसते ही। स्वर को सहज रखता है। मानो उसे यहाँ एक नासमझ बच्ची को समझाना-भर है।

"कौन-सा तमाशा?" नायिका पूछती है।

"यही," वह कहता है। चारपाई में उसकी बगल में बैठकर, "या तो मैं अमेरिका नहीं जाऊँ या तू मुझसे शादी नहीं करेगी। शादी तो तेरी-मेरी हो चुकी है और यह तूने ही कहा है, मैंने नहीं।"

"तू कह भी कैसे सकता था। कहने के लिए भी हिम्मत चाहिए।" वह मुस्कराती है, "तू तो वही कह सकता था जो तूने कहा—गुड्डे-गुड़िया का ब्याह नहीं होता शादी। जो तू गुड्डा नहीं है तो मुझसे भी ऐसे बात मत कर जैसे मैं गुड़िया होऊँ।"

"फिर कैसे बात करूँ?"

"जैसे सयाने आदमी बातें करते हैं।"

"वैसे ही कर रहा हूँ। तू समुझे तब ना। आखिर मैंने ऐसा क्या कर दिया है कि तू कोप-भवन में जा बैठी है? मैं अमेरिका जा रहा हूँ तीन-चार साल के लिए।

लौटकर शादी कर लूँगा। अभी कर लेता पर लग्न नहीं है। रुक जाता, पर रुकने से वहाँ दाखिला रद्द हो जाएगा।"

"यही हुई तेरी सयानों-जैसी बात? यही हुई तो बच्चों जैसी ही कर।" वह फिर हँसती है।

"इसमें हँसने की क्या बात है?"

"इसमें रोने की भी कोई बात नहीं है।"

"तुम्हें मेरे अमेरिका जाने से क्या आपत्ति है? समझ में नहीं आता।"

"मुझे कोई आपत्ति नहीं है। तुझे नहीं है, इसी का थोड़ा ताज्जुब-जैसा है।"

"इसमें ताज्जुब होने की क्या बात है? क्या तूने ही नहीं कहा, हममें से हरेक को अपने योग्य बनना चाहिए। मैं तो अब भी किसी के योग्य बनने की ही बात कह रहा हूँ।"

"योग्य बनते-बनते तू इतना योग्य बन गया कि हम तेरे योग्य नहीं रहे। मेरी, मेरे इजा-बाबू की इच्छा का तेरे लिए कोई मतलब नहीं रहा?"

"मैंने ऐसा कभी नहीं कहा।"

"कहने के लिए हिम्मत चाहिए। डरपोक तो दया'दी से कहलाते हैं।"

"मुझे अपमानित करने की जरूरत नहीं। मैं तुम्हारे इजा-बाबू की इच्छा का तुमसे अधिक ही आदर करता हूँ।"

"उनकी ही इच्छा पर अमेरिका जा रहा होगा। गुलनार न मेरी इजा का नाम है, न बाबू का।"

नायक थोड़ा सहज होता है, मुस्कराता है, "तुझे उस अधेड़ औरत से ईर्ष्या हो रही है, पगली? वह जो आजकल एक अमेरिकी अरबपति के साथ रहती है।"

"मुझे किसी से ईर्ष्या नहीं हो रही। न मैंने यह पूछ रखा कि कौन आजकल किसके साथ रह रही! समझ गया!" नायिका बिस्तर से उठती है और खिड़की के पास चली जाती है।

नायक नहीं जाता उसके पीछे। नायिका की पीठ को सम्बोधित कर वह कहता है वहीं से, "मैं समझ नहीं पाता कि कैसे मैंने तुम्हारे इजा-बाबू की इच्छा का अनादर किया है। वह यही चाहते हैं कि मैं तुझसे शादी करूँ और मैं इसके लिए हमेशा तैयार हूँ, रहूँगा। इस समय लग्न नहीं है तो यह मेरा कसूर नहीं है। तू है जो अपनी जिद से उन्हें तड़पा रही है।"

वह घूमती है। कहती है, "देखती हूँ तू ज्यादा ही फिकरवाला हो गया मेरे इजा-बाबू के लिए! मुझसे भी ज्यादा!"

"शायद," वह कहता है, "तुझे उनकी चिन्ता ही होती तो मुझे गणानाथ बुलाया होता?"

"तुझे यह बताने की जरूरत नहीं," वह कहती है, "कि तू भला लड़का ठहरा। तू मुझे भगाकर हरगिज नहीं ले जाता। तू मेरी शादी कहीं और होने देता और फिर जिन्दगी-भर आराम से अपनी कहानी-कविता में रोता रहता।"

"ठीक है मान लिया," नायक उठकर नायिका के पास आता है, "तू महान् है, मैं अधम हूँ, लेकिन..."

"मान कैसे लिया?"

"क्योंकि तुम्हारे घमंड के सामने माने बगैर कोई चारा नहीं है।"

"कोई चारा नहीं है और अमेरिका जा रहा है! तुझसे यह नहीं हो सकता कि यहाँ दिल्ली में रहे। यहीं पढ़े। मेरे इजा-बाबू का बुढ़ापा सुखी करे।"

"और अपनी जवानी दुखी करूँ। ऐसा दुराग्रह तो तेरे इजा-बाबू भी नहीं कर रहे हैं।"

"नहीं कर रहे हैं तो इसलिए कि वह अपने को लाचार समझते हैं। मैं उन्हें तेरे क्या किसी के सामने लाचार नहीं होने दूँगी। तूने क्या समझ रखा है कि जब तू वहाँ अमेरिका में बैठा हुआ गुलनार के साथ गुलछर्रे उड़ाएगा, वे यहाँ सुखी होते रहेंगे! वे दिन-रात यही पूछेंगे : बच्ची, क्या लिख रखा, कब आ रहा? तेरा क्या पता तू मुझे कुछ लिखेगा भी या तेरी न्यारी बातें हमें तब भी दया'दी से ही मालूम होंगी? इजा-बाबू मेरे परेशान होते रहेंगे। उनकी परेशानी मुझे भी सर जाएगी। फिर एक दिन तू लिख देगा कि तेरा इरादा बदल गया है।"

"मैं इतना गिरा हुआ नहीं हूँ।"

"गिरा हुआ तुझे कौन कहेगा। चढ़ा हुआ। जिस दिन तूने वहाँ नैनीताल में मेरे हाथ में उतना वह जिलेम्बू-जिलेम्बू किया ठहरा उस दिन मेरे इजा-बाबू कहते कि बेबी से शादी कर ले डी.डी., तू दौड़ा आता कि नहीं? अब तू इतना चढ़ गया कि उनके कहने पर तुझे कोई खास उत्साह-जैसा नहीं हो रहा ना। एक उस गुलनार से मिलकर जब तू इतना चढ़ गया तब गुलनारों के देस में जाकर तो तेरा मिजाज-ओ-बाबा आसमान पर ही होगा। वहाँ से तू कह ही सकनेवाला ठहरा अब इरादा बदल गया करके।"

"उड़ा ले हँसी। बना ले बात का बतंगड़। तू यह क्यों नहीं कहती साफ-साफ कि हम शास्त्री लोग इतने चढ़े हुए हैं सदा के कि हमें एक गरीब लड़के का स्वाभिमानी होना पसन्द नहीं।" वह कहता है और उसे पीठ देते हुए चला जाता है कमरे के, एक कोने में, "हम चाहते हैं कि वह हमारे साथ रहकर पढ़े, हमारी बच्ची को पढ़ाए, बच्ची का और हमारा मन बहलाए, और, और हमारी जूठन खाए।"

"जूठे बर्तन माँजे नहीं कह रहे हैं?" वह हँस रही है।

"बड़ी कृपा है कि नहीं कह रहे हैं। इतना तो निश्चय ही कह रहे हैं, वे न कह रहे हों मुँह से, उनकी बेटी तो कह ही रही है, कि हमें गवारा नहीं कि वह गरीब लड़का कुछ बनकर, उनकी बराबरी में आकर उनकी बेटी ब्याह सके।"

ठठाकर हँसती है नायिका, "अरे कहीं इसी वजह से तो शास्त्रियों की बेटी ने उस तिलकपुरिए से शादी करने से इनकार नहीं किया! बराबरी का था वह बिचारा, शिबौ!"

"हँस। तेरे लिए मैं हास्यास्पद ही हूँ। पहली नजर से लेकर अब तक लगातार। हँस, मुझे उकसा, मुझे पिटवा, मुझे पीट अपने व्यंग्य से। हँस। क्योंकि तेरे योग्य बनने की मूर्खता कर रहा हूँ, करता रहूँगा। हँस, क्योंकि तू जानती ही नहीं, अभाव किसे कहते हैं, पीड़ा किस चीज का नाम है।"

"अच्छा, अब तू मुझे सिखाएगा क्या होती है पीड़ा करके? मैं सिखाई-पढ़ाई में जरा मामूली-जैसी ही ठहरी। सिखा सकेगा, शक ही है मुझे।"

"मैं किसी को पीड़ा नहीं पहुँचाना चाहता।"

"नहीं-नहीं रे, तू क्यों पहुँचाएगा पीड़ा। दूसरे तुझे पहुँचाते हैं। उसी से तू लिखता है किताब। बेबी ने तुझे पहुँचाई ठहरी गणानाथ में पीड़ा, तूने झट बना दिया एक किताब।" वह फिर हँसती है।

नायक बढ़ता है उसकी ओर, उठाता है अपना हाथ उसे मारने के लिए और फिर उसी हाथ से, उसी से नहीं, दूसरे हाथ से भी अपने खोपड़े पर दनादन मार देता है चार-छह मुक्के। क्रोध की पराकाष्ठा में ऐसा उसने किया है कभी-कभी जीवन में और करने के बाद ग्लानि उसके क्रोध में जुड़ गई है।

"यह क्या बचपना कर रहा है!" नायिका तेजी से आकर उसके हाथ पकड़ लेती है, "सयानों की तरह बात कर।"

नायक दो-चार बार कुछ निगलता है और भर्राए हुए कंठ से कहता है, "मुझे और कुछ नहीं कहना है।"

"कुछ तो कहना होगा," वह कहती है, "अगर आखिर में इसी तरह अपने खोपड़े पर चार-छह मार लेने थे पटापट कि हे भगवान, मैं किस अलिच्छनी को लिफ्ट दे बैठा तो अलिच्छनी से यह नहीं कहना था ना कि तू जीन है मेरी। जीन क्या?"

"सिम्मंस।" वह कहता है।

"सिम्मंस।" दुहराती है नायिका, "मैं तो बेबी थी रे। मैंने कभी नहीं कहा ठहरा मैं जीन सिम्मंस हूँ। तूने ही कहा। मैं तो जानने ही नहीं वाली हुई जिलेम्बू-जिलेम्बू। तूने ही जिद-जैसी की ठहरी जानना पड़ेगा करके। मेरे मन में शादी की कोई बात ही नहीं हुई। मैंने तो तुझसे कहा ठहरा, दया 'दी से कर शादी। मैं तो समझने ही नहीं वाली हुई यह बात। तूने ही लिख-लिखकर मुझे समझाया ठहरा। जिन शास्त्रियों को तू कोस रहा उन्होंने तो मेरे-तेरे बीच का द्वार बन्द कर रखा ठहरा। तूने ही खटखटा दिया कहा गजब दिन-रात। जीन सिम्मंस, जीन सिम्मंस कहनेवाला हुआ तू उधर से। कैसे कहा रे कि मैं शास्त्री हौरों की बेबी नहीं, तेरी जीन सिम्मंस बन बैठी! उनसे लड़-झगड़कर मैंने खोल दिया द्वार और तू अब कह रहा है बाद में आऊँगा करके। बाद में ही खटखटाता द्वार भी।"

"तूने मेरे लिए बहुत कुछ किया, इससे मैं कब इनकार कर रहा हूँ। और मैं कब कह रहा हूँ कि इस द्वार के भीतर नहीं आऊँगा। यही कह रहा हूँ कि भीतर आने लायक बनकर आऊँगा। जूठन खाने नहीं आ सकता।"

"बोली मारने की जरूरत नहीं। मैंने तेरे लिए इतना तो किया ही कि तू उस खुले द्वार के बाहर खड़े होकर बोली मार सकने लायक बना, लाटा! जूठन खिलाने को कह रहे हैं शास्त्री-राठ[1]! जूठन कोई किसी को खिला नहीं सकता जबरदस्ती। जूठन खा सकते हैं लोग-बाग मजबूरी में। जूठन खाने ही वाले हुए लोग माया में। तू शायद मजबूरी में खाते-खाते यह जान ही नहीं सका, माया में खाना क्या होता है करके?"

नायक एक सिगरेट सुलगाकर खिड़की पर जा खड़ा होता है। सिगरेट के कश लेते हुए वह गिनता है उन घरों को, जिनकी जूठन उसके भूखे मुँह में गिरी है। जीरे-जैसी दिखनेवाली मक्खियों समेत।

सिगरेट आधी खत्म करके वह वहीं खिड़की पर रगड़कर बुझा देता है और बाहर फेंक देता है फूल की क्यारी में।

फिर वह जा खड़ा होता है वस्तुतः एक खुले द्वार की देहरी पर और कहता है, "हाँ मैंने जूठन खाई है मजबूरी में। रही माया, वह कभी किसी को जूठन खाने के लिए मजबूर नहीं करती। तू बराबर मुझसे कहती आई है—ऐसा कर, वैसा कर, अब एक बात मैं कह रहा हूँ कि तीन-चार वर्ष मेरी प्रतीक्षा कर, तो तू इतना तूफान मचा रही है। ऐसी बहस से कोई फायदा नहीं जिसमें एक व्यक्ति, दूसरे को हर तरह से, हर तरफ से गलत साबित करने पर तुला हुआ हो। मैं एक सीधी-सी बात कहने आया था कि झगड़ा मत कर, मेरा-अपना, अपने इजा-बाबू का, दिल मत दुखा। अभी सगाई कर लेते हैं। मेरे लौटकर आने पर शादी हो जाएगी।"

"चित भी मेरी पट भी मेरी वाली बहस करना मैं क्या जानूँगी। वह तो तुम बुद्धिमान लोग जाननेवाले हुए। तुम्हारे लिए ठहरी सारी दुनिया हर तरह से, हर तरफ से गलत। मैंने इतना ही कहने को बुलाया था कि जो तू खुले द्वार से किसी भी बुद्धिमानी की बात से मुझे बहलाकर यों जाना चाहता है तो यही सोचकर जा हमेशा के लिए जा रहा है।"

"मूर्खों-जैसी बात कर रही है तू। जानती नहीं क्या कह रही है।"

"बुद्धि का इतना घमंड ठीक नहीं रे। एक दिन, देखना, एक दिन मैं भी सीख लूँगी तेरा-जैसा बात करने का ढंग। कैसा जता जाता होगा तू अपनी भलमनसाहत में, अपने भोलेपन में कि बाकी सारी दुनिया ने तेरा कुछ बिगाड़ रखा, गाड़ रखा[2] तुझसे कर्ज, और उसे तुझसे माफी माँगनी चाहिए।"

---

1. परिवार, 1. ले रखा।

फिर उठाता है नायक हाथ, किन्तु मारता नहीं वह, न उसको, न अपने को। झटक देता है विवशता में और कहता है, "मुझे एक महत्त्वपूर्ण अवसर मिला है, तू समझती क्यों नहीं, कोई मामूली चीज नहीं है कैलिफोर्निया विश्वविद्यालय में सिने-कला सीखना। मैं अन्तरराष्ट्रीय सिनेमा-जगत् में पहुँच सकूँगा। हम दोनों सारी दुनिया में घूमेंगे-फिरेंगे। हम..."

"अगर कोई भी चीज इस खुले द्वार से ज्यादा महत्त्वपूर्ण होगी, मैं क्यों किसी के साथ कहीं घूमूँगी, देखो। अवसर वह अमेरिका ही ठहरा, मैं नहीं ठहरी।"

"बच्चों-जैसी बात कर रही है तू, बच्चों-जैसी जिद।"

"नहीं, मैं तेरे-जैसे सयानों-जैसी ही बात और जिद कर रही। तूने नहीं कहा ठहरा : मैंने घोड़े की जीन सपनों में सजा रखी थी, बेबी, अगर भगवान ने तुझे घोड़े की जीन-जैसा बनाया है ठीक, तो मेरे लिए ही बना रखा होगा। कैसे मनवा ली तूने अपनी वह बात। वैसे ही मैं कह रही कोई आग लगा अमेरिका-फमेरिका तेरा अवसर नहीं है, तेरा अवसर है यह बेबी, बस्स। तू इस अवसर को छोड़कर नहीं जाएगा। मैं कहूँगी तो नहीं जाएगा ना। ना लाटे?"

वह अब लगभग चिपककर खड़ी है नायक से। नायक की हथेलियाँ, सम्प्रति अनिश्चित-सी, थामे हुए हैं नायिका की बाँहें। वह देख रहा है कनखियों से कि वह देख रही है उसे गरदन पीछे झुकाए, अपलक। देख रही है और कंठ-ही-कंठ में किसी पूसी की तरह गरगराते हुए हँस रही है। वह चाहता है कि दृष्टि मिलाए। वह चाहता है कि हथेलियाँ उसकी बाँहों से हटाए और फिर भर ले उसे अपनी बाँहों में। वह चाहता है कि बाँहों में भरे-भरे ही कचूमर निकाल दे उसका और अपना कि न कोई हिमालय हो, न कोई बादामी कागजवाली कापी, न उस पर मोती-जैसे आखर में लिखा हो 'मैं' और न हिमालय से टकरा-टकराकर लौटती कोई मुरकीदार पुकार : ओऽ लाटा वेऽऽऽ। न कोई स्मृति हो, न लालसा। न कोई पीड़ा हो, न आकांक्षा। केवल क्या हो? मृत्यु?

"ना लाटे?" वह पूछ रही है, नायक के सीने में चेहरा छिपाते हुए, "अगर मैं कहूँगी मैं हूँ अमेरिका, तो मैं ही अमेरिका हो जाऊँगी तेरी, ना लाटे?"

नायक अपनी एक हथेली उसकी पीठ पर रख देता है। वह चाहता है कि किसी चमत्कार से बात फिर 'तर्क' की सीमा में लौट आए और वह तर्क इस प्यारी लड़की को मान्य हो जिसके उरोज मेरी निचली पसलियों को दबा रहे हैं। वह कहता है, "तू, तू अपने को मेरी जगह रखकर क्यों नहीं देखती?" नायिका कहती है, "तेरी जगह मेरी जगह से अलग हो ही नहीं सकती। और जो होती ही हो तो तू अपने को मेरी जगह रखकर क्यों नहीं देखता?" वह समझती है कि अब जबकि मैं हृदय से लगी हुई हूँ इसके, यह भी मुझे हृदय से लगा लेगा और मियाँ-बीवी के इस सदा-ही-लगे-हुए-झगड़े को भुलाकर हम दोनों

मेरे इजा-बाबू से कह सकेंगे कि हम मियाँ-बीवी ही हैं, तलाक की बात तुमसे कौन कह गया?

नायक, किन्तु, अपनी जेब से सिगरेट निकाल रहा है। सुलगा रहा है। उसे बोध हो रहा है इस बात का कि दो जन हों तो भी बहुत दम-घोंट भीड़-भाड़-सी हो जाती है। क्या प्यार करने के लिए मर जाना या मार देना कुछ जरूरी-सा है? 'आत्म' की इकतरफा 'हत्या' की अनिवार्यता से बचने के लिए क्या दोनों इकट्ठा मर जाएँ? पर्ची छोड़ जाएँ कि हम दोनों मर जा रहे हैं ताकि हमारा प्यार तुम लोग जीवित मान सको? जब हम ही मर गए तब हमारे प्यार का क्या अस्तित्व? ऐसा हो कि हम जीवित रहें, हमारा प्यार जीवित रहे और सारी दुनिया मर जाए, वह दुनिया जिसमें हम दोनों का अपना अपनापन भी शामिल है, जिसके होने से दो जन भी मिलकर भीड़ ही बनाते हैं। किन्तु दुनिया मर कैसे सकती है? तब क्या प्यार का यही मतलब है कि कोई एक व्यक्ति, किसी और एक व्यक्ति के समक्ष अनाम-सा गुलाम बनकर खड़ा रहे?

नायक सिगरेट पिये जा रहा है। नायिका सूँघ रही है धुएँ की गन्ध। अच्छी लगती है उसे।

लम्बा खिंच रहा है यह मौन। जितना ही खिंच रहा है, उतना ही बता रहा है कि यह नायक शायद इस नायिका को अंक में नहीं भरेगा।

यह नायिका अपना चेहरा हटाती है इस नायक के सीने से। थामती है उसकी बाँहें हथेलियों में और कहती है, "तू अगर मुझे छोड़कर जाना ही चाहता है तो अपना मन कच्चा झनकर। ये ले मेरा हाथ, हैंड शेक कर, जिलेम्बू नहीं हाँ, हैंड शेक बस। कह ओ. कैय. और मैं भी कह दूँगी ओ. कैय.। निश्चिन्त रह, बाद में मैं सिगरेट नहीं पीऊँगी, सिगरेट मैं पीती नहीं। निश्चिन्त रह, आँसू भी नहीं पीऊँगी, मैं आँसू भी नहीं पीती रे। मैं ना, कुछ और ही हुई, लाटे की जीन सिम्मंस। जाने कैसी-जैसी हुई रे मैं।"

उसने हाथ बढ़ा रखा है, "ओ. कैय.?" वह पूछ रही है और तुम तिलमिला उठे हो अपने एक-एक जीव-कोश में। उस हाथ को झटक देते हो तुम। अस्तित्व-क्रोध से जलते हुए यहाँ से वहाँ, वहाँ से यहाँ जाते हो इस कमरे में। चीजों को छूकर, उठाकर देखते हो मानो तय करना हो किसे उठाना है, कहाँ दे मारना है। और जितना ही करते हो यह सन्धान, उतना ही प्रकट होता जाता है तुम पर कि अपने को ही उठाना है, अपने को ही दे मारना है, अपने पर ही दे मारना है।

वह अब भी हँस रही है कंठ-ही-कंठ में।

तुम रुक जाते हो उसके सामने आकर। एक गहरी साँस लेकर करते हो अपने को थोड़ा शान्त और फिर कहते हो, "यह अग्नि मेरे हाथ में है।"

"यह सिगरेट!" वह हँसती है।

"अग्नि, अग्नि होती है," तुम कहते हो, "यह अग्नि मेरे हाथ में है। मैं तेरे साथ शब्दों के चक्कर में पड़कर तेरा-अपना जीवन और तेरे इजा-बाबू का बुढ़ापा बरबाद नहीं करना चाहता। इस अग्नि को अपनी चमड़ी से लगाकर मैं तुझसे कह रहा हूँ, मुझे अमेरिका जाने दे, मैं तेरा हूँ, तेरा रहूँगा, तेरे पास ही लौटूँगा। तू मेरा और मेरे प्यार का अपमान मत कर। मैंने अभी तक तुझसे कुछ नहीं माँगा, न तूने मुझे कुछ दिया, परिहास के अतिरिक्त। कुछ वर्ष की प्रतीक्षा भी नहीं देगी?"

तुम अनुभव कर रहे हो अपनी हथेली की चमड़ी का जलना। तुम कहीं मुझे किंचित् सन्तुष्ट दीख रहे हो इस व्यापार से ओ नाटककार!

उसने वह सिगरेट तुमसे छीन ली है। सुलगी हुई ही फेंक दी है बाहर खिड़की से। तुम समझे थे द्रवित होगी वह। क्रुद्ध है किन्तु। जो अग्नि तुम्हारे हाथों में थी अब तक, उसके नयनों में प्रतिष्ठित हो गई है सहसा!

खिड़की का पर्दा खींच दिया है उसने। द्वार बन्द कर दिया है उसने। कपड़े उतार रही है। यह व्यापार तुम्हारे नाटक में नहीं था ना नाटककार!

"मर्द की तरह बात कर," वह कह रही है, "सिगरेट से कोई जल-मर नहीं रहता, ओ लाटे। जल मरने की बात शिबौ-शिबौ चाहनेवाले बच्चे करते हैं, वे सयाने नहीं, जो अपने या किसी के लायक हो गए हों। इसने मुझसे कुछ नहीं माँगा बल। मैंने इसे कुछ नहीं दिया बल! हुँह! तूने मुझसे माँगा कि मैं अपने बाबू की चेली नहीं, तेरी जीन सिम्मंस बनूँ। मैंने दिया यह तुझे। मैंने अपने को दिया ठहरा तुझे। कोई मजाक बात ठहरी! मैं तो तुझ पर ही हँसी, तू मेरे प्यार पर हँस रहा और वह रोते-रोते। हाई बाबू, हाई इजा करते हुए। नहीं दिया जाने कहने को मैंने, एक वही नहीं दिया जो मेरे कपड़ों के नीचे ठहरा। वह नदी-पर्वत-जंगल-सूरज-चाँद-फूल-पत्ती-जैसा जो होगा, जिसकी तू कर रहा था बात। वह भी दिया है रे, जाने कितनी बार, सपनों में, अकेले में। जो तू कहता है वह देना, देना नहीं हुआ; मेरे देखे नहीं दीखते वह नदी-पर्वत-जंगल-सूरज-चाँद-फूल-पत्ती-जैसे जो भी होते होंगे, तो खुद देख और मुझे बता कौन चीज कहाँ है करके। उस तरफ मुँह करके क्यों खड़ा हो रहा? देख तो लाटे, देख तो कहा। बता कि तू आमने-सामने भी वैसा ही होता है जैसा मेरे सपनों में।"

नायिका ने पकड़ लिया है नायक का हाथ। वह उसे ले जा रही है बिस्तर की ओर। वह जा रहा है जैसे वह, वह नहीं, गंगोलीहाट मन्दिर का बलि का बकरा हो। उसे यह शायद अपने चरम अपमान की घड़ी मालूम हो रही है। कम-से-कम उसके चेहरे पर तो पचास जूते खाए होने का ही भाव है। उसके आक्रोश और आवेश का वह जल-दानव उदासी के गहन सागर में डुबकी लगाकर कहीं तल में जा बैठा है।

नायिका लेट गई है बिस्तर पर। कह रही है, "आ।"

यह है वह जिसे देखना चाहा था तुमने बोध के उसी आह्लाद से जिससे देखते हो वन-पर्वत-सरिता-सूर्य-चन्द्र-तारक-फूल-पत्ते-घास।

क्यों इसे देख रहे हो ऐसे मानो यह तुम्हारी प्रियतमा की जीवन-तप्त देह नहीं, तुम्हारी अस्मिता की धधकती चिता हो?

"आ!" वह कह रही है, "जो तू मेरा मरद है तो आ भोग लगा ले मेरा। जाकर कह दे मेरे इजा-बाबू से शादी तो हो ही गई थी गणानाथ में, चतुर्थी कर्म भी हो गया बल यहाँ। और अब मैं कहीं नहीं जा रहा अमेरिका। यहीं रहूँगा, दिल्ली में। या वह पसन्द न हो तुझे तो कह कि ले जाऊँगा आपकी लाडली को बम्बई में और देखूँगा कैसे नहीं रहती यह मेरे साथ वहाँ परेशानी में। जो तू मेरा मरद न हो, खाली वैसे ही मरद हो तो भी आ और शकुन कर जा रे लाटे।"

और जो तू मर्द ही न हो—ऐसा नहीं कहा है उसने लेकिन सुना है तुमने। तिलमिलाहट से मर गए हो तुम।

"नहीं, ऐसा झन समझना कि भोग लगाकर तू अमेरिका चला जाएगा और नहीं आएगा तो मैं बुरा मानूँगी। मेरी तरफ से ओ. कैय. है सब, ओ. कैय.। तेरी-मेरी शादी सयानों की तरह होगी कि नहीं इस मंगसीर में, वह अलग बात है। उसका इस नदी-पहाड़-जंगल से कोई मतलब नहीं ठहरा। इसका तो मतलब उसी बच्चों के खेल से ठहरा। उसी गुड्डे-गुड़िया के ब्याह से! मैं कह रही देख क्यों नहीं लेता कितनी जान है इस गुड़िया में, दिखा क्यों नहीं देता कितनी जान है इस गुड्डे में।"

यह नाटकीयता तुम्हें मारे डाल रही है नाटककार।

तुम अपना मुँह फेरे ले रहे हो। तुम्हारे कवियोचित सौन्दर्य-बोध को लकवा मार गया है। जिन ग्रन्थियों को जो भी सन्देश ऐसे अवसरों पर भेजना होता है, उन ग्रन्थियों ने वह सन्देश इस अवसर पर भेजने में कामचोरी कर डाली है। लाश है, तुम अपने से कह रहे हो, यह लाश है।

प्रशंसनीय है वह नाटकीय व्यापार जो तुमने अब किया है। एक चादर लेकर खींच दी है उस नग्न नारी देह पर और कहा है, मुझे तुझसे प्यार है, मैं तुझे भोगूँगा, तेरे इस हिस्टीरिया को नहीं।

तुम समझते हो कि सिनेमा के सारे पर्दे पर एक नग्न देह को ढक देती हुई चादर, उपयुक्त पृष्ठभूमि है 'समाप्त' उभार देने के लिए। या फिर ऐसा कि चादर ढकी नायिका पस्त पड़ी है बिस्तर पर, तुम उठकर चले गए हो उस खुले द्वार की देहरी पर और वहाँ से पलटकर देख रहे हो उसे। फ्रीज, द एंड।

मैं डी.डी. से सहमत होना चाहता हूँ कि कहानी समाप्त कर देने के लिए यह स्थल उपयुक्त है। प्रेम-कहानी तो वास्तव में समाप्त हो चुकी है। प्रेम-कहानी के समाप्त हो जाने के साथ ही प्रेम भी समाप्त हो जाता है अथवा नहीं, यह सुधीजनों के मध्य

सदा सुखद विवाद का विषय रहा है। कुछ हैं जो मानते हैं कि प्रेम, कालजयी होने का एक दुस्साहसी किन्तु कुल मिलाकर दयनीय यत्न है। मानव कितना भी, कैसा भी यत्न कर ले, काल सदा प्रेमजयी हुआ है। कुछ हैं जिन्हें प्रेम की अमरता में विश्वास है और वे आग्रहपूर्वक कहते हैं कि किसी-न-किसी रूप में प्रेम दोनों प्रेमियों के मध्य जीवित रहता है। जो हो, कहानी 'करनी' पर आधारित होती है और अगर प्रेम की कहानी शेष हो गई हो तो यह मानने को हम बाध्य हैं कि प्रेम अब निष्क्रिय और निष्काम हो गया है। जीवन के आड़े आएगा नहीं वह। हथेली चूम-चूमकर उद्घोष नहीं करेगा—'जिलेम्बू, जिलेम्बू'। यों अगर आपके पास भी उतना ही फालतू समय हो जितना इस निर्जन बँगले में मेरे पास है तो आप इस बात का भी विचार कर सकते हैं कि क्या वह निष्क्रिय, निष्काम प्रेम ही असली चीज नहीं? ऐसे अद्भुत आलस्य, ऐसी गहरी गोपनीयता का मारा प्रेम कि कभी प्रिय से यह भी कह न पाए कि मुझे तुझसे प्यार है? किन्तु बराबर प्रिय का स्मरण करे, प्रिय की चिन्ता करे? इस माने में शायद दया बहुत ही आदर्श रीति से डी.डी. से प्यार करती है और करती रहेगी! पर वह एक अलग 'प्रेम' कहानी है। सम्भव है आप उसे घृणा ठहराएँ. इधर की कुछ घटनाओं के कारण, किन्तु घृणा भी प्रेम का ही परिवर्तित विकृत रूप है। इस समय जबकि डी.डी. एक चादर फैला रहा है बेबी की देह पर, दया बम्बई के किसी प्रसूति-गृह में एक और चादर पर छटपटा रही है और सच मानिए, डी.डी. के बारे में सोच रही है।

बेबी-डी.डी. की इस प्रेम-कहानी के पलीता लग जाने से मैं भी उतना ही विक्षुब्ध हूँ जितना सुखान्तविश्वासी पाठकवृन्द। विक्षुब्ध ही नहीं, क्रुद्ध भी। मेरा वश चले तो मैं इन अशक्त हाथों से अभी दो झापड़ नायक के मार आऊँ। मैं उससे कहूँ कि जब तेरे एक प्रिय आंग्ल कवि के शब्दों में 'प्रेम एक छोटे-से कमरे को सर्वत्र का पर्याय बना सकता है' तब तुझे नायिका की यह बात क्यों नहीं समझ में आती है कि उसी में तेरा अमेरिका, तेरा नया-खोजा-देश है और जिससे यह नायिका तुझे बाँध देना चाहती है मारगाँठ लगाकर, वही तो 'स्वाधीनता की मूर्ति' है। तुझे कम-से-कम यह तो सोचना चाहिए कि परसी हुई थाली को ठुकरा जाने से बड़ा अपमान कोई हो नहीं सकता। इसे खा। रोक ले उस हाथ को जो चादर खींचने बढ़ा है। शायद खाकर तू इतना तन्द्रिल हो जाए कि फिर पूछे कि दिल्ली की इस गली को छोड़कर जाने के लिए कौन सिरफिरा कह रहा था? अगर तू प्यार को 'आध्यात्मिक' मानने का आग्रह कर रहा हो इस क्षण, तो सुकवियों के साक्ष्य से यह जान कि आत्मा जिस प्रेम-रहस्य की वाचिका है वह काया की पोथी में ही लिखा है। इसे बाँच।

किन्तु जो अपनी जीन सिम्मंस के कहने पर नहीं मान रहा है, वह हमारे-आपके कहने पर क्यों मानेगा भला? और मान भी जाए तो क्या होगा? डी.डी. और बेबी के विवाह की परिणति सुखद मौन में हो अथवा दुखद मौन में, मौन तो मौन ही रहेगा

ना? क्या हम कल्पना करें कि एक बौद्धिक कलाकार आदि-आदि डी.डी. है जो पचासियों बार अपनी सुन्दर किन्तु सिरफिरी सिर-चढ़ी जिद्दी पत्नी बेबी से झगड़ चुका है, जिसे दुख है कि इस विवाह ने 'मेरे कलाकार की हत्या' कर दी हैं, जिसे एक और कोई समझाती है कि तुम तो जीनियस थे, हो, पर क्या किया जाए, दुर्भाग्य!

क्या हम कल्पना करें कि उपरोक्त विशेषणों से विभूषित डी.डी. उपरोक्त विशेषणों से विभूषित बेबी के साथ विस्मयकारी समंजन में, सहजीवन में पड़ा हुआ है और हम-आप तमाम अन्य यही पूछ रहे हैं : सच, कैसे पड़ा हुआ होगा यह, सच, कैसे पड़ी हुई होगी वह इस उबाऊ नरक में? जाने कितने शरद् साथ-साथ देखते-सुनते-जीते हुए ये जो दो भाई-बहन से, अगड़म-बगड़म जुड़वाँ-से हैं, क्या ये प्रेमी हैं? यह श्रीमती मैत्रेयी तिवाड़ी जो 'आप तो जानते ही हैं भाई साहब, कितने भोले हैं ये तिवाड़ी' से शुरू होनेवाली बातें 'थोड़ी खीर तो और लीजिए ना' जैसी बातों के साथ कहती रहती हैं, यह श्री डी.डी. तिवाड़ी जो 'वह तो मेरी वाइफ ने मुझे चेता दिया वक्त से' जैसी बातें "हजारीप्रसाद द्विवेदी, समझे साहब, और कुछ नहीं संस्कृत की मुद्रा हिन्दी में बदलवा लेनेवाले व्यापारी थे" जैसी बातों के साथ कहते रहते हैं, ये प्रेमी हैं! इससे अधिक उबाऊ जोड़ा हमने तो देखा नहीं, ऐसा कहते हैं लोग-बाग। अगर यही आदर्श प्रेमी-युगल है तो शास्त्री-शास्त्रानी का जोड़ा क्या बुरा था?

आपका आग्रह हो तो मैं बेबी-डी.डी. का 'उच्चतर परिवेश' में प्रस्थापन करके कहूँ कि बेबी 'यू नो वॉट ए सिम्पल सोल दिस डियर हजबैंड ऑफ माइन इज' जैसी बातें 'टेक सम मोर पुडिंग, डू' के साथ कहती रहती है, डी.डी. 'माई वाइफ हैज दिस वेरी सेंसिटिव एन्टीना एंड शी कैचेज दीज फाइन नूएंसेज मच अर्लियर एंड बेटर दैन आई डू' जैसी बातें, "वेल फ्रेंकली इलियट इज द मोस्ट ओवररेटेड पोएट इन इंग्लिश। आल दिस हू पला फॉर ए चैपी हू हैजन्ट रिटन ए सिंगल ओरिजनल लाइन" जैसी बातों के साथ कहता रहता है तो यह जोड़ा आपको केवल 'बिग बोर' ही नहीं, 'स्मग' भी नजर आएगा।

प्रत्येक स्थिति में यह जोड़ा दुकेलेपन के क्षणों में आत्मघाती अथवा आत्ममुग्ध मौन का भागीदार बना हुआ दिखाई देगा हमें। अगर प्यार गूँगा और घुन्ना ही होता हो तो फिर उस पुस्तकमुखी के लिए शास्त्री जी के प्रेम पर महाकाव्य क्यों न लिखें हम!

मैं समझता हूँ कि यहाँ सुधीजन आपत्ति कर सकते हैं (अगर उनका धैर्य पहले ही आपत्ति न कर चुका हो!) कि क्या डी.डी. और बेबी के जोड़े को दो सुरुचिपूर्ण सहयोगी मित्रों के रूप में नहीं देखा जा सकता? डी.डी. रसोई में बेबी की मदद करता है, बहुत उत्साह दिखाता है यह जानने में कि 'बुनाई का यह नमूना तुमने कहाँ से लिया?' बेबी कलात्मक दुनिया में डी.डी. की मदद करती है, बहुत उत्साह दिखाती है यह जानने में कि 'नामवर ने अज्ञेय के बारे में क्या कह दिया?' किन्तु पति-पत्नी कम्पनी लिमिटेड के योग्य साझीदारों के रूप में डी.डी.-बेबी की कल्पना भी प्रेम-पुजारियों को क्या,

सामान्य पतियों-पत्नियों तक को आकर्षक नहीं मालूम होगी। बहुधा देखा गया है कि ऐसे 'आदर्श' जोड़े से मिलने के बाद अगर कोई पत्नी श्रीमान् आदर्श की अपने पति से प्रशंसा करती है तो पति कहता है कि मुझे वह आदमी निहायत बनावटी-सतही मालूम हुआ और अगर पति श्रीमती आदर्श की प्रशंसा करता है तो पत्नी कहती है कि मुझे वह औरत निहायत ओछी-बनावटी मालूम हुई। पति-पत्नी सहमत होते हैं कि ये आपस में 'थैंक्यू, सॉरी' कहते रहनेवाले पति-पत्नी 'प्रेमी' हो ही नहीं सकते।

एक शास्त्रीय-सी आपत्ति और भी है : जो प्रेमी रह चुके हैं क्या वे साझीदार मित्र बन सकते हैं? क्या प्रेम का स्वर मन्द्र कर 'मैत्री'-सप्तक में लाया जा सकता है? यद्यपि इस क्षेत्र में मेरा निजी अनुभव शून्य और परोक्ष अनुभव नगण्य है तथापि मैं सोचता हूँ कि प्रेम, घृणा का रूप भले ही ले ले, उसे मैत्री में परिवर्तित करना असम्भव होगा।

मैं नायक को चादर खींचने से रोक नहीं पाता, रोक नहीं पाया। न रोक पाने का अफसोस करना भी कुल मिलाकर बहुत युक्तिसंगत जान नहीं पड़ता। मैं उस विद्वान् से सहमत होना चाहता हूँ जिसने प्रेम को खसरे-जैसा रोग ठहराया है कि जितनी कम उम्र में हो-हुआ जाए, उतना अच्छा! सुधीजन सन्तोष कर सकते हैं कि डी.डी.-बेबी यौवन की देहरी पर ही इससे निबट लिये।

कथा साहित्य में कुछ ऐसा भी आग्रह रहा है कि जो कुछ हुआ उसके लिए कौन कितना दोषी है, इसका निर्देश संकेत रूप में कर दिया जाए। हर कहानी 'मैं', 'तू' और 'वे' की कहानी होती है और इधर यह अच्छा समझा जाने लगा है कि मुख्य रूप से 'वे' को दोषी ठहराया जाए, क्योंकि 'मैं' और 'तू' अन्ततः इसी 'वे' की उपज हैं, इसी के प्रवक्ता और प्रतिरूप हैं। सुधीजनों को अपेक्षा होगी कि इस 'वे' के विरुद्ध अभियोग-पत्र तैयार करते हुए. समाजशास्त्र, इतिहास, आनुवंशिकी, मनोविज्ञान, पारिस्थितिकी, नृतत्त्व, जीव-रसायन, अर्थशास्त्र, कण-भौतिकी आदि सभी विधाओं का उपयोग किया जाए। ऐसा संकेत मिलता है कि जो मनुष्य अज्ञान के युग में केवल बारह राशियों और सात ग्रहों से बँधा हुआ था, ज्ञान के इस युग में असंख्य चीजों से बँधा हुआ मान लिया गया है। अतएव डी.डी. और बेबी में से कौन कितना दोषी है इस चादर के खिंच जाने के लिए, इसका निर्णय करने के लिए हमें असंख्य, ऊपरी तौर से असम्बद्ध मालूम होनेवाले तथ्यों का विचार करना होगा।

उदाहरण के लिए हमें देखना पड़ सकता है कि विवेकानन्द के विदेश जाकर 'ब्रदर्स एंड सिस्टर्स ऑफ अमेरिका' कहने और लौटकर भारतीयों को अपने बिलों से बाहर निकलने के लिए ललकारने का इस कथानक से क्या सम्बन्ध है? मालवीय जी का एक म्लेच्छ कन्या को वेद पढ़ाने का गोल-मोल आदेश प्रस्तुत गोलमाल के लिए किस हद तक जिम्मेदार है? और स्वयं मालवीय जी द्वारा गोल-मोल आदेश दिए जाने के लिए कौन 'वे' उत्तरदायी हैं? अगर डॉ. भगवानदास असेम्बली में मनुस्मृति पर भाषण करने के लिए वाराणसेय ब्राह्मणों को इतना मुँह न लगाते तो क्या यह चादर नहीं खींची

जाती? शास्त्री जी के बालसखा जयशंकर प्रसाद का 'कामायनी' लिखना इस मुख्य घटना के लिए किस हद तक जिम्मेदार है? इन्हीं प्रसाद जी से बेनिया बाग में सैर के समय मिलते रहने के बावजूद प्रेमचन्दजी ने 'गोदान' लिखकर इस तरह चादर खिंच जाने की सम्भावना को कितना प्रशस्त किया? इस घटना का ऊँचे कुमाऊँनी ब्राह्मणों की सूक्ष्म ऊँच-नीच से, 'स्ट्रेटिफिकेशन' से क्या सम्बन्ध है? गांधी जी के कब्ज का इससे कोई सम्बन्ध है कि नहीं? नेहरू के योजना-भवन से फूटी विकासशीलता भी हमारे लिए विचारणीय हो सकती है। दैन्य की सार्वभौम उप-संस्कृति और समृद्ध प्राचीन भारत की संस्कृति का इस चादर पर कितना खिंचाव पड़ा यह भी सोचना पड़ सकता है। बेबी के 'इलेक्ट्रा कॉम्प्लेक्स' के साथ-साथ हमें डी.डी. के 'अनाथ कॉम्प्लेक्स' का, बृहत्तर परिवार, उच्चतर माता-पिता ढूँढ़ने की लालसा का भी विचार करना पड़ सकता है। इस बात की भी आवश्यकता है कि हम किसी निदान-संगणक से डी.डी. और बेबी के, खासकर डी.डी. के, सभी हार्मोनों, एंजाइमों और अन्य रसायनों की माप करके यह बताने को कहें कि वे औसत से कितने कमती-बेशी हैं?

दोषी 'वे' के सन्धान के सिलसिले में सुधीजन मुझे अनन्त प्रश्नों के उत्तर खोज लाने का आदेश दे सकते हैं। मैं लेखक नहीं हूँ। किसी सठियाये पंडित द्वारा कादम्बरी शैली में बड़बोली संस्कृत में लिखकर एडवर्डी सोफा की स्प्रिंगों में छिपा दी गई एक सामान्य-सी मध्यवर्गीय युवा-प्रेम-कथा का रूपान्तरकार-भर हूँ। और हाँ, स्वयं सठियाये की श्रेणी में आनेवाला एक व्यक्ति हूँ जो कभी दर्शनशास्त्र का प्राध्यापक था। तथापि इस रूपान्तरण का दोषी होने के नाते मैं चादर खींचे जाने के लिए दोषी 'वे' के सन्धान में सुधीजनों से सहयोग के लिए प्रस्तुत हूँ। चमत्कारी घ्राण-शक्ति से सम्पन्न श्वान की नाईं मैं सुधीजन के फेंके हर टुकड़े की गन्ध लेकर दिक्-काल के हर आयाम में कण-कण सूँघता फिरूँगा। 'अगर वैसा न होता तो क्या ऐसा होता' सूँघते-सूँघते मैं 'बड़के धमाके' तक पहुँचने को प्रस्तुत हूँ। वर्तमान निठल्लेपन में, विद्यमान निर्जनता में मुझे यह कल्पना कुल मिलाकर नितान्त प्रीतिकर मालूम हो रही है। किन्तु सुधीजनों द्वारा बताया गया है कि मेरे मस्तिष्क में मात्र दस घात चौदह सूचनाएँ एकत्र करने की क्षमता है। अगर मैं इतनी सूचनाएँ एकत्र कर लूँ और प्रत्येक सूचना को चादर खींच दिए जाने से सम्बद्ध मानूँ तो मुझे, सुधीजन की गणना के अनुसार, दो करोड़ खंडोंवाला उपन्यास लिखना होगा। समय का अभाव किंचित् आड़े आ रहा है।

क्या यह अधिक सुविधाप्रद नहीं कि जब 'बड़के धमाके' तक पहुँच ही गए हैं तब 'उस' के मत्थे सारा दोष क्यों न मढ़ दें जिसने 'वे' बनाए? वह मात्र वह था, साबुत दाल का दाना, ब्रह्मबीज। और प्राचीन कथाकारों के अनुसार उसका मन रमा नहीं मात्र वह होने में, इसीलिए उसने दाल के दाने को दो हिस्सों में बाँट दिया, पुरुष और स्त्री हो गया। स्त्री ने शून्य कर दिया। पुरुष ने स्त्री से रमण किया। स्त्री ने सोचा जिसने मुझे अपने से ही जन्म दिया है वह मुझसे संसर्ग कैसे कर रहा है? अच्छा, तो

में छिप जाती हूँ। वह नानाविध प्राणियों के रूप में छिपी, उसे भी नानाविध प्राणियों का रूप लेना पड़ा। इसी से सृष्टि हुई।

इस लम्बे खिंचते जाते विषयान्तर से आपको जो अधैर्य हो रहा होगा उसकी सहज ही कल्पना की जा सकती है। क्या हम इस बात की भी सहज ही कल्पना कर सकते हैं कि दाल के दाने के दो होने अथवा 'प्रोटोन' के 'हाइड्रोजन' बन जाने के बाद से रमण-क्रीड़ा के अन्तर्गत कैसा विराट विषयान्तर होता आ रहा है पिछले 17 गुणा दस घात नौ वर्षों से? और अभी पता नहीं कितने वर्षों बाद यह सृष्टि सिकुड़नी शुरू होगी, काल उलटा बहेगा, जीवन-यात्रा चिता से गर्भ की ओर होगी, होते-होते ब्रह्मांड फिर वही साबुत दाल का दाना बन जाएगा। और सौ ब्रह्म-वर्ष बाद वही दाना, उसी ऊब से, नया सृष्टि-क्रम शुरू करेगा! ब्रह्म के विषयवासनाजन्य इस विचित्र विराट विषयान्तर से अधीर होकर मानव यदि कभी-कभी चादर खींच देता हो, तो क्या आश्चर्य?

कदाचित् सुधीजन इस सबको लचर पंडिताऊ परिहास का नमूना ठहराएँ। है भी यह लचर पंडिताऊ परिहास ही। किन्तु आज जब दस हजार मेगाटन शक्तिवाली आणविक मृत्यु पृथ्वी पर मँडला रही है; मुझे सन् 1957 में बेबी पर डी.डी. द्वारा खींच दी गई एक चादर का स्मरण करते हुए पंडिताऊ परिहास ही सूझ रहा है। मूल लेखक की तरह मैं यहाँ छन्दबद्ध विलाप करने में असमर्थ हूँ। आपके और मेरे दस-दस घात चौदह-चौदह स्नायु-कोषों द्वारा एकत्र सूचनाओं द्वारा असमर्थ बना दिया गया हूँ।

किन्तु इस असमर्थता का बगैर छन्द का रोना भी क्यों रोएँ!

जहाँ पर शॉट 'फ्रीज' कर दिया गया है, वहीं कथा समाप्त मान लें? फ्रीज शॉट से आगे की कल्पना करने की कल्पना-मात्र से सिहर उठने की आधुनिक परम्परा का निर्वाह करें? या कि जड़ीभूत काल को फिर गति दें?

मेरे लिए दूसरा विकल्प रुचिकर है। अधिकतर तो इसीलिए कि अकेले में मेरा मन रमता नहीं और मैं इन पात्रों के, आपके साथ रहना चाहता हूँ कुछ समय और। कुछ इसलिए कि हमें यह देखना होगा कि क्या 'कहानी' की समाप्ति के बावजूद प्रेम बचा रह जाता है सरस आत्मा में लगे किसी छोटे किन्तु पेटू कीड़े की तरह अथवा बहुत पहले लगाए किन्तु अब तक मन्द महकते किसी इत्र की तरह? कथा को फिर गति देना इसलिए भी जरूरी है कि 'प्रेम' समाप्त भी मान लिया जाए तब भी यह प्रश्न शेष रहता है कि क्या वे दो व्यक्ति फिर कभी मिले? बेबी और डी.डी. मिले हैं चौबीस वर्ष बाद यह मुझे मालूम है, मूल कथालेखक इसकी कल्पना करने की स्थिति में था नहीं। उसे होता देखने के लिए मौजूद नहीं था वह।

तो आपकी अनुमति से मैं 'फ्रीज शॉट' को गतिमान करके फिल्म आगे चला देता हूँ।

नायिका चादर लतियाकर फेंक रही है। नायक का एक हाथ दरवाजे की कुंडी पर है। वह कह रहा है, "मैं शास्त्री जी को यह सुझाव दे सकता हूँ कि तुझे डॉक्टर दद्दा के पास लन्दन भेज दें, वहाँ भी शादी हो सकती है। वे राजी हों तो हम यहीं कोर्ट में भी शादी कर सकते हैं।" वह कह रहा है किन्तु इन शब्दों का स्वाद उसके मुँह में श्राद्ध के प्रसाद-जैसा है।

नायिका कह रही है, "ठहर! मैं भी आ रही हूँ।" वह पहन रही है कपड़े, लगा रही है किलिप-काँटे, हुक-बटन। नायक उस संसार में घुसा हुआ है जिससे बाहर होने का कभी उसे बहुत कष्ट था किन्तु मुँह फेरे हुए है वह कपड़े पहनती इस नायिका से।

नायक-नायिका बाहर आए हैं बरामदे में। लॉन में कुर्सी डाले बैठे हैं बूढ़ा-बुढ़िया। देख रहे हैं इन्हें प्रत्याशा से। नायिका बुजुर्गाना लहजे में ड्राइवर को बुलाती है और कहती है, "साहब को जहाँ कहें, वहाँ छोड़ आओ।"

नायक कहता है कि मुझे शास्त्री जी से विदा लेनी है, उनसे कुछ कहना है।

नायिका कहती है, "कोई जरूरत नहीं हो रही नमस्कार करने की, कुछ कहने की। इनसे जो भी तेरा सम्बन्ध था, मेरी वजह से था। मुझसे टूट गया, इनसे भी टूट गया। ड्राइवर, साहब को ले जाओ।"

"अरे, रोको!" कहती है वृद्धा।

"मैत्रेयी! बच्ची!" कहता है वृद्ध।

बच्ची गाड़ी का दरवाजा खोलती है और सीट की ओर इशारा करती है। नायक बैठ जाता है। वह दरवाजा भड़ से बन्द कर देती है। इधर गाड़ी चलती है और उधर वह इत्मीनान से लॉन में आती है। माँ-बाप से बैठ जाने को कहती है। खुद भी बैठ जाती है। उस किताब के पन्ने पलटती है जिसे पिता पढ़ रहा था। फिर कहती है, कुछ ऐसे मानो यह एक यों-ही-सी बात हो, "बाबू, मैंने तुमसे एक दिन आकर कहा था मेरी शादी हो गई। आज मैं तुमसे कह रही उस शादी में ना मैं विधवा हो गई।"

"छि हो, अलच्छिनी!" कहती है माता और रोने लगती है।

पिता अपनी डबडबाई आँखों से देखता है बच्ची की उन आँखों को जिनमें आँसू होने चाहिए थे, पर नहीं हैं।

कहती है बच्ची, "जब मेरी वह शादी बच्चों का खेल ठहरी, तब बच्चों का खेल ही हुआ मेरा उसमें विधवा हो जाना। इसमें सयानों को रोना नहीं चाहिए, अच्छा!"

बच्ची अब वह पुस्तक सौंपती है पिता को और कहती है, "मुझे पढ़ाओ बाबू। विधवाओं को पढ़ाते हैं, कहा।"

मैत्रेयी को शास्त्री जी ने पढ़ाया। उसे विधवा मानते हुए पढ़ाया कि नहीं, इस पर अधिकारपूर्वक कुछ कह नहीं सकता। पुत्री मानकर निश्चय ही नहीं पढ़ाया, इतना जानता हूँ। शिष्या मानकर चले वह उसे। यह उनके पढ़ाने का ही प्रताप रहा होगा कि आयुष्मती मैत्रेयी (अब वह किसी को भी यह अधिकार नहीं देती कि उसे बेबी कहे, अपनी माँ को भी नहीं) विद्या-क्षेत्र में उत्तरोत्तर प्रगति करती गई। हाईस्कूल-इंटर तृतीय श्रेणी में उत्तीर्ण हुई उस बालिका को बी.ए. में द्वितीय और एम.ए. में प्रथम श्रेणी प्राप्त हुई। भक्ति और रस सिद्धान्त पर उसका शोध-प्रबन्ध पी-एच. डी. से सम्मानित हुआ। लोग कहते हैं कि इस प्रगति का श्रेय विद्या-क्षेत्र में शास्त्री जी की राजनीतिक सत्ता का था (वह राज्यसभा सदस्य हो गए थे उन दिनों) किन्तु लोगों की बातों का मुझे कोई विश्वास नहीं रह गया है। कभी-कभी तो मुझे अपनी ही बात का विश्वास नहीं होता। अस्तु।

एक क्षण को मान भी लें कि एम.ए. में उसके नम्बर बढ़वाए गए और उसका शोध-प्रबन्ध लगभग पूरा-का-पूरा उसके गाइड ने ही लिखवाया, तब भी यह समझ सकना मुश्किल है कि बैडमिंटन और संगीत में मैत्रेयी किस राजनीतिक सत्ता के प्रताप से आगे बढ़ी? बैडमिंटन में वह राज्य-चैम्पियन बनी और अखिल भारत प्रतियोगिता में दूसरे नम्बर पर रही। वह न केवल उच्च-स्तरीय गायिका के रूप में प्रतिष्ठित हुई बल्कि उसने शास्त्रीय संगीत पर अधिकारी लेख और ग्रन्थ रचे। यह कहना तो शायद ठीक न हो कि वह 'पंडिता' हो गई देखते-देखते, इतना जरूर है कि वह अपने पिता द्वारा और स्वयं अपने द्वारा संगृहीत पोथियों का कुशल उपयोग करना सीख गई।

यह भी उल्लेखनीय है कि वह जो एक अल्हड़-सी अनपढ़-सी, ठेठ अल्मोड़िया-सी, बेबी थी, बहुत तेजी से एक परिष्कृत युवती मैत्रेयी में बदल गई जिसके रहन-सहन में, बोलने-चालने में, पहनने-ओढ़ने और सजने-सँवरने में आभिजात्य के दर्शन हुए। यह नहीं कि वह कुछ अलग-ऊँची-सी, रूखी-सी बन गई। नितान्त सरस बनी रही वह, हँसी-मजाक में सबसे आगे। इतना ही कि उस हास-परिहास में भी अब एक प्रकार की प्रौढ़ता आ गई। हर मंच पर उसका अनौपचारिक आभिजात्य, उसका वाग्वैदग्ध्य और जीन सिम्मंस-रूप एक दुर्निवार आकर्षण पैदा करने लगा उसके प्रति।

कुमाऊँनी समाज से बाहर के आधुनिक नवयुवकों द्वारा उसके प्रति प्रणय-निवेदन का क्रम बी.ए. अन्तिम वर्ष से ही शुरू हो गया। वह अपने प्रेमियों को हँसकर, अँगुली पकड़कर, जगह पर बैठा देने की कला में पारंगत होती चली गई। "प्रेम-रोम यह क्या पागलपन है!" ऐसा कुछ कह सकना सीख गई उसकी वे बड़ी-बड़ी आँखें, "कोई कायदे की बात करो ना।" बगैर कुछ माँगे-पाए मेरी पूजा करते जाओ ना, ऐसा भी भाव कहीं निहित रहा उसके दैहिक वक्तव्य में। आयुष्मती मैत्रेयी के विफल प्रेमियों की एक लम्बी सूची बनती चली गई है जिसमें बाल-युवा-वृद्ध,साहित्यकार-संगीतकार-नाटककार,रसिक-विद्वान्, राजनीतिज्ञ-प्रशासक-उद्योगपति-व्यापारी सभी

तरह के लोग सम्मिलित हैं। समादर की माँग करती है यह सूची और इसे अप्रकाशनीय ही समझना होगा हमें।

कुछ युवकों ने उससे विवाह भी करना चाहा लेकिन वह उन्हें टालती रही। जहाँ तक उसके अपने समाज का सम्बन्ध था, वह विधिवत् अस्पृश्या बनी रही विवाहयोग्य युवकों के लिए।

मैत्रेयी ने एम.ए. करने के एक वर्ष बाद विवाह किया। एक प्रकार से उसने अपनी मरणासन्न माता को अन्तिम क्षण अप्रत्याशित उपहार लाकर दिया जामाता के रूप में। उसका पति श्यामसुन्दर मिश्र आई.ए.एस. में आने से पहले कुछ महीने उसे पढ़ा चुका था कॉलेज में। जाति-नाम के कारण कई लोग समझते हैं कि मैत्रेयी ने कुमाऊँनी समाज से बाहर शादी की है, किन्तु लड़का कुमाऊँनी ब्राह्मण ही है। डी.डी. की तरह साधारण घर-परिवार का एक मेधावी युवक। विचारों से लोहिया समाजवादी। साहित्य-कला में विशेष रुचि और थोड़ी गति रखनेवाला। मैत्रेयी पर पूरी तरह आसक्त। पहरावे, बातचीत और व्यवहार में थोड़ा कर्मठ नेतानुमा। उसके लिए यह प्रेमविवाह था। मैत्रेयी के लिए कदाचित् एक सौदा था सयानों का। धूमधाम से हुआ विवाह। सारा कुनबा जमा हुआ। डी.डी. की बात किसी ने भी नहीं की। बबली'दी वाली मुनिया ने भी नहीं, जो तब स्वयं विवाहयोग्य हो चुकी थी।

इस विवाह के चार महीने बाद शास्त्रानी जी गुजर गईं। शास्त्री जी बेटी की पी-एच. डी. खत्म होने तक रहे दिल्ली में और फिर अपनी योजनानुसार चले गए बिनसर वानप्रस्थ बिताने। वह दस साल बाद वहीं मरे। कहते हैं वानप्रस्थ में वह 'कामायनी' का संस्कृत में अनुवाद करने, उमर खैयाम को ब्रजभाषा में ढालने और संस्कृत में आधुनिक गल्प लिखने जैसे कई काम करके अन्तिम क्षण तक अपनी कर्मठता किंवा जीवन के ऊल-जलूलपन का परिचय देते रहे। शास्त्री जी ने, कहते हैं, चाय के अपने शौक को अनुष्ठान का-सा रूप दे डाला उस दौर में। बहुत पैसा खर्च करके प्रमुख बागानों की चाय वह मँगवाते थे और अपने अध्ययन-कक्ष की लिखनेवाली मेज पर रखी बिजली की केतली में पानी उबालते ही रहते और घड़ी देखकर अलग-अलग समय पर अलग-अलग बागान की चाय खुद बनाते और पीते। उनकी बहुओं में एक मजाक प्रचलित है—पता नहीं कितने हजार तो बुड्ढा चाय में ही पी गया। एक शाम उन्होंने उदैसिंह को आवाज दी कि मुझे उठने में आलस हो रहा है, लंकावाली चाय का डिब्बा दे इधर। उसने पहले गलत डिब्बा दे दिया—चीनवाली चाय का। बूढ़ा आखिर तक पूरा चैतन्य था—कहा यह नहीं, वह। सही डिब्बा मिलने पर शास्त्री जी ने चाय बनाई। कुछ लिखने बैठ गए। ठीक सवा घंटे बाद उदैसिंह फिर कमरे में आया कि लैम्प जला दूँ और लापचू का वक्त हो गया है इसलिए गिलास धो दूँ। उसने शास्त्री जी को मेज पर फैले कागजों पर सिर टिकाए मृत पाया। श्रीलंका की पत्तियों से बनी चाय पांडुलिपि पर फैली हुई थी।

मैत्रेयी ने कुछ वर्षों तक कॉलेज में पढ़ाया, फिर अपने दो बच्चों (एक लड़का, एक लड़की) के लालन-पालन और सामाजिक कार्य के हित में नौकरी छोड़ दी। वह विभिन्न सामाजिक और सांस्कृतिक संस्थाओं में बहुत काम करती रही है बराबर और आज वह साहित्य-कला आदि की अन्यतम संरक्षिका और स्त्रियों तथा निर्धनों के हित कार्य करनेवाली नेत्री के रूप में ख्यात है। संसद-सदस्या रह चुकी है एक बार। वह सत्तारूढ़ दल से सम्बद्ध है किन्तु विचारों से थोड़ी वामपन्थी समझी जाती है।

मैत्रेयी-पति श्यामसुन्दर सरकारी नौकरी में बराबर उन्नति करते रहे हैं। यह एक संयोग है या शायद उनकी पत्नी के राजनीतिक सम्पर्कों का चमत्कार कि उन्हें ज्यादातर ऐसे पद मिलते रहे हैं जिनका कलाओं के सरकारी संरक्षण से कोई सम्बन्ध हो। इस प्रकार वह भी कला-संरक्षण में अपनी पत्नी के साझेदार रहे हैं। प्रशंसक, इस जोड़ी को उत्तर भारत में कलाओं के लिए वरदान-स्वरूप मानते हैं। निन्दक, जिनमें कई भूतपूर्व और भावी प्रशंसक सदा शामिल रहते हैं, इन दोनों को 'आततायी राज्य और पूँजीवाद' के पैसे से आधुनिकता और वामपन्थ का नाटक खेलने वाले समझते हैं। मैत्रेयी-श्याम के 'फ्राडों' की सूचियाँ छापते रहना अन्यतम प्रतिष्ठान-विरोधी कार्रवाई समझी जाती है। जिन व्यक्तियों ने समाजवाद और आधुनिकता का नाम लेकर सन् 54 के आस-पास पंचवर्षीय आयोजन का क्रम आरम्भ किया था वे एक-दूसरे से पूछ रहे हैं कि तुम्हारी आधुनिकता निर्लज्ज धींगामस्ती में कैसे खो गई है और जब खो गई है तब तुम इतने निर्विकार कैसे बैठे हो? किन्तु जिस समाज में सब एक-दूसरे से बहुत आक्रोश से यही प्रश्न कर रहे हों और उनकी धींगामस्ती के समान्तर चलती आती इस चीख-पुकार से किसी पर कोई प्रभाव न पड़ रहा हो, तो ऐसी जिज्ञासा करना भी फारसी काव्य का ब्रजभाषा में अनुवाद करते रहने से कम ऊल-जलूल नहीं।

मिश्र-दम्पती का घर समन्वित संस्कृति का, आधुनिक भारतीयता का प्रतीक है। जो भी जाता है प्रभावित होकर लौटता है भारतीय लोक-संस्कृति और आधुनिक कला के इस संगम से। प्रशासक और राजनीतिज्ञ दोनों ही श्रीमान और श्रीमती मिश्र को अपनी बिरादरी में विशिष्ट मानते हैं। संस्कारहीन भ्रष्टाचार की बाढ़-सी आई हुई है देश में और उसके मध्य मिश्र-दम्पती किसी तरह संस्कृति का एक द्वीप बनाए हुए हैं।

मिश्रा जी का लड़का भारतीय है, उसके बाद की लड़की अंग्रेज (या अमेरिकी कहना अधिक सही होगा?)। यहाँ भी समन्वय हुआ परमेश्वर की कृपा से।

कई वर्ष हुए 'इंडिया टुडे' में अपने आलोचकों को उत्तर देते हुए श्रीमती मैत्रेयी मिश्रा ने कहा था : "जी हाँ, मैं शास्त्रियों की बेटी हूँ। यह मेरे लिए कोई विशेष गर्व का विषय नहीं है, किन्तु आलोचकों को प्रसन्न करने के लिए मैं इसे अपने लिए शर्म की बात मानने को तैयार नहीं। सुनते हैं इनसान बन्दर की औलाद है। क्या

मेरे आलोचक यह चाहेंगे कि सारी इनसानियत इसीलिए मारे शर्म के खुदकुशी कर ले? मुझमें इतना विवेक है कि उत्तराधिकार में पूर्वजों का विद्या-प्रेम ही लूँ, जातिगत अहंकार नहीं। मैं यह समझने में असमर्थ हूँ कि मेरे आलोचक परम्परागत कलाओं के प्रोत्साहन और संरक्षण के लिए मेरे काम को ही नहीं, स्वयं इन कलाओं को भी सामन्ती कैसे ठहराते हैं? उदाहरण के लिए मैने शास्त्रीय संगीत और लोक-संगीत दोनों के संवर्द्धन में थोड़ा-बहुत योगदान किया है। क्या ये 'सामन्ती' हैं? क्या मेरे आलोचक 'सिनेमा संगीत' को 'लोकतंत्रात्मक' मानते हैं? या कि संगीतविहीन होना उनके लिए 'प्रगतिशीलता' की सबसे बड़ी कसौटी है? 'लोग सूखे से मर रहे हैं और ये देवी जी मल्हार अलाप रही हैं'—नुमा फब्तियाँ कसनेवालों की बुद्धि पर मुझे तरस आता है और उनसे बहस करना मैं गैर-जरूरी समझती हूँ। ऐसी निरानन्द 'प्योरिटन' प्रवृत्ति का मेरी दृष्टि में जनवाद या प्रगतिशीलता से कुछ लेना-देना नहीं। इसका सम्बन्ध हो सकता है तो उस आक्रामक बर्बरता से जो अत्याचारी तानाशाही को जन्म देती है। जी हाँ, मैंने कहा है कि गरीबी से मेरे सौन्दर्य-बोध को ठेस पहुँचती है। इसका अर्थ यह नहीं कि मैंने कहा है कि गरीबों को मार दो। मैंने निर्धन और दलित वर्गों के लिए जो काम किया है, खासकर कुमाऊँ के गंगोलीहाट क्षेत्र में, क्या उसे मेरे आलोचक गरीबों को मारने का पर्याय मानते हैं? मैं उनमें से नहीं जो गरीबी और गँवरपन को ही नियामत मानते हों। मुझे आश्चर्य होता है कि ऐसा माननेवाले भावुक, रोमानी, पैटि-बूर्ज्वा अपने को आधुनिक और क्रान्तिकारी किस मुँह से कहते हैं। मैं अपने आलोचकों के स्तर पर नहीं उतरना चाहती किन्तु यह तथ्य है कि इन आत्मकेन्द्रित, निम्न-मध्यवर्गीय जीवों को आप आज किसी अमेरिकी विश्वविद्यालय की फेलोशिप और अमेरिका का इकतरफा टिकट दिला दें ये रेवोल्यूशन की पोटली बाँधकर खुशी से वहाँ चले जाएँगे। भ्रष्टाचार के जो आरोप इन्होंने लगाए हैं वे पुराने हैं। जाँच में बेबुनियाद सिद्ध हो चुके हैं। मुझे लगता है कि भारत का भद्र समाज घटियापन की बात इतनी ज्यादा इसलिए कर रहा है कि वह सुविधाजीवी है और भद्रता का बोझ उठाना नहीं चाहता।"

यह उद्धरण मैंने इस प्रश्न की भूमिका के रूप में दिया है कि क्या मैत्रेयी जो कभी इस कथा की नायिका थी, उस युवक को याद करती है जो कभी इस कथा का नायक था? अमेरिका का इकतरफा टिकट पाने के लिए लालायित निम्न-मध्यवर्गीयों को मैत्रेयी की लताड़ क्या जताती है कि उसे याद है कोई बेबी थी जिसने किसी डी.डी. से प्रेम किया था? क्या मैत्रेयी द्वारा गंगोलीहाट क्षेत्र का समाज-सेवा के लिए चुना जाना यह इंगित करता है कि डी.डी. को पालने-पोसनेवाले इस इलाके से वह रागात्मक सम्बन्ध जोड़ना चाहती है? या कि इसे यों समझा जाए कि वह कुछ ऐसा करना चाहती है कि गंगोलीहाट में पल-पुसकर लोग-बाग डी.डी. जैसे न निकलें?

चाहे किसी तरह सही, क्या मैत्रेयी डी.डी. की स्मृति से जुड़ी हुई है? यह सही है कि उस दिन बेआबरू होकर कूचे से निकल जाने के बावजूद डी.डी. ने एक पत्र दिल्ली से ही, दूसरा बम्बई से, तीसरा न्यूयार्क से और चौथा-पाँचवाँ लॉस ऐंजिल्स से भेजा। मैत्रेयी ने ये पत्र खोले, प्रेम का बखान करनेवाले उनके मसविदे पर वैसे ही सरसरी, थोड़ी आशंकित, नजर डाली जैसी किसी बाबा का गुणगान करनेवाले उन पत्रों पर अविश्वासी बुद्धिमान लोगों द्वारा डाली जाती है जिनमें आदेश दिया गया होता है कि इस पत्र की पाँच नकलें करके तुरन्त पाँच लोगों को भेजने से कल्याण होगा, न भेजने से विपदा आएगी। सरसरी निगाह डालने के बाद उसने डी.डी. के पत्रों को टुकड़े-टुकड़े कर दिया। पाँचवाँ पत्र मिलने पर उसने डी.डी. को समुद्री तार से चेतावनी भेजी कि आइन्दा पत्र न भेजे। यह सही है कि उसके बाद डी.डी. का कोई पत्र नहीं आया। किन्तु क्या यह सही है कि उसके बाद मैत्रेयी कभी एक क्षण को भी बेबी नहीं हुई, एक क्षण को भी डी.डी. उसे याद नहीं आया?

प्रश्न सार्थक है किन्तु इसका कोई सुनिश्चित उत्तर है नहीं मेरे पास। कलाओं में फिल्म भी शामिल है, इसलिए मैत्रेयी ने यह सुना अवश्य है कि एक सज्जन, जो अपने को अब देवीदत्त कहते-लिखते हैं, अन्तरराष्ट्रीय सिनेमा में कुछ हैसियत रखते हैं। मैत्रेयी कला-संस्कृति का जो त्रैमासिक निकालती है 'रुचिरा' उसमें इन देवीदत्त महोदय के विषय में मूल फ्रांसीसी से अनूदित एक लेख भी छपा था 'सिनेमा का द्विज देवीदत्त'। इस लेख में देवीदत्त की बहुत प्रशंसा थी और बताया गया था कि देवीदत्त नैनीताल के हैं (देश-विदेश के साहब लोगों के लिए नैनीताल ही कुमाऊँ है!)। इन देवीदत्त को, इनकी फिल्मों को, भारतीय फिल्म महोत्सवों में आमंत्रित किया था, लेकिन न वह आए, न उनकी फिल्में। फ्रांसीसी समीक्षक कुछ भी कहें, जिन भारतीय समीक्षकों को देवीदत्त की फिल्में देखने का अवसर मिला है उन्होंने एक स्वर में कहा है, "इनमें ऐसा कुछ नहीं जो इतनी प्रशंसा की जाए।" लगभग हर कलाकृति के विषय में हमारे कलाप्रेमियों में आम राय यही बनाने का रिवाज-सा है इसलिए मैं कह नहीं सकता कि फ्रांसीसी समीक्षक सही हैं कि भारतीय आलोचक।

वह प्रश्न ज्यों-का-त्यों रह जाता है : क्या मैत्रेयी देवीदत्त को एक लाटे के और अपने को बेबी के रूप में भूल गई है पूरी तरह?

उत्तर देने की एक लचर-सी कोशिश में मैं इतना ही कह सकता हूँ कि मैत्रेयी कभी-कभी निर्निमेष खड़ी अथवा बैठी रह जाती है और यदि उसके बच्चे या पति समन्वय की एक भाषा में पूछें, "ए पैनी फार योर थॉट्स?" या दूसरी भाषा में, "किस सोच में पड़ गईं?" तो वह सिर हिलाकर मुस्कराकर कहती है, "मैं बुढ़ाने लगी हूँ शायद, मुझे अपना बचपन याद आने लगा है।" अगर डी.डी.-बेबी.प्रेम-प्रसंग एक बचपना था तो बचपन का याद आना अर्थवान हो जाता है।

मुझे यह भी उल्लेखनीय मालूम होता है कि मैत्रेयी अपनी पुत्री गायत्री के प्रति, जो न केवल उसकी-जैसी दिखती है, बल्कि जिसके व्यक्तित्व में बेबी के अल्मोड़िया जाने-कैसे-जैसे-पन का ही अमेरिकी संस्करण प्रकट हुआ है, आकर्षित होती है, थोड़ा चिन्तित भी रहती है।

श्यामसुन्दर मिश्र अपनी पत्नी मैत्रेयी का अन्यतम प्रशंसक है, वह उसे पूरा आदर देता है। मैत्रेयी अपने पति को मित्रवत् मानती है। यह राम-मिलाई जोड़ी है और इसकी गिरस्ती सुख-सन्तोष की गिरस्ती है। हमें भी इससे सुख-सन्तोष होना चाहिए। श्रीमान और श्रीमती मिश्र को 'बनावटी' कहनेवाले ईर्ष्यालुओं में हम अपना नाम क्यों लिखवाएँ?

काश मैं सुख-सन्तोष का ऐसा संवाद उस व्यक्ति के बारे में भी दे सकता जो कभी डी.डी. कहलाना पसन्द करता था और अब जबकि वह प्रथमाक्षरियों का प्रयोग करने के आदी अमेरिका का नागरिक है, उसका आग्रह है कि मुझे देवीदत्त कहा जाए, भले ही यह नाम उचारने में पाश्चात्य जिह्वा को अपार कष्ट हो, और वह उसे डेवीडाट और कभी-कभी प्रेम से 'डेव' कहती रहे।

डी.डी., मैं धृष्टता के लिए क्षमा चाहते हुए उसे इसी नाम से पुकारना चाहूँगा, आहत और स्तब्ध मन लेकर सवार हुआ था उस उड़नेवाले घोड़े पर और तबसे वही मन लिये डोल रहा है वह।

उसने अमेरिका पहुँचते ही अपने को पूरी तरह विद्यार्जन में डुबा दिया। अपनी कक्षा में प्रथम रहा वह। कैलिफोर्निया के फलोद्यानों में काम करनेवाले मजदूरों पर उसने तब जो छात्र-फिल्म बनाई वह 'क्लासिक' मानी जाती है। मैं फिल्म-समीक्षक न्हीं हूँ, मुझे डी.डी. की फिल्में देखने का सौभाग्य भी प्राप्त नहीं हुआ, पढ़ा ही है मैंने उसके बारे में यहाँ-वहाँ। जो पढ़ा है उससे कुछ बातें उभरती हैं डी.डी. के जीवन-दर्शन के विषय में। जीवन-दर्शन मन:स्थिति का द्योतक होता है इस नाते उससे हमें कथानायक को समझने में कुछ सहायता मिल सकती है। पाश्चात्य समीक्षकों के अनुसार डी.डी. वामपन्थी है, निर्धन और पिछड़े हुए लोगों के विषय में बनाए गए उसके वृत्तचित्रनुमा कथाचित्रों तथा कथाचित्रनुमा वृत्तचित्रों में अपार करुणा है। किन्तु द्रष्टव्य है कि डी.डी. ने जब उच्चवर्ग के कथानक उठाए हैं तब भी यही करुणा उसकी फिल्मों का वादी स्वर बनी है। समीक्षकों ने इस ओर भी ध्यान दिलाया है कि डी.डी. की फिल्मों में सतह पर एक तरह का सहज रोजमर्रापन होता है किन्तु भीतर-ही-भीतर कुछ सनातन-सा रेखांकित होता चला जाता है। संवाद बहुत कम होते हैं किन्तु जब भी होते हैं, वे 'हगनी-मुतनी' से सहसा लमभग आध्यात्मिक अतिनाटकीयता तक

पहुँच जाते हैं। एक समीक्षक के अनुसार, "उसके शब्द सहसा पात्रों से बड़े मालूम होने लगते हैं। इन शब्दों का बोझ उठाते हुए उन बौने पात्रों को देखकर हम हँसने या रोने को बाध्य होते हैं।" डी.डी. को भंगिमाओं का सिनेमाकार भी कहा गया है। उसकी फिल्मों में पात्र बहुधा अपने एकान्त क्षणों में प्रदर्शित किए जाते हैं और उनकी एक-एक मुद्रा, एक-एक भंगिमा, एक-एक चेष्टा को फिल्मकार बहुत निकट से, आत्मीयता से अंकित करता है। ध्वनि और संगीत का डी.डी. के सिनेमा में विशिष्ट स्थान है। घड़ी की टिकटिक, ट्रेन की आवाज, नदी की साँय-साँय, झरने की कलकल, गिरजाघर की घंटियाँ, छत पर पड़ती पानी की बूँदें आदि। ऐसा नहीं कि ये स्वाभाविक ध्वनियाँ औरों के सिनेमा में होती ही न हों, इतना ही कि "देवीदत्त के सिनेमा का आन्तरिक मौन इन्हें प्रखर होकर हमारी चेतना को झकझोरने का अवसर देता है।"

डी.डी. ने अपनी फिल्मों में विचित्र प्रकार का संगीत पृष्ठभूमि में रखा है। रविशंकर का सितार। अफ्रीका के कबायली वाद्य। मध्ययुगीन गिरजा-संगीत। और इधर इलेक्ट्रॉनिक संगीत। इस असामान्य संगीत से वह अपनी फिल्मों में होते सामान्य व्यापारों को एक असामान्य-सा आयाम देता है। इस तरह के संगीत के साथ स्तब्ध-गतिवाले मूक शॉटों का ताबड़तोड़-सा मोन्ताज प्रस्तुत करना 'देवीदत्त का सिनेमाई हस्ताक्षर है।' मानो दिग्दर्शक कहना चाहता है जो भी कथनीय है, इन जड़ीभूत भंगिमाओं, चेष्टाओं, हेलाओं, मुद्राओं और सैनो में है (जो प्रसंगवश हमें भारतीय मन्दिरों की मूर्तियों का स्मरण कराती हैं), शेष जो भी है निरा शब्दाडम्बर है, शुद्ध बकवास है। ये मानवीय सैन-संकेत हैं और नेपथ्य में है एक मानवातीत, ब्रह्मांडव्यापी दिव्य संगीत।

इसके अलावा डी.डी. की फिल्मों में किसी-न-किसी रूप में मानवीय नियति और अस्तित्व के कुछ आधारभूत प्रश्न उठते-से दिखते हैं। इसीलिए पाश्चात्य मित्र-मंडली में उसे 'पंडजी' (पंडित जी), ब्रेहमन (ब्राह्मण) और ट्वाइस बॉर्न (द्विज) कहा जाता है। 'साइट एंड साउंड' में उसके विषय में जो लेख छपा था उसमें तो तस्वीर ही वही दी गई थी जिसमें वह जुहू तट पर कच्छा-जनेऊ पहने खड़ा है। समीक्षकों ने इस ओर ध्यान दिलाया है कि डी.डी. की फिल्मों में पश्चिम के वे सामाजिक परिवेश उठाए गए हैं जो पूर्वी व्यवस्थाओं के अधिक निकट हैं—कैथलिक, हब्शी, यहूदी—और उसकी फिल्मों में एक मर्मान्तक-सा अवसाद छाया रहता है। 'एज इफ ही सीज इट ऑल विद द आइज ऑफ ए लेटरडे सिद्धार्था' (मानो वह यह सारा व्यापार किसी नवीन सिद्धार्थ की दृष्टि से देख रहा हो)। 'ए सिद्धार्था, मोरओवर, नॉट डेस्टिन्ड टू बी ए बुद्धा' (और सो भी ऐसा सिद्धार्थ जिसकी नियति में बुद्ध होना नहीं लिखा है)। कुछ फ्रांसीसी समीक्षकों ने देवीदत्त की फिल्मों के 'स्थापत्य' के सन्दर्भ में भारतीय मन्दिरों की चर्चा की है और कुछ अमेरिकी समीक्षकों को देवीदत्त की फिल्मों की 'संरचना' के सन्दर्भ में भारतीय शास्त्रीय संगीत याद आया है।

अगर इस सबको पढ़कर आप इस नतीजे पर पहुँचे हों कि डी.डी. की फिल्में कुछ उबाऊ-सी, बेमतलब-सी होंगी तो आपको जानकर प्रसन्नता होगी कि कुछ प्रतिष्ठित समीक्षकों की भी यही धारणा है—खासकर इंग्लैंड में। उनमें से किसी एक ने कहीं लिखा है, डी.डी. के सन्दर्भ में, 'एन ओरियंटल माइंड चैटिंग एंड यॉनिंग ऑन सिलोलाइड फॉर ऑल इट इज वर्थ' (फिल्म में अपनी बिसात-भर मंत्र जाप करता और उबासी भरता एक प्राच्य मानस)।

अगर डी.डी. की दिग्दर्शक के रूप में इतनी ही कहानी होती तो वह 'साइट एंड साउंड' या 'फिल्म क्वार्टर्ली' से निकलकर 'टाइम-न्यूजवीक' तक नहीं पहुँचती। किन्तु जब आठवें दशक में कलात्मक प्रयोगधर्मिता और विराट व्यावसायिकता का अपूर्व संगम हुआ तब डी.डी. जबरदस्त मुनाफा दिलानेवाली ऐसी तीन फिल्में एक-के-बाद-एक बना सका जो कलात्मक भी ठहराई जा सकती थीं। इनसे उसे यश और धन मिला। आश्चर्य कि जितना ही वह सफल हुआ उतना ही उसका मानसिक अवसाद बढ़ता गया। सन् 1978 की अपनी सुपरहिट फिल्म 'द साइन' के बाद तमाम आकर्षक प्रस्ताव होते हुए भी वह कोई फिल्म शुरू नहीं कर पाया है। 'द साइन' के विषय में जानकार आलोचकों ने कहा है, 'इसमें देवीदत्त की सहज करुणा का स्पर्श तक नहीं है।' सुनता हूँ कि 'द साइन' बाइबल-भक्त निम्न-मध्यवर्गीय परिवार की ऐसी किशोरी के विषय में है जिसे शैतान स्वप्न-दर्शन में बीभत्स संकेत देता है। इन संकेतों के प्रभाव में वह अपने मोहल्ले के और फिर शहर के अपराधजीवियों के लिए अत्याचार और आतंक की 'प्रेरणादात्री देवी' बन जाती है। 'सेक्स, हिंसा और अमानवीयता से भरपूर इस फिल्म में जो अपनी बुनावट में हॉलीवुड की पुरानी श्रेष्ठ अपराध-फिल्मों की याद ताजा करती है, जिसका सस्पेंस हिचकॉक के सजदे करता है, दृष्टान्त कथा-जैसा सीधा और पैना प्रभाव उत्पन्न करने की क्षमता है।' धन-संस्कृति की मूल्यहीनता पर कटाक्ष करता हुआ दिग्दर्शक कहना चाहता है कि 'कुछ भी न माननेवालों से वे बेहतर हैं जो कुछ भी मान लेते हैं, बगैर किसी प्रेरणा के काम करनेवालों से वे अच्छे हैं जो किसी भी प्रेरणा के वशीभूत हैं, शैतान के इशारों पर अत्याचार करने-करानेवाली यह नई जोन ऑफ आर्क उनसे श्रेष्ठ है जो विज्ञापनों के इशारों पर अपनी ऊब से व्यभिचार कर रहे हैं।'

इस फिल्म के निर्माण के दौरान देवीदत्त और फिल्म की पन्द्रह वर्षीया हीरोइन के प्रेम के अनेक समाचार छपे। उसका नाम इसी तरह अन्य स्त्रियों के भी साथ जुड़ता रहा है। क्या इसका मतलब यह है कि डी.डी. अब बेबी को पूरी तरह भूल गया है? क्या वह अमेरिका आया ही इसीलिए था कि पहले गुलनार के साथ, फिर अन्य 'मीमों' के साथ गुलछर्रे उड़ाए?

गुलनार के सम्बन्ध में यहाँ-वहाँ से जो सुन और पढ़ पाया हूँ वह यही बताता है कि डी.डी. उसके लिए 'प्रेमी' के रूप में कभी महत्त्वपूर्ण नहीं रहा। जिस समय

डी.डी. न्यूयॉर्क पहुँचा था, गुलनार अपने प्रेमी पैट के साथ जापान गई हुई थी। हवाई अड्डे पर पैट के ही एक कर्मचारी ने गुलनार की ओर से (गुलदस्ते के साथ!) डी.डी. की अगवानी की और उसी ने उसे लॉस ऐंजिल्स के लिए विदा किया। गुलनार से उसका पत्र भेजने और कभी फोन पर बात करने जितना सम्बन्ध बराबर बना रहा। पैट से सम्बन्ध टूटने के बाद गुलनार ने बोरिया-बिस्तर बाँधकर पेरिस जाने का फैसला किया। इससे पहले वह 'अपने अस्त-व्यस्त मानस को फिर संकलित करने के लिए' एंटीगा द्वीप में छुट्टी मनाने गई और डी.डी. को, जो तब अमेरिका प्रवास के दूसरे वर्ष में था, उसने वहीं बुलाया। यह माना जा सकता है कि उस धूप-खिले और (तब) भीड़-भब्भड़ से मुक्त द्वीप में सैलानी गुलनार से सैलानी डी.डी. ने 'गुडहेवन्स येस' कहा हो। जो हो, यह मात्र एक शुक्ल पक्षवाला चक्कर था। पेरिस में रंगमंच से सम्बद्ध रहने के बाद जब गुलनार अमेरिका लौटी तब उसे 'नारी मुक्ति' की प्रवक्ता पत्रकार और लेखिका के रूप में देखा-जाना गया। वह अपने 'समलैंगिक दौर' से गुजरी। उसने एलानिया आत्महत्या करने की एक कोशिश की, जो विफल रही। मानसिक स्वास्थ्य-लाभ के लिए सेनेटोरियम में भरती हुई। लौटकर टी. वी. फिल्मों और श्रृंखलाओं की निर्मात्री के रूप में उसने अन्यतम स्थान बना लिया है। डी.डी. से उसकी मुलाकात कभी छठे-छमाहे होती है। जब देवीदत्त विख्यात हुआ है तब से इस बात की चर्चा है कि गुलनार ने ही उसकी खोज की थी। देवीदत्त ने भी पत्रकारों से बातचीत में यह स्वीकार किया है कि 'गुलनार मेरी संरक्षिका, पथ-प्रदर्शिका रही है।'

डी.डी. का नाम जिन अन्य स्त्रियों से जुड़ा है उनमें से अधिकतर ऐसी अभिनेत्रियाँ, लेखिकाएँ आदि रही हैं जो एक पति से दूसरे पति तक पहुँचने की यात्रा में किसी पड़ाव की खोज कर रही थीं। इससे यह न समझा जाए कि अमेरिका पहुँचकर डी.डी. सहसा रसिक हो चला है। सच तो यह है कि इस मामले में अमेरिकी शो-बिजनेस के मानकों के अनुसार वह 'लाटा' है। स्त्रियों के प्रति उसकी औपचारिकता और आदर-भाव देखकर आरम्भ में, सुना, यह अनुमान किया गया कि रंगमंच और फिल्म से सम्बद्ध कई अन्य बुद्धिजीवियों की तरह देवीदत्त भी कहीं समलैंगिक न हो। वह तो एक मुँहफट अभिनेत्री ने उसे सार्वजनिक रूप से प्रमाणपत्र दे दिया, 'डेव इज ऑल चार्म एंड कर्टसी, यू नो, वैरी ओल्ड वर्ल्ड एंड ऑल दैट। बट नो प्रूड। ही इज गुड फन इन बेड टू।' (देवीदत्त बहुत प्यारा भला-सा आदमी है, पुराने जमाने का-सा। लेकिन पोंगा नहीं है वह। बिस्तर पर भी पुरलुत्फ है।)

इधर अधेड़ डी.डी. के बारे में यह भी लिखा गया है कि उसकी नजर किशोरियों पर बहुत टिकती है। 'द साइन' की हीरोइन से तो उसका 'विस्फोटक प्रेम' हुआ ही। किन्तु इसमें 'प्यार' कितना था 'प्रचार' कितना, यह बता सकना कठिन है। यही सही है कि उसने कास्टिंगवालों से कहा था कि मुझे जीन सिम्मंसनुमा कोई

ऐसी लड़की चाहिए जिसने कभी फिल्मों में काम न किया हो। यह भी सही है कि इस नई लड़की की प्रतिभा सँवारने में उसने इतना श्रम किया कि इसी एक फिल्म से वह विख्यात हो गई। यह भी सही है कि इस फिल्म को पूरा करने के बाद, जब उस बच्ची-अभिनेत्री ने एक प्लेबॉय किस्म के फोटोग्राफर के साथ 'पाप में रहना' शुरू किया तब डी.डी. का 'नर्वस ब्रेक डाउन' हुआ। किन्तु क्या इस बच्ची और डी.डी. के बीच जो कुछ हुआ वह सचमुच प्यार था? या कि वह किसी पुराने प्यार का प्रेत था जो डी.डी. को आक्रान्त किए हुए था?

क्या डी.डी. अब भी बेबी से प्यार करता है? दिलचस्प सवाल है यह किन्तु डी.डी. इसका उत्तर नहीं देगा। देवीदत्त कभी भी व्यक्तिगत सवालों का जवाब नहीं देता। पत्रकारों को शिकायत है कि 'दिस गाय मेक्स ए टेरेफिकली डल कॉपी' (इस आदमी के बारे में दिलचस्प कुछ लिखा ही नहीं जा सकता)। अगर बेबी के बारे में यह दिलचस्प सवाल डी.डी. से किसी तरह पूछ भी लिया जाए तो उसे दिल दुखानेवाला ही मालूम होगा। कोई खास वजह नहीं। उसे हर बात ही दिल दुखानेवाली मालूम होती है। जैसाकि उसने बब्बन को एक पत्र में लिखा : 'मैं शहर के अन्देशे से दुबलाया काजी हूँ और सारी दुनिया मेरा शहर है।'

हमेशा उसके हृदय में एक हूक-सी उठती रहती है। अगर बेबी का एक नाम हूक भी है तो हम कह सकते हैं कि डी.डी. आज भी बेबी से प्यार करता है। डी.डी. के बारे में 'द गाय विद द लिटिल बॉय लास्ट लुक' और 'द मैन हू सीम्स टू हैव बीन बॉर्न विद ए ब्रोकन हार्ट' (खोये हुए बालक-सा दीखनेवाला, और टूटा हुआ हृदय लेकर जन्मा) जैसे फिकरे भी इस्तेमाल किए गए हैं। अगर 'खोया-खोया होना ही प्यार में होना' है, अगर 'टूटा हुआ दिल ही अमर प्रेम का अन्यतम साक्ष्य है' तो हम स्त्रियों की पत्रिका 'कॉस्मोपालिटन' की इस टिप्पणी से सहमत हो सकते हैं, 'डेव सीम्स टू बी कैरिइंग ए टॉर्च फॉर हिज स्वीटहार्ट बैक होम। हिज मेंटर गुल कन्फर्म्स दिस वाइडस्प्रेड इम्प्रेशन बट कीप्स मम ह्वैन प्रेस्ड फॉर डिटेल्स।' (देवीदत्त शायद अब भी भारत में छूटी हुई अपनी प्रेमिका के लिए लौ जगाए हुए है। उसकी गुरुआइन गुल बहुतों के इस अनुमान की पुष्टि करती है लेकिन ब्योरा माँगो तो चुप लगा जाती है।)

डी.डी. ने बेबी को पत्र लिखे। उसे आदेश मिला कि पत्र न भेजे। उसने आदेश का पालन किया क्योंकि यह बेबी का आदेश था और 'जब वह आदेश दे रही होती है, तुम आदेश दे रहे होते हो!' प्रश्न यह है कि जब वह भारत में ही रह जाने को कह रही थी, तब कौन आदेश दे रहा था? यह भी डी.डी. के लिए दिल दुखानेवाला ही प्रश्न हो सकता है! उसने बेबी को पत्र नहीं भेजे। साल-दो साल में कभी एक बार बब्बन के नाम संक्षिप्त-सा पत्र डाला तो जहाँ उसमें और तमाम परिचितों-स्वजनों की कुशल पूछी वहाँ बेबी के सम्बन्ध में कोई जिज्ञासा नहीं की।

बब्बन ने ही बहुत आए-गए ढंग से सूचित किया कि बेबी की शादी हो गई है। किससे, कैसे, यह सब नहीं। डी.डी. ने इस ब्योरे के सम्बन्ध में जिज्ञासा करने की आवश्यकता नहीं समझी। इसी के बाद उसने अमेरिकी नागरिकता के लिए आवेदन किया। अगर हम चाहें तो दोनों बातों का सम्बन्ध जोड़कर कुछ नतीजों पर पहुँच सकते हैं। किन्तु हमें इस बात का भी ध्यान रखना होगा कि इससे पहले डी.डी. नागरिकता के लिए आवेदन करने का अधिकारी भी नहीं हुआ था।

टिप्पणीकारों ने इस ओर भी ध्यान दिलाया है कि देवीदत्त भारत के बारे में बात करने के लिए तैयार नहीं होता। उसके पास एक ही जवाब है : 'आप भूल रहे हैं मैं अमेरिकी नागरिक हूँ।' जो भारत तक को भुला देना चाहता हो वह बेबी को भला क्या याद करता होगा? या भारत और बेबी उसके मन में एकमेक हो चुके हैं और इतना दुखी, ऐसा बीमार-सा हुआ जाता है वह बेबी की स्मृति से कि भारत तक के बारे में सार्वजनिक बातचीत के लिए प्रस्तुत नहीं होना चाहता?

एक बार 'एस्क्वायर' के लिए इंटरव्यू में देवीदत्त से पूछा गया : 'क्या आप भारत को सचमुच भूल गए हैं?' उसने उत्तर दिया, 'भारत मेरे सपनों का निवासी है।' पूछा गया : 'सुखद सपनों का कि दुःस्वप्नों का?' उत्तर मिला : 'सपने अच्छे-बुरे नहीं होते, सपने चमत्कारी होते हैं।' पूछा गया : 'आपका मतलब है कि आप रोपट्रिक वगैरह देखते हैं?' उत्तर मिला : 'मेरा मतलब था उनकी भाषा, उनकी प्रतीकात्मकता, चमत्कारी होती है। मैं उनका मतलब समझ नहीं पाता हूँ मगर मुझे लगता है कि मैं मतलब जानता हूँ और जान-बूझकर अपने से छिपाए हुए हूँ।' पूछा गया : 'कोई सपना बता सकेंगे?' उत्तर मिला : 'दो सपने मैं बहुत देखता हूँ। एक तो किशोरावस्था से ही। इसमें एक रोती हुई स्त्री की आँख झील का रूप ले लेती है। हिमालय की चोटियाँ दिखती हैं। मैं पूछ रहा होता हूँ स्वर्गारोहिणी, स्वर्ग की सीढ़ी कहाँ है? स्वर्गारोहिणी की बात महाभारत में है, आपके सन्दर्भ-विभागवाले खोजकर बता देंगे। दूसरे सपने में मैं गंगोलीहाट के पास का एक मन्दिर देखता हूँ—पाताल भुवनेश्वर। इसमें एक गुफा में घुसकर नीचे उतरना होता है, नीचे भी गुफाएँ हैं और चट्टानों पर प्रकृति की छेनी ने आकृतियाँ उभार दी हैं। इधर-उधर को गुफाओं के गलियारे गए हुए हैं और किंवदन्ती है कि ये सुरंगें नीचे-ही-नीचे से प्रसिद्ध तीर्थों तक पहुँच जाती हैं। सपने में मैं इस मन्दिर में चीड़ की लकड़ी की मशाल लेकर उतरता हूँ और मशाल भीतर पहुँचते ही बुझ जाती है। मैं टटोल-टटोलकर आगे बढ़ता हूँ और टटोलते हुए मुझे प्रतीति होती है कि मैं किसी भूमिस्थ प्राकृतिक मन्दिर में नहीं, अपने ही भीतर उतरा हूँ। अगर मैं अपने आतंक पर काबू पा सकूँ तो टटोलते-टटोलते चलते-चलते किसी भी तीर्थ पर पहुँच सकता हूँ। किन्तु मैं आतंकित हो उठता हूँ।' पूछा गया : 'क्या इस मन्दिर का आपके लिए विशेष महत्त्व रहा था?' उत्तर मिला : 'नहीं। यही आश्चर्य है। महत्त्वपूर्ण मन्दिर मेरे लिए दूसरा था जहाँ पशुबलि दी

जाती थी। मैं जिस गाँव में पला, अग्रून वहाँ के लोग उस मन्दिर के पुजारी थे।' पूछा गया : 'आपके माता-पिता बहुत जल्दी मर गए और आपको बुआ ने पाला?' उत्तर मिला। 'जी हाँ।' पूछा गया : 'माता-पिता के बारे में कुछ बताएँगे?' उत्तर मिला : 'मैंने आपसे पहले ही कह दिया था कि मैं व्यक्तिगत प्रश्नों का उत्तर नहीं दूँगा।'

प्रश्न यह है कि क्या डी.डी. अपने माता-पिता के बारे में इसलिए बात नहीं करना चाहता कि कहीं से इसका सम्बन्ध भी बेबी-नाम्नी एक कन्या से जुड़ता है?

मुझे पता चला है कि डी.डी. कभी-कभी बब्बन के नाम डॉलरों में छोटी मगर रुपयों में मोटी लगनेवाली धन-राशि भिजवा देता है कि अमुक को किसी भी तरह भिजवा देना। अमुक सदा कोई निर्धन परिचित या रिश्तेदार होता है। सबसे पहले उसने साबुली कैंजा नामक उस बाल-विधवा के लिए तीन सौ रुपये भिजवाए थे जो गणानाथ में बेबी की रखवाली के लिए आई थी। बताया जाता है कि इस दानवृत्ति का पता चलने के बाद लोगों ने बब्बन से डी.डी. को अपनी तंगी-परेशानी का हाल लिखवाना शुरू किया, लोगों ने अपने यहाँ के विवाह-व्रतवन्द आदि की अग्रिम सूचनाएँ डी.डी. को भिजवाना शुरू किया। डी.डी. किन्तु वही पाँच-छह महीने में कभी एक बार पैसा भिजवाता रहा, हर अनुरोध पर उसने ध्यान नहीं दिया। बबली'दी की मुनिया के विवाह पर उसने अलबत्ता 'दो हज्जार रुपये भिजवाए कहा, दो हज्जार!'

कभी-कभी ही क्यों भेजता है पैसे डी.डी.? क्या हम ऐसा मानें कि चमत्कारी भाषा बोलनेवाले वे दो सपने उसे कभी-कभी ही दिखते हैं और अगली सुबह वह कुल मिलाकर इतना मतलब उनका समझता है कि मुझे 'घर मनीऑर्डर भेजना चाहिए।' क्या डी.डी. मैदानों में पैसा कमाने आया हुआ पहाड़ी लड़का मात्र है कि सपने में मरे हुए बाप को देखता है और अगली सुबह अपने से, अपनों से परामर्श करता है : 'कल रात कहा बोज्यू दीख पड़े सपने में। मच-मच[1] लगाई ठहरी—छत बदलवानी है, खेत ढह गए हैं, रुकुली को टीके के पैसे नहीं भेजे, नवरात्रि में पाठ नहीं कराया। बहुत ही कमजोर-जैसे दीखे, कहा। क्यों दिखे होंगे?' और निष्कर्ष यही निकलता है कि 'पितर असन्तुष्ट हैं। पैसे भिजवाओ, गाँव में पूजा-वूजा करवाओ। छत ठीक करानी ही हुई, करवा लो।'

क्या बेघर डी.डी. द्वारा घर के लिए पैसे भिजवाए जाने की इस भावुकता का हम यह मतलब लगाएँ कि उसमें वह मूर्खता जीवित है जो किसी चेहरे को घर की गरिमा से मंडित कर सकती है? क्या उसी मूर्खता को प्यार कहते हैं? उसी क्यों, क्या बुद्धिमानों की किसी भी बेवकूफी को ही प्यार कहते हैं?

सन् अस्सी के अन्त में अमेरिकी पत्रिकाओं में सहसा डी.डी. फिर चर्चा का विषय बना। बताया गया जॉर्ज लुकाच, मनुष्य और शून्यता के साक्षात् पर देवीदत्त से उसकी ही पटकथा के आधार पर वैज्ञानिक-कथा-फिल्म बनवाना चाहते हैं

1. चख-चख।

किन्तु देवीदत्त पहले भारत जाकर हिन्दी में एक फिल्म बनाने की ठाने हुए है। यह हिमालय की गोद में बसे किसी गाँव में रहनेवाले एक अनाथ बच्चे की कहानी है जिसमें आत्मचरित का तत्त्व खासा है। किसी भी अन्य निर्माता के तैयार न होने पर देवीदत्त की पथ-प्रदर्शिका गुलनार सामने आई है और भारत सरकार के सहयोग से यह फिल्म बन रही है। गुल का कहना है :

"प्रस्तावित फिल्म का नाम है 'हला।' जिस इलाके में देवीदत्त का बचपन बीता उसमें 'हला' हमारे 'हलो' या 'हे' जैसा सम्बोधन है। 'हला' डेव की पिछली फिल्म 'द साइन' से कतई अलग मूड की फिल्म होगी। पहले प्रसंग से ही अन्तर स्पष्ट हो जाएगा। 'द साइन' डरौने में से झाँकती, बन्दूक से निशाना साधती आँख के क्लोजअप से शुरू होती है, धाँय के साथ बन्दूक पीछे को झटका मारती है और उस आँख में हम क्रूर सन्तोष का भाव देखते हैं। सामने गली में गोली से आहत एक पादरी मर रहा है। एक पुलिसवाला दौड़कर उस इमारत की ओर आ रहा है जिसमें से गोली चली थी। डरौना पहना वह व्यक्ति खिड़की से हटकर भाग खड़ा हुआ है। पुलिसवाले से बचता-बचाता वह एक अन्य दरिद्र-सी इमारत के एक फ्लैट में घुस जाता है। गुस्लखाने में बन्द होकर कपड़े उतारता है और हम देखते हैं कि वह एक लड़की है। लड़की डरौना नहीं उतारती, घुटने टेककर प्रार्थना करती है—डेविड का नाम—ब्लैसेड बी द लार्ड माई स्ट्रेंग्थ विच टीचैथ माई हैंड्स टू वार एंड माई फिंगर्स टू फाइट वगैरह। प्रार्थना पूरी करके वह डरौना भी उतार-छिपा देती है और हम देखते हैं कि उसका चेहरा अबोध और प्यारा है। लेकिन जब यही बच्ची टब में नहाते हुए सोलोमन के पवित्र गान की माई बिलवेड पुट इन हिज हैंड बाई द होल ऑफ द डोर, एंड माई बाव्लस वेयर मूव्ड फॉर हिम-जैसी पंक्तियाँ उचारते हुए आत्मरतिरत होती है तब हमें वह डरौना पहनकर हत्या करते व्यक्ति से भी अधिक भयानक मालूम होती है। 'हला' का आरम्भ कैमरे को पीठ दिए नंगे पाँव चलते एक देहाती बच्चे के शॉट से होता है, उसे सड़क पर एक शहरी टोपी पड़ी मिलती है जिसे वह हमें पीठ दिए ही पहन लेता है। हम सब एक आवाज सुनते हैं, 'हला देबिया।' और बच्चा ठिठकता है, घूमकर देखता है कैमरे को। कपाल पर लगे लाल पवित्र चिह्न के नीचे उसकी आँखें, उसके होंठ, टोपी पहने होने की खुशी और टोपी छीन लिये जाने की आशंका एक साथ व्यक्त करते हैं। फिर हम देखते हैं कि एक बूढ़ा-सा बुद्धू आदमी आकर उस टोपी को उतारता है, देखता रहता है। वह ग्राम-मूढ़ है। उसकी पत्नी, जो पीछे से आ रही है, इस अनाथ बच्चे को पालती है। मूढ़ व्यक्ति टोपी स्वयं पहनने की कोशिश करता है। उसकी पत्नी टोपी ले लेती है और बच्चे को पहना देती है। ये लोग आगे बढ़ते हैं। सहसा बच्चा फिर पलटकर देखता है। अब हम उसके दृष्टिकोण से दिग्दर्शक को देखते हैं जो वैसी ही टोपी पहने है। सारी फिल्म में देहाती बालनायक और विश्व-नागर अधेड़

दिग्दर्शक एक-दूसरे के दर्पण बनने का ऐसा खेल-सा खेलते रहेंगे। कहानी इस तरह प्रस्तुत की गई है कि बच्चा अतीत का नहीं, भविष्य का प्रतीक बनता है क्योंकि भविष्य सांगोपांग स्वाधीनता का सनातन मानवीय स्वप्न है और वह इस अधेड़ में चरितार्थ नहीं हुआ है। इस फिल्म की पटकथा पढ़कर मैं द्रवित हो उठी और आप जानते हैं मुझसे अधिक कठोर-हृदय स्त्री ढूँढ़ना मुश्किल है।"

प्रश्न यह है कि जो अधेड़ दिग्दर्शक बालनायक का दर्पण बननेवाला है क्या उसके मन में कहीं यह भी इच्छा है कि युवा नायक का भी दर्पण बने? युवा नायिका से उसका पुनर्मिलन हो? क्या इसी इच्छा के वशीभूत उसने यह पटकथा लिखी है? या कि हम उसका यह वक्तव्य सही मानें कि 'मेरी शुरू से यही इच्छा थी कि जिस गाँव में मैं पला उसके बारे में फिल्म बनाऊँ। वर्तमान पटकथा उसी पटकथा का परिवर्द्धित रूप है जिसे मैंने बम्बई में लिखा था।'

सन् 1981, नई दिल्ली।

कोई एक गुलनार हैं, फिल्म-निर्मात्री, कोई एक देवीदत्त हैं, दिग्दर्शक। इनमें से एक कनाडा का नागरिक है, दूसरा अमेरिका का, लेकिन ये स्वाँग भारतीय होने का कर रहे हैं। भारतीय गरीबों के बारे में ये सरकारी खर्च से यानी भारतीय गरीबों की गाढ़ी कमाई से फिल्म बनाने पहुँचे हुए हैं। क्या अशोक होटल में ठहराये जानेवाले लोग भारतीय गाँव पर फिल्म बना सकते हैं? अगर सरकार को भारतीय गाँव पर ही फिल्म बनवानी थी तो क्या भारतीय दिग्दर्शक मर गए थे? बहुत रोष है, बुद्धिजीवी बिरादरी में। यह सुनकर तो और भी कि निर्मात्री और दिग्दर्शक दोनों यह स्वीकार करते हैं कि मूल हिन्दी संस्करण में यह फिल्म शायद ज्यादा चल नहीं पाए, इंटरनेशनल मार्केट में अच्छा बिजनेस जरूर करेगी! संवाददाता सम्मेलन में यह बिरादरी देवीदत्त को 'मिस्टर डट्टा' पुकार रही है और भिगो-भिगोकर मार रही है। हमारा नायक क्रुद्ध-कम-उदास-अधिक हुआ जा रहा है। खासकर एक दुबले-पतले लम्बे लड़के के प्रश्न सुनकर। लड़का निर्धन घर का मालूम होता है। हिन्दीवाला मालूम होता है। बहुत जमा-जमाकर नक्काशीदार अंग्रेजी बोल रहा है। नायक उसमें अपना ही युवा प्रतिरूप देख रहा है जो पूछ रहा है : 'मिस्टर डट्टा, मे आई वेंचर टू आस्क व्हाट प्रिटेंशंस इफ एनी हैव यू गॉट टू डेयर मेक ए फिल्म ऑन इंडिया एंड दैट टू इन हिन्दी? ए मास्टर ऑफ एस्थेटिक एंड सोशोपालिटिकल दैट यू आर, हैव यू परचेंस कन्फ्यूज्ड इंडियन्स विद रेड इंडियन्स?'

अब इस लानत भेजनेवाले से क्या कहें देवीदत्त जो देवीदत्त को कलात्मक-सामाजिक-राजनीतिक गड़बड़झाले का उस्ताद ठहरा रहा है और पूछ रहा है कि

आप यह फिल्म बनाने का दुस्साहस इसलिए तो नहीं कर रहे हैं कि आप भारतीयों को अमेरिकी आदिवासी रेड इंडियन्स समझने लगे हों?

थोड़ा व्यंग्य क्यों न आजमाए डी.डी. भी! वह कहता है हिन्दी में : "मैं भारत और भारतीयों पर फिल्म बनाने का अधिकारी कुछ तो इसलिए हो जाता हूँ कि अपने को देवीदत्त ही कहता हूँ, डेवीडट्टा नहीं। हिन्दी में इसलिए फिल्म बना रहा हूँ कि वह भारत की भाषा है और मैं उसे बोल-लिख लेता हूँ।"

"आप कैसी हिन्दी बोल-लिख लेते हैं," युवा पत्रकार कहता है हिन्दी में, "वह हम जानते हैं साहब। भारत में कुछ साक्षर भी बसते हैं। आपका लिखा हमने पढ़ा है, आपकी बनाई कुछ फिल्में भी देखी हैं इसीलिए हम पूछते हैं कि आप भारत आकर भारतीयों पर फिल्म बनाने की जुर्रत कैसे कर रहे हैं? आप भगोड़े हैं तिवाड़ी जी महाराज, आपकी समझ किताबी है, आपका सौन्दर्य-बोध कर्मकांडी और अनुष्ठानप्रिय है। आपका यहीं का ब्राह्मण होना पर्याप्त चिन्ताप्रद था, अब तो आप फ्रांसीसी-अमेरिकी ब्राह्मण भी हैं भगवन! भारत पर आपसे फिल्म बनवाने से तो बेहतर है कि किसी लुई माल से बनवा ली जाए। उसकी फिल्म केवल भदेस होगी, आपकी भदेस ही नहीं भावुक और कमीनी भी। कमीनों की कला भी कमीनी होती है, यह तो आपसे छिपा नहीं?"

"आपसे निश्चय ही कुछ भी छिपा नहीं है। न मेरे बारे में, न मेरी प्रस्तावित फिल्म के। आप तो भविष्यवक्ता भी होंगे।"

"जी हाँ। इतना तो मैं बता ही सकता हूँ कि जाग्रत भारतवासी आपके साहित्य और सिनेमा को शौच के बाद इस्तेमाल करने लायक भी नहीं समझेगा!"

"और आप उस भारतवासी को जगाने के लिए विदेश बसेंगे। मैं सर्वज्ञ नहीं, लेकिन कमीने के लिए कमीनों को पहचान पाना मुश्किल नहीं होता।"

डी.डी. ने कहा है। कहकर उदास हुआ है।

डी.डी. ने लड़कैंधे उछाह में गुलनार को डी. टी. सी. की भरी बस में चढ़ा लिया है। इस बस पर किसी कॉलेज की 'ईवनिंग शिफ्ट' के छात्रों का राज है। वे बदतमीजी कर-करके, फोश बातें कह-कहकर यात्रियों को चुनौती-सी दे रहे हैं कि हमसे उलझकर देखो। डी.डी. और गुलनार का 'विदेशी जोड़ा' उनके लिए आदर्श पात्र है। बात 'मैं का करूँ राम मुझे बुढ़िया मिल गई, हाय बुढ़िया मिल गई' से शुरू हुई थी लेकिन अब अश्लीलता को प्राप्त हो गई है। लड़कों की अंग्रेजी कमजोर है किन्तु कल्पना प्रबल है। एक शब्द 'फक' का वह दसियों तरीकों से सदुपयोग कर रहे हैं। बीच-बीच में वह बतर्ज 'जप-जप जप-जप-जप रे प्रीत की माला' इससे कीर्तन-सा भी कर रहे हैं—'प्रीत की माला' की जगह इंगलिस बाला डालकर! लड़कों की बेशर्मी से घबराकर शरीफ लोग आगे की ओर चले जा रहे हैं। इन शरीफों में डी.डी.

और गुलनार भी शामिल हैं। आधे लड़के अगले स्टाप में उतरकर आगे से बस में चढ़ते हैं और शरीफों का घेराव करते हैं। उनमें से एक झूमता हुआ आता है, कुछ बस के, कुछ अपने नृत्य के धचकोलों से गिरता-पड़ता-सा। 'अरे-रे-रे-रे सँभालो, मुझको मेरे यारो, मैंने नहीं पी, यह प्यार का नशा है!' ऐसा गान कर रहा है वह। गाते-नाचते वह गुलनार पर गिर पड़ता है और अभद्रता पराकाष्ठा पर पहुँचा देता है। डी.डी. उससे उलझ लेता है और लड़के प्रसन्न होकर डी.डी. की पिटाई शुरू कर देते हैं। 'फारिनर का मामला' समझते हुए ड्राइवर बस रोक देता है, गुलनार डी.डी. का हाथ पकड़कर खींचती है, उतारती है, 'लेट्स गेट डाउन' कहती है वह। लड़के जो उतरने को जाती हुई गुलनार की अपने पंजों और अँगुलियों से सेवा करते रहे थे, अब कहते हैं, 'लेट मी गेट अप, जानी।"

उतरकर डी.डी. मुट्ठी तानता है जाती हुई बस की ओर, एक मोटी-सी गाली देता है। बस के दरवाजे पर खड़े हुए लड़के अश्लील मुद्राओं से उसे उल्लासपूर्ण विदाई देते हैं।

उस शाम डी.डी. नगरीकरण, उपभोक्ता संस्कृति, लुम्पेनाइजेशन जैसे शब्दों का प्रयोग करते हुए, उपयुक्त समाजशास्त्रीय टीका के साथ यह किस्सा कुछ मंत्रियों और अधिकारियों के मध्य सुनाता है और वे कहते हैं, "लेकिन आपको तो गाड़ी दी गई है ना, आप बस पर क्यों गए?" यह सुनकर वह और भी दुखी होता है।

डी.डी. अपने एक साहित्यिक मित्र के यहाँ आमंत्रित है। मित्र के मकान के पीछे एक नया-नया मन्दिर बना है। मन्दिर का स्थापत्य भ्रष्ट है। मूर्तियाँ बाजारू हैं। उचक्के-से दीखनेवाले एक स्वामी जी यहाँ प्रवचन कर रहे हैं। प्रवचन में विभिन्न चीजों का अनुपात इस प्रकार है : गीता और मानस की भ्रष्ट टीका 20 प्रतिशत, धर्म और दान की महिमा पर स्वामी जी के अपने उद्गार 20 प्रतिशत, हारमोनियम, करताल, ढोलक के साथ फिल्मी तर्जों पर भजन-कीर्तन 40 प्रतिशत, शेरोशायरी 10 प्रतिशत, उपस्थित-अनुपस्थित लोगों को लताड़ 10 प्रतिशत। स्वामी जी बीच-बीच में कहते हैं, 'श्रीराम जय राम' और भीड़ उत्साह से कहती है, न कहे तो स्वामी जी लानत भेजकर उससे कहलवाते हैं, 'जय-जय राम।'

यह सारी कार्रवाई लाउडस्पीकर से प्रसारित की जा रही है। मित्र के यहाँ एकत्र साहित्यिकों से बात करना मुश्किल हो रहा है। और दुर्भाग्य कि साहित्यिक बन्धु जो बातचीत कर रहे हैं उसका डी.डी. को साहित्य से वैसा ही, उतना ही सम्बन्ध मालूम हो रहा है जैसा और जितना इन स्वामी जी का धर्म से, इस मन्दिर का गंगोलीहाट के मन्दिर से।

साहित्यिकों के इस जमघट में उसे ढेर सारी गालियाँ मिली हैं, चाटुकारिता मिली है। और कभी-कभी एक कोने में ले जाकर यह सूचना भी कि 'मेरी पुस्तक

में फिल्म बनाए जाने की अच्छी सम्भावना है, तुम्हारा जैसा कोई कलात्मक दिग्दर्शक हो तो।'

बातचीत का मुख्य विषय रहा है साहित्य-जगत् में व्याप्त व्यापक फ्राड।

डी.डी. के लिए यह तय कर पाना कठिन हो रहा है कि वह स्वामी जी के प्रवचन से अधिक दुखी हो रहा है या साहित्यिकों की बातचीत से।

हलद्वानी। बहुत ढूँढ़ने पर यह घर उसे मिला है। बाहर एक फटेहाल लेकिन फंटूश किस्म का लड़का दरवाजे को तबला बनाए हुए गा रहा है : 'दोस्ती इम्तहान लेती है।'

"बब्बन है?" डी.डी. पूछता है।

"कौन बब्बन?" लड़का पूछता है और गाता है, 'दोस्तों की जाऽऽन।'

"शिवप्रसाद तिवारी, रोडवेजवाले।"

"बाबू।" लड़का भीतर की ओर मुँह करके आवाज देता है और फिर गाता है 'दोस्तों की जान लेती है—अअअ। आशिकीऽ इम्तहान लेती है।'

पुकार सुनकर बब्बन बाहर आता है। अकाल-वृद्ध। वह आगन्तुक को विस्मय से देखता है।

डी.डी. मुस्कराता है : "अबे ओय मुकेश के, पहचान नई रिया है—मैं डी.डी. बगड़गामवाला, तेरा बिरादर।"

बब्बन उसे गले से लगा लेने के लिए बहुत उत्साह से बढ़ता है और निकट आकर ठिठक जाता है। डी.डी. उसे गले से लगा लेता है। डी.डी. चाहता है कि बब्बन मौज-मस्तीवाली बातें करे लेकिन बब्बन के पास कुछ दुखड़े हैं रोने के लिए। उसके लड़के नालायक हैं। बड़ा लड़का, किसी तरह कह-कहलाकर बी. एस. एफ. वायरलैस में कांस्टेबल लगा है। छोटा यह गवैया है ससुरा, हीरो। पढ़ता-वढ़ता है नहीं। इसे दया के पास भिजवाऊँगा बम्बई, शायद कोई चांस भिड़े। दया का बहुत अच्छा कारोबार है। बड़ा लड़का आई.ए.एस. है! बब्बन की तो बस लड़की लायक है थोड़ी। बी.ए. बी.एड. किया है। यहीं पढ़ाती है एक प्राइवेट स्कूल में। शादी करने की सोचते हैं लेकिन अच्छे लड़कों का अकाल हो गया है। जितने अच्छे खानदान थे सबकी सन्तान सिफर निकली ससुरी। जितने ऐरे-गैरे थे उनके बच्चे टॉप पर पहुँच गए हैं।

बब्बन कह नहीं रहा है लेकिन डी.डी. सुन रहा है कि वह भी किन्हीं ऐरे-गैरों का बच्चा है जो टॉप पर पहुँच गया है।

बब्बन और उसके मध्य मैत्री-स्वर छिड़ ही नहीं पा रहा है। बब्बन एक ओर उसे आवश्यकता से अधिक आदर स्वयं दे रहा है, अपने बच्चों से मिलवा रहा है,

और दूसरी ओर वह डी.डी. की कही हुई किसी भी हल्की-फुल्की बात में अपने प्रति निरादर की अनुभूति कर रहा है। किस्मत, मुकद्दर—यह सब इतना दुहरा रहा है वह मानो कहना चाहता हो कि डी.डी., तू है तो मेरे सामने कुछ भी नहीं, कुछ हो गया है तो मुकद्दर से।

लायक लड़की द्वारा बनाकर लाई गई चाय और नालायक गायक लड़के द्वारा बाजार से लाई गई बर्फी-नमकीन डी.डी. को अच्छी नहीं लग रही है इन कड़वी बातों के साथ ग्रहण करते हुए। यह नहीं कि बब्बन कड़ुआहट के साथ कोई बात कह रहा हो। कह वह हँस-हँसकर ही रहा है। कड़ुआहट उसकी भंगिमा में है।

आखिर डी.डी. कहता है, "अच्छा, अब चलता हूँ।"

"ठहर," बब्बन कहता है, "घर आया है। कहाँ तो रहना चाहिए था दो-चार दिन। एक अंगुल पिठ्या भी नहीं लगवाएगा? अपनी भाभी से भी नहीं मिलेगा?"

भाभी एक दुबली-पतली-सी बीमार-सी औरत है। गुम-सुम। डी.डी. की किसी बात का भी जवाब नहीं देती। गूँगी है, कहता है बब्बन और इसी 'गूँगी' से वह फुसुर-फुसुर कुछ बातचीत करता है। गूँगी एक ट्रंक खोलकर तह की हुई साड़ियों के बीच से पाँच रुपये का इकलौता नोट निकालकर बब्बन को पूजा की थाली के साथ दे देती है। बब्बन डी.डी. के कपाल पर 'एक अंगुल पिठ्या' यानी तिलक लगाता है और उसकी हथेली में पाँच का वह नोट रख देता है। "नमस्कार कर," कहता है वह, "तेरा दद्दा हूँ।" डी.डी. झुककर पाँव छू लेता है। अब बब्बन उसे उठाकर गले लगाता है और धौल-धप्पा करता है।

डी.डी. लायक लड़की को पुकारता है। कहता है, "पैलागां कर।" वह पाँव छू देती है। डी.डी. बटुए से निकालकर सौ का एक नोट उसे देता है। वह झिझकती है। बब्बन के चेहरे पर रंग आते-जाते हैं। डी.डी. ने गलती की है। कायदे से उसे वही पाँच का नोट इस लड़की को दे देना चाहिए था।

"ले ले।" बब्बन कहता है, "मुकद्दर से मिलता है ऐसा कक्का, मुकद्दर से मिला ही तुझे दे रहा है। ऐसा करना बच्ची इसमें से मेरे लिए एक लाटरी टिकट जरूर ले लेना। क्या पता तेरे बाप का मुकद्दर भी जाग जाए इसके मुकद्दर से।"

अल्मोड़ा।

शहर कुछ बदल गया है और डी.डी. दुखी है। शहर फिर भी कुछ पहले जैसा ही है और डी.डी. दुखी है। कभी डी.डी. ने चाहा था कि सारे कुमाऊँनियों को पंजाबी बना दिया जाए। इस बीच काफी पंजाबी बस गए हैं शहर में। बाहर तो जैसे

उनका ही हो गया है। और डी.डी. दुखी है। ये पंजाबी धड़ल्ले से पहाड़ी बोल रहे हैं, पहाड़ियों जैसे दिख रहे हैं, बाजार की भीड़ में कई पहाड़ी ऐसे हैं जो पंजाबियों जैसे दिख रहे हैं, पंजाबी बोल भी रहे हैं, और डी.डी. दुखी है!

तब के कई सम्पन्न घरों पर ताले पड़े हैं या उनमें कोई अजनबी आ बसे हैं। तब के कई विपन्नों ने अच्छे घर बना लिये हैं। डी.डी. दुखी है। डी.डी. जो तब का विपन्न और अबका सम्पन्न है! कभी के अत्यन्त शक्तिशाली और सम्पन्न समझे जानेवाले एक परिवार के पुश्तैनी मकान की जगह सिनेमाहॉल खड़ा है और सिनेकार डी.डी. दुखी है!

डी.डी. दुखी हो रहा है कि उसे यहाँ से वहाँ तक सड़क पर बार-बार रुककर नमस्कार-नमस्कार कहते-कहलवाते चले जाने का सुख नहीं मिल रहा है। उसे वे लोग भी नहीं मिल रहे हैं जो व्यंग्य से कहते, "ओ हो, डायरेक्टर सैप! क्या हुआ अमेरिकावालों ने निकाल दिया क्या आपको?"

डी.डी. मिठाई की दुकान में खड़ा है और चाह रहा है सारा शहर उसका परिचित हो, सारे शहर को वह मिठाई खिला सके। एक राह चलते अधेड़ को पहचानकर वह आवाज देता है, "आनी[1] डियर।"

राह चलता पास आकर कहता है, "आप मुझे कोई और समझ रहे हैं।" डी.डी. सकपकाकर कहता है, "आप आनी नहीं हैं? आनन्दमोहन पन्त, रेलवेवाले?" राह चलता मुस्कराता है, "जी नहीं। मैं श्यामसुन्दर जोशी हूँ। कई लोग मुझे आनी से कन्फ्यूज कर जाते हैं।"

राह चलते के साथ वृद्ध पूछता है डी.डी. से, "आप कौन हुए? आँखों से साफ दिखता नहीं अब। आवाज से भी प्लेस कर नहीं पा रहा हूँ।"

डी.डी. कहता है, "मैं डी.डी. हुआ, दुर्गादत्त तिवारी बगड़गौं मथुरादत्त जी का बेटा। मेरे फादर को तो आप खैर क्या जानते होंगे, बहुत अर्ली डैथ हो गई उनकी। सी.एस. तिवारी जो नहीं थे दिल्ली में, जो अंडर सेक्रेटरी फाइनेंस रिटायर हुए वह मेरे एक अंकल ठहरे, और..."

वृद्ध कहता है, "समझ गया यार मैं। देबिया-टैक्सी हुआ तू। कब आया अमेरिका से? कहाँ ठहर रहा?"

डी.डी. कहता है, "मैं कल शाम आया। सर्किट हाउस में ठहरा हूँ। आप कौन हुए? मैंने नहीं पहचाना।"

वृद्ध कहता है, "हम भ्राता हुए यार, सारे जगत के। तेरे भी मोतियाबिन्द हो गया क्या मेरी तरह से?"

डी.डी. पाँव छूता है, "ओ हो, पूरन कक्का। आपकी तो शक्ल ही बदल गई। आपका मुँह..."

---

1. आनन्द का संक्षिप्त रूप।

"मेरा मुँह बेदान्ती हो गया।" पूरन भ्राता कहते हैं, "बुढ़ापे में बेदान्त ही होनेवाला हुआ। रहेगा हफ्ता दो-एक?"

"मैं कल गंगोलीहाट चला जाऊँगा," डी.डी. कहता है, "मेरे कैमरामैन-प्रोड्यूसर आ जाएँगे शाम तक। मैं दो दिन पहले चल पड़ा कि भेंटघाट कर लूँ। कोई पहचानवाला नजर ही नहीं आया।"

"यहाँ कौन नजर आएगा अल्मोड़ा में?" भ्राता हँसते हैं, "यहाँ तो पहले भी लोग-बाग रिटायर होकर इसलिए आनेवाले ठहरे कि बिशनाथ[1] में उन्हें फूँका जा सके। अब तो वे सब राजघाट में ही फुँकने के लिए क्यू लगाए हुए हैं। तू यहाँ क्या कर रहा मिठाई की दुकान में?"

"मैं इस इन्तजार में था कि कोई पहचानवाले मिलें तो मिठाई खिलाऊँ और खाऊँ अल्मोड़ा लौटने की खुशी में।"

"एक तो मैं ही मिल गया भ्राता! मैं मातर[2] ठहरा बेदान्ती। बाल-चाकलेट खाऊँगा नहीं। सिंगोड़ी ले सकता हूँ। इस श्यामा को खिला बाल। यह मेरा जँवाई ठहरा। छोटी लड़की कुसुम का च्पुलौ। कुतालगाँव गिरीश डिप्टी साहेब का छोटा लड़का। बंगलौर में काम करता है एच. ए. एल. में। नमस्कार कह भ्राता, यह डी.डी. ठहरा। फेमस, क्या कहते हो, डायरेक्टर फिल्मों का। अमेरिका में रहता है। हमारी तरफ से तो जो होती होगी फिल्म, हैं-या-ना, 'कंगन' के बाद जिसने देखी होगी फिल्म। लेकिन लोग कहते हैं अच्छा पैसा पीट रहा है, लड़का अमेरिका में।"

मिठाई खाते-खिलाते हुए भी डी.डी. दुखी हो रहा है।

"बबली से मिला कि नहीं भ्राता?" पोपले मुँह से सिंगोड़ी चपचपाते हुए पूरन भ्राता पूछते हैं।

"बबली'दी तो, बब्बन बता रहा था, नैनीताल में हैं जहाँ उनका लड़का रिसर्च कर रहा है। जीजाजी रिटायर हो गए, सुना बीमार चल रहे हैं।"

"ठीक सुना भ्राता। इसीलिए बबली भी आज ही यहाँ आ रही। अपने गाँव चितई जाएँगे वे लोग। पूजा करवाएँगे।"

"कहाँ ठहरी हैं बबली'दी?"

"विष्टाकूड़ा, दुर्गुली कैंजा के यहाँ। जानने ही वाला हुआ तू। तेरी बुआ हुईं।"

"हाँ, हाँ, क्यों नहीं। अभी जिन्दा हैं दुर्गुल बुबू! अस्सी से ज्यादा की होंगी?"

"बहुत ज्यादा की। पचहत्तर तो मुझे होते हैं ये अब! कैंजा कम-से-कम सतासी की होंगी।"

डी.डी. पहुँचा है विष्टाकूड़ा। मिठाई का एक बड़ा, एक छोटा डिब्बा लेकर। उस बुआ के पुश्तैनी मकान में जो नैनीताल के सरकारी क्वाटरों में बालक देवीदत्त को

---

1. विश्वनाथ—अल्मोड़े का मरघट, 2. अलबत्ता।

बन्द कर जाती थी कि वह कहीं भाग न जाए गंगोलीहाट! उस बबली'दी से मिलने जिसने एक मातृहीन, भगिनीहीन, सखीहीन बालक और किशोर को पहली बार उस मांसल और नाटकीय पहेली से परिचित कराया था जिसे नारी की संज्ञा दी गई है। बबली'दी को वह जब भी याद करता है उसे उनके किशोर उरोज याद आते हैं जिनके बीच उन्होंने एक अनाथ बालक का सिर नैनीताल में पहली भेंट में चिपका लिया था और बहुत लाड़ से उसके सिर पर हाथ फेरा था। इन्हीं बबली'दी के लिए है मिठाई का बड़ा डिब्बा, छोटा दुर्गुल बुबू के लिए।

दुर्गुल बुबू आँगन में बैठी धूप सेंक रही हैं। उनकी कमर बिलकुल झुक चुकी है। उनकी मोटी भौंहों के बाल सफेद हो चुके हैं और इन भौंहों के नीचे आँखें अब भी बड़ी-बड़ी होते हुए भी काला-बिन्द से बुझ चुकी हैं। सुन बहुत कम पाती हैं इसलिए बोलती ही चली जाती हैं। वह डी.डी. को बब्बन समझे हैं और बब्बन के पिता के बचपन के किस्से धाराप्रवाह सुना रही हैं। डी.डी. को चीख-चीखकर कहना पड़ा है, "मैं देबिया हूँ, बगड़गौं मथुरिया का लड़का।"

"मथुरिया मैं जाननेवाली ही ठहरी। मेरा भाई हुआ छोटा। क्यों, आज तुझे मथुरिया की क्या याद आ रही बब्बनौ।" बुढ़िया पूछती है।

"मैं बब्बन नहीं हूँ। मैं मथुरिया का बेटा, देबी।"

"क्यों नहीं होगा, देबी-भक्त। शिब, देबी, सबका भक्त ठहरा मथुरिया। और कुछ काम जो थोड़ी हुआ उसका। जोगी ठहरा जोगी। एक और-ही-जैसा हुआ वह। आँखें तो हम सबकी बड़ी हैं। उसकी, कहते हो, अन्धेर ही बड़ी-बड़ी ठहरीं। देखकर डर-जैसा लगनेवाला हुआ कहा। लम्बा-चौड़ा भी खूब ही ठहरा वह। साँड हुआ साँड! बस अपने ही सुर में रहता था। पहले वह ब्याह ही नहीं करनेवाला हुआ, किसी तरह उसे मनाया। कुआडीखोला बंसीधरज्यू की बेटी से हुई उसकी शादी। छोटी-छोटी-सी ठहरी, कुल इतनी-सी। कुछ जान ही नहीं हुई उस लड़की में। चतुर्थी कर्म के बाद जब मथुरिया परुली के पास पहुँचा, परुली था उसकी घरवाली का नाम। तीन बहनें ठहरीं वो। सबसे बड़ी हुई रुकुली जो तुम्हारे सुनौलीगढ़ श्रीधर वकील से ब्याही ठहरी, बीच की यह परुली हुई, सबसे छोटी भगुली हुई जो तुम्हारे विषाढ़ के भट्टों में ब्याही हुई है, जीवानन्द कप्तान के बेटे से लखनऊ। क्या कह रही थी मैं भाऊ?"

"आँखें बड़ी-बड़ी! डरावनी!"

"हाँ आँखें। मथुरिया की आँखें। बहुते डरावनी हुईं कहा। जब चतुर्थी कर्म के बाद वह अपनी औरत के पास गया तब उसने उस बिल्ली-की-बच्ची-जैसी का मुँह ऊपर उठाया और ऐस्से उसे देखकर कहा, ओऽऽम्। वह मारे डर के थर-थर काँप गई बल। दौड़ के नीचे आ गई। आवाज भी कम जो डरावनी क्या हुई मथुरिया की। गर-गरी आवाज। शिबौ डरी ही रही हमारे मथुरिया से वह परुली बिचारी। जितने

दिन भी रही जिन्दा, डरी रही दुखी रही। शिबौ वो तीनों बहनें अभागन ही निकलीं। रुकुली तो जतकाली[1] ही नहीं हुई कभी। भगुली के दो बच्चे लाटे निकले। परुली की कुल एक औलाद हुई।"

"मैं परुली का बेटा देबिया हूँ।"

"हाँ-हाँ, परुली का बेटा देबिया हुआ। मैं जो क्या नहीं जानती! एक वही औलाद ठहरी मथुरिया की। देबिया हुए के छह, छह नहीं आठ, या शायद छह ही महीने बाद मर गई परुली। मथुरिया ने फिर ब्याह किया नहीं। खुद भी वह खत्तम हो गया, परुली से एक साल पीछे। बच्चे को अग्रून जाकर बचुल'दी को दे आया। सिद्धिवाला जोगी हुआ। बुलानेवाले हुए लोग उसे दूर-दूर से। जादू-दिखानेवाला हुआ और-ही। प्रश्न विचार करनेवाला हुआ गजब। तो घूमता रहा, कभी जयपुर, कभी रीवा, कभी कलकत्ता, कभी दिल्ली। लौटकर आया तो पहले तो बचुल'दी को वह पैसे भिजवाए जो कमाकर लाया ठहरा। फिर सबसे कहा कि मैं उड़ जाने का जादू दिखाऊँगा बल। गाँव में, आस-पास ठहरे उसके भगत लोग। भीड़ जमा हो गई। ऊँचाई पर एक निकली हुई चट्टान-जैसी थी। वह उस पर जाकर खड़ा हो गया। नीचे गगास नदी ठहरी, उसी के किनारे लोग खड़े ठहरे। वहाँ उसने हाथ जोड़कर ध्यान लगाकर, जो किया होगा तंतर-मंतर। फिर एक मारी उसने छलाँग हवा में 'ओम्' कहकर। पहले ऊँचा उठा वह, उड़ता रहा, कुछ नीला-नीला-उजाला-जैसा उसके भीतर से निकला बल। फिर फ्याच् उसका शरीर गगास में गिर गया। जिसने भी देखा, काँप गया। थरथराट मच गई बल। एक और-ही-सा हुआ मथुरिया, एक और-ही-सी मौत मरा भी। जाने कैसे हुआ होगा वैसा। हमारे यहाँ तो तंतर-मंतरवाले लोग हुए ही नहीं। क्यों, आज तुझे मथुरिया की याद कैसे आ गई, बब्बनौ? तेरा तो वह देखा ही नहीं ठहरा। उसका बेटा हुआ तेरा साथी।"

"मैं मथुरिया का बेटा हूँ। अमेरिका से आया हूँ।"

"हाँ-हाँ, अमेरिका में रहता है वह। किसी मीम के साथ गया कह रहे थे। पहले उसने शास्त्रियों की बेटी के साथ वैसा तमाशा किया, फिर भाग गया किसी मीम के साथ। लोग बदनाम करते हैं। मेरे लिए तो वह मथुरिया का बेटा हुआ। और झूठ क्यों कहूँगी, मेरे लिए अच्छा ही हुआ। अमेरिका तक से मेरे लिए पैसे भिजवा रखे थे। वाह, मैं तुझे क्या बता रही हूँ। तेरे ही हाथ भिजवाए ठहरे उसने पैसे। अपनी दीदी से मिलने आया होगा तु। शिबौ, बहुत परेशान हो रही बबली। आफत कर रखी उसके घरवाले ने। मेरे मुँह के सामने ही बैठी रह, ऐसा कह रहा। मैं मर रहा हूँ बल। टट्टी-पिसाब सब बबली को ही करानी हुई, खाना भी अपने हाथ से खिलाना हुआ। भई बीमारी तो होती ही है, बुढ़ापा भी आता है। घबराने से तो कुछ होता नहीं। मुझे लो। कोई एक बीमारी जो थोड़ी हुई मुझे। उम्र भी हो ही गई काफी।

1. प्रसवा।

नब्बे होते हैं अब मुझे। तुम्हारे चम्पानौला हंसादत्त जी जज सैप की घरवाली रधुली अपने को बहत्तर की बता रही थी परसों। यह जिस साल हुई, उसी साल मेरा सुरेश हुआ। अभी कल की-ही-सी याद है मुझे। रधुली की इजा हिमुली का मुझसे बहुत सनेह ठहरा। जल्दी मर गई बिचारी। मेरे साथ के सब जाते रहे। मुझसे बड़ी कहने को एक रमेश की इजा हुई तुम्हारी कान्तुली, झिझाड़वाली, वह भी पिछले साल खत्तम हो गई। खत्तम भी नवमी के श्राद्ध के दिन हुई बल। मुझसे चार जने पाँच साल बड़ी बताती थी अपने को कान्तुली, तुम्हारे रमेश झिझाड़ की इजा। पपटौल[1] बहुत सुन्दर बनाती थी कान्तुली, गल्लीवालों की बेटी हुई वह। पपटौलिया जोशी ठहरे गल्ली गल्याव[2] जोशी। कान्तुली के बाबू हेमचन्द्र ज्यू हुए, रेंजर सप। क्यों आज तुझे कान्तुली की याद क्या आ रही होगी रे बब्बनौ?"

डी.डी. जर्जर मकान की जर्जर सीढ़ियों की ओर बढ़ रहा है। अन्धी-बहरी बुढ़िया धूप-खिले आँगन में उसे समक्ष उपस्थित मानते हुए, मिठाई का डिब्बा खोलते हुए अब मिठाइयों के विषय में, मिठाई के शौकीनों के विषय में, मिठाई जब खाई-खिलाई गई उन अवसरों के विषय में अपने संस्मरण सुना रही है 'बब्बन' को। बुढ़िया की महीन और भिनभिनाती-सी आवाज सूने मकान में गूँज रही है। मकान इस प्रतीक्षा में है कि बुढ़िया मरे तो मैं भी विधिवत् मर जाऊँ।

"आ जा डी.डी. भाऊ! यहीं आ जा भीतर खंड। मैंने तेरी आवाज सुन ली थी। क्या करूँ इन्हें छोड़ना नहीं हुआ एक मिनट।" बबली'दी की आवाज उसे सुनाई दे रही है और उस आवाज और किसी के कराहने के स्वर को पकड़े हुए वह अँधेरे में आगे बढ़ता जाता है।

भीतरवाले कमरे में किसी आयुर्वेदिक तेल की गन्ध भरी है। अँधेरे की अभ्यस्त हो जाने पर आँखें देखती हैं एक गूदड़ पर कभी के रोबीले थानेदार साहब असहाय पड़े हुए हैं और अपनी पत्नी बबली से टाँगों पर मालिश करवा रहे हैं।

"आपने यह क्या हालत बना रखी है भिंज्यू?" डी.डी. कहता है और मिठाई का डिब्बा उनकी ओर बढ़ाता है। वह खाऊँ-न-खाऊँ की द्विविधा में रहते हैं और फिर एक टुकड़ा खाकर मीठे मुँह से कहते हैं, "अरे भाई, तुम ही लोगों ने बना दी है। तुम्हारी इस दीदी ने और इसके इंग्लैंड में पढ़े डॉक्टर भाई ने। डॉक्टर थोड़ी है, कसाई है। मैंने तो तब भी कितना ही कहा तुम्हारी दीदी से, मुझे मेरे गाँव ले चलो। ग्वाल्ल के थान पूजा कराएँगे, जागर लगवाएँगे। ठीक हो जाएगा। रिटायरमेंट से दो साल पहले मेरा झगड़ा हो गया एक एम. एल. ए. से। अरे हम अंग्रेज के समय के भरती हुए पुलिसवाले ठहरे! हम थोड़ी कर सकते हैं इनकी तरह स्याह-सफेद।

---

1. अरवी के पत्ते और पिसी दाल का व्यंजन जिसे बनाने में गल्ली गाँववाले होशियार समझे जाते थे, 2. गाँवों के नाम बिगाड़ने और उन्हें लेकर तुकबन्दियाँ करने की प्रथा है।

उस सफेद टोपीवाले ने मुझे बहुत परेशान कराया। उसी के लोगों ने मुझे धतूरा खिलाया। उसी ने मुझ पर तंत्र करवाया। इसका इलाज वह कल का लौंडा कर सकता था भला? उल्लू के पट्ठे ने मुझे तेज दवाएँ खिला-खिलाकर अधमरा कर दिया और कहता यह चला गया कि भिंज्यू, आपको कुछ नहीं हुआ है, वहम है, सिर्फ वहम। अब तो तू कौन लुकमान हकीम का बाप है जो वहम की भी दवा दिए चला जा रहा है?"

"तकलीफ क्या है आपको?"

"कोई एक तकलीफ है! उठा-बैठा नहीं जाता। टट्टी नहीं होती। सिर चकराता है। नींद नहीं आती। सीने में दर्द रहता है। भूख बिलकुल नहीं। और साले कहते हैं कुछ हुआ नहीं है आपको। आप वैसे ही घबरा रहे हैं। सारी जिन्दगी बीत गई पुलिस की नौकरी में। एक-से-एक गुंडे से तो हम घबराये नहीं, अब साला अपने से ही घबरा रहे हैं! कोई डॉक्टर थोड़ी है इसका भाई। जिसके बापदादे काशी के पोंगे पंडित वह साला डॉक्टर हो सकता है कभी? बाप ने की मूर्खानन्दी, बेटा दवाबाज। मुझे कुछ तो उस सफेद टोपीवाले ने मार दिया था, रहा-सहा इस डॉक्टर ने मार दिया। ससुरालवालों से, समझे भई डी.डी., हमें ऐसे ही मजे मिले हैं। इतनी तकलीफ में मैं हूँ, कभी सालों ने झाँका तक भी नहीं। अजी चिट्ठी का जवाब तक नहीं दिया कि कहीं जीजाजी इलाज कराने न पहुँच जाएँ। एक वह साला बब्बन है। इतना भी नहीं हुआ कि कभी झूठे मुँह से भी यह लिख दे कि नैनीताल में ठंड बहुत हो गई होगी, हलद्वानी आ जाइए। वह एक पियक्कड़ है कर्नल...।"

डी.डी. ने जीजा की बातें अनसुनी करके बबली'दी पर निगाह टिका दी। थकान और परेशानी के बावजूद उनके चेहरे का लावण्य बरकरार है और देहयष्टि कुछ और स्थूल होने पर भी आकर्षक बनी हुई है। वह होंठ भींचकर 'मैं चुप रहूँगी' की भूमिका का सुन्दर निर्वाह कर रही हैं। उनकी बड़ी-बड़ी आँखों की कोर में पानी अटका हुआ है।

बबली'दी का पति, सीधे बबली'दी को ही गालियाँ देने लगा है। उसका कहना है कि यह भी मुझसे थक गई है और यही सोच रही है कि कब मरे, कब पाप कटे।

बबली'दी की आँखों की कोर पर अटके वे आँसू अब बहने लगे हैं। बीमार थानेदार ने बताना शुरू किया है कि इनके खानदान की सारी औरतें चुड़ैलें निकलीं। जहाँ गईं बंटाढार हुआ। सबने रँड़ापा भोगा। इस सिलसिले में थानेदार तीन पीढ़ी पीछे तक तफतीश करने गया। अगर कोई सधवा होकर मरी औरत उसे मिली तो उसने पाया कि उसका पति स्वयं डबल जादूगर था।

बबली'दी मालिश में जुटे हाथों से अब अपना माथा पीटने लगी हैं और दहाड़-दहाड़कर रो रही हैं। रोते-रोते ही वे पति-सेवा के लम्बे इतिहास पर प्रकाश डाल रही हैं।

थानेदार ने कराहकर करवट बदली है। पैंतरा बदला है। वह जाप करने लगा है, 'रोगानशेषानपहंसि तुष्टा रुष्टा तु कामान् सकलानभिष्टान...' और बीच-बीच में 'ओ इजू मेरी' की गुहार भी लगा रहा है। बबली'दी रोना भूलकर उसकी चिन्ता करने लगी हैं। सहसा 'तुष्टा रुष्टा' के मध्य उसका कंठ अवरुद्ध हो गया, उसने हाथ-पाँव ढीले छोड़ दिए हैं। "मेरी साँस रुक रही है," वह मरियल-सी आवाज में कह रहा है, "डॉक्टर बुलवाओ।"

स्त्री ने डी.डी. भाऊ को डॉक्टर लेने भेजा है।

डॉक्टर ने रोगी का रोग-वृत्तान्त धैर्य से सुना है। वह इस बात से सहमत हुआ है कि आपको आपके इस साले ने मिठाई का एक टुकड़ा खिलाकर ठीक नहीं किया। आपकी इच्छा हो रही थी तो भी इसे और आपकी पत्नी को रोकना चाहिए था। डॉक्टर ने एक इंजेक्शन ताकत का और दूसरा नींद का लगाया है। थानेदार सो गया है। डी.डी. भाऊ ने डॉक्टर को पैसे दिए हैं।

बबली'दी ने कहा, "तू बैठ, मैं जरा हाथ-मुँह धो आती, फिर चाय बनाती तेरे लिए। खाने को भी कुछ बना देती भाऊ! पर यहाँ क्या करते हो, पराया घर ठहरा ना। अपनी लाई मिठाई ही खा लेना।"

डी.डी. ने कहा, "नहीं, अब मैं चलूँगा। मुझे कल गंगोलीहाट जाना है।"

"बैठ हो। तेरे साथ मेरे दुख-सुख हो ही नहीं रहे। अपने भिंज्यू की बातों का बुरा झन मानना। ये तो सदा के ही मिजाज के तेज हुए। बीमारी से चिड़चिड़े भी हो गए हैं। क्या करते हो आखिर में इनकी तरक्की रोक ली। बड़ी बेटियाँ ठहरीं, वे अपने-अपने घर गईं। उनसे क्या उम्मीद करते हो, अच्छे-भले खाते-पीते घरों में हैं लेकिन जब देखो तब अपना ही कोई रोना लेकर मेरे पास आ धमकती हैं। मुनिया तो दोनों जचगियों में हमारे यहाँ ही आई। मोहली है पर शिबौ समझती है हमारी इजा के पास कोई खजाना होगा। था खजाना जब था, किया ही तब। अब कहाँ से? पेंसिन के पैसों से क्या होता है? लड़का नौकरी से लगता तो कुछ होता। पर कहाँ से? उसकी रिसर्च ही आग लग रही। इनकी बीमारी में इतना खर्च हो रहा है कुछ कहने की बात नहीं। कभी यहाँ जाओ, कभी वहाँ। कभी यह डॉक्टर, कभी वह साधू। हो इन्हें कुछ नहीं रहा बल। मेरी ही किस्मत को कुछ हो रहा होगा भाऊ। झूठ जो थोड़ी कह रहे तेरे भिंज्यू। अभागन ठहरी हम बहनें। किसी का कारबार अच्छा नहीं हो रहा। उस गुड़िया का इतनी मुसीबत से तो ब्याह कराया, उसके घरवाले ने उसे अलग कर दिया। सुधा का घरवाला स्वभाव का अच्छा हुआ, मगर जिम्मेदारी इतनी हुई उस पर कि हाई-तबाई-सी मची रहनेवाली हुई। बैठ हो झिट्ट-घड़ी[1], जरा चाय बना लाती। तेरे हाल-चाल सुनती। सच रे, तूने ब्याह जो क्यों नहीं किया होगा?"

1. थोड़ी देर।

"मैं अब जाऊँगा बबली'दी। मुझे कुछ काम निपटाना है। कल गंगोलीहाट जाना है।

"पूजा करने जा रहा होगा?"

"नहीं, अपनी फिल्म के काम से।"

"तो भी मन्दिर जाएगा ही। मेरी ओर से भी भेंट चढ़ा देना, हाथ जोड़ देना भाऊ।" बबली'दी कहती हैं और ब्लाउज में खुँसा रूमाल निकालती हैं। उसमें एक पाँच का और एक दो का नोट है मुड़ा हुआ। कुछ सोचती हैं और फिर पाँच का नोट उसे दे देती हैं। फिर कहती हैं, "मैं भी कैसी भुलक्कड़ हूँ, मुझे तो इनकी बीमारी में अपना ही होश नहीं रह गया। तूने डॉक्टर को कितने दिए रे?"

"रहने दो," कहता है डी.डी., "तुम यह भी रख लो, मैं चढ़ा दूँगा तुम्हारी ओर से।"

बबली'दी नोट ले लेती हैं वापस। दोनों नोटों को फिर लपेटकर रूमाल में खोंस देती हैं अपने उरोजों के मध्य। साड़ी का पल्ला खींचती हैं उन उरोजों पर कसकर। कहती हैं, "तूने चढ़ाया, मैंने चढ़ाया, एक ही बात हुई। मेरे लिए तो तू सगे से भी सगा ठहरा भाऊ। तेरे-जैसों के सहारे ही कटी है मेरी जिन्दगी। खुद ही सोचना हुआ, सुझाना हुआ, तेरे-जैसे नहीं होते तो कैसे सँभालती अपनी गिरस्ती? ये तो जन्म के गुस्सेबाज ठहरे। सबसे लड़ते ही फिरे। इनको नौकरी में, बिरादरी-समाज में इस बबली ने ही बचाया-बढ़ाया। ये समझते हैं जो हुआ इनके लड़ने-झगड़ने, डाँटने-फटकारने से हुआ। कैसे हुआ वह मैं जानती हूँ, मेरा भगवान जानता है। खैर, क्या हुआ जो लोगों के आगे हाथ फैलाना पड़ा, लोगों को खुश करना पड़ा। अपनों की, अपनों के जैसों की ही खुशामद की ना और अपने आदमी के लिए ही ना?"

बबली'दी आँखें पोंछती हैं। मुस्कराती हैं फिर इतना-सा। दृष्टिपाश में बाँध लेती हैं डी.डी. को। कहती हैं, "छि हो, मैं भी क्या अपने दुखड़े लेकर बैठ गई। कितनी दूर से आ रहा। कल तुझे जाना हुआ कहीं और। पूरन'दा से सुना मैं यहाँ हूँ तो दौड़ा चला आया मिलने। क्या करते हो, पराई जगह ठहरी। तेरे भिंज्यू की यह हालत हुई ठहरी। नहीं तो कहती रात यहीं खा। वैसे क्या पता अब तुझे मेरा बनाया खाना अच्छा लगता जने नहीं! बड़ा आदमी हो गया है। तुझे अच्छी तरह देखा तक नहीं रे मैंने, यहाँ अँधेरा है।"

फिर बबली'दी उसके दोनों बाजू पकड़ लेती हैं, उसे पकड़कर खिड़की के पास प्रकाश में ले जाती हैं। देखती हैं ऊपर से नीचे तक। कहती हैं, "राई फिरवा लेना अपने। अगर नीचे दुर्गुल बुबू से तेरी बातचीत की भनक मेरे कानों में न पड़ी होती तो मैं तुझे पहचानती जो क्या! राई परखवा लेना, जरूर! राजकुमार जैसा लग रहा है रे।"

"सर्किट हाउस में कौन राई परखेगा!" डी.डी. मुस्कराता है।

बबली'दी झूठ-मूठ उसके सिर पर न्योछावर कर देती हैं, कहती हैं, "मैंने ही लगा दी ठहरी नजर, मैंने ही उतार दी। ठीक हुआ?"

"ठीक ही हुआ।" डी.डी. मुस्कराता है।

"वैसे मेरी नजर क्यों लगेगी? अपनों की भी नजर लगती है, देखो!" आँखें मटकाकर कहती हैं बबली'दी, "अपनों से भी ज्यादा अपना हुआ तू मेरे लिए डी.डी. भाऊ। कैसा सच्चा स्नेह हुआ। मुनिया के ब्याह में मेरा हाथ तंग हुआ ठहरा। कहाँ से तूने ठीक समय दो हज्जार भिजवा दिए होंगे। इस समय भी मैं सोच रही ठहरी हे भगवान कहीं ये वहाँ लम्बी-चौड़ी पूजा की जिद कर बैठे तो किससे जो माँगूगी पैसा? कहाँ से जो आ गया होगा तू ठीक समय में।"

"मेरे पास इस समय ज्यादा तो नहीं हैं। भिजवा दूँगा।"

"ज्यादा मैं माँग भी नहीं रही। और भिजवाना क्या हुआ, तू नैनीताल नहीं आएगा क्या?"

"वह शायद हो नहीं पाए।" कहता है डी.डी., बटुए में से सौ-सौ के दो नोट निकालकर देता है। बबली'दी फिर निकालती हैं रूमाल। उसमें से पाँच का नोट निकाल लेती हैं और डी.डी. के दिए नोट उसमें रखकर उसे फिर खोंस देती हैं ब्लाउज में। पाँच का नोट देकर कहती हैं, "मेरी ओर से मेरे ही पैसे चढ़ा देना रे।"

डी.डी. नोट लेता है। झुककर पाँव छूता है। बबली'दी उसे दोनों बाँहों से भरकर उठाती हैं। अपनी छाती से लगा लेती हैं। असीसती हैं। डी.डी. आयुर्वेद तेल की गन्ध के पीछे एक और आदिम गन्ध पाता है बबली'दी के उरोजों में।

"तू भी क्या सोचता होगा मेरे बारे में! दौ[1], वैसे मेरे बारे में सोचने की तुझे फुर्सत ही कहाँ हुई?" कहती हैं बबली'दी। "अब जो क्या चाहिए पड़ रही तुझे बबली'दी! मीमें ठहरी वहाँ निमखुणी[2]। सच्ची, कभी सोचता है मेरे बारे में? क्या सोचता है?"

अपने चेहरे को उस आदिम गन्ध से अलग करके डी.डी. कहता है, "मैं यही सोचता हूँ तू औरत है।"

"दूसरे मुझे मर्द समझ रहे होंगे!" मुँह मटकाकर हँसती हैं बबली'दी और उसका माथा चूम लेती हैं।

डी.डी. सीढ़ियाँ उतरता है। आँगन में अब धूप नहीं है। बुढ़िया पोपले मुँह से मिठाई खा रही है और 'बब्बन' को बता रही है कि—"मथुरिया मिठाई का बड़ा शौकीनबाज ठहरा। जहाँ-जहाँ जानेवाला हुआ जादू दिखाने, वहाँ-वहाँ की मिठाई लानेवाला हुआ। गाँव पहुँचते-पहुँचते बासी हो जानेवाली ठहरी। वह सारी

---

1. यह एक बहुत सार्थक ढंग से निरर्थक शब्द है, जिसका औरतें व्यंग्य और आत्म-व्यंग्य में प्रयोग करती हैं। 2. अनगिनत।

बासी मिठाई कड़ाही में डालनेवाला हुआ, दूध मिलाकर घोट देनेवाला हुआ। एक नई मिठाई बन जानेवाली हुई। घोटमाल कहता था वह उस मिठाई को, घोटमाल।"

मथुरिया का बेटा देबिया उस बड़बड़ाती बुढ़िया को पीछे छोड़ आया है। अंगूर की मृतप्राय बेल से आच्छादित तोरण द्वार को पार कर रहा है वह। उसके आन्तरिक मौन को बींध रही है किसी सुदूर पक्षी की पुकार—जूँ हो, जूँ हो...जाऊँजी, जाऊँजी। एक बार पलटकर वह देखता है बबली'दी को जो खिड़की से झाँककर कह रही हैं, "नैनीताल नहीं आया तो कुट्टी कर दूँगी।" यह औरत उद्जन बम गिरने पर भी किसी तरह जीवित रह जाएगी और मैं उद्जन बम के बारे में सोच-सोचकर ही मर जाऊँगा—ऐसा विचार उठ रहा है डी.डी. के मन में और इस विचार से भी वह दुखी हो रहा है।

दिग्दर्शक देवीदत्त, जो अल्मोड़ा आकर मथुरिया का बेटा देबिया भी हो गया है, निरन्तर दुखी होता चला जा रहा है जबकि वह सुखी होने की कामना लेकर स्वदेश लौटा था।

इस दिग्दर्शक ने मानव और शून्यता के साक्षात् पर एक विज्ञान-कथा-फिल्म की पटकथा भी तैयार की है पिछले दिनों। इसे ज्ञात होना चाहिए कि अर्थपूर्ण परिवर्तन इस सृष्टि में अरबों वर्षों में होते हैं। इसे यह भी ज्ञात होना चाहिए कि एक मनुष्य का जीवन-काल अरबों वर्ष के सामने नगण्य है। यह देवीदत्त समाजशास्त्र का भी विद्यार्थी है। इसे ज्ञात होना चाहिए कि परिस्थितियाँ बदलती हैं, उनके साथ-साथ परिस्थितिजन्य परिवर्तन होते रहते हैं। स्वयं इस देवीदत्त ने चाहा था कि हों। तब इसका बुनियादी परिवर्तन न होने से दुखी होना और परिस्थितिगत परिवर्तन हो जाने से और भी दुखी होना कुछ समझ में नहीं आता!

यह कह रहा है कि इस देश और समाज में परम्परागत काइयाँपन और आधुनिक कड़ुआहट का त्रासद सम्मिश्रण हो चला है। क्या हम इससे यह कहें कि तू फिकरेबाजी कर रहा है? क्या हम इससे पूछें कि 'घटियापनों' की कैसे तुलना की जाती है, कैसे तोले जा सकते हैं वे? क्या जिस घटियापन को तू छोड़ गया था वह इस 'घटियापन' से हल्का था? और तेरे पूर्वजों और उनके पूर्वजों का अगर ऐसा ही तर्क हम मानते चले जाएँ तो क्यों यही न कह दें कि 'बड़के धमाके' से पहले सब अच्छा था, बाद में गड़बड़ ही होती चली गई!

क्या यह विश्वविख्यात दिग्दर्शक, जो 'टाइम' की कवर-स्टोरी का विषय बननेवाला है (गुलनार प्रबन्ध करके आई है), 'हिसालूवाद' का मारा एक साधारण मनुष्य है? 'हिसालू' एक दरिद्र-सा, छोटा-सा जंगली पीला फल है। बचपन में अच्छा लगता है, जवानी में तुच्छ और बुढ़ापे में स्मरणीय—'अहा, हिसालू खानेवाले ठहरे हम।' क्या वह जीवन, वह प्रेम, वह रिश्तेदारी, वह जिजीविषा, जो मनुष्य पकड़ और पचा सकता है, आरम्भिक संस्कार के उस दरिद्र हिसालू-भर ही है? डी.डी.

जैसे मनुष्य तक के लिए! इस अकेले बँगले में यह एक दिलचस्प पहेली है मेरे लिए और मेरे मुँह में स्वाद है हिसालू का।

अन्ततः वे जा रहे हैं लोकेशन देखने।

यह नई बनी हुई गाड़ी-सड़क है। हिसालूवाद को गाड़ी-सड़कों का बनना यों भी अच्छा नहीं लगता। और ये सड़कें तो बनाई भी मुख्य रूप से प्रतिरक्षा के लिए गई हैं, प्रगति के लिए नहीं। जंगल पहले से कम हो गए हैं। हिमालय पर बर्फ भी कम दीख रही है। हिसालूवादी, डी.डी. परिवेश-संरक्षावादी भी हुआ जा रहा है।

गंगोलीहाट के निकट एक गाँव में गाड़ी रुकवाई है डी.डी. ने। उसे इच्छा हुई कि कुछ ठेठ गँवारपन की बातें कहे-सुने। "कुशल-बात भल छू तुम्हारी? नानतिन भले छनै? धिनाली-पाणि के छू? गुमरौड़-बुगौड़? शाकपात के हरेयो?" (ठीक तो हो? बच्चे मजे से? ढोर-ढंगर क्या हैं? दुधारू-बगैर दूध के? साग-भाजी क्या लगी है? किन्तु यह नए भारत का गाँव है। गाँववालों ने उसे अफसर समझा है। उनके पास भ्रष्टाचार की शिकायतें हैं। उनमें राजनीतिक गिरोहबन्दी है। उनकी बातें नल-टंकी न लगने, बिजली न आने, बेईमान छोटे अफसरों और सिप्पेबाज लोगों की मिलीभगत से सरकारी सहायता का समान वितरण न होने के सम्बन्ध में हैं—"बेईमानी ऐसी आग लग रछे, के क्योई वीक! बिजुई खाम्ब लगे गेई, बिजुई आई ने। टैंकी बणिये राखी। खाली पड़ी छू जब सीमेंट मिलौल तबै के होल।"

दो स्थानीय नेता, दो स्थानीय अमीर (सभी सीमेंट के मकानवाले) आ गए हैं यह देखने-भालने कि कौन साहब आया है जिसके साथ इसी जिले के एक परिचित छोटे साहब सूचना अधिकारी सक्सेना भी हैं। अमीर अलग-अलग जातियों के हैं, नेता अलग-अलग दलों के, लेकिन उनका एक विशिष्ट वर्ग है। उनमें शहरियत अधिक है। वे दरिद्रता की उप-संस्कृति से ऊँचे उठे हैं। शेष गाँव ज्यों-का-त्यों दरिद्र लग रहा है देवीदत्त को।

वे सब गंगोलीहाटवाली कुमाऊँनी बोल रहे हैं, जिसके उच्चारण का गाढ़ापन यहाँ के लोगों को प्रीतिकर और बाहरवालों को विचित्र लगता है। 'हला' वाली प्रीतिकर बोली बोलने-सुनने के बावजूद देवीदत्त को अच्छा नहीं लग रहा है। इस बोली में भ्रष्ट राजनीति बोल रही है।

गंगोलीहाट नेपाल से तस्करों द्वारा लाई गई, चीन द्वारा नेपाल भिजवाई गई, पोलिएस्टर की कमीज पहने है, ट्रांजिस्टर पर विविध भारती सुन रहा है, और अमेरिका-पलट देवीदत्त को बुरा लग रहा है! गंगोलीहाट साहब लोगों के लिए प्राथमिक पाठशाला से खस्ताहाल कुर्सियाँ उठा लाया है। साहब लोगों को बिस्कुट

दिए गए हैं, और मग में चाय। फिल्म का मामला है, यह जानकर सब आश्वस्त और प्रसन्न हैं और सभी फोटो खिंचवाना चाहते हैं, फिल्म में आना चाहते हैं। आम धारणा यह है कि अमिताभ बच्चन और रेखा कुछ दिन बाद आनेवाले होंगे जब यहाँ ये सैप लोग सब सैट कर देंगे।

देवीदत्त को बिस्कुट भी बुरे लग रहे हैं। क्या इसके लिए एक परात में काली सोयाबीन की लपसी 'भटी' परोसवा दें मक्खियों समेत और इसके साथ चार-पाँच 'सिंगणुवा' (बहती नाकोंवाले) बच्चे बिठवा दें, उसी परात में खाने के लिए?

यह देवीदत्त क्यों 'आन्तरिक मौन' में खोया चला जा रहा है? क्या प्रगतिशील देवीदत्त प्रगति-विरोधी भी है?

रैंआगर पहुँचकर जब सक्सेना गाड़ी को बेरीनाग की ओर मोड़ने के लिए कहते हैं तब डी.डी. कहता है, "नहीं, वहाँ क्यों? हम गंगोलीहाट रुकेंगे।"

"वह ऐसा है सर," कहते हैं सक्सेना, "बेरीनाग रेस्ट हाउस इज बेटर। मोरओवर मैसेज आया दैट के गंगोलीहाट पी.डब्ल्यू.डी. बैंगलो खाली नहीं हो पाया अभी तक। प्रेजेंट आक्यूपेंट कल सुबह वैकेट कर देंगे सर। फिर आप चाहें तो हम गंगोलीहाट शिफ्ट कर लेंगे। लेकिन बेरीनाग बैगलो इज ब्यूटीफल सर।"

"सुनिए सक्सेना जी, हम इतनी दूर से आए हैं, एक बार जाकर धैंया छू तो लें। रात को चले जाएँगे बेरीनाग।"

"एज यू लाइक सर। वैसे तो आई मीन काफी बड़ा बैंगलो है गंगोलीहाट वाला। मे बी कुछ अरेंजमेंट हो सके, एक रात की ही तो बात है।"

गाड़ी गंगोलीहाट की ओर बढ़ रही है। यह जो भी जगह है परिचित मालूम हो रही है डी.डी. को। "यह दसाईतल है ना?" वह कहता है सक्सेना से, "मैं यहाँ पढ़ने आता था अगून गाँव से। केशवदत्त जी का स्कूल था यहाँ।"

फिर यही बात वह डी.एल.जैड. टैक्सी के पीछे की सीट पर बैठी गुलनार से कहता है और इतनी सूचना अतिरिक्त जोड़ता है कि अग्रून गाँव से यह जगह पाँच मील से ज्यादा दूर है। सक्सेना उसे अंग्रेजी में टोकता है और कहता है यह दूरी तो पाँच किलोमीटर से भी कम है। डी.डी. को इससे भी दुख होता है। किसने सिकोड़ दी इस बीच उसके बालेपन की दूरियाँ! वह बाहर को देखने लगता है।

जीन और टॉप पहनी एक लड़की शानदार गाड़ी आते देखकर रुक गई है सड़क के किनारे।

डी.डी. उसे देखकर हतप्रभ है। बेबी चौबीस वर्ष बाद भी 'बेबी' ही है। इतना ही कि उसने पोशाक 'द साइन' की उस अभिनेत्री-जैसी पहन रखी है जिसकी प्रतिभा को दिग्दर्शक देवीदत्त ने बहुत प्यार से सजाया-सँवारा और जो सज-सँवरकर एक फैशन-फोटोग्राफर के साथ भाग गई! डी.डी. गाड़ी रुकवाता है, बैक करवाता है।

पिछली सीट से गुलनार हँसकर कहती है, "नॉउ दैट लोलिटा थिंग ऑल ओवर अगेन! यू आर जस्ट बैक फ्रॉम द हैंडश्रिंक लवर बॉय"—वह किशोरी-प्रेमवाला चक्कर फिर तो नहीं! अभी-अभी तो मनोचिकित्सा कराके लौटे हो प्रेमीपूत।

बैक होती गाड़ी से डी.डी. उस 'बेबी' को देख रहा है। जीन के ऊपर बेबी अँगियानुमा फीतेदार टॉप पहने है, जो चोप्प-जैसे स्तनों पर कसा हुआ है और जिसके नीचे जीन के बदरंग नीले तट तक गोरा मांस फैला हुआ है। वह इस 'बेबी' के टटकेपन को गंगोलीहाटी उच्चारण जितनी गाढ़ी लालसा से देख रहा है। क्या इसलिए कि इसके अपना कोई बच्चा नहीं है? यह इसे गोद लेना चाहता है—पिता और प्रेमी की संयुक्त भूमिका में? या इसलिए कि इसके माध्यम से वह अपने टटकेपन का आह्वान करना चाहता है?

वह भी उसे देख रही है। बड़े-बड़े शीशोंवाले अपने धूप के चश्मे की एक डंडी होंठों में दबाए। कुतूहल से मुस्कराते हुए।

"हलो!" पूछता है डी.डी. इस जीन सिम्मंस से, "गोइंग माई वे?" लड़की अंग्रेजी में ही बताती है कि मुझे रेस्ट हाउस तक जाना है।

डी.डी. आगे का ही दरवाजा खोलता है। सक्सेना साहेब उतरकर पीछे बैठ जाते हैं। गाड़ी चलती है तो सक्सेना साहेब पूछते हैं, "यू आर मिस मिश्रा ना मैडम?" लड़की जवाब में 'येस' की जगह नितान्त अमेरिकी 'दैट्स राइट' कहती है।

"ये हमारे चीफ सेक्रेटरी की डॉटर हैं साहब।" सक्सेना डी.डी. को सूचित करते हैं, "वही ठहरे हैं रेस्ट हाउस में।"

लड़की पलटकर पिछली सीट पर बैठे कैमरामैन को देखती है। जिज्ञासु होती है उसके उपकरणों के विषय में। प्रसन्न होती है यह जानकर कि ये लोग हॉलीवुड से आए हैं। वह बहुत उत्साह से कैमरामैन और गुलनार से अमेरिका के विषय में बतिया रही है, बता रही है कि मैं विद्यार्जन के लिए अमेरिका जाने की जिद कर रही हूँ, मेरी माँ राजी नहीं होती। वह पलटकर बात कर रही है और इस क्रम में डी.डी. से सट गई है, उस पर गिरी पड़ रही है। डी.डी. उसे देख रहा है बीच-बीच में किन्तु बातचीत में कोई हिस्सा नहीं ले रहा है। वह अपने अतीत के बारे में सोच रहा है जो उसका भविष्य नहीं हो सकता लेकिन जिसे अतीत मान लेना आत्मघाती निराशा को जन्म देना है।

रेस्ट हाउस पहुँचकर सक्सेना साहब गुलनार के साथ भीतर जाते हैं। कैमरामैन रेलिंग के पास खड़े होकर सामने फैले हिमालय को देखने लगता है। डी.डी. गाड़ी के पास ही खड़ा रहता है खामोश। वह लड़की भीतर जाने को कदम बढ़ाती है और फिर लौट आती है। डी.डी. का धन्यवाद करती है और कहती है, "इमेजिन मीटिंग यू ऑल इन दिस डल जाइंट।"—इस नीरस जगह में हालीवुडवाले

मिलेंगे इसकी मैं कल्पना नहीं कर सकती थी। वह यह जानकर आश्चर्यचकित होती है कि 'डेव' कहलानेवाला यह व्यक्ति इस गंगोलीहाट में फिल्म बनाने आया है।

"मैं तो यहीं पला हूँ," डी.डी. कहता है अंग्रेजी में, "मेरा नाम देवीदत्त तिवारी है।"

"देखने से तो ऐसा नहीं लगता!" वह कहती है अंग्रेजी में।

"देखने से क्या लगता है?"

"देखने से," वह कहती है चेहरे पर उलटी हथेली रखकर हँसती हुई, "ऐसा लगता है कि आपका बाप नोर्स था और माँ जिप्सी।"

डी.डी. हँसता है और कहता है, "दिखती तो तुम भी इस्पहानी हो, लेकिन हो मिथला की।"

"मैं भी कुमाऊँ की हूँ," वह कहती है।

"तेर नौ के छू?" डी.डी. पूछता है—तेरा नाम क्या है?

"मेरो नाम छू गायत्री, आउ शक आय कांट स्पीक दिस लिंगो प्रापर्ली!" लड़की हँसती-लजाती है उलटी हथेली की आड़ से।

डी.डी. पूछता है, "ऐसे हँसना कहाँ सीखा?" वह और भी हँसती है यह प्रश्न सुनकर और पूछती है कि हँसना भी सीखा जाता है भला?

डी.डी. हँस नहीं रहा है। देख रहा है उसे अपलक। अनुभव कर रहा है टीस उस अतीत की जो भविष्य नहीं हो सकता।

"क्या देख रहे हैं ऐसे?"

"अपने अतीत का प्रेत।"

"निश्चय ही वह मुझसे आकर्षक होगा जो मुझमें भी उसे ही देखते हैं।"

"निर्णय करना कठिन है।"

"ऐसे न देखें। मुझमें आत्मचेत जगा रहे हैं आप।"

"और तुम मुझमें अतीत के लिए पश्चात्ताप।"

"अरे सच!" वह कहती है उसी तरह हँसकर, "कितने रोमानी हैं आप। क्यों न हों, माता जिप्सी जो थी आपकी! किसकी याद दिला रही हूँ मैं?"

"किसी की।"

"किसी खास की?"

"खास ही कहना होगा।"

"नाम बताएँगे, शायद मैं जानती होऊँ उसे।"

"कोई सम्भावना नहीं।"

"नाम बताने की?"

"बताकर भी तुम्हारे उसे जानने की।"

"बताइए तो।"

"वह तुम्हारी जुड़वाँ थी कोई। तुम्हारी-जैसी बेबी। बेबी ही कहते थे उसे। यों उसका नाम मैत्रेयी था।"

"ओह नो!" वह लड़की डी.डी. के कन्धे पर हाथ मारती है, हँसी से दोहरी हो जाती है।

"दिस इज जस्ट अनबिलीवेबल। आई मस्ट टैल हर प्रोन्तो।" कहती है वह लड़की—यह तो अद्‌भुत संयोग है, मुझे तुरन्त जाकर उसे बताना चाहिए।

"ईऽजा ह! ओ-ई-जा!" पुकारती हुई वह दौड़ती है रेस्ट हाउस की तरफ किसी, नचने भालू की तरह अपने दोनों हाथ मोड़कर सामने उठाए हुए, इधर से उधर लहराते हुए। डी.डी. स्तब्ध है यह जानकर कि जो वह समझा हुआ था शुरू से वह सच है।

मोड़ से आती है लड़की की आवाज, "ईजाह यू कांट इमेजिन हू हैज कम।" माँ तू सोच भी नहीं सकती कौन आया है!

मोड़ लेकर अब वे डी.डी. के सामने हैं गायत्री और एक औरत जो उस लड़की की माँ नहीं, बड़ी—और कोई बहुत बड़ी नहीं—बहन लगती है। लड़की इशारा कर रही है डी.डी. की ओर और कह रही है, "योर चाइल्डहुड स्वीटहार्ट दैट्स हू।"—तेरा बालेपन का साथी, और कौन!

दिग्दर्शक देवीदत्त और कला-संरक्षिका मैत्रेयी आमने-सामने हैं। मैत्रेयी, बेबी का ही परिष्कृत संस्करण है यह देख रहा है डी.डी.। यह मैत्रेयी, बच्ची को झिड़क रही है अंग्रेजी में कि बदतमीजी नहीं करते। वह देख रही है देवीदत्त को जो उस डी.डी. का ही अधेड़ और स्थूल हो चुका अमेरिकी संस्करण है। सहसा पहचान में आ नहीं सकता। इसके सामने के वे बाल गायब हो गए हैं जिन पर कभी यह कलगी-सी निकाला करता था। चश्मा इसने बड़े-बड़े काँचोंवाला पहन लिया है और इसने ओमार-शरीफ-नुमा मूँछें रख ली हैं। यह डी.डी. हो सकता है क्योंकि जो लोग कमरा माँगने आए हैं, अमेरिकी फिल्मवाले ही हैं।

परिष्कार का ही सहारा लेती है बेबी और कहती है, "मिस्टर देवीदत्त तिवारी आई प्रिज्यूम!"—आप देवीदत्त तिवारी हैं मेरे खयाल से।

परिष्कार का ही सहारा है डी.डी. के लिए भी, वह कहता है, "एंड वुड आई बी टू प्रिजम्चुअस इन बिलीविंग दैट यू आर मिसेज मैत्रेयी मिश्रा, फॉर्मरली नोन एज बेबी?—और क्या मेरा यह समझना धृष्टता होगी कि आप श्रीमती मैत्रेयी मिश्र हैं जो कभी बेबी कहलाती थीं?

बेबी हँसकर कहती है उसी विदेशी भाषा में, "बशर्ते यह याद रखें कि कभी कहलाती थी बेबी, अब नहीं।" फिर अपनी बच्ची के कन्धे पर दोस्ताना हाथ रखकर वह कहती है, "यह तो पगली है, इसकी बात का बुरा मत मानना। बहुत परेशान तो नहीं किया?"

"एक उम्र में सभी पगले होते हैं।" वह कहता है।

"सो तो है।" वह मुस्कराकर कहती है, "सवाल यही है कि वह उम्र कहाँ तक खींच ले जा सकते हैं लोग!"

"बेटी बिलकुल तुम्हारी-जैसी कैसे हो गई?" वह बातचीत अंग्रेजी में ही जारी रखता है यद्यपि इस भाषा से उसे आध्यात्मिक-सा कष्ट हो रहा है!

"अच्छा हुआ कि हो गई। बाप पर जाती तो कोई उसकी ओर देखता भी नहीं!"

"शक्ल में ही नहीं, स्वभाव में भी।"

"आनुवंशिकी तुमने भी पढ़ी होगी।"

"हथेली की आड़ से हँसने का भी कोई जीन होता है क्या?" डी.डी. मुस्कराकर पूछता है और सुनता है कि कुछ लोग बात करते हुए रेस्ट हाउस से बाहर आ रहे हैं।

बेबी, डी.डी. की बात का जवाब देती है, "होता होगा, हथेली की आड़ से हँसने का जीन। मारगाँठ लग जाने का भी होता हो शायद। तुमने शादी नहीं की, ऐसा पढ़ा है मैंने पत्रिकाओं में। की होती तो कौन जाने तुम्हारे बेटे से भी नाड़ा-फीता खोलते हुए मारगाँठ पड़ जाया करती!"

"मैंने शादी की होती," कहता है डी.डी., "तो मेरे लिए यह तय करना कठिन हो जाता कि मैं अपने बेटे को अपने-जैसा होता देखना चाहता हूँ कि अपनी पत्नी-जैसा।"

डी.डी. और बेबी देख रहे हैं एक-दूसरे को। यह लड़की जो बेबी-जैसी दीखती है, इन दोनों को देख रही है बारी-बारी। इन तीनों को देख रहे हैं गुलनार, सक्सेना और एक थोड़ा स्थूल और नाटा व्यक्ति जो शायद श्यामसुन्दर मिश्र है।

गुलनार परिचय कराती है डी.डी. का मिस्टर मिश्रा से और कहती है कि आपकी पत्नी तो इस बीच इनसे परिचित हो चुकी हैं शायद।

"मेरी पत्नी इनसे बहुत पहले से परिचित है!" मिश्र जी मुस्कराकर कहते हैं। डी.डी. झेंप-सा जाता है।

सक्सेना साहेब सूचित करते हैं, "मिस्टर मिश्रा एक कमरा दे देंगे मैडम के लिए। आप लोगों के लिए ड्राइंग रूम में कॉट डलवा दी जाएगी। मैं बेरीनाग चला जाऊँगा और सुबह, अर्ली मार्निंग आ जाऊँगा।"

सक्सेना साहेब बाहर चबूतरे पर मेज-कुर्सियाँ लगवा चुके हैं। 'टी एंड सम स्नैक्स' का प्रबन्ध करा दिया है उन्होंने। मुख्य अतिथि की रुचि ध्यान में रखते हुए श्रीमान और श्रीमती मिश्र सिनेमा और साहित्य के विषय में बातें कर रहे हैं। मुख्य अतिथि को इसमें कोई दिलचस्पी नहीं। या तो वह खामोश रह जा रहा है या इस सुसंस्कृत वार्ता में व्यर्थ ही भारत-दुर्दशा घुसाये चला जा रहा है। और सो भी बहुत भावुक ढंग से, कवियोंवाले तर्क से, मिनमिनाते स्वर में। मैत्रेयी मिश्र के लिए आवश्यक हुआ है कि इस अमेरिकी नागरिक देवीदत्त को कुछ खरी-खोटी सुनाए। विचित्र लोग हैं

ये अमेरिकी, जो आधुनिकता का अधिकतम उपयोग कर रहे हैं ठाठ से और भारत को परम्परा के नाम पर गरीबी और जहालत से चिपके रहने की सीख देने आए हैं। देवीदत्त के अनुसार बात इतनी सरल नहीं है। मैत्रेयी के अनुसार बात इतनी उलझी हुई भी नहीं है जितनी देवीदत्त बता रहे हैं। अगर किसी चमत्कार से देवीदत्त अमेरिका में रहते-रहते गांधीवादी या माओवादी हो गए हों तो सबसे पहले वे उलझी-उलझी फिल्में बनाना छोड़ दें। इस तरह की कलात्मक विलासिता, बौद्धिक जटिलता उन लोगों के लिए पाप ही हो सकती है जिन्होंने निर्धन कृषक-संस्कृति को रूमानियत से रँगकर आधुनिकता के विरोध का व्रत लिया हो। माओवादी होना तो देवीदत्त के लिए कदाचित् दुस्साध्य हो अन्यथा उन्हें एक अदद बन्दूक सँभालने की सलाह दी जाती। गांधीवादी वह बन ही सकते हैं लिहाजा क्यों न तकली थाम लें या कुछ गांधीवादियों की तरह शिवाम्बु-पान करने लगें।

देवीदत्त, श्रीमती मैत्रेयी मिश्रा की बुद्धि पर तरस ही खा सकते हैं। वह फिलिस्टीनों की तरह बात कर रही हैं। दुर्भाग्य से इस देश में एक खास तरह का काइयाँपन प्रबुद्धता के नाम पर प्रतिष्ठित हो गया है और मैत्रेयी उससे अछूती नहीं रह सकी है। यह काइयाँपन शायद ह्रासोन्मुख हिन्दू मानस की देन है। इसके चलते गरीबी और उपभोग की संस्कृति का वह दारुण समन्वय किया गया है जिसका नाम आधुनिक भ्रष्ट भारत है। इस भारत के लिए प्रतीकात्मकता ही सबकुछ है। तकली थाम लेने से गांधीवाद हो जाता है। बन्दूक पकड़ लेने से माओवाद। सेमिनार कर लेने से संस्कृति। चुनाव करा देने से लोकतंत्र। सड़क बना देने से प्रगति। संस्था खोल देने से संस्था के उद्‌देश्य की पूर्ति। परिवर्तन, श्रीमती मिश्रा, यहाँ से होता है (और देवीदत्त अपने हृदय की ओर संकेत करते हैं), यहाँ से। और वह उचित है कि अनुचित, इसका फैसला करने के लिए यहाँ भी कुछ होना चाहिए (अब देवीदत्त अपने मस्तिष्क की ओर इशारा करते हैं), यहाँ भी।

श्रीमती मैत्रेयी मिश्रा इस बात पर खेद ही प्रकट कर सकती हैं कि जिन भारतीयों का हृदय और मस्तिष्क पर कॉपीराइट था उन्होंने भारत ही छोड़ दिया। इससे वह स्वयं काइयेंपन से बच गए लेकिन उनकी अनुपस्थिति में काइयेंपन की महामारी इस देश में तेजी से फैलती चली गई। विदेश में निश्चय ही उनकी उपस्थिति से कुछ वैसा ही सुधार हुआ होगा जैसा हरे राम हरे कृष्ण वाले प्रभुपाद जी की उपस्थिति से।

माँ की कुर्सी के पीछे खड़ी लड़की इस बहस को 'देख' रही है, सुन नहीं रही है। शास्त्रियों की बहस होती ही उबाऊ है। लेकिन यह दो भूतपूर्व किंवा अभूत-पूर्व-प्रेमियों की बहस भी है इसलिए बहस करनेवालों के चेहरों पर आते-जाते भाव निश्चय ही दर्शनीय हैं। ध्वन्यालेख मिटा दें, बेटी की जगह पर माँ को देखें, माँ की जगह पर नाना को और एक खिंची हुई चादर का स्मरण करते हुए कोई विचित्र-सा संगीत सुनें तो यह सारा व्यापार अपेक्षाकृत कम उबाऊ मालूम होगा।

गुलनार, बहरहाल, इस गरमागरम बहस से संकोच में पड़ गई है। वह मिस्टर मिश्रा से अलग से बातचीत कर रही है और यह जानकारी पा रही है कि मिस्टर मिश्रा कुशल प्रशासक हैं ('भले ही अपने मुँह मियाँ मिट्ठू बनना पड़ रहा है!'), अगर राजनीतिक दखलन्दाजी अधिक न हो तो मिस्टर मिश्रा-जैसे कुशल प्रशासक देश की समस्याओं का समाधान कर दिखा सकते हैं। गुलनार को यह भी पता चल रहा है कि मिस्टर मिश्रा अपनी पत्नी के परम भक्त हैं। न केवल बात-बात में वह उसकी प्रशंसा करते हैं, बल्कि किसी और महत्त्वपूर्ण भारतीय की बात उठने पर भी यह जरूर कहते हैं, "माई वाइफ नोज़ हिम"—मेरी पत्नी उन्हें जानती है।

बहस कटुतर होती जा रही है। देवीदत्त उदास होता जा रहा है। इस बात से और भी कि माँ की कुर्सी के पीछे झुकी खड़ी वह नासमझ लेकिन बहुत ही प्यारी लड़की 'आ-हा-हा!' वाली तर्ज में माँ को उखाड़ने और इस अजनबी को जमाने का यत्न कर रही है।

सहसा गुलनार कहती है—"चलो, थोड़ा घूम-फिर आएँ। कुछ तो आज भी देख सकेंगे। मन्दिर बहुत दूर है क्या?"

सक्सेना साहेब बताते हैं कि पास ही है। लड़की कहती है कि मैं भी जाऊँगी। लड़की की माँ अपने पति से कहती है कि आप भी साथ जाएँ। मिसेज मिश्रा खुद नहीं जाएँगी, सामान बँधवाएँगी। मिसेज मिश्रा का विचार है कि रात बेरीनाग रेस्ट हाउस में काट ली जाए और अमेरिकी मेहमानों को यहाँ आराम से बसने दिया जाए।

मिस्टर और मिसेज मिश्रा एक-दूसरे को देखते हैं। डी.डी. जमीन को।

बिटिया मचलती है कि यहाँ रहेंगे, बहुत आनन्द आएगा। गुलनार का अनुरोध है कि आप लोग यहीं रहिए ना। मिसेज मिश्रा मुस्कराते हुए बेटी की जिद और गुलनार का अनुरोध दोनों टाल देती हैं।

डी.डी. ने पैदल चलने के लिए नया जूता पहना है—कैनवस का सिपाहियोंवाला बूट। फीतेदार। काट रहा है वह उसे।

पता नहीं और भी क्या-क्या है जो उसे काट रहा है, गंगोलीहाट में घूमते हुए। एक तो अपना अतीत। दूसरा गंगोलीहाट का वर्तमान। तीसरा यह तथ्य कि सक्सेना साहेब के मुकाबले में वह गंगोलीहाट के विषय में अज्ञानी हो चला है इस बीच। वह कुछ भी कहता है, वे गलती निकालते हैं। चौथी चीज जो उसे काट रही है वह है एक जीन सिम्मंसनुमा किशोरी की उपस्थिति। इस किशोरी को उससे छेड़खानी करने में बहुत आनन्द आ रहा है। वह उसे लड़ियाना चाहता है, उससे लड़ना चाहता है, पर उसे संकोच होता है। गायत्री है इस लड़की का नाम, मैत्रेयी नहीं। किन्तु नाम से क्या होता है? वह एक प्यारी-सी लड़की है बस। यही 'बस' अब डी.डी. के वश का नहीं। अब क्या, कभी नहीं था!

मन्दिर में कैमरामैन और गुलनार बलि की विधि के बारे में तरह-तरह से सवाल कर रहे हैं। कभी दक्षिण से आए रौलौं (रावलों) और अग्रन के पन्तों से उनकी इस बातचीत में दुभाषिए का काम कर रहे हैं मिस्टर मिश्रा। यह काम डी.डी. को करना चाहिए था। आखिर कभी वह अग्रून में ही पला-बढ़ा है। किन्तु उसका मन रम नहीं रहा है। कटे हुए बकरे के सिर पर रोली वगैरह कैसे लगाई जाती है, उसका रक्त प्रतिमा के पास कहाँ टपकाया जाता है, सिर रावलों को ही क्यों देना होता है, अग्रून के पन्त 'शरम' (यानी शाकाहारी) हैं पर काली के मन्दिर के पुजारी होने के नाते बलि के अनुष्ठान में उपस्थित रहते हैं, बकरा काटने का काम रावल करते हैं—यह सब सुनने-सुनाने में उसे कोई दिलचस्पी नहीं है।

वह ऐसा साफ-साफ सोच या कह नहीं पा रहा है लेकिन शायद वह वापस जाना चाहता है रेस्ट हाउस, मैत्रेयी से अंग्रेजी में नहीं, बेबी से कुमाऊँनी में बात करने। वह बार-बार शिकायत कर रहा है कि जूता उसे काट रहा है। मिस्टर मिश्रा सुझाव देते हैं कि आप जाकर आराम कीजिए, हम भी अभी थोड़ी देर में आ जाते हैं।

डी.डी. चल पड़ता है। सक्सेना साहेब आशंका व्यक्त करते हैं, "आप रास्ता भूल तो नहीं जाएँगे सर?" और यह आशंका डी.डी. को कुछ और खिन्न कर जाती है।

श्रीमती मैत्रेयी मिश्रा सामान बँधवा चुकी हैं। यह समझना गलत होगा कि वह भाग रही हैं। अमेरिकी मेहमानों की सुविधा के लिए ही उन्होंने रात बेरीनाग में काटने का निश्चय किया है।

निस्सन्देह मैत्रेयी, डी.डी. नामक प्राणी से इस अकस्मात् भेंट से थोड़ी विचलित हुई हैं। ऐसा नहीं कि मैत्रेयी ने इस सम्भावना का विचार नहीं किया था कि डी.डी. उसे कभी मिल सकता है। इतना ही कि उसे विश्वास था कि उनके मध्य सहजता रहेगी—सतही सही, पर सहजता वैसी ही जैसी कि दया और उसके मध्य है। उसने अपनी ओर से सहजता के लिए ही यत्न किया, किन्तु वह डी.डी. सहजता आने दे तब न। एक दिन वह बेबी की नग्न देह पर इस तरह चादर खींच गया था मानो वह बेबी की लाश हो। उस दिन बेबी ने बाहर आकर कहा था कि मैं विधवा हो गई हूँ अर्थात् डी.डी. मर गया है। जो लोग एक-दूसरे को मरा हुआ जान चुके हों उनके मध्य एक मरियल-सी सहजता तो होनी ही चाहिए थी। नहीं होने दी उस लाटे ने। इस पगली गायत्री ने जो पहली ही भेंट में किसी से उसकी प्रेमिका का नाम पूछ सकती है और 'तेरा पुराना प्रेमी आया है माँ' ऐसा जोर-जोर से कह सकती है, अपनी उपस्थिति से सहजता को और दुस्साध्य बना डाला है। वह 'बेबी' की याद दिलाती है मैत्रेयी को, 'बेबी' की ही याद दिलाती होगी देवीदत्त को।

दुर्भाग्य कि गायत्री को 'लाटे' पसन्द हैं। कदाचित् 'लाटे' पसन्द करने का भी कोई 'जीन' होता होगा। दुर्भाग्य कि कभी मैत्रेयी को भी एक लाटा पसन्द था। परम

दुर्भाग्य कि वह लाटा, विख्यात दिग्दर्शक हो जाने के बावजूद, लाटा का लाटा है। नहीं तो क्या कोई इस तरह एक सुरम्य स्थल में, सुखद सुसंस्कृत बातचीत के मध्य जबरदस्ती कड़वाहट लाता है?

मैत्रेयी इस बात से भी थोड़ी परेशान है कि मैत्रेयी ने इस कड़वी बहस में हिस्सा लिया। क्या मैत्रेयी उस समय 'बेबी' हो गई थी? अगर प्रेम में 'जब हम हुते तबै तुम नाहीं, अब तुम हौ हम नाहीं' वाली स्थिति नहीं आती, द्वंद्व अनिवार्य है, तो क्या 'प्रतिद्वंद्विता' भी प्रेम की उपस्थिति का लक्षण नहीं? अगर 'दूसरा' एक द्वार नहीं बन सकता जिसमें घुसकर हम स्वयं दूसरे हो जाएँ, अगर 'दूसरा' मात्र एक ठोस दर्पण-भर हो सकता है तो क्या उससे टकरा-टकराकर अपने तक ही लौट आने की प्रक्रिया ही प्यार नहीं है? यह जो झाँय-झाँय देवीदत्त और मैत्रेयी के मध्य हुई, क्या वह ऐसे ही प्यार से छलकती झाँय-झाँय नहीं थी?

घृणा इसे कह नहीं सकते। घृणा दूसरे की सूरत नहीं देखना चाहती। घृणा दूसरे को मिटा देना चाहती है। प्रतिद्वंद्विता दूसरे की वास्तविक अथवा काल्पनिक उपस्थिति की अपेक्षा करती है। झाँय-झाँय करते हुए दो प्रतिद्वंद्वी कभी थककर किसी उपयुक्त प्रत्युत्तर के अभाव में चुप हो जाते हैं और उनकी आँखें एक-दूसरे से कहती हैं—अभी ठहर, तुझे पकड़कर पटक दूँगा और एक पाँव से नाचूँगा तुझ पर। क्या वही मूक चेतावनी, मानवीय प्रीति नहीं? क्या अभी हुई बहस के जो मौन अन्तराल मैत्रेयी की ढीठ और देवीदत्त की झेंपी-सी मुस्कान को समर्पित थे वे प्रच्छन्न प्रेम के परिचायक नहीं थे? प्रेमवैचित्र्य के भी नहीं?

मैत्रेयी मिश्र को इस तरह के सिरफिरे सवालों में दिलचस्पी नहीं। किन्तु यह तथ्य है कि प्रतिद्वंद्विता घोषित करनेवाली उस बहस के बाद उन्हें देवीदत्त के सान्निध्य में यह अथवा आगामी कोई संध्या बिताने की कल्पना असमंजसप्रद मालूम होने लगी।

दिग्दर्शक देवीदत्त रेस्ट हाउस पहुँचकर बाहर चबूतरे पर ही एक आरामकुर्सी में बैठ गया है। डी.डी. बनकर उसके कमरे में घुसने का साहस जुटाना है उसे। खिड़की से दिख रही है बेबी, चपरासियों को आदेश देती हुई। सामान बाहर रखवाती हुई।

पहले वह इस कटखन्ने जूते से मुक्ति चाहता है। उसने एक जूता खोल दिया है। अब दूसरे का फीता खोलने झुका है।

वह नहीं देख रहा है कि उसे फीता खोलते देख रही है कोई अपने कमरे की खिड़की से। फीता खोलने की कोशिश के बाद डी.डी. माथा पीट रहा है, यह भी देख रही है वह कोई। अब डी.डी. फीते लगे बूट को उतारने की एक हास्यास्पद कोशिश में जुटा है और मैत्रेयी को 'हास्यास्पद' शब्द की प्रथम श्रुति की याद हो आई है। वह हँस पड़ी है।

फीता न खोल सकनेवाला डी.डी. अब दृष्टि उठाता है, हँसनेवाली को देखता है। हँसनेवाली पूछती है कुमाऊँनी में, "क्या हुआ, मारगाँठ लग गई!"

वह हँसकर जवाब देता है कुमाऊँनी में, "हाँ कहा। सीप ही नहीं आया कभी!"

वह बाहर आ जाती है। झुककर खोल देती है गाँठ। वह उतार देता है जूता। दोनों बहुत पास-पास हैं। यह औरत एक विदेशी सेंट से महक रही है। लेकिन इस महक के नीचे एक और गन्ध है—'बेबीएन'–बेबी-गन्ध और उसे यह आदमी भूल नहीं पाया है। वैसे ही जैसे की बचुली बुआ की कोठरी और कपड़ों से आती सीलन-गन्ध सुमणेण को नहीं भूला है।

औरत को फीता खुलते ही तुरन्त उठ खड़ा होना चाहिए था। नहीं हुई है। आदमी को जूता खुलते ही सीधा बैठ जाना चाहिए था। नहीं बैठा है। आरामकुर्सी के चरणों के ढिग आमने-सामने हैं उनके चेहरे। एक चेहरे पर ढीठ मुस्कान है, दूसरे पर झेंपी हुई।

"बेबी!" कहता है वह झेंपा हुआ।

मिसेज मैत्रेयी मिश्रा उठ खड़ी होती हैं। पूछती हैं अंग्रेजी में, "कुछ पीने को मँगवाऊँ?"

"नहीं! और मुझसे अंग्रेजी भी मत बोल।" वह तुनककर कहता है कुमाऊँनी में।

मैत्रेयी जाने को होती है। रुक जाती है। कहती है : "अगर तेरा-मेरा यह झनकर, वह झनकर ऐसा हुकुम चलाने का कोई रिश्ता होता है तो मेरा भी एक हुकुम सुन—फीतेवाला जूता, नाड़ेवाला पायजामा झन पहनाकर। तेरे बस की नहीं रे।"

यह औरत अब उलटी हथेली की आड़ में हँस रही है।

यह आदमी कह रहा है, "मेरे बस का कुछ नहीं री, भुस हुआ मैं भुस गँवार।"

"तू अमेरिका भाड़ झोंकने गया था जो भुस का भुस, लाटे का लाटा ही लौट आया। बिलकुल नहीं बदल रहा।"

"कोई नहीं बदलता। तू भी कहाँ बदल रही। एक स्वाँग-जैसा बना रखा तूने, छिप जो क्या जा रही तू उसमें।"

"छिप जो नहीं पा रही तभी भाग रही यहाँ से, ना?"

"तू क्यों भागेगी? भगोड़ा तो मैं हूँ।"

"जब तू भाग गया ठहरा उस दिन, तब कैसे समझ रहा कुछ नहीं बदला करके? कुछ तो बदला होगा उस दिन, ना?"

"और वह दिन फिर नहीं आ सकता!" कहता है यह आदमी और दुहराता है इस वक्तव्य को मानो वह इसे प्रश्नवाचक बनाना चाहता हो।

"एक दिन वहाँ गणानाथ में तूने मुझसे कहा था कि ये सुन्दर स्थान पहले भी थे, मैं भी थी, तू भी था। कई बार हम मिल रहे इस सुन्दर संसार में। और हर बार तू मेरे अयोग्य पाया जा रहा। इसीलिए बार-बार जनम ले रहे। कहा था ना?"

"कहा तो था।"

"अब क्या कहता है? अब भी तुझे विश्वास है कि हमारा जनम बार-बार हुआ, बार-बार होगा? होता है कोई अगला जनम?"

"अगर होता हो तो?" यह आदमी कुर्सी से उठ जाता है, इस औरत के सामने खड़े होकर विह्वल स्वर में पूछता है, "अगर होता हो तो बेबी, तो बेबी।" यह आदमी चाहता है कि यह औरत इस 'तो' का कोई उत्तर न दे, कातर उसे देखे क्षण-भर, मुँह फेर ले फिर और चली जाए चुपचाप। किन्तु इस औरत के पास इस 'तो' का अप्रत्याशित-सा उत्तर है।

"होता हो तो," कहती है यह औरत मुस्कराकर, "मैं यही चाहूँगी, यही मनाऊँगी भगवान से कि तू मेरे अयोग्य पाया जाए लाटे!"

इस आदमी और इस औरत के मध्य कहीं वज्रपात हुआ है। इस वज्र का प्रकाश जिन दो जोड़ा आँखों में कौंधा है उनका परम प्रतिद्वंद्विता का भाव शब्दों में बँध नहीं सकता।

"बार-बार तू मेरे अयोग्य ठहरे, बार-बार मैं आ सकूँ इस सुन्दर संसार में तुझसे पीछा करवाने के लिए।" यह औरत उलटी हथेली की आड़ से हँसती है।

इस आदमी के रक्त में अभी-तक-अनजाना एक हार्मोन प्रवाहित हो रहा है जो कंठ में जाने-कैसी शुष्कता, गात में जाने-कैसा कम्प आदि उत्पन्न कर रहा है। उसके प्रभाव को झुठलाने के लिए वह मुस्कराने की कोशिश में है। वह मुस्करा नहीं पा रहा है। इसलिए होंठों पर जीभ फेर रहा है।

सौभाग्य से और लोग आते दिखाई दे रहे हैं अब। डी.डी. स्वस्थ हो सका है। मुस्कराकर कह रहा है, "तो लुका-छिपी के अगले दौर तक के लिए विदा!"

एक गाड़ी गंगोलीहाट से बेरीनाग की ओर जा रही है। मिस्टर मिश्रा स्वयं चला रहे हैं। पत्नी पास बैठी है। पीछे की सीट पर बैठी बेटी माता-पिता के मध्य चेहरा घुसाये है अपना।

श्यामसुन्दर मिश्रा जंगलों में डूबती साँझ देखता है। इस साँझ के प्रकाश में अपनी विचारमग्न पत्नी का चेहरा देखता है। वह स्टियरिंग से एक हाथ हटाता है और पत्नी की गदोली अपनी गदोली में ले लेता है। पत्नी कहती है, "श्याम, तुमने उन्हें लखनऊ तो बुला लिया लेकिन..." लेकिन के आगे वह जो कुछ भी निस्संकोच कह सकेगी, लचर ही सुनाई पड़ेगा पति को, इसीलिए वाक्य अधूरा छोड़ दिया है उसने!

लेकिन मुझे तो दिल्ली जाना था ना, लेकिन कहीं दया के आई.ए.एस. बेटे की शादी उन्हीं दिनों हुई तो, लेकिन गुलनार की पसन्द का भोजन हम कैसे बना पाएँगे—लेकिन के बाद वाक्य पूरा करने के लिए कई बातें सूझती हैं, सोची जा सकती हैं। लेकिन पत्नी चाहती है कि पति इस 'लेकिन' को मात्र 'लेकिन' ही रहने दे। वाक्य पूरा करने का दुराग्रह न करे।

पति गदोली दबा देता है पत्नी की : "अरे वह तो मात्र औपचारिकतावश कह दिया था। मैं टाल दूँगा उन्हें।" वह कहता है। कृतज्ञ पत्नी अपने पति के कन्धे पर

सिर रख देती है। बेटी, जिसके आग्रह पर ही विदा-वेला निमंत्रण दिया गया था, पिता के फैसले का विरोध करने को होती है तुनककर। लेकिन आधी बात कहकर रुक जाती है। फिर अपना मुँह माँ के कान में रखकर धीमे-से कहती है : "माँ, तुझे पता नहीं तू आदमियों के मामले में कितनी खुशकिस्मत है!" और बिना कोई खुलासा किए खिलखिलाती है। माँ-बाप भी मुस्कराते हैं।

गाड़ी अब एक मोड़ लेकर दृष्टि से ओझल होती है। उसी के साथ खो जाती है वह खिलखिलाहट भी।

अभी सूर्योदय नहीं हुआ है।

दिग्दर्शक देवीदत्त, जो रात-भर 'अंट-शंट' सपने देखता आया है, ठीक से सो नहीं पाया है, बाहर बरामदे में खड़ा हुआ चाय पी रहा है। अंट-शंट सपनों में क्या देखा था—यह उसे ठीक से याद नहीं। काठ की तीखी सीढ़ियाँ थीं। उनके ऊपर काठ के ढक्कन-से थे। उठाओ और ऊपर की मंजिल में पहुँच जाओ। बहुत-से लोग थे उस घर में। कोई समारोह था। भेंटणा था शायद। विवाहिता लड़कियों को आमंत्रित कर रखा था चैत जीमने के लिए। या शायद भेंटणा नहीं था तेरहवाँ या बरसी (वार्षिक श्राद्ध) थी किसी की। सिक्कनी (श्रीखंड) भी बना रखी थी। खीर भी थी। या शायद विवाह था किसी का। पूरन भ्राता वरना क्या कर रहे थे इस सपने में? ऐंपण क्यों दे रखे थे? डी.डी. काठ की उन सीढ़ियों पर चढ़ता रहा था। ढक्कननुमा फाटक उठाकर ऊपर की नीची छतोंवाली मंजिलों में कदम रखता रहा था। लोग थे हर मंजिल में। कबाड़ था। बुढ़ियाएँ थीं। बूढ़े थे। किस्से थे—जो इस तरह शुरू होते थे—'उसकी शादी हुई उससे, उन दो के छह बच्चे हुए।' सामान्य बातों को पौराणिक-सी गरिमा प्रदान करनेवाले, साधारण लोगों को मिथकीय महिमा से मंडित करनेवाले किस्से। सुननेवाले बीच-बीच में टोकते थे—'ऐसा जो थोड़ी, ऐसा जो क्या।' फिर वे किस्सा अपने ढंग से सुनाते थे।

पता नहीं कौन तो थे किस्सा सुननेवाले? पता नहीं किसका तो था वह घर? पता नहीं क्या तो वह समारोह हो रहा था वहाँ?

पता नहीं फिर भी क्यों बराबर डी.डी. को सपने में लग रहा था कि उसी का किस्सा है, उसी से सम्बद्ध कोई संस्कार है। क्या वह पैदा हुआ है? क्या उसका यज्ञोपवीत हो रहा है? विवाह? या कहीं ऐसा तो नहीं कि वह मर गया है और यहाँ उसका तेरहवाँ हो रहा है!

सपने में उसने अपरिचित लोग देखे किन्तु सपना देखते हुए वे अपरिचित नहीं जान पड़े। परिचितों के नाम पर एक पूरन भ्राता थे। किन्तु वह बेली हुई पूरी हथेली में रखकर दूर से दौड़ लगाकर कड़ाही तक आ रहे थे और तब उसे हथेली से झटककर कड़ाही में डाल रहे थे। इस दौड़-भाग में वह इतने व्यस्त थे कि डी.डी.

से बात करने की उन्हें फुर्सत नहीं थी। दूसरे परिचित थे भिंज्यू—बचुली बुआ के मूढ़ पति, जो अनाथ देबिया को बचपन में हमउम्र मालूम होते थे। अच्छा लगता था यह वयस्क, जो लम्बा-चौड़ा होते हुए भी बच्चा ही था। भिंज्यू की सोई बुद्धि जागे इसके अनेक उपाय आरम्भ में किए गए थे—मसलन कान छिदवाना। उनका यज्ञोपवीत और विवाह भी इसी आशा में किया गया था किन्तु वह मूढ़ के मूढ़ रहे। श्रम खूब कर लेते थे। मोटी-झोटी बातचीत भी। पुरोहिताई उनके वश की थी नहीं। चीजों को गौर से देखना और देखकर मुस्कराना उनकी स्थायी भंगिमा थी। इस सपने में भी वह यही कर रहे थे। डी.डी. कुछ भी पूछे, वह मुस्करा दें। कोई एक लड़की भी थी डी.डी. के साथ इस सपने में। यह स्पष्ट नहीं हो पाया कि वह जीन सिम्मंस थी कि 'द साइन' की हीरोइन कि बेबी कि गायत्री? यह लड़की बराबर 'डेव' से पूछ रही थी कि यहाँ क्या हो रहा है, ये लोग तुम्हारा क्या करा रहे हैं? और डेव यानी डी.डी. स्वयं न समझ सकने और उसे न बता पाने पर दुखी होता जा रहा था।

चाय पीते हुए जितना भी डी.डी. ने इस स्वप्न का विचार किया है उतना ही उसके मन में विषाद भरता गया है। यह दुखी करनेवाला एक ऐसा सपना था जिसे देखकर वह यह नहीं तय कर पाया कि किसे, किस बात के लिए मनीऑर्डर भिजवा दे?

मुँह-हाथ धोकर वह निकल पड़ा है अब रेस्ट हाउस से निरुद्देश्य। गुलनार ने, जो अभी-अभी बाहर आई है अपने कमरे से, उसे आवाज दी है पर वह रुका नहीं है।

वह जा रहा है, नीचे और नीचे। पगडंडी के आस-पास की झाड़ियों की गुयोल (गू-गर्दी) से बचता हुआ। गुएन (गू-गन्ध) उसके नथुनों में पहुँच रही है। हिमालय का स्पर्श पाकर आई शीतल हवा भी।

इस धराशायी गू और उस गर्वोन्नत हिम को एक साथ समेट लेने की विवशता का संस्कार है उसमें शेष।

गंगोलीहाट के मन्दिर में घंटियाँ टिनमिना रही हैं। बकरे मिमिया नहीं रहे हैं, लेकिन टिनमिनाहट मिमियाहट से जुड़ी हुई है उसके मन में।

कहीं पर ट्रांजिस्टर बज रहा है—संसार के समाचार सुन रहा है गंगोलीहाट। कहीं और ट्रांजिस्टर बज रहा है—चहकते विज्ञापन सुन रहा है गंगोलीहाट।

कहीं पूजा हो रही है। ट्रांजिस्टर सुनते-सुनते ही अहम् कहलवा ले रहा है, कह ले रहा है गंगोलीहाट।

मन्दिर के पास नौले में एक बुढ़िया पानी भर रही है। यह बचुली बुआ नहीं है। इसके साथ जो लगभग नंग-धड़ंग लड़का है वह देबिया नहीं है।

ये गाँव डी.डी. के जाने हुए हैं लेकिन यहाँ कहीं उसका पुश्तैनी मकान नहीं है।

ऐसे एक गाँव में पला है वह। ऐसे ही एक छोटे-से घर में, जिसकी छत पर कद्दू सूखते रहते थे। जिसके अहाते में पपीते और केले के पेड़ थे। आम और

अमरूद का पेड़ नहीं था। आम-अमरूद पार-घर (सामने) वालों के यहाँ थे। पहाड़ में ऐसे फल, लोग सच नहीं मानते! मगर होते थे, हो रहे हैं यहाँ गंगोलीहाट में।

कुछ घर बन्द पड़े हैं। गिरने लगे हैं मौसम की मार से। इनके लिए मनीऑर्डर भेजनेवाले जिन्दा हैं, इनमें जो मनीऑर्डर पाने बैठे हुए थे 'घर-कुड़ी' न छोड़ सकनेवाले दुराग्रही, वे मर चुके हैं।

यहाँ-वहाँ इक्का-दुक्का नए पक्के मकान दीख रहे हैं। ये उनके हैं जिनके लिए अपने गाँव में घर-कुड़ी बनाने का सपना आज भी अर्थ रखता है और जो आज के जमाने में ही पक्का घर बनवा सकने की हैसियतवाले हो सके हैं।

'हला' से सम्बोधित कर रहे हैं लोग दूसरे को। कोई उसे रोककर नहीं कह रहा है, 'हला देबिया'।

नीचे सालिखेत की गाड़ है। गाड़ सुसाट करती है। सागर के हाहाकार से भी अधिक मर्मभेदी है, पहाड़ी नदी की दबी-दबी सिसकी। काट खाता है सुसाट—ऐसा कहते हैं लोककवि।

कोई किसी को बुला रहा है, औऽऽ हरियाऽऽ यौं ओ ला! डी.डी. का नाम देबिया है, हरिया नहीं। देबिया को भी पुकारा होता तो न जाने कितने और देबिया होंगे इस दुनिया में। 'हला देबिया', डी.डी. अपने से ही कहता है, 'हला देबिया'।

डी.डी. ने पगडंडी छोड़ दी है, वह चढ़ता जा रहा है एक टेकड़ी पर। वह पहुँच गया है बाहर को निकली एक चट्टान तक। देबिया ने कई बार बचपन में देखी है यह चट्टान, मन्दिर से आते-जाते।

सूरज उग रहा है।

डी.डी. नहीं जानता लेकिन उसके पीछे-पीछे काफी दूरी पर गुलनार, सक्सेना साहेब के साथ आ रही है।

यह एक बाहर को निकली चट्टान है। ऐसी ही चट्टान से किसी घर के जोगी ने उड़ान भरी थी। डी.डी. को इस पर खड़े होकर पसीना छूट रहा है। वह घबराकर इस चट्टान पर बैठ गया है।

सूरज उग रहा है।

डी.डी. रो रहा है। अपने अमेरिका-प्रवास में वह कभी नहीं रोया। उदासी भगाने की गोलियाँ जरूर खाईं। खैर, जिस तरह वह रो रहा है, उस तरह तो सच पूछिए कभी नहीं रोया पहले। बचपन तक में। वह बीच-बीच में रुक नहीं रहा है कि कोई आए, मनाए, पूछे क्या बात है, क्या चाहिए?

विलक्षण निरन्तरता, एकाग्रता है इस रुदन में। यह कोई नया अनुष्ठान तो नहीं? सूर्य को अश्रु-अर्घ्य देने का! किसी ने देश-काल में इस डी.डी. की स्थिति स्पष्ट कर देने के बाद यह तो नहीं कह दिया था इसकी ओर से कि मैं डी.डी. श्रुति-स्मृति और पुराण में वर्णित फलों की प्राप्ति के लिए रोकर सूर्य को अर्घ्य दूँगा।

कहीं यह इसलिए तो नहीं रो रहा है कि इसके भीतर जो एक 'वह' है, वही सूर्य के भीतर का भी एक वह है किन्तु सूर्य अपनी रश्मियाँ समेट नहीं रहा है कि इसका वह, उसका वह देख सके? इसलिए कि इस वह का नाम प्रोटॉन और कहीं-कहीं क्वार्क बताया जाने लगा है? इसलिए कि कहीं उसने यह भी पढ़ा है कि सूर्य छह अरब वर्ष बाद मर जाएगा? इसलिए कि सूर्य के अथवा अपने (जो भी पहले हो) मरने से पूर्व यह ब्रह्म-बेतार पर उसे एक सन्देश भेजना चाहता है और इस हेतु प्राचीन सामगान पद्धति से 'हाऽऽवु, हाऽऽवु और अर्वाचीन सैम-गान पद्धति से, 'है-लो, है-लो' दोनों करके देख चुका है और उधर से कोई उत्तर नहीं आ रहा है?

किसी रोते हुए व्यक्ति के सन्दर्भ में ऐसा थुलथुला पंडिताऊ परिहास कदाचित् आपको अमानवीय प्रतीत हो। किन्तु जितना निरन्तर है इसका रुदन उतना ही चिरन्तन है आपका यह आग्रह सुधीजन कि हम इसके रोने की तह में जाएँ: इस भावुक स्थापना से भ्रमित न हों कि यह एक आदमी है और आदमी कभी बिना बात भी रोता है। यह कोई साधारण आदमी नहीं है, इस पर 'टाइम' वाले आवरणकथा छापने के लिए राजी हो चुके हैं। इसकी चिन्ता करती हुई निर्मात्री गुलनार पीछे-पीछे से चली आ रही है। आपका-जैसा एक बौद्धिक प्राणी रो रहा है और यह आपको शोभा नहीं दे सकता कि इस रोने को सहज मानवीय रुदन मानकर आप भी आँखें भर लाएँ या 'शिबौ-शिब' कहने लगें। मुझे यह शोभा नहीं देता कि मैं इस रोते हुए को लिखता हुआ स्वयं रो पड़ूँ। सूखी आँखों और साफ दिमाग से इस रुदन का विचार करना अभीष्ट है।

हम यह सोचकर भी सन्तुष्ट नहीं हो सकते कि कदाचित् यह इसलिए रो रहा है कि इसके मस्तिष्क में सहसा मोनो-एमीनो आक्सीडेज नामक रसायन कम हो जाने से सेरोटोनिन नामक रसायन बढ़ गया है और स्नायु-पथों पर अवसाद गहरा उठा है! हमें इस फतवे से भी सन्तोष नहीं हो सकता कि यह आदमी उस विलासी वर्ग का प्रतिनिधि है जिसके रोने तक का कोई अर्थ नहीं होता!

क्या हम इसके रोने का सम्बन्ध उस जबानी जमा-खर्च से जोड़ें जो बेबी और इसके बीच कल शाम हुआ? ऐसा था तो यह तुरन्त ही किसी ओने-कोने में छिपकर क्यों नहीं रो लिया? फुर्सत से रोने में विश्वास है क्या इसे? क्या यह इसलिए रो रहा है कि रात इसने 'अंट-शंट सपना' देखा और अंट-शंट की ऐसी कोई व्याख्या नहीं, जो स्वयं अंट-शंट न हो? क्या यह इसलिए रो रहा है कि इसके मानस में कबाड़ बहुत है? और जैसाकि इसने अपने मनोचिकित्सक से कहा ऐसा कबाड़ उठाकर फेंक देना हमारे वश में नहीं होता, हद से हद हम उसे अनुपयोगी ठहरा सकते हैं। दिक्कत यह है कि अनुपयोगी ठहरा दें तो मानस भयावह रूप से खाली-खाली प्रतीत होने लगता है।

क्या इसलिए रो रहा है कि इसे सहसा अपने पिता की याद हो आई? आँसू बहाकर यह उन वसु-स्वरूप का तर्पण कर रहा है यहाँ? क्या यह इसलिए रो रहा

है कि कुछ लोग उड़ सकने की कामना लेकर पैदा होते हैं और जब वे उड़ने का दुस्साहस कर रहे होते हैं, कई लोग बाल-बच्चों समेत नीचे मेला-सा लगाए होते हैं? जब ये तमाशायी उत्सुक-आशंकित आँखें ऊपर उठाए होते हैं इनके बहती नाकोंवाले बच्चे अपने अँगूठे चूसते हैं और उस उड़नेवाले को नहीं, अपने माँ-बाप की देखती हुई आँखों को ही देखते रहते हैं। उड़नेवाला उड़ा था कि नहीं, इस पर विवाद ही रहता है और किसी के उड़ने अथवा न उड़ने से कुल मिलाकर उन्हें कोई अन्तर नहीं पड़ता जो जमीन पर पाँव रख-रखकर चलने के लिए अभिशप्त हैं। अभिशप्त रखे जाते हैं।

क्या यह आनुवंशिकी विज्ञान का स्मरण करके रो रहा है? इसलिए रो रहा है कि शायद उलटी हथेली की आड़ से हँसने-लजाने का भी 'जीन' होता है? इसलिए रो रहा है कि आनुवंशिकी के प्रति इसने अपना कर्तव्य-पालन नहीं किया? घर का जोगी गोत्र की मारगाँठध्यायी शाखा की बगड़गौं मौ[1] को आगे बढ़ा सकनेवाले न जाने कितने शुक्राणु इसने व्यर्थ कर दिए? क्या सहसा इसे यह बोध हुआ है कि वही तीन पीढ़ियों द्वारा कुश-तिल-जल लेकर, दक्षिणाभिमुख होकर, पितृतीर्थ से स्मरण किया जाना ही स्मरण किया जाना है, शेष प्रवंचना है? ग्रामवृद्धा की परिवार-गाथा का पात्र होना क्या इसे 'टाइम' के आवरण पर छाप दिए जाने से अधिक सार्थक मालूम होने लगा है? क्या इसे यह सोच-सोचकर रोना आ रहा है कि 'शायद मेरे पिता के कहने भी मारगाँठ पड़ती होगी।'

क्या इसके रुदन का कारण सांस्कृतिक है? हजारों वर्ष की कृषक-संस्कृति की धूल इसकी औद्योगिक-संस्कृतिवाली आँखों में किरकिरी बनकर गिर पड़ी है क्या? क्या यह धन और उपभोग की आधुनिकता से दुखी हो उठा है? इस बात से और भी कि जितना ही वह उसे अपनी फिल्मों में कोस रहा है उतना ही अधिक धन और उपभोग का अवसर प्राप्त हो रहा है उसे!

कहीं इसके रोने का कारण राजनीतिक तो नहीं? यह कहीं इसलिए तो नहीं रो रहा है कि रीगन अमेरिका का राष्ट्रपति चुन लिया गया है, माओ-चाओ के वंशजों में बँटवारा हो गया है, पोलैंड में झंझट हो रहा है और भारत सरकार ने भारतीय गरीबों की गाढ़ी कमाई का एक हिस्सा भारतीय गरीबों पर फिल्म बनाने के लिए डी.डी. को दे दिया है और यह बात डी.डी.-जैसे ही एक लड़के को सख्त नागवार गुजरी है? शान्त सुरम्य मन्दिरों के इस कस्बे में सुबह-सुबह शॉर्टवेव पर आते संसार के समाचार कहीं इसे मर्सिया-जैसे तो नहीं सुनाई पड़े कि सुनकर रो उठा?

ऐसा तो नहीं कि यह अपनी प्रस्तावित फिल्म की पटकथा के इस मुद्दे से दुखी होकर रो रहा है कि बच्चा देबिया भविष्य है और अधेड़ देवीदत्त अतीत? अगर, भविष्य का एक नाम सबकी, सब तरह की स्वाधीनता है तो क्या उसका दूसरा नाम कपोल-कल्पना है?

---

1. कुनबा।

कहीं इस रोने की जड़ में यह प्रेम-पहेली तो नहीं कि अगर स्वाधीनता इसलिए चाहिए कि प्रेम हो सके और प्रेम तभी होता हो जब प्रतिबद्धता हो तो स्वाधीनता का क्या होता है और प्रेम का क्या बनता है? स्वार्थ और स्वाधीनता में क्या अन्तर है? प्रतिबद्धता और पराधीनता में कैसे भेद करें? विवेक को कायरता के अतिरिक्त कोई नाम कैसे दें? क्या ऐसे प्रश्न इसे रुला रहे हैं?

मुझे इसमें सन्देह ही है। इस तरह के प्रश्न अकेले में बैठकर अपने से करना और रोना सहज मानवीय वृत्ति नहीं। इस तरह के प्रश्न दूसरे के सामने अपने से किए जाते हैं और दूसरा 'शिबौ-शिब' या 'पुअर डियर'-जैसे उद्‌गार प्रकट करता है और पहला गहन निःश्वास छोड़ता है। अनुकूल परिस्थितियों में इस निःश्वास और उस उद्‌गार के आदान-प्रदान के बाद जो व्यापार होता है उसे भी प्यार कहा जाता रहा है। ऐसा प्यार कहता है कि सच संसार बहुत क्रूर है, पर कोई बात नहीं, तू उसे छोड़कर मुझमें आ जा, मैं स्वयं भरा-पूरा सदय सुखद संसार हूँ। दो बाँहों के घेरे को सृष्टि का घेरा मान लेने में आगे चलकर बौद्धिक क्लेश होता है और सारी सृष्टि में ही वही दो बाँहें देखने का यत्न व्यक्ति के अनुपयोगी कबाड़ बनने का अन्यतम लक्षण समझा जाता है। कहीं यह आदमी इसी वजह से तो नहीं रो रहा है?

यह आदमी रो रहा है। मेरे या आप सुधीजनों के लिए यह सम्भव नहीं कि इससे कुछ पूछने, इसे पुचकारने का गँवरपन करें। स्वयं इसे हमारी ऐसी चेष्टा धृष्टता मालूम होगी। हम कुछ होने की प्रतीक्षा में मुक्त चिन्तन करने के लिए स्वतंत्र किंवा अभिशप्त हैं। यह इस चट्टान पर बैठकर रोने के अतिरिक्त जो कुछ करने आया है करे, अथवा गुलनार इससे जो भी संवाद करना चाहती है आकर करे, तो गँवार लोगों की भाषा में 'पाप कटे!'

जब तक पाप नहीं कटता तब तक क्या हम इसकी आरम्भिक कहानियों में इस रुदन का कारण खोजें? कहीं यह इसलिए तो नहीं रो रहा है कि दादाजी लोग अँगुली पकड़कर चलनेवाले बच्चों में हर चीज का नाम जानने, हर जिज्ञासा का तुरन्त समाधान पाने का संस्कार डालकर घोर क्रूरता करते आए हैं? दादाजी निश्चय ही भगवान नहीं होते। भगवान को दादाजी के रूप में प्रस्तुत होने की फुर्सत नहीं मिलती। अपनी ही अँगुली पकड़कर चलने, अपने से ही पूछने कि 'ओ का चीज छो?' और दाढ़ी खुजलाते हुए जवाब देने कि 'भाऊ, यो हिस्टीरिकल डिस्टर्बेंस ऑफ अननोन एइटियोलॉजी छू' वाला नाटक एक सीमा के बाद जमता नहीं। एक दिलचस्प पहेली का पूर्वाभास मिलता है हमें डी.डी. की इस कथा में और हर दिलचस्प पहेली की तरह यह भी अन्ततोगत्वा दुखद है। पहेली इस प्रकार है : अगर दादाजी, दादाजी ही हैं, भगवान नहीं, तो उन्हें हम पर दादागिरी करने का क्या अधिकार है? हमारा नारा यही हो सकता है कि 'दादाजी की ऐसी-तैसी।' अगर भगवान स्वयं और कुछ नहीं दादाजी का ही विराट रूप है तो हम उसकी विराट की ऐसी-तैसी के अतिरिक्त

कुछ बोल सकते हैं क्या? अगर वह हमारा-जैसा ही है तो दादागिरी क्यों करता है हम पर? अगर हमारा-जैसा नहीं है तो उससे पूछा जाए तुझे यह क्या बेहूदा मजाक सूझा कि हमें अपने से अलग बनाया और कहा जाओ प्रेम करो, मुझसे और एक-दूसरे से। जब शुरुआत ही अलगाव से हुई तब प्रेम कैसे हो सकता है भला? क्या यह आदमी बैठ शिला पर यही सब सोचते हुए नयन भिगो रहा है?

या कहीं यह इसलिए तो नहीं रो रहा है कि इसे अपनी ही एक और कहानी याद आ गई है जिसमें एक अल्हड़ लड़की सीधे-से-सीधे, साफ-से-साफ सवाल का उत्तर देती थी—'कसप' अर्थात् क्या जाने, बहुत ही विनोदी-सा, चुनौती भरा-सा क्या जाने! इस कहानी के याद आने पर इसे बोध हुआ है कि परम सत्ता 'दादाजी' नहीं, एक अल्हड़ कन्या है! खड़ी है बायाँ पाँव दाएँ पाँव के जरा-सा आगे और उधर निकालकर, धरा से तनिक-सा ऊपर उठाकर। हर जिज्ञासा का उसके पास एक ही असमंजसप्रद समाधान है 'कसप'। उसके कसप उचारते, मुस्कराते होंठों में ही नहीं, अंग-प्रत्यंग में अनन्त चुनौतियाँ हैं और उन चुनौतियों से भी परे है वह चुनौती जो धरा से तनिक ऊपर लहराते उसके बाएँ पाँव के अँगूठे में है।

व्यक्तिगत रूप से मैं चाहूँगा कि यह लाटा अपनी कल्पना के बाएँ पाँव के अँगूठे का ही स्मरण करते हुए रो रहा हो। यह सोचकर रो रहा हो कि इस अँगूठे से ऊपर भी बहुत कुछ था, काम्य था; भोग्य था, किन्तु वह उस लहराते अँगूठे को वैसे ही देखता रह गया जैसे चक्षुश्रवा देखता है बीन को। पंडिताऊ परिहासों में भी पसन्द-नापसन्द का प्रश्न उठता है और मुझे यही परिहास अधिक ग्राह्य है इस वृद्धावस्था में।

यों सुधीजन स्वतंत्र हैं मेरे लिए 'लोलिटा कॉम्प्लेक्स' को ही नहीं, सारी कहानी को अस्वीकार करते हुए 'ऐसा जो थोड़ी' कहने के लिए। एक लड़के और एक लड़की के प्रेम की पहले लिखी जा चुकी कहानी अपने ढंग से फिर लिख देने के लिए, वैसे ही जैसे मैंने यहाँ इस बँगले में अकेले बैठे-बैठे लिख दी है। जब तक हम एक-दूसरे के मुँह से यह कहानी सुनने को और 'ऐसा जो थोड़ी' कहकर फिर अपने ढंग से सुनाने को तैयार हैं तब तक प्रेम के भविष्य के बारे में कुछ आशावान रहा जा सकेगा।

हमारा नायक रोते-रोते ही उठ खड़ा हुआ इस बीच। दोनों हाथ सूर्य की ओर पसारे खड़ा है वह निर्भय, बाहर को निकली हुई एक चट्टान पर। वह चाहता है कि शॉट यहाँ फ्रीज कर दिया जाए। उसे पता नहीं गुलनार उसके ठीक पीछे आकर खड़ी हो गई है। उसे चिन्ता है इस नायक की, या अगर गुलनार पर भावुकता का आरोप करना ही न हो तो कहूँ उसे चिन्ता है एक फिल्म की जो इस नायक को बनानी है। फिल्म बनाने की दृष्टि से उसका यों रो लेना जितना वांछित है, उड़ जाना उतना ही अवांछनीय।

✪✪✪